山河犹存

さんがあり

燃烧的中国魂

上

[日]陈舜臣 著

佟凡 译

天津出版传媒集团

天津人民出版社

图书在版编目（CIP）数据

山河犹存：燃烧的中国魂：全二册 /（日）陈舜臣著；佟凡译 . -- 天津：天津人民出版社，2021.4（2023.11 重印）
ISBN 978-7-201-16863-0

Ⅰ . ①山… Ⅱ . ①陈… ②佟… Ⅲ . ①长篇历史小说 - 日本 - 现代 Ⅳ . ① I313.45

中国版本图书馆 CIP 数据核字 (2020) 第 243054 号

著作权合同登记号：图字 02-2020-323

山河犹存：燃烧的中国魂
SHANHE YOUCUN : RANSHAO DE ZHONGGUOHUN
［日］陈舜臣 著　佟凡 译

出　　版　天津人民出版社
出 版 人　刘　庆
地　　址　天津市和平区西康路 35 号康岳大厦
邮政编码　300051
邮购电话　（022）23332469
电子信箱　reader@tjrmcbs.com

责任编辑　章　赪
封面设计　吴黛君

制版印刷　大厂回族自治县德诚印务有限公司
经　　销　新华书店
开　　本　787 毫米 × 1092 毫米　1/16
印　　张　37
字　　数　585 千字
版次印次　2021 年 4 月第 1 版　2023 年 11 月第 2 次印刷
定　　价　89.00 元（全二册）

目录

双烟馆

1

各种形状的岛屿的影子重叠在一起，就像一幅浓淡相宜的水墨画世界，只有最靠近眼前的小岛是鲜艳的绿色。

温世航相信这幅画面就是自己最初的记忆。

这景象深深地印在他的脑海中，但无论如何都无法形成一幅完整的画，因为鲜绿色的小岛与水墨画的世界格格不入。不知不觉间，温世航已经将这两个互不相融的世界当成了疏远而又相邻的世界。

“那一定是普陀山。在你三岁的时候，咱们一家人曾经一起去那里拜过。一定没错，那里的海中就有一个接一个的岛。”小时候，温世航曾经把这一段奇妙的记忆告诉了奶奶。奶奶想了想，两手轻敲着膝盖说出了上面的话。

因此，他很早就听说了“普陀山”这个地名。不过，很久以后他才知道，那是中国浙江省舟山群岛中的一座小岛，传说是观世音菩萨的灵地。

“南无观世音菩萨……”看着大火烧过后的一片疮痍，温世航轻轻说出声。他今年二十五岁。他从小就经常听母亲和其他家人在烧香时说这句话，但他并不会跟着一起说，也没有人逼他说过。

温世航声音沙哑。他已经在布满余烬的城市中走了一整天，喉咙被浓烟熏得生疼。

一九二三年（大正十二年）九月一日，日本关东地区发生了前所未有的大地震，地震引起的火灾将大部分东京市区化为灰烬。也许是因为庭院面积大，温世航的家勉强躲过了蔓延的烈火。即便如此，打开角楼二层的后窗，他依然可以看到一片焦土。

噩梦般的日子已经持续了三天。

“同舟会的人都平安无事吧？”

听到母亲的声音，世航回过头来。不知道母亲什么时候来到了角楼的二层，他没有听到母亲上楼的声音，个中原因他心里也十分清楚。

世航答道：“还不知道吴康和瑶香怎么样了。”

同舟会是包括世航在内的十来个留学生建立的组织，名字取自“吴越同舟”，体现了让拥有不同见解的人能够聚集在一起讨论的宗旨。但实际上，同舟会已经变成了意气相投的人们的集会。同舟会没有会章，认为自己是会员的人就是会员，也有几个看上去像会员的人在不知不觉中离开了。因此，谁也不知道会员的准确人数。

严格来说，温世航并非留学生。他本在上海念书，即将小学毕业时，他的父亲过世了，留下遗言要他与母亲共同搬去东京，因为母亲的弟弟住在那里。名义上，温世航是侨居日本的华人留学生，但如今他已经毕业，不再是学生了。

同舟会没有所谓的会长，但因为温世航家在东京有一所大房子，大家就一直把他当作会长。不过，在早稻田上学的吴康才是同舟会中年纪最大的人，今年二十七岁，温世航总是尽量将领导权交给他。

“还不知道吗？”世航的母亲皱了皱眉头。

“瑶香似乎没事，有人说见到过她。”

“那真是太好了，她有没有受伤？”

“没有，她健康得很，好像在照顾受伤的人。”

母亲闻言，露出了理解的表情。

世航家在赤坂，大家经常聚集在这里，他的母亲也常常照顾他们。经历了如此严重的地震，同舟会的成员们一定会来这里报个平安——这是世航母亲的想法。王瑶香是女子医专的留学生，照顾伤者是她的任务，她没法来这里也可以理解。

世航说：“我很担心吴康。”

“没人见过他吗？”

“他每周六都会去横滨，地震的时候可能是在那里吧。”

“横滨……那里好像受灾也挺严重的。”

“唉，如果他人在横滨，就联系不上了。”

世航的母亲像是在安慰自己一样，边点头边说：“过不了多久他就会健健康康地回来的。”

“是啊……”

大地震之后，各地的通信都中断了。社会上流传着各种消息，但没人知道其中有多少是真的。过了三天，东京周边地区的情况才逐渐明朗起来。

很早就有传言说横滨的灾情很严重，连世航的母亲都有所耳闻。

“从海上看过去，横滨市内只剩下神奈川检疫所没有倒下。”

“横滨尸横遍野，饥饿的野狗都聚集在路边的尸体旁。”

“市民为了逃避大火，不得不逃到港口，结果却被旋风刮进大海。”

“码头塌陷，大量的避难民众落入海中。”

走在大街上，温世航听到的都是这样的传言。虽然他没有告诉母亲，但恐怕母亲也已经从在家里避难的人那里听说了吧——人最多的时候，有一百多人在温世航家里避难。不过，丸之内地区已经开始发放赈济灾民的饭菜，一天时间，已经有一多半人离开了，剩下的大多是中国人，其中包括同舟会的赵锡堂、郭浩安以及女留学生张淑妍。与其说他们是在这里避难，不如说他们是为了照顾中国同胞们而留下来的。

现在正值暑假，商大的学生李钦票和女美术生陶芳韵回了国，还没有回东京；帝大的唐鼎权也回国了一段时间，不过在地震三天前就回到了东京，他和明治大学的刘继泰的公寓都没有被烧毁，两人来温世航家里露了一面就分别回自己的公寓去了。大家已经知道王瑶香很安全，正在帮助治疗伤者。同舟会的成员中只有吴康一个人还行踪不明。

世航的母亲叹着气：“可怜芳韵这姑娘了……”

陶芳韵和吴康的情侣关系在同舟会中已经公开。这次她回国是为了准备与吴康的婚礼。

芳韵的老家在普陀山，她的外号就叫“观世音”。

“南无观世音菩萨……”母亲下楼后，世航又说了一遍。话音刚落，楼下传来了一个开朗的声音。

“伯母，对不起。我不能放着受伤的人不管，没有及时赶过来。那儿又没有车，走过来真是远，我的腿都酸了。大家都没事吧？”

是王瑶香的声音。

2

温世航在赤坂的居所叫“双烟馆”，一进大门就能看到写着这三个字的匾额。世航上初中的时候，曾经听母亲说起过这个名称的来源。李白的诗《杨叛儿》中有这样一句：“博山炉中沉香火，双烟一气凌紫霞。”博山是中国的地名，博山炉上有盖，呈重叠的山形；沉香又称伽罗，是一种高级香料，因木头的密度大而能沉入水底，所以被称为“沉水香”，简称沉香。

在博山炉中焚烧的沉香升腾起两缕烟气，不知不觉中并作一道紫色烟霞，冲向天际。

《杨叛儿》本是中国乐府古曲，李白借此曲创作了这首诗歌，歌颂了一对古代男女落落大方的交往。乐府古曲中有“欢作沉水香，侬作博山炉”一句，意为我是香炉，你是沉香，我要将你抱在怀中。李白在诗中将男女比作两缕烟气，在不知不觉中汇聚成一道。

世航进大学后读到了这个对李白的《杨叛儿》的解释，与中学时母亲解释给他听的版本不同。母亲告诉他：“这里是日本，而我们是中国人，这就是两缕烟气。尽管被分隔成了两个国家，但人都是一样的，没有什么分别。总有一天，这两缕烟气会汇聚成一道。我们要努力让这一天快些到来。这所宅子的名字就包含了这样的愿望。我听说这个名字是我爷爷的哥哥起的，他似乎是个擅长画画的人。”

母亲大概是从她的祖父母那里听说的吧，当初起名时他一定是怀着母亲所说的这番愿望。在了解到诗歌原本的含义之后，世航才体会到起名之人的洒脱之处——他别出心裁地将一曲恋歌变成了严肃的馆名。

世航的母亲出生于双烟馆，但那时的双烟馆并不在这里。双烟馆最初在长崎，世航母亲的祖父将事业的重心从长崎转移到神户和横滨后，把“双烟馆”的匾额挂在了神户的店铺里；后来店铺和住宅分开，这块匾额被移到了自家宅子中。在世航母亲结婚前，他们来到了东京生活，这块匾额第三次换了地方。

世航听母亲讲了很多遍家族的历史，由于太过复杂，他始终没能完全理解。直到上了大学，他才终于了解了大致的轮廓，不过还是经常理不清其中的关系。

世航曾经半开玩笑地跟母亲抱怨，说故事里登场的人物实在是太多了。他母亲娘家姓“连”，父亲家姓“温”，一百多年来，两家多次结为亲家。

“我爷爷的哥哥啊……不是很会画画的那个。我爷爷有兄弟四个，他是最小的，很会画画的是他的三哥，我要说的是他的二哥，那位二哥的夫人就是温家人。下一代中也有几对温家和连家的夫妇。”

两家的关系错综复杂，有时就连世航的母亲在给儿子解释的时候都会搞不清楚。

上中学的时候，世航有一次听母亲讲述家里的故事，最后实在不耐烦了，就说：“好啦，反正温家和连家就像一家人一样”。母亲思考良久，才犹豫不决地点了点头，说：“是啊。”

他的母亲想告诉他家里的故事，大概是为了不让他觉得在双烟馆生活很丢脸吧。毕竟这里是连家的宅邸，而世航姓温，住在这里难免有时会觉得不舒服。世航能够感受到母亲对自己的体谅：她是为了尽量减少儿子不舒服的心情。世航觉得，这样的母亲很可爱。

世航曾经说：“奶奶来这里的时候也是一副神气的样子，就像这儿的主人一样。”世航的奶奶已经八十多岁了，身体依然很健康。她如今住在上海。几年前，奶奶来到东京，言行举止简直就像双烟馆的女王，其实她本来也是从连家嫁到温家的。大家都称她为“美国奶奶”，不光是因为她在十六岁那年去美国留学，还因为她的容貌也很像西方人。世航的父亲也是如此，世航自己的容貌也可以说是遗传自奶奶，轮廓深邃、五官端正。

同舟会的女强人王瑶香曾经若无其事地对他说：“看到世航的长相，我都要被迷住了。你要小心，大部分女人都会被你迷住的吧。”

在住在上海的奶奶身上，世航能感受到一种超过血缘的关系，一种无法用语言表达的亲近感，连他自己也觉得很不可思议。

刚从上海来到这里的时候，母亲总是对他说“把这里当作自己的家”；半年之后，母亲才不再说这种话。

双烟馆的主人连远志是世航母亲的弟弟。几年前，他的两个女儿去美国留学，住在世航在洛杉矶的姑姑家里。

世航将双烟馆当作自己家，毫无顾忌地招待朋友，把这里当成组织的联络点。可以说正是因为有了双烟馆，才有了同舟会。

王瑶香曾经说过一句名言：“同舟会的船有两个烟囱。”这句话的意象自然是来自双烟馆的名字，同时也蕴含了温世航与吴康两人是同舟会中心人物的意思，这一点成员们都明白。第一次听王瑶香说起这个双关比喻时，世航曾暗自担心她发现了什么。

两个烟囱中升腾起的两缕烟气和博山炉中升腾起的两缕烟气一样，都会在空中汇聚成一道，从这里是否可以联想到其他事情呢？李白的《杨叛儿》指的是相爱男女的情感纠缠；若是比喻成同舟会的两名中心人物，则可能是在暗示两人的不和。两个人之间总会有些分歧，但在别人看来从不是什么严重的对立。毕竟两人是同一组织的成员，意气相投的部分理应更多；若是两人之间有不和，也一定要放在水面之下，不能被他人发现。

世航很清楚这一点，恐怕吴康心里也清楚。能在两人之间引发风波的，只有陶芳韵。

王瑶香将同舟会比作有两个烟囱的船时，吴康与陶芳韵的关系还没有公开。虽然世航觉得没有人知道，但是说不定王瑶香已经注意到了芳韵身边两个男人的暗中争夺。又或许，发现这件事的不止王瑶香一个人。

“难道大家都已经知道了……”因为担心，世航的内心产生了动摇。

昨天，蔓延在东京的大火已经全部被扑灭了。城市中依然有升起的烟雾，分不清是大火的余烬还是炊烟。世航向窗外看去，视野中有两缕烟气，只是彼此相距甚远。

“世航，你在干什么呢？快下来。”

他听见王瑶香的声音，同舟会的伙伴们都会亲切地称呼彼此的名字。

3

这是一栋二层的红瓦建筑，即使它只是双烟馆的角楼，一层大厅也有二十叠[1]大小。同舟会的成员们将这里当成沙龙，他们对这里十分熟悉。

众人的话题基本都围绕着吴康的安危。

吴康去了横滨，这几乎是可以肯定的。吴康在神田的公寓被烧毁了，同一所公寓的法政留学生说，上午十点半左右，吴康明确表示要去横滨后就出门了。大家也都知道，从二月开始吴康每周六都会去横滨。就算同舟会在周六有集会，吴康也不会参加，他本人的解释是周六要去横滨做家庭教师。

“虽然吴康说在做家庭教师，但我没听说过是在哪一家。有人知道吗？”赵锡堂问。他是高等师范体育专业的学生，个子高挑，身姿矫健。

“我也没听说过。”郭浩安回答。他也是早稻田的学生，虽然专业不同，但接触吴康的机会应该比其他人更多。可是就连他也没听说过更多的消息。

“这么说来我也一样，要我推测，他应该是在教华侨子弟吧。”世航说。

除了学习汉语这种特殊情况，日本人不会请留学生来做家庭教师；一般来说，请留学生兼职来做家庭教师的都是华侨。如果能知道请吴康做家庭教师的人是谁，就有了确认吴康安危的线索。

“这种时候可不好找啊！”就连开朗的王瑶香也说出了丧气话。即使知道是谁请了吴康做家庭教师，也没办法得知那个人如今是否安全。

“如果他十点半左右就出门了，应该在中午之前就能到横滨……他可能打算在那边随便吃个午饭，就去请他做家教的人家里吧。”郭浩安说。

赵锡堂抱着双臂，说：“不管怎么说，他已经做了半年多，却从来没有对我们说过是什么人请他做家教，这实在是很奇怪啊。”

“吴康有时候就是这样，不愿意对别人敞开心扉。”郭浩安说出了世航想说却没办法说出口的话。哪怕不是说吴康的坏话，但只要世航稍微表现出一丝

---

[1] 叠：榻榻米尺寸单位，二十叠约为三十二平方米。

对吴康的不满，就有可能引来别人无中生有的猜测。为了防止大家知道自己喜欢芳韵，世航平时处处谨言慎行。

“那个，关于吴康，我听说过一个奇怪的传言。”张淑妍小心翼翼地开口，这个姑娘平时话很少。

王瑶香身子前倾，问：“什么奇怪的传言？”

“我听说吴康是越飞的联络员，我也不敢相信。”

王瑶香的声音变得严厉：“这是谁说的？”

“东亚的人说的。”

东亚，是指东亚预备学校，中国来的留学生要在那里学习日语，然后再进入日本的高专或者大学。

“胡说八道，他怎么会……”郭浩安想断然否定这个传言，但话说到一半却失去了自信。世航十分理解浩安的心情：吴康身上的谜太多了，虽然难以置信，但也不是没有可能。

这时，劳农俄国[1]的要人阿道夫·越飞正以个人的名义在日本逗留。十月革命前，越飞因为与托洛茨基一起从事发行机关刊物的工作而被流放到西伯利亚；之后，他又作为外交官活跃在国际舞台上。他现在的任务，是恢复苏联与中国、日本的外交。

当时，中国分裂成北方的北洋军阀政府和南方的孙文革命政府。越飞曾经去过北京，但是对北洋政府的态度感到失望；随后，他南下与孙文见面，并发表了联合宣言；之后，他便到了日本。虽然官方称他是接受了当时的东京市长后藤新平发出的邀请，但越飞此行实际上是为了与日本政府恢复外交关系。

这年一月，孙文与越飞发表的联合宣言让东京的中国留学生十分兴奋，因为宣言中有一段写道：“俄国政府准备且愿意根据俄国抛弃帝制政府时代对华一切条约及强索权利之基础，另行开始中俄交涉。上述各条约中，包括关于中东路之各项及协定在内。”

正如四年前五四运动的导火线之一是要求废除与日本签署的《二十一条》一样——取消外国的特权仍是中国青年们的夙愿。与提出了《二十一条》新特

---

[1] 当时苏联在日本的称呼。

权的日本不同，劳农俄国此次的声明表示，他们愿意以放弃现有特权为基础，讨论恢复中俄外交。

联合宣言发表于一月二十七日的《中国报》。第二天，日本各大报社的早报相继转载了宣言的译文。同舟会的成员们也讨论了这篇宣言。那天大家聊到很晚，所以都住在了双烟馆中。

总之，上海的会谈只是定下了基调，必须继续讨论细节。越飞随后以养病之名来到了日本。打铁需趁热，孙文应该也希望在发表基本的联合宣言后尽快商定细节，因此他的心腹廖仲恺此时也以家庭旅行的名义，与越飞一起来到了日本。

越飞从上海出发，乘坐“亚洲皇后”号经过长崎、神户，于二月一日抵达横滨。他的夫人、孩子、秘书与他一起来到了日本，对外宣称此次日本之行是受到了后藤新平的邀请。因为后藤新平除了是东京市长之外，还兼任日俄协会的会长。没有人相信这是他个人名义的邀请，更多的人相信另一个秘闻：后藤新平是受到了内田外相的委托，以个人名义邀请越飞。

这则秘闻中还有一个只在中国留学生之间流传的内情：根据日本的现状，劳农俄国认为与日本恢复外交的时机尚不成熟，现在要致力于恢复与中国的外交；但考虑到外交战略，又必须掩饰这一意图。因此，越飞才会来日本访问以掩人耳目。但即使人在日本，越飞的主要工作依然是推进与中国的关系。作为孙文手下的重要人物，廖仲恺在此时以家庭旅行为由来到日本，一定是作为总指挥来处理与越飞相关的工作。然而，总指挥手下还要有人分担各项工作。吴康就是其中的一员。

张淑妍听东亚预备学校的学生这样说的。

留学生们都知道早稻田的吴康。只要稍微对政治有一点儿关心的留学生，都知道他赞同孙文的思想，是留学生中的革命派领导。

“所有人都认为，如果孙文需要在日本寻找工作人员，一定会找吴康。不过这个传言只是大家的推测而已吧。”郭浩安不相信这个传言，或者说，他对这个推测中没有出现自己的名字而感到不满。

张淑妍说：“但是有人在热海见过吴康，这点已经被证实了。”

赵锡堂耸了耸肩膀，说：“哦？在热海啊。”

越飞对外宣称为了疗养要泡温泉，就住在热海酒店。

王瑶香疑惑地说："但是报纸上说热海酒店被警察和宪兵包围，吴康应该无法轻易靠近越飞啊。"

赵锡堂挺起胸膛，说："下次见到吴康的时候，当面问清楚就好。"

"是啊。"只有世航随声附和，其他人都没有反应。大家都在思考同一件事：吴康究竟还会不会再次出现在我们面前呢？

4

连远志经营的企业在横滨有贸易部门的办事处，那里大约有二十名员工，因此有不少横滨的消息传到了双烟馆。可尽管有如此可靠的消息渠道，依然打听不到吴康的消息。

又过了两天，到了九月六日，依旧没有任何关于吴康的线索。

电灯和自来水都恢复了，电报只能收到关于受灾者和受灾情况的消息。工兵部队也加入了夜以继日的铁路修复工程，预计在今明两日内开通东京到横滨的铁路。最近，可怕的流言蜚语逐渐消失了。

这天，横滨的三名店员来到了双烟馆。如果吴康平安无事的话，应该也会露面的。

连家经营的贸易公司叫"金顺记"。吴康知道公司在横滨的地址。如果他人在横滨平安无事，一定会去横滨的金顺记店铺。

"他是不是受伤了啊？"世航尽量不做出悲观的推测。

"就算受伤，只要还能说话，就应该联系横滨金顺记吧。难道他的伤严重到无法说话的地步了吗？"赵锡堂的推测很悲观，但依然没有说出"死"字。

王瑶香说："他可能是上船了吧。"

听说被困在横滨码头上的受灾民众被收容在停泊的船上，神奈川县知事也被救上了"克雷雅"号。九月三日，大阪市收到了一封以内务次官的名义发出的电报：

一、摄政宫殿下[1]无碍，叶山方面损失较小；

二、横滨方面，神奈川、矶子久保山几乎全毁，约一万人在船上避难；

三、横须贺海军医院全部烧毁，镇守府倒塌，街道发生火灾；

四、深川有三十万避难民众，食物短缺；

五、联合舰队在横须贺、静冈、名古屋、大阪、神户、吴、佐世保巡航，执行输送任务。“春日”舰到达石卷；“利根”舰于二日早上从佐世保出发，加入以上任务。

除了汇报情况，电报中要求大阪市做好救援准备。在船上避难的一万人都失去了家园，只能将他们暂时转移到关西地区。由于横滨到沼津段的东海道线不通，火车只能走信越线，在东京和关西地区之间输送人员和物资。铁路每天只能输送两千名人员，从海上输送灾民和物资会更有效率。

地震发生后，停在横滨港的大阪商船“巴里”号、“伦敦”号、“非洲”号、“哈尔滨”号，日本邮船“山城”号、“丹后”号、“三岛”号、“利马”号、“岩手”号，东洋汽船“克雷雅”号，还有其他外国船只“虎”号、“加拿大皇后”号、“杰斐逊总统”号、“栋古拉”号、“安德烈·鲁邦”号、“博卡拉”号等都加入了救助行动。

横滨金顺记公司的店员来双烟馆向连远志汇报了详细情况。早前他收到消息说店铺被烧毁，店员中有两人死亡、四人失踪；现在查明，其中一名失踪的店员受了轻伤，已经被收容。

店员在汇报完受灾情况后说：“希望其余的失踪人员都在船上避难。如果他们到了关西，就能投奔神户的金顺记了。再等等看吧！”

赵锡堂双手合十为他们祈祷，说：“希望他们能坐上船。”

横滨金顺记的店员说，房子被烧毁后，人的距离感就会混乱，因此他们在店铺的废墟上立了一块显眼的招牌，并在旁边盖了一座棚屋，有很多人聚集在那里，所以不少人来打探消息。店员带来了来访人员的名单，其中并没有吴康

[1] 后来的昭和天皇。

的名字。

帝大理学部的唐鼎权没有受灾，他从各个渠道寻找吴康的消息，但没能得到更多的线索。在神田三崎町日华学会的斡旋下，受灾的中国留学生暂时都被收容在一高的一栋没有被烧毁的宿舍中。那里目前成了留学生的消息中心。唐鼎权去一高的宿舍跑了很多趟，问了相当多学生，也从不少人的口中听说了吴康是越飞的联络员的传言。

横滨金顺记也在帮忙调查，但也没找到请早稻田学生吴康做家庭教师的华侨的线索。当然，这种时候很难进行全面的调查。

唐鼎权从日华学会的负责人口中得知，他们已经在考虑留学生的归国问题了。他将这个消息带回了双烟馆，询问同舟会的成员：“你们打算怎么办？”

学校暂时还没有复课，对于没有地方住的人来说，考虑回国也是理所当然的。听到唐鼎权带回来的消息，有一大半的人表示希望回国。虽然在学业没有完成之前回国会心生遗憾，但多数人认为，既然没有办法上课，留在这里也没有意义。大学通知在十月重新开始上课，但没有人知道究竟能不能实现。有不少人希望能保留学籍，暂时回国。

郭浩安说：“鼎权的公寓没有烧掉，自然没有问题……”他的住处被烧毁，虽然现在可以住在双烟馆，但也不能就这样住下不走。

“哎呀，虽然是这样，我也住不舒坦，”唐鼎权说，“公寓房东的亲戚受灾，到他家里住下了。昨天房东还问我什么时候回国，好像要赶我走一样。因为地震刚刚过去，他说得还比较委婉，说不定过不了多久就会直截了当地赶我走了。”

“你没有欠房租吧？”赵锡堂问。

“我每个月都按时付了。”

“那你就可以光明正大地继续住啊！”

“如果房东说他亲戚遇到困难、没有地方住的话，我就没办法了……而且他亲戚确实遇到了困难。”

“其他人呢？”

“我是个中国人，很难办啊。”唐鼎权没有直接回答赵锡堂的问题，只是这样说。他住的公寓中只有他一个中国人。

“是吗？”郭浩安点了点头，“李钦票现在在国内，他的公寓没有烧毁，现在这种情况下他肯定不会回来，你就住在他那里怎么样？”

“不行，这样太不好意思了。”唐鼎权说。

张淑妍看着天花板叹道：“回国啊……”

5

九月十日，周一，世航的母亲连含章叫同舟会的成员来家里吃饭。虽说是“叫大家来吃饭”，但其实赵锡堂、郭浩安、张淑妍的公寓都在地震中烧毁，他们无处可去，一直住在双烟馆。王瑶香住在医疗班的宿舍，她和唐鼎权、刘继泰三个人虽然没有住在双烟馆，地震后也常来这里。加上温世航是七个人，再加上在国内的李钦票、陶芳韵和失踪的吴康，这就是同舟会的所有成员了。

“虽然大家经常见面，但今天特意招待大家，是因为今天是七月的最后一天。”世航的母亲笑着说。

王瑶香噘着嘴：“哎呀，是这样吗？”

世航挠了挠头：“我也不知道啊。”

也难怪他们没有注意到，这里的七月指的是农历。传说在七月一日，冥界的亡魂会回到各自的家中，各家都要做好丰盛的饭菜迎接祖先的亡魂；这一个月中，最重要的日子是中旬的七月十五日，叫作“中元”，在这一天也会有盛大的活动；七月三十日是祖先的亡魂回归冥界的日子，因此要做好丰盛的饭菜供奉他们。世航想起来，就在地震发生的五天前，家里做了一顿大餐。

“这是我们家每年的传统，”世航的母亲继续说，“弟弟家应该也在那边的家中聚餐吧。不过，我们这边也是为了犒劳大家。从地震那天起，大家都做了不少工作，不知道帮助了多少有困难的人。你们之中也有住处烧毁了的人，真的很不容易。正好从横滨开过来的船送来了不少食材，为了大家今后能够继续努力，我们家也打算做一顿震后最丰盛的饭菜。这些饭菜也会送给来家里避难的其他中国人，大家快吃吧！”

赵锡堂鼓起掌来。他是一名体操选手，鼓掌的声音很大，其他人在他的带领下也纷纷鼓起掌来。

用人将饭菜端上桌子。同舟会的成员以前在双烟馆吃过很多次饭，对这里的厨师评价颇高。不过，厨师做的既不是广东菜，也不是上海菜；连家在搬到上海前曾住在福建厦门，但厨师做的也并非福建菜——张淑妍是纯正的福建人，她曾经仔细地品尝过这里的饭菜，说跟福建菜有一些不同。

饭菜融合了各个地方的口味，因为家里有“美国奶奶”，说不定还加入了美国的口味。

世航的母亲说：“我想在饭菜中融合各地的优点。”厨师是上海人，不过他在新加坡长大，在法国学习，此前在法国的商船上做过一段时间厨师。

“地震发生之后，周先生心情不好，因为一直在给避难者们做饭菜，无法发挥他的水平，而且食材也不齐全。其实今天也是为了让周先生开心，请他为大家做一顿好的。”世航的母亲说。双烟馆的厨师名叫周善心，是连远志妻子的远亲。他今年已经五十岁了，不过心态十分年轻，和留学生们很聊得来。吃饭时，他从厨房里出来和大家打招呼。他身上有些滑稽的地方，就算是正常说话，听的人也会觉得好笑。

周善心来到饭桌旁后，气氛一下子热闹起来。王瑶香毫无顾忌地捧腹大笑，接着说道：“啊，好久没有这么开心地笑了。”确实，地震发生十天以来，大家都忘记了欢笑。笑声在年轻人中扩散开来，可当周厨师回到厨房，笑声又停了下来。

世航笑着的时候，脑海中突然闪过吴康的事情，那是最让人无法笑出来的。他的笑容没有了，周围的笑声也消失了。世航想：大家一定是想到了吴康的事吧。

“我这些天来，几乎每天都和大家见面，但大家很忙，没有机会好好聊聊，没有听你们说说那天发生的事情。是上午十一点五十八分……二十秒吧？那应该是大家一生中宝贵的经历。”世航的母亲看着在座的人，见王瑶香看着自己，便问道：“瑶香，你当时在哪里？”

“我在研究室，正看着显微镜。是不是难以相信？”瑶香淘气地笑着。

“但是现在不是暑假吗？”

“我现在在做的实验让我没有假期。因为要培养并观察细菌的情况，隔上几个小时或者几天就要用显微镜观察，那时正好是需要观察的时间。因为是在中午观察，我当时已经站在操作台旁准备对焦了。”

“然后呢？当时是什么情况？”

“摇晃的时候啊，那个，你们可能不相信，我当时满脑子都在想‘好不容易才对准焦点，要是错位就糟糕了’。然后助教就拉着我的胳膊把我拽到了院子里。到了那个时候我还在担心对焦的事，我说的是真的。”

“没有人说你在撒谎哦。”世航的母亲说完，大家都笑了。

大家一个接一个说起了地震发生瞬间的体验。不过，每个在地震中幸存下来的人每天都在对别人重复同样的话，同舟会的成员也是如此。提出这个建议的世航母亲也许没有听他们说起过，但他们都被别人问过很多遍了。

这时，世航突然注意到，同伴中只有张淑妍没有说起地震发生瞬间的体验。世航觉得也许是她说的时候自己没有注意。

“对了，淑妍还没有说过吧。”郭浩安和世航想的一样。张淑妍平时就很少说话，看来她确实没有对大家说过那天发生的事。

“淑妍当时在哪里啊？”世航的母亲问。张淑妍稍稍犹豫了一下，脸上露出微笑，说：“我在神田，地震发生的时候，我刚刚从一栋砖结构的楼里走出来。”

“就是说，你当时在马路上？”

“是的，当时摇晃得很厉害，我不由自主地蹲在地上，不知如何是好。回头一看，我刚才所在的楼就摇摇晃晃地倒了下来。我当时用双手堵住了耳朵，所以感觉那栋楼像是无声地倒塌了。”

“哎呀，要是你稍晚一步，就会被困在那栋楼里了。我听说有不少人被坍塌的砖结构房屋压死了。”

“没错，当时在那栋楼里的人几乎都死掉了。”

“啊，如果是这样……”

同舟会的人们都有戏剧性的经历，不过住在关东地区的人们都一样。在这些人中，张淑妍的经历是最惊险的。

“你说你刚刚出来，就是说你就在那栋楼旁边吧。没有被飞溅的砖块砸伤吧？”

“没有，”淑妍听到世航母亲的问题，摇了摇头，“因为我是跑出来的，离那栋楼挺远的。”

“跑出来的？在地震之前吗？”

“是的。其实我当时在那里和别人喝茶，喝到一半就跑出来了。”

“哎呀，为什么？”

听到这个问题，张淑妍露出了为难的表情。

“那个……”她垂下了目光，“那个男人，其实我并不讨厌他，说不定还有点儿喜欢……但是当时，我听到他说的话，突然觉得很生气，一激动就冲出来了……那栋楼倒塌后，我更是不管不顾地逃跑了，之后就发生了火灾。火扑灭后我回去过，看到好多烧焦的尸体。我，我也看到了他……”张淑妍的声音中带上了哭腔。

6

同舟会的受灾者中，两名男生住在双烟馆角楼的一层，两名女生被安排到了二楼的房间。

等女生们上楼后，男生们来到了院子里，没有住在双烟馆的唐鼎权和刘继泰，和本来就住在这里的温世航也在。

他们在讨论张淑妍刚才说的事。男生们尽量压低声音，以免他们说的话随风飘到角楼的二层。

关于地震发生之前与淑妍喝茶的男人，她只说了是中国人。

“大概是我们认识的人吧。”

“我也觉得，就是因为我们认识，她才没有说是谁。”

“她说为了那个人的名誉，死也不会说出他的名字。”

“淑妍平时看着文静，没想到也有那么火爆的一面。”

“她竟然会突然冲出去。”

“那个男的究竟说了什么呢？”

“关于这一点她什么都没说。”

“她只说是在神田，具体在哪里也没有告诉我们。”

“喝茶的地方，现在只知道这个。倒塌后烧毁的地方……”

“这种地方，神田到处都是。”

“我们七个人之中，只有她的情况可以说是千钧一发啊！”

“我们都不太了解她。”世航总结道。

淑妍是经陶芳韵介绍而成为同舟会的成员的。这里本来就没有麻烦的入会规则，淑妍跟着芳韵参加过几次集会后，大家就自然而然地将她当成会员了。她话很少，所以平时总是被女强人类型的王瑶香和相貌出众的陶芳韵所掩盖，大家对她只有模糊的好感。

虽然是女留学生，但她并没有在固定的学校上学。别人问她读什么专业时，淑妍只是回答想研究日本文学。但是，芳韵第一次将她介绍给同舟会的伙伴们时，似乎说过她是来学习音乐的。同舟会的人觉得，她可能打算同时学习音乐和日本文学。

最了解张淑妍的人是回国了的陶芳韵。没有人知道她们是怎么认识的、彼此是什么关系，只知道两人非常要好。

“我说这种话你们不要笑我，”唐鼎权突然改变话题，另起了话头，“是关于吴康的事。”因为唐鼎权提到了目前大家最在意的人，一直在院子里信步而行的众人停下了脚步。

“我们不笑你，你想说什么？”见唐鼎权沉默了一会儿，郭浩安不耐烦地催促他接着说下去。

“我觉得和淑妍一起喝茶的说不定就是吴康。”

“怎么可能……”几个人脱口而出，世航也是其中之一。

“我也觉得不太可能，”唐鼎权说，“但是也不能完全否定这种可能性。我虽然和吴康关系不错，但是他身上确实有让人看不懂的地方。在消息公开之前，连我都不知道他在和芳韵谈恋爱。其实我觉得，说不定吴康以前喜欢过淑妍。”

“嗯，我也有这种感觉。”刘继泰点了点头。

“果然大家都这么觉得啊，我也是，”郭浩安说，“我还有一个胡乱的猜测，说不定吴康与芳韵谈恋爱是为了引起淑妍的注意。”

世航佩服地说：“大家的感觉真敏锐。”

他又想：也许是因为我置身其中吧。俗话说：“当局者迷，旁观者清。”

世航一直迷恋着芳韵，就连现在也是如此。

“我之前看着他们的样子，打算写这样一部小说，应该说，是小说的一个情节。”唐鼎权又迈开了脚。他虽然是理学部的学生，但是他喜欢文学，也有人说他在写小说。虽然他没有给别人看过自己的作品，但是朋友们都认可他在文学上的才能，反对《二十一条》的檄文也是拜托他来起草的。

“这样说可能冒昧了，不过我直接用真名来描述一下……吴康邀请淑妍去喝茶。虽然他马上就要和芳韵结婚了，但是心中依然喜欢着淑妍，所以他向淑妍表白，说自己喜欢她。你们觉得会发生什么？淑妍和芳韵可是闺密，她刚才也说了自己当时很生气。听到这种事是会生气的吧。”

今晚没有月亮，院子中很昏暗。几天前这里还支着供受灾人们住的帐篷，现在已经被拆掉了。四个人排成一排在唐鼎权身后缓缓走着，像被他带领着一样。

“吴康是越飞的联络员这个传言也是她说的。”唐鼎权说着，转身停下了脚步。其余四人也自然而然地站在原地。“她说这是东亚的人说的，但也没办法辨别真伪。如果真像我这部‘小说’的情节一样，那么对她来说，让别人认为吴康失踪，不是会比确定他已经死亡更轻松吗？如果她说出吴康已经死亡的消息，就必须告诉吴康的家属当时发生的事情。这对她，不，是对‘小说’中的她来说是一件痛苦的事情。所以不如让别人认为吴康失踪了，给吴康贴上神秘的标签，让别人以为他在做特殊的工作。你们觉得怎么样？是不是我想多了？”

漫长的沉默后，众人回到角楼里。世航抬头望着天空，虽然没有月亮，但是今晚的星星很美。

会有男人明明抓住了芳韵那么美的女孩儿的心，却还喜欢着淑妍吗？

世航并不相信。唐鼎权的“小说”在设定上有这样基本的缺陷，世航无法接受。

7

第二天早上，世航的母亲将同舟会的成员叫到了正房的接待室。

“没想到回国的事情这么快就摆到了眼前，大家都是怎么想的？”她微笑着说完后，张开嘴深吸了一口气。世航知道，母亲做出这个独特的表情，就表示她接下来要说些坚决的意见了。

刘继泰代表众人，概括性地回答道："我与父兄商量后做出了决定，我觉得大部分人应该都是这样决定的。我所在的明治大学已经烧毁，今后要如何上课还需要视情况而定。还有半年就要毕业的人中，应该有不少人希望能再努力一下，拿到毕业证之后再回国吧。我的父亲和兄长也认为这样比较好。当然，每个人的情况不同。"

"我个人希望，至少同舟会的各位不要回国，"世航的母亲说，"这次的地震非常不幸。但是正因为这是百年难遇的灾难，我觉得也是一次珍贵的经历。今后日本应该会抓紧时间重建在地震中化为了灰烬的东京。如今，我们的祖国满目疮痍，使她复兴是我们的使命，但我们却没有能够参考的经验。两国的国情当然不同，但做任何事都是一种学习。我希望大家能尽量留在这个国家，尽量学习经验。虽然说这种话不太合适，但我会尽可能地帮助大家。无论有什么需要，大家都尽管开口。如果不方便告诉我，就跟世航说。"

紧张的空气笼罩着宽敞的接待室。终于，唐鼎权代表众人开口说："我明白伯母的心情。听了您刚才的话，我很受感动，我相信受到感动的不光是我一个人。"

"这只是我个人的愿望，我并不是想强迫你们，你们也不用现在就回答我。"世航的母亲打开了手中的文件夹，她的动作很温柔，这也缓解了学生们的紧张感，"有一件事要告诉大家，回国的李钦票马上就要回来了。他乘坐的船明天会到神户，船就是大家都知道的'新铭'号。"

"啊，钦票他……"王瑶香敲着膝盖。

招商局的"新铭"号从上海开往日本的消息，同舟会的成员们之前就从世航的母亲那里听说了。这是外国派到日本来的第一艘救援船，引发了人们的广泛讨论。

昨天吃饭时，世航的母亲开心地对大家说："我的侄子绍桓是报社的记者，他要搭乘这艘船来日本。"但她当时并没有提到李钦票，大概是今天早上才得到的消息吧。连家的双烟馆在横滨和神户都有店铺，总能最先得到准确的消息。

李钦票是同舟会的一员，在商大上学，他利用暑假回了家乡宁波。如今东京变成了这景象，大家都认为他暂时不会回来，没想到他却坐上救援船“新铭”号，回到了这里。

世航的母亲说：“他多半是托我弟弟的关系坐上船的。”救援船要运送救援物资，按理说不会让普通乘客乘坐。世航的一名舅舅在上海财经界有权有势，似乎负责了派遣救援船只的具体工作。

“新铭”号是一艘载重四百吨的商船，船上的救援物资是上海各团体紧急募集而来的。根据双烟馆得到的信息，船上的货物有：

大米一万石

面包两万包

木炭一千六百捆

其他——大量牛奶、肉罐头等

因为事出紧急，而且租用的船只较小，货物量不是很多，但援助这批物资表现出了真诚的心意。各团体共同组成的救援组织叫作“中国协济日灾义振会”。也许是因为世航的舅舅连远功与日本关系匪浅，他被选为义振会的理事之一。政府任命叶慎齐为慰问大使，与其他各团体的代表一同乘船访日；连远功当时在广州出差，因此没能乘船前往日本。

上海金顺记现在的主人是连远滋，他地位过高，不能作为代表随船。但义振会又希望能仰仗金顺记的联络网，连远滋便让儿子绍桓坐上了“新铭”号。虽然绍桓还是个新人，但怎么说都是一名报社记者。

李钦票似乎当时正寄居在上海金顺记——同舟会的人回国之后会把上海金顺记当成联络点。放假回家时，如果船在上海靠岸，很多人会在金顺记住一晚上，假期结束后回日本时也一样。李钦票大概是八月末在上海金顺记住了几天，等着搭乘回日本的便船。就在他暂住在金顺记等待具体消息的时候，正好“新铭”号决定出航，虽然不知道是以什么样的名义，但似乎连远功开了口，让他搭上了这艘船。

王瑶香说：“现在的情况下，这可真是个振奋人心的消息。”虽然没有人说出口，大家脑中都想起了仍在国内的陶芳韵，还有本来要和她结婚的吴康。

世航的母亲打开文件夹读着："除了上海，北京也派来了慰问使者。他们要乘坐关釜的联运船经朝鲜来日本。他们的代表是江庸。"

"江庸先生吗……"赵锡堂苦笑着耸了耸肩。直到去年，江庸都还是北洋政府驻东京的留学生管理者。同舟会的人支持孙文的军政府，因此与北方官员的关系并不融洽。在他们之中，赵锡堂与江庸曾经有过激烈的争吵。

王瑶香嘲笑他："你的好对手又来了。"

世航的母亲突然想起来，说："对了，'新铭'号好像要在神户卸货，世航，你到神户跑一趟吧。正好把钦票和绍桓带回来。双烟馆要更热闹了。"

"啊……"突然这样被打发去神户，世航不知道该说什么才好。

8

铁路的修复工作进展顺利，与之相应，海上的航运也非常繁忙。各个轮船公司都将其他航线的船舶撤回，开始在神户与横滨之间航行。例如上海航线的"长崎"号、"上海"号，北海道航线的"神瑞"号、"大荣"号等，都开始在神户与横滨之间来回航行。特别是"长崎"号和"上海"号，这两艘船是今年二月刚刚建成的快船，从神户开到东京芝浦只需要十七个小时。

温世航在第二天，也就是十二日的下午到了神户金顺记。当天上午九点，"新铭"号就已经抵达了神户港。

世航是来这里接表哥连绍桓和同舟会的李钦票的，结果反倒让两个人等他。

"吴康呢？"这是李钦票见到他后说的第一句话。李钦票在上海的时候已经通过金顺记得知了吴康失踪的消息，他问的是在那之后有没有新的消息。

"还是老样子。"世航摇了摇头。

"是吗……"李钦票咬着嘴唇说。

连绍桓敲着笔记本，说道："真糟糕。情况比我听说的还要严重。我今天上午去了中华会馆，收集了整整一本的消息。"

位于神户中山手的中华会馆收容了数百名从横滨前来避难的中国受灾者。连绍桓去那里采访过，兴奋之情至今还没有平复。绍桓比世航年长三岁，在东京留过学，两人在上海也见过几面，因此省去了寒暄的话。

“东京的情况还不算太糟。”绍桓取出一本新笔记本，上面写满了数字。

根据连绍桓的调查，居住在京滨地区的中国人大约有一万两千名，东京和横滨各有六千人。其中，东京的死者不足千人；在横滨，听说至少出现了四千名死者。

“横滨的受灾者中有几个精神出现异常的人。”与绍桓一起去采访的李钦票说。三人面面相觑，摇了摇头。

连绍桓叹了口气，说：“我还是第一次遇到让人这么疲惫的采访。”

“仓库那边怎么办？”

“明天再去吧，我想休息一下。”

因为中华商会无法收容所有人，华侨商社开放了仓库供受灾者居住。据说在神户避难的中国人总数已达到了四千，其中有大约一千人已经回国。就在绍桓他们抵达神户的这天，大约有六百名受灾者乘坐从神户开往上海的“熊野”号回国。

那天晚上，三人在一间房里摆了三张床铺。世航将吴康的事情和唐鼎权的想象都告诉了钦票。

听完后，李钦票叹了一口气，说：“比起芳韵，吴康更喜欢淑妍吗？”

“你也觉得不可能吧。”世航寻求着李钦票的赞同。李钦票看起来也不能相信这一点。

“因为芳韵太光彩照人了？美得令人炫目。从远处看很好，不过要一起生活的话，就是另一回事了吧。”

李钦票是这样分析出现在唐鼎权“小说”中的吴康的心理的。

“是这样吗？”

“先不管‘小说’的情节，真的找不到吴康了吗？”

“如果他人在横滨，八成没有希望了。剩下的两成……要我说的话，估计是坐船来神户了，就像你在中华会馆中见到的人那样。但是如果吴康来了，应该会去神户金顺记落脚。”

“就算他在港口换乘其他船回国，也一定会去上海金顺记露个面。”

“那有百分之九十七的可能性是没希望了。”

“剩下的百分之三的可能是什么？”

“嗯，百分之一的可能是他在从事特殊的工作，认为可以借这个机会让别人认为他已经死了，这样更方便行动。只是这种可能性太像小说里的情节了。”

“很像《基督山伯爵》。”

“还有百分之一的可能是他在神户换乘的船没有去上海，而是去了天津或者香港。不，不会是香港，因为香港也有金顺记。”

“最后百分之一呢？”

“嗯……简单来说，就是疯了吧。”

“不可能！世航，你可能比鼎权还会写小说。”

“再说下去就没完没了了，你坐船过来也累了吧，快睡吧。”

“我怎么会累？我可不像学长那样，是被人捧在手心里长大的。”

连绍桓在进入商大前毕业于东京高商，算得上李钦票的学长。不过，李钦票话虽这么说，但还是很快就睡着了。

第二天，三人去了一趟仓库，慰问中国受灾者。开往上海的船出发后，留在仓库中的大多是广东人，等待去香港和广州的船。

当被问到是否还会来日本时，大部分人都摇了摇头。这会让他们回忆起地震那天发生的事情。如今每个人都身无长物。

“太惨了。”连绍桓和李钦票接连重复着这句话。然后，两人都缩了缩脖子，天上刮起了大风。

“虽然很惨，但地震已经过去十多天了。就算只剩下身上穿的衣服，也比地震刚发生之时好多了。我可不觉得现在很惨，因为我在那天见到了地狱。”世航边扣着衬衫的扣子边说，风吹拂着他的头发。

李钦票抬头看着空中快速流动的云，说：“台风好像要来了。”

几个港湾的工人站在码头上聊天儿：

“看情况，明天没有工作可做了。”

“虽然受灾的人很惨，但我们也没饭吃了啊。”

“从今天晚上开始，汽艇就没办法出海了吧。”

金顺记的店员从仓库走出来，提醒世航他们快点儿回去。三人道谢后向店里走去。

世航回头看了看码头，小声嘟囔道：“明天船没办法出海吧，看上去要延期两天左右了。不过，‘南无’三号能靠岸吗？”

英国船“南无”三号原计划第二天早上进港。预计有八百名避难者会登船，其中有四百五十名中国人。连绍桓打算采访过他们之后乘船去东京。当然，世航和钦票也计划与他同行。

“起浪了。这里明明在防波堤里面。”钦票也回过头。

“风云骤变，形势紧急。”绍桓用抑扬顿挫的语气说。他正打算回头，却因侧面吹来的风不由自主地蹲下了身子。

希天失踪

1

秋风送爽，阳光温柔地洒在身上。追悼会的帐篷里也充斥着秋日的气息。

麟祥寺里的树叶还没有泛黄，但温世航已经感到了秋意。他已经好久没有如此真切地体会到季节的变化了。无法用岁月来衡量的时间洪流漫长而深邃，不由分说地横亘在他与整个世界面前。

温世航将视线从绿树移到了郭浩安泛着青黑色的光头上。他与郭浩安相识两年，却不知道他是僧人。郭浩安说自己是文科生，在早稻田学习哲学。他曾经挠着和尚头对大家说："这样比较清爽，要是留长发就容易上火。我这人脾气暴躁。"世航相信了他的话。三天前，他才得知郭浩安是正式出家的僧人。当聚集在双烟馆的众人讨论有谁能参加追悼会时，郭浩安说："我肯定要出席，他们请我去诵经。"在场的人全都一头雾水。

世航代表大家问："你要去哪里诵经？"

郭浩安回答："肯定是在追悼会上啊！我可是和尚，这边能用汉语诵经的人很少。"他说自己并不是刻意隐瞒的，而是以为大家都已经知道了。

他反问道："芳韵没跟你们说过吗？"他说自己是在普陀山剃度出家的，那时他受到陶芳韵父亲的不少照顾，所以芳韵知道此事。郭浩安也就想当然地以为芳韵告诉过大家，但芳韵不是这么多嘴的人。

关东地震到今天已经一个月有余，已经确定的死者有十四名，如今要为死难的中国学生举办追悼会。

死难者比想象中的少，但有些自费留学生与本国同胞的交流较少，难以查清他们的安危，所以实际的死难人数可能更多。而且，像吴康那样的失踪人员也没有计算在死难者中。这次“中华民国学生死难者追悼会”是中华学会主办的，在本乡区龙冈町的麟祥寺举行。

郭浩安平时都是平头，在那天特意理了光头，看起来完全是个称职的和尚。听他自己说，在三名导师、八名僧侣中，只有他用汉语诵经。世航想在众人的诵经声中辨别出汉语，但所有人的声音都交织在一起，无从分辨。

十四名死难者中有一名女性。这些人中没有世航熟悉的学生，不过他曾经与其中几个人说过话。商大的王宋混是湖北人，是个有血性的汉子。世航通过商大的李钦票认识他，如果再相处一段时间，他可能就会加入同舟会；王宋混的好友黎大康来自广西，是高工的学生。两人都在茨城县的北条被倒塌的房屋压死了。

留学生们每年暑假都会组织集体避暑旅行，今年去房州的馆山和茨城的北条。世航去年去过馆山，今年也受到邀请，但他因为有事而没有参加。邀请他的就是李钦票，他当时对世航说：“我也受到邀请，但我今年要回国，我已经两年没回去了。你要不要参加？我朋友王宋混会去，你也认识他。去年我们都去过房州了，茨城的筑波山应该也很好玩吧。”

今年，有六十人去了馆山，二十人去了北条。去北条的人们原计划八月三十一日回东京，但推迟了一天，所以在那边遇到了地震。二十人中只有王宋混和黎大康身亡。其余的十八名学生留在北条，协助受灾城市进行恢复工作，像是要为死去的朋友报仇一样。出于为亡友镇魂的心情，众人废寝忘食、不计报酬地工作。参加追悼会的北条代表也讲述了这段故事，感谢学生们的付出。

赵锡堂轻声说：“迟早也要办吴康的追悼会吧……”

温世航小声回答：“是啊。今天的名单中也没有王希天。”

王希天在留学生之中很有名，他是个热心肠的基督徒，而且为人仗义。他从名古屋八高毕业后没有进入日本的大学，而是决定前往美国。但这趟美国之行拖了两年之久，也是因为他为人仗义。

日本曾在第一次世界大战中获利，打下了良好的经济基础。但构成日本经济实力的要素中，廉价劳动力仍占据重要位置：与欧美各国相比，日本的人力费用低，也因此才能与发达国家竞争。日本的王牌在于可以迅速动员更加廉价的劳动力，而劳动力的来源就是近在咫尺的朝鲜和中国。“一战”结束后，日本经济没能保持景气状态，陷入了萧条。于是，日本便想利用这张王牌摆脱困境。由于制造业对廉价劳动力的需求，大量朝鲜和中国的劳工涌入日本。这些劳工为日本经济做出了重大贡献，日本也因此在国际竞争中占优。

但另一方面，劳工不可避免地受到压迫：因为可以轻易招到廉价劳动力，劳工的工资一直没有提高；不仅如此，失业人数也开始增加。前几年，日本政府以明治三十二年的敕令为借口，向中国劳工发出了驱逐令。那时，留学生站在了反对的最前列，而反对驱逐令运动的中心人物正是王希天。他从八高毕业后没有继续升学，可以自由利用时间，因而能够专注于反对运动。他没有一味地煽动反对声浪，而是利用日本的弱点，制定了有效的战略，促成了与外务省官僚面对面的谈判，并最终使日本政府撤回了驱逐令。

当时，王希天表示要召集各国政府，公开事情经过，这让日本外务省狼狈不堪。日本发出驱逐令的借口是“异族劳动者大量流入会造成社会紧张”，这一借口也可以被美国原封不动地套在日本移民身上。日本在发布驱逐令的同时也正在强烈反对美国对日本移民的排斥和限制，其武器就是人道主义。如果日本驱逐中国劳工的消息被报道出来的话，这个武器就会失去效用。王希天打算去美国留学就是为了以后能活跃在外交领域，所以他平时就十分关心国际问题，学习各种知识。他深知反对驱逐移民是日本重要的外交课题，因此做出了要大肆宣扬日本自身拒绝移民这件事的姿态。

王希天领导的运动让内务、外务二省及警视厅达成了共识：保留驱逐令，但不将其适用于中国劳工，即所谓的默许。日本政府随时都可以宣布驱逐令适用于中国人，而王希天等人也可以随时向世界公布日本的所作所为，双方在相互制衡下维持现状。

这样一来，反对运动取得了暂时性的胜利，但王希天没有止步于此。下达驱逐令的原因，表面上是中国劳工抗议工资太低，日本劳动力市场无法满足劳工的需求；但事情没有这么简单，更深层的原因是日本人对中国人的蔑视。这种蔑视来源于偏见。王希天在一次会见时的演讲中说过：“我们也有不少需要反省的地方。中国人在生活习惯、社会伦理、卫生观念等方面的水平都有待提高。”在演讲的最后，王希天总结道：“我们的运动并没有就此结束，它将迎来新的开始。”

在这之后，王希天延后了美国之行，以自己所在的中华民国基督教青年会为基础，组织了留日中华劳动同胞共济会，并亲自担任会长。共济会与日本的其他各种团体也有联系，旨在改善赴日中国劳工的处境，下设教育、治疗和慰问三个部门。其中，慰问部门主要提供娱乐活动——很多中国劳工都有赌博的恶习，一个重要原因就是大家没有其他的娱乐活动。

赵锡堂说：“过不了多久，中国同胞们就会为王希天举办隆重的追悼会吧。”

“王希天的追悼会一定会有很多人出席吧。但是吴康的追悼会……我真希望用不着办。”世航说着咳嗽了起来，线香的烟熏得他不停眨着眼睛。

2

麟祥寺的联合追悼会于下午两点开始，四点半结束。傍晚，同舟会的成员不约而同地聚集在温世航家中。

“王希天的名字果然不在其中。”在麟祥寺的追悼会上，留学生们就在对此事窃窃私语；回到双烟馆，众人就公开讨论了。

在日本的中国劳工约有两万人。在让日本政府撤销驱逐令之后，王希天从人道主义出发，继续关照着中国劳工。他并不满足于阻止驱逐令的实施，而是一心投入到共济会的工作中，美国之行也为此延期了两年。

在致力于共济会工作的同时，王希天发生了变化。虽然他自己什么都没说，但他身边的人都注意到，他与日本社会主义者的接触日渐频繁。对此，王希天大多数的朋友认为，共济会本身从事的就是与社会福利相关的工作，他与社会主义者的接触也是理所当然的。

“他果然是被杀掉的吗？”赵锡堂说出了自己在麟祥寺中默念过的话。他的声音沉重，但字字清晰。

“只能这么认为了吧。”世航的声音也很清晰，但他不能肯定。

赵锡堂接着说："但是吴康不同。"

世航点了点头。

地震发生的当天——九月一日，吴康就失踪了；而王希天在地震之后仍在为共济会的工作四处奔走。他平时就很忙碌，地震后更是忙得不可开交。不少人都看到过他擦着汗，精力充沛地说："真是的，我要是有两个，不，三个身体就好了。"世航曾在神田三崎町的日华学会中与他说过几句话。当时有人问他习志野那边会不会出事。

那时，朝鲜人要暴动的流言四起，日本各地自卫队都在虐杀不会说日语的人。无论是谁，只要日语不流利就会被当场杀掉。天灾和战争一样使人疯狂。平时是好父亲、好丈夫的人，此时也拿起棍棒要打死无辜的人。共济会会长王希天与日本相关人士商议，决定将中国劳工集体送往习志野一带。习志野的厂舍是陆军演习用的设施，收容能力很强。由于各地发生的虐杀事件，日本政府也希望将朝鲜和中国的劳工集中在一处。

语言不通的中国劳工一般都集中居住在大型工地附近。王希天通过共济会充分掌握了他们的所在地和动向，向习志野转移的事进行得非常顺利。但是习志野毕竟是军事设施，询问习志野会不会出事的人担心的也是这一点。

王希天笑眯眯地回答："你问会不会出事？没有比军队厂舍更安全的地方了。"虽然军队让人畏惧，但当普通市民成为虐杀者的时候，军队才是最安全的地方。

"你辛苦了。有你在我就放心了。"世航当时拍着王希天的肩膀这样说。

"习志野的事就交给我吧。"王希天拍了两三下自行车的车把笑着说。他一天到晚都骑着自行车四处奔走，皮肤被晒得黑黑的，看上去身强力壮。

世航说："只要有我能帮上忙的，我都会尽量帮。"金顺记可以在经济上给予支援，世航是想传达这个意思，王希天应该也明白。

"嗯，我过几天可能会去找你。"这是世航听到王希天说的最后一句话。

之后世航就去了神户，他跟做记者的表哥连绍桓和李钦票一起回到东京时，才听说王希天失踪的消息。

"我会调查此事。"也许是出于记者的本能，连绍桓立刻开始着手调查王希天的失踪。连绍桓是基督徒，他还在东京留学的时候通过中华民国基督教青年会认识了当时还在一高特设预科上学的王希天。因为这层关系，连绍桓觉得王希天的失踪并非事不关己。

“连先生没来参加追悼会啊。”唐鼎权想起来。

“是啊。他现在脑子里只有王希天的事吧。今天的追悼会和王希天没什么关系。”女子医专生王瑶香说。

赵锡堂直起身子，微微晃着肩膀，说：“王希天是被自卫队杀掉了吧。”

王希天善于交际，日语也很好。就算自卫队无差别杀人，以他的日语水平，他应该也不会被怀疑。而且，随着人员都转移到了习志野，“狩猎朝鲜人”的活动也结束了。

朝鲜人来袭的传言是从地震的第二天——九月二日下午开始蔓延开的。当天傍晚发布了戒严令，各地以青年团和消防团为中心组织起自卫队，军队和警察为其中一部分人提供了武器。各地以防备“朝鲜人来袭”的名义设置了盘查点，甚至有日本人因为口音太重而被杀害。

“十日早上我在神田见过他。那天晚上在这里吃了饭，所以不会记错。他当时正在保养自行车，说要去习志野。我好像是最后见到他的人，现在还没有发现在那之后见过他的人。”郭浩安不时挠着光头说。

九月十日，农历七月三十日，同舟会的人在双烟馆一起吃了晚餐。第二天，世航就匆忙赶往神户了。

自卫队的野蛮行径被禁止报道，但消息最终还是传到了国际上。日本政府不得不镇压自卫队的擅自行事。因为没有新闻报道，人们只能从街谈巷议中得到消息：似乎直到九月七日，自卫队的野蛮行径才终于平息了下去。

“看来是针对社会主义者下得手啊！”刘继泰说。

世航咬着嘴唇，说：“我也这么想。只能希望他是被拘留了。”

郭浩安双手合十，说：“只能祈祷了吗？”

刘继泰歪着头问：“连先生查出什么消息了吗？”

张淑妍担心地说：“我也担心连先生。那帮人现在最害怕的不就是外国记者吗？如果是这样的话，连先生真的很危险。”

“我已经跟他唠叨过很多次要万事小心了。”世航也担心着表哥的安危。

一群人在这里简单地吃了晚饭。饭后喝茶的时候，连绍桓回来了。

郭浩安代表大家对他说：“太好了，大家都很担心你。”

连绍桓点了点头，说：“谢谢你们。不需要担心，事情并没有那么危险，这是我的工作。”

世航焦躁地说：“哥，你还不知道为什么危险吗？”

“我很清楚。你已经狠狠地教育过我了。”

“那就好。从明天开始我要和你一起去，你一个人去太让人担心了。”

“我可是住在上海的人。那里比这边危险多了。”

“哥，你还不明白吗？东京现在处于特殊时期。”

“我知道，谢谢你。好吧，明天开始你跟我一起走，我也需要个助手。”

连绍桓拿起茶杯，喝了一口茶，连连点头，称赞道：“这是上等的龙井啊！真好喝。”

3

当晚，世航与表哥连绍桓聊到了很晚。因为从第二天开始就要与表哥同行，世航必须了解他的调查进展。

虽然同样是失踪，但与地震当天就没了消息、几乎没有一丝线索的吴康相比，九月十日王希天还活着，能调查的头绪相对较多。

“首先是常规的背景调查……”连绍桓开始了记者式的情况分析。

对无情的国家统治意志来说，就连前所未有的地震和大火这种天灾也是可乘之机。社会主义者是日本国家统治意志最厌恶的人群，自然会有人借此机会试图摧毁他们。

江东龟户警署虐杀九名社会主义者的事件至今还被禁止报道，但是对于报社记者连绍桓来说，探听此事并不困难。他查出被害九人的姓名和履历，记录在本子上：

河合义虎，二十二岁，共产青年同盟南葛劳动组合干事

铃木直一，二十二岁，同组合成员

北岛吉藏，二十二岁，同组合成员

山岸实司，二十一岁，工人运动家

近藤弘三，二十岁，组合小松川支部成员

加藤高寿，三十岁，有入狱经历

吉村光治，二十四岁，组合支部成员

佐藤欣次，二十岁，组合成员

平泽计七，三十四岁，工人运动家，原友爱会干事

连绍桓对世航说：“江东本来就是工人运动盛行的地区，听说从事组合运动的人和警察之间平时经常发生摩擦。地震后，黑名单上的人员一个不剩地被拘留起来了。”

“你说‘一个不剩’，就只有九个人吗？”

“被杀的只有九个人，也有说法说是十个人。至于被逮捕的人数则有各种说法，从八百人到一千五百人都有。被拘留的实际人数也并不清楚。”

“龟户警署的拘留所有那么大吗？”

“听说从署长室到门房、礼堂、武道馆，全都用来关押被拘留的人了。”

“拘留那么多人，龟户警署的人员能看守得过来吗？”

“不能啊，所以警察让军队来接替他们的工作。被拘留的人中有领导者唱革命歌曲鼓动群众，就被拉出去杀了！”

“这也太血腥了。”

“他们似乎认为只要杀掉几名领导者，社会主义运动就会平息。军部想得太简单了。在日本军队里力量至上，强大的人就会胜利。那群人信奉力量，所以认为只要展示出强大的力量，什么都可以消灭。”

“这件事和王希天有关系吗？”

“在龟户被杀的九个人很活跃，都上了黑名单。他们不是被随手选出来杀掉的，警方是故意以他们为目标。虽然我不想这样说，但王希天也很活跃，他可是共济会的会长，甚至可以无所畏惧地走进外务省，向中国劳工演讲。”

“王希天的演讲并不是煽动性的。他是学校的老师，不，是牧师。我记得他有代理牧师的资质，那些都是温和的布道吧。”

“因为他是用汉语说的，特高科警察和宪兵都听不懂内容。于是他就变成了向劳工演讲的危险人物。”

“你这么一说，王希天演讲时确实有很多夸张的肢体动作。如果听不懂内容，看起来确实像是在说些激进的言论。”

“根据我的调查，他似乎与日本的社会主义者也有些交流，因为他们的活动都是为了劳工。”

“他是天生的社交家啊！”世航能回想起不少王希天善于应酬的场面。

“只凭在驱逐令一事上让外务省为难这点，就足够他上黑名单了。”

“我们也不必这样悲观吧。”

连绍桓摇了摇头，说：“很遗憾，我越是深入调查，就越是悲观。”

“他不是也有可能只是被拘留了吗？”

听了世航的话，连绍桓依然摇了摇头。

世航看着连绍桓，问：“没有希望了吗？”

连绍桓为难地说：“我拜托了外务省的陆奥先生。”

在为驱逐令问题奔走并建立共济会的过程中，王希天认识了外务省的陆奥广吉，两人成了好友。陆奥广吉是陆奥宗光的长子，是世袭的伯爵。如果连绍桓已经联系了这位陆奥伯爵，却依然得不到王希天还健在的消息，恐怕只能放弃了。

世航低落地说：“那边也没消息吗？真的就这样被悄无声息地葬送在黑暗中了吗……”

他与王希天的关系算不上亲密，王希天出生于吉林省，两人的性格也大相径庭。王希天有卫理公会教派的代理牧师资质，有在关键问题上逃避到信仰中的思想倾向。对此，世航经常感到无法认同，与他合不来，但是也并不反感他，也许这就是王希天的人格魅力吧。世航有时会突然羡慕他的乐观主义，而且佩服他无私奉献的精神。这个男人的生命就这样被悄无声息地葬送在黑暗中，这让世航心中升起怒火。

连绍桓激动地说：“被悄无声息地葬送在黑暗中？我决不允许。我正是为了让真相大白于天下才拼命调查的。”

连绍桓摇着世航的膝盖，补充道：“所以，我需要你的帮助。”

世航点点头："我会尽自己所能。"

"军部和警察想掩盖龟户警署的事件，但是江东地区的劳动组合和总同盟都要求查明真相。根据我的调查，自由法曹团也开始认真对待此事了。其实根据我今天收集到的消息，当局似乎也将于近期解除对这次事件的新闻管制。"

"看来没有被悄无声息地葬送在黑暗中。"

"这件事已经瞒不住了，不过那些家伙似乎想利用这次事件。"

"怎么利用？"

"掩盖更大的事件。不，就算无法掩盖过去，他们也想尽量淡化影响。"连绍桓深吸一口气，似乎是想平复激动的心情。

"你是说大杉荣事件吗？"

"是，也包括甘粕大尉的事在内。他们的终极目标似乎是把虐杀朝鲜人事件包装成无可奈何之举。"

"王希天并不是激进派啊！在同舟会的人眼中，他反而是最温和的。"

"人已死，他们就可以随意处理了。"

"真让人厌恶。"

"关于甘粕那件事，因为被杀的大杉荣是名人，报社记者都有所行动，所以没办法掩盖；如果被杀的不是那么出名的人物，大概整件事都会被悄无声息地掩盖下去吧。其实我东奔西跑地调查，也是想让当局知道有记者在调查王希天的事情。"

"所以我才说你现在很危险。全日本的报社都在追踪报道大杉荣那件事，因此政府才会束手无策。如果让他们知道调查王希天这件事的只有你，那些家伙可能会毫不犹豫地让你消失。"

"哈哈，这话真让人不安。"连绍桓缩着脖子抿嘴一笑。

宪兵大尉甘粕正彦杀害无政府主义者大杉荣一事发生在地震后的九月十六日。大杉荣是在东京宪兵队本部被杀害的，很明显这并非甘粕的个人行为，而是军部的意思。戒严令之下什么事情都能做，军部一定是借此良机除掉了反体制的激进派大杉。

大杉荣在今年巴黎举行的五一节集会上发表了关于日本五一节的演讲，他在法国遭到逮捕并被驱逐出境。事件发生时他刚回到日本。去年他也参加了在柏林举行的国际无政府主义大会，可以说是当今的话题人物。记者们自然会始终关注他的动向。军部太小看他的受关注度了。军部认识到此事无法掩盖，于是在四天后的九月二十日将甘粕大尉送上了军事法庭，同时罢免了戒严司令官福田大将，并派山梨大将接任此职。人事方面的变动没有就此停止，宪兵司令官小泉少将和东京宪兵队长小山大佐也被突然停职。陆军省在各大报纸上对这项公布做了如下说明：

担任东京宪兵队涉谷分队长兼麴町分队长的宪兵大尉甘粕正彦，于九月十六日执行职务之际实施违法行为。此二人因对部下监督不力，给予上述处分。另外，甘粕大尉目前在军事法庭接受审理。

普通人在这份说明中看不出甘粕大尉的违法行为是什么。到了九月二十四日，陆军省才终于公布了以下内容：

陆军宪兵大尉甘粕正彦犯下以下罪行，调查预审已结束，于本日提起公诉。甘粕宪兵大尉于本月十六日夜间，将大杉荣及另外两人带往某处致其死亡。此犯罪行为的动机如下：甘粕大尉向来认为社会主义者的行动有害于国家。因担忧无政府主义者巨头大杉荣等人会趁此次大地震之机，在震后社会秩序尚未恢复之时图谋不轨，甘粕大尉认为自己有义务为国家铲除毒瘤。

对动机的这些解释字里行间都流露出对甘粕的同情态度，甚至隐隐可以听出遗憾的意味，似乎对甘粕提起诉讼是不得已的行为。

“是记者的力量逼迫日本政府公布了事件的真相。”作为一名普通记者的连绍桓自豪地说。

世航说：“王希天的事发生在大杉之前吧。”

王希天在九月十日失去音讯，大杉在十六日被逮捕。日本军部被迫公布了大杉事件的消息，王希天的失踪却像是要被敷衍过去了。

连绍桓说：“世航，你明白助手的工作吧？”

世航心中不觉浮现出一丝感伤：“我明白。但是我们都要珍惜生命。”

4

世航曾经称赞王希天完全不顾自己、全力为他人效力的行为。现在他只要与别人见面，就会尽量提到王希天。王希天的知名度没有大杉荣高，因此他的事情很可能会被悄无声息地埋没。虽然他在留学生、华侨和劳工之中名气很大，但只有一小部分日本人知道他，比如日华学会、外务省、警察外事科和基督教相关人员。与大杉相比，王希天的失踪几乎不会引起人们的讨论。

现在看来，王希天几乎已经没有生还的希望了。但即使他已经死了，现在也要采取行动，让更多人知道他的名字；让日本当局知道，王希天不是可以这样敷衍过去的人物。

有人好心地提出："真可怜，那么优秀的青年失踪了。我认识的人里有日本警察的高层，可以请他帮忙调查。"

世航向她行了一礼，说："那就拜托您了。"作为报社记者连绍桓的助手，求助他人也是他的工作之一。

询问警察高层并不会有什么结果。但这可以让警察当局知道，有记者在积极调查王希天的失踪。

记者助手的一天结束了，世航回到双烟馆，和表哥连绍桓一起商量今后的行动方针。

"我打算下周回上海。"连绍桓突然说。

"没错，这样可能会更有效。"世航赞成表哥的决定。经过这一天的合作，他充分了解了连绍桓的工作。用一句话来总结，就是要提高王希天的知名度。现在效果有限，这种时候由中国向日本质询王希天的情况反而会更有效，这一定能让日本政府认为他在中国也是很有名的人物。所以，连绍桓必须回国斡旋此事。

连绍桓说："我必须先去一趟神户，只能再在东京停留几天。我回国期间，这边的工作就交给你了。"

“我会尽力而为。啊，今天是周二吧。”世航拿起报纸。

今天的晨报大张旗鼓地报道了大杉事件，公布了昨天开庭的军事法庭上的内容。九月二十四日的报道中提到甘粕大尉杀害了大杉荣和另外两个人，但没有写明另外两名死者是什么人，只是推测其中一人是失踪的大杉的妻子伊藤野枝。而今天的报纸公布另一名死者是年仅六岁的橘宗一，这让众人受到了强烈的冲击。

橘宗一是大杉妹妹的儿子，在美国出生。伊藤野枝也是无政府主义者，所以可以把甘粕杀害大杉夫妇的动机解释为他深信无政府主义是国家的毒瘤。可是连天真的六岁孩童都不放过就只能说是疯狂的行为了。

连绍桓从日本的记者那里得到了不少关于这次事件的消息，可他也是看了报纸才知道宗一被杀的事。报纸记载了当时内阁会议上的情景：后藤内相满脸通红，指责这是不法行为；山本首相质问陆相，甘粕为什么要杀害美国国籍的宗一。最终，事情的真相被原原本本地报道出来。如果不是报社记者们的追踪采访，宗一的消失就会被当成在地震的混乱中失踪来处理了。可想而知，军部已经对记者们的行为气愤不已。新任戒严司令官山梨大将的讲话充分体现了这种态度：“甘粕大尉的事？这跟我有什么关系，你们找有关部门去问。日本的报纸本来就喜欢信口雌黄。弄出这种风波，倒不如像美国的报纸那样——既然是假的，就让人一看就明白是胡说八道。你问我为什么要看假新闻？我才不会看，只不过扫了一眼罢了。谁要看这种谎话连篇的报纸啊！”[1]

“出了昨天的新闻，后面不好办了啊。”连绍桓说。大杉事件成了热门话题后，戒严司令官福田大将被撤职、宪兵司令官小泉少将受到了停职处分。田中陆相也提出闭门思过的申请却被驳回。区区几名无政府主义者被杀竟然连累到大将阁下，甘粕和他背后的军方一定没想到事情会发展到这个地步，自然会迁怒于“小题大做”的报社记者。由于军方对记者的警戒心增强，采访也变得更加困难。

世航说：“他们是不想看到大杉事件重演吧。”

“没错。戒备变森严了。虽然难办，但是必须做好能做的事。今天我粗略

[1] 这里指十月九日的《读卖新闻》。

打听过了，明天给你介绍一位可靠的人物。他一直很关照我。”

“麻烦你了。”世航说。

世航也关心着王希天，但他并不打算一头扎进失踪调查中。世航认为，在王希天失踪后，照顾中国劳工才是需要优先解决的问题。习志野收容的大约三千名中国劳工几乎都已经回国。经过世航的交涉，他们乘坐日本政府租用的船回国，路费由日本政府承担。如果王希天现在在这里，他一定会斡旋此事。在麟祥寺举办追悼会的两天前，最后一艘归国船只“千岁”号从芝浦起航了。留下来的少数人，都是有亲人在日本或者和日本的女子结了婚、生活有着落的人。

做完这项工作后，世航心中的一块大石头落了地。追悼会是一道分界线，他开始思考今后该做些什么。母亲自然认为他应该留在金顺记工作，不过她也说过：“如果有工作能用上你的专业知识，我也不会反对。”

世航想在京都大学文学部学习历史，但最终选择了美术史。靠这些知识找不到能填饱肚子的工作，他自己也打算找一份与专业无关的工作，只将美术史当成一辈子的兴趣。

就在这时，初出茅庐的新闻记者、世航的表哥连绍桓从上海来到了日本，拜托他查清王希天失踪的事件。

温世航将吴康的事情也告诉了连绍桓，说：“还有一个人也失踪了。”

虽然这不是自己主动去做的工作，但世航预感到自己将要深陷其中。

5

连绍桓第二天介绍给世航的人是堀川进吾。他以前是一名记者，在杂志社工作过十年，又在报社记者的岗位上奋斗近二十年，两年前过了六十大寿，现在已经退休了。堀川的儿子和连绍桓是好友。

他在记者界混迹多年，就算如今已经离职，但只要他想，他就能得到令人难以置信的大量信息，大概是因为他为人诚信吧。从外表上看，堀川温厚和蔼，始终面带微笑，完全想象不出他是在报社记者的战场打拼多年的人。无论提到什么话题，他脸上的笑容都不会消失。

“你们提到的人啊，差不多都返过场。”堀川进吾对连绍桓说。他鹤发童颜，皮肤很有光泽，掩盖了岁月在脸上留下的皱纹等痕迹。

“您说的返场是指？”连绍桓问。

“哈哈，向我询问他们的事情的人，你已经是第三个了。”

“第三个……是吗？”连绍桓理解了堀川进吾话中的含义。他之前与见过或者有可能见过王希天的人见面交谈。在那之后，又有别的人向这些人询问过王希天的事情。堀川将这种事情叫作“返场”。

“连先生怕是被人跟踪了。”堀川进吾表情愉快地说。

“真的吗？我一直很小心的。”

“哎呀，无论再怎么小心，都有人能够不着痕迹地跟踪你。他们可是专业的。专业，明白吗？”

“啊，这样啊！”

如果跟踪连绍桓的是专业人士，那就是指日本宪兵或者特高科警察。如果王希天已经被杀，凶手应该就是他们。但他们没有必要寻找王希天的行踪，又为什么要接触与王希天有关的人呢？

堀川说：“他们是想知道你调查到什么地步了吧，另外还有其他原因。”

“您说的其他原因是？”

“为了想出要使用什么借口。”

“借口？”

“他们必须编出各种借口，对外宣称王希天是怎样的危险人物、有什么样的危险计划。”

“原来如此，确实是这样。”

“如果昨天也有人跟踪你，他们一定已经知道了后续工作将由温先生接手。”

“后面的事情不好办了。”连绍桓叹了一口气。

“这件事姑且不提，作为一名业余记者，连先生调查出了不少东西啊。”

“业余记者吗……”连绍桓一直认为自己是一名能够独当一面的记者，被堀川进吾叫作业余记者，他多少有些不满。

“抱歉啊。不过你今后还会成长的，我只是说你现在还不老练，你不要太在意。你还年轻，还有没调查到的地方。我现在反正没什么事，就自己调查了一下。我很注意尽量不影响到你。然后，我发现了你采访时漏掉的要点。”

“什么要点？”连绍桓身子不由自主地前倾。

“女性。王希天身边不会没有和女人的纠葛。你调查过吗？”

“女性吗？倒是有在共济会帮忙的女大学生。”

“不，共济会的志愿者和他并不亲近。”

“其他人啊……我见过在救世军工作的人，和他们谈过。”

堀川笑道：“我也不是指她们。”

“我能想到的女性只有她们了。”

“所以我才说这是你没有采访到的要点。”

“看来，被您说是业余记者，我也不能有怨言啊。”连绍桓看上去非常失望。

“不过，这也不能怪你，”堀川进吾安慰道，“因为那名女子是王希天来东京前就认识的人。她不在东京，无论你在东京怎么查，都查不到她的。”

“来东京之前……是在名古屋吗？”连绍桓问。王希天在共济会做事前，曾在名古屋第八高等学校学习过三年，很可能与那边的女性关系密切。

堀川说：“没错，就是名古屋。说是认识，其实两人的关系是在毕业之前才变得亲密的。”

连绍桓佩服地说：“堀川先生的采访功力确实非同凡响，我还是太青涩了。”

“报社记者为了采访必须四处奔波，这是铁则，要磨破不少双鞋才行。但是，采访不止如此，还要拓宽人际关系，尽量增加信息渠道。我会发现王希天的女性关系，也是因为我朋友的儿子曾经在八高上过学；虽然他比王希天高一级，不过他给我介绍了一个与王希天关系亲密的人。我就是从他口中听到这个女性的事情的。王希天虽然善于与人交往，但是能倾诉恋爱烦恼的朋友并不多，那人可以说是他唯一的挚友。”堀川向两人解释了事情的经过。

“这个人现在在东京吗？”

“他是东大的学生。”

“请您将他介绍给我。”连绍桓将双手放在膝盖上郑重地鞠了一躬。

“连先生，我看你做事都是自己单干，你觉得分工合作如何？你回上海处理王希天的事，这边的调查就交给温先生怎么样？”

“我正有此打算。”

“那我就将他介绍给温先生吧。你觉得如何？连先生。我看温先生是个值得信赖的年轻人。”

“我也是这么想的。”

“那就没问题了。另外，既然连先生选择了记者这条道路，我有一件事想要提醒你。”

“是什么事情？”

“你现在追查的，是王希天出了什么事。现在还不能确定他是生还是死，生存的概率有多大。你是为了确定他的生死而四处奔波，也是因此才要调查关于他的事情，比如他的老家在吉林省，双亲健在。但如果你在调查过程中，把过多精力放在对王希天个人的调查上，忘记了自己真正要调查的事情，就不好了。你明白吗？”

“我知道了。就是说要始终明确调查目标。”

“这一点很难。调查目标确实很重要，但也不能将你调查的人看作木偶；要在一定程度上调查这个人本身，但也不能陷得过深。如果陷得过深，就会忽视目标本身。这不是一名记者应有的态度，而是作家的态度。他们会将目标放在第二位，而专注于人本身。这并非不可，虽然记者要警惕，但是作家反而应该如此。”

“我明白了。”堀川此话主要是对连绍桓说的，温世航却不由自主地随声附和起来。听了堀川的话后，他立即决定自己要采取作家的态度：既然两人共同负责调查此事，就应该分别采取不同的态度。世航认为，以自己的性格，比起调查目标，一定更容易被人物本身所吸引。

6

王希天的形象在温世航心里正在逐渐清晰起来。在华侨和留学生的圈子中，王希天很有名。与前辈世航相处时，他也一直彬彬有礼。其实王希天比温世航大一岁，但世航从日本的中学直接进入大学，不像一般的留学生那样要先研修，而是以最短的时间从大学毕业；王希天则是从高中毕业后一直在从事共济会的活动，耽搁了时间，因此世航比他早了很多届。

王希天出生于东北吉林省，这可能也是他此前与温世航关系疏远的原因。同舟会虽然没有入会资格的规定，但成员都是吴越地区的。王希天与这些人并无太多交集，他可能甚至没有听过同舟会的名字。

现在，王希天疑似被人杀害了，他在世航心中的形象才逐渐清晰起来，更准确地说，是世航才开始渐渐了解他。

除了出生地不同，或许虔诚的基督徒这一身份，也是让世航与王希天关系疏远的原因。死亡不光能将人从出生地中解放出来，还能将人从信仰中解放出来吗？

世航曾经反省过：共济会的工作本来应该由他来做的。他虽然已经大学毕业，但并没有稳定的工作；王希天本打算去美国留学，却做出牺牲，特意为了共济会而延期。相比之下，如果温世航来做这项义务工作，不会遭受任何损失；但正因为他没有去做，王希天才接受了这项工作，最终死于非命。对于他的死，世航并非没有责任；现在也正是这份责任促使世航去了解王希天。

王希天的挚友酒井忍和世航交谈时，几次用手绢擦眼角，他也觉得自己要对王希天的死负责。承蒙堀川进吾的好意，世航在堀川没有被烧毁的家中与酒井见了一面。

大约半年前，有自称是警视厅的人多次问过酒井关于王希天的事请。在当时的日本，思想调查并不罕见。

酒井对警视厅的警员说："他是温厚、信仰虔诚的人。你们如果要调查思想过激的人，一定是找错人了。"因为王希天和过激思想八竿子打不着，所以当时酒井并没有认真对待，只是怀着取笑的心情，认为这是警员的误解。

"现在想来，王希天在那时就已经上了黑名单啊！我现在特别后悔，当时为什么没有更认真地帮他辩解呢？就因为我用半开玩笑的态度对待，他们才没把王希天的名字从黑名单上去掉。当时只觉得不可能，是我太天真了，真是遗憾。"

王希天已经失踪了一个多月。酒井应该在很早之前就已经知道了挚友的失踪，但时间似乎没有消弭他的悲伤和懊悔。刚开始，世航很理解酒井忍眼眶中满溢的泪水，但随着两人的交谈，他渐渐地察觉出一丝异样。这个男人的泪水似乎并不正常，他眼睛深处闪烁着的超越挚友感情的光，很快被眼泪掩盖过去了。

“酒井先生，那名警视厅的警官不是只问过你吧。他应该问过很多人，当局是根据所有人的回答综合判断的，这并不是你一个人的错。”世航不得不对他说出安慰的话。

“他要是早点儿去美国就好了，”酒井忍说，“是那个女人把他拖住了，如果没有那个女人就好了。”

“在名古屋的女人吗？”

“没错，就是泷口信子。”酒井被世航怂恿，说出了那名女子的名字。

世航知道，酒井的话只是他的一面之词。只要没有查清酒井的眼泪下隐藏的光源究竟是什么，就必须对他保持警惕。

但是从酒井的话中并不能听出泷口信子是个什么样的人。

泷口的家在王希天居住的公寓附近，信子的父亲很喜欢王希天；因为这层关系，她经常主动去找王希天。

酒井说：“她就是那种女人，你懂的吧。”世航点了点头，但他并不明白酒井带着轻蔑的口气说出的“那种女人”是什么意思。酒井只说了信子会主动去找王希天，但没有提到具体的情况。

泷口信子的父亲喜欢作汉诗，经常邀请王希天到家里讨论诗歌。虽说是被邀请，但其实是王希天主动去泷口家。这样看来，也有可能是王希天主动接近信子。

在王希天入学那年，郁文刚好从八高毕业，他经常与名古屋的汉诗作者服部担风讨论诗歌。在当时的日本，经常会有这种交流。郁文就是郁达夫，是当代中国的优秀作家。他入学时进入了医学部第三升学部，但是第二年又进入了文科学习，因此在八高学习了四年。信子的父亲正是从郁文那里得知，留学生中有会作汉诗的年轻人。对于王希天这样会作汉诗的年轻人，泷口信子的父亲可能期待他是第二个郁文吧。世航在留学生的机关刊物上读过好几首王希天的诗，觉得他远远不及郁文。在世航的随意想象中，说不定王希天为了接近信子，虽然水平不高，但依然努力写诗，以便出入泷口家。

酒井只是反复说着泷口信子不是个好女人，让人为难。他并没有具体描述出她的样子，只有这些话语空虚地浮现在眼前，让他的话显得愈发不可信。

听着酒井的话，世航脑海中不自觉地浮现出与他的话完全相反的故事：也许泷口信子确实是王希天留在日本的原因，但并不是她故意留住了王希天，而是王希天无法离开有她在的日本。如果是这样，那共济会的工作不就只是王希天的借口了吗?

不行，不能有这种冒犯王希天的想法，这个只是你自己为了逃避责任而想出的故事而已。

世航拼命从脑海中挥去自己构建出的故事。

而酒井像烧昏了头一般，陷入了愤怒和悲伤。他认为单纯的王希天是被妖女迷惑了。比起失踪，王希天留在日本的事更让他惋惜。

“现在说已经没有意义了，但是如果有消息请一定告诉我。作为王希天的朋友，我还抱着一丝希望。”说完，酒井离开了堀川家。世航将他送到玄关，再回到接待室的时候，这个家的主人堀川进吾已经坐在了那里。

“完全是他一个人在倾诉吧？”堀川笑着问。

“确实是。”

“那就和我听到的几乎一样。你问了什么问题吗？”

“那种气氛下我没办法问问题，”世航摇着头回答，“而且，我想就算问了也没有用。”

“哈哈，我也这样认为。你要去名古屋吗？”

“我打算最近跑一趟。”

“你问到她的地址了吗？”

“刚才的气氛真是问不出来。只要我一提那个女的，酒井就像被火烫到一样。”

“那你有什么线索呢？”

“酒井提到了她父亲的名字。泷口弹山。因为他在作汉诗，应该能从这条线索找到他。”

“你是个出色的记者。”堀川拍着膝盖笑道。

7

温世航不能立刻去名古屋。虽然他没有工作，但在东京有很多事要做。连绍桓已经回上海了，他向世航介绍了可靠的向导堀川进吾，王希天失踪的事也终于能看到一线光明——那是堀川为他点亮的灯。

堀川说："好像是野战重炮第七联队的人干的。"他完全没有提到是怎么查出来的。如有必要，就要隐藏情报来源，这是记者的经验。因此世航刻意没有询问这一点。不过从堀川进吾的语气中可以听出来，消息应该准确。王希天是被军部逮捕的。听到这个消息，世航的脑海中条件反射般浮现出大杉荣被杀害的场面。报纸上报道了当时的细节：

被宪兵队带走的时候，大杉荣身穿白色麻布西装，妻子野枝身穿浅色纺绸布料的洋装，六岁的宗一穿着大斑点的浴衣。甘粕大尉将三人勒死后脱下了他们的衣服，用锋利的剪刀剪碎，又将三人随身携带的金壳手表等物品用锤子砸烂，用包袱皮包起来。他将遗体扔进古井中，又在当天夜里来到被大火烧过的通信省，烧毁了破碎的衣服和包着支离破碎的随身物品的包袱皮。

军事法庭的公开审判让事情真相大白。世航在报纸上看到这则报道时，只觉得背后升起一股寒气。而现在，他在脑海中将王希天带入了当时的情境中。除了恐惧，对甘粕为了除掉"国家的毒瘤"可以采取任何非人道的行为，世航感到极其愤怒。

走在四处是焦痕的城市里，可以听到有人用喇叭大声呼喊：

"请大家帮忙为甘粕大尉的请命书签字！"

"不签名的不是日本人！非国民不许签字！"

世航默默地从签名运动的人群前经过，他认为刻意避开是懦弱的行为。

"你不签名吗？"有人用责备的语气问他。

世航盯着对方的眼睛说：“我不会为杀人凶手请命。”

“你说什么？！”那人大声说，口中喷着唾沫。

这时，世航身后传来女性的声音：“这种杀害孩子的人，请什么命！”

“你们快走吧。”负责签名运动的人在这名女性激动的声音前退缩了。

说话的是一位头发花白、面相温和的女性，浑身散发着知性气质。世航与她并肩而行。这位女性说：“狭隘的爱国情绪也让人困扰。真担心这个国家的未来。”她的身后传来挑衅式的嘶哑声音：“拒绝非国民签名！啊，那边有非国民，一个人、两个人……”

世航感到一阵头晕。他停下脚步，那名女性向他告辞后消失在车站中。

舆论一定不是由声音的大小决定的，但是毋庸置疑，这也是舆论的一部分。

报纸上的论调与街头的喧嚣完全相反。甘粕事件公之于众的第二天（十月九日），《东京日日新闻》发表了题为“军人之敌，人道之贼”的文章，强烈谴责甘粕的行为。另外，同一天的《读卖新闻》也评价甘粕大尉无视宪法的做法是“违背先帝御心的不忠不良之行为”，报道中写道：

即使甘粕大尉杀害大杉的动机有些许值得斟酌的地方，这也只是甘粕大尉自身的主观理由，暴露出他的无知无识、蒙昧妄断。如果认为此等低级幼稚的判断仍有酌情减刑的余地，只会将我国国民的平均智力水平低下暴露无疑。更值得憎恨的，是甘粕的行为中体现出的卑劣，这展现出了武士不该有的懦弱。如果甘粕真的有不惜牺牲自己也要为国除害的赤子之心，就应该只杀害大杉一人，然后义无反顾地自首，等待国家法律的正当裁决，并对尸体以礼待之、对死者的遗属谢罪，这样做才符合我国的武士道精神。这样一来，即使他的行为不为法律所容忍，他也值得世人同情。但甘粕此次的做法，是市井无赖的杀人犯为了毁灭证据、掩盖自己罪行而做出的行为。他所有残忍、卑劣的行为，都罪不可赦。毫无疑问，他杀害另外两人并对尸体做出的所有侮辱和残忍的行为，都是为了掩盖自己的罪行。为此，他不惜滥用职权。军中存在如此卑劣之人，败坏了我国全体军人的名誉。国民中竟有人将此等卑劣之人称为国士，这只能说明我国存在令人震惊的道德低能儿。重要的是，甘粕没有任何值得同情的余地。军事法庭应以我国陆军的名誉，严正裁决此事。

“虽然这是应该的，但报纸的论调还真是严厉。”世航说出自己的感想后，堀川进吾展开剪报簿，说：“从文章中可以看出作者丰富的情感，新闻记者也感受到了危机。他们通过这篇报道传达出了寸步不让的气势。”作为前辈记者，堀川很清楚记者的心情。

“但是为甘粕请命减刑的运动依旧汹涌澎湃。”

“是啊。今天早上我去新闻社看了一眼，读者的投稿中大部分都是为甘粕请命的。他们对甘粕的感情与其说是同情，不如说是崇拜。”

“崇拜？”

“人总是要崇拜些什么才能安心地生活下去，简单来说就是心灵的支柱。人们渴望拥有心灵的支柱，就会去崇拜些什么。这时，甘粕出现在人们眼前，在地震这个特殊时期采取了异常的行动，可以说他正是人们希望看到的英雄。”

“就是说出现了崇拜的对象吧。”

“没错。明治维新过去了半个世纪，日本国民渴望稳定。如今日本已经成了一等国家，在世界大战时也经历过繁荣时期。国民对动摇国家稳定的行动不光敏感，甚至感到憎恶，认为采取这种行动的都是异端分子。日本人身上有排挤、孤立他人的性格特点，不允许异端分子存在。”

“大杉荣被当成了异端分子了啊！”

“我看了读者寄到新闻社的投稿。虽然甘粕接受了国法审判，但是有人认为，不认同国家的无政府主义者没有权利受到国家法律保护，这种想法很严苛啊！”

“像我们这样的外国人，从一开始就没有任何权利。因为王希天主张我们应该拥有权利，所以被憎恨吧。”

“关于王希天，我听到了一件让我很在意的传闻。野战重炮第七联队拘留王希天之后曾申请将他关押在龟户警署。”

“龟户？”

龟户警署正是传出虐杀传言的警察署。

“十二日的时候他在龟户警署。虽然可信度不太高，但是有人说在那里看见过他。王希天经常在各种场合露面，和普通人相比，认识他的人应该不少。”

“听说在龟户有不少人被杀。”

“他是军部关押在那里的人，我想警察署不会随便杀掉他吧。”堀川也无法肯定。

“如果他还活着，应该已经露面了，大概没希望了，但我还是希望他能得救啊。也许……”世航欲言又止。他有一种可能性很小的猜想：王希天会不会对一切都失去了希望，去了名古屋的女人身边。

“对了，你什么时候去名古屋？”堀川似乎注意到了世航的想法。

“这几天就去。”

“你不要有压力。”堀川向世航提出了忠告。

“说实话，我几乎已经放弃了，只是希望能了解王希天的经历。”

“连先生在上海的行动似乎很积极啊。他正在一点一点地引起中国对王希天的关注。日本也听到了消息，各个报社突然关心起王希天的事情了。”

“是吗？”

“你看今天的《朝日新闻》了吗？”

“还没有，今天早上有事，我没来得及看报纸就急匆匆地出门了。”

“这里写道：‘前途远大的王希天在事业尚未完成时行踪不明’。”堀川打开报纸，指着那篇文章读出了标题。

行踪不明的男子王希天（二十七）出生于吉林省长春市，在中国留学生间人气很高。来日后，他于前年从名古屋第八高等学校第一部毕业。本应继续升入大学的王希天，却突然下决心转学美国。就在他为赴美做准备时，政府下令要求日本国内两万名中国劳工离开。王希天见这些劳工陷入困境，毅然放弃去美国的志愿，为找出善后方法而奔走。他有着天生的雄心和宗教热情，创办了共济会，亲自担任会长，率领中日有识之士设立了治疗、教育、慰问部门，弥补中国劳工没有文化和技能的弱点，为培养善良的社会人鞠躬尽瘁。近来，他也经常为劳工的相关事宜与外务省的陆奥伯来往。他开心地说：“等这份事业告一段落，我就去美国的大学上学。”他的双亲和他的哥哥现在在中国。

世航不解地问：“《朝日新闻》为什么要登这篇报道呢？”

如今，失踪的人成千上万。报道上说王希天失踪了，却没有写明他是何时失踪的，只是姑且将他失踪的事情报道出来而已。看了这篇文章，一定会有读者认为他是在地震时失踪的吧。

“《朝日新闻》是觉得，王希天的事或许会在不久的将来引起话题吧。连先生在上海奔走的成果现在以这种形式显现出来了。这篇报道像是一个前奏，将来会下起怎样的暴风雨呢？”堀川说着，仔细地用剪刀剪下这篇报道，贴在剪报簿上，用红色墨水笔在标题下画上线。

两封信

1

刘继泰有一句口头禅。至今为止，温世航已经不知道为他这种习惯性的询问头疼过多少次了—— 大家努力做事的时候，刘继泰会突然插一句：“做这种事有什么意思呢？”听到他的话，周围自然会冷场。刚直的赵锡堂等人甚至在事后扬言要将“明治”这种人除名。

刘继泰在明治大学法学科上学，因此“明治”就成了他的代名词。同舟会的人会用在读学校的名字称呼彼此：赵锡堂是高师、唐鼎权是帝大、李钦票是商大；早稻田有两个人，所以郭浩安被称为文科、吴康被称为政经；已经毕业的温世航和没上正规学校的张淑妍没有这样的外号。

“世界上有各种各样的人，我们必须和他们共同生活，除名这种事不能做。”这是郭浩安的话，他反对将刘继泰除名。同舟会本来就没有明确的入会和退会规则。

“让刘继泰留在同舟会也是为了我们着想。他能从我们没有想到的角度看问题，防止我们一意孤行，是宝贵的人才啊。”温世航也向着刘继泰，其实他才是最为刘的口头禅而头疼的人。

刘继泰自称享乐主义者。他为自己想出的雅号是“英毕居士”，其实就是英语epicurean（享乐主义者）的音译。

温世航为王希天失踪一事四处奔走，甚至去了名古屋。当他从名古屋回到东京后，英毕居士刘继泰一如既往地用讽刺的口吻说：“做这种事有什么意思呢？”

世航毫不犹豫地回答：“啊，很有意思呢。我还没做过这么开心的事，只是去那里的火车很糟糕。”

刘继泰似乎稍稍被挫伤了气势，盯着世航的眼睛看了一会儿后说：“从你的眼神来看，你真的很开心。”如果是往常，他一定会开始大谈人生快乐说的哲学，但此时却什么都没有说。之前有人就说勤劳无私奉献就很开心，以此来反驳他的观点。刘继泰对此依然固执己见，撇撇嘴说那不过是自我欺骗而已。但此时他没有开口。

“看来他眼力提高了啊！”世航对刘继泰的看法有了改变。世航也不知道自己现在的心情能不能用开心一词来形容，但他内心有一种感情像涟漪一般，不受控制地扩散开去。要说兴高采烈未免太过夸张，总之他的心里很高兴就是了。

这种心情一定展现在了自己脸上。刘继泰自称是享乐主义的权威人士，果然没有漏看自己的愉悦心情。如果刘继泰觉得对方是想自欺欺人，一定会开口指责，而如果对方是发自真心的乐于奉献，他就会敬而远之。

“那我先回去了。”没过多久，刘继泰起身说。两人现在正在双烟馆角楼的二层。刘继泰打开门，回过头眨着一只眼睛笑了笑。

世航感觉自己在刘继泰一只眼睛的魔力下无处遁形。

“祝你一切顺利。”刘继泰在关上门前语气严肃地说。

世航不假思索地回了一句“谢谢”。他瘫坐在沙发里，回忆这趟名古屋之旅。他刚才对刘继泰说去程的火车上很糟糕，并不是指车上很拥挤。

隔着通道坐在世航旁边座位上的男人有一双鱼一样的眼睛，脸上经常浮现出一抹诡异的表情。他高声同身边的乘客搭话，而且从他的音量来看，他可能是想让全车厢的人都听到他的话。从东京上车开始，那个男人一直说个不停，最后在静冈下了车。如果要从东京到名古屋一直听着那个男人粗野的声音的话，世航的神经恐怕都要崩溃了。

“开什么玩笑，竟然在审判中？杀了那种人应该颁发勋章才对，说什么审判，这世道难道是非不分了吗？！”

那人旁边的一名乘客十分木讷，对他说的每一句话都会随声附和。

一开始，世航以为那个男人说的是甘粕接受审判的事，但不久后他才发现并非如此。

“喂，从什么时候开始杀掉朝鲜人要接受审判了？喂，我还是第一次听到这种事。真是的，这是在开玩笑吧？”

“是啊，不就是那个……已经输给日本、投降了的朝鲜吗？”

“真搞不懂。”

“谁都不会理解吧，这种混账规定。朝鲜人可是打算在井水中投毒啊。他们因为输了战争很不甘心，想把日本人杀光！”

“真想干掉他们。”

“就是，就是。只要是个日本人都会这么想。结果杀了他们就要被判刑，喂，你们怎么想？”

“难道不该拿个勋章吗？”

“你也这么想吧。就是该得勋章，杀的人多了就该得到高级勋章。那些畜生，不是还有拿着炸弹的朝鲜人吗？甘油炸药。还好把他们杀了，这可救了成千上万的日本人。”

“就是这个，该得勋章。”

“救了人还要被判刑，怎么会有这么混账的事。”

“没错，那些家伙都想趁着地震的混乱报仇。这些胆小鬼，杀了他们有什么错。”

一路上，他们不断说着这样的话。大多是谩骂朝鲜人，顺带着将矛头指向中国人，将同样的话重复了一遍又一遍。

各地发生的虐杀朝鲜人事件终于得以在报纸上公诸于众。虽说已经解禁，但就像司法省刑事局长的讲话中所说“正在搜查中的事件很多，无法全部公开”，报纸上登载的只是很少的一部分。

刑事局长在讲话中还提到“在这种情况下，我想说的是，除了司法省的讲话，其他一概是未经证实的说法。如果报纸公布了其他事件，将依法处以重罚”。这就相当于下了禁口令。因此，报纸上登载的只是一部分小规模事件，或者无法掩盖下去的事件。即使如此，这几天的报纸上还是连续曝出了令人作呕的事件。世航每次看到这类报道都会心痛不已，将王希天的失踪与它们联系起来。

十月二十一日，各个报纸都登载了解禁事件的经过，所用标题都充满了血腥味——“战场般的江东”[1]、被“谣言误导的群众埋伏在中山道杀害了四十三人”[2]。

其中最令人震惊的几条新闻是：群马县藤冈町，十四名朝鲜劳工向警察寻求保护后，被收容在拘留所，而手持猎枪、竹枪、日本刀的自卫队员从巡查手中夺过钥匙，杀害了所有朝鲜劳工；千叶县船桥町，十五名士兵护送三十八名朝鲜铁道工人（其中有一名女性、一名儿童），遭到自卫队员的袭击。《东京日日新闻》对此次事件进行了如下报道：

> ……约一百五十名自卫队员呐喊着，用准备好的竹枪、棍棒、消防钩和日本刀刺死二三人，其余人跪在地上，乞求饶命。自卫队员不予理会，杀害了除一名儿童以外的所有人，把尸体弃置在路旁后离去。其中两名工人在黎明时分醒来，一人倒在茄子田中；一人趴在避病舍后门的井边。自卫队员发现这两人后，再次用竹枪将他们刺死……

在埼玉县本庄町，以警察署长村矶重藏为首，记者、退伍军人分会干事们都在努力宣传“保护善良的朝鲜人”。即使如此，自卫队员依然在警察署内虐杀了八十六名朝鲜劳工。不用说，报纸在报道此事时采取了批判的论调。但当局在发言中却同时提到了朝鲜人的暴行，比如有人试图将砒霜放入井水时被逮捕，有朝鲜人携带炸弹、甘油炸药等物品，朝鲜人放火事件，等等。读了这些报道，世航产生了怀疑。

报道中提到的事件大多是一日和二日发生的，但是没有人能预料到会发生大地震，应该来不及准备砒霜和炸弹之类的东西。这不是隐隐证明了虐杀的暴行并没有充分的理由吗？世航认为，十月二十二日登载在《东京日日新闻》上

[1] 引自《读卖新闻》。

[2] 引自《东京日日新闻》。

的报道恐怕是日本舆论的主流论调：

……恐怕任何人都不敢相信：发生在全国各地、残忍至极的虐杀朝鲜人事件确是事实。现在对此类事件的报道终于解禁，真相得以大白于天下。发生此等事件，一部分原因是确实有一部分朝鲜人做出了不可原谅的行为。眼下正值特殊时期，流言蜚语盛行，此类行为影响到容易受刺激的民众，使他们陷入狂暴状态，最终做出此等残忍之举。如今，很难从冷静、客观的角度对此事进行评论。但即使处于非常时期，打破规则和触犯法律依然是太平盛世不该发生的行为，不能容忍。过去的事无法改变，国民应以此为鉴，不让此类悲惨事件重演。充分反省，则他日可期。

但是世航在东海道线的火车上听着那人旁若无人地大放厥词，不由觉得这种稳健的论调不过是虚有其表，那些人本质上依旧是一群豺狼。王希天一定是落入了这群豺狼口中，死于非命，事实就是这么简单。世航现在虽然还在追踪此事，却感到了说不出的空虚。他心情阴郁，忍住了想吐的冲动。

2

泷口弹山的家在名古屋的鹤舞公园附近。在拜访泷口家之前，温世航先去了酒井忍告诉他的王希天的住处。他没有找人问路，只是在周围转了一圈——这一定是王希天常走的路。王希天走在这条路上的时候都想了些什么，现在已经无从知晓，但是可以做出种种想象。

对于很早以前就认识却又相交不深的人，很难把握住他的形象；反而是近来才认识的人，比如堀川进吾，在世航心中的形象更丰满。

泷口弹山也是这样的人。他面色严谨，坐在摆满了包着书套的汉文典籍的书架前，表情几乎没有变化。身上的和服并不特别高级，但是穿着得法，看上去很整洁。

世航来拜访前，事先给泷口先生写信约好了见面的时间，也在信中说明，自己想问一些关于失踪的王希天的事情。

泷口弹山说："我前几天看了报纸才知道王希天的事，真令人惊讶。"

他说的应该是十月十八日《朝日新闻》上的报道。

世航问道："王希天搬到东京以后，您经常与他联系吗？"泷口弹山摇了摇头，斑白的胡子随着他的动作轻轻颤动。

"联系很少。他倒是经常亲自来，每年会来三次左右。啊，对了，地震后，他还委托从东京回来的高商学生向我们报了平安，不过没有写信。"

从泷口弹山的话中感受不到太大的热情，这一点让世航有些意外。也许王希天给泷口信子写过信，也许他因为顾忌信子的父亲而花了些心思，将地址写成了朋友家。

世航是在泷口家门前见到弹山的。或许是因为他在信中写到了拜访的时间，所以弹山在门口等他。

"这边请。"弹山将世航请进房中。弹山的夫人端上茶水，女儿并未露面。也许是在里屋，或者外出了吧。信子可能是觉得，如果世航在和弹山谈话时见到自己，谈话就没办法继续下去了。

世航问："听说您经常和王希天讨论诗歌，您觉得他的诗写得怎么样？"

"他有时候会写出不合规格的诗，而且几乎不用典，这在中国人里很罕见。"

"您是说他的诗写得不好吗？"

"没错。不同的人有不同的看法，也有人会评价他的诗新颖。"

也就是说泷口弹山不这样认为。

世航犹豫地问："他的诗没有好到能出诗集吗？"他在信中写着如果确定王希天已死，自己想为他出版诗集，以此为借口前来拜访。

泷口弹山回答："数量不够吧。"

"您除了和王希天讨论诗歌，还有其他什么交往吗……比如说，他和您的家人有来往吗？"

"是啊，他经常来我家里玩。"

弹山并没有明确说王希天有没有和他的家人交往。世航有些焦急，而且他期待着信子能够出现。时间白白流逝着，话题很快就说完了。弹山对待他的态度绝不是冷淡，而是恰到好处的正式感，但也不过是恰到好处而已。提到王希天的事情时，弹山并不冷淡，但总觉得热情不高。

为什么？世航思考了各种缘由。与泷口家关系亲密的传言似乎是王希天自己说出去的。有可能是酒井忍在其中加入了自己的想法，将王希天和泷口家说成了比实际情况更亲密的人。也许泷口家，至少弹山与王希天并没有那么亲近，只是出于礼貌，随意地回答着世航的询问。如果是这样的话，恐怕对方现在内心很恼火吧。

两人之间还有什么其他隔阂吗？世航试着思考了一下。也许泷口弹山因为女儿信子与王希天关系亲密而生气。就算弹山会作汉诗，也不能说他没有种族偏见。

世航不由得想起了他在火车上听到的话，只要一想起当时那人大声说出的话，他就会浑身颤抖。和报纸上经过修饰的论调相比，也许那个不加修饰的声音才是日本人的心声，也许泷口弹山的内心也看不起中国人。得知王希天从世上消失，说不定他心里反而觉得轻松。世航开始后悔来名古屋了。

“唉，但即使知道是这情形，自己也必须来这里一趟。”

从泷口家离开时，世航这样说服自己。泷口夫妇一直将他送到玄关，保持着彬彬有礼的姿态。

在他与主人弹山拘谨生硬的谈话中，他几次想提及信子的事，但话到嘴边又咽了回去，因为他觉得现在的气氛不适合提及信子。

离开泷口家后，世航松了一口气。虽然失望，但有一种说不清的解脱感。在来这里之前，甚至和主人交谈的过程中，世航做了各种猜测、找了各种可能性，其中甚至有几乎不可能的推测。也许王希天放弃了一切，和信子一起过起了新生活。他突然就没了消息，这种解释也不是不可能的。

由于泷口信子没有出现，这种推测再次浮现在世航脑海中。现在已经知道王希天被野战重炮第七联队逮捕后关进了龟户警署。九名工人运动家和共产青年同盟的干部在龟户警署被杀害的事也已经被公布，其中并没有王希天的名字。按照堀川进吾的话，警察不会随便杀掉军队交给他们的人。但是在特殊情况下，谁也不知道会发生什么事。

在众多的可能性之中，也不能忽略军部下令释放王希天的情况。搜索陷入绝望是因为在那之后没有了消息。有没有可能经过这次纠纷，王希天心生厌倦，被释放后没有与任何人联系，而是径自来到信子身边呢？如果要彻底摆脱之前的工作，失踪是最好的方法。

还有一线希望。为了抓住这线希望，泷口信子也必须消失。信子没有出现在泷口家，这是否重燃了这份希望呢？世航觉得自己的脚步一下子变得轻松起来。但是这一线希望连一分钟都没能持续。在大宅石墙尽头电线杆的阴影中，泷口信子出现了。

温世航没有见过信子的照片，尽管如此，他看到出现在电线杆后方的年轻女性时，就确信那是泷口信子。她穿着淡黄色的和服，撑着浅蓝色的阳伞，腋下夹着一个白色包裹。而她的脸比这只包裹更加苍白，让人印象深刻。

世航觉得她真美。他的直觉告诉他：她就是泷口信子。

3

“我姓泷口，泷口信子。”果然，等世航走近后，女子向前跨出一步，报上了自己的名字。

“我姓温，温世航。”世航立刻模仿泷口信子报上了自己的名字。

“您刚才光临我家了吧，我看到您写的信了。”

“是的，因为王希天的事……”

“我有话跟您说。如果方便的话，我们边走边说吧。”

“我正是来向你们打听消息的。愿闻其详。”

两人交谈的时候隔着一米左右的距离。信子转过弯，慢慢走起来之后，世航与她并肩前行，阳伞的伞骨刚好在快要碰到他额角的位置。

“是谁告诉您王先生和我家的关系的？”信子轻柔而缓慢地转着阳伞问道。

“是王希天的朋友。”世航回答。

“是不是一名叫酒井的学生？”

“嗯……就是他。”

“他是不是说我和王先生关系很好？”

“确实如此。”

“从酒井那里听到了什么的话，您直说就好……他应该说是我紧追着王先生不放……”

信子停下了转阳伞的动作。

“嗯，他是说过这样的话……”

世航看了看信子的脖颈，那里似乎散发出某种神奇的力量，简直让自己无法抗拒——世航有这样的预感。

“连我都听说了，看来他真的跟很多人说过了，真的很感激他。”

“你不觉得困扰吗？”

“我说了我很感激他。”

“嗯。”

世航抓不住信子话中的脉络。他觉得这可能是因为她洁白的脖颈所蕴藏的力量。

“那个……是这么一回事。”信子抬头看着世航说。

世航看着她清澈的眼睛，深受感动。看来她身上蕴含的力量并不仅仅是从脖颈散发出来的。

“有人向我提亲，”信子接着说，“我父母是赞成的，非常赞成。而我死都不想嫁给那个人。我拼命地思考该如何让父母放弃，然后想到，只要跟他们说我已经有了喜欢的人就好。这真的是个好主意。然后我和王先生商量了一下，因为他经常来我家作诗，我拜托他当我的恋人。”

“啊？”即使是世航，也不由发出了惊叹。

“当然只是临时的，为了让我父母不再谈起相亲的事情而作为假的……真的是假恋人。国籍不同会让交往这件事变得很困难，所以我父母当然是反对的。但只要我努力拖下去，他们应该会自然而然地不再提起相亲的事。然后，我就对他们说与外国人结婚实在是一件需要慎重考虑的事，我还是放弃了。你看，这个方法不错吧！”信子的声音天真烂漫。

“契约恋人？”世航自创了一个奇怪的词。

信子左右晃了晃肩膀，缩了缩脖子，说：“王先生是个死心眼儿的人，他说这样绝对不行。大概因为他是基督徒吧，不知变通……我这样说已经去世的人是不是不太好？不过我并不是在说他的坏话，这是对他的夸奖。”信子明确把王希天当成已经去世的人。不知是不是心理作用，她的声音似乎有些哽咽。

“契约没有成立吗？”

“我们最后选了一个折中方案。”

“折中是指？”

“王先生坚持不愿意扮演我的恋人。不知道是因为任务太重，还是因为基督徒不能撒谎，他一直在逃避。我甚至对他说出了‘基督徒难道不应该帮助人吗’这样的话。发生了各种事情后，虽然王先生不愿意做我的恋人，不过他说可以为我做证，证明我有恋人。”

“哦……那恋人是谁？”

“我们最后决定编造一个恋人。我不说是谁，王先生也不说，他只帮我证明我有恋人。反正我最后也会和这个虚构的恋人分手，就决定说是中国人了。说是王先生的中国朋友，我绝对不会说出他的名字。”

“啊呀，这样确实说得通啊！你父亲没有怀疑吗？”

“我们一直坚称，王先生是基督徒，所以死也要保守朋友的秘密。”信子说到“死”的时候，似乎想到了王希天可能真的已经死了，语气稍微有些犹豫。

“真不容易啊……”

“其实，父亲也有些怀疑，而且相亲的事还没有完全破裂，因此我想拜托温先生一件事。”

“拜托我？”

“这次请您当我的恋人。”

“这个……”温世航除此之外不知道该说些什么，但此时的他，心中涌起了前所未有的强烈的“占有欲”，他的心脏剧烈地跳动着。

“温先生就这样回东京就好……我之后只要对父亲说，其实今天来家里拜访的温先生就是我的意中人就行了。温先生只需要同意我这样做就好。”

“这样啊……”温世航告诉自己不能断然拒绝，这可是千载难逢的好机会。突然，芳韵的面孔在他脑海中闪过。

她是吴康的未婚妻。

为自己辩解的念头在世航的脑海中萦绕。

信子问："你寄来的信上的地址是你寄宿的公寓吗？没有烧毁吧？"

大概是因为青春的自私吧，世航觉得不该告诉信子那个地址是他家，或者说是相当于他家的地方。恐怕信子正是以为温世航是不会留下麻烦的留学生，才拜托他伪装成自己的恋人的吧。如果她知道温世航不是总有一天会回国的留学生，而是在日本有落脚之处的居民，可能就会犹豫，不希望事后留下麻烦。世航害怕信子知道真相后就不会让自己当她的假恋人了。

"嗯，没有烧毁。"他只说了那里没有烧毁，没有说那里是他寄宿的公寓。这是因为他内心的悸动正在逐渐变得不受控制。

"我父亲可能会问，请您拜托宿舍的朋友，就说您去旅行了什么的，重要的是打消我父亲的怀疑。"

世航点点头："就这么办吧。"

"你是寄宿在中国人的家里吗？"

"嗯？"

"我记得信上写的名字是连先生。连先生是中国人吧？"

"嗯，是我舅舅。"世航压低声音回答。他说的是实话，这句实话被世航当成了免罪符。

"啊，太好了。"信子说着，用木屐踢路上的小石子，就像小女孩儿一样。她的这个动作仿佛让世航的心灵得到了洗涤，他心中的悸动渐渐平静下来，变成了充满整个身体的欢喜之情。

世航说："作为'恋人'，我们对彼此太不了解了。我只知道你的名字，至于你究竟是什么样的人……"

"您想知道吗？"

"当然想。"

"我也想了解自己的'恋人'。"

"请尽管问。"

"我们去公园聊聊吧。"

"好。"

两人向鹤舞公园走去。

4

两人坐在公园的长椅上聊得很开心。他们没有谈情说爱，只是普通的闲聊而已，但是温世航记住了两个人所说的每一句话。

在回程的火车上，他脑子里想的都是这些。幸好回程的火车上没有像来的时候一样坐着那些说着讨厌话语的人，世航仔细回想着和信子在公园中的对话。

由于害怕信子收回让他做契约恋人的请求，最开始的时候，世航还假装自己是寄宿在别人家的留学生，但在公园的长椅上，他将事实和盘托出。信子听到后完全没有改变态度。

两人间的话题虽然大部分都集中在身边的事情上，不过从对话中也能看出对方对人生的思考方式。讨论身边的事情当然要做自我介绍，因为两人都想知道对方的事情，这个话题才能一直持续下去——这是世航的理解。

泷口信子主要在说父亲弹山的事情。对她来说，谈起父亲的事，就是谈起家里的事——泷口弹山就代表了泷口家。她在这样的家中长大，在自豪的同时，也对自己的家有强烈的逆反心理。她提到自己父亲的时候，语气中满满都是爱意。

弹山并非雅号，而是信子父亲的真名。因为他出生于飞驮深山中的村庄里，所以起名弹山。全村只有二百多人，从村里走到为几个村庄的儿童共同开设的小学需要一个小时的时间。

“那里曾经就是父亲的整个世界。父亲在村里似乎是十分优秀的人才，鹤立鸡群。在那种小地方表现出众没什么了不起的，但这段经历影响了父亲的一生。他一直认为没有人比他更厉害，自己是最优秀的。直到现在他依然如此认为。”说这些话的时候，信子丝毫没有责备的意思。

明治初年，弹山走出飞驮村，来到飞驮市上私塾。那是一所教授汉文的私塾，他在那里的成绩也十分优秀。虽然家里在山村有农业产业，但弹山是次子，总有一天要独立。长兄性格质朴，但是在学问上没有建树。因此，虽然弹山是次子，在家里的地位却很高。就连村政府遇到困难的文书工作时，也会来拜托弹山。他没有在政府工作，但因为政府在工作上有求于他，他从没有向别人低过头。

除了汉文，泷口弹山的书法和算盘水平也很高超。在那个时代，读写算就是教育的全部。他开始在飞驮市内做私塾老师——他的私塾老师去世后，他就接过了老师的工作。虽然老师的弟子很多，但是所有人都同意由他来接替老师的工作。他就是这么出色的人。

可弹山认为自己是最优秀的，他觉得自己在飞驮山当一名私塾教师是大材小用。娶妻生子后，他开始考虑去大城市发展。于是，泷口弹山来到了名古屋。

尽管名古屋有不少优秀的教师，弹山依然认为自己比他们都优秀。除了教授汉文、书法和算盘，他还做着代写文书的工作，收入十分可观，在做每一份工作时都会被人称为老师。

“他无论在哪里都摆出一副高高在上的架子，在家里、在外面都一样。因为他是真的认为自己很优秀，所以实在没有办法。但是，可能他的内心还是害怕的吧，所以才喜欢摆架子。”女儿对父亲的观察很犀利。

“但是他完全没有对我摆架子。”

“因为他在紧张吧。”

“为什么？”

“因为他可能觉得你就是王希天为其做证的那个我真正的恋人吧。”

“啊？”

如果是这样的话，就可以解释弹山与世航谈话时那种郑重又冷淡的态度了，因为他对世航抱着警惕心。

“我想知道你家里的事。”信子改变了话题。

无论两人谈到什么话题他都很开心。世航觉得自己的心脏已经离开了平时所在的位置。

享乐主义者刘继泰经常挂在嘴边的那句“做这种事有什么意思呢”，有时会意想不到地让人格外动摇，对自己的行动产生怀疑。但是经历了如此快乐的事情后，无论刘继泰的话有怎样的魔力，在世航身上都不会起作用了。

这并不是世航第一次单独和女性聊天儿。他与同舟会的三名女性——芳韵、淑妍和瑶香都单独相处过。

与芳韵独处时，比起愉快，更多的是痛苦。通俗地说，那是一种积郁的心情。他常想，如果自己能与芳韵流畅地交谈，该是一件多么美妙的事情啊。但每次与芳韵独处，他心里都十分苦涩。

也许是因为这是他第一次见到泷口信子，完全没有先入为主的成见，才能像春天潺潺的溪水一样，顺畅地交流吧。不过，虽然过程很愉快，世航并没有过于当真，而只是把这当成游戏。成为信子虚假的恋人，保护她不用接受不合心意的婚事，这确实多少有些游戏的感觉。

在双烟馆角楼的一层把刘继泰送走后，世航都没有发现自己吹起了口哨。直到母亲进来后他才注意到，同时也看到了母亲诧异的表情。

母亲问："刚才有人在这里吗？"

世航回答："是刘继泰。"

"啊呀，这样啊！"母亲表情微变，似乎是在疑惑地偏过头之前止住了动作。母亲大概是感到奇怪：刘继泰的来访一般总会令人不快，为什么世航却如此开心，甚至吹起了口哨呢？

尽管世航并不十分重视与信子的邂逅，信子的身影还是在他的脑海中留下烙印，始终没有褪色。这次的邂逅让他的口哨声更响了。

回到东京后过了几天，世航再次忙碌了起来。应该说，是他主动投入到了忙碌的工作中。

5

十月末，温世航收到一封信。信封上有寄信人的住址和姓名，但信中说这些都不是真实的信息。

请原谅我的冒昧，突然给您寄这封信。另外，信封上的地址和姓名都是假的，这点也请您原谅。

您之前似乎调查了不少关于王希天的事情，不过相关人员的口风都很紧，您并未得到多少可以称之为线索的信息，这一点我也很清楚。

我认为这次地震是上天在谴责人类的蒙昧，而在人类的蒙昧中，最重大的一项罪过就是傲慢。尽管如此，依然有人利用此次地震犯下了平时无法实施的罪行。这不只是傲慢，也是无耻之至。

给您寄上这封信，是因为我对这些人的傲慢和无耻感到强烈的愤慨，却羞于没有打破政府颁布的缄口令的勇气。我希望，至少能以匿名的方式，将事情的经过告诉最关心此事的人，以此来减轻一些我对自己的厌恶。

我知道您已经查明王希天被军部逮捕并关押在龟户警署的事。之后，即使在警察中，他的行踪也成了机密。

“为国家着想，彻底忘掉那个中国人！”

泄密者都是非国民，泄密将损害国家利益，不知道我会遭受什么后果。下面我要说的事情都是国家的机密。虽然我也想站在大街上大喊，让所有人都知道，可惜我并没有那么大的勇气。但是我不能对人类巨大的罪行视而不见，我的良心还没有麻痹。

将王希天带到龟户警署的是野战重炮联队的军人——一名军官、五名士兵。我记得王希天当时很开朗，总是面带微笑。那名军官离开时，王希天还说“你们不用为我做这些的”，并与他握了手，丝毫没有表现出担心的样子。联队的军人们将王希天带到这里来的理由是：“因为社会上的流言，民众对朝鲜人和中国人的反感情绪日益增强。作为在日的中国人的领导者，你随时可能遭受袭击，因此我们要保护你的安全。”

王希天反驳说自己的日语很好，别人都会把自己当成日本人，所以不会被民众袭击。但军人们却只是糊弄说，他们也明白王希天的日语很好，并不担心他的安全，但毕竟是上级的命令，他们也有自己的立场，必须服从命令，如果违抗就会受到处罚。王希天笑着表示，如果他们受到处罚就太可怜了，并拜托军人们快点儿放他出去，自己还有工作。军官作为军人代表跟他约好，只要一归队就会向上级请示。王希天反复叮嘱他一定要记着此事。

王希天一直认为自己被保护起来只是个误会，而我们当时也是这么认为的。毕竟他的日语很好，无论被谁盘问都会被当成日本人。各地发生的不幸事件中，大部分受害者都是因为被盘问时回答不上来，或者日语口音奇怪，所以我们不认为像王希天这样日语很好的人有被保护的必要。

那时，王希天和我们都认为他会被释放。他打算去美国留学，所以英语也很好，还在龟户警署里教一个自学英语的署员发音。他性格开朗，大家都喜欢他。他信仰基督教，有时也会说些牧师布道一样的话。我也是一个基督徒，所以和王希天特别合得来，聊了很多。和他聊得越多，我越佩服他的人格。

第二天，军部就来接收王希天了，是野战重炮联队的佐佐木大尉带着十名士兵一起来的。如果是来释放他的，这种阵势也太大张旗鼓了。佐佐木大尉对王希天说了“如果你不去，事情就无法平息，所以拜托你了”之类的话，好像是去习志野的中国劳工误解了当局的意图，引发了骚乱，所以军部希望王希天去安抚他们。

王希天用日语都能言善辩，更不要说用本国语言了，他的话语可以安抚任何骚乱吧。我想军部也知道此事。一直为本国人民鞠躬尽瘁的王希天当然义无反顾地赶去帮忙。

这样一来，警察署相当于交还了代管人员，于是要求军部签署接收王希天的证明。佐佐木大尉表现出了不满，认为警察署觉得他的身份证明不值得信任，心不甘情不愿地签署了接收证明。

我和王希天分别时依依不舍，便拜托他安稳下来后和我联系。他也表示希望与我深入讨论信仰方面的问题，一定要再找机会见面，等处理好本国人的事情之后，一定会再联系我。但是他之后再无音信。我以为是习志野的事情出乎意料地棘手，耽误了时间。但是，等到报纸开始报道朝鲜和中国的劳工开始回国，此事告一段落之后，王希天依然没有联系我。

更让我感到奇怪的是，有一天我无意中对署长说起“不知道王先生怎么样了，说好一起去教会的，怎么没有音信了”，署长的反应格外强烈。我只是在闲聊中无意提起，署长却变了脸色，严厉地对我说“关于王希天的事什么都不要提”。那时我才第一次知道，王希天的事情是机密。虽然我察觉到王希天身上可能发生了什么变故，却无从得知究竟出了什么事。

我一直在留意，但是警署内完全没有人提到王希天的名字。几天后，我的上司小田约我一起喝酒。他就住在我家附近，我知道他酒品不好，但也只能勉为其难地答应了，毕竟不能忤逆上司。他来到我家后，就和往常一样，越喝口气越冲。身为上司的他，开始用说教的语气对我这个部下说“你要小心啊，不要那么轻率”。他一直都是这样，所以我只是点着头随声附和。但是那天，他的话让我很在意。我尽量将小田的话原封不动地写出。

“喂，我说你这家伙，太不懂事了。我们署里拼命隐藏的事，你就那么若无其事地说出来了。什么？你还问什么事？你竟然不知道！开什么玩笑！就是那个，那个中国人的事，是叫王希天吧。重炮联队交给我们看管的人，佐佐木大尉来把他接走了，还签了接收证明。这也是理所当然的，万一之后又有人来说要接他，我们这儿可没有两个王希天，拿什么交出去啊！所以，署长要求他签接收证明也是按程序行事。但是，就是这件事，之后惹出问题来了。重炮联队的人接走王希天后，把他干脆地杀掉了，听说还把尸体踢入河里。你问我为什么要杀他？这个嘛，你看，这就是国家机密了。留着那个中国人对我们国家不好，他反抗日本，军部就杀了他，以警诫众人吧。姓王的小子不是在我们这儿煽动其他中国人吗？能让军部亲自动手，说明他是个大人物。中国那边还有人来问他怎么样了，不能说他被杀了，不然要引起外交问题的，所以这边就说他失踪了。不过，有个谁都不认识的人来我们署里调查姓王的家伙。当时署长不知道他已经被杀了，就老实地跟人家说我们把王希天交给了军部，还把接收证明给人家看了。那人就去军部调查王希天的行踪；军部吓了一跳，赶紧来到署里，如此这般地解释了一番，警告我们：姓王的事是绝对的机密，千万不能说出去。就在那天，你刚好问到了姓王的事，所以也难怪署长那么惊慌失措。你小子以后可要小心点儿。”

我尽量将小田的话完整写了下来。听到此事，我自然惊讶不已。而我也十分敬重王希天，在惊讶的同时，还感受到了极大的悲伤。

如果小田所说的话只是喝醉酒后的胡言乱语该多好，但是很遗憾，这就是事实。我再也无法见到王希天那飒爽的身姿了。

王希天的事好像成了出乎意料的大事，有很多人在调查他。您是我所知道的人之中调查得最积极的。我想无论您怎么调查，都没有人会告诉您真相，这不是太令人悲伤了吗？

对于要不要写这封信，我犹豫了很多天。虽然我是匿名寄出的，但只要您有心调查，立刻就能查出我的名字。就像您看到的，最开始我为了隐藏笔迹，还特意用印刷体写字，不过写到一半就放弃了，这就是我真正的笔迹。如果您公开了我的信，我的身份立刻就会曝光。您应该可以想到，我会受到怎么样的处罚吧。但是我相信您，您是值得信赖的人，我对此有充分的证据。我曾经见过您，我愿意赌上自己当时对您的印象。

写下这封透露王希天命运的信让我苦恼了很久。您可能会觉得，既然这么苦恼，干脆就不要写了吧。但是，与要和别人同流合污、隐藏此事的苦恼所带来的良心上的不安相比，写这封信的苦恼反倒小了很多。

打消我这份苦恼的，是对神的祈祷。我在祷告的过程中下定了决心。王希天曾与我约定一起祷告。如果他的同胞们都不知道他已经死去，那将是一件悲伤的事情。哪怕只有一个人知道也好。如果要将王希天这令人遗憾的死亡告诉他的一个同胞，那么我只能想到您。在我祷告的过程中，仿佛一个声音传进了我的心里——不要担心，温世航是一位绅士，会将王希天的死作为秘密；如果有一天，王希天的生死与否会改变他们的方针和态度，他会以王希天已经死亡这个事实为前提而采取行动。温世航不会背叛你而将这封信公开发表。

这封信只是将我从小田那里听来的话记录了下来，其实我在听到此事后也进行了调查，详细情况就不在此赘述了。有些人什么都没有告诉您，却将事情对我和盘托出了，想来是因为我的身份和职业的缘故吧。虽然令人悲伤，但是王希天的死，已经是毋庸置疑的事实。我决定将此事告知您。

很抱歉我的字迹潦草，我抱着前所未有的认真态度写下了这封信，我相信您能体会到我的心意。

6

关东地震前，日本和中国的关系十分紧张。第一次世界大战始于关东地震前九年，日本与英国组成日英同盟对德宣战，占领了德国在中国山东的租界——青岛胶州湾一带。趁列强在大战中无暇顾及亚洲，日本打算确立并扩大自己在中国的权益，于一九一五年一月向中国提出了《二十一条》。

根据日俄战争的和约（《朴茨茅斯条约》），日本租借了旅顺、大连等地，期限到一九二三年。这正好是地震发生的年份，但日本其实无意归还。《朴茨茅斯条约》规定，如果中国于一九二三年提出收购南满洲铁路安奉线的要求，日本必须满足其要求；对除安奉线以外的其他南满洲铁路，日本在一九三九年之前也有同样的义务。《二十一条》的核心内容，是日本为了将自己的权益扩大为半永久化，试图将租界和铁路权的期限延长九十九年。另外，日本还要求：在南满洲铁路沿线，给予日本人自由居住权、经营权，以及土地租界权或所有权；该地区向他国借用款项，或聘用外国教习时，必须取得日本政府的许可。总而言之，日本试图将《二十一条》作为东三省殖民地化的依据。

这些都是既定方针，而日本又借战争之机，在其中加入了让渡德国旧权益，取得武昌、南昌、潮州等地的铁路建设权，必要地方的警察由中日共同派人出任，建设合资兵工厂等要求。当时的日本驻中国大使日置益曾对东京方面进言，称“这是解决对中国外交事务的绝好时机”，但由于东京方面的要求无限制地膨胀，他反倒表示制止，提出了“稍做减少”的希望。当时在北京掌权的袁世凯也对这些要求持反对态度，双方的交涉次数达到了二十五回之多。日本在当年五月七日下发最后通牒，袁世凯只得于五月九日接受日本的无理要求。从那以后，反日运动在中国全境展开。

中国的反日运动在四年后的一九一九年愈发高涨。这四年间，世界大战爆发，中国也于一九一七年参战。当时，日本以“没有与日方商讨”为由向中国抗议，中国人对日本将自己的国家视为附属国的态度十分愤慨。战争结束后，和平会议在巴黎举行，中国代表自然也参加了会议。因为中国也参与了战争，所以是作为战胜国的一员参加了巴黎和会。但是尽管如此，中国并未能收回德国在山东的权益——因为日本在会议上态度强硬，表示如果不能确保日本在山东的权益就不签字。在国际联盟成立之际，日本提出在规约中明确人种平等，禁止歧视，目的是反对美国排斥日本移民。但英国是奉行白澳政策的澳大利亚的宗主国，与美国一样也不同意此项提议，人种问题就这样被搁置了。因此，英美等国以补偿的形式，认可了日本在山东的权益。舆论认为，日本挥出了人种问题这一棍棒，又以收回棍棒为条件，取得了在山东的权益。

在巴黎和会上，中国代表顾维钧最终拒绝签字。签字仪式六天后的五月四日（在信息传播滞后的年代，可以将这看作会议结束之后的第一时间），几千名学生聚集在北京天安门前游行示威，打出“废除《二十一条》”“收回山东”“拒绝在和约上签字”的条幅。警察出动了，造成了流血事件——由此引发的一系列抗议活动，被称为五四运动。

关东大地震发生在五四运动爆发的四年后，但运动余波仍未平息。几年前曾经发生过中国留学生为抗议日本的行为而大举回国的事情。也有抗日运动者来到日本，在留学生和华侨中做宣传。日本政府想要消灭这样的运动者。他们误以为王希天就是其中之一。确实，王希天经常举行演讲，但他的目的是改善本国劳工的处境，演讲的内容都是以启蒙为主，与政治煽动相去甚远。

中国高涨的反日运动给了日本很大的打击。在巴黎和会结束两年后举行的华盛顿会议上，日本在山东的权益基本都归还给了中国。另一方面，美国对日本移民的排斥依然根深蒂固，并未被压制下去。日本撤回对中国劳工的驱逐令，也有顾虑在美国的日本移民的因素。在日本当局看来，王希天既然针对此事，就一定是顽固的“抗日分子”。

前所未有的大地震令日本得到了世界各国的同情，不光是政府的慰问使节，民间也不断送来捐款，就连中国民众也募集了慰问金送到日本。京剧名角梅兰芳成了捐款最多的人。吴佩孚筹集了两万元钱款。东北安东县在一年前遭遇水灾，作为当时收到的捐款的回礼，东北筹集了八万元捐款（一年前水灾时，日本送往大连的援助金是一万元）。《朝日新闻》报道了此事，称赞此为“义气”之举。

此次地震成了中日两国关系好转的契机，《大阪每日新闻》在十月二日的报道中指出：

> 地震以后，无论是在新闻报道中还是政客之间，又或是艺术家之间，创造日中和解新机会的论调纷纷高涨。

因此，两国关系一度开始好转，但虐杀朝鲜人的消息传出，自然给两国关系投下了一层阴影。不光是朝鲜人，中国劳工中也有数百人被虐杀。毫无疑问，这个消息让这层阴影变得更加浓重。

再加上王希天事件。

伊集院外相在新闻报道的谈话中说："地震时，有一些中国人被杀。对此，中国政府前来交涉。我相信，在法治国家中，这应当属于司法问题，而不该成为外交问题。"

这证明中国政府确实发来了质询。这篇报道登载于十月二十四日，当时的报道中并没有出现王希天的名字。

7

温世航再次拜访堀川进吾时，已经是十月的最后一天了。

"时间过得真快啊！从地震到现在已经过了整整两个月。"堀川进吾的脸上一如既往带着微笑。世航向他报告了去名古屋的事，但没有说出自己和信子的交谈。

"这样啊……我就感觉酒井的话有点儿夸张。哦，王希天只是作为写汉诗的朋友出入泷口家啊。"堀川进吾轻轻叹了口气。这也许是他的优点吧，有些为难的时候，就算叹气也依然面带笑容。

"我感觉酒井的性格有些问题。"

"这个世界上确实有些人不按常识思考。"

"看来泷口家和王希天的关系确实不深。认识的人失踪了，几乎没有生还的希望，知道此事后他们也只有普通的反应。"

堀川进吾改变了话题："不过，连先生回上海之后很努力啊。"

"他没有给我写信啊。"

"他当然也没有联系我，但是只要看看报纸上的报道，就能看出连先生活跃的结果了。"堀川进吾指着一份打开的报纸说。那是二十九日发自北京的国际报道：

芳泽公使在二十四日向外交部通报：关于地震后自卫队杀伤中国留学生和

劳工的事件，在报告本国政府调查事实的同时，我对此不幸事件深表遗憾，我相信中国政府有权充分了解此事。

外交部当局表示，上述事件并不是一篇通告就可以让中国了解的小问题。

世航读完这篇报道后说："这次写上了留学生啊！"

堀川点了点头，说："没错，你看到了重点，王希天的事受到了重视。"一周前的报道上只有"一部分中国人的死伤事件"，这次则增加了"留学生"三个字。也许还有其他留学生被自卫队杀害的事件，不过就连与留学生团体亲近的温世航，也只知道王希天的事。

堀川说："我不知道该不该告诉你，其实王希天的命运已经清楚了，我已经确定他被杀的事实了。我不能告诉你我是怎么确定的，也不能告诉你消息的来源，但他的死已经被证实了。"

温世航也从一名龟户警署署员的匿名信中得知了王希天遇害的消息，但是出于信义，世航不能说出此事。他见到堀川后也没有提到信的事。

世航说："我已经做好心理准备了，没有办法啊。"

"我知道是谁干的，但是不能告诉你。温先生，请你原谅。"

"我明白。对于凶手，我也怀疑就是那个人。"

"那个人？"堀川看着世航的眼睛。他的脸上还带着笑，但是眼中的笑容已经消失了。

"是军人吧？"

"没错。"

"是大尉吧？"

"不，不是。"堀川脸上的笑容也消失了，"你是说佐佐木大尉吧？"

"是的。"温世航对堀川提到佐佐木的名字并不感到意外。只要追寻真相，这个名字一定会出现在最后关头。

"他是去龟户警署接收王希天的人，但是下手的是中尉。"

"但我听说去龟户警署的只有一名军官和十名士兵。"

"那名中尉没有去龟户警署，他是在路上等着。他是联队里首屈一指的剑道高手，一开始就被选中由其处决王希天。他也是接受了无法违背的命令。他在中川堤防从背后一刀砍下了王希天的头。我这样说你可能会生气，但是王希天死时完全没有感到痛苦；你就带着这样的想法，放弃吧。”

“但是……”

世航感觉心脏抽紧了。虽然堀川让他放弃，但他怎么能在这种时候放弃呢？

他尽量抑制住自己的感情，语气平稳地问：“既然可以命令中尉和大尉，说明下命令的人级别更高吧？”

“一定是这样。联队长是中冈大佐，联队隶属于第三旅团，第三旅团的旅团长是金子少将。不过决定此事的多半是参谋吧。具体来说应该是戒严参谋。”

“是谁？”世航已经无法保持平稳的语气了。

“只要一查就会知道，戒严参谋长是阿部信行少将。不过，实际上处理和决定大部分事务的似乎是参谋山下奉文少佐。各地区也有各自的戒严参谋。江东地区的戒严参谋是远藤三郎，他才刚刚晋升为大尉，所以决定此事的人级别应该更高吧。”

“符合条件的人很多啊，究竟是谁呢？”

“不得而知。不能将范围确定在军部，王希天是平民，警察也脱不了干系。似乎警察也被拉拢，想把此事彻底掩盖下去。警视厅官房主事正力松太郎作为警备责任人，以亀户警署拿出的接收证明作为证据展开了调查，但是我并不觉得他们会认真调查。我听说中国也派出了调查团，但是就算他们来了，掩盖工作也会在那之前完成吧。”

“竟有此事？”

“就是这样。”

良久后，温世航起身对堀川深深鞠了一躬，说：“谢谢您。”

军部、警察的高层打算共同掩盖王希天的事件。堀川进吾坦率地说出了相关人员的姓名，并说出了自己的推测。和写那封匿名信的人一样，堀川也相信温世航的信义。温世航对此深表谢意。

从堀川家回赤坂双烟馆的路上，世航闷闷不乐。想到泷口信子的事，他心情稍微好转了一些。世航又开始回想着芳韵的面容，他的心情更加舒畅了。虽然世航知道这样不对，但还是暗自开始比较这两名女性。

回到双烟馆后，他走进自己的房间，发现桌上放着一封信。寄信人是名古屋的泷口信子。世航立刻打开了信。

最近好吗？您特意来我家拜访，我却没能好好招待您，实在抱歉。父亲因为确定了王希天死亡的消息心情沉重，作了一首悼念王希天的诗，希望能够寄给您。诗随信奉上。父亲是书法老师，将此诗反复重写了很多次。请您当作对共同的朋友的纪念收下。

信子

信有两张附页，一张是一首五言绝句，另一张上写着对这首诗的解读。

相怜千古意，
行尽路无尘。
一片心头血，
斜阳不见人。

心中带着无尽的同情，
将一尘不染的路走到尽头。
空留心头一丝鲜血，
斜阳下空无一人。

腊月往来

1

“就是说你大学毕业以后什么事都没干咯？”杨景珠的银框眼镜闪着光芒。她是世航的表姐，大世航十岁，已经离过两次婚了。杨景珠出生在美国，第一任丈夫是夏威夷的第二代华裔，结婚半年后就离了婚；第二任丈夫是香港人，这段婚姻持续了两年半。两次都是她离家出走，跑到了位于日本的双烟馆。

“哎呀，我很忙的，台湾的舅父交给我的工作都没时间做。”世航回答。表姐现在还把他当小孩子对待，这让他十分意外。

“我刚才听你说了，你就是看看书画、整理整理旧记录吧，还要照顾留学生？这些不都应该是在工作之余做的事吗？”

“如果随便做做的话，确实利用工作之余就能做。”

“但是，这些都不是金顺记的工作吧。你都大学毕业两年了，还没有找到稳定的工作。”

“稳定的工作吗……”世航苦笑。

杨景珠一直是个让人头疼的亲戚。她到亲戚家里去的话，一定会被说教一番，大概是觉得厌烦吧，所以偶尔会想抓住世航这样小表弟来说教一番。

两人正坐在从神户前往京都的火车上。

杨景珠是世航亡父的姐姐的长女，虽然不同姓，但两人的血缘关系很近。

世航想起在父亲的葬礼上，自己被景珠抱在怀里的情景。景珠当时刚刚二十出头，还没有结婚。看着当时还是小学生的表弟失去了父亲，她心里一定十分怜悯吧。她抱住世航，然后亲了他。对于在美国长大的景珠来说，这可能是再平常不过的行为，但世航当时受到了很大的冲击。

那是在奶奶的房间，除了奶奶没有任何人在。世航不知道奶奶对景珠说了些什么，因为奶奶说的是英语，他只知道奶奶的语气很温和，一定不是在训斥外孙女景珠。世航现在还能回想起奶奶湿润的蓝眼睛。

“一定要有一份稳定的工作啊！”她一个劲儿地让世航安定下来，世航听得都不耐烦了。从她口中听到这种话，除了意外，更多的是奇怪。

“景珠姐有稳定的工作吗？”世航本来是想讽刺她的，结果对方轻松地回答：“有哦，很不错的工作。我是个女的，又是单身，不能没有稳定的工作。”

“是吗……”世航尽量不去反驳她。

“说起来，世航，关于今天的事。”景珠改变了话题。

“今天啊，是要说一会儿的观光吧？”

“对。你还在上大学的时候带我去过的那些城啊、寺庙啊、宫殿啊什么的……”

“二条城，东本愿寺，清水寺，还有金阁寺吧，然后是平安神宫。”

“那些都不去了。”

“也是。三年前都去过了，再去看同样的地方也没意思。你想去哪里呢？京都可看的地方有不少。”

“不，我哪儿都不去。”

“嗯？哪儿都不去？”

“我只去一个地方，而且要自己去。但是你要跟金顺记的人说带我去了刚才说的那些城呀、寺庙呀什么的。知道了吗？”

“嗯，我知道了，你要自己去一个地方吧。但是我必须把姐姐带回神户。”

“我们约好时间在车站集合就好。在集合前你也可以去别的地方吧，比如去见见大学时的朋友或是同宿舍的人什么的。”

“啊，你就不用担心我了。但是，这让我很为难啊。”

“没什么可为难的。”景珠用双手摇着世航的膝盖，两人在神户开往京都的火车中面对面坐着。火车很空，四人的座位上只坐着他们两个人。在过道的另一边坐着两个老人，像是一对夫妇，老爷爷看着窗外，老奶奶在打盹儿。不过就算旁边有别的乘客，景珠也会做同样的动作。

世航想：原来是这样啊。

景珠三年前来日本的时候，世航在京都上大学，所以给她当过向导。两人去过很多地方，不过她看上去都不太感兴趣，只是说着：“比香港的寺庙古老啊。”

这次世航来神户，是因为神户的金顺记公司要推销收集起来的书画藏品，拜托他先鉴定一番。他一到神户，发现景珠正好也从香港来到了这里。景珠点名要世航当自己的向导。“就像上次一样，我想让世航带我去京都玩儿。因为他在京都住过嘛，让他来当向导最好不过了。”

世航已经预料到自己会被点名，所以并没有不高兴，只是觉得有些奇怪：景珠对名胜古迹明明没什么兴趣，却提出要去京都观光。

听了她在车上说的话，世航明白了：她是想利用自己为她制造不在场证明。

世航在心里推测：她和某个男人约好要在京都见面吧。

他听说景珠两次离婚都是因为有了外遇。她喜欢上了丈夫以外的人，引起了麻烦。不过离婚后她也没有和情人在一起。家族中的老人们都摇着头，半放弃地说：“这是景珠的老毛病了。”

世航说：“姐，你说要一个人去，但是你语言不通，自己去得了吗？我可以把你带到要去的地方。”但是景珠依然是一副满不在乎的样子。

“这样啊，那真是帮了大忙了。我把地址记下来了，但是语言不通确实心里没底。”景珠从手提包中取出了笔记本，里面写着见面的地点。

“那我就把你送到那边的大门前面，你一个人能回得来吧？”

景珠说：“回来的时候当然还是你带着我更好……要不然你一直陪着我好了？我要通过翻译和对方说话，还挺担心翻译的英语能不能正确将对方说的日语翻译过来。你既懂英语又懂日语，有你在我就能放心了。”

“这样啊……”看来事情和世航推测的不太一样。

2

世航很久没来过京都了。大学的几年，温世航一直都住在京都的公寓里。如果他愿意，其实可以住在神户的金顺记公司走读，但他还是选择住在京都。他单纯地认为，既然打算学习美术史，还是住在京都比较合适。

之后再想起来，那确实是一项正确的选择。毕业后他在神户住了半年，经常有机会去京都。回到东京已经两年了，就算期间去过神户，但总是没有时间回到京都。尽管没有稳定的工作，世航一直忙这忙那的，闲不下来。

大学毕业前的暑假，世航去了台湾旅行。虽然母亲的娘家连家在各地都有支系，但台湾毕竟是本家。各地都在使用“金顺记公司”的名字，实际上是各自独立的。如果出现了必须有人做出决定的事情，各地都会来找台湾的连远初。

“去找台湾的舅父商量吧。”关于毕业后的前程，世航考虑了很多，母亲认为舅父一定能给出最好的建议。

“什么啊，就连含章都给我出难题啊。哈哈哈……”舅父连远初大笑着说。世航在台湾各地游玩了一圈，一个月后打算回日本时，舅父凝视着他的脸说：“看来你和远敬一样，是咱们家最愿意钻研学问的人了。我想把之前托付给远敬的事托付给你。啊，我不是要强迫你，大家都知道连家和温家是一体的……”

远敬是已经成为记者的连绍桓的父亲连远滋的弟弟。一直被视为家族中最有学问的人，备受期待，遗憾的是他还不到四十五岁就离开了人世。

舅父提到的托付给连远敬的事，是整理和金顺记相关的记录，并借此机会编纂家族史。

“这件事因为远敬的死而置之高阁了，但总要有人去做啊。”家里人聚在一起的时候，经常会提起这件事。虽然是悬而未决的事情，但并不紧急。最重要的是选出能胜任这项工作的人。

“含章的儿子不错。”连远初下了决定。那年秋天，他来到东京，正式向世航的母亲含章提出了此事。“虽然必须有人来做这件事，但这份工作不是谁都能做的。我看遍了家族的年轻人，世航是最合适的人选。其实上海的绍桓文章写得也不错，我曾经委婉地向他提过此事，但他说自己更关心现在的事情，研究历史是一种倒退。金顺记会全力支持这项工作，拜托了。”

母亲担心的是如果世航接受这份工作的话，能不能养得起一家人。对此，连远初提出了一个方案。由各地的金顺记筹集基金，设立一个文化财团，交给世航管理。连家和温家的收藏加起来也有不小的数目。

“能不能做成，还是先交给年轻的世航试试吧。”他这样一说，含章也同意了。她也觉得儿子的性格最适合做这项工作。

含章对世航说：“你还要再积累一些做人的修养。”这项工作需要拜访各地的亲友，拜托他们支持这项事业，所以必须由值得信赖的人来做。除了收集各地的记录，还要将从长辈们那里听来的事情记录下来。

现在，世航正处在磨砺品质的准备阶段。他回到东京后积极地与留学生交往，创建同舟会也是其中一环。世航认为自己现在十分繁忙，景珠说他没有稳定的工作让他很生气。景珠也是家里的一员，应该知道世航被托付了什么样的工作，但她似乎不了解这份工作的内容，认为可以利用业余时间完成。

应该不只是景珠，等以后真正开始着手做这项工作，家族里还会有和景珠抱有同样想法的人。世航已经做好了心理准备。到达京都站之前，景珠提到了自己的工作，她把那当成稳定的工作。

世航边听着景珠的话边思考：景珠的工作与金顺记的历史有着怎样的联系呢？不知从什么时候起，他开始用历史学家的眼光审视身边发生的事情。

关东地震已经过去三个多月了。一九二三年——大正十二年，同时也是民国十二年，已经进入了十二月。

“你很吃惊吧？”景珠说完自己的工作后问世航，她的语气中有着些许得意。

世航回答：“很吃惊啊！但是很像姐姐的风格，有非同寻常的热情。”

景珠想要做的事情在世航看来是异想天开。他不由得想起在台湾时连远初对他说的话：“连家和温家的历史非常复杂，非常慎重的血统和不合常理的奔放血统奇妙地混合在一起。”

她现在与香港的宗教团体太玄会牵扯在一起。从名称上就能看出，这是一个道教团体。没想到景珠生在美国，长在美国，竟然会与道教有交集。

一会儿要与她在京都见面的人是一名女性。景珠此次来日本的目的，是建立香港太玄会的日本支部。

“不过我没有告诉金顺记的人，毕竟他们都是些商人，一定会觉得我很奇怪，所以我不会告诉那些人的。世航是学艺术的，应该能理解我。你要帮帮我。”景珠再次摇了摇世航的膝盖。

“真受不了。”世航心里这样想着，但是没说出口。如果说了多余的话，一定会让事情变得复杂。

3

景珠去见的并不是男人，而是一名女性。说是和太玄会有关的人，世航便以为一定是个老太婆。没想到对方很年轻；更让他吃惊的是，对方是个非常美丽的女性。

她叫作增田绫子。她住在岚山附近一处幽静的地方，看上去很有京都风情，因为世航在玄关看不出宅邸的规模；从玄关通过长长的走廊后，可以看到一个比他想象中更宽敞的庭院。

景珠之前怀疑过对方的翻译能力，但实际上用不着担心，因为增田绫子会说英语。虽然算不上擅长，不过很正确，可以算得上学校英语优等生的榜样了。

景珠直爽地说：“啊，这样看来其实不需要世航陪我过来了。”她说这句话用的是汉语，增田绫子自然听不懂。绫子穿着规整的和服，就算听到了自己不明白的语言，也一直保持着恬静的笑容。

世航做过自我介绍后，绫子提起了他大学时代的同级生，说那是他最小的弟弟中学时的好朋友。听到此事，世航猜不透她的年龄了，本以为绫子比自己年轻一些，这样看来她应该比自己年长。

绫子对世航说："我预感到你会来。"

景珠按照自己的做法，拿出笔记本马上进入了工作状态。发现不需要翻译后，她放松了下来。

因为在火车上没有时间，世航几乎没来得及询问太玄会的事。他听着景珠和绫子的交谈，大致弄清了太玄会的情况。绫子的英语有时会卡壳，这时世航就帮忙解围。

"毕竟我从女专毕业已经十多年了。"

从女子专门学校毕业时应该满二十岁，世航终于知道了绫子的年龄，她应该至少有三十岁了，不过看起来比实际年龄年轻很多。

景珠有时会翻动笔记，或者略微侧一侧头；与她相比，绫子始终端端正正地跪坐在那里。

关于在日本设立太玄会支部一事，双方似乎已经通过信件商量了很久。会长让景珠来日本见一见绫子，刚才提起道教的经典也许是一种测试。虽然两人的交流谈不上意气相投，不过她们都对彼此印象不错。

一年前，增田绫子请求太玄会向自己提供道教经典。她开始对道教产生兴趣，从台湾的一名女性手里拿到了道教相关的宣传册。那本宣传册正是由香港太玄会发行的。绫子拜托认识的人将宣传册翻译成了日文，但是觉得内容太初级，希望能得到正式的经典集。于是她询问了发行宣传册的太玄会，就这样，双方开始通过信件交流。香港太玄会在回信中列出了一份清单，有光绪三十二年（一九〇六年）发行的《重刊道藏辑要》二十八函、二百四十余册，可以分册售卖。如果绫子提供所需要那部分的清单，他们可以帮忙购买。太玄会没有想到增田绫子提出了想要全部购买的要求。

因为是独身的女性，太玄会以为她只是出于单纯的好奇心，结果她似乎是真的想要了解。绫子给香港贸易公司的人汇了款，取回了太玄会寄来的书籍。此后，双方每个月至少会通一次信件。

创建日本支部是香港太玄会提出的。在增田绫子看来，这是一项贸然的提议。

香港太玄会提出的条件是每月向日本支部支付二百美元，并且负责传教和指导。增田绫子并不缺少资金，所以谢绝了辅助金。而且，她想以自己的方式传教，因此婉拒了香港派出传教人员的提议。

增田绫子说：“我这里没有某某会这样的名字，人们自然而然地聚集起来。就像我在信中提到的那样，上下级的关系太烦琐，但如果只是互相帮助的关系，我会欣然接受。如果我有什么不明白的地方，可能还需要贵会指教。”

杨景珠就是作为侦察员被太玄会派到日本来的。

4

在回程的路上，景珠坦白：“还有其他候选人，我必须要去另一个地方。”太玄会选择的第一号合作对象是增田绫子，因为双方有过书信往来，不是陌生的对象。另外，他们还选择了其他几个宗教团体作为候补。不过那些都是只听过名字的团体，并没有过任何交集。因此，增田绫子是最有利的人选。

景珠问世航：“你看她愿意合作吗？”

世航反问道：“不知道啊，姐姐你怎么看？你不是用英语直接跟她沟通过了吗，有什么想法？”

景珠回答道：“这个啊，增田小姐要么是非常天真的人，要么是城府很深的人。不过我还没有信心断定她属于哪一种。”

“这样啊……”世航觉得增田绫子的话都是可信的。

离开增田家的时候，景珠说想要借用洗手间，于是女佣给她带路，只剩下世航与绫子单独相处。

当景珠的身影终于出现在走廊的时候，世航松了一口气。那时，绫子轻声说：“要再来啊，一个人来。”

“好。”世航不由自主地回答道。

“我们家之前有人和姐姐一样从事相关的工作吗？”在回程的火车上，世航半是自言自语地问。

“调查这种事是你的工作吧。”景珠说得事不关己。

“姐姐是家里的另类吧。”

“可能吧，连家和温家的人都流着商人的血嘛。”

火车快到神户的时候，景珠突然说：“临走的时候我不是借用了增田小姐家的洗手间吗，我并不是想去洗手间，而是想看看她家的样子。”

“哦？家里的样子吗？”

“咱们只是从玄关走到客房，只看到了一部分庭院。我去洗手间的路上大致掌握了她家的规模。走廊尽头之前的房间里似乎有很多人；在我们看不到的后院里有十来个人，不知道在读什么书。可能是读书会吧，也许在学习道教的教典。”

“哦，你办事还真周到。”

“那当然，她是有可能和我们合作的对象啊，必须了解她的底细。”

“姐姐，你不是另类。你身上一定流着商人的血。”

世航和景珠在三宫站下车，一起走回了金顺记。那时的三宫站位于后来的元町站，还没有高架桥。火车在地面轨道上行驶，有很多道口。在去沿海的金顺记的路上，景珠挽着世航的胳膊，笑着说：“那个京都的女士看你的眼神很奇怪。”

“真的吗？”

“她是不是喜欢上世航了啊？”

“怎么可能……你怎么知道的？”

“女人的第六感，肯定没错。你要小心了。”

景珠抓着世航的胳膊使劲儿摇着。十二月的商业街很热闹，人们都行色匆匆。一个戴着鸭舌帽的男人听到了景珠的笑声回过头来。

5

神户金顺记食堂的旁边有一个小厅。以前那里放着台球桌，后来温世航回了东京，时隔很久再回来看时，台球桌已经被拆除了。听说是严格的领班嫌住在店里的店员总是通宵打台球，于是拆掉了台球桌。

“麻将呀、扑克呀，还有围棋、将棋，只要玩儿得起劲儿都会通宵的。拆掉台球桌太不公平了。”

“领班太顽固了，死脑筋，完全不会通融。”

“他那样不会有出息的。”

拆掉台球桌之后，厅里变得空荡荡的，住在店里的五六名店员聚在一起吵吵嚷嚷地闲谈着。就算不打麻将、下将棋，他们聊天儿聊起劲儿了也能聊个通宵。

住在店里的店员都是中国人，日本店员会回家住，他们在神户基本都有住处。这些中国人都很年轻。按照惯例，结婚后他们就要回家住，所以在厅里闲聊的人最小只有十五岁，最大也不过二十五岁左右。他们之中很多人是因为没办法继续上学，就留在这里工作了。和同龄的留学生相比，他们出身贫寒，但是对祖国政局的关心一点儿都不比留学生们少。他们生活在日本人之中，就因为这一点，他们也不得不关心政治。换句话说，在日本居住的中国人都会成为爱国者。

他们积极读报，不光是日本的报纸，还会读迟几天送来的上海的报纸，甚至还有英文报纸。因为读报的人很多，金顺记订了三份上海《申报》。

温世航住在金顺记的时候，每天晚上都会和住在店里的店员们聊天儿。话题主要是分裂成南北两部分的祖国政局。

一九一一年，辛亥革命推翻了清王朝统治。就在那一年，温世航进入日本的中学，那时距离他父亲离世已经过去两年了。虽然清王朝被推翻，但年轻的革命家们既没有实力也没有经验，最终袁世凯坐上了中华民国大总统的位置。袁世凯在暗中策划着登基当皇帝。八年前，也就是一九一五年，袁世凯终于下决心推翻共和、恢复帝制。全国各地都掀起了反对运动，特别是蔡锷的武装起义给予袁世凯沉重打击。袁世凯郁郁而终。虽然中华民国得以复兴，但北洋军阀的头目们窃取了政权。孙文反对由他们组成的北洋政府，因此在广东建立了军政府，就任大元帅。

经历了重重波折，中国出现了南北两个政府，双方都自称中华民国政府。南方的孙文在去年宣布北伐，出兵打到了桂林，却因陈炯明的武装叛乱而中止。今年正月，孙文提出了南北和平统一的主张；十月，北洋政府的大总统由黎元洪换成了曹锟。

虽然四年前五四运动的起因是反对日本《二十一条》的无理要求，但参加者同时提出了反对军阀、反对帝国主义的主张。王正廷是浙江人，毕业于天津北洋大学。他当上教员后，曾于一九〇三年前往日本留学，并作为中华民国基督教青年会的驻日总负责人活跃在一线。后来王正廷又去美国留学，以优异的成绩从耶鲁大学毕业。他追随孙文参加了广东的军政府，五年前作为特使前往美国游说。然而，他驻留在西雅图时，接受了北洋政府的任命，作为代表参加了巴黎和会。

因此，年轻人将他称为“变节分子”。王正廷的理由是，如果只有北方派的顾维钧担任代表，南方派的意见就无法反映在和会上，因此他才去了巴黎。由于接受北洋政府的任命去巴黎赴任一事遭到非议，他暂时进入了香港的经济界。不久后，他作为中日联合委员会的中国代表，与日本的小幡公使就山东问题展开谈判；并以汪大燮内阁外交总长的身份，在政界东山再起。今年一月，张绍曾接替汪大燮重新组阁，邀请王正廷担任司法总长，被王正廷谢绝。从那以后，他专注于与苏联的谈判。

金顺记的店员们在厅里围绕王正廷的话题侃侃而谈时，温世航默默地将煤扔进火炉，用拨火棒翻搅着。他在专心思考一件事情。

日本政府方面对王正廷访日的目的抱着一丝怀疑，怀疑他希望将日本卷入正在进行的中苏谈判中，展开中、苏、日三国的谈判。由于涉及特殊问题，日本认为应该由中苏两国谈判，但北洋政府似乎认为三国谈判对中方更加有利。

王正廷携夫人及沈其昌、刘彦、周文彬等随员于十一月三十日从北京出发。他丢下苏联代表加拉罕从北京出发前往奉天，日本方面自然会有此怀疑。虽然王正廷是北洋政府的重要人物，但实际上北洋政权也并非上下一心，主要分为直隶派（直系）、安徽派（皖系）、奉天派（奉系）三大派系。王正廷必须就某些事情与奉系的张作霖协商。他从奉天乘坐途经朝鲜的火车南下，换乘关釜渡轮从下关上岸，再乘坐特急列车，于十二月七日下午九点三十五分到达东京。

他从奉天出发的时候，应该已经听说了日本方面的怀疑。在车上的记者采访中，他明确指出，此次访日只是为了调查地震中的中国人被杀事件，并无意与日本政府协商其他事宜。

中国人被杀事件与虐杀朝鲜人事件一样，是中国人因为语言不通被自卫队杀害的事件。日本人承认的人数为十几人，中国驻日本大使馆的报告中显示为六十八人，而中国国内的传言则称有一百七十人，其中的差距巨大。不过，王希天的事件似乎成了其中最重要的一点。这并不是陷入疯狂的自卫队趁着混乱而造成的无差别杀害事件。此事与大杉荣事件一样，是当局有目的的谋杀，因此问题重大。现已查明王希天精通日语，在虐杀朝鲜人的风潮平定后依然健在。

民众陷入恐慌的借口不适用于王希天的事件。

“要不要把那封信交出去呢……”温世航在犹豫。如果把那封信当作证据，王正廷就会更有底气。但这样一来，世航就背叛了匿名寄出信件的人。

“如果不交出信，只是将其中的内容告诉王正廷呢？日本可以以没有物证为由抵赖。”世航有些犯困。他放下拨火棒靠在沙发上，不知不觉间迷迷糊糊地睡了过去。

6

周围人声嘈杂，但是与他小睡前的嘈杂不同。之前，大家都在自顾自说着自己想说的话，现在则是所有人都冲着一个人说话。

这个人就是十七岁的徐炳年。

“尽管如此，你明天辞职还是太早了。”

“你还没和老家的父母联系吧？”

“不用这么着急，学校还没建好呢！”

“对，对，现在才刚刚决定要建嘛！”

徐炳年被众人的议论包围起来，众人的话中带着温暖的关切，并没有指责他的意思。徐炳年沉默不语。在温世航睡着的时候，他应该说过什么事情。

从同伴的话语中可以推测出徐炳年刚才说了什么。温世航的脚边有一份大约十天前的上海《申报》。说是掉落在地上，不如说是被展开放在了这里。报纸上“国民党临时中央执行委员会通过决议设立‘陆军军官学校’”标题被人用红色铅笔圈了起来，副标题是“蒋中正担任校长，廖仲恺担任国民党代表。”

南方政府决定创建军校，这项计划之前已经被提及很多次。孙文派蒋介石前往苏联考察红军，除了模仿苏联红军重新整编军队外，另一个目的就是创建军校。这张几天前的报纸上说，蒋中正于十一月二十九日从莫斯科出发，踏上了回国的旅程。很快就要着手建立军校了吧。

徐炳年一定已经将这篇报道看过很多遍。他用红色铅笔把它圈起来，想必在床上也反复阅读过吧。他已经无法将报考军校的决定藏在自己心里了，所以趁晚饭后大家在厅里畅谈的时候，突然说出了自己的决定。也许将这个决定说出口很突然，但这应该是他反复思考后的结果。

“我知道了，我再想想。”徐炳年终于开了口。

断然回绝朋友们关切的话语未免太过无情，这名十七岁的少年也许是想用这句话让朋友们安静下来。他可能也在后悔不该突然在这种场合说出自己的决定，但也只是后悔不该冒失地说出来，而不是后悔这个决定。这几天，世航与众人一起待在厅里的时候，都在用自己的方式观察着这些店员们。徐炳年是一名坚定而诚实的少年。

“这就好，这就好，炳年才只有十七岁嘛。”

“时间还有很多，你再好好想一想。”

朋友们似乎都松了一口气。

温世航想起同舟会已经好久没有聚会了。虽然有过一两个人分别见面的情况，但是大家已经很长时间没有聚齐过了。

同舟会的成员中，应该也有人胸中燃起了和徐炳年一样的火焰。世航知道自己胸中也燃起了火焰。一旦火焰被燃起，就会向外喷涌而出。同舟会的成员中有没有和他一样的人呢？世航的脑海中浮现出每个人的面容。他们都超过了二十岁，已经超过了即将在广东创建的军校的入学年龄。但他无法预测，从祖国传来的消息会在何时、以什么样的方式燃起他们胸中的火焰。

“大家都冷静下来，今晚都要早睡吧。”

年长的店员说完，大家都点了点头，离开了。他们的房间在三楼。等大家走上楼梯，脚步声消失后，世航从大厅角落的报纸架上取下了《申报》。

最近的报纸上都在关注“关余”问题。

“关余”是关税收入的残余。中国的关税除了要减去向各国支付的义和团事件赔偿金以外，还要再减去以关税收入作为担保的外债，剩余的部分才会交给中国政府。因为中国政府现在分裂成了南北两方，总税务司（外国人）决定将关余分为南北两份，南方政府得到其中的百分之十三点七。但是从一九二〇年开始，由于南方政府的分裂，关余全部交给了北方政府。

孙文对此提出抗议，要求北京外交使团将广东海关的关税收入归还给南方政府。这件事发生在十一月五日。孙文现在计划采取强硬手段“收管”广东海关的收入。在京外交使团警告南方政府，如果“收管”关余，各国也会采取强硬手段。

在报纸上，孙文的南方政府对北京外交使团发出通告：

海关是中国的国家机关，关余的裁用完全属于内政问题，列强不应插手。南方政府将留出两周的宽限期，等待问题的解决。

在南方政府中，国民党经过改组实现了与共产党的合作，但一部分人对此事抱有强烈的反对态度。在刊登蒋介石离开莫斯科的报道当天，报纸上也刊登了国民党广东支部的邓泽如和林直勉等十一人直接向孙文上书弹劾共产党的报道。

报道还指出，中国国民党驻欧支部设在法国里昂，王景岐任执行部长，周恩来担任总务科主任。王景岐曾经是北京大学教授，在巴黎和会中担任过中国全权代表团的顾问，现在是驻柏林大使。世航曾经读过王景岐写的关于通商史的论文；总务科主任周恩来的名字，世航似乎在什么地方听到过，但怎么也想不起来。

世航叹道：“现在是多事之秋啊！”

他下定了决心，不需要把王希天的事告诉王正廷。他是代表北洋政府来日本的，与世航寄予希望的南方政府没有关系，只是一名以直系吴佩孚的武力为后台、担任北方政府要职的政客而已。

王希天仿佛就是二十年前的王正廷，他应该凭借自己的力量解决王希天的问题——下定决心后，世航松了一口气，困意再次袭来。

世航把装订成册的报纸放回原处，走上楼梯。除了王希天的事，他还有另一个决定：等神户的工作结束后，他要直接回东京。直到刚才为止，他还想在回程时去一趟名古屋，而且已经给泷口信子写信告知了自己的计划。

他的直觉告诉他：必须立刻回东京。

世航回到房间后给信子写了一封信：年关将近，你家中想必事务繁忙，我近来也有些忙碌，因此我想取消这次的名古屋之行，等闲暇时再与你相会。

7

神户金顺记的书画收藏中没有太珍贵的作品。

世航提出了自己的见解："要说有价值的作品，就只有赵之谦的那五件了，这些一定要留下，其余的都让人提不起兴趣。而且其中还有几件赝品，连我都能看出来，实在是不怎么高明。"

赵之谦（一八二九年至一八八四年）是浙江绍兴的画家。清末艺术衰微，赵之谦与任伯年、吴昌硕齐名，是当时少有的出类拔萃的艺术家。幸运的是，日本人也能充分理解、欣赏他们的作品，甚至可以说他们将日本和中国的心联系在了一起。

将购买的决定权交给神户金顺记之后，世航开始打点行装准备回东京。

虽然有人挽留，希望他再多留一段时间，但是世航认为自己必须尽快出发。

一名领班对他说："你和在香港的姐姐一样，都是急性子啊！"

被拿来和景珠比较，这让世航感到意外。他做梦也没想到自己会与景珠相像，不过两人确实血缘很近，在外人看来也许有相像的地方吧。景珠在京都停留了三天就前往九州了，她在从长崎寄往神户金顺记的信中说，自己就要回香港了，明年初还回来日本。金顺记没有人知道她的行程。

虽说是整理行装，其实只有一个大背包。在上火车的前一天晚上，徐炳年来到了世航的房间。

徐炳年说："世航哥，你那时没有阻止我。"

世航直率地回答："我那个时候睡着了。"

“但是之后你不是醒来了嘛。”

“那已经是事情发生之后了。”

“就算世航哥当时没有睡着也不会阻止我的，我相信。”死心眼儿的少年注视着世航。

“我不会阻止你，你已经可以自己决定自己的事了，我相信你能很好地做出决定。”

“谢谢。”徐炳年向他点头行礼。

世航问他：“你什么时候回国？”

“我想尽快，这件事必须尽早着手。”

世航觉得这个少年和自己很像，都是急性子。

徐炳年又行了一礼，说：“请你代我向东京的远志先生问好，是他介绍我来神户金顺记的。”

连远志是世航母亲的弟弟，双烟馆的主人，也是金顺记在日本的总负责人。

世航问他：“这件事你和远志先生说过吗？”

“没有……我心里害怕，什么都没能说出口。”

“我想远志先生也不会阻止你的。”

“是吗？”少年的脸上露出光彩，“那我这就去写信。”

“他不远万里来到日本工作，家境一定不会殷实。”想到这里，世航将手伸进口袋取出了钱包，交给徐炳年。

徐炳年惊讶地睁大了双眼。

“其实，”世航笑着说，“我也想进军校，但是我已经二十五岁了，没法进了。我希望你能代替我。你一定要收下。不然我的心情，不，我的灵魂会不得安宁。”

“灵魂？”

世航的话再次让少年感到惊讶。

“如果不收下，你身上就会发生不好的事情。”

“真的吗？”

“一定会的……啊，对了，钱包里有回东京的车票，这个你要还给我。”

世航从钱包中取出车票，放进胸前的口袋。钱包里应该有一百多日元，来到神户之后，他买书、吃饭花掉的钱应该只有十五日元左右。

“但是这样一来世航哥不就身无分文了吗？”

“不，我的口袋里总会装着几张纸币，肯定不会为难的。你要是把钱包还给我，我才会为难。炳年，保重。”

“好。”徐炳年答应了，毕恭毕敬地接过钱包，小跑着走出了房间。

世航觉得这对自己来说是一种练习，今后这样的事还会发生很多次吧。按照刚才的情况来看，徐炳年的心早就飞到广东的军校里去了，只是为旅费而感到头疼。

“啊，真累啊！”周济别人原来是这么让人感到内疚和疲劳的事情啊，不可思议的自我厌恶让世航心如刀绞。他张开手脚，一下子扑倒在床上。

秘色

1

见到这只瓷碗的时候，温世航不由自主地屏住了呼吸。那种感觉并非一时涌出的冲动，而是逐渐渗透进了他的心中。他缓缓地吸了一口气，这种感觉与空气一同被吸进了身体里，停留在他的内心深处。

母亲问道："是好东西吗？"

"是好东西。"

母亲已经由世航的反应猜到了答案。

"是五代的东西吗？难道出自晚唐的越窑？"

口径不到十厘米，算是小型碗，但这是三个一组的瓷碗。新的暂且不论，公元一千年前后的瓷器能成套地保留下来，实属稀有。世航对中国的陶瓷稍有研究，能看出这是贵重物件。

这明显是"秘色瓷"。

越州窑，位于现在的浙江省。现存最早的越州窑的作品是刻着后汉建安五年（二〇〇年）字样的壶。但是越州窑逐渐衰退，唐代中期的出土文物稀少，即使偶有出土，也都是低劣的作品。但是唐代中期以后，越州窑得以复兴。从九世纪到十世纪，越州窑出品了不少美丽的青瓷。唐朝于公元十世纪灭亡，此后中国进入五代十国的时代，国家分裂。这一时期，浙江由钱氏统治，史称吴越政权。

根据文献记载，吴越时在越州窑烧制而成的青瓷专门供内廷使用，禁止民间使用，因此被称为“秘色瓷”。但这也许是误传，“秘色”只是指极好的颜色。从唐朝开始就出现了“秘色瓷”的说法——唐代诗人陆龟蒙有一首《秘色越器》诗，诗中有名句：

九秋风露越窑开，
夺得千峰翠色来。

越窑青瓷也传到了日本，但只在宫廷中使用，被称为“秘色”。《源氏物语》的“末摘花”中也提到了秘色，称其为“唐土之物”。

世航在博物馆里看见过几次实物，也看过不少图片，但直接拿在手里察看时的压迫感，是通过玻璃罩看到时无法比拟的。

其实在透过玻璃罩看的时候，比起瓷器的美丽，世航更为其中的“复兴”之意而感动。

通常说到越州窑，指的都是复兴后的作品。为了区别，从后汉到魏晋南北朝的作品被称为“古越”。“古越”一度衰落，变成了粗厚的劣质品。到了中唐，几近消亡的越州窑竟然奇迹般地复苏，而且诞生了超过“古越”的优秀作品，正如诗人在诗中赞颂的那样，仿佛夺得了千峰翠色。

祖国啊，请您复苏吧！

世航一直抱着这样的期望，因此当他看到博物馆中的越窑青瓷时，立刻联想到自己的夙愿。秘色瓷的美丽隐藏在年轻人心中燃起的忧国热情之下。

现在，他正抚摩着这份美丽，何止千峰翠色，这件瓷器映出的是观者心中的色彩啊！

“你喜欢吗？”舅父连远云问。

“当然喜欢。”

“你看吧，姐姐，”连远云对世航的母亲说，“您得收回刚才那句不讲理的话了。”

“世航，这确实是真品吗？”世航的母亲带着难以置信的表情问。她的堂弟连远云在台湾长大，性格里有不着调的地方，以前曾经惹出不少麻烦。台湾的连家是本家，大家长远初为人稳重，弟弟远云的性格却相当散漫。

“他总是被骗的那个，没什么大不了的。”据说他的哥哥远初经常这样说。就算惹出麻烦，远云也总是被害者。虽然不太体面，但是比起成为加害者、连累连家名誉受损，这样还算好。哥哥远初说这句话时似乎已经想开了。

世航母亲的父亲和远云的父亲是堂兄弟，所以他们其实是从堂姐弟的关系。但在她嫁到上海之前，还是少年的远云被送到日本学习，就住在双烟馆。因此两人关系很亲近，互相之间也不客气。姐弟俩年龄相差十岁，世航的母亲把远云当成亲弟弟，经常责备他。她的亲弟弟远志和远功都已娶妻，总归是要生分些；远云虽然已经四十岁了，却依然是单身。

“你再好好看看。”世航的母亲说。

这是远云不知道从哪儿买来的东西。只凭这是远云买来的，世航的母亲就不太相信。

“好，那我再看看……”

世航交替地拿起每只碗，仔细地察看。

釉下雕刻有花纹。就算是越窑青瓷，在瓷器表面雕刻也是晚唐才有的工艺。这被称为“划花”，是用刮刀尖端在瓷器上轻轻刮出的花纹。眼前的这只瓷碗，表面有牡丹花纹，不过花纹的轮廓是从外向内用斜锋雕刻而成的，称为“片切雕”。与划花相比，花纹看起来更加突出。根据世航学到的知识，这种雕刻方法多出现于五代以后。

虽然世航按照母亲的要求再次拿起来检查，但是他从第一眼就已经看出这是真品。世航见过太多真正的越窑瓷，不会为了赝品而心生感动。

母亲说：“这盒子不是新的吗？”

瓷碗确实是放在全新的桐盒中的。

盒盖的右上角有“越瓯”字样的朱批。“瓯”是指小碗，也包含茶碗。三个盒子上的朱批都一样，但左侧的诗句各不相同。

希圣

越碗初盛蜀茗新，

薄烟轻处搅来匀。

在越窑的瓷碗里沏上上好的四川新茶，轻轻搅动，茶汤如薄薄的绿烟般均匀地化开。

晋卿

碧玉瓯中思雪浪，

黄金碾畔忆雷芽。

怀念碧绿的茶杯中翻涌着如雪浪般的茶水，犹忆黄金碾碾着的惊蛰后的新茶。

天锡

隔屋书香开酒瓮，

卷帘树色入茶瓯。

隔着屋子，书香掀开酒瓮，带来一阵酒的香气；卷起帘子，茶杯中映出树的颜色。

希圣是唐代诗人施肩吾的字，晋卿和天锡分别是元代耶律楚材和萨都剌的字。

耶律楚材的祖先是辽国皇族，虽是契丹族，但他的祖先在辽国灭亡后效力于女真金国。金国灭亡后，耶律楚材开始效力于成吉思汗。

萨都剌是穆斯林，他的名字是Sa’dal—Allāh的音译。

而施肩吾，是杭州的唐代进士，终其一生都没有做官。三个盒子上的诗句都与茶碗有关，其中两首都不是汉人的作品。

是谁在盒子上写下这些诗句呢？

世航翻过盖子，三个盒盖上都只写了“雷芽山人”四个字。“雷芽”也出现在了耶律楚材的诗句中，是茶的雅称。“茶”字是唐代以后才出现的，以前多称为“茗”。

应该也有不少其他的诗作中出现过茶碗，为什么要选择耶律楚材和萨都剌呢？这两个人并非汉人，但是对中国的文化做出了巨大的贡献。尤其是耶律楚材，在当政期间明确区分了军政和民政，禁止军官干涉民政。这项政策有效地抑制了对汉人的人身和财产安全的损害。

“盒子上的诗句并不是偶然选择的，应该表达了书写者的意图，必然有某种理由。”世航想找到这个理由。

他小心翼翼地盖上盖子，对母亲和舅父说：“这确实是真品。虽然盒子是新的，但里面的东西不假。不过舅父您究竟是从哪儿得到的？”

2

世航的母亲和舅父看了看对方，世航的母亲首先回答：“到手的方式有些奇怪。”然后对远云抬了抬下巴，让他自己说明事情的原委。

“我正喝着酒……”远云挠着头说。

“他这人总是喝酒，没有酒就说不了话。”世航的母亲在旁边耸了耸肩。

“在帝国酒店。”远云说出了地点。

“就是他住的地方。”世航的母亲又插了一嘴。

“昨天晚上。”这次远云说出了时间，虽然大家都说他不着调，但其实他办事的时候总能抓住要点。

“那个人喝得醉醺醺的。”远云接着说。

“你又怎么样呢？怕是跟人家半斤八两吧。”世航的母亲瞥了眼远云说。

“姐姐，你放过我吧。我当时可没喝醉。”

根据远云的话，那个喝得醉醺醺的人是个美国人，名叫乔治·摩尔根，和连远云差不多大，都是四十岁左右。摩尔根似乎是因为工作不顺才喝得烂醉如泥，本该顺利达成的商业合作被一口回绝，他没能达到目的，一个人在帝国酒店喝闷酒。

“他找我搭话，一开始我用蹩脚的英语跟他聊，后来不知道是说起什么，我知道了乔治这家伙能说点儿汉语。我告诉他我是中国人之后他可高兴了，觉得我能听他说话。他说是跟人约好，以为没有问题了，才千里迢迢从上海来到日本的。”

连远云说，乔治·摩尔根这次来谈的生意是把三个中国上等瓷器卖给驻日本的美国大使。美国大使并非以个人名义购买，而是要将这套瓷器作为美国总统送给日本皇太子的结婚礼物。

美国现任总统是柯立芝，他不是通过选举上任的——关东地震的一个月之前，总统哈定在旧金山巡回演说时去世，柯立芝作为副总统递补为总统。柯立芝上任还不到半年，正赶上日本皇太子举行结婚典礼，美国自然要准备礼物。这份礼物基本已经确定为三个中国越州窑的青瓷碗。

连远云说：“一个要一千美元啊，三个就要三千。乔治会收取百分之二十的佣金，可以赚到六百美元。结果这笔生意黄了。”

“美国不是会严格遵守合同的国家吗？能这么简单地取消吗？而且还是和政府相关的合同。”世航提出了一个理所当然的问题。

“乔治的话里有个我不明白的地方。不知道他究竟有没有签过正式的合同，还是说只是口头的约定，也许是他自己单方面认为谈妥了。”

连远云说完事情的梗概，语气中不太自信。

根据乔治的话，美国总统在上海有一位好友，他向总统建议在日本皇太子的婚礼上送上来自东方的珍品；总统接受了他的建议，拜托他以三千元为预算置办礼物。这位好友让乔治先以两千四百美元买下这三件瓷器，再把它们带到东京的美国大使馆，一定能卖出三千美元，这样就可以从中抽取百分之二十的佣金，实在是笔划算的买卖。但是到了东京以后，乔治发现完全不是这么回事：驻日大使伍兹先生此前回美国了，如今正乘坐“塔夫脱总统”号在太平洋上漂泊，准备回东京复任。

大使馆表示完全没听说过礼物的事，态度极其冷淡。他们通过无线电联系上了“塔夫脱总统”号上的大使，但大使也说不知道三千美元礼物的事情。后来，大使馆还向乔治索要了电报费。乔治给上海那位自称总统好友的人发了电报，结果因为地址没有登记被退了回来。乔治这才发现自己被骗了，只能懊悔地喝个烂醉。就在这个时候，他在帝国酒店遇到连远云，把这件事告诉了他。

“这个，就是这个，在这里。”

乔治取出放在衣帽间的小型手提箱，展示了其中三个“越瓯”。

“这真是可惜，你花了两千四百美元买下它们，还自己掏了旅费和住宿费。我加一百美元，用两千五百美元从你这儿买下它们吧。”

连远云问：“怎么样，世航，这些东西值不值两千五百美元？”

“我不懂行情说不来，只知道这些都是真的越州窑。”

“这就好。我可是被你母亲一直教训到现在。真受不了，说我买到假货、被人骗什么的……不过我从小就经常被你母亲教训。”

真是不可思议。从这个情况来看，远云肯定是被骗了，也难怪世航的母亲要教训他。但是那人骗远云买的东西绝对不是赝品。虽然世航不懂行情，但是花一千美元买一个五代的精品越碗应该不算昂贵，至少不能说是被骗了。

世航问：“上海的那位朋友是美国人吗？”

“应该是美国国籍，毕竟那人吹嘘自己是总统的朋友。”

“那人是从哪里得到这些瓷器的？”

“这我没问，如果你想知道，我明天再问问他。”

“好的。”

比起到手的途径，世航更想知道是谁在盒子上写了那些诗句，然后问他为什么选择了耶律楚材和萨都剌的诗。

世航的母亲摇了摇头，说道：“真奇怪。这么奇怪的交易也只有远云干得出来了。”

世航倒觉得舅父心里明白得很，醉得再厉害，这也是一笔两千五百美元的买卖。就算是趁着酒劲儿谈下来的，还是要在酒店兑换美元再付钱。

连远云说：“这是我送给世航的礼物。”

“嗯？给我的？”

“结婚贺礼。”

“结婚贺礼？我离结婚还早着呢！”

“但你已经到适婚期了吧。而且我总是到处漂泊，可能没办法参加你的结婚典礼，就提前送给你吧。”

连远云将桌子上的三个桐盒推到世航面前。

“对别人的婚事你倒是性急，你自己呢？我都说得不想再说了。”

连远云站起身伸出双手，似乎想制止世航的母亲继续说话。

"我必须要走了。"远云走出房间。

世航问母亲："这么重的礼，我可以接受吗？"

"他都那么说了，你就拿着吧。"

"但是花了两千五百美元呢。"

"钧窑的花瓶不是更贵嘛。"

"嗯，那个……因为那个比较大嘛，当然会贵一些。"

世航母亲的卧室中装饰着一个五十厘米高的淀青釉红瓶。从世航懂事以来，那个花瓶一直放在母亲的卧室中，从上海搬到东京，花瓶依然放在母亲的床头。花瓶是优雅的紫红色，每当看到这个颜色，世航都会想起母亲。那个花瓶一直跟随在母亲身边，与母亲一同呼吸，染上了母亲的味道。双烟馆中有很多瓷器，但只有这个出自钧窑，是北宋后期的作品。

"难道他准备结婚了？"

世航问："舅父说过吗？"

"他倒是没说过。其实你舅父很久以前曾经缠着我想要那只钧窑的花瓶，说是等自己结婚的时候要我送那只花瓶给他。那是很早以前在上海时的事了，远云当时还是个孩子。我和他约好等他结婚就送给他。我倒是想送，但他一直不结婚。"

在世航的母亲说话间，空中传来了轰鸣声，听上去不止两三架飞机。

"哎呀，是飞机。"

她停下了话头。

外面传来干涩的隆隆炮声。

3

这天是大正十三年一月二十六日，摄政宫皇太子与久迩宫良子举行了结婚典礼，预定于上午十点十五分在皇居内的贤所举行交杯仪式。到了十点十五分，火车和汽船一齐鸣笛，鸣放了一百零一响礼炮。

"今天真不容易啊！"

连远云又走进了客厅。汽笛的声音已经消失，还能听见礼炮的声音。

世航问：“您是说警备吗？”

“是啊，庆祝的市民甚至不能靠近马路。”

“这是当然的啊！那件事才刚刚过去一个月。”

去年年底的十二月二十七日，发生了“虎门事件”。一个名叫难波大助的男人向摄政宫开了枪。摄政宫当时正准备出席帝国议会的开院仪式，难波大助用藏在手杖中的枪狙击了他，不过子弹打偏了。被逮捕时，大助大喊着“革命万岁”！

这是一件惊天动地的大事，是实实在在的“大逆不道”。难波大助是山口县人，家里是保皇名门，他的父亲是现任众议院议员。提到狙击摄政宫的原因，大助说自己是为大杉荣惨遭杀害事件和在龟户警署发生的惨重虐杀事件感到愤慨。

事件发生两天后，山本权兵卫内阁全体引咎辞职，直接责任者警视总监汤浅仓平和警视厅警务部长正力松太郎被开除公职。

新闻报道写出了“前所未有的大逆事件”的题目。

同舟会的成员们看到他们被开除公职的新闻都很开心，认为正力等人在搜查杀害王希天的犯人时故意敷衍了事，这是老天降下了惩罚。

大逆事件未遂后仅仅一个月，就到了摄政宫的成婚大典。皇居贤所的交杯仪式结束后，摄政宫夫妇起程前往新居赤坂离宫。市民们为了庆祝聚集在道路旁，负责警备的警察和军人数不胜数。

“听说光警察就有七千人。”

不知道连远云是从哪里听到的消息。

“军人的人数也差不多吧。”

世航脑海中浮现出二重桥到赤坂离宫的道路，现在离地震仅仅过了五个月不到，路上到处都搭着临时棚屋；戒备森严的警察和军人与排成一排的临时棚屋格格不入，呈现出一幅异样的景象。除了穿着制服的警察外，应该有不少穿着便服的警察在各处监视人群。

“日语不好的留学生不要靠近那里。”这句提醒在留学生之间口口相传。如果遇到盘问可能会陷入麻烦。

难波大助是为了给在宪兵队中被杀害的大杉和在龟户警署中被杀害的平

泽、川合等人报仇。既然如此，就不能排除朝鲜人和中国人中也有试图为大量被误杀的同胞报仇的人。

世航也听说，便衣警察在频繁地走访调查。

虎门事件后，警察最热衷的事情就是列黑名单。皇太子结婚的日子早就确定了，警备问题成了警界最大的课题。

世航正月去给堀川进吾拜年时，堀川说："当局现在正在用尽各种办法奖励朝鲜劳工返乡。最近我听警视厅的朋友说，如果不尽量减少黑名单中的人物，就处理不完了。"

关西姑且不论，关东的朝鲜劳工确实在减少。地震后的恐怖事件成了契机，回国的人源源不断，不过当局的诱导也是一方面原因。

正月五日傍晚发生了一起事件，在二重桥外徘徊的朝鲜人被警察盘问身份时，突然扔出了像是炸弹一样的东西。那东西最终没有爆炸，犯人当场被捕。但是根据警察公布的消息，犯人的目的只是引起社会骚乱，没有思想背景，也没有其他牵连的人员。此次事件最终被当成精神错乱者的行为处理了。如果每次发生案件都要开除警视总监的话，警察也忍受不了。

"就这样抱着膝盖蹲在家里，只说些无关紧要的话，这样不管是穿制服的警察还是便衣警察，都不会来找事了。"连远云脱下拖鞋，抱着双膝蹲在沙发上说。

"这样说也没错。还有，刚才我听母亲说，她跟舅父约好，等舅父结婚的时候就把那只钧窑的花瓶送给您，这是真的吗？"

"真的。所以我才提前给你送了价值相当的礼物嘛。"远云将视线移到了桌子上。三个桐盒依然放在那里。

"舅父，您懂瓷器吗？"

"你是这样想的吗？谢谢啊。在你母亲眼里，我一直都被当成不良少年。至少你还认可我的眼光。"

"虽说当时喝醉了，但是您的眼光确实不错。"

"哈哈，我说那人醉了，实际上夸张了一些。你的母亲气得眼睛都睁圆了。哈哈，抱歉啊，我就是喜欢惹你母亲生气。如果我说我和一个垂头丧气的男人说了话，他给我看了个好东西，我觉得不错就买下来了，这样你的母亲就不会生气。太没意思了，所以我就撒了个谎，说那人喝得醉醺醺的。”

“这是在假装坏人啊。”

“没错，我喜欢假装坏人。不过只是在你母亲面前会这样。”

“为什么？”

“不知道……我从小就经常被你母亲斥责。如果她不骂我的话，我反而会觉得寂寞。”

“我能明白。”

“不，就算你明白，也没办法完全理解。”

“是这样吗？”

“用不着这么惊讶。那是我十二岁的时候吧，你的母亲当时二十多岁。她跟别的男人结婚时我特别伤心，因为想在身边留一个念想，就缠着你母亲要那只花瓶。于是你母亲答应，等我结婚的时候就把那只花瓶送给我。”

“啊，原来是这么回事。”

“在我四十岁之前，当然有过好几次结婚的念头。但是不管哪家的小姐在我心里都不合格。我也很清楚，别人在骂我是挑长相的男人。”

不知什么时候，鸣放礼炮停止了。

“乔治·摩尔根真的存在吗？”世航改变了话题。

亲戚们都说舅父连远云迟迟没有结婚，除了因为他挑剔，另一个原因是他从学生时代开始就热衷于戏剧，沉迷其中。

从戏剧到音乐，再到电影，沉迷的范围逐渐扩大。连远云在台湾创建了剧团，成为赞助人，由于作品内容而被日本总督府封杀，他上了黑名单，于是他逃往上海。在上海，连远云依然从事与音乐相关的工作，这次他准备去美国学习最新的艺术类型：电影。去年年底他来到东京，也是为了一边学习预备知识，一边等待开往美国的船只。

“真的存在，只是没有喝醉。”

“因为舅父正在学习剧本，所以我以为整个故事都是编出来的。”

“他那时真的在生着气喝闷酒，礼物的买卖眼看就要成了，情况却完全变了。不过好像是因为美国发生了贪污事件，现在要尽量避免从熟人手里买东西，所以他也不是完全被骗了。”

美国的贪污事件是指与茶壶山油田丑闻相关的一连串事件。哈定总统死后，很多事情都被曝光了。

“怪不得你会从乔治·摩尔根那里买过来。”

“是啊。太平洋上起了风浪，伍兹大使乘坐的‘塔夫脱总统’号最后还是没赶上皇太子的结婚典礼，总统的礼物只能晚些送上了。如果当初美国使馆买下了这三只茶碗，就能赶得上了。”

世航说：“还好美国大使馆退回了这份礼物，我很喜欢这套越窑秘色瓷，托他们的福我才能拿到手。”

“确实没错……”

“对了，从摩尔根先生那里能打听出这套秘色瓷是怎么买到的吗？”

“我觉得可以吧。”

“那么请把我介绍给摩尔根先生，我今天晚上要和他见面。”

4

帝国酒店当晚举行了庆祝皇太子殿下结婚的舞会，参加的人员主要是与各国大使馆相关的绅士淑女。在皇居贤所举行的交杯仪式属于神道仪式，具有一定程度的排他性，因此外国人都无法参加。为了平息外交使团的不满，外务省事先准备了舞会。

乔治·摩尔根不喜欢舞会上的盛大氛围，一直窝在自己的房间中。

据说，帝国酒店的设计者弗兰克·罗伊德·莱特听说东京在地震中全灭的消息后，直言不讳地说：“我建造的帝国酒店绝对不会倒塌。”实际上，帝国酒店确实在地震中坚强地存活了下来。

连远云口中的乔治·摩尔根是个阴沉的人，而实际并非如此。虽然乔治没能按计划赚到一笔大钱，但他成功将货物转手卖了出去，几乎没有什么损失。他已经谢顶，年龄在六十岁上下，是个大眼睛的爽朗大叔。他从手提箱里取出一沓文件在两人面前展开。

摩尔根说：“这是希斯通过白宫从广东的陆先生手中买来的。”

“这位陆先生是古董商，还是这套瓷器的主人？”

听了世航的询问，摩尔根摊开双手，耸了耸肩膀。他对这件事一无所知。

连远云问：“你知道陆先生的住址吗？”

摩尔根依然摊开双手，耸了耸肩膀。

连远云说：“你说有鉴定书吧，能不能给我们看看？”

其实当远云要买三个越窑碗的时候，摩尔根说过他有鉴定书，但是远云吹嘘自己的眼光比鉴定书准确，因此完全没有理会。

摩尔根笑着说：“你不是说不需要那种东西吗？”

“我用不着靠鉴定书确定货物的品质，现在是想知道货物到手的途径，说不定鉴定书能帮上忙。”

摩尔根从文件袋中取出的纸上没有其他内容，只写了和盒子上一模一样的诗句。不过盒子上用红字写的“越瓯”二字在纸张的开头改成了黑色。与盒子上不同的是，纸上最后有签名盖章。签名的人与盒子上的署名相同，都是“雷芽山人”。

但是，纸的左上角有五个盒子上没有的文字，世航看到时不由得睁大了眼睛。

这五个字正是“景珠妹妆次”。

世航指着这五个字对远云说：“这不是美国杨家的景珠吗？”

“景珠……确实是这两个字。是指景珠吗？”

“景珠现在在香港。”

“我去年在香港见过她。”

因为两人的对话突然变成了汉语，摩尔根不停地眨巴着眼睛。

“妆次”是书信中对女子的敬辞，虽然写着“妹”，但即使没有血缘关系，这个字也可以用在比自己年轻的女性身上。很明显，雷芽山人比这位名叫景珠的女性年长。

“这是我们认识的景珠吗？”远云疑惑地问。他和景珠并称亲戚中的“问题双璧”。

“不是说在广东吗？那里离香港很近啊！”

“这是怎么回事呢？这张纸还很新……”

连远云举起那张纸透过灯光看了看。

“这应该是最近才写给景珠姐的吧。”

“‘景珠’这个名字挺常见的，还不一定是咱们家的景珠。”

“不，我觉得就是景珠姐牵连在这件事里。”

“你为什么这么觉得？”

“景珠姐是我父亲姐姐的孩子。温家有很多古董。我父亲死后，母亲放弃了温家书画古董的继承权。景珠姐是有可能把家传的古董拿去换钱的。”

“她缺钱吗？”

“比起缺钱，不如说她现在有多少钱都不够花。”

“要养男人吗？”连远云眨着一只眼睛问。

世航摇了摇头，回答：“是信仰。”

“信仰？景珠吗？”

“您也觉得不可思议吧？”

“对啊！”

“实际上，她年末时就为了信仰的工作来了趟日本，我陪她一起去的，所以一定没错。”

“她信耶稣吗？”

“不，是道教的。好像是叫太玄会。”

连远云叹了口气：“我可不懂这些。”

世航闻到了一股酒精的味道，摩尔根取出一瓶威士忌倒进了玻璃杯。

“二位要不要喝一杯？”摩尔根已经把杯子放到了自己嘴边。

5

不知道为什么，每年二月都很忙碌。可能是因为二月的天数少，学生还有期末考试、毕业等活动。在同舟会的成员中，高等师范的赵锡堂将于今年二月毕业，他计划立刻回国当体育老师。

虽然没有毕业，但明治大学的刘继泰也说要回国。

“你回国有什么打算吗？”

听到世航这么问，他只是抿嘴一笑：“打算什么的，完全没有。不过好像会很有意思，现在的中国可比日本有意思。”

他唯一的价值判断标准就是有没有意思。本来他说回国后要去上海，不知道什么时候又改成了广州。

“广东比上海有意思。”刘继泰说着，将上海寄来的报纸摊开在世航面前。

“啊，这件事吗……”

就在日本因为皇太子结婚而欢腾的时候，中国国民党第一次全国代表大会在广东召开。这次大会上，国民党和共产党达成了历史性的合作，也就是第一次国共合作。

报纸的报道中洋溢着激动的心情，呼吁要打倒北京的直系军阀，收回帝国主义列强在中国取得的权益，完成国民革命。此番事业自然是前途多舛，但是人人都抱着巨大的希望，所有地方百废待兴。孙文任命邹鲁担任中山大学筹备主任、蒋介石担任军校校长。这两所学校都还没有招生，所有的事情刚刚起步，正是这种情况让刘继泰觉得有意思。并不是说他可以在其中找到工作，而是说只要去了那里总会有办法的，一定可以生活得很有意思。刘继泰在报纸的报道中嗅出了这样的味道，因此决定姑且回去看看情况。

无独有偶，赵锡堂与刘继泰的目的地是一致的，他也要去广州。赵锡堂对其他人只是笼统地说那里有体育老师的职位空缺，所以他准备赴任。但他对世航一个人说明了真相：“我要去新开的军校教体育。”

世航听到赵锡堂吐露的这番话后，条件反射地联想到神户金顺记的年轻店员徐炳年。听说徐炳年在神户过完了正月，二月中旬时已经坐上开往上海的船回国了。

同舟会为赵锡堂和刘继泰开了送别会。虽然大家都是志同道合的伙伴，但也并非一直风平浪静。最近准备回国的刘继泰自称享乐主义者，他的生活态度最容易引发非议。这群人之间也有过爱情故事：吴康和陶芳韵已经开始谈婚论嫁。但吴康在地震中失踪了，芳韵当时在国内，不知道是不是因为受到的刺激太大，从那以后也失去了联系。

关东地震之后大家很少聚齐，不过世航倒是经常和成员们分别见面。大家应该都很忙。王瑶香在女子医专上学，她和商大的李钦票之前似乎有些许暧昧的情愫，至少世航嗅到了这样的气息。

“你们明明是去同一个地方，还要分别坐船，也太生分了。”厨师周善心来送别会为大家讲解饭菜，对着赵锡堂和刘继泰抱怨了一句。

刘继泰辩解说：“我要先去九州逛一圈再回国。赵锡堂有上任期限所以着急，而我什么时候回去都可以。”

“什么时候回去都可以吗？真有钱。还要去九州旅行啊！”周善心本想挖苦刘继泰，但只要是从他口中说出来的话，怎么听都不像挖苦了。

“我都来日本三年了，还从来没去过九州，也不知道以后还有没有机会再来日本。至少在最后让我穷游一趟吧。”刘继泰故意噘着嘴说。

“我在日本的时间可比你长一倍，我都还没去过九州。”周善心跟学生们说话时会使用粗鲁的语言。世航苦笑着听他说这些。

关东地震发生的几个月前，周善心为了寻找厨师去长崎待了一周时间，可能他觉得长崎和九州不是一个地方吧。

“师父[1]都环游过世界了，才不会把这种小旅行放在眼里呢！我们可不一样。”从刘继泰话中可以听出明显的挖苦。

周善心在新加坡长大，在法国学习料理，在法国的船上当厨师时，确实环游过世界。

“祝你们二位健康。”世航的母亲在同舟会的聚会上露了个面，不打算停留太长时间。她是考虑到她不在场的话，年轻人可以尽兴聊天儿。

她举起酒杯，杯中是从中国寄来的瓶装绍兴酒。家里有亲戚在绍兴造酒厂，送来的应该是那里最高级的酒。

干杯后，世航的母亲又说道：“各位，这次地震是百年一遇、二百年一遇的稀有事件。我想这会成为优秀的养料，对各位将来的开花结果也会有所帮助。最重要的，是要保重身体。”

“谢谢伯母，”赵锡堂起身表示感谢，“我想我们将来一定会遇到很多困

[1] 对厨师的尊称。

难。痛苦的时候我们会回想起在双烟馆的日子，这样一来，大部分痛苦都会烟消云散了。”

鼓掌声经久不息。

世航的母亲离席后，郭浩安摸着自己的光头说：“刚才锡堂说‘我们’，我要订正一下，他应该说‘我’才对。你觉得你旁边的男人会遇到痛苦的事情吗？”人群间传来爆笑声。刘继泰的哲学是要在这个世界上快快乐乐地过日子，他也一直是遵循着。

王瑶香说：“就算遇到痛苦的事情，继泰也不会当成痛苦吧，很厉害呢！我最近开始尊敬起继泰的生活方式了。”

世航悄悄看了看李钦票的表情。钦票将头扭向一边，看上去并不赞成她的说法。

6

泷口信子说：“哎呀，从门口都看不到玄关，真讨厌。”

送别会后已经过了一周。这是世航第一次接待泷口信子，之前他一直勤快地给她写信，而她也每次都会回信。

信子这次来东京，是因为母亲亲戚家的女孩儿来东京上学要办手续。因为事先收到信，世航到车站去接她。他们乘坐出租车来到双烟馆，进门的时候，信子说出了上面那番话。世航仔细玩味着“真讨厌”这句话中的含义。

并不是字面意义上的讨厌，她应该是不喜欢这种大宅邸吧。两人在名古屋聊天儿的时候，世航没有明确地描述双烟馆的样子，信子可能以为只是一栋普通的房子。实际看到的与想象的差距太大，所以才因为困惑说出了“真讨厌”。

泷口信子带着表妹吉滨厚子。这是一名皮肤黝黑、看上去很健康的少女，不知道是不是因为太紧张，面无表情。

世航的母亲经常照顾留学生，因此很了解女学生寄宿的公寓和宿舍。世航惊讶地发现母亲竟然知道那么多地方的情况，能给信子提供有用的建议。

“您告诉我这么多真是帮了大忙了。”信子对世航的母亲表示感谢，并根据她的建议，第二天就选定了一间女子宿舍。她知道地震后很难找到寄宿的地方，本来计划在东京停留一周，结果轻松地安顿了下来，时间也富余了出来。

在世航母亲的一再相劝下，信子和厚子在双烟馆住了两个晚上才回去。因为有厚子在，世航没机会与信子独处。晚饭后，几个人坐在客厅闲聊，世航总觉得信子在话中示意他下次要找机会独处，世航也尽量用语言和动作将自己的心情传达给她。信子在东京的这段时间里，世航觉得自己和她更亲近了。厚子在这里反而是好事，她绝对不是碍事的人。相反，正因为她在这里，世航和信子才又有了见面的机会，并更加深入了解对方。

信子她们回去之后，世航的心中留下了疲劳感，这是令人心情舒畅的疲劳感。

当晚，世航把自己关在房间里，在桌子前坐了好几个小时。桌上放着从上海寄来的报纸，但是他并没有在看报。

世航的脑海中浮现出信子坐火车回去时的模样。然后，芳韵的身影一点点重叠在上面。

在几天前的送别会上，他刻意没有提到吴康和芳韵，这并非是因为他忘记了这两人。相反，正是因为那两人深深地印在他的心里，才无法说出口。享乐主义者刘继泰也是一样吧。

接着，虽然努力想要甩开，但增田绫子的脸，特别是她的眼睛，深深地刺痛了世航的心，似乎要将他心里反映出的所有东西都挖出来。凌子的眼神锐利，而且她的皮肤洁白，极富魅力。

世航用双手抓住打开的报纸，努力将视线集中在报纸上。这些铅字描述了他的祖国的现状。

一月二十日在广州召开的中国国民党第一次全国大会定下了国共合作的方针，并于三十日选出了中央委员。执行委员共二十四人、候补委员十七人。这四十一名中央委员中包括十名共产党员，分别是谭平山、李大钊、于树德、沈定一、林祖涵、毛泽东、于方舟、瞿秋白、韩麟符和张国焘。

桌上还放着这一个月来的报纸。

形势乍一看复杂怪异，在世航眼里却十分清晰——现在发生在中国的纷争，是新旧间的纷争：打着国民革命新理想旗号的集团，在孙文的领导下促成了国民党和共产党的合作，他们的口号之一，就是“反军阀”。军阀代表的正是旧势力，而旧势力内部也有各种利害冲突引起的抗争。因此才让事态看起来复杂。

新势力中也存在抗争。就连确定国共合作的第一次代表大会上也出现了“国民党员不得加入其他党派”的提议。换句话说，也就是反对国共合作。孙文拒绝了这项提议。

羊城六月

1

莎草席从敞开的窗户中垂下，随风摇摆。

医生黄简说："风很舒服啊，是不是该把莎草摘下来了？"

温世航回答："虽然有风，但也是热风啊！"

"也许吧。还是有个遮阳的东西更好。"医生说着笑了起来。

这是广州市羊城医院的二楼，广州的六月艳阳高照，可以说已经是盛夏了。

距离赵锡堂和刘继泰的送别会才过了四个月，但置身在广州的酷暑之中，东京的二月仿佛已经是遥远的过去了。

这次旅行是突然定下来的，这也增加了时间和空间上的距离感。

世航当时觉得过几天必须去一趟上海。他经常去上海，所以在他看来这与日本国内的旅行没什么区别。结果目的地却变成了广州。

中华学艺社计划创设一所大学，身在上海的舅父连远滋也参与其中。连远滋是实业家，自然工作繁忙，所以他把学艺社的工作交给了儿子绍桓，但是绍桓已经决定要成为称职的记者，说了句"我也很忙的。这种工作比较适合东京的温世航"，便将此事推给了世航。文化方面的工作交给世航，这似乎已经在家族中成为惯例。

中华学艺社是有海外留学经验的人们组织起来的社团，原本是在不同国家留学的人分别建立的几个小团体。其中也有在美国和欧洲留学的人，不过还是在日本留学的人数最多。之前也有过大高同学会和丙辰学社之类的团体。大高是从高等学校升入帝国大学的人们组成的团体，人数虽少，个个都很优秀。郭沫若（六高—九大）、郁达夫（八高—东大）、成仿吾（六高—东大）建立的“创造社”就像是大高同学会的文艺部。丙辰学社是由丙辰年（一九一六年）在东京的东大、早稻田、高师三所学校留学的约五十名学生组织起来的，他们回国后致力于团结中国知识分子的力量，组织起了不分留学国家、不分思想的大同组织——中华学艺，会员达到了一千人。其中有不少人已经有了一定的社会地位，组织的经济基础也很牢固。至今为止，学艺社举办过演讲会，发行并出版了高水平的杂志，对社会做出了很大的贡献。从几年前开始，中华学艺社就提出了通过赞助创办大学的议题，相关人员都将这所学校暂时称为“学艺大学”。

如果要实施具体事务，我就必须跑一趟。

这是世航的猜测。中华学艺社的本部在上海，所以他以为一定会去上海跑一趟，结果变成了要去广州。

这是由于为大学的建立积极奔走的干部此时正好人在广州。这名干部名叫孟善长，是一名曾经留学日本的牙医，现在住在亲戚黄简家。

世航接到通知，让他先去广州羊城医院拜访黄简。于是他出发去了神户，在那里乘坐前往香港的英国船，途经香港金顺记，来到了广州。

世航的工作是打听创办大学的事，然后判断是否提供帮助、提供多大的帮助，或者将可以用于判断的信息提供给舅父。

上海的舅父在信里说，如果不愿意的话并不会强迫他去做，因此世航当时是可以拒绝这项工作的。但他认为这是一个好机会，可以探寻秘色瓷的来历。他掌握的线索与表姐杨景珠有关，在香港的金顺记应该能得到她的消息。

香港金顺记的领班说：“她和会长一起去广州了。嗯，大概再过一周就回来。”

领班口中的会长应该是指太玄会的会长。世航只知道会长是位女性，对其姓名和年龄则一无所知。她在一部分人中很有名，如果想调查，很快就能查清。而广州正是世航的目的地。

闷热的天气让人困顿而厌倦，世航坐上了开往广州的火车。刚进入广州，他就感受到了紧张的气氛。

这既是政治上的紧张，更是民族间的紧张。中华学艺社的大学创办负责人来到广州，似乎正是为了这种紧张感。无论是知识水平还是整体环境，上海都比广州优秀，但是上海并没有广州现在的紧张感。

就连在羊城医院的二楼，世航都能切身感受到空气中的严峻气息。

传说过去有五位仙人骑着羊来到了这里，因此广州的别名叫作羊城，又叫五羊城。黄简的医院正是由此得名。

羊城，对世航来说，这个名字比广州陌生得多。

“现在的羊城可以说是中国的缩影，只要睁大眼睛就能在这里看到明天的中国，因此我必须目不转睛地盯着这个缩影。”

孟善长第一次见到世航时是这么说的，世航觉得他是个严肃的人。

与他相比，黄简医生平易近人得多，有优秀的幽默感，和他说话都像是闲聊。

“您知道这里的太玄会吗？”世航问孟善长，他想知道这位关注着中国缩影的人眼中是否容得下太玄会。

“不知道，我才刚从上海来这里。”

黄简微笑着说：“虽说是刚来，也已经有一个月以上了吧，太玄会还没入你的法眼吗？”

孟善长疑惑地问：“太玄会是什么？”

黄简耸了耸肩膀，说：“真是拿你没办法啊！”

2

除了六月的阳光，广州还弥漫着各式各样的热情，太玄会正是其中之一。可除了超常的政治热情之外，孟善长在广州没有感受到任何其他的热情。

这里聚集着来自全国各地的年轻人。

孙文要在广州创办军校的消息很早以前就通过报纸传到了全国各地。大家都知道他派蒋介石去苏联，表面上是为了考察红军，其实重点是研究苏联的军事教育。就连远在日本神户的徐炳年都因为看到了从上海寄来的报纸而立志进入军校，东南亚的华侨子弟中一定也有不少同样的人。

因为所处位置的关系，来应征的人以中国南方的年轻人居多，但其中不乏从远方历尽艰辛来到广州的年轻人。与孙文对立的军阀阵营自然会阻止年轻人的广州之行，例如督军周西成，在贵州等省份突然下令限制年轻人出境，目的就是阻拦省内的年轻人进入广州的军校。

世航到广州时，军校的入学考试已经结束，定下了第一期合格人员，马上就要举行入学仪式。但是两个月后还有第二期的招募，没有通过或没有赶上考试的人，几乎都留在了广州。

军校位于广州城外的东边，使用了位于黄埔的原广东陆军学校和海军学校的校舍，由于其所处位置而被称作“黄埔军校”。一九二四年共有三期学生，分别在六月、八月、十二月入学，总人数达到三千人，之后参加北伐的正是这三期学生。因为现在正处于国共合作时期，国共两党未来的高级将领很多都是在这一年进入了黄埔军校。共产党方面的著名将领有徐向前、陈赓，国民党方面有胡宗南。除了军校的学生，军队还征集了军校的士兵，虽然没有记录人数，但应该比学生的数量少。

据说当时广州市人口超过百万，在那一年，年轻人在其中占了很大比例，而且个个都斗志昂扬。

医生黄简受邀担任了军校的校医，因此可以拿到学校的资料。世航到达广州后就看到了第一期的入学人员名单，其中并没有徐炳年的名字。

世航相信他还留在广州的某处。但是在广阔的广州，要在人数众多的落榜少年中寻找其中一人，是相当困难的。

同样是在广州，孙文任命邹鲁为筹备主任，负责筹备创立广东大学。邹鲁是广东当地人，在早稻田留过学。他属于国民党右派，反对与共产党合作。孟善长经常与他见面，但并没有将温世航介绍给他。

孟善长不在的时候，黄简对世航说：“他那人从小就喜欢把功劳都揽到自己身上，虽然本性不坏，但这个毛病总也改不了，还要请你多包涵。”

世航笑着说：“看来学艺大学前途多舛。”

黄简听到此话，表情严肃地叹着气说：“确实如此，会遇到各种困难吧。没有孙文先生那样的人在，学艺大学没办法办得像广东大学和军校那么顺利吧。”

人人都承认孙文的伟大，就算不能接受他的理论，也会相信他的为人。他身上有一种力量，能让别人按照他说的话去尝试。正是因为如此，他才能建成黄埔军校并促成国共合作。

实际上，反对与共产党合作的人不在少数，张继和胡汉民就是其中的代表，但因为有孙文在，国共合作得以成立并进入了实行阶段。

在世航到达广州三天后——六月十六日，军校建校，但实际的训练已经于五月份展开了。六月十六日，孙文对学生发表训词，宣布正式建校。第一期学生共有四百九十九人[1]。

辛亥革命已经过去了十三年，革命势力手中还没有军队，总是要借助军阀等旧军队的力量。与北方的军阀政权相比，南方革命势力正是由于没有自己的军队而被认为处于弱势。就连在广东，革命势力都没能完全压制住当地猖獗的军阀。虽然晚了一些，但军校的创立，也可以说是革命军的创建。

六月十六日，世航在广州东郊的黄埔附近悠闲地散步。这里虽然距离广州市有十几公里，不过从香港来的船都会先到达黄埔。

从广州到黄埔可以乘船也可以乘坐火车。世航是乘坐火车来的，速度慢的火车需要花费大约一个小时的时间。黄埔以东十公里有一座南海神庙，车里坐满了前去参拜的信徒。

世航学过一些广东话，与车里的善男信女随意聊了聊天儿。没有一个人知道在黄埔有一所新建的军校今天开学。

“到处都在打仗，夜里也担心得睡不好觉。只好向波罗大人祷告了。”一位牙齿掉光的老人口齿不清地说。

波罗大人是南海神。因为庭院中有波罗树，那座庙也被称作“波罗庙”。

“那些大人物固执地发动战争，真是给人添了大麻烦，一点儿都不考虑我们这些小老百姓。”一名老婆婆喷着唾沫说。

世航问她那些大人物是谁？老婆婆抬头看着世航的眼睛，谨慎地说：“我

[1] 也有文献记录为四百七十名。

不知道名字，就是……在打仗的人吧。”

世航在离黄埔军校的校舍稍远些的地方散步，他看到校舍门前停着十辆小轿车。

孙文先生一定也来了。

想到这里，世航紧张了起来。

严峻的氛围笼罩着整个校舍，对军校来说，这也是不可避免的。但是他希望中华学艺社建立的大学能有使人平静的氛围，希望其中能够蕴含有价值的东西，能够成为人们想要去的地方。

世航的脑海中神奇地浮现出一句日语：国之真秀者也[1]。

建校时，黄埔军校的阵容如下：

国民党代表　廖仲恺

校长　蒋介石

教练部主任　李济深

教授部主任　王柏龄

政治部主任　戴传贤

总教官　何应钦

其中，王柏龄曾经在日本陆军士官学校留学，与蒋介石同级，比何应钦低一级；廖仲恺是国民党左派的领袖；戴传贤是国民党中首屈一指的日本通，在共产党创立时曾经加入过共产党，后来成为右派，以“天仇”的别名为人所知；李济深后来站在联共反蒋的立场上组建了国民党革命委员会，中华人民共和国成立后担任人民政府副主席。阵容中可谓人才济济。蒋介石在建校前虽然去了苏联考察，但黄埔军校的组织和教育方法几乎都模仿了日本的陆军士官学校。周恩来也与黄埔军校有所关联，他于当年八月才从法国回国，建校时并未进入学校。根据黄埔军校的校史资料，周恩来于第二年九月二十九日出任第一军政治部主任。

[1] 国のまほろば，出自《古事记》，表示一国之内最好的地方。

3

按理说，赵锡堂应该当上了黄埔军校的体育教师，但黄简拿出的职员表中并没有他的名字。世航托黄简调查后发现，他成了体育教师的后补，如今正在待命中，同时也查到了他的住址。

赵锡堂正在英法租界旁西堤一带的民家待命。

赵锡堂见到世航后对他说："我在日本待的时间久了，都变得像日本人了，你在那边的时间比我更长，要更加小心啊。"

他是因为听说肯定能得到军校教师的职位才来到了广州，结果却被关系户走后门插了队。

"在日本也有关系户优先的事情，我大学毕业的时候就经历过这种事，但最终还是要靠实力说话。"

"你是在安慰我吗？"

"没有，你才不需要别人安慰，你没有这么脆弱。"

"谢谢你这么相信我，这是当然的，我怎么会因为这种事情泄气？"

"这才是赵锡堂嘛。"

世航环顾四周，狭小的房间里并排放着一张床和一张行军床，只这两件家具就几乎占满了整个房间。角落堆放着两个手提箱，赵锡堂就坐在那里，作为客人的世航则坐在床边。房间只有一扇小窗户，通风很差。天花板很低，热气散不出去，在房间里会感觉喘不上气，空气中飘浮着发霉的气味。

"看到我住在这么糟糕的地方，你是不是很惊讶？"赵锡堂撇了撇嘴，口气中半是自嘲。

世航直率地回答："是啊！"

"也是，你住在赤坂的双烟馆，在你眼里，这里的环境真是太糟了。就连家境不那么优渥的我也佩服自己竟然能坚持住在这种地方。"

"因为你体力好又有毅力。"

“谢谢你夸我。不过如果知道了在这么小的房间里不止住了我一个人，还有另一个人，谁都会吃惊的吧。”

“另一个人？”

“没错，这里是两个人合住的。我的室友现在不在，他是个开朗的男孩儿。我在广州真是经历了不少事情啊。”

世航惊讶地合不拢嘴。赵锡堂接着说了下去。

“那个年轻人真的很好，我从他身上学到了不少东西。”

“你还真是天生的教育者，什么时候都想着学习。”

“哈哈，因为我上的是高等师范嘛，已经习惯了。”

赵锡堂的笑声比预想中明快，这让世航松了口气。不用问也知道，他会住在这里是因为没钱。

“就算在广州，说不定也能通过金顺记找到打工的地方。反正你只是在这儿等着，没什么事情可做吧？”

“是啊，如果有工作就太好了。”

“这样你就能搬到好一点儿的住处了。”

“是啊。但是这里也没有那么糟，你不用同情我。因为窗户小，阳光的直射也变少了。而且我晚上基本都睡在外面。”

“睡马路吗？”

“虽说是马路，不过有天花板。”

在南方，无论是台湾、福建还是广东，很多住宅前的马路上都有拱顶，叫作“亭仔脚”[1]。虽然属于室外，但几乎可以看作室内，经常能看到有人铺上草席随意躺下。

“这样啊，倒是可以遮风避雨。”

“虽然谈不上舒适，但也没有那么痛苦。只是因为不知道这样的生活要持续到什么时候，心里不太好过。如果有工作的话，就可以排遣郁闷了。”

世航说：“我知道了，我去金顺记问问。”

金顺记有四个系统，分别以新加坡、日本以及中国的台湾和上海为据点。

---

[1] 有房檐的人行道，周围是店铺。

十九世纪中叶，连家四兄弟在四个地方建立了独立核算制的店铺。当时，香港的金顺记是最大的。四人的父亲将各地的店铺交给儿子们之后，自己留在了香港本部。父亲死后，四兄弟平分了香港店铺的股份共同经营。广州也有香港金顺记的分店，从事船舶公司的代理工作，业务繁忙。

赵锡堂挠着头说："我总是受你照顾，都要习以为常了，这样实在不太好啊。"

这时，一位浅黑色皮肤、身材瘦小的年轻人走了过来。因为门一直开着，年轻人站在外面向房间里张望，举起一只手跟赵锡堂打了个招呼，似乎在问他自己能不能进来。

"快进来，这是我的朋友温世航，我应该跟你提过吧。世航，这就是我刚才说的年轻人。他叫范鸿泰。"

在赵锡堂的介绍下，世航与范鸿泰握了握手。

范鸿泰说："我经常听赵锡堂提到你。他总是在说朋友的事。"

虽然南方口音很重，不过他说的北京话世航很容易听懂。

聊了一会儿，世航回到了羊城医院。刚才的闲谈中提到了刘继泰，他曾经说因为觉得广州有意思所以要来。赵锡堂说刘继泰确实来过广州，但是他说澳门那边好像更有意思，现在人在澳门。

赵锡堂说："澳门离广州很近，他不久就会出现的，到时候我联系你。"

4

金顺记广州分店有一份需要把日本机器的说明书翻译成中文的工作。温世航从店里取了说明书之后，准备把它带到赵锡堂在西堤的住处。这天是黄埔军校开学第四天的早上。

走到赵锡堂在西堤的住处附近后，世航看到那里站着两名警察，不是他经常在街角看到的那种穿着皱皱巴巴的制服，看起来吊儿郎当的警察。那是两个年轻人，穿着短袖短裤，皮带系得紧紧的，手里拿着步枪。看他们的打扮，一定是沙面租界的警察。西堤离沙面租界很近，但是不属于租界。为什么租界警察会在这里呢？世航心中疑惑。定睛一看，他们身边还站着一位特别没规矩的警察，上衣的扣子全部敞开着——这才是他熟悉的当地巡警。

狭窄的门两边站着租界警察，世航没办法就这样一言不发地走进去。他用广东话问道："这里出了什么事？"

"你问出了什么事？你来这里干什么？"

租界警察没有说话，是当地巡警蛮横地反问他。

当时的广州市市长是李福林。他在马来西亚经营果园赚了钱，回国后加入兴中会，在辛亥革命后成为广东镇守使。之后，他加入孙文阵营成为第三军副军长，今年被任命为广东市长。他本来是小军阀的头领，当上市长后将比较优秀的部下留在了军队中，让没什么用的家伙当上了巡警。因此巡警都不是什么正派的人。

世航很恼火，回答说："我来看望朋友。"

"你朋友叫什么名字？"提问的是租界的警察。

"赵锡堂。"

"你说你们是朋友，关系怎么样？认识的时间长吗？"租界警察的措辞比巡警更加礼貌。

"认识三年多了。我们是在东京留学时认识的。"

"你什么时候来的广州？"

"我想想……我来广州有一个星期了。"

"你认识范鸿泰吗？"

"认识，他和赵锡堂是室友，三天前我来这里的时候认识的。"

不知什么时候，另一名租界警察绕到了世航身后。世航意识到自己似乎被卷进了麻烦中。既然租界派出了警察，说明这件事与外国人有关。

世航面前的警察仰了仰眉毛，给身后的警察使了个眼色。然后，世航面前的警察说："有些话想问问你，请跟我们去沙面一趟。"语气中并没有征得他同意的意思。虽然没有用粗暴的说法，但这就是命令，世航只能点了点头。

世航身后的警察负责将他带回警察署，一名吊儿郎当的市政府巡警也跟他们一起。

为什么要带我走，我究竟被牵连到什么事情中了？

西堤离沙面非常近，世航一路上有好几次想问，但每次都放弃了，反正马上就会知道了，恐怕会被盘问到不耐烦的地步。

广州市虽然面向珠江，但市区西南有一片沙地，过去这里似乎曾经是一片沙洲，后来被填平成了人工岛。一八六二年，广州市满打满算花了四年时间完成了这项工程，费用由英法两国按照八对二的比例凑齐。填平的沙面中，西边百分之八十成了英国租界，东边百分之二十成了法国租界，总面积有四十四英亩，也就是五百坪。只有南北两座桥与广州市相连，桥头有警卫把守。跨过大桥，苍翠的绿树掩映中点缀着几栋西式建筑，完全是一片欧洲的景象。

过桥的时候，租界警察终于开口了："你说你是三天前认识范鸿泰的，是否见过他的其他朋友？"

世航立刻回答："一个都没见过。"

这边有各国的领事馆，各国国旗在空中飘扬，日章旗也在其中。当时的日本驻广东总领事是天羽英二，和世航母亲的二弟连远功关系很好。世航决定要来广州后，连远功给了外甥一封写给天羽总领事的介绍信。不过世航决定，除非出了大事，否则不会使用这封信。

他突然想到，说不定那封信现在能够派上用场。

租界警察说："他做了不得了的事情。"

世航不知道这句话是什么意思，只是沉默着。

过了一会儿，警察说："范鸿泰看上去是非常残暴的人吗？"

世航终于明白，发生了跟范鸿泰有关的事件。他询问道："范鸿泰做了什么？"

警察停下脚步，目不转睛地盯着世航："你问他做了什么？你没有看报纸吗？"

世航昨晚看书看到很晚，所以早上睡了懒觉，没有看今天早上的报纸。他摇了摇头。被带到警察署的等候室以后，世航才知道发生了什么事情。桌子上放着一份报纸，其中一版用巨大的铅字印着：

法国驻越南总督遇刺未中

五死二十八伤

投炸弹者投河自杀

世航条件反射地想起范鸿泰那双不可思议的眼睛。报纸标题上写的似乎是暗杀法国总督未遂事件。

一名身材高挑的男孩儿走进房间拿走了报纸，但是这三行标题足以让世航明白发生了什么事情。

世航从日本出发的时候，法国驻越南总督马兰（Merlin）正为法日的经济交流赴日访问，日本的报纸连续几天登载了相关报道。世航还从报纸上得知，马兰从日本回国时会经过广州。范鸿泰似乎是朝马兰扔了炸弹后自己投河自杀了。虽然地点不明，但沙面是珠江中间的人工岛，无论在什么地方，只要稍微跑上几步就能到河边。

报道上写了“未中”，就是说炸弹没有击中总督马兰，但是爆炸中有五人丧生，二十八人受伤。一心盼望越南独立的有志青年悲哀地死去。

世航被叫出房间之前，一直在等候室悼念范鸿泰。

5

最初盘问世航的是一名穿西装的中国人，虽然是租界警察，但他的地位似乎比普通警察要高。他先询问了世航的履历，得知世航毕业于日本的大学后，他突然用英语问：“你在日本接触过越南人吗？”

世航也用英语回答：“没有。舅父经营的公司员工里有人娶了越南女人为妻。有一次，那名员工带着妻子来公司向大家打招呼，后来他被调到新加坡去了。我想这算不上接触吧。”

对方几乎毫无表情。世航回答完后，他什么都没有说，径直走出了房间。过了不到五分钟，一名西洋人走了进来。他穿着制服，肩章上垂下厚厚的金丝缎，应该是级别很高的警官。

一定是刚才的中国负责人测试过世航的英语能力后，认为直接由上级与他对话更有效率，便向上级汇报了此事。

身穿西装的西洋人将世航刚才用汉语叙述的履历复述了一遍后，将笔记放在桌上笑眯眯地说：“你好像还没读过报纸吧，是不是很惊讶？”

“我刚才在等候室看到了报纸的标题。”

“这件事不好办。只要殖民地还存在，这种事情就不会消失。你说是不是？”

“您所言极是。”

对方也许是在套自己的话，但世航并不担心。他并没有做过任何需要接受思想调查的事，只能说出些普普通通的答案。

“你和范鸿泰谈起过相关话题吗？”

“我和范鸿泰只见过十分钟左右，没时间谈这种问题。”

“对了，赵锡堂也在这里。他和范鸿泰是室友，他身上的问题比你多。”

“赵锡堂应该与这次事件无关。”

“为什么？”

“如果他和这件事情有关系，他就不会在事件发生之前一直和范鸿泰住在一起，引起怀疑。”

“如果释放赵锡堂，你能做他的担保人吗？”

“当然，我愿意成为他的担保人。”

“就算你愿意，也得等你自己从这里出去以后再说。对了，谁来做你的担保人呢？羊城医院的医生吗？”

穿制服的西洋人说话时始终面带笑容。

世航思考了片刻。

关于他现在的住址，他刚才只告诉了中国负责人门牌号，并没有提到羊城医院和医生黄简的名字，但对方却知道。可能是因为警察手中有详细的地图，只要知道门牌号就知道那里是羊城医院。

“我一周前来广州的时候才刚刚认识羊城医院的医生，还是拜托舅父公司的人吧。”

“是金顺记吧。”

对方语气中带着些戏弄。

世航介绍自己的履历时完全没有提到金顺记。

只说了母亲是寡妇、靠外祖父公司股票的红利生活。自己虽然选择了研究者的道路，但也会帮公司做些事情。因为对教育感兴趣，所以来广州参观黄埔军校和广东大学。

“是赵锡堂说的吗？但是……”他并不知道赵锡堂是什么时候被沙面的租界警察带走的。不过一旦查清了自杀者的身份，警方一定会调查他的室友，他应该已经被审问了很长时间。

尽管如此，世航并不觉得赵锡堂会在这里提到他的名字，他不会给朋友添麻烦的。

“是的。”世航回答，虽然对方知道金顺记的名字很奇怪，但这并不是必须隐瞒的事情。

他被带来西堤还不到三十分钟，警察在这么短的时间里就能查清知情人的背景吗？世航是因为恰好在今天去找赵锡堂才被带来的，警察不可能事先调查他。

“我没什么要问的了，”西洋审讯者站起身，将文件夹在腋下，“也许你之后还会想到些线索，所以请暂时留在这里，毕竟我们可以随时联系金顺记。广州就可以吧？我们可不会联系香港。”

世航被带到警察署里的一间房间中，并不是刚才的等候室，这间房间在二楼的角落中。到了中午，有人送来了红茶和三明治。

房间没有上锁，窗户上也没有安装铁栅栏。

从窗户向外看去，窗户正下方铺着瓦棱铁板，铁板下方也许是停车场。从窗户跳到院子中逃跑很简单，虽然如何从院子逃出围墙是个问题，但总的来看警察并没有对世航严加防范。

警察没必要防止自己逃走。世航觉得这也是理所应当的，他本以为警察走个形式、找到担保人之后马上就会释放他，却一直没等到有人来找他。他打开门悄悄走到走廊里。

“洗手间在这边。”

他听到有人这样说。楼梯旁边有一个中国人坐在椅子上，指着前面，应该是负责看守他的人吧。那是一名五六十岁的瘦削男子，看上去没什么力气。可见他看守的不会是什么重要人物。

他从洗手间回到房间后，发现桌上堆放着报纸，既有中文的也有英文的。每一份的封面上都用大大的字体写着标题。世航翻看了一下，发现报纸有很多份，甚至还有香港发行的。刚才世航在等候室看到的报纸放在最下面。

这是让他慢慢看报吧，看来还要花上一些时间。

世航看过报道后，终于了解了昨晚发生的事情。

事情发生在由英国人在沙面经营的维多利亚大酒店，越南法总督马兰的欢迎宴会就在那里举行。中文报纸上的“越南法总督”，在日文中一般写成“法领印度尼西亚总督”。不知道范鸿泰是如何潜入招待会会场的，世航猜测他应该是混进了酒店的服务员中。由于范鸿泰已经死了，没有人知道他将炸弹藏在了什么地方。总之，范鸿泰突然扔出了炸弹，随后径直飞奔出酒店跳进了珠江。

范鸿泰是因为听到了炸弹爆炸的声音，便认为袭击成功了吧。如果被抓住，一定会判死刑；而只要封锁两座桥，他就会被关在沙面，几乎不可能逃跑，所以不如自己结束生命。

这样就能够解释范鸿泰的行为了。这次袭击需要事先准备炸弹，不可能是他的个人行为。因为是地下组织，很少有人知道组织的名字。在此之前，反法独立运动的团体有著名的维新会和光复会等，其中一部分成员受到辛亥革命的影响，自称越南国民党。法国当局也列了一份黑名单，详细调查了越南反法独立运动激进分子，因此立刻推断出投弹的是范鸿泰。

如果法国秘密警察或情报机构的调查是正确而详尽的，那么对世航的怀疑应该马上就会解除。世航尽量乐观地看待这件事情。

世航看完了所有报纸后，依然没有人来联系他。他不时会去走廊上看一看，负责看守他的五六十岁的警察每次都会冲他笑笑。

太阳快要落山的时候，西洋审讯者出现了。

“很遗憾，今晚你要在这里住下了。哎呀，有些手续上的问题，这种事情形式上必须完善，所以就拖延了。我向你保证，你明天就能自由了。”

不久，女仆拿来了一盘鸡肉和一盘面包放在桌上，又过了一会儿，行军床、草席、毛毯一起被送了过来。

温世航自己都佩服自己心中没有一丝动摇。比起自己，他一直在担心赵锡堂的事，他身上的嫌疑应该更大。虽然睡眠很轻，但他并不觉得烦闷。

他在心里告诉自己：这也算是留下了一段宝贵的经历啊……

6

窗户上没有窗帘，朝阳直直地照进房间。世航一开始就注意到，房间的窗户朝着东边。因为在行军床上反而难以入睡，世航将草席铺在地上睡了一晚。他起床后走到窗边，眯起眼睛看旭日东升。他注意到，虽然没有窗帘，但这里装着百叶窗。

此时，世航的心里充满了生命的充实感，他强烈地感受到自己活在这个世界上。正是由于这份充实感化作一块大石压在心底，他的心才能保持平衡、毫不动摇。

世航现在还可以冷静地分析自己的心理状况，认为虽然自己想要无视，但放在手提箱底部的那封写给天羽英二的介绍信，也许同样成了大石的一部分。

早餐是面包和红茶，依然是昨天的女仆为他送来的。世航昨天曾试着用广东话和她交流，但她摇了摇头，似乎并不是被禁止与世航对话，而是两人语言不通。说起来她身上似乎有着越南人的气质，年龄在二十岁前后，身上穿的连衣裙在广州市里很少见到。世航看着她用托盘送来早餐，明白自己昨晚的直觉是正确的。她穿着在腰部前后分开的立领上衣，下身是宽大的裤子，世航知道这是越南的民族服装袄代。

“真是壮丽的日出。”

他指着窗外，女仆轻轻点了点头。

沙面租界有五分之四属于英国，所以警察行政几乎都由英国负责，不过一定有少数人的后台是法国。男仆和女仆中有越南人，是因为他们属于法国圈。这名女仆能听懂一些英语，也许也会说法语；世航想要试着用法语和她说话，便在脑海中思考着法语的句式。不过女仆将托盘放在桌上，倒好红茶后就转身向门口走去，这让世航失去了开口的时机。她拉开门把手，一只脚跨出了房间，却突然留下了一句话：“他也很伟大！”

世航一惊，在他向前跨出一步时，门已经被关上了。

女仆使用了过去时，话中的“他”一定指的是前天晚上袭击总督后自杀的范鸿泰。

世航不知道租界警察是以什么样的方式筛选男仆和女仆的，但是按照警察的工作习惯，就算是用人应该也会提前调查身份和思想倾向。那个女仆通过了警察的筛选，也许她平时工作时是压抑着强烈的民族意识的吧。在她看来，温世航因为卷进烈士范鸿泰的事件而被警察审问，可以说是英雄的同伴。所以她一定认为，在这个人面前可以安心地表现出自己高昂的民族意识。

吃过早饭后，一名广东男仆拿来了报纸，这次的种类比昨天少，香港发行的报纸可能还没有送到吧。事件似乎并没有进展，范鸿泰的自杀使他们很难查明背后的关系。中文报纸总体上对范鸿泰抱持同情的态度，认为他是烈士。最保守的《商工报》认为可以宣扬民族自决，反殖民地主义，但是应该靠言论达成宣传目的，而不该诉诸暴力，近来舆论赞美暴力的倾向令人悲哀。

英文报纸只有一份，报道中使用了“犯人”一词，批判范鸿泰的行为在人道角度上难以被原谅。五名死者均为法国人，这样的无差别杀戮完全是野蛮的行为，不值得同情。另外，报道中指出，最近的广州一味地肯定暴力行为，掀起了认可并保护暴力团体的风潮，让站在人道主义立场上的公正人士感到愤慨，并且举出孙文政府为维新会提供方便一事为例。

报纸上写的“Wei Xin Hui”（维新会）实际上已经改名为“光复会”。“光复”的意思是复兴往日的光辉，清末，章炳麟和蔡元培组织的革命团体也叫作光复会。这个名称比维新更激进：维新有抛弃传统陋习、重新觉醒的含义；光复则是反抗外族的统治、打倒外族，恢复过去的样子，包含着攻击性和国粹性。“维新会”改名为“光复会”的目的是为了打倒法国的统治，这说明组织的宗旨变得更加激进了。

吃过早饭后，世航悠闲地读着报纸。大约过了一个小时，西洋审讯者出现在房间里。他并没有穿带肩章的上衣，而是穿着普通的开襟衬衫和短裤。他走进房间时低头看了看，说：“因为今天是周六嘛。”似乎今天已经不打算再工作了，他笑眯眯地吹了声口哨，说：“你已经自由了。”

“那赵锡堂呢？”

“你为他担保的话，他就会被释放。”

“我现在就当他的担保人。”

“不行，今天不工作，明天是周日，要等到后天了。”

“现在还没到中午，请尽快办手续。”

“没什么可着急的吧。他自己说了这里比公寓住着舒服，想在这儿住一段时间。”

“是吗……”

世航想起了西堤那间糟糕的房间，他虽然不知道赵锡堂现在被关在什么样的房间中，但是一定比他的公寓好。

“比起这件事，你跟担保人打个招呼再回去吧，他刚好到署里来了。”

“来的是谁啊？”

世航觉得一定是金顺记广州分店的人。

“不是金顺记的人。”

“啊？那是……”

“说是担保人，但如果要立刻释放，必须是社会地位很高的人。很遗憾，你们家分店店长还不够资格。”

“那么我的担保人是谁？”

西洋审讯者眨了眨眼睛，笑着说：“是陈廉伯。他是广州总商会的会长，没有比他地位更高的人了，他签字解决了这件事。”

7

在广州，陈廉伯的大名无人不晓。他的父亲开创了中国最早的西式缫丝业，从小让他接受英语教育。陈廉伯长大后从事贸易工作，成为汇丰银行广州分行的买办。

银行的买办必须非常值得信任。比如东亚最大、属于英国系统的汇丰银行，在广州的交易方只有买办陈廉伯一人。广州的商人开出期票或贸易票据后，必须通过买办才能在银行贴现，买办收取手续费后为票据背书。有了买办的背书，银行才会接收这张票据。现在手续费已经很高，与此同时，如果买办背书过的票据被拒付，买办就要赔偿银行的全部损失。买办不会为有拒付风险的票据背书。而如果没有买办的背书，票据就无法生效。也就是说，没有买办的首肯，商人就无法做买卖，买办掌握着商人的生杀大权。可以说买办就是银行本身。陈廉伯被选为广州总商会的会长可谓实至名归。

刚从日本来广州的温世航虽然不是商人，也在这十天里听说了陈廉伯的大名。报纸上每天都会出现他的名字，人们也经常提到他。

陈廉伯能够随机应变，做事果断，三十岁前已经成了广州经济界的领导者。他在清末动乱时期组织了“商团”，这是商人的武装集团。辛亥革命时，他审时度势，让商团加入了革命军。作为商团的团长，他也成了小军阀的首领。世航第一次听说他的名字是在三年前巴拿马举办万国博览会的时候。当时陈廉伯作为万国博览会的中国代表，积极与各方斡旋，报纸上经常出现他的名字。

名声在外的陈廉伯为什么要当自己的担保人呢？金顺记是大贸易商，自然是陈廉伯的主要客户。世航觉得他一定是听说自己是与金顺记有关的人，才答应做自己的担保人的。

陈廉伯不光为自己做了担保人，还特意来了警察署，世航自然要去跟他打个招呼。

陈廉伯刚刚年过四十，是一位壮年实业家。他的额角周围发亮，好像其中储存了澎湃的能量。

世航对他鞠了一躬，说：“感谢您的关照。”

这里是沙面租界警察的署长室，署长现在为联系工作去了香港。

陈廉伯把身子埋在沙发里，说：“你是连远志的姐姐的孩子吧。哎呀，这回你真是碰上麻烦事了。现在这个时代谁都会遇到各种困难，还好这次已经解决了。哈哈哈……”

“我只是在四天前与范鸿泰见过十来分钟，和他毫无瓜葛。”

“啊呀，这个我一开始就知道了。算了算了，这件事我们都不要再提了。比起过去的事情，还是谈谈未来吧。”

“好。”

世航感觉自己来到了不合时宜的地方。

“你可能已经知道了，我曾经在十几年前率领商团为革命而战。虽说当时是年轻气盛，也还是因为心中有信念，才从一开始就下定决心。没错，就是信念，我想和你这样的年轻人好好谈一谈。年轻时的信念虽然珍贵，但并非绝对，虽然当时我也相信那是绝对的。现在我不由对当时做过的事有些许后悔。”

陈廉伯一直盯着世航的眼睛，有时也会错开视线。

“啊呀，这些事之后再好好跟你讲吧。今天我只是想来看看你。你长得不错，有一张难得的好面孔，我一定不会后悔作为你的担保人签了字。虽然我年轻时的信念中有不靠谱的部分，但我如今已经年过四十，眼力不会有错。没问题，我敢打包票。”

语毕，陈廉伯站了起来，他的动作慢条斯理，但世航从他的动作中看出了他的忙碌。

听到连远志的名字，世航明白陈廉伯和舅父是朋友，但世航完全不知道他刚才想要说些什么。

“对了，对了……”陈廉伯走出署长室的时候，仿佛突然想起来一样说道，“审讯你的是英国人，叫奥利弗·希尔曼，直到去年都在香港金顺记工作，是利斯特的员工。你的名字、在东京的住址，还有金顺记相关的人他都知道。他在利斯特工作的时候似乎去过一次东京。世界真小啊！”

世航心中的谜团被解开了。

金顺记经营着一家英国大保险公司的总代理店，名叫利斯特。利斯特派到东亚的员工在金顺记一般都有自己的工位。

这就可以理解了。但陈廉伯刚才说的年轻时的信念并非绝对是什么意思呢？他又是为了何事而不住后悔呢？

也许是率领商团参加了辛亥革命一事吧。陈廉伯是否对与共产党合作的革命势力心怀不满呢？

赵锡堂在周一时获释。

他开着玩笑说：“我这是在别墅静养了一番啊！”赵锡堂虽然表面上与平时无异，但世航感到，这次被卷入意想不到的事件中，似乎让他内心深处的洪流稍稍改变了方向。

进入七月后的一天，世航在报纸上看到了越南国民党针对沙面事件的声明文。

我们在此声明。我党怀抱着崇高的理想，公明正大，秉持善良主义。如今发生了极其凶暴而野蛮的行为，我党对此深表遗憾，同时愿向全人类的同胞们倾诉，他的行为值得原谅……让和平的土地布满鲜血、杀害参加宴会的人、趁敌人不备残忍地实施死刑，从人道主义的角度来说，这是难以容忍的行为，但这是我党党员无可奈何之下的选择。是谁逼迫他采取了这种无可奈何的行为呢？不正是蹂躏人权、无视人道的法国政府自己吗……我党暗杀的并非作为个人的法国人马兰，而是法国代表马兰。如果马兰以个人的名义与我们见面，我们定会亲切地与他握手，将他当成四海之内的兄弟同胞，无人会对他采取过激的手段。此次我党对其采取此过激手段，是因为他代表了残忍无道的国家。全世界的同胞们啊，炸弹事件的主谋是谁？绝不是我等，而是非人道的法国政府自己！只要残忍无道的法国政府存在一天，就没必要去寻找炸弹事件的主谋。想想看吧，如果暗杀一个人就会被当成重犯，那么明目张胆地践踏整个民族、剥夺数千万人民的权力的人，就能摆脱重犯之名吗？犯下此次重罪的人是他们亲手造就的，炸弹事件的主谋者绝不是扔出炸弹的人，这不是很明显吗？……

全世界的同胞们啊，请怜悯我等党员之心，宽恕他的罪过吧。我等在此郑重声明。另外，支持人道主义的诸君啊，我深切请求各位给予我党舆论上的援助。这将是我党的大幸，越南国民的大幸。

一九二四年七月
越南国民党全体党员声明[1]

[1] 出自大岩诚著《安南民族运动史概说》（昭和十六年 Gloria · Society 刊）。

雷芽山人

1

太玄会的总部位于香港卑利街（Peel Street）的南端，离罗便臣道（Robinson Road）很近。会长不在，不过世航的表姐杨景珠在，她就住在这里。

这是一栋占地面积很广的西式建筑。房子建在幽深处，在绿树掩映下并不十分显眼，只有走进其中才能感受到其雄伟。

建筑并没有挂出招牌，景珠说过太玄会的实际工作都是在别处处理，这里只是少数干部会见会长的地方。

世航被广州沙面的租界警察扣留后过了一周，景珠联系了他。她与会长一起在广州近郊转了一圈，回到香港去金顺记的时候，得知世航来到了广州。

她托金顺记将信交给了世航，信上写着："你来香港，我把你介绍给会长"。

几乎与此同时，赵锡堂也收到了刘继泰的信。在信中说，如果他还没有就职的话，就来香港玩儿，说那里有比军校的体育教师更有意思的职位。

世航说："更有意思，这还真是他的风格，不是说更有利的职位。"

赵锡堂看完信陷入了思考，说："这么短的信中也能表现出性格，真是可怕。"

世航拍了拍赵锡堂的肩膀，说："去吧。刚好也有人邀我去香港。"

范鸿泰的壮烈牺牲似乎让赵锡堂受到了很大的刺激。他不愿意回到和范鸿泰一起居住的西堤公寓，而是寄住在了羊城医院。对于耿直的他来说，这已经是闷闷不乐的表现了。

他们都需要转换心情。

世航不光是为了赵锡堂，也是为了自己。中华学艺社的代表孟善长刚愎自用，这让他心力交瘁。

“要不要去呢？这种时候见见爱玩的刘继泰也好。”

赵锡堂决定去香港，倒也并不是为了找工作，是想见见好久没见的同舟会的伙伴，转换下心情。

“英毕居士还是老样子吧！”

世航说出了刘继泰的号——他的哲学是享受人生。

两人乘坐火车，沿着广九铁路从广州来到了香港。从广州到深圳的一百四十多公里是中国的民族资本，从深圳到九龙的三十多公里是英国资本。英国经营的路段则将两个字倒过来，叫作“九广铁路”。

景珠在香港金顺记等着他们，将他们带到了卑利街上太玄会的总部，对他们说：“你们别客气，在这里住一段时间心情就会变好。”

赵锡堂点点头，说：“因为这里绿色很多吧。”

太玄会没有挂招牌，而是低调地在墙上嵌着“陆慈泉”的门牌。因为周围太大，普通尺寸的门牌看起来也并不显眼。陆慈泉是会长的名字。会长不在，景珠也不知道她去了哪里。

“我们可以住在这里吗？”赵锡堂环顾着宽敞的接待室，有些不自在。

景珠交叠起双腿，说：“可以啊。我也住在这里，不用客气。”

这里虽说是太玄会的总部，恐怕景珠也出了不少钱，她看起来住得很舒服。

两人在到达的当天住在太玄会总部。

第二天，温世航和赵锡堂去见了刘继泰。刘继泰在旺角繁华的商业街后巷租了一间杂货铺的二楼。虽说这里是杂货铺，但店里有一半都放着线香和蜡烛，房间弥漫着线香的气味。

“喂，锡堂，你在黄埔军校的工资有多少？”刘继泰接到两个朋友后，还没坐下就提出了问题。

赵锡堂回答：“我只是想派上用场，将我学到的东西报效祖国。”

“原来如此，真是热血的想法。但如果是同样的工作，拿的钱更多，不是更好吗？”

“同样的？”

“没错。你在东京的时候也常说，你的任务是增强中国人的体格，不是吗？”

“我确实这样说过。所以呢？”

“不只有军校的学生是中国人。而且你也不知道究竟能不能当上军校的教师吧？”

“他们让我待命。”

“有没有人跟你一样在待命呢？”

“这我就不知道了。”

“还有，我觉得就算你再等可能也毫无音信，因为对方并没有亲自来找你的义务，轮不到你的。就算轮到你了，说不定也会像这次这样，被人抢走名额。你究竟打算等到什么时候？”

“别说这种丧气话。不过被抢名额也不是不可能……”

看来赵锡堂对这次被人抢名额很介意。

“假设，”刘继泰拿出热水瓶，说，“你足够幸运，在军校就职了，工资也不会很多吧。你知道吗，军政府几乎收不上税。大家都知道，广东因为想插手关税的事和外国发生了摩擦。年轻的时候还能说工资不是问题，但是你不能一辈子单身吧，要养活妻子儿女，还是在工资高的地方工作比较好。”

刘继泰直接用热水瓶往放了茶叶的茶杯中倒入热水。

“你有门路吗？”世航觉得以赵锡堂的性格恐怕问不出口，便替他问了。

“也不是没有。”

“那你自己呢？”

“我也想在同一个地方就职，虽说不是体育教师。”

赵锡堂拿起茶杯，问道：“总之谢谢你关心我，我自己的事情我自己决定。你找的究竟是什么地方啊？”

“其实是商团。”刘继泰用食指敲着桌子边缘说。

“商团吗……”赵锡堂和温世航几乎异口同声地说。

2

刘继泰说："啊，不用马上回答我，你好好考虑考虑，在这两三天里告诉我就行。好久没见了，今天咱们好好喝一杯怎么样？"

世航想起了在租界警察那里见到的陈廉伯，商团的组织者和领导者都是他。世航暂时无法看清陈廉伯是什么样的人。商团确实曾经帮助过辛亥革命，但是最近又批判孙文的政治方针。就在世航来广州之前不久，商团计划实施大规模的罢工，这让广东军政府产生了动摇。

事情的起因是反对广东军政府的征税政策——"统一马路业权案"。孙文与共产党的合作让陈廉伯等工商业界的领导集团感到了不安。

计划举行的罢工由于广东军政府的全面让步暂时停止，但并不能说此事已经彻底解决。所有人都清楚地看到了商团与广东军政府的对立。

万万没想到，商团领袖陈廉伯作为温世航的担保人出现在了沙面租界警察署，而且对世航说出了"年轻时的信念并非绝对"这样意味深长的话。

世航觉得欠他一个人情。

他并不清楚金顺记与陈廉伯的关系，但陈廉伯特意到警察那里为自己签字担保，也许就是打算卖给温世航一个人情。

世航已经做好了思想准备，认为他以后一定会来收回这份人情。

不知道刘继泰是通过什么途径联系上的商团，而且现在他还邀请赵锡堂一起去那里工作。他说自己也会去，但不是做体育教师，也就是说赵锡堂去的话可以当体育教师。商团既然并非和平的团体，而是武装集团，为了训练自然需要教师。

就算陈廉伯能力再强，商团的信息收集能力再优秀，应该也没听说过东京一个随意组建的团体"同舟会"。他们与刘继泰的接触应该是通过与温世航完全无关的途径。但是不能说这绝对是偶然，既然商团打算召集人才，一定会寻找留学归来还没有工作的人，然后会问他们有没有其他朋友。

很容易想到，如果刘继泰知道赵锡堂没能在军校工作，一定会告诉商团那边说自己有朋友可以来。这也就可以解释为什么不太喜欢动笔的刘继泰会给赵锡堂寄信。

刘继泰说：“我知道一家合适的饭店，虽然外观不太华丽，但味道很好，要不要去尝尝？话就先说到这里吧。”

三人喝过一杯浓茶后，离开了杂货铺。

刘继泰带他们去的店名叫“福味”，店里的虾很有名。香港附近的水域既有海水又有淡水，因此虾的种类很多，当然也很新鲜。鱼肚汤也是广东的特产。东京双烟馆的厨师周善心曾经在法国学习，很擅长做鱼肚，会把船员带去的“广肚”用水泡发。

虽说不再说找工作的事情了，但快要吃完的时候，话题还是回到了这上面来。世航也想知道刘继泰和商团是怎么联系上的。

刘继泰简单地解释道：“我在澳门有个表哥是做药材批发的，我在他那儿闲逛的时候，他告诉商团说有一个不错的年轻人没有工作，在四处游荡。哈哈哈，看来我表哥也不欢迎我，担心我会一直住在他那里吧。他是商团的成员。”

世航问他：“你在那里做什么工作呢？”

“书记，毕竟我表哥跟人家推荐说我是学法律的。”

“你不是在法学部吗？”

刘继泰搓了搓脸，说：“我确实在法学部，但是说来惭愧，实在没怎么学习。在考试前抄过别人的笔记，算是记住了一些吧。”

“你太谦虚了。”

“啊，我的法律知识是比一般人多，倒是可以糊弄糊弄人。总不能一直赋闲在家吧，总要养活妻子儿女的。”

刘继泰说着，偷偷瞟了赵锡堂一眼。自从走进“福味”，赵锡堂几乎一言不发，直到走出这家店他才开口说：“刘继泰，我在商团的工作是体育教师吗？”

“是啊，”刘继泰不确定地回答，随后又补了一句，“广义上的体育教师吧。”

“就是说也包含军事教练的工作吧？”

“啊，工作内容我没有细问……”

“就是说很有可能吧。”

“是的。”这次刘继泰也坦率地点了点头。

清末，政府失去了统治能力，工商业者为自卫而组织商团。人们必须靠自己的力量保护自己。土匪袭击和暴力团的抢劫事件频频发生，官员们无力阻止。工商业者将商品存放在仓库，必须同时配备武装人员。每个商店都雇用警卫的话，实在困难。所以大多数商店联合起来组建警卫队，从保护各个商店和仓库开始，逐步升级到维持城市的治安。

虽然只是用于自卫的组织，但握有武力就有话语权。陈廉伯掌握着商团，他的话语权自然逐渐增强。

辛亥革命爆发时，工商业者需要在清朝和革命势力中二选一。他们认为，在丧失了维持治安这一基本执政能力的清朝政府手下没办法从事贸易，因此最终选择了后者。

辛亥年（一九一一年）九月八日，九善堂七十二行的代表聚集在爱育善堂开会。九善堂是一家团体的名称。清朝严禁政治结社，因此所有团体都不得不打出信仰、慈善的招牌。七十二是八的九倍，只是为了表示数量众多，并不是真的由七十二家店铺组成。就是在爱育善堂会议上，大家做出了二选一的选择。其实在会议的四天前，新任广州将军凤山刚一到广州，就被炸弹炸死了。

必须在清朝和革命派之间做出选择。工商业者决定选择革命派，同时建立“商团”。当时各个组织已经有了自己的武装自卫队，现在只需要将它们联合起来。

商团接受总商会的领导，但手中握有商团武力的人就能统领总商会。总商会选择革命派，只是因为必须二选一，又不能选择注定要灭亡的清朝。但是，自从革命派政权在孙文的领导下表现出“左倾”迹象之后，总商会的反政府色彩就逐渐变得鲜明。广东军政府财政困难，当然会考虑从工商业者身上征税，但总商会对此表现出激烈的反对。总商会集合商团的武力，以罢工威胁，促使军政府最终选择取消新税，回避危机。当然，这只是一时的逃避。总商会今后一定会继续给广东军政府施压，因此他们打算加强商团的力量。在这种情况下，商团武装的训练变得重要了。

在萦绕着线香气味的杂货铺前与刘继泰告别时，赵锡堂说：“我决定了。就算我接着等下去，也不能保证能在黄埔军校就职，所以我干脆放弃。刘继泰，商团那边就拜托你了。”

“哎呀，太好了。就是这样，你一定要来。太好了，太好了。”刘继泰喜形于色，紧紧握住了赵锡堂的手。

3

两人回到卑利街太玄会总部时时间还早，房间中绿意盎然，温世航和赵锡堂面对面坐在桌子两边。从九龙坐船回到香港岛再回卑利街的一路上，两人都沉默不语。因为两人都觉得这个话题不适合边走边说。

“黄埔那边你真的要放弃吗？”世航首先开口。

“我真的很憧憬黄埔的工作，说实话舍不得放弃。但是……究竟哪边比较重要，我在哪里更能派上用场，这是我绞尽脑汁考虑之后得出的结果。”

“边喝鱼肚汤边思考的啊。”

“是啊。哪边比较重要的问题很快就解决了，之后的问题是我能不能胜任这份工作。我想了想，没能立刻得出结论。以我的能力啊……”

“会很辛苦吧。”

“倒也不会应付不了。我很苦恼啊，虽然一个人做不了，但如果有协助者的话，应该可以吧。”

“这样啊。”世航点了点头。

“你什么时候回东京？”

“还没确定，我很自由的。”

“谢谢你。”

赵锡堂伸出右手，世航抬起身子用双手握住了他的手。

同志就是内心朝向同一个方向的同士，他们彼此都清楚这一点。所以不需要多说什么，在一个话题上，只需要只言片语就能心意相通。

赵锡堂明白商团是革命派的敌人，依然答应成为商团的训练教师。知己知彼方能百战百胜，他决定打入敌阵探察敌情。虽然赵锡堂没有明说，但世航明白，这是他去商团工作的唯一理由。赵锡堂也相信世航明白自己的心意。两人都清楚彼此的想法，不需要刻意说出口。

探察敌情是困难的工作。赵锡堂知道这项工作的重要性，只是担心自己能力不足。他得出的结论是，虽然一个人很难，但如果温世航能够协助，就不是不能做。

在刘继泰提出建议后一个多小时的时间里，他边吃饭边左思右想，下定了决心。虽然他相信温世航一定会帮他，但如果世航在日本有事，他就只能一个人面对了。

“但是你长时间留在这里需要理由吧？”

赵锡堂担心这会让世航逗留的时间延长。

“理由可以想出很多，”世航说，“比如，太玄会就可以当成理由，景珠挽留了我好几次，我也有些兴趣。”

“这种自然的理由很好啊！”

“我会努力让这个理由显得自然。比起说给东京的借口，更需要注意商团的看法吧。”

“没错，我也要注意言行举止。”

“不要说太革新的话。还有，刘继泰那边没问题吗？”

“他不知道我们的打算吧。我想他只是想找个能给工资的地方工作，没有想过别的。”

“如果是这样的话就好。”

说话间，两名年轻人渐渐兴奋起来——在双烟馆时，这种令人愉快的青春热情也经常会出现。但这里与东京不同，这里就是祖国。在东京时他们总会说“如果回到祖国”，那时，心中的愉快是对祖国未来的畅想；如今，两人身处太玄会本部，踩在祖国的土地上，愉快依然未变，但更多了一些兴奋之情。

两人分析情势，互相交换情报，一直讨论到很晚。

军政府和商团的对立在国民党改组的背景下愈发尖锐。孙文压制住反对派后，才做出了与共产党合作的决定。

在甲午战争即将爆发的一八九四年春天，年满二十九岁的孙文在天津直隶总督府面见李鸿章，希望向他说明自己的看法。但当时的李鸿章忙于应付与日本之间的纷争，没有时间见一名尚不成熟的年轻人。孙文便将自己的看法写成文章，交给李鸿章的秘书，然后离开了天津。之后他在火奴鲁鲁组织了兴中会，投身到革命运动中。

他写给李鸿章的意见书，也是写给政府中其他供职的官员的。意见书的内容沉稳内敛，虽然宣扬政治改革，但他甚至没有主张采取立宪体制。他认为，国家再生的根本在于农业，这与当时提倡改革的洋务派有明显区别——后者重视工商业。

同样出生于广东的康有为和梁启超期待皇帝能改革国政，在他们拼命为变法维新而奔走时，孙文已经在集结工人、农民和秘密结社成员等下层人民的力量，尝试起义了。

他派蒋介石去苏联考察军事的前提，是以劳动青年作为军队的基础；从苏联请来米哈伊尔·鲍罗廷做顾问，也是基于孙文的政治哲学做出的决定。但是在众人眼中，广东的军政府带有明显的亲苏色彩。

英国自然不会欢迎有亲苏倾向的广东军政府。

赵锡堂说："商团背后有英国的势力。"

"这很明显，我想知道的是英国的支援达到了什么程度。英国在多大程度上支持商团的反政府运动，这一点非常重要。"

"解决这个问题的关键在哪里呢？"

"也许在陈廉伯手中。"

"啊，汇丰银行的买办吧。"

温世航还没有告诉他自己是因为陈廉伯的担保才被释放的，因为没有机会说出口。

事到如今世航终于说出了口："陈廉伯似乎和金顺记有联系，我被释放的时候担保人是他。"

赵锡堂说："是吗？这样一来你就有借口接近他了，必须去道谢嘛。"

"我总是要去的。"

"我们手上有不少牌啊！"赵锡堂抑制不住自己内心的激动。

4

事情进展得很快，商团那边似乎很着急，而在其中斡旋的刘继泰也想在赵锡堂改变主意之前将事情定下来，因此也很着急。

第二天，刘继泰前来带赵锡堂出门，说："走吧，去见见商团的老板，事情基本算是定下来了。"

他环顾着房间，似乎想说这真是个不错的地方。

世航问："商团的老板是谁？"

"你竟然不知道？这也难怪，你才刚来。总商会的陈廉伯，在这里他可是无人不知啊！"

"啊，我听过他，巴拿马万国博览会上的名人吧。"

世航和赵锡堂四目相对。因为在万国博览会上立了功，政府授予了陈廉伯一枚勋章。不过这里的政府是指北洋政府。孙文在两年前宣布北伐，去年又呼吁和平统一，对象都是北洋政府。

"我去换衣服，一会儿要见大人物，必须穿正式一点儿。"赵锡堂说着，悄悄给世航使了个眼色。

两人一起上了二楼商量事情。

赵锡堂说："我们二人的关系总是会暴露的，还是不要瞒着陈廉伯了。"

"我也这样认为。谈到你在商团工作的事情时，就说我也同意好了。"

"怎么跟继泰说呢？"

"我刚才不小心跟他说了我只听说过陈廉伯的名字。锡堂，还是你来跟继泰说吧，告诉他其实我因为金顺记的关系认识陈廉伯。"

"好，我跟他说。就说你害羞，不想让别人知道自己认识身份高贵的人，可以吧？"

"嗯，好吧。要是隐瞒得不好，以后再被发现就糟了。"

两人商量好后回到了接待室。赵锡堂身穿一袭白色长衫，这套衣服不会在人前显得失礼。

“那我们走吧。”刘继泰催促道。出门时赵锡堂在世航耳边轻声说：“这是一场战斗。”

世航将两人送走后，回到了自己在二楼的房间。这栋宅邸的厨房共有男女六人在工作，在食堂吃饭的只有两三人。可能是因为会长不在吧，景珠几乎每天都出门，也不知道在忙些什么。

世航看着窗外的绿树，重复着赵锡堂在他耳边轻声说出的话：“这是一场战斗。”桌上放着一张白纸，他在纸上用铅笔画了左右两个小圆，中间用直线连接。他在画着这幅图的时候脑海中浮现出各种各样的事情。

“奥利弗·希尔曼……”世航脱口而出。他是沙面租界的英国警官，负责审讯世航。虽然不知道他的级别，不过听说他在当上警察之前，是利斯特保险公司的员工。利斯特香港代理店属于香港金顺记，去那里调查的话，马上就能查到。

傍晚的时候去一趟金顺记吧。在金顺记了解到希尔曼的基本情况后，再找机会回广州跟他见一面。到时候说要去跟他打个招呼，也是很自然的。希尔曼是不错的情报源，说不定可以从他那里探听到英国的计划。世航在右边的圆圈外又画了一圈。

是否有机会让希尔曼将自己介绍给地位更高的英国人呢？世航给右边的圆圈又加了一层。

世航终于理解了赵锡堂的心路历程——果然必须打入对方内部啊。收到刘继泰的邀请时，赵锡堂一定认为这是一个绝好的机会。

世航在过去和未来之间来回摇摆。

他无法就这样坐着不动，只要行动，就能找到下一条线索吧。如果坐着不动，脑中的摆子就会一直不停地左右摇摆。

世航匆匆穿好衣服出门，本打算傍晚再去金顺记，但现在已经等不及了。

金顺记在香港岛上，从太玄会总部走过去要花整整半个小时的时间。今天天气很热，但世航决定走着去，他现在想出出汗。没错，战斗并不是轻松的事情。

走到皇后大道西边的尽头后，世航的内心神奇地平静了下来。香港金顺记是一栋红瓦的古风建筑，他来这里的次数不多，但对这里有一种自家的亲切感。还没有看见房子，他就知道离自己的家近了。

上次从日本回到香港的时候，他站在多年未见的金顺记前，觉得印象中这栋房子应该更红。虽然叫作红瓦，实际上更接近于褐色。世航的记忆中，香港金顺记的红瓦应该更加鲜红。从那时到现在还不到一个月，世航记忆中的颜色还没有被现实更正。

“世航。”

世航回头看去，办公室的打字机旁站着一名少年，是神户的徐炳年。

5

十八岁以上、二十五岁以下—— 这是《招生简章》的要求。徐炳年不知道这件事，托朋友帮他提交了申请。十七岁的徐炳年还没有考试资格，他在马上就要考试之前才接到通知。

世航说：“你还年轻，安心再等一年也挺好。”

徐炳年微微一笑，回答道：“用不着再等一年。今年八月我会参加第二期考试。”

“哦，你下个月就到年龄了吗？”

“没有，我把年龄写大一岁就行了。要是一期的时候就在申请书上这样写就没问题了。”

“这样啊，他们也没办法调查嘛。”

因为世航在日本生活，经常会陷入日本式的思考。当时中国的户籍制度并不像日本那样完善，只要写上十八岁就会被当成十八岁。徐炳年只要在八月的时候，把在申请书上的年龄写大一岁就可以了。

在世航与徐炳年说话间，表姐景珠走了过来。

“世航，你是一个人来的吗？”

“嗯，是的。”

“赵锡堂呢？”

“有朋友来，他们一起出去了。”

“那正好，你到三楼来，有个人要介绍给你认识。”

香港金顺记是一栋三层建筑，三层有大厅和客房。从中国各地和东南亚各地来的供应商和客户一般都会住在店里。这一点在横滨和神户的金顺记也一样。食堂在二层，有里外两个分开的地方，厨房在中间。面向外面的食堂是客用的，提供各种美食，里面的则是店员用的。如果是干部级别的店员，也可以在外面的食堂和客人一起用餐，也就是作陪。

“真想快点儿升到能在外面的食堂吃饭的职位。”下级店员们将此事当成一个目标。

景珠带世航去的房间，一开门就传来一股像是清漆和油漆的味道。不是房间正在粉刷，而是因为这里是一间画室。

“这位是陆鸣泉。”景珠向世航介绍了一位五十多岁、身材高挑的人。世航想到，他是突然来访，而景珠又是偶然在楼下遇到了他，在陆鸣泉眼中他应该是一个意料之外的客人。尽管如此，陆鸣泉依然身穿一件麻质的白色西装，端正地系着领带，裤缝折得整整齐齐，可以说是绅士的表率。

这位绅士温和地笑着伸出手，世航握住他伸出的手，看着他的眼睛，他的眼中没有笑意，而是闪着尖锐的光芒。景珠向世航介绍过之后，世航总觉得似乎在哪里听过他的名字。

“这位是会长的哥哥。”景珠补充说明之后，世航点了点头。他现在居住的总部门牌上写着“陆慈泉”，兄弟姐妹的名字中有一个字相同的例子并不少见。

“承蒙关照。”握过手后世航向他鞠了一躬。

“请跟我来。”

世航记得自己小的时候曾经和母亲一起住在这间房间里，这是香港金顺记里除了大厅和办公室之外最大的房间。世航还记得自己在这里和亲戚家的兄弟姐妹们追跑打闹。

现在，这间房间的角落中被窗帘分隔出一部分，应该是摆放床铺的位置。

房间里摆着三个画架，其中两个画架上摆放着尚未完成的画布。颜料、笔筒、用绳子系起的画布卷、画集、书籍……这些东西凌乱地散放在房间中。这和陆鸣泉衣冠楚楚的形象差别巨大。

陆鸣泉说："我正在整理，所有东西都铺开了，真是不好意思。"

桌椅放在一个狭窄的角落里，就在似乎是放着床铺的位置的斜对面。

"陆先生和我们是远亲哦，应该怎么称呼呢？"景珠有些困惑。

陆鸣泉说："总之是关系挺远的亲戚，我也不太清楚，我大概和远志、远滋同辈吧。"

景珠对世航解释："你母亲的曾祖母好像是从陆家嫁过来的。"

这样一来还是有血缘关系的，她在提到太玄会的时候并没有说会长是远房亲戚。

陆鸣泉说："因为我妹妹的工作性质，我不太方便去找她，所以就借住在这里了。"

"您会画画啊！"

"只是业余爱好，画得不好，不过我敢说自己对绘画的热爱不输给任何人。至于我的画嘛，不同的人有不同的评价吧。"

陆鸣泉很谦虚，景珠在旁边插嘴说："没有的事，陆先生很厉害的。既能画西洋画，又能画国画。我觉得陆先生的国画更合我胃口。"

日本的绘画分为西洋画和日本画，中国则将自己国家的传统画作称为国画。

"因为我们是亲戚你才这样觉得吧。"陆鸣泉依然很谦虚。

"并不是，是因为之前那幅梅花……啊，还在那里放着吧。我看到那幅画，就觉得心灵受到了震撼。"

景珠打开玻璃门取出一幅画。那是一张十号左右的宣纸，画着满满的梅花。她把画递给世航看。

"真的很震撼。"世航接过画说。

画上的梅画气势磅礴。国画讲究气韵，虽然不知道这幅画能不能说气韵十足，但一眼就能看出不是简单的装饰画。

"啊！"世航不由得叫出声。

景珠说："没错吧。世航是我们家艺术品位最高的人，连他都觉得佩服，这一定是幅好作品。"

世航刚才出声是因为惊讶。这幅梅花确实气势磅礴，但并没有到令他惊叫出声的地步。令他感到吃惊的，是左边角落的“雷芽山人”四个字。这和越瓯盒子上的署名一样。将那一套瓷器卖给连远云的摩尔根说，瓷器是从香港的陆先生手里买到的。摩尔根在酒店给他看的“鉴定书”上写的五个字——“景珠妹妆次”之谜也基本解开了。

雷芽山人陆鸣泉，既是景珠的远亲，又是太玄会会长的哥哥。景珠倾慕着能力出众的女人陆慈泉，将家传的古董提供给陆鸣泉，由他卖给外国人——这就是事情的大致经过了吧。

世航很在意盒子和鉴定书上的诗是怎么选出来的。现在看来，应该是陆鸣泉选的，只要问他就能得到答案。只要他人在香港，随时都可以见到，因此世航并不急于一时。他觉得比起直接询问，不如通过观察对方的性格，自己来找出答案。

“真是个不错的雅号。”世航说。

“稍稍有些装腔作势了，”陆鸣泉正了正领结，“是根据我的真名‘鸣泉’想出来的。雷电的声音是最激烈的，也叫雷鸣；泉水是从地下汩汩涌出的，而植物的芽同样是从地下涌出的生命……两个字结合起来就是雷芽。你知道的，这也是茶的别称。”

世航说：“原来如此，真是出色的雅号。”

6

那天，景珠、陆鸣泉、世航和三名店里的干部一起在香港金顺记外侧的食堂里吃了晚餐。除了他们以外，还有另外一批客人住在这里，不过经理请他们在外面的酒楼吃了晚饭。

吃饭时，世航装作无意地提起了奥利弗·希尔曼。他说：“我在沙面租界警察那里遇到了一位名叫奥利弗·希尔曼的警官，听说他过去是利斯特的驻地人员，就在这里工作。”

香港金顺记中没有人知道世航在沙面被警察扣留了一天的事，就连景珠也不知道。世航觉得这不是什么值得宣扬的事，因此并没有主动提起。

不过此事没什么需要隐瞒的地方，因此如果有人问他为什么要去沙面租界警察那里，他也打算实话实说。但是并没有人提问，可能大家都认为他们是去沙面游玩时，在警察署前面偶然遇到的吧。

一名五十多岁、负责保险的郭姓店员说："希尔曼是个奇怪的男人。要说为什么奇怪……他明明是利斯特的员工，结果去当了租界警察。他在这里工作的时候并没有犯下什么大错，所以大家都觉得很奇怪。可能他喜欢身上带着手枪吧。"

世航也调查过一些利斯特的事情。那是一家著名的保险公司，信誉很好，只要对别人说自己是那里的员工，就会得到别人的信任，是一份薪水丰厚又体面的工作。利斯特的员工是出于什么喜好才去当警察的呢？

"世界上总是有些稀奇古怪的人，他就是其中之一吧！"金顺记的人们私下里都在这样说。

但是希尔曼平时绝不是奇怪的人，工作时手脚麻利，判断力和决断力也比别人强。如果他在工作上出现了失误，金顺记的人都会知道，所以他辞去利斯特的工作似乎并不是因为工作出现了失误。

也有人觉得是因为女人，或者是被卷入什么丑闻里了，不过如果是这样，他应该不会偏偏选择去当警察。

还是因为他的兴趣不同寻常吧。

"他看起来挺正常的，"郭姓店员疑惑地说，"喜欢运动，是个健全的社会人。这里的英国人里，没有人网球打得比他好，可能他在军队待过吧。我听到过汇丰银行职员在打网球输给他后，曾经不甘心地说'实在赢不了军人'之类的话。啊，我也没问过他是不是真的。"

"你这么一说，他的动作干脆利落，确实像军队里出来的。"负责航运的王先生说。

希尔曼过去在金顺记的同事们这样想：如果是军人，比起保险代理的工作，应该更倾向于选择做警官。

希尔曼离开利斯特后，今年一月当上了警察。他当上沙面租界警察还没到半年。在此之前他作为利斯特的驻地人员，在金顺记工作了一年多。

香港金顺记的厨师手艺很好。虽然口味清淡，但最重要的是能品尝到食材本身的味道。希尔曼的话题很快就结束了，之后众人开始讨论起食物的味道。陆鸣泉吃饭时一直没有说话，不时点点头，对别人的话表示附和。这毫无疑问是沉稳的绅士的表现，不过世航始终很在意他那双虽然脸上在笑，但始终没有笑意的眼睛。

吃完饭后，景珠说自己有事要做便下楼去了，陆鸣泉邀请世航喝茶。他说朋友送给他一些福建的名茶，想请世航一起品尝。

“那我就喝过茶再回去吧。”

世航跟着陆鸣泉上了三楼。

“世航先生多少年没来过香港了？”雷芽山人边上楼梯边问。

“啊呀，离开时我还是学生，已经有五年了吧。”

“你是怎么认识奥利弗·希尔曼的？”

“这个嘛……”世航笑了。沙面租界警察怎么会见一个素未谋面的人？刚才在食堂的时候没有人问到此事，也许谁都没有注意到吧。

“此事说来话长。”两人来到雷芽山人的画室后，世航开始讲述范鸿泰的故事。

陆鸣泉说：“我明白了，你遇上了不小的麻烦啊。对你来说是一次宝贵的经历。”

“我也这样想。”世航不知道是不是该提起越瓯盒子上的诗。如果现在突然提到乔治·摩尔根的名字，雷芽山人会有什么样的反应呢？世航觉得现在还为时尚早。陆鸣泉这两年一直在上海，而且还会继续在这里停留一段时间，不需要着急，还是再观察观察他究竟是怎样的人吧。

陆鸣泉泡好茶端给世航，世航喝了一口，齿间留下一股沁人心脾的清香。

“好茶，是武夷的茶吧？”世航说出了茶的产地。

“真不简单。不但能鉴别绘画，喝茶也有品位。对了，你看人也很有眼光吧。”

世航说：“我还需要学习。”

陆鸣泉至少已经年过五十岁，世航面对人生的前辈摆出了谦虚的态度。

“刚才提到的奥利弗·希尔曼，”陆鸣泉喝了一口茶，“我观察了他一年左右，大概在半年的时候看透了他的本来面目。”

“本来面目？”

“没错。他是带着特殊任务的人。因为我没什么兴趣，不清楚这些机构的事情。该怎么说呢？秘密警察……不对，不是警察，可能是军队吧，说不定他是政府，比如内阁直属机构的人。总之他就是这方面的人，这一点不会有错。”

“特殊任务……”

“他也知道我看透了此事。从利斯特辞职的几个月之前，他就不再在我面前隐藏身份，会直接询问我他在调查的事情。”

“他在调查什么？”

“调查民众是否真的支持孙文的政策，或者说什么阶层的人在支持他、民众怎么看待关税余款的要求。因为他问的问题太多，我让他自己调查去了。”

“陆先生的眼光让我甘拜下风。”世航盯着陆鸣泉的眼睛说。

“希尔曼说他忙于调查鲍罗廷，难免耽误其他事，便拜托我帮他一个忙。”

“是吗？”

如果当真如此，那他还真是个靠不住的特别调查员。

“英国在和俄罗斯抗争吧。英国人深信因为伦敦事件，孙文对英国怀有好感，见孙文邀请了俄罗斯人当政府顾问后有些慌张，认为必须密切调查鲍罗廷。因此不只是香港，他也必须去广州工作，所以才辞去了利斯特的工作吧。虽然你见到希尔曼的时候他穿着制服，但平时他应该是穿着便服行动的。”陆鸣泉双手端着茶杯小口喝着茶。

孙文二十八年前曾被监禁在伦敦的清国公使馆。他偷偷与外部取得了联系，通知他在香港医学校时的老师康德黎，利用英国媒体和外交部施加压力，最终被释放。之后孙文立刻发表了感谢英国当局和新闻社的文章。

世航认为，对已经成为政府首脑的孙文来说，这份恩情只是私人感情。也许他心里对英国怀有好感，但并不会把这份感情带到政治中。

谈话告一段落时，景珠走了进来。

“我刚才联系了会长，她还在佛山。虽然她想见世航，但是那边的事还要花上一段时间。”

景珠所说的会长自然是指太玄会的会长陆慈泉女士。世航注意到景珠在说这番话的时候，陆鸣泉的眼中有微妙的变化。

雷芽山人陆鸣泉究竟能不能靠画画养活自己呢？他与希尔曼真正的关系是什么？天真烂漫的景珠在香港究竟扮演着什么样的角色？世航现在最担心的是景珠。

世航站起身，说：“我先回去了。”

“我也一起走吧，今天我要住在卑利街那边。”景珠对陆鸣泉眨了眨眼。

景珠在美国长大，在她看来这个动作也许没有什么特殊的含义，但是看在世航眼里，这个动作让他在意起雷芽山人和景珠的关系。

因为和景珠一起离开，所以两人可以乘坐金顺记的轿车。回到太玄会总部时，两人发现赵锡堂已经先回来了。

“世航，我今天就要搬出去了。商会给我准备了宿舍，我回来取东西。”

赵锡堂的声音中带着微微的喘息声，这在他身上很罕见，也许是做好了战斗的准备吧。

世航感到战斗已经开始了。

香港·台湾·上海

1

温世航第一次见到了太玄会的会长陆慈泉。他在卑利街那栋宅邸借住的第三天，会长回到了那里。因为宅邸很大，世航不知道会长回来的事情。

“会长要见你。”

听到景珠的话，世航才知道会长已经回来了。景珠的声音和平时不太一样，并不是害怕，而是莫名得高亢。不是因为紧张，而是因为兴奋。

这间房间与世航借住的房间差不多同样大小，有二十叠左右。世航的房间中放着床和大书桌、茶几；会长的会客室中只有一张紫檀木的桌子，周围放着六张椅子，因此显得房间很宽敞。黄褐色的墙壁不会太过明亮或太过昏暗，世航房间的墙壁也是同样的颜色，但气氛与这里完全不同，或许是因为这里弥漫着世航房间里没有的芳香。房间的角落里放着一个不起眼的矮凳，上面放着一只青玉香炉，炉盖上雕刻着狮子，有袅袅青烟从炉中升起，应该是相当高级的香料吧。香味有些浓厚，但并不是让人反感的甜腻气味。

“真年轻啊，太年轻了。”陆慈泉说着一口标准的北京话。

“是的，他很年轻，太年轻了。”景珠立刻从旁附和。

“确实和景珠有些相像。”陆慈泉眯起双眼说。

“是吗？”景珠的声音依然高亢。

“似乎就因为年轻，而卷入漩涡之中了。”陆慈泉慢条斯理地说。她的眼睛一直盯着世航。

“没错吧，他这个人单纯，经常卷入麻烦中。世航，你要小心啊！”景珠也瞧着身边的世航说。她和世航并排坐着，会长陆慈泉隔着桌子坐在两人对面。

“我见过很多和你相似的年轻人，”陆慈泉接着说，“无论是在广州、佛山，还是在花县[1]，我都见过不少连呼吸都带着热情的年轻人。你们为什么有这么大的干劲儿呢？”

“因为国家正在走向灭亡。”世航脱口而出。

虽然陆慈泉用了疑问的语气，但她并没有要世航回答，这不过是为了铺垫她将要说出的意见，可世航依然冲动地回答了她的问题。

“国家灭亡？那么国家究竟是什么？”陆慈泉的语气并没有变化。

世航回答：“众多的家庭组成了村镇，众多的村镇最终组成了国家。”

“你认为国家是由家庭组成的吧？国之根本是家，因此才称为国家。为了不让国家灭亡，每个人都应该努力不让家庭破碎。你知道吗？比起去国外留学或者进入军校，增强人格修养，保持家庭的稳定才是保护国家的捷径。”

“您是说只要每个人修身养性，外国人就不会攻打我们的国家吗？”

世航反问了一句后感到膝盖一痛，是景珠掐了他一下。也许她觉得世航是在顶撞会长吧。

陆慈泉说：“可能依然会攻打，因为外国也有外国的理由。”

陆慈泉的想法在世航看来并不新颖。在此之前他听过不少相似的意见、读过相似的文章。他认为这并不现实，不过是老人的胡言乱语，甚至没有讨论的必要。尽管如此，陆慈泉说出此话时，他虽然依然反对，也还是起了将这个想法记在心里的念头。

增田绫子的魅力在于她的美貌，而陆慈泉的魅力则在于温和的气质。世航没想到温和的气质能如此抓住人心。

之后，陆慈泉用同样的语气说着类似的话语，但世航都没有听进去，他觉得谈话告一段落后，说了句“我明白了”。他其实是在说自己发现了二者之间

---

[1] 现花都区。

新的共同点，而景珠以为太玄会的会长最终说服了他。

“是啊，太好了，真是太好了。”景珠用手指弹了弹桌面。

2

世航与太玄会会长见面后第二天，徐炳年从香港金顺记来卑利街的宅邸拜访他。

“我带来了东京寄来的信。”

徐炳年拿出一封信，寄信人是世航的母亲。

“谢谢你，准备得怎么样了？”

世航接过信。徐炳年在申请书上谎称自己已经十八岁，希望能参加八月的第二期入学考试。但是参加考试的资格又变成了中学或相当于中学学校的毕业生。徐炳年从老家的小学毕业后就进入了神户的金顺记，不过他在那里利用晚上的时间读完了技校。从那所学校毕业的学生在日本没有资格参加升学考试，但是中国并不知道此事。学校的名字很像回事，叫“东邦会计学校”，徐炳年自己在毕业证书上写上了“学习五年后毕业”，将它作为申请的证书。不过，东邦会计学校修业时间只有一年，每两天在晚上上一次课。证书是通用的，但每一门学科都有考试。徐炳年没有去上过课，他几乎都是自学的。

徐炳年回答：“国文应该没什么问题，数学有些困难……我想应该不会考三角函数，所以现在一直在学代数。”

考试题目只有国文、数学和理化，范围非常笼统。第一期的数学只考了代数和几何，但并不能保证第二期不会考三角函数。徐炳年说自己完全没做过三角函数，心里很不踏实。

世航说：“介绍信就拜托羊城医院的黄简医生吧，不会有问题的。”

有资格参加考试的只有满足以下任意一条要求的人员：

中国国民党党员[1]**；**

---

[1] 改组后也包括共产党党员。

充分了解早日完成国民革命的必要性的人；

可以接受国民党主义的人；

不抵触国民党的主义和思想的人；

由国民党党员介绍的人。

其中，需要证明的只有党员证明和党员介绍信，剩下的只能靠口头测试来确认了。徐炳年觉得有介绍信总比没有要好，便拜托世航帮忙。因为军校的校医黄简是党员，世航便答应徐炳年请他来写介绍信。

“谢谢你，拜托了。”徐炳年下半身保持直立的姿势，上身倾斜四十五度向世航鞠了一躬，已经有一些军人的样子了。

徐炳年向右转身离开后，世航打开了母亲寄来的信。信封挺厚，里面还装着台湾的舅父连远初写给东京的母亲的信，装在已经打开了的信封中。

世航，东京进入了梅雨季节，每天都阴沉沉的。你那边的天气也会越来越热吧，要注意身体。昨天，台湾本家的舅父给我寄来了信，说有事要你尽量帮忙。我随信寄出了他从台湾寄来的信，里面有具体的情况。是关于绍柏离家出走的事。因为家里就属你时间最自由，所以他才拜托你办这件事。而且舅父能将此事交给你，说明他认可你的人格和能力。台湾的舅父是母亲的堂兄，他作为连家的大家长人品优秀，但弟弟远云和二儿子绍柏经常给他添麻烦，他也有不少家庭的烦恼，实在很可怜。你要尽量帮帮他。

“绍柏吗……”

台湾本家有两个男孩子，长男绍栋已经年过三十岁，在帮父亲工作，是得力的助手。长男下面有三个女孩子，之后绍柏出生。虽说是二儿子，但也是最小的孩子，大概是因为家里人都宠着他，便养成了任性的毛病。他在台湾读完中学后来到了东京的双烟馆，说是要在日本留学，结果在入学考试前失踪了，弄得母亲和其他人不知如何是好。入学考试结束后他又出现在大家面前，满不在乎地说：“我去北海道了，去修身养性。只要去旅行就能学到东西；在学校学习，除了消磨人品之外一点儿用都没有。”

当时世航还在京都大学读书。他觉得绍柏很奇怪。按照中国的说法，绍柏是他的舅弟，但连家和温家只简称哥哥和弟弟。这个弟弟让家里人担心，自己却满不在乎，所以世航当时很生气。但是绍柏自己毫无反省的意思，反而一副一本正经的样子，所以世航也想过，这家伙说不定能成大器。

“绍柏像你舅舅。”世航的母亲说。她说的舅舅是指连远云，在戏剧和电影上花了不少钱，四十多岁了依然是单身。

但是就连连远云都摇着头说：“我看不透绍柏的心情，不知道他在想些什么。”

双烟馆的主人连远志勃然大怒。绍柏批判学校的想法不是不能理解，但既然他这样想，为什么要为了上学专程从台湾来东京呢？也太折腾人了。他自己可能觉得没什么，但是为什么要给别人添麻烦？远志当时工作正忙，结果被卷进绍柏失踪的麻烦中，因此愤愤不平。

远志给台湾的堂哥连远初写了封信，说自己照顾不了他儿子了。连远初给他写了道歉信，里面写道：“今后完全不要照顾他了，这也是为了他自己好。”

而连绍柏本人，在那之后继续在日本四处游荡，有时候甚至会坐船去中国。地震发生的几个月前，绍柏突然出现在双烟馆，说自己大约在半年前从朝鲜去了大连。

“你现在要回来了吗？”世航的母亲问。

“不，我正准备出发。”绍柏回答。

“你不是从大连回来的吗？”

“嗯，我是去了大连，然后上个月回来的，接下来准备去上海。”绍柏若无其事地回答。

没有人知道他四处游荡时花的钱是哪里来的。台湾本家发话说不要照顾他，所以亲戚中应该没有人给他提供资金。

“姐姐，你没有给他零花钱吧？”连远志曾经问过世航的母亲。

“当然没有，我才不会违背本家的教育方针。”世航的母亲回答。

绍柏虽然毫无征兆地出现在东京双烟馆和神户金顺记，但一直堂堂正正，完全看不出有什么欲望，对自己任性的行为也没有丝毫反省的意思。可能是因为两相抵消了，大家都对他讨厌不起来。世航的母亲也想过悄悄给他些零花钱，但是考虑到台湾本家的想法，最终还是作罢。她曾经问过绍柏旅行缺不缺钱。

“我自己挣了不少。”绍柏是这样回答的。

“你在做什么来赚钱呢？”

“这是秘密。各地的金顺记也不会公布商业机密吧。”绍柏一本正经地说。

尽管如此，大家还是关心着绍柏。关东地震时，世航的母亲也说过：“绍柏说要去上海，这我就放心了。如果他在这边的话，还真让人担心他会出事。”

“姐姐，这可不好说。按照绍柏那个随心所欲的性子，说不定他已经从上海回到日本到处闲逛呢！”连远志这样说着。

“你可别吓我。”世航的母亲缩了缩脖子。

不久，上海的金顺记传来消息说绍柏在八月末去了武汉，大家终于放下心来。

绍柏从小就手巧，画画很好，还会很多乐器。众人有各种猜测：他旅行的花销可能是给别人画肖像画，或者在巡回演出的剧团中拉小提琴赚来的；也有一种说法是，父母想让他上高中或者大学预科，但是他本人想去美术学校，为了抗议家人的反对才在考试前失踪。

3

“含章妹妆次。”台湾的舅父写给世航母亲的信上有这样的字样。含章是世航母亲的名字，这种在名字后加上兄弟姐妹的写法，是因为对方不是直系的兄弟姐妹。如果是直系兄弟姐妹的话，就不会写名字，而是用排行的数字称呼，比如三兄、六弟、二妹等。在连家，只有同一位祖父的孩子才被看成直系。双烟馆的主人连远志将世航的母亲称为“大姐”，而堂兄远初和上海的远滋都用名字来称呼她。远初写给含章妹的信内容如下：

我一直担心着绍柏，于心不安。只要他不做坏事，我都打算让他随性而为。虽然离开台湾之后他一直任性妄为，但见他始终没有给家里添金钱方面的麻烦，我也就安心了。我已经不指望他能帮助经营家里的事业了，只希望他能成长为独立的大人。但是这次，绍柏却对我说要我放弃他。

他从上海寄来信说要投身佛门。也就是说他要出家，为结佛缘而斩断父子、兄弟的缘分。我不太了解佛教，但是听说过出家的理念。而且我也知道在家修行的信徒被称为居士，信徒不一定非要出家不可。

我已经很久没见过绍柏了，所以虽然他是我的儿子，但我并不知道他在想些什么。作为父亲说出这样的话很难为情，但这却是事实。就算我见到他，我们的年龄相距甚远，恐怕也已经没办法理解他了。

我并不是反对绍柏出家。如果他自己真心希望如此，我会尊重他的意见。只是，无法理解自己儿子的心情让我很难过，所以我给上海的绍桓写了信，希望他能够劝说绍柏放弃出家；如果不行，至少希望他能将绍柏的想法简单易懂地告诉我。他们是同龄人，应该能彼此理解。而且绍桓是记者，他的职业就是简单易懂地向普通人解释事情，我觉得他很适合做这件事。绍桓人在上海，这件事应该不会给他带来太大负担。

但是昨天，上海的绍桓回信说他现在非常忙碌，而且近期必须去一趟北京。另外，绍柏已经从上海去了普陀山的寺庙，没办法立刻见到他。

我完全不知道绍桓和绍柏的交情如何，可能他真的是太忙见不了面吧。从上海到普陀山坐船要花十几个小时，光是往返就要花两天时间。信的字里行间透露着冷淡，所以我也有各种猜测，没办法全盘接受他的说法。

这样说可能不太好，但我想将这件事托付给世航。我觉得无论是人情味还是说服力，就连绍桓擅长的表达能力，世航都更胜一筹。我听说世航去了广州，时间上他也比较自由吧。请一定要让世航去普陀山见见绍柏，还希望含章妹替我说个情。在绍柏为数不多的信中，我能看出他将世航当成哥哥来对待。如果是世航，应该可以问出他真正的想法吧。作为连家的一家之主，我当然还是希望绍柏能回来继承家业，他哥哥绍栋也是这样想的。这是我们最大的希望，但如果出家他不是一时兴起的决定，我们也希望他能够坚持到底。

希望世航从广州去普陀山时能顺路来一趟台湾。他只在上学的时候来过台湾，我也好久没见过他了，有好多话想对他说。希望你帮我告诉他，让他一定来台湾一趟。

为人父母的心情你应该再了解不过了。你可能会觉得我太惯着绍柏了，但是不听话的孩子更让人操心吧。总之请你尽快将这件事告诉世航。

在舅父的信中看到普陀山这个地名时，世航觉得心情激动。那座岛正是陶芳韵的出生地。虽然她已经和吴康定下了婚约，但吴康在地震中失踪了。世航以同舟会的名义将这个消息告诉回国的芳韵后，她没有回复，也没有再次出现在东京。未婚夫失踪——而且几乎没有生还的希望，这件事应该给她带来了巨大的打击，可以理解她不想给同舟会的伙伴回信的心情。

两年来同为同舟会的成员，世航逐渐喜欢上了她。虽然他想把这份感情告诉她，但她选择了同样是同舟会伙伴的吴康。世航不知道吴康是如何打动她的，他带着复杂的心情祝福两人的婚约，但地震让一切都改变了。

地震已经过去了将近一年，芳韵究竟还在不在老家普陀山？世航觉得母亲应该注意到了自己对芳韵的感情，因为母亲的直觉很敏锐。芳韵也许就在普陀山，母亲是带着什么样的想法让世航到那里去的呢？

世航展开信纸胡思乱想，最后，他沉浸在接连涌现的漫无边际的妄想中。

他最终决定到普陀山去。但其实不需要世航自己决定，母亲一开始就在信上说了让他去一趟。去普陀山之前，必须先去台湾见见舅父。

计算着徐炳年回到金顺记的时间，世航给他打了个电话。

“你帮我查查去台湾的船，越早越好。”

徐炳年惊讶地反问道：“越早越好吗？”

世航回答：“是的。”

4

刚刚进入七月。

基隆港阴雨连绵，世航想起母亲的信上说到了日本的梅雨。他只带了一个中等大小的手提包。徐炳年前几天告诉他三天后有一艘经由基隆开往上海的英国船。世航没有通知金顺记，自己去怡和商会办了乘船手续。如果告诉香港金顺记，他们就会通知台北金顺记吧，但世航觉得不通知他们比较好。他的直觉告诉他，这是台北连家的家庭问题，舅父想必不希望工作上的人们知道，所以他决定直接去舅父那里。船到达基隆港后，自然也没有人来接他。

雨淅淅沥沥地下着，打在脸上和赤裸的胳膊上都没有什么感觉。世航没有打伞，走过防波堤后就来到了车站前的广场。到下一班火车来之前还有时间，世航在亭仔脚下信步而行。四年前他来台湾的时候，曾经惊讶于这里有如此多得多警察，其实是因为这里是日本的殖民地，文官和巡逻警察的制服一模一样，因此看起来一派森严。这项规则是为了威慑殖民地的人民。道路两旁的榕树似乎在夸示这里已经进入了热带——虽然台湾的纬度比香港偏北很多，但这里的港口比香港更有热带的气氛。

台北与四年前几乎一模一样。总督府中有一座高塔，傲然耸立于城中，怎么看都像是权威的象征。上次来的时候，舅父曾经咬牙切齿地说："这是阿房宫啊！"

阿房宫象征着秦始皇的暴政，为了修建它，百姓民不聊生。

世航坐着车站前的人力车来到了永乐町的金顺记。

"你来得真早。"

他被请到接待室，还不到一分钟，舅父便开门走了进来。

世航说："我想着如果寄信，可能我都比信到的快，就直接过来了。"

"发个电报就好了！"连远初笑着说。等端茶的男仆出去后，他探身问道："你会替我去普陀山吗？"

"是的，我正准备去。绍柏究竟想要做什么呢？"

"他难得写信来，信上写着他要出家，已经和连家没有关系了，让我不要再把他当成儿子。"

"写得真过分。"

"太过分了……而且我总觉得不太自然，像是刻意这么写的，我从信中感受不到绍柏真实的心声。"连远初抚着额角。

"是不是出什么事了？"

听到世航的问题，连远初从椅子上站起来，缓缓穿过接待室，打开门看了看走廊，然后回到座位上说："我正是希望你能帮我查探查探情况。"

世航从舅父的话和态度中隐约明白了问题的方向。

绍柏给父母寄来了断绝关系的信件，内容毫不留情，甚至显得不自然。佛教教人怀有慈悲之心，如果他真的出家遁入空门的话，语气应该更加平和才对。正是这一点让连远初觉得不对劲儿。也许出家只是和父母断绝关系的借口，也许是因为绍柏不希望自己真正想做的事情给父母添麻烦。这就意味着，绍柏将要去做的事有可能连累到整个家族——非法政治运动。

左翼运动在日本也很活跃。在地震的混乱中惨遭杀害的大杉荣等人忠于信念，不惧当局镇压，被看作不屈的斗士、人民的英雄。在世航周围也有人在为类似的运动奔走。世航觉得，如果自己不是中国人，说不定也会成为大杉荣那样的左翼积极分子。

世航问："您有什么线索吗？"

他与舅父在沉默间彼此看清了对方的想法。

连远初说："去年，绍柏回家时言谈中透露着左翼的思想。我当时就在想，希望不要带来麻烦……"

"我太粗心，没有注意到。"

世航在地震前很少见到绍柏，也很少和他交谈。世航一直认为绍柏身上有艺术家的气质，一定是因为这种先入为主的观念让他没有将绍柏和左翼思想联系起来。仔细一想，正因为是艺术家，才不能断言他与左翼运动没有关系。

连远初叹了口气："你也很忙吧，没时间一直盯着绍柏，我这个做父亲的才更应该检讨自己。"

"这不过是猜测。就算真的是这样，绍柏也还没有真正加入运动，这还是思想的问题。我倒觉得是他心中艺术家的部分让他一时头脑发热，做出了这种事。如果是这样，这种思想一定不会在他心里扎根很深。"

"他会回心转意吗？有可能吗？"

"如果陷得不深就还有可能。"

"希望他还没有陷得太深吧，是他太年轻还不成熟。问题是他有没有发现自己还没有陷得太深。"

"他也有可能真的希望遁入佛门吧。"

"五五开吧。不，还是加入左翼运动的可能性更大，四六开，或者三七开吧。”

世航说：“这难道不是因为舅父对社会科学感兴趣，所以更容易理解这种可能吗？”

连远初年轻时曾经在剑桥学习经济学。对社会主义感兴趣，也有一定的了解，但是对佛教一无所知。

连远初说：“被你这样一说，还真不好说了。就算心里想要理解对方，最后还是受限于自己的理解能力。如果绍柏真的被佛教吸引，打算奉献终生，那他就已经去了我无法理解的地方了。”

他的视线越过世航的肩膀，眺望着窗外。

“如果绍柏是被社会主义所吸引而投身左翼运动的话，您就可以理解了吗？”

“那样的话，至少我们还是生活在同一个世界的人。”

“您希望绍柏还和您生活在同一个世界吗？”

“不，正相反，”连远初轻轻摇了摇头，“父母最担心的是孩子的安全。比起在同一个世界置身于危险之中，我更希望他在另一个世界安全地生活。当然，能够在同一个世界共同安全的生活，是我最大的希望。”

世航点点头，说：“我明白了。”

5

虽然建筑风格完全不同，不过连远初在台北郊外的宅邸和卑利街的太玄会总部散发着相似的气息：外观尽可能保持低调，内部宽敞舒适。太玄会总部是英式建筑，而台北连家在西式建筑的基础上恰到好处地加入了一些中式装饰，没有破坏整体的协调。这栋建筑是上一代的主人连宗格亲自设计的。

连宗格几年前去世，享年八十多岁。连家人正是在那时产生留下家族记录的想法。台湾在甲午战争时被割让给了日本，当时连远初正在英国读书。父亲连宗格带领连家，昂首挺胸地度过了动乱年代。他留下了各种各样的逸闻，家里人都很遗憾没有在他生前好好记录下来。

“大家都忙于工作。”

“必须有专人负责。”

“要不要聘请文笔好的老师来替我们写？”

“不，别人写出来的文章再好，也没有我们家的血脉传承。连家和温家中就没有能写出一手好文章的学者吗？”

“小辈们更精通洋文吧。”

“上海的绍桓文章写得好……”

商量来商量去，家里人选中了连绍桓，但绍桓一心想在记者的道路上闯出一番事业，顾不上这样的工作，便推脱掉了。和这次说服绍柏的事一样，这份差事被交到了世航手里。

“对了，说说楼顶的事吧。”在台北的第一个晚上，远初吃完晚饭后提议。

“楼顶的事是什么？”

远初说：“是关于我父亲的一段往事。我对家里人说过，什么事都要告诉你。我要以身作则，趁现在想起来了赶紧告诉你。”

这是一栋加入中国元素的二层洋房，在砖头烟囱的旁边竖立着同样颜色的砖塔式建筑。一眼看过去，像是为了给建筑增加变化而做的装饰，但实际上有着瞭望塔的功能。

清代，台湾治安很差。连宗格将这一块地方建造得非常牢固，上方建成瞭望塔的样子，遭到盗贼袭击的时候，一家人可以躲在塔里。这里被称为“楼顶”。

这栋宅子建于光绪十年（一八八四年），幸运的是，从建成到日本军队占领台湾的十余年间，从来没有发生过需要躲进塔里的意外变故。宅邸建成时，台湾还属于福建省，称为台湾道，行政区划上则属于淡水厅。中法战争后，清政府认识到了台湾的重要性，将台湾升级为行省，任命淮军的实力派人物刘铭传为台湾巡抚。

由于当时反对的声音强烈，清政府修筑铁路的计划无法实施，被束之高阁，但刘铭传在台湾修建了铁路，由政府经营管理。刘铭传十分赏识连宗格，经常向他请教。任职五年后，刘铭传因为生病辞职返乡。

“如果他再干五年，台湾就能焕然一新啊……”连宗格经常这样说。可是五年后，甲午战争爆发，战后签署的《马关条约》将台湾割让给了日本。

一八九五年五月二十九日，日军为接收台湾在澳底登陆；六月三日，日军攻破狮球岭；第二天，以署理台湾巡抚的唐景松为首，台北所有的官员都仓皇而逃，衙门空空如也。

很多居民也四处逃难，特别是资本家们，大家纷纷离开了台北。不少人逃往大陆——主要是到厦门、泉州避难。连宗格也带着家人和用人一起逃往桃园方向。因为桃园有连家的亲戚，可以暂时收容避难的人们。

“我有事要去台中。”将家人安顿下来后，连宗格留下这句话便独自离开了。

虽然他说要去台中，实际上是回到了台北的宅邸。他把自己关在楼顶闭门不出。虽然从外面看不到，其实瞭望塔上建有枪孔，还储藏着用于守卫家宅的枪和炮弹。

日军已经占领了台北，为了联系后续的登陆部队，以班为单位的士兵频繁在城中往来。他们来往的道路距离连家的宅邸有一百米左右，连宗格从瞭望塔狙击了这些士兵。

他只是浅尝辄止地学过射击，因此并没有射中。当时台北有抗日游击队，枪声在城中并不稀罕。

他开始了一个人的反抗，终于在第二天射中了一名日军军官。子弹击中年轻中尉的上臂，但是子弹很快被取出，中尉并无大碍。当然，日军在这件事后开始搜索周边区域。

现在这里的建筑很多，但当时这里除了几间农家外，只有连家这一栋建筑。从子弹射出的方向来看，连家自然被纳入了搜索范围之内。虽然附近的农民说连家的主人带着所有家人和用人避难去了，但日军依然砸开门锁搜索了整个房间。

楼顶封得很严，但在军队面前却不堪一击。日军将瞭望塔翻了个底朝天，没有发现任何人和任何武器。

军官受伤后，周围立刻被严密封锁，犯人要逃脱应该是困难重重；而日军并未发现犯人，可见他已经顺利逃脱。第二天，一名日本兵说他看见连家飘出了一缕若隐若现的烟。

楼顶构造巧妙，有两层底板。搜查队认为已经彻底检查过了，其实他们漏掉了地板的夹层，那里就是建来供人躲藏的。

日本兵看到的烟是连宗格在狭窄的密室里烧水产生的。密室里有罐头和贮藏食品，可以生活一个月。但是连宗格喜欢喝茶，沉迷于品尝高级茶叶。为了喝到好茶必须要烧水，屋里有水壶和简单的炉子。烧水产生的烟从烟囱冒出去，引起了日军的怀疑，他们再次搜查了这里，发现了连宗格，并将他逮捕。

指挥搜查的是川端少佐，他看到连家的书房时惊讶不已。川端少佐出生于藩儒之家，熟悉汉文典籍。虽然连宗格逃难时带走了珍本，留下的部分依然十分可观。书房除了汉文典籍之外，还有不少洋文书，这让川端少佐对尚未谋面的连家家主肃然起敬。结果，他们逮捕的犯人不是别人，正是连家的家主。

川端少佐将此事报告给受伤的岩濑中尉后，岩濑也对连宗格产生了兴趣，希望能够在将他交给总部前见一面。就这样，岩濑见到了连宗格，两人一开始用笔交谈，得知彼此都会说英语后，便开始用英语交谈。三年前，岩濑中尉为了考上参谋总部办的陆军大学而拼命学过英语。

岩濑中尉与连宗格意气相投，便拜托川端少佐隐瞒已经找到犯人的事。在那之后，两人成了好朋友。

世航说："这是我第一次听说此事。"

连远初说："这件事违法了军法，因此没有公开。我当时在英国留学，在很长一段时间里都不知道此事。将此事告诉我的不是父亲，而是岩濑先生。大概是因为已经过了时效期，岩濑先生在父亲过世后向我讲述了这个故事。"

"岩濑先生就是那位岩濑中将吗？"

曾经有一位陆军中将去过双烟馆，好像是连宗格三年忌的时候。当时他说自己是本家爷爷的朋友，但世航并不知道两人之间有这段秘闻。

连远初说："没错，他刚刚退役，差一点儿就当上大将了啊……"

6

世航在台湾停留了五天，然后乘坐金顺记租的英国船从基隆到了上海。

连绍桓不在上海金顺记，听说他去了北京，要出差很长一段时间，看来工作繁忙一定不只是借口。绍桓的父亲连远滋说："你辛苦了，绍柏也是个不让人省心的孩子啊！虽然没有他的消息，但他应该是在普济寺，他最早的信是从普济寺寄来的；也有可能是在法雨寺，因为印光法师在那里，他与连家关系很好。不管怎么样，那座岛不大，应该很快就能找到他。"

普陀山是一座岛。那里是寺庙和渔夫的岛屿，岛上到处都是寺院，其中，普济寺、法雨寺和慧济寺被称为普陀山的三大禅林。世航觉得与其在寺庙中寻找，找船主询问会更容易些。

陶芳韵就是普陀山船主的女儿。

听家里人说，世航最早的记忆中出现的大海，似乎就是宁波与普陀山之间的海。他觉得自己与这座小岛之间存在着某种宿命般的联系。

下午坐上从上海出发的船，第二天早上就能到达普陀山。除了临时出海的小船以外，定期船两天一班；而在观音的生日等日子里，每天会有好几班船来往于上海和普陀山之间。

连远滋问："要不要先联系那边？"

"我先过去再说好了。"

世航来台北的时候也没有事先通知金顺记，随随便便就去拜访了。来上海之前，台北金顺记事先发了电报，但他觉得去普陀山之前还是不要事先通知会比较好。

中文的"山"有时也含有"岛"的意思，有时也会用于广义上的陆地。

普陀山是舟山群岛中的一座小岛，观音菩萨的道场叫作Potalaka，据说过去是南印度的地名。Potalaka的汉字写成普陀洛迦，普又写作补。在日本叫作FUDARAKU。

普陀山旁有一座更小的岛，名叫“洛迦山”。两者共同组成了普陀洛迦。

舟山群岛的海域有中国最大的天然渔场，叫沈家门渔港。但因为和普陀山有关系，观音道场的形象深入人心，渔业中心的形象并不显眼。

普陀山是中国佛教四大道场之一：四川峨眉山是普贤菩萨的道场，山西五台山是文殊菩萨的道场，安徽九华山是地藏菩萨的道场；普陀山与它们齐名，是观音菩萨的道场。

连远滋说：“这里与日本也有深厚的缘分。你也住在日本，不如在普陀山另结佛缘吧。”

“与日本深厚的缘分”是指普陀山最早的一座庵是由日本的慧锷和尚建立的。慧锷是中国唐朝时代的人，但他不是作为遣唐使来到中国，而是受日本皇室所托，多次渡海来五台山布施。在慈觉大师的《入唐求法巡礼行记》中也能看到他的名字。传说慧锷在五台山得到了庄严的观音菩萨像，打算将佛像带回日本。但是他从明州（宁波）乘船回国时，船停在了舟山群岛的莲花洋。有人说是因为触礁，也有人说是被铁莲花阻挡了道路。

在触礁的传说中，船上的人扔下了很多行李，船仍然怎么也浮不起来，但是扔下观音像后，船立刻就浮了起来。

“观音菩萨像不想去日本吧。”慧锷想。于是他就在莲花洋的岛上结庵供奉这座观音像。那座岛正是普陀山，庵被称为“不肯去观音院”，是后世各个寺庙的祖先。

而在铁莲花挡路的传说中，当时船被无数朵铁莲花阻挡无法前进，将观音像移到最近的岛上后，铁莲花就消失了踪影。

晚饭时，连远滋将这些传说告诉了世航。他自己去过几次普陀山，而他的夫人则每年一定会去一次那里。家中弥漫的线香正是他夫人供奉的。

世航问：“铁莲花是什么？”

“我想是海豚吧。”

“海豚？”

“同伴被欺负后，海豚会成群结队地为它报仇。可能慧锷的船撞到了一只海豚的头吧，无数的铁莲花一定是为同伴复仇的海豚们。但是这样一解释，就失去了感恩之心。”

"总之，观音菩萨是不想去日本那样的乡下地方吧。"

"这座岛确实和观音菩萨有缘。值得感恩，这样想就可以了。"

"听我父母说我曾经去过那里三次。"

"嗯，家里人曾经一起去过。对了，已经是二十多年前的事情了吧。家族中有一位长辈很信仰观音菩萨。哎呀，当时那个年代。是不能违背长辈的命令的。当时好像是一家人包了一艘船，一起去了普陀山。"

"舅父也去了吗？"

"嗯，去了。对了，你当时总是在哭……嗯，我想起来了，我也抱过你啊，哈哈哈。"连远滋开心地笑了起来。

南海圣境

1

就像连远滋对世航说的那样，只要跟着乘坐同一艘船来到这里的善男信女，就一定能到达普济寺。世航本来以为因为这座岛很小，只要一下船，普济寺的伽蓝就会立刻映入眼帘，但事实并非如此：栈桥前是一座山，寺院在山的另一边。

“老好看了。”

“就是咯，就是咯……”

人们抬头看着海边的牌坊，用乡下方言交口称赞。牌坊又叫牌楼，是挂着匾额的门洞。普陀山海边的牌坊高九米、宽八米，始建于清朝雍正九年（一七三一年），后倒塌，于五年前重建。现在的牌楼刚建好不久，看起来光彩夺目。

南海圣境

同登彼岸

匾额上的金字在阳光下闪闪发光。

穿过牌坊，坡道两边是一排排民房。这些民房像临时搭建的简陋房子一样，向同一个方向倾斜。有一栋尖端翘起的大房子与其他民房形成了鲜明的对比，十分显眼。

世航想：这是不是芳韵的家呢？

但是靠近一看后，他发现并非如此。她家是船主，应该会有鱼腥味，或者至少会有海潮的味道。但这间房子周围并没有晒渔网或者渔具。

明明是来岛上见连绍柏的，但世航脑子里全都是芳韵。尽管如此，如果芳韵突然出现在他面前，恐怕他也会为难吧。在这里可以弄清楚她的行踪，而她本人身在此处的可能性也很大。地震后一直没有她的准确消息，同舟会的郭浩安从宁波的朋友那里听说，普陀山陶家的姑娘到上海去了。

“也是，现在的年轻女孩不可能安心留在那种满是香火气的岛上吧。”

虽然消息不一定准确，但同舟会的朋友们都相信这个说法。

“她还是适合上海。”

上海出身的赵锡堂听到这个传言时频频点头。王瑶香却提出了异议，说：“芳韵是艺术家，更适合风光明媚的土地，我觉得她的故乡普陀山正适合她。”

“说不定她人在温州。”李钦票嘟囔了一句，大家都不说话了。她在地震中失踪的未婚夫吴康就是温州人，她很有可能去了温州。但就算她去了温州，应该也不会在那里长住。世航认为她在上海，比起风光明媚的故乡，上海那样的大都市不是更适合抚平失去未婚夫的年轻女性内心的伤痛吗？

虽然世航心里这样想，还是做好了在普陀山见到她的心理准备。

世航从口袋中取出在上海买到的手绘普陀山地图。市面上有很多为巡礼的信徒们印制的导游手册，里面一定会附上手绘地图。一些手册还会细心地介绍从上海到普陀山的海陆沿途景点。除了求神拜佛之外，也有很多普通人到普陀山游玩。

手绘地图上说眼前的石板坡是“妙庄严路”，由白华庵的僧人明彻于明朝崇祯三年（一六三〇年）修建。

路上有一块石碑，雕刻着“入三摩地”的字样，这是明朝董其昌留下的笔迹。三摩地与三昧一样，是“住心于一境而不散乱”的意思。

在妙庄严路上有一座正趣亭，据说是清代所建，旧称坐坐亭，形状宛如大鹏展翅。虽然叫亭，其实更像一扇大门。道路两边有供人歇脚的地方，从这些地方才能看出这里是休息的场所。世航站在路上休息了一下，看了看四周。善男信女和充满活力的人没有停留，继续向前走去。来路是一段坡道，这里正适合建成供人休息的地方。栈桥边停着轿子，老人们可以选择坐轿子上山。有轿夫从世航身边经过，轻微的震动从脚下传来。

世航停住脚步时，坐在左手边的一名年轻僧侣起身缓缓向他走来。

“你是温世航先生吗？”僧侣爽朗地问，他说的是标准的北京话。

“我就是，有什么事吗？”世航回答。

他没有告诉任何人自己要来普陀山的事。因为他觉得趁绍柏不备才更容易问出他的真心话。上海金顺记的连远滋也赞成他的做法，敲着膝盖赞叹这是个好主意。

年轻僧侣微微一笑，世航并不认识他。看起来这位僧侣也不认识世航，但他不是碰巧遇到世航才上前搭话，而是坐在这座正趣亭中等待着世航的到来。

“我刚才还在担心是不是认错人了，果然是温世航啊！”年轻僧侣喜形于色，他果然是在这里等着迎接世航。

“请问您是哪位？”世航只能反问道。

年轻僧侣说：“你还没找好住的地方吧，我在普济寺给你准备了房间。”

普陀山没有旅馆。世航在上海买到的导游手册上写着，来岛上的人都会寄宿在寺院的斋馆中。

栈桥、正趣亭、御碑亭都有接受寄宿预约的寺院人员，只要在那里登记就可以了。也可以在上海或宁波预约，不过只要不是观音生日前后的日子，都没有提前预约的必要。

这些都写在导游手册上。世航来之前并没有预约，万一有什么问题，也可以拜托和金顺记关系很好的法雨寺印光法师，总会有办法的；不过他来之前甚至没有告诉印光法师。但前来迎接的年轻和尚却知道世航的名字，而且不由分说地领着世航向前走去。世航只好跟在他后面，不久，普济寺出现在眼前。

2

年轻僧侣快步向前走着，世航跟在他的身后。他有很多问题想问，但走着走着却越来越难问出口，只知道年轻僧侣在普济寺为他准备了住处。

“寺院斋馆的住宿费平均每天一元，包含一日三餐，但是不同住宿规格的价格差距很大，一定要在接待处问清楚。”

看到导游手册上的注意事项时，世航曾经有些反感，觉得在佛法世界应该众生平等才对。

看来寺院经营和佛法世界遵循着不同的道理。

“你是普济寺的人吗？”世航问。既然对方叫出了世航的名字，他理应也有了解对方的权利。年轻僧侣之前只说了一句在普济寺准备了房间，并没有说自己是那里的僧侣。

“是的。”年轻僧侣简短地回答，没有停下脚步的意思。

世航停下了脚步，心下不悦。他想知道对方的名字，也想知道对方是如何知道他的名字的；但对方似乎只想告诉他“跟我来”。世航并不一定非要住在普济寺不可，导游手册上也说平时不需要预约。因为金顺记的关系，世航更应该住在印光法师所在的法雨寺。

年轻僧侣又向前走了五步才注意到世航并没有跟上来。

“哎呀，有什么事吗？”他回身问道，他温和的笑容反而让世航更加不快。

世航说：“我不去普济寺了。”

“为什么？”年轻僧侣依旧面带微笑。

“我怎么能随便对不认识的人言听计从。”

“啊，你是说我吗……”年轻僧侣皱了皱眉，往回走了两三步。

“对不起，我还没来得及报上名字。我是普济寺的僧侣慧空，你就把我当成连绍柏的代理人吧。”僧侣脸上的笑容终于消失了，他稍稍仰了仰浓密的眉毛，光头看起来很凉爽。

世航问他：“你说你是连绍柏的代理，是他让你来的吧？”

“你只要这样理解就好。”

“绍柏应该不知道我会来这里。”

“绍柏不在这里，他在五天前离开了普陀山，也没有去上海。”

“我是三天前才到上海的，真奇怪。”

“你说奇怪，是因为我知道你会乘坐今天的船来这里，并去迎接你吧。”

“是的。”

“绍柏确实不知道你要来。但是上海金顺记有他的一个朋友，那人知道了你会来普陀山见绍柏的事，于是给我发了电报。”

世航点点头。舅父连远滋之前在办公室里用很大的声音说过不要将世航要去普陀山的事告诉绍柏，店员们当然都听到了。看来店员中有绍柏的支持者，听说这件事之后急忙给普陀山发了电报。既然是给慧空发的电报，就说明慧空与绍柏的关系相当亲密，可以替他下决定。

慧空低下头，说：“实在抱歉。”

“没关系，解释清楚了就好。”

世航迈开脚步；慧空与他并肩而行，偶尔会轻轻摇一摇头，似乎是在反省自己无礼的态度引起了世航的不快。

慧空说：“对了，你和绍柏很像，尽管只是从堂兄弟，但血缘就是血缘啊。”

“我们有这么像吗？”

“很像，特别是性格……或者应该说是气质。”

“气质吗？不。”这回轮到世航摇了摇头。他很不理解绍柏的做法，从很早以前就觉得自己学不来绍柏那种完全不顾他人的生活方式。就算慧空说他和绍柏很像，他也想不出两人之间的相似点。

慧空说：“你刚才生气的样子也和他很像。”

世航笑了。他从没见过绍柏生气，就算别人再怎么替他担心，他也是一副若无其事的样子，好像反应迟钝一样。反应迟钝的人会生气吗？

世航问：“绍柏经常生气吗？”

“他动不动就生气。我有时候甚至会觉得他就是为了生气而生的。”

“唉……这样啊……”看来世航只看到了绍柏的一个侧面。换句话说，绍柏只在世航他们面前展示了自己的一个侧面。

世航觉得自己没办法说服他了。

普济寺前的放生池叫作海印池，因为种满了莲花，俗称莲花池。池水旁边有一座重檐亭。世航看了看手绘地图问道：“这是御碑亭吗？”

慧空点了点头，说：“没错。”

在世航打开手绘地图之前，慧空并没有出言解释。

两人站在亭中。建造这座亭子是为了保护清朝雍正帝所书的汉白玉御碑，碑高八尺，碑文的内容是为民祈福。导游手册上说这座碑有双绝，除了雍正帝的御书笔走龙蛇外，碑额上所刻的玉龙也栩栩如生。

世航抬头看着御碑感叹：“确实是壮观的玉龙。”

“当然壮观，这可花了不少钱。”

与之前不同，慧空说这句话的语气中带着讽刺，世航不由得转头看着他的侧脸。

3

既然知道了连绍柏不在普陀山，世航留在这里也就没有意义了。但是这里有自称绍柏代理人的年轻僧侣，世航还想知道芳韵的消息。

他从御碑亭来到海印池边。池上驾着一条横穿水池的道路，路上有一座八角亭，名叫湖心亭，与普济寺的山门相对。

走过湖心亭，眼前萦绕着线香的烟雾。背着黄色经囊的信徒们手持线香出入山门。信徒几乎都是女子，而且以上了年纪的人居多。

两人钻过山门，从天王殿旁边走过，又穿过了大圆通殿。一路上伫立着很多佛像，天王殿的弥勒佛、四大天王和罗汉，还有大圆通殿九米高的观音菩萨像，慧空既没有低头鞠躬，也没有合掌拜佛。斋馆应该在左右厢房，但慧空目不斜视地径直走向藏经阁。

“请在这里休息，你应该很累了吧。”来到藏经阁旁边的建筑前，慧空开口说道。建筑的匾额上写着“云集馆”。

世航在船上坐了将近二十个小时，虽然船里有铺着草席供乘客睡觉的地方，但船摇晃得很厉害，几乎无法入睡。下船后他又从栈桥走到普济寺，差不多有一公里半，他确实想稍微休息一下。

“谢谢你。”

“那请休息吧，我去叫人送午饭过来。”慧空说完，离开了云集馆。

安排给世航的房间像是刚刚粉刷过一样，墙壁洁白如雪，没有丝毫污渍；房里有一张西式的铁床，但布置并不显得单调；房间角落的架子上放着脸盆。虽然世航浑身都是汗，但他草草洗了把脸就躺在了床上。

他昨晚几乎整夜未眠，不过现在并不打算睡觉。因为他没有睡午觉的习惯，而且洁白的墙壁也让他无法进入梦乡，他只想稍稍缓解一下身体的疲劳。不过，不知道是不是因为太累了，世航在不知不觉中打起盹儿来。

他做了一个梦。因为睡眠很浅，梦也很浅。被敲门声叫醒后，他还记得做梦的事，但不记得梦的内容了。那不是噩梦，既然被敲门声轻易打断，大概是一个没头没尾的梦吧。

世航穿着背心和短裤，敲门的应该只是送午饭的火工僧，不过为了保持最起码的礼貌，世航还是套上裤子后才出声招呼："请进。"

门开后，一名女子探进头来。

"芳韵……"

世航脱口而出，不知道再说些什么，她的出现实在太出乎意料。虽然世航想过可能会在岛上见到她，但没想到是以这种方式。在他的想象中，应该是由他去拜访船主陶家，在那里见到芳韵。

"吓了一跳？"芳韵问。她的脸上带着和慧空相似的微笑。

世航说："我听别人说你在上海。"

"没错，我之前是在上海，三天前才回到岛上。"

"三天前……我是在三天前从台湾来到上海的。"

"我可以进来吗？"

芳韵一直站在门口。她穿着一条浅褐色的短裙，上身是中国风的宽袖白上衣。

"请进。"

世航想再说些什么，却再次语塞。芳韵走进房间，并没有关上房门。

桌子上放着烛台，旁边只放着一把椅子。世航拉出椅子让芳韵坐下，然后自己坐在了床边。为了缓解刚见面的紧张感，世航长长叹了一口气。芳韵坐在椅子上，几乎在同时也长长叹了一口气。

芳韵说："哎呀，我们像商量好的一样同时叹了一口气呢。"

世航感到一阵颤抖，他拼命想要忍住这种感觉。他们在东京经常见面，偶尔也会两个人独处，但他从来没有像这样颤抖过。他坐下后，床发出了嘎吱嘎吱的响声。他说着“这床质量不怎么样啊”，几次起身换别的地方坐，总算没让芳韵看出他的颤抖。

芳韵说：“我收到好多封大家写来的信，真的很感谢你们，我内心感激不尽。但是无论如何也没办法回信……”

“我明白，同舟会的伙伴们都能理解你的心情。”世航觉得自己语气生硬。

“真的吗？”

芳韵轻轻偏了偏头，然后笑了起来。她的笑容明媚，与两人现在的话题很不相符。她刚刚失去了未婚夫，笑容应该是怅然若失、寂寞空虚才对。

“我们都说要让你一个人静一静，过不了多久你就会回到东京来的。”

世航看着她的脸移不开目光，她也平静地接受了世航的目光，丝毫没有畏缩。

芳韵说：“我应该不会回去了。”

“为什么？”

“现在不是回去的时候。”

“总会平静下来的。”

芳韵笑出了声，这越来越不像她了。世航目不转睛地看着她，仿佛要找出其中的原因。他注视着发出笑声的芳韵的眼睛，那里不时地散发出光彩。

芳韵收起笑容问道：“世航，今年二月你在做什么？”

“二月……”因为世航无法揣测出芳韵话中的含义，一时不知道如何回答。他脑中浮现出二月发生的事情的片段，终于整理好了语言，“大火后的冬天，东京很冷。一月，日本皇太子结婚。因为赵锡堂和刘继泰要回国，我们在二月为他们开了送别会，当时也提到了你，大家都在想你在做什么。”

“你们觉得我在做什么呢？”

“不知道啊……”

“我当时在上海的医院生孩子。”

“啊……”

“是个女孩儿，很可爱。”

“是不是很惊讶？”

“很惊讶。”

“我当母亲了哦！”芳韵骄傲地说。

“是吗……”这时不管说什么都会显得愚蠢。

“我家就在这附近，我是来这里找住持的。一会儿再详谈，我还有话想问你。对了，就今天晚饭后吧，我到时候来找你。”

芳韵站了起来。此时，火工僧双手端着食物从敞开的房门走了进来。

4

仿佛见到了另一个人。世航爱慕着在东京同舟会时的她，却眼睁睁地看着那时的她被吴康横刀夺爱。现在出现在眼前的芳韵成长了非常多。说是成长，其实是增添了魅力。如果世航当初见到的是现在的她，无论是吴康还是别的男人，世航一定会为了得到她打倒一切对手。

她增添了魅力，现在以一名孩子的母亲的身份出现在世航面前。

世航一个人吃着无聊的午饭，不知道叹了多少次气。

“饭菜还合你的口味吗？”吃过饭后没多久，慧空满面笑容地走了进来。

“如你所见。”世航指着桌上空空如也的碗碟。

“你休息得怎么样？”

“啊，稍稍休息了一下。”

“这里是寺院中最清静的地方，毕竟这座寺庙人太多了。”

慧空说现在普济寺有二百多名僧侣，加上打杂的俗家子弟，人数达到了三百多人。

唐大中十二年（八五八年），日本的慧锷和尚为供奉观音像，在此处建庵，称为“不肯去观音院”；北宋神宗元丰三年（一〇八〇年），神宗下旨在普陀山建造了宝陀观音寺；清康熙三十八年（一六九九年），皇帝赐下“普济群灵”的牌匾，此处便改名普济寺。普陀山前前后后建造了很多寺院和庵，普济寺一直是最大的一座。

慧空问世航："怎么样，要不要去大街走一走，消消食？"

"大街？这座岛上有大街吗？"

"岛上的人要是听到你刚才的话会生气的，就算是这里也是有大街的。"

"我以为这里都是寺院，因为导游手册上说这里有数百座寺庵。"

"虽说是大街，其实不过是一条一百米左右的街道。我说出来心里也没底，但那里确实是大街，名字叫横街。"

"那就去散散步吧。"

世航站起身，慧空也许是来约他边走边谈的。他必须从绍柏的代理人口中问出尽可能多的信息。

道路两旁排列着蔬果店、鱼店、烟草店、杂货店、特产店等店铺，道路后面就是田圃，嘈杂的蝉鸣声与休闲宁静的街道格格不入。

"我和连绍柏是在日本认识的。"慧空毫不在意聒噪的蝉鸣，声音洪亮地说。

"哦，你也在日本留过学吗？"

"留学……算不算呢，可能算广义上的留学吧，不过我没有进学校。"

"和绍柏一样啊。"

"啊，可以这么说吧……不过我和他还是很不一样，他是资产阶级家的少爷，而我只是个穷人，不对，是穷和尚。"

"你去日本之前就出家了吗？"

"是的，和郭浩安一样。"

"啊呀，你认识浩安？"

"因为我们都是和尚，他勉勉强强进入了早稻田学习，而我则背着画笔在日本到处写生。"

"画画吗？"

"我喜欢画画。我老爸在这座寺庙里打杂。因为我从小画画就很好，得到了岛上的船主赏识，是他让我学习了绘画。"

"船主……"世航低声说。

"我去了杭州，幸运地跟着一位优秀的老师学习绘画。回到岛上后，被老爸逼着剃头出家。我爸爸一生都是打杂的苦力，他固执地认为，在岛上不出家就没办法出人头地。”

“啊……”

“援助我的那位船主家的小姐也喜欢画画，我受她所托，手把手教她画画。”

“这样啊……”

世航点了点头。

“不久后，船主送我去了日本，让我在那边一边画画一边学习。随后他家的小姐也去了日本留学。你也知道，她顺利进入了女子美术学校。我在那边也顺便照顾她。”

虽然他没有说出芳韵的名字，但已经没什么可怀疑的了。

世航说：“你既认识浩安，又是芳韵的监护人，应该就生活在我身边啊，但是我从来没有见过你。”

“我知道赤坂双烟馆，也知道同舟会。今天才第一次见到你，确实很不可思议。”

“绍柏当时并没有住在双烟馆，却认识了你。”

“我们是通过画认识的，我们曾经一起出去旅行写生。奇怪的是，我是小姐的监护人，经常和小姐见面；同时我也和绍柏关系很好，他却从来没有见过小姐。如果在日本见到的话，会发生什么事呢……只能说命运弄人。”

两人走到了街道尽头，不知不觉中开始往回走。

世航问：“他们在这里见过面吗？”

“今年才见到。绍柏被小姐迷住了。他来岛上之前我就一直在担心，希望不要发生这样的事。结果我担心的事还是发生了。毕竟这座岛太小，藏不住的。绍柏向她示爱，但她没有答应。其实小姐当时根本顾不上绍柏的心情。绍柏觉得受到了冷遇悲伤不已，他从来没有被别人冷冷地拒绝过，所以更加失落。你应该已经知道了，绍柏因为这次失恋决定出家。”

“是因为失恋啊……”

只要不是像慧空这样被父亲强迫，出家的人一般都是因为感受到了人世无常。失恋是让人感受到世间无常的最典型的原因。世航并不觉得绍柏失恋是多么意外的事，但他没想到对方竟然是芳韵。

“绍柏知道她的情况吗？”走到普济寺的山门前，世航问道。

“不知道，这座岛上没有人知道她的情况。”

“绍柏一心以为芳韵讨厌自己吧。”

“绍柏应该是这么想的。不过他也许本来就不是芳韵喜欢的类型……”

5

慧空提议两人去爬山。世航在船上眺望普陀山时，也起过爬山的念头。

普济寺山门的左边有一条通往梅岑山的路。日本的慧锷和尚在这里建成观音道场之前，这座岛是道教道士们的修行之地。普陀山的名字也是在慧锷来到这里之后起的，之前叫作梅岑山。据说在一世纪初叶，一位名叫梅福的道士曾在这座岛上炼仙丹。梅福，字子真，为躲避汉末的王莽之乱来到此处。过去，整座岛都叫梅岑山，改名为普陀山之后，只剩下传说中梅福炼丹的地方被称为梅岑山。

“我以为这里只有佛教寺庙，原来也有道教啊！”世航在陡峭的坡道上边走边说。

“前面有一座梅福庵，虽说是炼丹的遗址，但现在已经没有道士住在里面了。这里还是观音菩萨的岛啊！”

“观世音的岛啊……”

同舟会的人们给芳韵起了“观世音”的绰号。世航只是将这个名字说出口，就觉得心中泛起一阵涟漪。

走过梅福庵就是“磐陀石”，据说这里曾是观音的说法处。这块巨石高二点七米，石头上能容纳二十个人。石头上宽下窄呈锥形，看起来摇摇欲坠。石头中间刻着“磐陀石”三个大字，用朱砂描出。这三个字是明朝著名将军侯继高所写。

慧空指着侯继高的名字说：“他是一位抗倭将军。”

“啊，这座岛当时一定被倭寇所扰。”

“是的，虽然这里是日本和尚创建的，但破坏这里的也是日本海盗，这座岛从各种意义上都与日本缘分深厚啊。”

慧空是这座岛上的居民，他也曾去日本画画，与日本结下了深厚的缘分。

站在磐陀石旁，可以看到舟山本岛和其他连绵不断的岛屿。

“遣唐使的船也曾经从这里经过啊。”

“走出这片铺满了小岛的海，似乎就能到日本了。”

“是啊！下一座岛就是日本的五岛。”

慧空说：“五岛吗？我曾经去那里画过画。”

“五岛上曾有一个叫王直的人，他虽然是中国人，但被当成倭寇。”

“无论出身如何，只要是海盗就会被叫作倭寇。明洪武帝害怕百姓与倭寇联合，威胁到建国不久的明王朝，便下令海禁。沿海的居民都被赶到内地，沿海地区成了无人之地。我们的祖先也被驱逐出这座岛，官兵放火烧岛，寺庙化为灰烬。只有观音像被转移到了宁波的栖心寺。”

“这座岛现在看起来宁静祥和，原来有一段这么动乱不安的历史啊。”

世航用手帕擦了擦汗。

慧空说：“倭寇在岛上大肆破坏掠夺，但并没有像明朝皇帝那样烧毁寺庵，大概是因为他们也是佛教徒吧。”

世航在日本住了很长时间，之后也会继续住下去。虽然他不是日本人，但听到倭寇抢劫时，心情还是有些沉重；听说他们没有烧毁寺庙，不觉又松了一口气。

“虽然被烧毁过，但如今寺庙又复兴了。”

“海禁是洪武十九年（一三八六年）的事，到了一百六十多年后的嘉靖年间，人们又可以在这里居住了，寺庙也被重建。”

“这里有一百六十多年都没有人住啊……”

世航无法想象这座岛曾经是无人岛时的样子。

“渔夫可能会偷偷住在这里吧。啊，这只是我的想象而已。海禁被解除、寺庙重建后，这里曾经被再次破坏。这次是荷兰人干的，荷兰东印度公司的家伙。他们只是暂时占领了这座岛，却彻底破坏了寺庙，因为荷兰人都是基督徒。那是清初，一六五五年的事情。因为这事太荒唐，所以我记住了当时的年份。大约在三十年后，寺庙又被重建，当时荷兰人已经被赶走了。皇帝在重建时赐下匾额，从那以后这里被叫作普济寺。现在的普济寺又经过了多次扩建和改造，不过规模和当时差不多。在建造大圆通殿的时候，朝廷捐赠了拆除南京的明故宫时留下的木材。”

世航说：“明故宫，是洪武帝的宫殿吧。”

慧空抚摩着磐陀石，说：“这也是因缘吧。”

明朝洪武帝建国时定都南京，第三代皇帝永乐帝迁都北京。北京的宫殿一直沿用到清朝，而南京的宫殿被称为“故宫”。而现在，明清两朝在北京的宫殿，也就是紫禁城，同样被称为“故宫”。

南京故宫由洪武帝所建，正是他烧毁了普陀山的寺庙；而清康熙帝将南京故宫的一部分捐赠给了普济寺。这就是慧空所说的因缘。

世航偶尔会看到与自己坐同一条船来到这里的人。在磐陀石这里也有一群同船的人正在攀爬石头。

“喂，小张，快上来！”石头上有十几个人，其中一人冲着依然站在下面的同伴喊道。

“不是已经站不下了吗？”下面的人说。

“这上面写着能站二十个人啊！”

石头上的人深信着导游手册上的内容。

吵闹了一番之后，他们从石头上下来向梅福庵走去。

慧空邀请世航：“要不要爬上去看看？”

“好啊！”

两人饶有兴致地爬上了磐陀石。

对面是舟山本岛的麒麟山栈桥，想不到看上去近在咫尺。

世航说：“感觉日本触手可及啊。”

“明朝黄猷吉曾写过‘遥望瀛洲亦渺茫’的诗句。”

慧空双手叉腰，将这句诗念了两遍。瀛洲即日本。

“我在上海金顺记也查过《浙江通志》，里面说元朝的吴莱曾写过这样的诗句——蟠木系予缆，扶桑缨我冠……”

蟠木和扶桑都是东海中的神木。蟠木是盘曲三千里的巨大桃树，扶桑双树同根，据说全长数千丈。两者都象征着东方，扶桑也是日本的别名。这句诗的意思是，在东方之国的树上系缆绳，轻轻挂上帽子的系绳——使用夸张的手法，表达器宇轩昂之感。

“放声大喊吧。”慧空说着，铿锵有力地吟起诗来：“茫茫瀛海间，海岸此孤绝。”

6

慧空吟诗后说道：“是不是有朝气蓬勃的感觉？”

“正是如此。”

世航很感激慧空的体贴。来舟山群岛的普陀山前，他曾在上海翻阅了《浙江通志》，记住了吴莱的几首诗。他在引用诗句的时候也告诉了慧空。

慧空朗诵的正是吴莱的另一首诗。吴莱并非十分有名的诗人，最终只做到地方学校的老师。或许是因为他写过不少关于普陀山的诗歌，在这座岛上很受欢迎吧。慧空也许知道吴莱笔下所有关于普陀山的诗歌。听说世航刚刚在上海读过，为了助兴当即朗诵了出来。

大声吟诵诗歌是青春的特权，再加上世航今晚要见芳韵，完全抑制不住心中的激动之情；而且，若是当真压抑住，也未免可惜。

“真羡慕你啊！”

听到慧空的话，世航吃了一惊。

“啊，为什么？”

“你才二十六岁吧，真年轻……我已经年过三十了，还是个出家人，没办法充分享受青春了。”

慧空放下叉在腰上的双手，背在身后笑了起来。

“你今年多大了？”世航等慧空收起笑声后问他。他本以为两人同龄，没想到慧空已经年过三十，心中好奇慧空实际的年龄。

“我比你大十岁。因为僧侣要剃光头，看上去比实际年轻得多吧。这是出家唯一的好处了吧，哈哈哈……”

“三十六吗……”

真没想到。在知道慧空的名字之前，世航一直在心里叫他年轻僧侣。

现在世航脑海中的一切都围着芳韵转。他一直很在意芳韵的双亲送慧空去日本做芳韵的监护人这件事。芳韵比世航小四岁，与慧空相差十四岁。除了年龄的差距外，慧空看起来是个非常值得依靠的男人。

慧空问：“今天就玩到这里吧。你还要在这里住一段时间吗？”

世航回答：“我还没有想好。我本来是来见绍柏的，但他不在。不过好不容易来了，我打算在这里住上几天。”

世航觉得，有时间的话，一定要在舟山群岛好好住一段时间。台湾的连远初说过，这里与连家和温家渊源极深。

“新加坡那边的连家好像有关于连家与舟山关系的文献。不能让这些文献一直关在仓库里，总要拿出来见见光、读一读。到时候还是要拜托世航了。你们这一辈儿的人都很忙，太忙了。”

如果不去新加坡调查一番，就无法知道连家与舟山究竟有多深的关联。

“我们回去吧，要小心脚下，下去比上来危险。”

慧空倒退着从磐陀石上下去，世航也跟在他的身后。从石头上向下走时，他再次看了一眼大海。他的曾祖父曾经与这片土地结下了深厚的缘分，结缘之地正是眼前这片舟山本岛。

“慧空，你十二三岁的时候在这座岛上吗？”回程的途中，世航好奇地问。

“十二三岁？”

世航的问题很突然，虽然并不是难以回答的问题，但慧空不知道世航究竟想问什么，心中有些疑惑。

“我听说我三岁的时候曾经和家人一起来过这座小岛。我觉得在我最早的记忆就是这片大海。所以我突然想知道，比我年长十岁的你当时在做什么。”

“啊，这样啊。我十三岁的时候被迫出家，那时我已经从杭州回到了这座岛上，两年后又去了杭州。”

“这样啊……”

三岁的世航来到这座岛上的时候，芳韵还没有出生，而慧空已经被迫成了出家的小和尚。

回到普济寺后，慧空带世航去跟住持打招呼。

“我听法雨寺的法师说了，你就在这里安心住下吧。”

住持只是这样说着，并没有询问世航来岛上的目的；他可能认为，来岛上的人都是来参拜观音菩萨的吧。

“我是东道主，今天我请你吃晚餐吧。寺庙的食物虽然不坏，但都是素食。”

慧空说着带世航去了横街。出门前，他让世航稍稍等了一会儿，夹着一个青布小包走了出来。

“久等了，我带了冰啤酒过来。中国人不太吃冷的东西，不过在日本，啤酒一定要喝冰的才对！”

夏天的太阳还没有落山，但路上已经传来了巡夜梆子的声音。

“这座岛上没有警察，由各个寺庙的僧人轮流巡逻。哎呀，从我出生到现在，这里还没发生过什么大事呢！”

7

这家荞麦面馆只有两张桌子，除了荞麦还提供海鲜。不愧是慧空介绍的饭店，味道就算和上海的饭店相比也毫不逊色。慧空遵守着戒律，他没有吃海鲜，也只喝了一杯啤酒。

走出荞麦面馆时，天还没有黑，但路上的行人都打起了灯笼。

慧空说要去东厢念经，将世航送到云集馆后，打着油灯离开了。

云集馆原本并不是旅馆。世航旁边的房间里摆满了架子，上面堆放着带封套的书籍。世航随手拿了几本，主要是地理志和诗文，并没有佛典。经典类的书籍应该都收在藏经阁里吧。

世航喜欢看书，他选了几本平常喜欢看的书，想拿到灯下读上几页，但是今天却怎么也看不进去。他也清楚，在等待芳韵的这段时间，自己没心思做任何事。

芳韵来得比他预想中要早，世航吃完晚饭回来还不到十分钟她就来了，像是事先算好了时间一样。

敲门声响起，世航听到了芳韵的声音：“是我哦”。他深深吸了一口气，慢慢走向房门。

“外面更凉快，你怎么不开窗户？”她一进屋就径直走向窗边，回头说，“世航，把灯关上，不然会有虫子进来。”

世航将玻璃盖照在油灯的火焰上。

昏暗的房中传来了关窗子的声音，芳韵站在窗户旁边没有动，似乎在抬头看向天空：“月亮被云彩遮住了，可惜，难得今晚月色正好。”

七月十三日。这个月的阳历日子只比阴历快了一天，今天是阴历六月十二。如果没有云彩，应该能看见一轮明亮的圆月挂在南海之上。

世航来到窗边，站在芳韵身旁，轻轻将左手搭在了她的肩膀上。她将身体靠向了世航，世航屏住呼吸，搭在她肩膀上的手用了用力。

天空并不是漆黑一片，虽然云层堆叠，但朦胧的月光微微透过云层，勾勒出云彩的形状。

两人四目相对，就在那一瞬间，世航紧紧抱住了她。

世航的唇落在芳韵的唇上，她并没有拒绝。这是一个长长的吻。分开后，世航呢喃道：“我喜欢你，一直都喜欢。”

“我知道。”芳韵也喃喃地说。

“那为什么？”这句短短的呢喃中饱含着铺天盖地的情感，世航甚至觉得自己就要被话中的重量碾碎了。

“你是说吴康？”芳韵声若游丝，隐藏在她沙哑的呼吸中。

“是啊。”世航依旧盯着芳韵的面庞，而芳韵却闭上了眼睛，清清楚楚地说：“是你母亲。”

“嗯？我母亲怎么了？”

芳韵抬起头：“她让我选择吴康。”

“我母亲？”

“没错。”芳韵点了点头。她的话让世航难以置信。他觉得就算自己再怎么隐藏，对芳韵的感情一定逃不过母亲的眼睛，而他并不认为母亲会反对自己和芳韵结婚。

“我简直无法相信。”世航搭在芳韵双肩上的手垂了下来。

“你母亲说你不适合这个角色。”

“什么角色？”

“我丈夫的角色。”芳韵说完就转身离开了窗边，走到床边坐了下来。

“不，”芳韵说，“我想将自己交给你，但刚才的话还没有说完。”

“刚才的话？”

“你母亲的话，我只说了一半。”

“还没说完吗？你说我母亲向你推荐吴康，说我不适合你。”

“她说的是角色。”

“不是你丈夫的角色吗？”

“没错，不是丈夫，而是丈夫的角色。你的母亲很乐意让你做我的丈夫，但是……”

“但是什么？”

“我曾经爱上过一个人，”芳韵说，“那是在我去日本以前的事了，我和他是在上海认识的。我想我是爱上了他的热情吧，用一个过时的词来说，那个人是个热血男儿。当然也有些莽撞的地方，但是情人眼里出西施，在我眼中，他的一切都是好的。我到日本留学以后，只要放假就会尽可能回国，有时只会回上海，而不回普陀山。他也来过日本两次，我最后一次见他，是在去年五月。之后他就回国了，在国内被人暗杀。同舟会的人应该没有发现，其实我在做地下工作。不用说，这都是受他的影响。这份工作很危险，他就是为此丢了性命。然后……我听到这个消息时，发现自己已经怀孕了。在陌生的东京，我应该找谁商量呢？我能依靠的只有你的母亲了。既然怀了孕，就必须为孩子找个父亲。就像我刚才说的，我要找一个人扮演我丈夫的角色。你的母亲说，知道所有的事情后依然会愿意扮演我丈夫的角色、扮演孩子父亲的角色的，只有两个人，一个是你，一个是吴康。但是你就算能成为我的丈夫，却无法扮演好丈夫的角色，而吴康也许可以。你母亲将事情告诉了吴康，他接受了这件事，后面的事……你都知道了。”

芳韵站起身：“我说完了。”

世航正想抱住她，芳韵突然转身背对他，哽咽道：“我好害怕……我喜欢你，越来越喜欢。但是我可能会害死我身边的男人。你看，靠近我的两个人，他们都死了，而且死于非命。我好害怕，就算是这样，我还是想要得到幸福。我没办法得到幸福吗？这也太……”

世航从背后温柔地抱住了她。“去追求幸福吧，你有这个权利。”

“谢谢你。但是我还是害怕，我好担心你。今晚我先回去了。如果可以的话，我希望还能见到你。这个，你一会儿要记得看。”她轻轻地将一张对折的纸放在床上，跑出了房间。

同登彼岸

1

同登彼岸。

这是普陀山海岸的牌坊匾额上的文字。上岸的时候，这四个字在温世航心里一闪而过。四个金字在阳光下闪闪发光，刺得他一时闭上了眼睛。映入眼帘的只有文字上涂着的金泥的光芒，文字本身并没有刻在他心中。

而在不到一天的时间里，这四个字深深印在了他心灵的最深处。

但是我不想一个人去。

心有所爱的人一定都会这样想吧，“同登彼岸”也包含了这样的心情。不光是彼岸，就算是地狱，也要两个人共同前行。

芳韵离开后，世航回想起上岛时最初看到的那四个字——同登彼岸。

过了很久，他才想起芳韵留在床上的字条。

世航伸手想拿起字条，它仿佛远在天边，又仿佛触手可及。世航拿起字条打开，房间里没有电灯，但字条上的文字清晰可见——不知云彩在何时已经飘散，明亮的月光洒满了整个房间。

“明天如果是个晴天，晚上八点在海岸边‘同登彼岸’的牌坊匾额下见。”

世航重新将字条对折，贴在脸旁。

他觉得不可思议，芳韵刚才也想到了“同登彼岸”吧，才在字条上写下了这样的话，就像看透了他的心思。这张字条不是她走进房间后写的，而是事先写好后留在这里的。看来她一开始就想好要拒绝世航独自离开了。

还有一天一夜，世航想到还要过这么久才能见到芳韵，不禁茫然若失。他从来没有觉得时间走得如此之慢，他辗转反侧，始终无法入睡。明天，世航想以最好的状态去见她，这样一想反而更睡不着了。

虽然睡眠不足，但第二天一早，世航依然觉得神清气爽。一想到能见到芳韵，他浑身精力充沛。

“今天我带你去佛顶山吧。”吃完早饭，慧空来到世航的房间。

世航说：“你很忙吧，我一个人去就好，在这座山上也不会迷路。”

慧空干脆地同意了：“那就听你的。”

“没问题的。”世航拿起桌上的导游手册轻轻挥了挥。

导游手册上说佛顶山海拔二百八十三米，又名白华顶、菩萨顶，是普陀山的最高峰，山顶有慧济寺。

普陀山寺庵众多，慧济寺与普济、法雨两寺并称三大禅林。在这三座寺庙中，慧济寺历史最短——明代僧人慧圆创慧济庵，到了清代乾隆五十八年（一七九三年），由能积僧扩庵为寺。现在寺院中的建筑大多是二十世纪以后建成的。

走出普济寺的山门，几名轿夫走上前来劝世航坐轿子。

“我看起来才多大年纪？”世航推开他们，表示自己还没有到需要坐轿子的年纪。其中一名轿夫戏弄他，说：“少爷有七岁了吧。”世航没有理睬轿夫们，径直朝佛顶山走去。

“七岁的少爷，已经娶到老婆了吧？”

背后不断传来嘲笑声。然后，是一个女人尖锐的叫声：“不要，不要！”

“你裹着个小脚要去哪儿啊？”

“走到白华顶，天都要黑了。”

“大半夜的你要怎么回来啊？”

轿夫们七嘴八舌地吵嚷着。

“不用你们担心。今晚月色会很好。”女人回嘴。

以世航的脚力来说，爬上佛顶山并不是什么难事，难熬的是炎热的天气。农历六月称为伏天，夏至以后的第三个庚日是初伏的开始，第四个庚日是中伏的开始，立秋后的第一个庚日为末伏的第一天。三伏是一年中最热的时节。

“明明还没进入初伏，今天还是很热啊！”

听到端早饭的火工僧的话，世航便问他今年的初伏从什么时候开始。

“下周日。”火工僧回答。今天是周一，距离初伏还有六天。

“这座岛上的暑气混杂着海风中的潮气，会有些黏糊糊的啊。”火工僧说着走出了房间。

走在山路上，世航觉得，无论有多热多潮湿，只要今晚能像那位女子说的一样月明如水，一切就都能忍受。

世航大汗淋漓，这倒没有关系，他只担心弄湿了衬衫胸前口袋里那张芳韵写给他的珍贵字条。他不时扯一扯胸前的衬衫，尽量不让它接触到汗湿的皮肤。

2

世航在上午爬上了佛顶山，归途中去了一趟法雨寺问候印光法师。

法师说：“是慧空在照顾你吧。”印光法师也听说了世航来到岛上的事。

世航回答：“他也很忙，我尽量不想给他添麻烦。”

“这样就好，这样一来你也自在一些。”印光法师笑眯眯地说。

世航觉得岛上的人都有着相似的笑容，无论是芳韵、慧空、火工僧还是荞麦面馆的老板，还有眼前的印光法师，他们的笑容深处仿佛有着某种共通的东西，世航现在还没有看出那是什么。

他向印光法师告别时，法师挽留他说：“已经中午了，在这里吃过午饭再走吧。”

“但是，普济寺那边会为我准备午饭。”

“啊呀，我来跟那边联系，那边有几百个人呢，不会在意这些小事。”

“也是啊。”世航低下头，笑着接受了印光法师的好意。虽然世航看不见自己的笑容，但他觉得自己的笑容与这座岛上人们的笑容变得相似了。

下午，世航在普济寺云集馆看书。他从卧室旁边的书库借来了国粹丛书中的一本《张苍水全集》。

苍水是明末忠臣张煌言（一六二〇年至一六六四年）的号。他出身宁波，是一位烈士，当地人现在依然会以他为豪。明朝灭亡后，他追随监国[1]鲁王朱以海在各地漂泊，曾经来过舟山。后来他参加了郑成功的北伐，但是在攻打南京时失败，便逃往浙江躲了起来。郑成功死后，他与其子郑经不和，在流亡政府内部被孤立。清朝屡次劝他归顺，但他始终没有折节屈从。清政府逮捕他后，在杭州将其处死。

书中有一首题为“登菩萨顶”的诗，写的正是世航上午登上的佛顶山。首句是“绝磴凌虚嵌佛龛”。

明末清初时，慧济寺里还没有像样的建筑，只是一座小小的庵。世航不由得在脑中勾勒起早上才看到过的寺院三百多年前的模样，他很擅长想象，而今天又有足够的时间。

下午三点多，慧空提着一瓶冰啤酒来了。

“我来送喝的。”慧空说的是日语。世航昨天听说他在日本住过一段时间，不过这还是第一次听他说日语。

“谢谢。”世航用日语道谢后，两人的对话又回到了汉语。

“苍水啊……”看到桌上扣着的书的标题，慧空挺直身子，抿着嘴。

“里面有一首《登菩萨顶》的诗。”

“啊，那首诗的颔联不错，我很喜欢读。”

苍茫远水横空碧，
历乱群峰倒蔚蓝。

“写得真好。”

“没错吧？”

两个人碰了下杯。

“仿佛眼前出现了一幅画面。”世航喝下半杯啤酒后说，喉咙里还留有啤酒的苦涩。

---

[1] 代理皇帝。

慧空说："要画出来可不容易。"

世航这才想起来慧空也是一位画家。

"是因为俯瞰的构图比较难吗？"世航询问着，又想起芳韵也会画画。她是女子美术学校的学生，应该说曾经是。虽然在同舟会中见过很多次，但世航从没有见过芳韵的画。

"这一点是很难，不过更难的是，画之前会陷入悲伤之中。"慧空说着，将剩下的半杯酒一饮而尽。

"会陷入悲伤吗？"

"没错，张苍水也是一样的吧。两千年前的梅福为躲避王莽之乱逃到了这座岛上。一想到我们的祖先是被赶到这里的人们，我就会心生怜悯，拿着画笔的指尖突然传来一阵犹豫。我曾经好几次想下笔，却怎么也没办法顺利画出来……真奇怪啊！"

慧空稍稍低下了头，世航为他倒满了酒。

"啊，谢谢你，"慧空喝掉了杯中溢出的泡沫，"不提画的事了，没有比绘画更难用语言形容的东西了。啊，我不是说你的研究，只是从画画的人的角度来说的。"

慧空知道世航在大学的专业是美术史。不知道是连绍柏还是芳韵告诉他的，又或者他在日本的时候就已经知道了。

"我也经常觉得用语言来解释画作是白费力气。"

"对了，"慧空改变了话题，"我今天必须接待从宁波来的信徒，你晚饭想在哪儿吃？寺院还是荞麦面馆？"

世航回答："我在荞麦面馆吃。"

"我不能陪你去了，从早上开始就很抱歉啊！"

"没事，你不用在意。"

世航觉得慧空说不定知道自己今天晚上要和芳韵见面。只要芳韵不说，慧空就应该不会知道；芳韵应该也不会告诉他，也许慧空是凭直觉猜到的吧。

"十三日的月夜正适合散步，普陀山的月夜很美，你一定要看看月下波光粼粼的景色。"慧空说着站起身，看了看手中的杯子，闭上眼睛一饮而尽。

"好喝。"慧空将杯子放回桌上，微微一笑。

3

世航在月光下散步，沿着妙庄严路向下走。现在距离约定的时间还有十五分钟左右。走到能看见海岸牌坊的地方后，他突然加快了脚步，因为他看见了芳韵。周围还有零星几个来这里乘凉的人，不过他不可能认错芳韵的身影。

芳韵离开了牌坊，沿着山脚的道路匆忙向前走，看上去像在拼命加快速度。世航放慢了脚步，心想她也许是想和自己保持一定的距离。果然在世航放慢了脚步后，芳韵也稍稍放慢了速度。她没有回头，应该是敏锐地感觉到了吧。她穿着深色的衣服，一定是害怕被人看到。

尽管两人之间隔着一段距离，但只要能看见芳韵的背影，世航就觉得两人在相伴而行，心怦怦跳个不停。两人沐浴在同样的夜风中，世航觉得轻柔拂过后颈的海风仿佛是芳韵的呼吸。虽然放缓了脚步，但她并没有停下，在短姑码头右边走了不止十五分钟，来到一片被微微隆起的小山丘包围的海湾。

这里有几间小屋，海潮的味道很浓。

“我都出汗了。”芳韵说，世航在站着的地方能听到她的声音。

“因为走得很急嘛。”世航说着，不知道芳韵有没有听见自己的声音，因为海风迎面而来，将他的声音吹向了身后。

走到海湾的沙滩上之后，芳韵终于停下了脚步，弯下身子似乎想要脱鞋。世航追了上去。

“我身上都是汗水。”芳韵又脱下了裙子奔向大海。

她边跑边说：“你没有出汗吗？”

“好，我来了！”

芳韵畅游在夜色中的大海。她在海边长大，水性很好。不过世航的速度比她更快，很快就追上了她。他想在水中抓住芳韵的肩膀，芳韵却扭动着身体潜入水中，在水中用双手抓住世航的右腿，将世航拉进水中。

两人在水下拥抱住对方，纠缠着浮出水面。

“汗水都冲掉了。”芳韵说着推开世航向岸边游去。虽说在游，其实两人离岸边并没有太远。

世航上岸后说：“没有能擦身子的东西啊。”

“去那边的小屋吧。”芳韵指着最近的小屋说。

“那里有毛巾吗？”

“没有那么高级的东西。”

芳韵在沙滩上跑着，抓起两人的衣服和鞋子冲进小屋，世航跟在她的身后。

“就像在做梦一样。”结束了一个长长的吻，世航轻轻咬着芳韵的耳垂，在她耳边窃窃私语。

“我反而觉得好像从梦中醒来。以前的一切都是梦，现在才终于找到了真正的自己。”

4

第二天傍晚，慧空来找世航说：“芳韵坐今天的船去上海了。”世航很生气。芳韵明明昨天就知道今天要离开这座小岛，在海湾的小屋里为什么一句话都没对他说？两个人明明都那么亲密了。

“是吗，她也很忙啊！”世航压抑着愤怒，尽可能装出一副平静的表情说。

慧空说：“是啊，因为她的宝宝在上海嘛，宝宝还小，不能完全交给奶妈照顾。其实你来岛上的那天她就打算乘船去上海了，但是因为知道你要来，她为了见你延期了两天。”

世航的愤怒一转眼就烟消云散了。他问慧空：“她住在上海的什么地方？”

“不知道，”慧空稍稍皱了皱眉头，“不知道为什么，她甚至没有告诉父母自己住在什么地方。她自己说是为了躲连绍柏。她对父母说如果绍柏剃度了，她就说出自己住在什么地方。但是我总觉得其中还有别的原因。”

“她就这么想逃开绍柏吗？”

“嗯，所以绍柏走后她才回来。”

“芳韵人在上海，是谁告诉她绍柏离开普陀山了呢？”

“真没办法啊，”慧空摸着发青的和尚头，笑眯眯地说，“我坦白，是我说的。但是我真的不知道芳韵住在哪里，我只是联系了一个在上海的人。”

“那个人是谁？”

“世航啊，实在抱歉，这件事我不能告诉你。”慧空收敛起笑容，表情严肃地说。

世航没有再追问下去了。他知道不管发生什么事，慧空都不会开口。

世航也有自己的猜想。芳韵说孩子的父亲被人暗杀了，那个男人一定在做危险的工作，芳韵和他结合也一定是因为思想上有共鸣，说不定芳韵也在做同样的工作。如果是这样，她就必须隐藏自己的住处，逃避绍柏的追求不过是借口而已，这个借口可不太高明。

世航心想下一次她也许就会拿自己当借口了。只要能帮上芳韵，就算是再糟糕的角色自己也可以接受。既然芳韵已经把身体交给了自己，就说明她已经信任自己了，但并不打算让自己成为伙伴。两人的交谈中从来没有提到这方面的话题。

就算芳韵想发展世航成为同志，应该也不是她一个人能决定的事情。可能正因为她爱着世航，才没有把他卷入危险的工作中。

芳韵是思想先进的女性。世航回想起她在同舟会中的发言，发现她一直在用科学的角度观察事物，不像是讲究迷信和吉凶之兆的人。而她却异常地执着于在两人之间不提“结婚”二字，也许是害怕结婚会连累世航吧。

世航问慧空：“你也是她的同伴吗？”

“真没办法啊！”慧空又说着同样的话，这次没有浮现出那种迷惑人的笑容，说明他并不否定世航的问题。

“我有很多事想问你。”世航盯着慧空的脸说。

虽然慧空依然带着微笑，却摇了摇头，只是说：“现在还为时过早。”世航明白无论自己怎么求他，都会是同样的结果。

世航耸了耸肩，说，“如果你什么都不愿意说，那我继续留在岛上就没有意义了。”

慧空说：“你是来见绍柏的吧，他在天童山。”

“你能告诉我原因吗？”

“嗯，这件事没什么好隐藏的。我之前已经说过了，绍柏失恋后想要出家。芳韵的父亲觉得，被女儿拒绝的男人如果在这个岛上出家的话不太好。”

“我明白。芳韵的父亲是怕以后不好相处吧。”

“所以他拜托岛上的法师们介绍绍柏去别处出家。法雨寺的印光法师给天童山的长老写了介绍信，让绍柏带去。事情的经过大致就是如此。他现在应该还在天童山，你打算怎么办？”

“既然知道了他的行踪，我就不得不去一趟了。”

“现在要劝他已经太晚了。”

“但是我必须对他父亲有个交代。我要去一趟，希望印光法师也能给我写一封介绍信。”

芳韵已经不在普陀山了，世航没有必要继续留在这里。

原本他是来普陀山查看绍柏的情况的，现在已经知道了他出家是因为失恋。普陀山的法师们碍于芳韵父母的面子不能为绍柏剃度。根据慧空的说法，现在劝绍柏放弃出家为时已晚，也许慧空知道绍柏已经在天童山剃度了。

慧空说：“我来拜托法师吧。”

“那真是太谢谢你了……我觉得，也许出家是最适合绍柏的选择。”

“你也这么认为吗？其实我一直是这么想的。现在和以前不同，还俗也并非难事。我带着写生簿在外漂泊的时候，会觉得有时出家人比俗家人要方便。”

世航说：“你想做第二个弘一法师吗？”

当时，弘一法师的名字刚刚被世人所知。不过，在住在日本的中国人，特别是留学生之中，他早已是大名鼎鼎。世航也经常听说他的逸闻。

弘一法师，俗姓李，名叫叔同。他于一八八〇年生于天津，原籍为浙江平湖，比世航年长十八岁。他原先在上海南洋公学师从蔡元培，因罢课而退学；二十六岁时，他去日本留学，在上野东京美术学校跟随黑田清辉学习了西洋绘画，三十一岁回国前也上过音乐学校；回国后，他在各个学校担任过绘画和音乐教师；三十七岁（一九一六年）在南京高等师范就职时，他在西湖虎跑定慧寺绝食十七天，自觉身心灵化。两年后，他在杭州灵隐寺慧明法师那里受具足戒，正式出家，法名演音，号弘一。出家后他依然没有停止艺术活动，周游各地。

世航在上海读小学的时候，曾经学过一首《祖国歌》。其中有一句“我将骑狮越昆仑，驾鹤飞渡太平洋”。世航觉得这句歌词气势雄壮，很喜欢唱，他记得母亲听到后告诉过他，这是李叔同先生去日本之前创作的歌曲。到了日本之后，他经常听到李叔同的名字——李叔同是第一个导演话剧的留学生，当时他还在美校读书。他导演的是《〈茶花女〉遗事》，表演时亲自穿女装、扮演女主人公玛格丽特。世航在父亲去世后被母亲带到日本的那年（一九一〇年），李叔同回到了祖国。在京都上大学的时候，世航听说了李叔同出家的事。

“中国的知识分子，特别是喜欢艺术的人，是不是情绪都不稳定呢？”

世航听到这里消息后受到了打击。他自己打算学习美术史，所以此事不能说与自己毫无关系。

慧空说：“弘一法师今年五月来过这里。”世航自然不知道此事。

“两个月前吗……真可惜，我想见见他。”

“他现在应该在温州庆福寺。”

“那……”

世航的计划是在天童山见过绍柏后，从杭州回到上海。温州在相反的方向，而且距离遥远，交通不便。

慧空说：“像弘一法师这样的人物，不应该特意去见，偶尔碰到时再与他交谈就好。”

5

眼前是一座绿色的小岛，余下的都是水墨画的世界——根据老人的说法，世航最初的记忆就是他三岁时在前往普陀山参拜的船上看到的景色。当时并不是从上海，而是从宁波上船出发的。

天童山距离宁波市约有三十公里。世航自然选择了从普陀山的短姑码头上船前往宁波。二十年后，他又一次踏上了同一条路。他本以为，亲眼看到舟山的群岛能够找到些线索，让模糊的记忆变得清晰。但是期待落空了，他甚至担心会因为看到了现实的风景，让珍贵的记忆消失。因此，世航决定尽量不去看周围的景色。

四个多小时后，船到达了甬江河口，又从甬江逆流而上，一个半小时后到达了宁波的防波堤。

一位常常出入于天童山的商人在防波堤上迎接世航。他姓梁，双手举着写有“温世航先生”五个字的纸，所以世航知道他是来接自己的。世航询问后得知，是普济寺的慧空拜托他来接自己的。

“他给您发了电报吗？”

“不，是昨天乘坐最后一班船的人给我带了信。”

看来慧空很擅长联系别人。

因为世航中午从普陀山出发，到达宁波的时间不太合适。他决定第二天一早再去天童山，今晚就在梁先生介绍的旅馆住一晚上。

普陀山普济寺是一座巨刹，而太白山天童寺的规模比普济寺更大。

天童寺的建寺时间很早。最早是西晋僧人义兴在东谷结庵，世航从旅馆中借来的导游手册上写着，那年是西晋永康元年，也就是公元三百年。义兴热爱东谷的山水，最初在此处盖起简陋的茅屋用于修行。当时东谷附近并无人烟，却有一位童子每天前来送柴火和水。手头富裕后，义兴建起了精舍。建成后，童子说：“我是太白金星，大师笃于道行，感动玉帝，命我化为童子前来护持左右。如今大功告成，特此告辞。”言讫，童子消失不见。因此一旁的山名为太白。寺庙扩大后，因东谷地域狭小，于唐代至德二年（七五七年）迁到今天的位置。东谷的旧址被称为“古天童”。

十二世纪到十三世纪，从日本到中国留学的荣西、道远在此修行。因此，日本禅宗奉天童寺为祖庭，甚至有人千里迢迢前来参拜。

寺庙前的万工池比普济寺的海印池更大，正面墙壁上有“东南佛国”四字，对面能看到天王寺曲线优雅的瓦片。虽然香客很多，但烟气并不像普济寺那样刺眼，也许是面积大的原因。穿过天王殿，绕到佛殿左侧，有一块区域似乎是办公区，摆着一排线香和般若心经等物品。世航见那里有几名僧人，便上前问道：“我想见上海来的连绍柏。”

一名二十岁左右的年轻僧侣反问道：“从上海来的？是香客吗？”

“我听说他从普陀山带着介绍信来这里出家了。”

听到世航的话，坐在里屋的一位年长的僧人看着他说：“是台湾人吗？”

“嗯，是的。”

虽然他刚才说是从上海来的，仔细一想，连绍柏的家在台湾，所以正确来说应该是从台湾来的。宁波的人有经商的才能，很多人在上海取得了成功，所以从上海来这里的人并不少见——因为其中有很多宁波人。与此相比，从台湾来的人几乎没有，所以才能被人记住。

年长的僧人将年轻僧侣叫了过去。年轻僧侣回来后对世航说：“请在养心堂等待。”世航听后便去养心堂等待。那里有三十叠之大，椅子都堆在角落里，应该是用来做法事的房间。后门开着，走出后门能看到一座小花坛，花坛后是一座仿佛快要向前倒塌的围墙。围墙外面是一片快要溢出来的绿色。寺庙被绿树包裹着，草叶的味道扑鼻而来。在这里，只有取之不尽的绿色。

“你终于来了。”

世航回过头，发现连绍柏就站在他身后，穿着中式的灰色长衫，很像僧衣。世航的目光自然是最先落在了绍柏的头上。

虽然是光头，但并没有像慧空那样剃得精光，而是平头的样子。只看他的发型分辨不出他是僧人还是俗家弟子。绍柏之前的发型是毫不讲究的半长发。

世航问：“你剃过头了啊？”

“这里有一位理发的专家。”

也许是因为走得太快，出了汗感到炎热，绍柏挽起长衫的下摆。他从房间的角落搬起一张翻倒的长椅，放在了房间中央。

“坐。”

“嗯。”

两人面面相觑，不自觉地笑了起来。绍柏应该已经从慧空那里听说了世航要来的消息。如果他和梁先生一样，是从昨天乘坐最后一班船来的人那里得知了这个消息的话，应该有足够的时间来准备与世航见面。

绍柏说："是我老爸让你来劝我的吗？"

"嗯，如果可以的话。既然你已经剃过头了，看来是来不及了。"

"不，现在放弃还太早，这是我自己剃的。受戒可不是这么容易的事。"

"就算有印光法师的介绍信也一样吗？"

"什么嘛，你在普陀山连这种事都听说了啊。无论有哪个法师的介绍信，受具足戒都有相应的流程。就连弘一法师都是七月先在定慧寺剃头，九月才在灵隐寺受戒的。"

"就是说你还没有出家吗？"

绍柏用手摸着头，说："也不能这么说，你看我的头发。"

"半出家吗？"

听到世航这样说，绍柏大声笑了起来。

"半出家，就是这样。怎么样，你要不要试着说服我？"

"好像没什么希望啊。"

"你不能一开始就放弃。"

两人并排坐在长椅上，绍柏稍一欠身，椅子就会向世航那边倾斜。

"就算不能说服你，如果问不出你出家的原因，我跑这一趟就太没有用了。"

"原因……"绍柏欲言又止。

世航说："要说是原因就太郑重其事了，如果说是心境，你应该更容易开口吧？"

6

"我想过安静的生活，仅仅是这样而已。我去过各个地方，但是我去的地方总是会发生骚乱。有的发生在我周围，有的发生在我心里。我这样的人想要安静的生活，就只能选择与世隔绝了。我也说不好，你能明白我的意思吗？虽然不知道我老爸能不能理解我，但是我希望你这样跟他解释。"

两个人打算边走边说，便从后门出去走到了花坛边，在围墙边的绿树下爬上坡道。

世航比绍柏年长，所以绍柏必须叫世航哥哥。但是他在和世航说话的时候，完全是同辈的语气。有时候会突然想起来，加上一些敬语。也许不光是世航，他跟所有人说话的时候都是这个样子。

“骚动吗？”世航深以为然。的确如此，绍柏是会招来骚乱的男人。他以为绍柏自己没有意识到，看来并非如此—— 绍柏很在意这一点。生活在尘世中，骚乱总会发生。所以他打算出家，断绝与世间的关系。这是邵柏的说法。

世航觉得还有其他的原因。也许就像慧空说的，被芳韵拒绝才是最重要的原因；又或者像绍柏的父亲想到的，僧侣的身份是他参加非法活动的伪装。如果是这样，普陀山的慧空也成了他的同伙。

就算还有其他原因，刚才绍柏说的话也一定是真的。没想到绍柏一直在认真审视自己。

世航问他：“你还在画画吗？”

“我出家可能也有这个原因吧。只要画画，就不会发生骚乱。”

“就像弘一法师那样吧。”

“不，完全不同。”

“哪里不同？”

“我在上海的报纸上看过弘一法师在出家后写给外甥的信。他说自己在浙江第一师范做了六年老师，又在南京高等师范兼职两年，培养了不少人才，弘扬了文艺，然后暂时结束了工作。他说自己在四十岁时完成了一项事业。我总觉得他是碰到了障碍无法超越。”

“这样的话就和你完全不同了，你才刚过二十岁。不过，除了要抑制骚乱以外，还有什么更具体的原因吗？”

“哈哈哈，你觉得我说的这个原因我老爸没法接受吧。”

“是啊。比如说失恋之类的。”

世航觉得开门见山地说出来比较好，然后悄悄观察着绍柏的反应。

“哈哈哈，”绍柏大笑着，肩膀颤抖，说，“你要这么跟我老爸说吗？挺好，这样一来老爸应该会觉得我是一时兴起，也不会担心了。毕竟我也想尽尽孝心。”

“那我就这么跟他说吧。但是再具体一些比较好，比如说对方是谁……”

“对方啊……”

“你有想法吗？”世航问过后陷入了自我厌恶之中，这不就和诱导盘问一样吗？如果绍柏说出了芳韵的名字，自己会陶醉在可憎的优越感中吗？问出口后，他开始祈祷绍柏不要回答。

“不能直接告诉老爸我被不知道哪里来的奇怪姑娘拒绝了吗？也是，如果要尽量具体一些的话……对了，就说是岛上的姑娘吧。岛上的姑娘……渔夫的女儿不错，是个好主意。”绍柏不住地点头。他刚才的大笑和现在的举止好像在隐藏什么事情，世航觉得不要戳穿他的秘密比较好。

天童寺最里面有一间罗汉堂。两人走到罗汉堂前，没有进去就原路返回了，在这段时间里两人都一语不发。

“对了，去拜一拜观音菩萨吧。”穿过法堂的时候，绍柏突然说。

绍柏知道芳韵在同舟会的昵称是观世音吗？在日本的时候，绍柏没有接近过同舟会，但并不能肯定他不知道此事。

观音像摆放在佛殿中，观音像后面是南海图案的雕塑。最奇怪的是，观音菩萨像圣母玛利亚那样包着头巾，披着粉色的长袍。

绍柏解释说：“新加坡的信徒捐献了菩萨的衣服。寺庙的人也很为难，但是如果不给菩萨穿上的话，就会伤害到捐献者的感情。所以没有办法，只能这样了。”

世航读出了粉色长袍下摆上的金字。

“弟子、香港、郑大旺。”

离开时，世航说：“不是新加坡，是香港啊！”

绍柏问他：“哥哥，你不用去香港吗？”

世航回答：“见到你之后，我应该就要去香港了。”

“商团最近很奇怪啊。”

“你都已经出家了，还对这些俗事感兴趣啊？”

“出家？哈哈，你也说了，我还是半出家。”

“是啊，还有一只脚踩在俗世中。”世航觉得绍柏似乎很清楚自己的行踪。只要在上海听到了世航的消息，就会知道他为了准备学艺大学的事去了广州。他从广州去香港的事应该也是从金顺记那边知道的。但是应该没有人知道他打算在香港探听商团的动向。刚才绍柏提到商团只是偶然吗？

绍柏说："今天的报纸上登了广州沙面的事情。"

世航没有看过今天的报纸。他居住的旅馆没有提供报纸。

"我还没有看报纸，沙面出什么事了吗？"

"沙面的英法租界决定从八月开始实施监督中国人的新法律。因此，在沙面工作的中国人全都停业工作开始抗议。报纸上说，参加罢工的人数达到了两千人。"

"新法律……对了，是打算严肃处理法国驻越南总督的事件吧。"

"听说这次罢工有国民党工人部的支持。"

"就算你只是半出家，也未免太关心俗世了吧，真是个糟糕的和尚啊！"世航盯着绍柏的脸。

"哎呀，再过几天我就要远离俗世了。你就当我是在恋恋不舍地环顾俗世吧。"绍柏说。

相反世界中的人们

1

在天童山见到连绍柏后，温世航回到上海，将这趟行程的经过汇报给舅父连远滋。他毫不隐瞒地说，绍柏出家可能是因为失恋，但并不知道对方是谁；在天童山谈过后，他觉得绍柏虽然关心政治，但目前似乎并没有参与到实际的过激活动中。世航还说，这只是他通过自己的感受得出的结论。

连远滋说："我知道了。我最近打算去一趟台湾，到时候会将此事告诉本家，你就不用特意跑一趟了。另外，广州那边的事，从孟善长的报告来看并不乐观。中华学艺社内部认为现在办大学为时过早的意见占了上风，所以那件事就作罢了。你怎么想？差不多该开始着手原本的工作了吧。"世航原本的工作是收集整理金顺记的记录。

世航说："我没有问题，随时都可以准备记录，但舅父很忙吧。"

"不，"连远滋挠了挠头，"历史嘛，还是从更早期的事情开始比较好吧？我还年轻，你先问问家中的长辈吧。"

"有谁知道上海金顺记最早的事情呢？"

"这个啊，"连远滋思索片刻后说，"最早的应该是香港耀记的老爷子了吧。"

"啊，是柯先生吧。他已经七十多岁了吧？"

"嗯，应该早就过了七十了，要问他就得趁现在。听说老爷子头脑还清醒……不过年纪大了什么都可能发生，还是尽快办为好。”

世航回答：“等我拜访过各个寺庙后就去香港。”他请求普陀山法雨寺的印光法师给杭州灵隐寺和天台国清寺等寺庙写了介绍信。

“你去了一趟普陀山，信仰变坚定了吗？”

“不，我是为了避暑。”世航有些不好意思。虽然谈不上信仰，但他很喜欢佛寺的氛围，也许是因为他在普陀山遇到了芳韵吧。在天童山，他也感到寺庙中带上了芳韵的气息。

在香港九龙的旺角码头附近，有一家名叫“耀记”的金银工艺师的店铺。就连世航都知道，这家店的主人柯培光很早以前曾是上海金顺记的员工。他从小就在金顺记工作，后来改行做了手工艺人。他想把自己的作品卖到金顺记，所以改行后也经常出入老东家的店铺。十几年前，柯培光的儿子在香港开了一家钟表店，一家人从上海搬到了香港。

“我是靠手艺赚钱，在哪里都一样。”柯培光曾经骄傲地说。其实是他特别疼爱孩子，受不了和孩子分开那么远生活。前不久，他的妻子去世了，他没有住在儿子家里，而是在旺角码头开了一家店铺，挂上了在上海时的招牌“耀记”。那家店铺是金顺记的房产，离他儿子的钟表店只有五分多钟的脚程。

“老头子是个爱逞强的人。”大家都这么说。他是个有名的怪人，世航从小就知道他，每次去上海的时候都会见到他——世航的母亲喜欢柯培光做出的工艺品，总是会找他订制，所以世航会去帮母亲取货。

看过浙江各大名刹后，世航先从上海回到了日本。

他很担心在广州商团里的赵锡堂。商团采取与孙文政府对立的态度。赵锡堂潜入商团，把为广东军政府探听情报当成了自己的任务。世航把羊城医院的黄简作为联络员介绍给了他，现在有些担心两人有没有顺利联系上。世航告诉母亲自己想尽快去香港，母亲叹了口气，说：“你不在的时候，远云去美国了。年轻人就是喜欢出远门。”

世航安慰母亲道：“因为大家都有很多想做的事情吧。”

“我明白。年轻人就像离巢之鸟，会展翅飞向远方。不过啊，出远门可以，但是我可受不了就在身边却觉得距离很远。”

"就在身边却距离很远？"

"是啊，我说的就是你。"

"我？"

"广东、台湾、香港、上海，或者是浙江的普陀山，你去哪里都好。但是回来以后，我却还是觉得你离我好远，像没在我身边一样。"

"您说的是什么话……"世航想要一笑置之，可是笑到一半却觉得自己的表情僵住了。

在普陀山的那一晚是世航人生中巨大的转折点。经过那一晚，自己仿佛变了一个人。当然，他的行为一切如常，没有人看出他的变化，天童山的绍柏和上海的舅父都没有。这变化是发生在他心灵最深处的，没有表露出来。但是，母亲还是发现了。

母亲说："你的心好像飞到了别的地方。"

"嗯，我的心飞到了南方，"世航自己都觉得这个解释太牵强，但依然强颜欢笑地说，"我必须要去采访'耀记'的老爷子，也担心赵锡堂啊。"

"你不用担心，我不会拦着你的。"母亲轻柔的气息吹进了世航心里，仿佛包裹着他的身体。

回到东京双烟馆的第一个晚上，世航辗转难眠。

2

旺角奶路臣街的小巷里挂着"耀记"的招牌。招牌做成了匾额，黄底红字，端端正正地挂在玻璃门上。招牌只是门牌的代替品，不是为了招揽客人。这家店只接受老主顾的订单，然后细致地制作，不需要其他客人了；如果可以的话，甚至希望减少现有的客人。

柯培光经常挂在嘴上的话是："我年纪大了，不想勉强自己，身体不行了。"

儿子的钟表店店主是"耀记"的总经销人，他曾经因为担心的父亲的身体而拒绝了所有订单。当时柯培光大怒，喊出了"你要杀了我吗"这样的话。他相信人如果完全不工作是会死的。

二楼有一间空房，世航就住在那里。他到香港后，在金顺记询问了情况，然后决定住在那里。杨景珠跟在太玄会会长陆慈泉身边，现在在广州附近。世航又通过羊城医院联系到了赵锡堂。两天后，赵锡堂来见了他。

赵锡堂刚一坐下，就开口说："刚好过了一年啊。"

世航说："是啊，就像是昨天刚刚发生的一样。"

一九二四年九月一日，两人在香港九龙旺角的"耀记"二层。这天距离关东地震刚好过去了一年。

"不，我觉得仿佛已经过去了十年之久，因为发生了好多事。"赵锡堂用拳头敲着自己的膝盖。他在留学生活告一段落后回国，没能顺利实现在军校就职的愿望，而是在训练商团的私人武装——不得不说，确实发生了很多事情。

世航问："怎么样，局势如何？"

"不顺利啊！我经常会觉得这样下去不行。"

"是吗，事情越来越多啊……商团究竟是什么性质的团体呢？"

"我进去后才知道，商团就是一种军阀。我在上海长大，虽然知道军阀这个词，但并不了解它的实质。我感觉，自己是在为商团工作后才知道了军阀究竟是什么。"

"不错嘛，学到了很多。"世航是打从心里觉得这样很好。他之前还担心赵锡堂不得不在敌人的阵营中工作，恐怕会被敌人腐化。

"我一开始真的很惊讶。加入商团后，我发现商团中没有一个人觉得自己做得不对。孙文和他的政府是坏的，这在他们看来是理所当然的事情，没有一个人怀疑，所有人都认为这是毋庸置疑的。就跟我们理所当然地认为孙文和他的政府是正确的一样。"

"相反的世界啊。"

"是啊。商团中的人认为是孙文在欺负他们。政府要从他们身上收取以前没有的税金，所以收钱的人肯定是坏人。"

"他们的想法很明确。"

"真的很明确，就像初等算数一样。孙文将中国从军阀的统治中解放出来、保护中国不受外国帝国主义的侵略、制定新体制。而商团的人想不到，这些事情归根结底是为了他们。收税的人就是在欺负人，他们要反抗欺负他们的人。为了反抗，就要训练私人军队，在他们看来这没有什么不对的。”

“为了自卫……”

“没错。我明白了，所有军阀武装自己都是为了保护利益，自己赖以生存的利益。”

“是眼前的利益。他们怎么不想想，改造国家后就能得到更大的利益呢？”

“因为他们是那么贫穷，”赵锡堂的拳头更加用力地敲着膝盖，“如果眼前的利益受到损害就活不下去，根本等不到很多年后的利益。死了就一切都结束了。商团中虽然也有富裕的人，但基本上都是穷人。穷人为了自保拿起武器，难怪中国会有大大小小的军阀横行——因为有大大小小的穷人团体。”

“真是可悲。”

“我也悲观过，不过了解之后心情也变得乐观起来。大家都想要保护自己的生活，至少他们还有精力不是吗？总比坐以待毙，将一切交给命运要好。”

“就看你怎么理解了。”

“孙文先生也是在保护着利益，但不是自己的利益，而是国民的利益、整体的利益，不对吗？”

“说的没错。”

“为此必须要有武力，所以他才创建了黄埔军校。商团供养私人武装，在本质上也是一样的道理吧。在中国，只能靠自己的力量保护各自的利益，法律不会保护我们，现在也没有可能靠得住的政府。哎呀，我的口气太像演讲了。”

“不，是出色的演讲。因为没有人会保护我们，所以我们只能自己用武力保护自己。这是军阀的基本想法。不过，所有军阀都是这样的吗？”

“我说世航，现在这个世道，我们要尽量乐观地考虑事情。”

“我同意。”

“但不管再怎么乐观，现在商团和广东军政府的关系都是悲观的。要说原因，就是因为商团的背后有外国势力。如果孙文先生能克服这个困难，事情才能变得乐观。”

“商团的利益和各个外国的利益一致啊。”

“正是如此。总之我先给你说说事情的经过。”

赵锡堂从口袋中取出笔记本，放在桌上打开。

今年五月，广州市政当局提出了《统一马路两旁铺业权办法》的征税计划，广州商人激烈反对，计划实施总罢市。

孙文政府的周边被客军军阀包围，实际统治范围只有广州市附近。在财政方面，作为商业都市的广州市只能靠征税取得收入，广州市的商人自然背上了沉重的负担。为了保护自己的利益，商人组织了罢市。但没有武力做后盾，反抗就不会成功。于是，商团雇用了私人武装——有势力的商人大都拥有自己的武装，商团则将这些武装联合了起来。这时，政府全面同意了商人们的要求，事态暂时平息。但如果今后政府再次提出对自己不利的政策，必须有武力作为后盾。因此，商团私人武装的联合和强化就这样继续了下去。赵锡堂就是在这时被商团雇用。

广州商团购买武器，打算建立一支对抗政府的武装。广东军政府不允许他们购买武器——世航就是在这个时期离开的香港。

赵锡堂说：“你去台湾是七月上旬，之后一段时间暂时处于平稳状态，不过购买武器的事依然在暗中进行。”

“你应该是在训练商团武装，怎么会知道购买武器的事？”

“购买武器的事在香港进行得挺明目张胆的，我也稍稍听到了一些密谈的内容。比如陈廉伯联系了英国、得到了反对孙文先生的陈炯明等客军的支援之类的事。我每次听到这类事情，都会向黄简汇报。”

“谢谢你。这对革命势力来说应该是珍贵的情报。”

赵锡堂看了一眼笔记说：“但是进入八月，局面终于开始发生变化。”

3

赵锡堂看过笔记后抬头说：“商团正面提出了购买武器的申请，大本营当然不会同意。这是八月四日的事情。”

温世航那时在上海，在报纸上看过简单的报道，但并不清楚详细情况。孙文于前年就任大元帅，他的政府被称为大本营。

世航问：“那时武器已经在运输途中了吧？”

“是啊。从英国商人手上买到的武器已经装上了挪威船‘哈佛’号，开往广州。八月十日，蒋介石在孙文先生的授意下查抄了这批武器。广东军政府自然是事先知道的。”

“关于武器的数量，上海报纸的报道各不相同。”

“五千支步枪、二百万发子弹，还有迫击炮和手枪、弹药……我听到的就是这些。”

“上海的报纸有的甚至说有十万支步枪。”

“十万太夸张了。广州附近的军队、政府军、客军、杂军加起来都不一定有十万人……商团的武装大约只有两千多人，是我训练的，这个数字不会有错。不过现在正在征兵中，人数可能很快就会增加一倍。现在经济不景气，商团能发出工资，很快就能征到兵。来商团的人中也有没考上军校的人。”

“是啊。只要想征兵，多少人都能征来。不过一旦打起来，逃走的人也会很多吧。”

“当然。不过，这是对孙文政府的威慑，人数多的话效果更好，商团的人应该是这样考虑的。”

“商团在武器被查抄后，发动了罢市，并向外国发电报请求援助了吧。”

“不，现在这个阶段还只是在准备罢市。他们给北京的外交使团和总税务司发了电报，当然也要求孙大元帅返还武器。就在这个时期，商团联合成立的相当于总司令部的联防总部，之前我们一直是‘总部’‘总部’地叫。”

世航点点头，说：“这是国民革命和外国买办之间的战斗啊！”

现在，曹锟是北洋政府的总统，顾维钧是国务总理兼任外交总长；南方则是孙文任大元帅，政府所在地称大元帅府（大本营），广东省省长是廖仲恺。

作为义和团事件的赔偿和其他各个条约中的外债担保，中国的关税要先交给外国。扣除每年需要偿还的数额后，再交还给中国政府。总税务司由英国人担任，交还给中国的部分叫作“关余”。南北对立时期，北方分得百分之八十六点三，南方分得百分之十三点七，这可以说是各个国家对两个政权的实力认定。

外国人的总税务司负责给中国政府分发关税收入，所以比政府的财政部更重要。另外，各国公使都不在广州，而是常驻北京。商团给北京的各国公使和总税务司发了电报，可以说将此事完全拜托给了外国人。

赵锡堂说："那些家伙真是恬不知耻。"

"恢复关税自主权明明是中国人的夙愿。"世航不由得摸了摸胳膊。

因为南方的护法军政府分裂，总税务司从一九二〇年开始，停止将百分之十三点七的关余交给南方政府。孙文要求总税务司交还一九二〇年以来的全部关余，但没有成功。孙文等人对此咬牙切齿，但因为北伐，只能将此事推到国民革命完成以后。

"你是这么想的吧，"赵锡堂微微撇了撇嘴，说，"我也一样。我过去一直以为，只要是中国人都会这么想。进入商团之后，我才发现并非如此。他们岂止是能容忍，甚至还会赞美外国人的总税务司。这对他们来说是不容置疑的。"

"真的是相反的世界啊。"

"完全相反。他们的想法是：如果让中国人来管理关税，就会将收入装进自己的口袋。别说偿还赔偿金和外债了，连收税的能力都会消失，变得支离破碎。孙文提出征收马路税这种营业税的时候，他们也条件反射地认为，如果恢复了关税自主权，就会征收很高的进出口税金。他们也有他们的危机感，只不过这与我们的危机感完全相反。"

"没有政府许可，不能进口武器。这是我们的，不，在世界范围都是常识吧。这也是相反的吗？"

"他们首先就不认同大元帅是政府，从发电报的方法也能看出来。对他们来说，能靠得住的就是外国公使和外国人总税务司。"

"大元帅府派蒋介石去黄埔查抄'哈佛'号上的武器，全部没收了。"

"这种处理是应该的。"

"在政府内部，人们有各种不同的想法；而在商团里，也有一部分人认为，以武力对抗大元帅府是过激的行为。"

"哦，这么说来也不是完全相反的世界。"

"嗯，虽然人数很少，但确实有明智派的人。我做了一份商团干部的名单，写下了他们的思想倾向交给了黄简。我想告诉大本营，商团也并非铁板一块。知道了这一点，他们自然就会明白，像此前那样妥协、让步的话，会削弱对方阵营中明智派的力量。”

“是吗，应该坚决地处理啊。”

“省政府在八月二十日发布了逮捕令，要求逮捕广州商团团长陈廉伯和副团长陈恭受。”

“是吗？所以才相继发生罢市啊。”

“逮捕令发出后，陈廉伯从广州去了佛山市。商团联防总部在那里召开了大会，下达了罢市的指示。这次罢市十分激烈，完全不使用中央银行的纸币。”

“但是他们始终坚持要求政府归还武器啊。”

“于是政府取消了逮捕令，大本营颜面尽失。陈恭受成为商团司令，给英国代理总领事翟比南送去了求援的书信。”

“果然是买办集团。”

“虽然最好的办法是以坚决的态度对待那些家伙，但是我方也有不同想法的人。很多人认为，应该把没收来的武器分给农民军和学生军，以此强化国民革命军。不过也有人认为这样不行。”

“是客军吧。”

客军是在广东各地割据的小军阀，基本服从于孙文政权，不过这只是为了明哲保身，观望情势。其中，有人想从孙文政权中搜刮些利益，性质最恶劣的则想取而代之。陈炯明就是其中一个。对隶属于大元帅府的客军来说，国民革命军的力量越强，就越会减弱处于同一阵营中的他们自身的力量；相反，直属大元帅的军队变弱的话，他们的地位就会提高。他们希望商团不断军事化，使革命军在与商团的对决中消耗有生力量。

“向他们收取罚金后，交还武器不是挺好吗？”

客军中有人提出这样的意见也不奇怪。

赵锡堂说：“本来客军自己也是肆意购买武器，才成了小军阀。虽然有通过申请获得许可的规定，但他们并不十分理解，甚至有人真心觉得，没收武器是妨碍他人生意的错误行为。”

4

商团将联防总部转移到了广州市西南方的佛山市，并在广州的西关集结力量，这里与广州市向东到黄埔的距离几乎相同。

大元帅府的外交顾问陈友仁向广州法国领事馆传达了政府的意向，希望用武力扫除西关。陈友仁是生于英属特立尼达岛的华侨，在英国取得了律师资格，回国后成为孙文的顾问，以国民党左派的身份受人瞩目。他将此事告知法国领事，是为了让对方向各国领事传达此意图。

“八月二十八日，日本驻广州总领事天羽英二会见了广东省长廖仲恺，希望政府不要攻击西关的商团。”

世航说：“这样啊，天羽先生是接到了日本外务省的命令吧。”他在东京的舅父连远志和就职于外务省的天羽交好。世航的箱子底部放着舅父写给天羽总领事的介绍信，还没有用过。

“在他们见面的几天前，英国总领事翟比南发来了警告：如果用炮舰炮击广州商团，英国海军会立刻出动。这可是严厉的通牒啊！”

“孙文先生一定很生气吧。”

“当然了。不过客军的那些家伙认为这是个好机会。外国的干涉越强，越有必要妥协吧。日本总领事访问省长时，应该也确认过英国总领事的文件。毕竟总领事的发言代表国家，这可不仅仅是威胁。”

“英国海军真的会出动吧，之前为了关余的事，军舰也真的开过来了。”

“所以客军首脑、云南军长范石生及廖行超介入政府与商团之间调停。首先由陈廉伯和陈恭受道歉，然后政府撤回逮捕令。商团向政府交出五十万元，虽然其中包括了广州市一个月的房屋税，总之就是通过捐款拿回了武器。”

“这样就谈妥了啊。”

“这是三天前的事，所以我才能来见你。其实禁足令一直持续到昨天中午，因为不知道情况什么时候会发生变化。”

“孙文先生一定气到不行了吧。”

“听说大元帅直到最后都没有同意，事情是瞒着他进行的。如果不这样做，就没办法解决。昨天，我听黄简先生说，有很多人提出，这样一来就会有人对大元帅的统治力说三道四，没有办法，建议孙文先生还是同意比较好。但是，孙文先生最终还是表示，这次让步完全与他无关，保留意见后，通过了这项决议。”

“虽然我们认为这是让步，不过对方真的认为这是让步吗？毕竟他们的世界和我们相反。应该会有人叫嚷政府收了他们五十万元，是不讲理的行为吧？”

“确实是有。不过就像我刚才说的那样，商团内部也有各种问题。既然武器拿回来了，就万事大吉；而且持续罢市也需要大量的军费，他们也想尽早解决。”

“这样一来，这件事就解决了吗？”

“不是……”赵锡堂摇了摇头，“武器要在九月十日左右交货，不知道会不会顺利。”

“学生军都怒不可遏吧。”

“商团那边也有怒不可遏的人。”

“今后还会发生各种事吧。就像你说的那样，之前也发生了不少事。”

“是啊。你离开香港才两个月，就发生了这么多事。我就在漩涡之中，所以我说感觉像过去了十年可不是夸张。不过，也会有你说的那种仿佛一切就发生在昨天的感觉。”

“想到一年前的地震的话更是这样。”

“是啊，我们也经历了那次大地震。如今已经复兴了不少吧。”

“嗯，有些地方完全看不出来发生过地震。”

“我可能再也不会踏上东京的土地了。”

“不要说这种泄气话，我们不是在互相帮助吗？正是因为有你在商团，给了大本营不少帮助。”

“因为我在暗处吧。我在商团训练的事渐渐传出去了，一定有人在骂我是个狗东西，但是我不能说我是在打探商团的情况。如果说出来了，不只会丢了工作，也会丢了性命。我一直很小心，今天来这里的路上也确认了好几次是不是有人跟踪我。”

“你真是辛苦了。那么现在没有人发现吧？”

“我觉得没有，不过可能对方比我技高一筹吧。”

“务必小心。”

“谢谢你。”

“该由我来说才对，太谢谢你了。听了你今天的说明，我总算明白现在的形势了。”

“这样就好。”

“去吃饭吧。”

“好。去福味吧，刘继泰带我们去过的。他怎么样了？”

“商团好像很器重他，他现在是陈廉伯的秘书，应该在西关做着各种工作吧。我们走吧。”

“你不怕被别人看见和我在一起吗？”

赵锡堂说：“哈哈哈，你的话，在香港也没人认识吧。我去见黄简先生的时候会特别谨慎，和你在一起一点儿问题都没有。”

世航眯起眼睛盯着他，觉得这两个月以来他成长了很多。

5

“耀记”的老爷子柯培光去儿子的钟表店吃早餐了。虽然他邀请世航一起去，但世航婉拒了，他不想打扰对方一家人。旺角附近的餐馆一大早就开了门，街上有成排的小摊。如果是住在太玄会会长的宅邸，出门会很麻烦，不过在“耀记”就很方便。只要趿拉着拖鞋，打开玻璃门向外踏出一步，食物的香味就会扑面而来。

世航吃了一碗粥当早餐，然后买了报纸。“大元帅为商团事件对外宣言”的标题映入眼帘。

回到“耀记”二楼，世航读起了这份报道。孙文的对外宣言如下：

自广州汇丰银行买办（陈廉伯）开始公然叛抗我政府后，余即疑彼之叛国行动有英国之帝国主义为其后盾。但余不欲深信，因英国工党今方执政……故余尚希望至少抛弃从前以祸害、耻辱积压于中国之炮舰政策……不意八月二十九日英总领事致公文于我政府，声称沙面领团“抗争对一无防备的城市开炮之野蛮举动”；末段数语则无异宣战，其文曰：“余现接上级英海军官通告，谓彼已奉香港海军总司令训令，倘中国当局对城市开炮，所有一切可用之英海军队应立即行动。”……须知我政府对于广州全市或因不得已而有所举动之处，只有西关郭外之一部，而此处实为陈廉伯叛党之武装根据地。此项妄言所从出之方面，乃包含新加坡屠杀事件及阿立察、埃及、爱尔兰等处残杀行为之作者在内，故实为帝国主义热狂之一种表现……

……盖帝国主义所欲毁坏之国民党政府，乃我国中唯一努力图保持革命精神之政府，乃唯一抗御反革命之中心，故英国之炮欲对之而发射。

……今将开始一时期，为努力推翻帝国主义之干涉中国，扫除完成革命之历史的工作之最大障碍。

报纸中还报道了孙文向英国首相麦克唐纳发送的抗议电文。

世航读着这份报道，不自觉地端正了坐姿。报纸的角落里还有孙文任命谢国光为禁烟督办的报道。禁烟自然是指禁止鸦片。中国必须在进行政府革命的同时，进行精神革命——也就是改造人民，首先要做的就是取缔吸食鸦片的习惯。如今吸食鸦片的人数很多，只要人人都还在容忍这项行为，中国人就不能被称为健康的国民。世航来到“耀记”后才知道店主柯培光不住在附近的儿子家的真正原因：他在二楼的一个房间里吸食鸦片。

鸦片的味道充斥着二楼，甚至渗入了柱子中。昨晚，世航想去记录下柯培光对早年金顺记的回忆而去拜托他。

“今晚就放过我吧，我要去干这个了。”柯培光将右手的拇指和小拇指竖起，将其他三根指头弯下去说。这正是吸食鸦片的动作。

“老爷子，这对身体不好啊！”世航说。

“你说什么啊，鸦片是延长寿命的药啊。而且我都七十好几了，现在说要注意身体是会被人笑话的。”这就是柯培光的回答。

世航经常听人说鸦片是延长寿命的药，好像是说因为吸食鸦片后人会失去力气，不会勉强自己消耗体力。世航听到后很生气：这些人想要的是浑浑噩噩的长寿吗？

在当时的中国，一旦退休，周围的人就会做出柯培光刚才的动作劝你吸食鸦片。意思是之前一直在工作，退休后就浑浑噩噩地享受长寿吧。

世航折起了读完的报纸后，楼梯上传来了脚步声。柯培光在儿子家吃完早饭回来了。

“世航，听我说说过去的故事吧……”终于，柯培光走进房间，坐在了窗边的椅子上。他消瘦的脸上没有光泽，安详地眺望着远方。人们将这种相貌形容为“鸦片脸”。柯培光有一张典型的鸦片脸，但是和世航知道的吸食鸦片的人比起来，他倒是精力旺盛，也许是因为他还在做着手工艺的工作吧。

“好，我等您很久了。我正是为此事而来的。”世航拿出笔记本，做好了记录的准备。

“你准备得这么正式，我都不知道怎么开口了。”柯培光的目光中有不知名的悲伤。很多人吸食鸦片后会眼睛湿润，看上去仿佛含着泪光。

世航说：“您不要在意。这样吧，我只听您说，就不写下来了。我尽量记在脑子里，之后再写下来。请您随便说吧。”

“要说什么时候的事呢？”

“最早的时候。您是什么时候进入上海金顺记的呢？”

“那已经是六十年前的事了吧。我十四岁那年开始在金顺记帮工。就在我进入金顺记那年，那个汇丰银行开业了。我现在都没忘，当时大人们兴奋得不得了。”

柯培光说话时几乎没有眨眼，和鸦片脸不同，他的声音很精神。

“汇丰银行开业那年吗？”世航疑惑地问。他甚至不知道那家著名银行创立的年份。

柯培光扶着额角说：“就是洪秀全死后第二年。”

洪秀全服毒自尽、南京陷落那年是历史上重要的一年，所以世航记得——是一八六四年。也就是说，年少的柯培光是在一八六五年进入金顺记当童工的。

世航说："那是五十九年前啊！"

"是吗……嗯，明年就六十年了啊，啊呀，都过去那么久了，已经是很久很久以前的事了。我当年十四岁，是啊，今年我都七十三岁了。哈哈，没错，没错。"

柯培光微笑着。

6

"你是去了日本的宗基先生的外孙吧。我刚进金顺记的时候，你祖父还是个孩子呢！"柯培光说。世航的外祖父名叫连宗基，在世航父亲去世的前一年离开了人世。因为外祖父住在日本，世航住在上海，所以他几乎不记得外祖父的模样。如果外祖父还活着，大约比柯培光年轻十岁。

"啊，是吗……"世航点了点头。

"我和你外曾祖父很熟。他是个能干的人，大家都说他是几个弟兄中最能干的一个，不过到了四十岁以后才有的孩子。"柯培光从刚才开始就眯起了眼睛，仿佛眯起双眼就能看到过去的事情。

世航从小就经常听说，外祖父是外曾祖父年龄很大的时候才生下的孩子。据说是因为外曾祖父第一任妻子死在了他之前，他有很长一段时间都没有再婚；也有人说那段时间他一直潜伏在太平天国之中。后来他终于再婚，对象似乎也是跟太平天国有关的人。虽然他生孩子很晚，但他的孩子，也就是世航的外祖父结婚的时间，就算在当时看来也很早——他十六岁结婚，第二年就有了女儿，就是世航的母亲含章。

"抱孙子的年纪倒是和别人没什么区别。"

听说外曾祖父听到周围的人这么夸他还不太好意思。

"宗基孝顺，为了早点儿让老爸抱孙子，所以这么早就结婚了。"

夸赞世航外祖父的人也这样说。

虽然在孙子还在上小学的时候去世听上去很正常，但世航的外祖父死的时候才只有四十多岁。世航又盯着柯培光的脸看了看，这位老人比他十六年前就死去的外祖父还要年长。

“当时店里刚刚翻修过，店里的人都很有干劲儿。你的外曾祖父理文特别聪明，人又热情，我立刻就把他当成神仙一样尊敬了，家里的老人身体也健康。现在想起来都会兴奋不已，那时的气氛真好。”柯培光说。

他说的老人是家族中传说般的人物连维材，是金顺记的创始人。鸦片战争（一八四〇年到一八四二年）时，连维材与钦差大臣林则徐关系亲近，是林则徐身边颇有权威的顾问。少年柯培光进入金顺记当店员的时候，他应该已经七十多了。他很长寿，一直活到快九十岁。

“我再早生几年的话，就能让阿祖抱一抱我了。”世航的母亲经常这样说。连家称外曾祖父以前的先祖为阿祖。

“我当时还是个孩子，所以不大懂，那时经济好像很不景气。”

“虽然到处都不景气，但金顺记生机勃勃。因为更有干劲儿吧，金顺记比别的店领先好几步呢。理文先生是从日本回来的，如星夫人是从美国的大学留学回来的，带来的都是新东西。对了，如星夫人是你的祖母。我听说她还在世，已经有八十多岁了吧。”

毕竟是六十年前的事了。世航的祖母名叫如星，在家族中被称为“美国奶奶”，现在住在上海。世航在上海的时候也去见过她。舅父连远滋对这位“美国奶奶”，也就是他的姑姑说：“世航在记录家族的事情。他会来向您询问以前的事情，请配合他。”

但“美国奶奶”不理会他，大声笑着说：“我还没打算死呢！让他先去问别人吧，把我放在最后一个。”

“她是个美人啊，”柯培光继续说，“我当时虽然小，还是很惊讶世界上竟然有这么漂亮的人。总之，店里当时到处都是闪闪发光的。”

上海的祖母现在已经八十多岁了，过去美丽的影子依然清晰地留在她身上。世航很骄傲自己有个美丽的祖母。

少年时代的印象变得鲜活起来。虽说是新店，但金顺记后来又在新的地方建起了店铺。柯培光口中的二代店铺在二十年后也变得狭小了。之前，家族的人并不了解十九世纪六十年代到八十年代的金顺记是什么样子。祖母很快就结婚了，又去了美国，并不熟悉这间二代店铺。世航觉得，这次的收获就是从柯培光口中了解了二代店铺的布局和氛围。

柯培光在金顺记做了几年跑腿的伙计，还做过管理仓库、装船的工作，直到离开前也没有接触过关键的经商业务。他父亲也是手艺人，他小的时候就跟父亲学过些手艺。金顺记刚开始接受金银加工的订单时，有人对他说：“比起管理仓库，不如帮你父亲给金顺记卖手工艺品。”

于是他回到了父亲身边。

“这是你祖母对我说的话，如星夫人当时从美国回来了一段时间。我觉得如果是别人这么说，我就不会离开了。因为如星夫人这么说了，我才觉得这样好、这样好，于是便开心地离开了。这样一来，如星夫人就会高兴，所以我必须这么做。”说到这里的时候，柯培光睁开了眯着的眼睛。

世航每天都会听柯培光讲一些当时的事，同时查看香港金顺记保存的大量文件。说是保存，也许不如说是没有扔掉的破烂。账本、发票、发货单和提货单的副本、与交易方的往来书信……文件堆积成山。收到的信直接钉在一起，寄出的信则留下了胶版印刷的副本。

看上去像是懒得扔掉才被留了下来，现在却成了重要的文件，比如从中可以了解到各个时期具体的物价。世航从中选出了可以用作基础资料的部分，装了十二个捆包——这不过是全部文件的两成。他决定先把这些文件送回日本，在东京的双烟馆做整理工作。

7

温世航在香港停留了两周。虽然柯培光的话漫无边际，但从中能清楚地了解到上海金顺记二代店铺的氛围。世航在香港店中的破烂里也找到了几张上海二代店铺的照片，柯培光看到后，顺藤摸瓜一般摸出了各式各样的回忆。

赵锡堂从广州来过几次，按照他的说法，现在并不是平稳状态，而是下一次战斗的准备期。从“哈佛”号上卸下的武器，将于近期在未得到孙文许可的情况下还给商团。

“我们不接受范石生和廖兴超的调停，武器应该没收。世界上有哪个地方，会这样交还企图谋反的团体不经许可运来的武器的！”军校的学生们怒不可遏。不光是学生，集合了工人的工团军士兵也公开宣称要阻止武器的移交。

因局势不稳，大元帅府不得不延期处理关余问题、不得不在客军的调停下向商团让步，而这都是因为孙文政府没有被当成中国的正统政府。要想与以英国为首的帝国主义列强战斗，孙文必须先打倒北方军阀政府，名副其实地成为中国政府的领导者。

北伐。

两年前，孙文曾在桂林宣布北伐，但由于陈炯明的叛乱而被迫中止。如今国民党改组，准备再次北伐。

反帝国主义运动周从九月三日开始。这一周内的九月七日，是屈辱的《辛丑条约》的签订纪念日。

为贯彻执行反帝国主义运动，必须粉碎站在帝国主义一方的北洋军阀政府。

国民党召开中央政治委员会讨论北伐问题；中国共产党也发表了第三次对于时局的宣言。

孙文在九月十二日将广州交给胡汉民，前往韶关为北伐做准备。他认命心腹廖仲恺为军需总监。

与之相对，商团暂时保持沉默，开始准备第二次罢市。

世航从香港回日本之前，先去了广州。通过羊城医院的黄简，好不容易联系上了赵锡堂。由于商团的动作变得活跃，赵锡堂也相应地忙碌起来，不过他依然源源不断地向黄简传递商团的情报。

黄简说："哎呀，赵锡堂传来的情报里已经没什么机密信息了，商团已经开始明目张胆地开展反孙文行动，西关的训练也不再是秘密了。"

世航能和赵锡堂见面的时间只有二十分钟，形势紧急。

"我刚刚得到消息，我可能会有一段时间内无法自由外出了，所以希望你将向黄先生转达这件事。我去医院大概会过于危险。"

"你说的消息是？"

世航与赵锡堂见面的地方是他之前寄宿过的房子——沙面附近的西堤的民房。赵锡堂曾在这里与范鸿泰同住。因为有很多商团的军事顾问去了西关，赵锡堂以为他们寻找落脚处为借口，前来打听西堤的民房。

赵锡堂说：“虽然现在商团摆出一副高姿态，但是不久应该就会突然放低姿态。”

“这是战略吗？”

“正是。陈廉伯近期会表示忏悔，给孙文发电报宣誓效忠。大本营那边应该也清楚，千万不能相信他。是有一个女人指示陈廉伯这样做。”

“嗯？女人？”

“你也认识这个女人。”

“啊，是太玄会的陆女士吗？”

“正是。陈廉伯很信任她。在我看来，他就像中了催眠术一样，什么事都照她说的做。可以说现在商团的总参谋长就是陆慈泉。”

“是吗？那我姐姐呢？”

“啊，杨女士是副参谋长。”

“这算什么事啊……”

世航一下子躺倒在行军床上。

“有这种水平的司令部，商团也不足为惧了。现在陆慈泉的影响力太强，客军和商团无法顺利联系。这对我们有利，对我们……”

赵锡堂加重了“我们”二字，重复了两遍。

九月十八日，孙文正式宣布北伐。当时世航正在船上，他乘坐的船已经通过了台湾海峡。

徐炳年来香港的码头送他。他在八月军校的入学考试中落榜了，但没有太失落——他知道，没通过是因为他和体检的标准稍有差距。何况，军官学院在八月录取了第二期学员之后，十二月又会招募三期生。

世航拍着徐炳年的肩膀，说：“好好吃饭，要在十二月之前涨三公斤才行啊！”

回到东京后，世航在从上海送来的报纸上读到了《中国国民党北伐宣言》。

革命政府已下明令出师北向……出战之目的不在覆灭曹吴，尤在曹吴覆灭之后永无同样继起之人，以持继反对革命之恶势；换言之，此战之目的不仅在推倒军阀，尤在推倒军阀所懒以生存之帝国主义……

不过，虽然发表了北伐宣言，孙文暂时还无法北上。他还没有解决广东当地势力庞大的陈炯明和商团。陈廉伯在电报中表示忠诚和忏悔，想要动摇大本营，但孙文阵营事先已经得知了此事。

听广州的黄简说，孙文心里也认为，北伐还是放在一年后左右进行会比较好。

“到时，黄埔的雏鸟们也能长大一些了。”

如果继续这样征集杂军，无论过多久都不会有长进。为了建立起革命精神旺盛的军队，必须要有大量的年轻革命军官。一期生六月刚刚入学，国内的形势也需要再观察一段时间，要有效利用有限的力量。

九月二十四日，孙文制定并发表了《建国大纲》。

新浪潮

1

十月初，大元帅府特使李烈钧携家属和随员一起来到东京。他乘坐“亚洲皇后”号于九月二十九日抵达长崎。

李烈钧是日本陆军士官学校炮兵科的六期生，大家都知道他的日语能够达到母语者的水平。他出身江西省，在辛亥革命中当上了江西都督，后因反对袁世凯而在江西湖口起义，点燃了二次革命的烽火。他今年四十三岁，正值壮年，在孙文政府担任参谋总长。其实他早在陆军士官学校上学时就加入了中国革命同盟会，但二次革命后并没有参加孙文组织的中华革命党。虽然他不是孙文集团的直系人物，但依然是革命派的重要人物。关于孙文派他前往日本的原因，有各种各样的看法。

决心北伐的孙文想要获得日本的理解和支持，李烈钧有很多日本朋友，很适合这项任务。但是，在即将发动北伐的关键时刻派参谋总长出国旅行，还是让很多人感到意外。

“李烈钧是不是被排挤了啊？”

“不，真正的北伐暂时还无法开始吧。”

“难道与日本的秘密协约不是此行真正的目的吗？”

“是不是要谈购买武器的事？”

众说纷纭。

在批评者看来，由于国共两党的主义和主张不相同，国共合作进行得并不顺利。对此，李烈钧强调："如果相同的话就不是合作，而是合并了。合作正是指目的及大致的主张相同，细节部分略有分歧。不能将这部分分歧放大。"到达东京以后，他多次重申此事。

关于北伐本身，人们普遍认为脚下的广州尚且问题重重，不能简单地下此决心。广州的问题是指客军和商团。有人认为如果孙文离开广州，好不容易建立起的大本营、掌握在自己手中的土地就会被客军篡夺。虽然可以北伐，但是会无家可归。

李烈钧与华侨中有权势的人会谈，希望得到他们的理解和支持。连远志与李烈钧见面后，说出了自己的感想："我没办法相信政府已经和商团达成了完全的理解。虽然李先生不得不这样说，但是说到这里时，他有些缺乏底气。他也知道这不过是场面话而已吧。"

"你是最后见到广州情况的人，你有什么感想？"

听到母亲含章的问题，世航回答："广东军政府和商团是相反的世界。不能简单看成国民党和共产党的区别。虽然客军从中调解，军政府决定将武器还给商团，但孙文先生对此很不满。真的可以顺利还回去吗？"

含章叹着气说："希望北伐成功啊。"

连远志说："孙文的势力是我们唯一的希望啊。我也拜托李先生务必努力。"

"生意怎么样了？"姐姐含章问弟弟远志。

远志耸了耸肩，说："上海的店已经关门了，因为不知道今后会变成什么样啊。"

含章皱眉说道："天下大乱啊！"

"有什么我们能做的吗？"远志的妻子周环问道，双手合十。

2

中国似乎要发生大动乱。

世航八月离开上海的时候，江苏、浙江一带确实已经陷入了紧张的状态，但还没有到一触即发的程度，只是被笼罩在紧张的氛围中。如今过了一个月，紧张的氛围变得浓厚，覆盖了中国全境。

简要来说，这些年来中国的情况可以用“军阀混战”来形容。

在第一次世界大战中，日本趁列强无暇顾及中国之机，向中国提出了《二十一条》的无理要求。在巴黎和会上，在得知不能收回德国在山东的权益，也不能完全取消《二十一条》的无理要求后，中国全国展开了大规模的反帝国主义运动——一九一九年五月四日，学生在天安门前发起游行，称为五四运动。中国民族主义空前高涨。

“一战”结束后，列强再次回到中国，日本不再能保持此前的独占形势，英美与日本形成对立。中国的各派军阀倚靠不同的列强，列强的对立自然引起军阀的对立。

日本支持皖系军阀段祺瑞；英美支持与之对立的直系军阀曹锟和吴佩孚。

一九一七年前后，总统冯国璋和总理段祺瑞对立。两人原本都是袁世凯一手培养起来的武备学堂毕业生。冯是直隶省河间县[1]出身，段是安徽省合肥市出身。当时，人们根据领导人的出身，将北洋军阀中的两大派系分别称为直隶派和安徽派。安徽省简称“皖”。因此这两派也被称为直系和皖系。冯国璋引退后于一九一九年去世，曹锟和吴佩孚继承了这一派系。曹锟是天津人，是直隶出身；而吴佩孚却是山东人。皖系中，辅佐段祺瑞的徐树铮是江苏人。所以，虽然派系按照地名区分，但各派的成员并不是严格按照出生地区分的。

一九二〇年发生了“直皖战争”。

除了上述两个袁世凯系的北洋军阀外，还有以东北奉天为中心的军阀张作霖，张作霖原是马贼，被称为奉系。皖系频繁地侵入东北等奉系的地盘，因此奉系在直皖战争中选择支持直系。

这场直皖战争以直系、奉系联盟的胜利告终。除了奉系支援对手外，皖系更大的败因在于不受人民的欢迎。皖系段祺瑞能够维持政权是由于日本寺内内阁的援助。所谓的“西原借款”落入了段祺瑞手中，作为他收买国会的资金。皖系的军队由日本分配的军官进行训练，自然配备了日本式装备。不

[1] 现河北省河间市。

用说，五四时期民族主义运动高涨对皖系来说很不利。皖系军队四万余人被歼灭，段祺瑞发出下野通电，参谋长徐树铮逃往日本大使馆。

直奉联盟取得胜利后掌握了政权，但两者之间产生了矛盾——直系的后盾是英美国家；奉系则在皖系没落后得到了日本的支持。

一九二二年发生了“直奉战争”。这场战斗以直系的胜利而告终，奉系撤退到山海关以外。直系独掌政权，仿佛顺理成章一样出现了腐败现象。曹锟被选为总统，但这是因为他以每人五千元的价格收买了国会议员。这次事件被人们称为“贿选”。就这样，曹锟于一九二三年十月就任总统，那时刚刚发生了关东大地震。

人民自然对“贿选”这种赤裸裸的腐败行为感到愤慨。被直系击败的奉系和皖系利用人民的愤慨，开始了反直运动。

浙江的统治者是皖系的卢永祥将军。他发表了通电——当时会使用“通电”的形式向天下发表声明——表示不承认因“贿选”而当上总统的曹锟；奉系张作霖响应了卢永祥的通电。对此，站在中央立场上的曹锟、吴佩孚等直系决定讨伐反抗分子。

就在世航从上海出发去香港后，江浙战争爆发了。

如前所述，浙江由皖系的卢永祥占领，江苏是直系齐燮元的地盘。不过，虽然当时的上海市属于江苏省，却被掌握在曾经担任过上海护军使的卢永祥手中。在这样复杂的形势下，江（直系）浙（皖系）之战于九月三日上午时分在江苏省昆山拉开了序幕。世航从香港的报纸上了解到了战争的消息。

第二天，张作霖发表了支援卢永祥的通电。同日，卢永祥给孙文发去电报，催促他讨伐曹锟。两天后的九月五日，孙文发表了讨伐曹锟、吴佩孚的宣言。

九月十五日，张作霖的奉军兵分六路出发。第三军司令是张作霖的长子、二十六岁的张学良。这场战斗被称为“第二次直奉战争”。北京的曹锟任命吴佩孚为讨逆军总司令。奉军向热河与山海关进发。

驻北京的日本公使芳泽谦吉会见吴佩孚时提出建议：“如果直军进入奉天，请保护日本的既得利益。”

直军仰英美之鼻息，奉军则有日本的援助。也就是说，芳泽谦吉希望就算英美派系的直军取得了胜利，也不要影响日本的利益。日本当然希望张作霖的奉军取得胜利，但是也必须考虑奉军失败时的对策。

江浙战线上，皖系卢永祥的形势并不乐观——直系孙传芳从福建北上，对其形成了包围之势。

虽说是军阀，但将士与所属派系之间的纽带并不牢靠。福建的孙传芳虽然属于直系，但这只是因为他毕业于日本陆军士官学校，曾隶属于湖北王占元麾下，而王占元选择追随直系的吴佩孚，所以他此次才会为直系而战。

就像孙文说的那样，曹锟和袁世凯一样想当皇帝。无论会不会使用皇帝的称号，总之他想要拥有皇帝的权势。

“吴佩孚、张作霖、孙传芳，都是一样的。”连远志与李烈钧见面后回来的当天夜里，罕见地发表了如此激昂的意见。

“皇帝嘛……”世航怃然长叹。他以为这个名称在中国已经成为废词，没想到却如此鲜活。

3

“又来到这里了啊……这就是京都的风啊。”世航在京都站深深地吸了一口气。

再次来到大学时熟悉的城市，有这样的感慨是非常自然的事。不过世航的“再次”上还有另外一层薄膜。这是因为，他这次又要去增田绫子那里。她曾经预言过：世航心中有两个女人的影子，除此之外还有一个非常模糊的身影。她也说只能看到模模糊糊的轮廓。

“只有你知道那个人是谁。如果是我的话，要再来啊，一个人来。不，如果是我，你一定会再来的。”增田绫子对此很有信心。世航隐约知道心中浮现的女性身影究竟是谁。

一定。

绫子当时如此断言，随着时间的流逝，听起来愈发尖锐。

世航昨天打电话传达了想要拜访的意图。报上姓名的时候，增田绫子说：“啊，是双烟馆的温先生啊。”

至少在世航听来是正常的语调。他当时有些疑惑，不知道绫子为什么会知道“双烟馆”。去年他前来拜访的时候，应该完全没有提到双烟馆的名字。

是景珠告诉她的吧。

除此之外想不出其他的可能性。不管怎么说，提到双烟馆的人，在世航眼里就变得特别亲切。

“我等着你。”她在电话里照本宣科地说。

“因为我有事要拜托你。”世航在电话里重复了很多遍，说到他自己都觉得执拗。“不是因为被你吸引才来的。”世航自己都意识到了这像是在辩解。

世航在去年年底来拜访时待过的房间等着绫子出现。正如他事先预料的，一进入她的家里，世航的心情就开始动摇。在等待的过程中，他决定等她一出现就提出这次来访的正事。他思考了很多，最终认为这是最好的方法。

“我有事要拜托你。”世航省略了寒暄话，开门见山地说。

绫子说：“是火药的事吧？”

“是的。”世航盯着绫子的眼睛，仿佛是第一次见到。去年年底，绫子的面容明明深深印在了世航的心中，现在他却像是刚刚才记起她的长相。“是因为不愿意回想起来吧。因为恐惧。”世航用这种生硬的解释说服了自己。

“我什么也做不了，没办法阻止。”绫子说着微微点了点头，脸上仿佛浮现出了微笑。

“是已经送出去了吗？”

“不，还没有。”

“如果想要阻止，应该是可以阻止的吧？”

“我不想阻止，因为这并非我的工作。”

“但有人拜托你了不是吗？”

“我很为难啊……虽然我做不到，不过也许你能做到。这是一项危险的工作。”

“我可以做到？”

“我只能告诉你火药在什么地方。虽然我不是很清楚，但总觉得……你会有什么办法阻止火药装船。”

“我知道了，那么请告诉我地点。”

“在佐世保。”

增田绫子一定事先知道世航要说的事。她从腰带中抽出一张纸片递给了世航，上面写着仓库的名字。

世航与赵锡堂约好了紧急联系的方法，就是利用羊城医院的金顺记商用暗号簿。稍微有些规模的店都有自己的编码簿。比起保密，更主要的目的是节约电报费。中文电报里，四位数字代表一个汉字，有公开的“电码”表，这些不属于暗号。一个汉字对应电文中的一个字，电报费不容小视。英文也有ACEM等公开编码，中文则使用洪子晖电码，但是这些电码太普遍，不适合经营专用品的店铺使用。金顺记也做了自己的店铺专用的编码，送给各个交易对象。

舅父连远志与李烈钧见面的第二天，赵锡堂发来紧急联系电报，解码后是“玄嘱京送火药速阻”。

玄很明显是太玄会的意思。这句话的意思是太玄会托“京”运送火药，迅速阻止。“京”只能是京都与太玄会有联系的增田绫子。

“谢谢你。”世航将纸片放入上衣内侧的口袋中，向她道谢。

目前，与孙文对立的商团似乎由太玄会会长陆慈泉来制订具体行动——这是赵锡堂传出的信息，所以应该准确无误——商团领导者陈廉伯很信赖陆慈泉。

要想与孙文战斗，商团需要武器。被蒋介石查抄的枪弹究竟能否归还还是未知数。但既然决定战斗，就必须做好长期战斗的准备，武器弹药准备多少都不算多。就算战斗在短期之内结束，只要军阀混战还在继续，总会需要武器。

商团的背后是英国势力。他们也许从英国也购买了武器弹药，但似乎依然不够，自然会考虑从交货期快的日本订购。

“交给我吧。”也许太玄会的陆慈泉是这样说的。她拜托在京都与太玄会有联系的增田绫子置办武器。

世航再次审视着绫子的脸。这张温和的面孔真的和武器有关联吗？

4

与在香港见面时相比，世航对陆鸣泉的了解更深了。对任何人来说，初次见面的人都是一个谜。在见过几次之后，谜底会逐渐解开。虽然很少有人身上的谜能够全部解开，但总会变得容易理解一些。

他的眼里没有笑意。看着这样的人，自然会觉得不可小视，但陆鸣泉的眼睛似乎是因为害羞而没有笑意。

“是赵先生联系你的吧。”陆鸣泉苦笑着说。世航并没有说出情报的来源，但陆鸣泉已经察觉到了。赵锡堂潜入商团是为了收集情报，这件事当然只有很少的人知情，陆鸣泉并不在其中。他的妹妹陆慈泉正担任商团团长的顾问，而他在为商团从日本购买武器，也就是说，他是敌方的人，如果他知道了赵锡堂的事会很麻烦。世航甚至不知道他是什么时候知道的，但既然对方已经知道了，就没有必要再隐瞒了。

世航回答：“没错。”

“他什么时候联系你的？”

“三天，不，是四天前。”

“那就太晚了。我在二十天前就为了此事来到日本了。”

“赵锡堂得知此事已经很晚了吧。他不过是一名被商团雇用的教官而已。”

“你也为此立刻来到了京都吧。”

“此事分秒必争。总之请不要发货，条件可以谈。”

“不过，发货已经停止了，货在佐世保。”

“这个我知道。”

“出了些事。”

“出了什么事？”

“海军向民间出售不良品有一个条件：不能出口外国。这是理所当然的。火药可关系着军事机密呢，不过平时并不会查得这么紧。”

“发货的事暴露了吗？”

“没有，不是我们的货。我们的货还好好地放在佐世保的仓库里，但是其他的货暴露了，所以监管变严格了。一旦我们有所行动，就会有人来调查，所以我们只能按兵不动。”

“啊，是这样啊……”世航在心里想着：这真是太好了。

“利息和仓库租金在增加啊。”

“真是糟糕，”世航漫不经心地说，“那陆先生要在日本停留一段时间吗？”

“我必须留在这里。”

“暴露的货物也是发往中国的吗？”

“不知道啊……”陆鸣泉笑着回答，“是很少量的货物。听说是从佐世保运往大阪附近，正准备装上远洋货轮的时候被发现的。因为佐世保是军港，货必须转移到其他地方。但是有人告密，追踪调查后引起了麻烦，听说海军中的大人物也牵涉其中。”

“有人告密吗？”

“哈哈，是有人告密。不过，虽说是告密，倒是奇怪的告密啊。”

“知道告密者是谁吗？”

“我很清楚，绝不会错。哈哈哈，我敢这么说，是因为正是我本人告的密。”

“嗯？”

“那是商团托德国商人采购的十吨左右的火药，我买到的更多。无论是商团买的，还是我买的，都是要送到同一个地方的。你明白了吗？只要那边暴露了，我就有借口不发货了。”

“也就是说……”世航盯着这个不可小视的绅士的笑容看了好一会儿。

“你不要告诉京都的姑娘，因为是她给我介绍了海军的大人物，那人似乎是她的信徒。不过他已经退役了，而且只是少量军火，应该不会有什么大问题。”陆鸣泉晃着膝盖，似乎在问世航是否理解了整件事情。

世航探身说道：“我能问您一件事吗？”

“可以，请随便问。”

“太玄会会长是真心想为商团做事吗？”

世航此时突然想到，说不定陆慈泉女士是支持孙文的，为了事情能够向有利的方向发展，才故意进入了与孙文对立的阵营。如果真的是这样，对孙文阵营来说是再好不过的事情了。

“我不知道……虽然我们是兄妹，但毕竟是不同的人。我并不知道她心里是怎么想的。”

“是吗……”

“不过，她从小就比我聪明伶俐得多。啊，我也不知道这算不算回答。”

“我知道了。”世航向他鞠了一躬。萦绕在他心头的隔阂似乎突然间消失了。

“如果提出正式的申请书获得许可，有些时候说不定可以获准发往国外。普通火药的配方是各国共通的，不用担心涉密。”

“虽然可能获得允许，但也有可能会被拒绝吧？”

“没错，而且要花不少时间。总之我会先提交文件试一试，收货人就填太玄会吧。”陆鸣泉说完站起身来。

想要火药的并非只有商团，宣告北伐的孙文阵营应该也非常需要。从陆鸣泉以太玄会的名义申请这一点上，就能看出他和妹妹之间的关系并不简单。

松了一口气的同时，世航也感到疲劳。他从京都回来后立刻赶到了帝国酒店，这疲惫感从京都就一直跟着他——他在抱着绫子的时候，背上依然能感觉到芳韵的呼吸，这让他打从心里感到疲惫。

5

“虽然大家聚在一起，可是感觉好冷清啊！”

时隔很久，同舟会在双烟馆举行了集会。和往常一样，世航的母亲只是在一开始的时候露了脸，带着寂寥的笑容说出了上面的话。

参加集会的人里，少了吴康、陶芳韵、赵锡堂和刘继泰四个，这次轮到李钦票要回国了。他依然在商大上学，不过暂时办理了休学手续，但他究竟还会不会回来复学呢？李钦票是从高商毕业的，不需要太过在意商大的学历。

接下来就是瑶香或者淑妍了吧。

大家都是这样想的。大家期待着他与这两位女性中的一位之间萌发过爱情，也有人猜测，这次李钦票先行回国，有了眉目之后会将某位女性叫回去。

李钦票出身上海，但祖籍是宁波。在上海的实业界，宁波同乡的力量非常强大。他想通过实业安身立命，相信这会与国家的振兴联系起来。他本来就是乐观的现实主义者。

李钦票家里是上海周边的地主，家中的资产没有为国家繁荣做出贡献。这让他很不满。他经常说：“在我这一代会发生转变。老爸他们头脑顽固，太古板了。”

首先，他必须学会如何将地主的资产转换成有效的生产力。

“你应该先去看看广阔的社会。”这是双烟馆的主人连远志的建议。虽然也可以让李钦票先在上海金顺记实习，看看真正的实业是什么样子，不过上海的连绍桓提出：“如果想要看看广阔的社会，要不要成为记者？”

他的意见吸引了李钦票。也许连绍桓是因为工作忙碌，想要一名助手吧。他现在已经飞到了北京，作为记者活跃在动乱的中心。他似乎希望与自己性情相合的李钦票能留在上海，与他相互配合。

虽说今天的聚会是送别会，但李钦票还没有确定回国的日期，他说要等连绍桓从北京回到上海之后再定。关键要看连绍桓的日程，不过绍桓自己都不知道日程是什么样子——这要看中国政局会走向何方。

唐鼎权说：“年内大概回不去吧？”

李钦票发出了近乎悲鸣的声音：“这我可受不了，希望今年一定要理出个头绪来。”

和尚头的郭浩安提出了怀疑：“不光是钦票，生而为人，是不是谁都没办法准确地得知自己的命运呢？”

不过饭菜上来后，年轻人们都快活起来，充满活力地谈论国事，慷慨激昂，又回到了同舟会往常的氛围中。

“必须将陈炯明看作需要打倒的军阀的一员。”唐鼎权一拳砸向桌子。

“连商人都采取了像军阀一样的行动。就不能想想办法解决商团吗？他们像是英国的傀儡一样，只要一股脑儿打倒他们就好了吧。”李钦票似乎也被唐鼎权激昂的心情所感染，一拳砸向了桌子。

世航说：“说不定，在广州西关和香港，商团的人们也像咱们一样在砸桌子。‘就连学生、工人和农民都参军拿起枪，这也太不像话了，英国老爷们怎么不帮我们击垮他们啊’……我仿佛都能听见那些家伙在这样激烈地讨论着。”

郭浩安微微一笑，说：“哈哈，大家都恨得牙痒吧。日本人明明希望张作霖能赢，还要摆出一副绝对中立的姿态；美国明明希望曹锟能赢，却说不会干涉中国内战。一旦传出美国人干涉的传言，他们一定会说这是日本军部的阴谋。”

有传言说美国屡屡制订干涉中国的计划。这会鼓励日本军部中的介入主义者，让他们觉得，连美国都去干涉中国内政，自己没理由按兵不动。每次传出这样的话，美国都会予以否定，说一些千篇一律的话：“美国当局只会将保护美国人的生命、财产安全问题当作事关美国利害的问题。”

日本嘴上说着不会介入，却为建造满铁提供帮助，以此保障奉军的运输。北京的直系政权提出要向国际联盟提起上诉，牵制日本的行动，但是日本表示直系政权不可能提起上诉：满铁是营利公司，不能拒绝付了钱的客人。在公司的章程中有以下规定：运输中国士兵半价。就连苏浙的战线上，双方阵营的中国军队也在自由使用外国经营的铁路和电报。甚至有一种看法认为，如果拒绝运输中国士兵，反而会变成介入内战。

满铁承担运输业务是战斗最开始就提出的条件，双方阵营都是以此为前提战斗的。因此，变更条件才是干涉内战——这种理由也能够成立。

“不过，战争也和以前不一样了。欧洲大战中发明了各种新的战争形式，这也是理所当然的事情。”李钦票稍稍改变了话题的方向。

“你是说飞机吧，从空中进行攻击，这是过去无法想象的事情。战争的形态正在不断改变。”

“是啊。我们无论到了什么时候都不能打仗啊。”

“希望能早日实现全国的统一啊……”

李钦票说：“前几天《朝日新闻》上的报道写得不错，就是写直奉战争和日本方针的文章。”他刚刚成为记者，所以比别人更加关心报纸上的评论。

“是吗，你也这么认为啊，”唐鼎权在上衣内袋中摸索着说，“就是啊，我也觉得很有共鸣，所以把这篇报道剪下来了。”

世航想起自己也读过那篇报道，他接过唐鼎权递过来的剪报，重新读了一遍。

……相反，即使站在中国国民的立场上考虑，中国的和平统一也是当务之急，任何妨碍统一的行动自然都必须慎重考虑。最后，本人此次最深刻的体会是，日本大多数政客平时对中日关系的研究太少，不了解如今中国国情，故而在此次事变后有狼狈之感。正因为不了解中国国情，日本的大多数政客如今依然执着于支持张作霖或吴佩孚等个人，对“一战”后兴起的中国民众的集体力量视而不见。重要的是，日本无须太过在意中国军阀权力关系的变化，而必须认清大势所趋的方向，立足于坚定的政策之上，不得耽误恰当的时机。

世航刚刚读完，门被猛地推开，舅父连远志闯进来大声说：“喂，你们喝不喝酒？喝酒……今天要喝更好的酒啊！”他很明显已经醉了。他妻子和世航的母亲从身后追上来挽住了他的两只胳膊。

世航的母亲责备弟弟：“远志，你究竟喝了多少酒？明明酒量不大。”

“必须要喝啊……各位！报社刚刚接到消息，那个愚蠢贪婪的广东商团被打得落花流水了！来，干杯！”连远志摇摇晃晃地走着，好不容易坐在了旁边的椅子上。

6

终于做到了！

也难怪温文尔雅的连远志高兴地喝了不少酒。孙文每次北伐，商团都会联合客军妨碍他的行动，而且商团背后很明显有英国势力的支持。客军与商团巧妙地联系在一起。

商团联防总部的陈廉伯刚向孙文发送表示效忠的通电，转头就与陈炯明勾结，准备罢市。效忠通电是在世航离开香港前后发出的，之后陈廉伯又发送了悔罪通电。世航离开香港之前，听赵锡堂说过，由于太玄会的陆慈泉对商团干部的影响力太强，以至于商团与陈炯明和客军无法顺利联系。根据陆鸣泉的说法，这似乎是陆慈泉刻意在妨碍他们的协作。

最终，商团同意向广东军政府捐献二十万现金和一个月的房屋税，以此为条件收回了被扣押的武器。

身在韶关的孙文命令蒋介石按照代理广州市长李福林的条件归还武器。四千支步枪将于十月十日早上返还商团。而李福林实际上是偏袒商团的。

十月十日是武昌起义纪念日。武昌起义是推翻了清王朝的辛亥革命的开端，这一天也成了辛亥革命的标志，被定为“双十节”，是庆祝和振奋的日子。在这样的日子里，竟然要将武器还给反革命集团商团。每年的这个日子都会有街头游行。因为是革命纪念日，会让大家想起十三年前的武昌起义，参加游行的都是各个革命团体，有警卫军讲武堂、农民自卫军、工团军、农民运动讲习所等。

报纸上报道了一部分参加游行的人与商团起了冲突。游行队伍一定也知道当天会返还武器，游行中也有拒绝返还的标语。虽然不清楚冲突的规模，但根据报纸的报道，游行队伍中有二十余人死在了商团的枪口下。

商团接受了返还的武器后，将效忠和悔罪都置于不顾，发起了武装罢市。商团武装遍布全市，商店被迫关门。广州警察在李福林的指挥下，协助商团暂时控制了广州市。

驱逐孙文！

改组国民党！

这样的传单在一瞬间贴满了全市的墙壁和门柱。不用说，都是事先准备好的。

此次事件被称为“双十惨案”。

参加游行的十六个团体结成了“工农兵学革命同盟”，发表声明，声讨反革命的屠杀罪行，号召与反革命派决此最后死战。

韶关大本营向广东省长胡汉民和蒋介石下达了“镇压商团叛乱”的命令。十月十一日，“革命委员会”成立，孙文担任会长，廖仲恺、许崇智、陈友仁，以及谭平山等人被任命为全权委员。

警察站在商团一边。广州客军则没有采取任何措施，称十月十日的事件只是“简单的冲突”。陈炯明趁此机会进军石滩，意图划定自己的地盘。

十月十三日，商团在沙面租界举行秘密会议，计划扩大叛乱的规模。

孙文态度坚定。

韶关发出的电文采用了最强硬的表达，批判了广州政府对商团采取妥协的态度。

十月十五日清晨，战斗开始了。胡汉民作为孙文在韶关的代理人，担任革命委员会会长，廖仲恺担任革命委员会秘书长。

黄埔军校的学生军、航空队、甲车队、工团军、农民自卫军、兵工厂卫队、警卫军等加入了战斗，几小时后完全平定了商团的叛乱。

商团方面，团长陈廉伯逃亡到香港，副团长陈恭受投降，商团全部解除武装。试图在商团和政府之间寻求妥协之策的客军范石生等人，还有偏袒商团的李福林等人也参加了讨伐商团的战斗。孙文态度坚定，不允许任何人采取观望的态度。

广州商会发表通电，抗议政府镇压商团的行为，但这不过是虚张声势而已。

除了平定商团叛乱的新闻，连远志还带回了报道“双十惨案”的香港报纸。十月十日当天，日本总领事吉田茂在天津会见了吴佩孚，要求保全日本在东北的权益。

家里人扶着连远志离开房间后，同舟会的年轻人们再次举杯庆祝。

“吉田茂会见吴佩孚，这说明日本认为直系会胜利吗？”

“不，只是想到了一切可能性而已吧。日本政府心里肯定希望奉系能赢。”

“皖系里浙江的卢永祥没什么动作啊，是因为被夹击而无能为力吗？”

“我听说他逃到日本来了。”

“现在不知道他人在何处。”

“不会有刺客以败军之将为目标的。”

“探听出他在什么地方然后采访他，这不是记者该有的秉性吗？钦票，你要加油啊！”

“我还没当上记者呢！”

这次集会相当热闹。

因为酒喝得有点儿多，世航第二天起床时觉得头疼，他冷水中浸了浸脸。抬起头的时候，水面上仿佛浮现着绫子的面孔。他摇了摇头，在客厅打开了早报。

报纸上登载了孙文镇压商团的消息，但没有大幅的报道。与之对应的是，报纸用更大的篇幅报道了直系吴佩孚的海军攻击葫芦岛后，被奉军的飞机击败的消息。

无论是从击溃商团一事中，还是从使用飞机攻击一事中，都能感受到新时代的浪潮席卷而来。

世航思考着陆慈泉的事。

她是一位神奇的女性，有着能够左右商团的影响力，而且她也许在刻意削弱商团的力量。现在，“商团消亡”的标题跃然纸上。在消灭商团这件事上，各方势力都有所行动，陆慈泉应该也是其中的一股力量，但一定无法记录在历史中了。历史的洪流中裹挟着无数这样的力量。

“你在看吗？你要盯着同一个地方看多久？我也想看看。”母亲不知道什么时候坐在了桌子对面。

“啊，我已经看完了。”世航折起展开的报纸，从桌子上滑向母亲。

五千日元始末

1

这是一位总是面带笑容的人。世航想到高述时，脑海中都是他微笑的样子。奇怪的是，尽管如此，他对此人的印象依旧不好。这并不是由于偏见，从世航还不知道高述是什么样的人时开始，高述就给他留下了不舒服的印象。世航自己也觉得很奇怪，不知道为什么会有这种厌恶的感觉。

世航第一次见到高述，是他中学回上海探亲的时候。那时他好不容易习惯了在日本的生活，但依然怀念着上海。知道可以在上海过暑假之后，世航很开心。两人见面时，世航心情愉悦，对方又带着柔和的笑容，但不知道为什么，他心中总有一种不舒服的感觉。

当时，世航还不知道高述是太监。

辛亥革命（一九一一年）后，清帝退位，当时政府发布的皇室优待条件中第六条的内容是："以前宫内所用各执事人员，可照常留用，唯以后不得再招阉人。"

宫内所用各执事人员可照常留用，如某处有一人退休，则可补充一人；现有的宦官可以留用，但出现减员后不得补充。

虽说是留用，但紫禁城已经不再有政治、国家仪式和典礼，很多过去要做的工作也不复存在。根据优待条件，废帝每年可从中华民国政府每年支取岁费四百万元。留用人员没什么工作可做，可以说是等着国家养老送终。领工资不做事是很好，但完全没有未来。有可投靠之处的人、有热情有志向的人，都放弃了宫里的工作，改行离开。高述在辛亥革命第二年离开了紫禁城。

很多宦官都有手艺。高述的专长是鉴定书画古董，自信可以做一名古董商人。

母亲带温世航去日本是在父亲去世一年后，辛亥革命前一年（一九一〇年）。时隔两年后，上初二的世航回上海探亲，在舅父连远滋那里见到了高述。

“这是最近经常与家里来往的古董商。”

堂哥连绍桓告诉世航，并没有说他是太监。世航事后问过才知道，绍桓那时也不知道此事。高述那时刚刚离开紫禁城，从北京到了上海。他是与连家往来的商人中的新人，所以绍桓那时还不知道他的经历。

两年后，世航考上了旧制高中，心里正高兴。这时，高述来到了东京，在一个月里数次进出双烟馆。

“那个人是太监。”

高述离开后，双烟馆主人连远志告诉世航，这是世航第一次知道此事。

世航觉得自己讨厌高述的原因也许就在于此。与高述的两次相遇都是世航精神状态最好的时候——第一次他回家探亲正开心，第二次他考上高中也心情正好——但世航却并不喜欢高述，真是一件怪事。

在大学里学习美术史的时候，世航在神户金顺记见过高述几次。高述在东京和大阪推销中国古代的美术品，连远志是他的顾客之一。世航虽然不喜欢高述，但在得知这位太监鉴定古董的眼光十分独到时，还是吃了一惊。

因为这件事，世航对高述有了敬畏之心。但厌恶感却没有因此减轻。之前世航都是在和金顺记有关的地方见到高述。但这次相遇，是在他去帝国酒店拜访雷芽山人陆鸣泉的时候。

世航拜访陆鸣泉是为了向他表示敬意，或者说是谢意。陆鸣泉的妹妹陆慈泉以太玄会会长的身份对商团施加了影响，世航一开始把她当成敌方的人，现在却发现她接近商团的干部似乎是为了误导他们，从而让他们做出有利于孙文的决定。事实上，从日本寄给商团武器火药一事，也因为陆鸣泉暗中做了手脚而中止。

商团被摧毁，火药一直沉睡在佐世保的仓库中。孙文能够应冯玉祥等人的邀请北上，也是由于眼前的敌人——以英国为后盾的商团已经覆灭。关于商团的覆灭，陆鸣泉恐怕不会留名青史，但他确实做出了莫大的努力。世航想对他在暗中做出的贡献表示敬意和谢意。

还有另一件事。世航小心地拿来了一件用包袱皮包着的四方形物品。里面放着三个桐木盒，各装着一只精致的越窑瓷碗。

根据世航的猜测，这应该是表姐杨景珠为了给太玄会捐款而卖给美国人乔治·摩尔根的。不知道为什么，太玄会会长的哥哥陆鸣泉在盒子上留下了诗句。这三只越窑碗偶然落到了连远云手中，又由他送给了世航。

在香港见到陆鸣泉时，世航没有提起这三个碗，但就在前几天，陆鸣泉告诉了世航自己就是告密者这个秘密。

世航依然对陆鸣泉保有戒心。但对方已经说出了自己的秘密，表明他跟世航是同一阵营的同志。作为回报，世航觉得应该告诉对方自己拿到了越窑碗这一奇缘。但他刚一走进陆鸣泉的房间，就看见了高述。世航一惊，对方似乎也深感意外，脸上的笑容一时变得僵硬。不过那仅仅是一瞬间。

“啊呀呀，竟然在这里见到你。”高述又露出了一如既往的笑容。世航喉咙一紧，生理上的厌恶感涌上喉头。

“看来今天不能把越窑碗拿出来了。”世航想着，轻轻将包袱放在了地毯上。就算高述先行离去，世航也会感觉到空气中飘浮着他残留的气息。他觉得不能在这里解开包袱。

2

世航很快就知道了高述来找陆鸣泉的原因。他是为了一桩买卖而来：高述希望通过陆鸣泉妹妹领导的太玄会出售古美术品，想让陆鸣泉帮忙牵线搭桥。世航来后还不到十分钟，高述就站起身说：“我先告辞了，事情就拜托您了。世航先生，我先走了。”说完笑容满面地离开了房间。他走后，陆鸣泉告诉世航他来是想请自己帮忙介绍生意。

世航问他：“你认识那个人吗？”

陆鸣泉回答："至少我比你更了解他。"

"你见过他很多次吗？"

"不，"陆鸣泉摇了摇头，"今天是我第一次见他。"

"嗯？"

"虽然是第一次见，但因为一些事情我曾经调查过他。去年下半年，我花了半年时间调查他。"

"必须要调查他吗？"

"嗯，北京发生了一件大事，就在去年的六月。"

"大事？"

说到去年六月的大事，莫过于曹锟放逐总统黎元洪。黎元洪从北京被赶到了天津。那次政变是曹锟指示军警发动的。在那之后，曹锟用每人五千元的价格收买国会议员，当上总统，也就是所谓的"贿选"。

"他被牵扯到曹锟的政变中了吗？"世航又问。

陆鸣泉苦笑着摇了摇头，说："不是政治上的事。是火灾，紫禁城发生了火灾。"

"啊，建福宫烧起来了。"

也许这并非政治事件，但在废帝受到优待而居住的紫禁城内燃起大火，确实是一件大事。世航也在报纸上看到了报道。但两个多月后，世航亲身经历了关东大地震这样的大事，紫禁城火灾一事在他心中变得不那么重要了。

陆鸣泉说："起火的原因很可疑。"

"啊，报纸上好像也说过有纵火的可能。"

"没错。听到着火的消息后，我反射性地认为一定是有人纵火。"

"第六感吗？"

"而且如果有人纵火，犯人可能就是高述。"

"但他不是已经不在宫里供职了吗？"

"嗯，他确实在十几年前辞去了宫里的工作，但在那之后依然经常出入故宫。清朝灭亡后，出入紫禁城变得不再那么困难了。高述以前在里面工作，所以很了解内部的情况，里面的人又都是他过去的伙伴。啊，他可以说拿着一张自由通行证。"

世航听着陆鸣泉的话，越来越疑惑：对陆鸣泉来说，高述究竟是什么样的人？陆鸣泉刚刚说过之前从没有见过高述，那为什么紫禁城着火的时候，他会推测犯人是这个从未谋面的人呢？

世航问他："高述这个人很有名吗？"

"在古代美术品交易界和收藏家之中很有名，就连我都知道他。"

世航点点头，说："是吗……啊，我能理解。"世航很佩服高述的鉴别能力，他在业内应该确实很有名。他心想：我还不是那个行业内的人，只不过是行业外围的人而已啊。

"高述从十五岁起就在紫禁城中管理古代美术品，那时他还是一个少年宦官。离开皇宫时他已经五十多岁，所以有三十多年的经验。在古代美术品的保养和修复方面，高述是专业的，不过最重要的是，他有天赋，因此成了那一行的专家。我说得那一行，也包括制作赝品。我对那方面有兴趣，所以大致了解高述做过些什么事情。"

"他做过赝品吗？"

也许世航从高述的笑容中感受到的不适就来源于此。

"也许是指导他人制作赝品吧。虽然我目前还没有查到，但他应该有自己的工作室。只要愿意，就能做出精巧的作品，不过也要考虑成本。"

世航说："有鉴别能力的话，就不会买到赝品吧。"金顺记从高述那里买过不少东西。世航见过那些东西，觉得都没有问题。如果是这样，说不定买到过赝品。世航脑海中浮现出从高述手中买过的每一样商品。

陆鸣泉笑着说："高述自己不会卖赝品。"

"他是让别人卖吧，卖给鉴别水平低的人。"

"不不不，他从来没有通过卖赝品赚钱。"

世航疑惑地说："这是什么意思？"

"他离开紫禁城是别有用心的。留在宫里的宦官中有他的同伙，不断偷出故宫收藏的美术品。"

"这种事做得到吗？这么长时间都没有暴露？"

"当然会有管理规则，宫里会定期检查数量。高述和同伙一起制作从紫禁城偷出来的文物的赝品，然后将它们送回故宫。虽然这是我的猜测，但我对此很有信心。”

“啊，他是为了送回故宫才制作的赝品吗？”

“我觉得是这样。账册上只写了品名和简单的形状、数量等。因为他在紫禁城内有同伙，所以能事先知道检查的时间，只要在那之前做好赝品，放回原处就行。不需要做出特别精巧的仿品，因为检查的人并不是专家。”

“啊，原来如此，高述在出售故宫收藏的真品啊。”

“这是我的想法。因为市面上故宫藏品的数量在增加，业内的人似乎隐隐察觉到了。但是收藏家很高兴有人从故宫为他们带出东西来，只要确定自己买到的是真品，没有人会仔细追究东西的出处。业内也只是有这样的传言而已。我也觉得很奇怪，我复制了一份故宫藏品名单，发现建福宫中的藏品似乎流到了市面上。正因为如此，紫禁城内才会发生火灾，而且被烧掉的正好是建福宫吧。就算没有第六感，要推测出来也不难吧。”

“消灭证据吗……”

“没错。”

“但是这样一来，不就没办法继续做买卖了吗？”

“我想高述也明白情况变得困难了吧。因为传言越来越多，而且张勋复辟失败后，舆论对紫禁城的态度变得强硬。如果真相被揭开的话，可就赚不到钱了。张勋复辟失败时，冯玉祥主张要将废帝赶出紫禁城。虽然没有实现，但我想高述也已经预料到，用故宫的文物卖钱持续不了多久了，但他还有很多存货。”

“是啊。民国已经成立了十多年，以前的皇帝依然住在宫中，每年要花掉四百万元税金，人民也没办法接受吧。”

陆鸣泉说：“准确来说，废帝至今依然赖在紫禁城里已经违反了优待条件。”

皇室优待条件第三条的内容是：“清帝暂居宫禁，日后移居颐和园。”

问题就在于“暂居”和“日后”。住在紫禁城只是暂时的，必须移居颐和园。因为写的是“日”后，几个月倒还好说，几年的时间在一般人看来已经不算“日后”了。一句“日后”持续了十几年，当然是不正常的。高述应该也是这样想的，所以在辛亥年后匆忙辞去宫中的工作，打算在剩下的时间里尽可能多地将宫中的文物替换成赝品吧；如今，他认为废帝已经在宫中住了十几年，不可能继续住下去了。到时候一定会有人接管，会细致地交接、检查。如果那时查出建福宫的藏品正如传说中那样都是赝品的话，一定会有严格的搜查。为了应对此事，高述先下手为强，消灭了证据。

世航说：“烧的时机恰到好处啊！”

紫禁城大火后过了一年多，冯玉祥将废帝溥仪赶出了紫禁城。当时报纸上报道，古董和历史悠久的文物在国民军和废帝双方代表的监证下接受检查；分成清朝皇室的资产和国有物品之后，应该也有精密的检查。现在想起来，去年建福宫在大火中被烧毁，不得不说对盗窃团伙是“恰到好处的时机”。

3

陆鸣泉说：“世航，打起精神来。你看上去无精打采的。”

确实如他所说，世航感到身心俱疲。如今的世道恶人横行，为了隐藏恶行，甚至做出纵火这种牺牲人命的行为，真是耸人听闻。

“就算世态炎凉，我们也没有其他容身之处，只能与之对抗。”陆鸣泉声音沉稳，包含着激励的语气。

“对不起。”世航向他道歉，自己的软弱立刻就被看穿，羞愧感让他更加丧气。“当然，我会勇敢地对抗的。”

“就是这样。这个世界上还有不少更美好的东西。今天日本的报纸上也登出了孙文先生在日本的讲话。那番讲话不是很振奋人心吗？”陆鸣泉拿起放在床上的报纸递给世航。世航早上在双烟馆已经看过了这篇报道，不过他又看了一遍。

接到冯玉祥邀请他北上的电报后，孙文做好准备于十一月十三日从广州出发。他从广州前往香港，汪兆铭、陈友仁等人随行，刚从日本归来的李烈钧也在其中。第二天，也就是十四日，孙文从香港乘坐日本邮船“春阳”号北上，首先抵达上海。

孙文击溃了以英国为后台的商团，所以英国极力反对孙文。十一月十六日的上海英文报《字林西报》（*North China Daily News*）表示，应该禁止孙文进入上海租界。第二天，孙文在数千名市民的迎接中到达上海，进入了自己在法租界内的居所。十一月十九日，他在家中邀请三十余名报社记者，阐述了自己的观点。报纸上登载了孙文演讲的主要内容。

这回曹吴的武力统一被国民军推翻了，我单骑来上海，再过几日就会前往天津。这次北上的目的已经在声明中说过——最重要的是召开“国民会议”。由全国人民全体参与是不可能的，但我们人民不可错过这个机会，放弃这种权利。所以我抛弃一切，作为一名国民亲自参加会议。

国民会议的方法和“废督裁兵”一样重要，但现在应该注重的大纲，一共只有两点：一是救济国内人民的生活，二是对外问题。中国在十几年来的战争中失去了大量生命，各地人民生活不遂。因此国民的生活问题至关重要。

就外交问题来说，条约中所载极不平等，使中国失去了国际上的独立地位，甚至还赶不上半殖民地！好比日本的殖民地朝鲜、法国的殖民地越南，所奉承的主人都只有一国，而中国现在所奉承的主人有十几国。日本在朝鲜所得到的权利固然很大，但是所尽的义务也不少，他们会毫不犹豫地筹集巨款去赈济天灾。

我此次来，某国曾想抵制我在上海登岸。我说：“上海是我们中国的领土，我是这个领土的主人，他们都是客人。主人行使职权，在这个领土之内，想要怎么样便可以怎么样。”我这次到北京去，在国民会议上，一定要主张废除中外一切不平等条约，收回海关、租界和领事裁判权；其次，必须打败中国现在祸乱的根本，也就是军阀和援助军阀的帝国。就像吴佩孚接受某国援助而盘踞长江、广东商团事件也受到了某国煽动。有了这两个明显的先例，我们明白，要想打倒军阀，必须先打倒与他们勾结的帝国主义。

军阀现在已经被我们打倒了，残留的只有帝国主义。此次国民会议正是中国治乱的关键。若是开不成，便失去了平定内乱的时机。因此我必须北上。

世航看完后将报纸放在了桌子上。

“其实我今天早上已经在家看过了，看的时候只觉得浑身颤抖。如今再看一遍依然如此。”

“颤抖……就像你说的一样，连我这样的老骨头都觉得在颤抖，可惜我已经派不上用场了，而你还年轻。”陆鸣泉的笑容消失了。

“才没这回事。我做的远远比不上陆先生。”

陆鸣泉将本该交给商团的火药留在了日本，他的手法十分精妙。要说派上用场，世航等人是望尘莫及。虽然他说自己是一把老骨头，其实雷芽山人才刚到五十岁。

“总之，我的年龄几乎是你的一倍，只有经验丰富而已吧。和刚才的太监那样的人交锋能不相上下，无论何时都不能妥协。所以当我想到紫禁城的大火是高述那帮人捣的鬼，就算没有任何好处，我也到北京辛勤地调查了一番。这可不是什么聪明的做法。虽然抓住了一点儿把柄，但我本来就没有权力逮捕他。是不是很可笑？”

“不。”世航摇了摇头。

“更可笑的是，高述竟然为了让我把他介绍给太玄会来这里见我。我做梦也没想到他会来日本。”

“高述完全不知道陆先生调查他的事情吧。”

“应该不知道，因为我一直避免和他见面，我不能见他。”

“为什么？”

“如果见了他，我就会产生同情。这次也是这样。高述是可憎的男人，但我一想到他年幼时就被去势，人生的大部分愉悦从一开始就被剥夺，就会可怜他。而且紫禁城建福宫中保存着成千上万件文物，没有人见过。正因为有高述这种人将它们拉出来，了解他们真正价值的人才能看到，不是吗？我不由得想这样为他辩解。啊，真是难办，难办。”

“我很尊敬陆先生。”

“不，这让我更为难了。不过，我知道事物都有多面性，虽然想一心一意地相信一件事，却做不到。就连高述这种人，我也会马上想要替他辩解。太玄会也是如此，那其实是我创立的，但果然没办法专心做下去。我想要放弃的时候，是妹妹对我说这样太可惜了，她来接手。”

“啊，是这样啊！”

“我现在的生活，就是无法做到一心一意的男人的悲剧啊。但我知道悲剧的背面有喜剧，所以才能在其中找到平衡点。”

4

陆鸣泉与世航对视了一阵子，没有移开视线，似乎在询问他来这里究竟有什么事。

面对对方无声的询问，世航回答：“我今天只是来打个招呼，并没有什么要事。”

“是吗？”陆鸣泉笑了笑，低头看着世航脚边的包裹，“我还以为你是来买库存的火药的呢。哈哈，开个玩笑。”

陆鸣泉从容地开口说：“世航，你最近要去关西吧。我说最近，也就是几天之内。”

“猜对了。说是猜对了很不礼貌吧……其实我明天准备去关西。”

“你不用吃惊，这绝不是超能力。”

“那这是什么呢？”

“只是推理能力而已。我已经知道孙文先生要从上海出发，经日本前往天津，到时会在神户停留几天。华侨中有实力的人应该会尽力招待吧，金顺记也会准备迎接孙文先生。方便在幕后行动，应该只有你了。这样一来，你几天之内就必须离开东京。谁都可以推理出此事。把这种推理说成超能力，就是我过去迫不得已时使用的方法。”

“但是，我很惊讶。”世航不解。

从上海直达天津的船只有英国商船，孙文不会心甘情愿乘坐英国船。在上海的记者会上，孙文屡屡提到的“某国”一定是英国—— 在广州让孙文政权伤透脑筋的“商团”背后，是英国的势力在支持；香港的英国当局威胁说，攻击商团就是攻击英国；说出禁止北上的孙文进入上海的，是英国的《字林西报》；军阀吴佩孚称孙文是中国人的敌人，他的后台也是英国。所以，孙文没有乘坐英国籍的船只。

陆鸣泉皱着眉头，犹豫片刻后说：“我担心孙文先生的健康。今年春天，我在广州见到他时，他的脸色不是很好。六月，他在军校做三民主义演讲的时候，我从听过演讲的人口中得知，他看上去很疲惫。我总觉得，孙文先生这次是想把想说的话都说出来。”

“孙文先生在废除不平等条约一事上特别努力。”

“这点是没有问题。我希望孙文先生能把这种事情交给冯玉祥，好好休养一番。”

“冯将军很努力啊！”

世航想起了绍桓。绍桓一定也被邀请参加了十一月十九日的上海记者会，也许会和孙文一行同乘“上海”号来到日本。

陆鸣泉说：“他能下决心驱逐废帝溥仪很了不起，坚决击退外交使团的干涉让人心里很痛快。冯将军身材魁梧健壮，没什么好担心的。”

国民军总司令部驱逐废帝后，日本、英国、荷兰三国公使立刻拜访了外交总长王正廷，向他发出警告。荷兰公使作为当年在北京的其他国家公使团的代表，与日英两国公使同行。

外交使团提出此事唐突，但对中国来说，这绝不是唐突的事情。从皇室优待条件于一九一一年十二月二十六日发表以来，就不断有人提出反对意见，在北京国会引发数次讨论。因为坊间传闻故宫文物有所流失，也有很多人提议应该明确紫禁城中的文物有哪些属于废帝个人、哪些属于国有财产。大部分人都意识到，这并非只是传闻而已。前一年的建福宫大火加深了人们的怀疑。不知道是不是害怕遭人责难，火灾后所有宦官都被免职了。因此，皇室在紫禁城中的最后一年没有宦官服侍。

外交总长王正廷对驱逐废帝一事发表了以下意见：“这是为了共和，我相信普通民众也是这样希望的。”

这项措施遭到了外交使团的干涉，但普通民众却很高兴看到此事。优待条件可以说是辛亥革命进行得不彻底的标志。

针对此事，孙文也明确回答：“对宣统帝采取的态度，是符合中国国民希望的正当行为。”

闲谈后，世航起身告辞：“打扰了，我就此告辞。”

陆鸣泉笑着说：“下次再见。高述似乎去京都了，他好像找到了太玄会在日本的联络点。啊，敌人也不容小视啊！”

也许陆鸣泉说出“下次再见”是因为见到了世航的包袱，感觉到他还有事情没有说。

5

温世航是在神户迎接孙文的幕后负责人，他在见到陆鸣泉的第二天——十一月二十二日便离开了东京。孙文正乘坐日本船“上海”号在海上航行。在天津踌躇的段祺瑞也判断时局安定，在这一天进入了北京。作为没有经过选举的临时元首，他被称为“执政”，兼任总理；黄郛事先声称会辞去摄政内阁一职。

十一月二十四日，段祺瑞就任临时执政，摄政内阁辞职，而冯玉祥发表了下野的通电。也是在这一天，孙文乘坐的“上海”号到达了神户。

世航在火车上听舅父连远志说了很多。这段时间舅父很忙碌，世航也总是外出。仔细一想，两个人已经有一段时间没有好好说说话了。

孙文派出的特使李烈钧和连远志关系很好，他在东京时曾多次见过连远志。不过世航对他只有模糊的印象。

连远志说：“孙文先生真的是为了中日友好。他考虑到合作才是通往世界和平的正道，托李烈钧先生与日本各界接触。但其实李先生在东京很失望，毕竟现在的加藤高明首相当年是大隈内阁的外相，正是他提出了对华的《二十一条》要求。李先生对日本政府相关人员的印象不好。他日语很好，是个心直口快的人，但政府的反应实在不好，这让他很失望。虽然民间的反应让人保有希望，可民间对外交既无责任，又无权限。李先生说，根没有腐烂，尽量浇水施肥吧。”

世航怀疑地说：“政府这么冷淡吗？我周围的日本人明明有不少支持孙文的。”

“这就是物以类聚了，支持北方军阀的日本人不会接近你的，但这些人并不在少数。张作霖这些人还是很有人气。你不能只看周围，要把视线放长远。”

“好的，就是说不能自以为是吧。”

“你明白就好。不过就算心里明白，也很难真正理解。对了，神户的工作可能会有些麻烦。在华侨中反对孙文的气焰很强，特别是广东那边的一部分人。”

“孙文是广东人吧。我还以为广东人会支持孙文，不，是以孙文为豪。”

“孙文确实是广东人，有不少广东人强烈支持着孙文。但是前一阵，正是孙文彻底击垮了商团。那可是镇压，政府的手段不乏粗暴，很多房子被烧毁，也死了很多人。商团首领陈廉伯是汇丰银行的买办，日本的广东贸易商和汇丰的来往密切，应该有些人的亲戚朋友在商团事件中牺牲吧。他们可能会觉得孙文是凶手。”

“是吗……对了，日本报纸对商团事件的报道很奇怪啊，有些报纸写的是孙文可能会就此没落。”

“是《朝日新闻》吧。因为云南军和陈炯明派在暗中支援商团军，市长李福林也支持商团，所以他们认为孙文只有没落一途了吧。”

“是啊，镇压商团军的时候，有不少关于孙文政权的负面报道，比如说枪杀百余名投降的商团军啦，在全市抢掠之类的。”

“有一千所房屋被烧毁，死者数百人。世航你听好，这些对我们来说是战果，对敌方来说就是损失。商团干部大多逃到了香港，也有少数人逃到了日本。他们如今频繁开展着反孙文的活动。孙文先生在神户的日子里，我想他们一定不会安分。世航，你的工作不好做啊！”

“我要镇压他们吗？”

“不，不能粗暴行事。要预防，未雨绸缪是最好的方法。”

“我能做到吗？”

“我认为可以，靠收买。”

“嗯？收买？”

“我们也努力调查过了。神户的华侨聚集地已经被贴上了传单，用的是‘救国义勇团’‘锄奸团’这种吓人的名字。根据调查来看，这似乎是某势力用钱雇人干的。”

“某势力，就是孙文先生在记者会上说的某国吗？”

“啊呀，基本相同吧，”连远志苦笑着回答，“商团覆灭，他们支持的吴佩孚也失败了。对某国来说。至少想挽回一些局面吧。我想是从香港逃到日本的某个商团里的人物牵线搭桥，带入了某国的资金吧。实际行动的是收了钱的家伙。我们也可以靠金钱的力量解决吧。总之，到了神户之后就能知道更具体的情况了。”

到达神户金顺记之后，一位名叫卓天波的年轻人等在那里，这次由他来担当世航的助手。

“啊，是你啊。”

世航与卓天波握了握手，不由得想对他说“长这么大了”。因为觉得这样太没礼貌，就忍住没有说。世航在关西上的大学，认识不少年轻华侨。卓天波是广东那边钱铺家的孩子，当时还是初中生。去年他考进了高商，现在是穿着立领制服、威风凛凛的学生。

“我把传单都收集起来了。”卓天波从纸袋中取出几张传单摆在了桌子上。一共有六张，其中两张是复印件，一张上有红色和蓝色。

“现在发现了六种，集中在南京町和Tor Road周围，也有贴在旧居留地的电线杆上的。”

世航听着卓天波的说明，看着六种传单。虽然内容不同，不过六种传单都提到了商团事件。

我的弟弟被杀了。

叔叔的店被烧了。

孙文是现代的妖怪。

从孙文手中夺回中国，防止赤化。

阻止孙文北上。

坚决反对孙文从神户上岸。

世航问：“这些传单使用了各种团体的名字，查出真面目了吗？”

“找到打印彩色传单的地方了。无论怎么问，打印店的老板都不说出客人的名字，不过刚才接到了一通电话。”

“是打印店的老板打来的吗？”

“是的，他说按理来说不能说出客人是谁，不过因为我们问得太积极，他破例告诉我们。”

“有些可疑。”

“不，其实我要离开的时候留了话，说这种地方肯定在打印非法文件，如果不告诉我们，我就找更可怕的人来调查。”

“你也不简单啊！那么客人是谁？”

“我记下来了。”卓天波从衣服里的口袋中取出钱包，字条就放在钱包中。

6

按照孙文的说法，他取消北伐的计划，抛弃一切进入北京，是为了召开国民会议。他想向世界表明中国人的想法，表明中国人废除与列强之间签订的不平等条约、收回租界的夙愿。但内战中的中国国力凋敝，他想尽可能稳健行事。以不想乘坐英国船的理由途经日本，也是为了提前做好准备——将日本的舆论引向对中国有利的方向。

三十多年前，日本也曾因不平等条约和租界[1]而苦恼，孙文希望日本能理解正在经历同样痛苦的中国的处境。

“孙文先生在上海给《大阪每日》的泽村先生发了电报，称此次访日不会涉及归还大连的问题。这是为了尽可能避免摩擦。我一想到先生的用心，就眼眶发热。”

连远志眨眨眼睛看着世航，嘱咐他说：“你听好了，虽然对方恐怕是令人厌恶的家伙，但是要谨记孙文先生的用心，温和第一。”

“我知道了。”世航点点头。他打算独自一人去字条上写的地方。卓天波屡屡请求与他同行，但都被他拒绝了。

[1] 日本称居留地。

“我有信心，你不用担心，我要自己去。不，我必须自己去。”

他确实有信心。听到打印店老板的话时，世航和卓天波的感觉不同。他认为，老板会打来电话并不是因为卓天波留下的话。卓天波还年轻，不到二十岁；老于世故的打印店老板应该不会对他心生畏惧。如果打印店真的在做非法生意，一定已经打通了门路。世航认为，电话是客人要老板打过来的，此人可能是想跟孙文的人做交易。

他再次读了读反孙文的传单，上面确实写满了激烈的话语。可是，虽然写了兄弟被杀、店被烧毁这些具体的事，文字中却没有传达出与之相匹配的悲痛。这不是因为文笔不好，而是感情太肤浅，恐怕写出这份传单的人并没有遭此厄运，一定是有人收钱写的。

应该是有人想要引起骚动，妨碍孙文在神户停留时的行动。不过他们应该和写出这种煽动性传单的人一样，是被人花钱雇来的。

和舅父一样，世航认为此事可以用钱来解决。舅父恐怕是根据更多的信息而做出的判断。

天色已晚，世航决定第二天再出门。“上海”号当天正午在长崎停靠，预计将于下午五点出港，在第二天二十四日的下午两点左右到达神户。无论是对欢迎的人，还是反对的人来说，明天都将是至关重要的一天。

金顺记的仓库中正在做欢迎用的幕布。横幅和条幅上都写着欢迎的标语，可以看到“欢迎孙总理”“欢迎孙大元帅”等字句。孙文即是国民党总理，又是大元帅府的大元帅。

金顺记的店员指着条幅说：“这个要重写。”

世航问：“为什么？”

“警察过来说的。说是容易混淆，威胁我们说可能会引起大麻烦。”

条幅上写着“孙大元帅”。因为大元帅在日本是天皇用的称号，所以特高警察认为有争议。

温世航走出仓库，向字条上的地址走去。字条上写着中山手路的地址和门牌号，还有“叶”这个姓氏。

字条上的地址在小巷第三间长栋房子的最里面。这是一栋二层建筑，并不十分老旧。也许这间房子里的人不打算长住，只在半张明信片大小的纸上写了一个“叶”字，随意用图钉固定在门外。虽然只有一个字，看上去也写得不情不愿的。

不需要找人带路，大门开着，从外面就可以看到一位年轻女性踩着缝纫机。她穿着深蓝色的连衣裙，领子是白色的，看上去像女乘务员的制服。

“打扰了。”世航站在门口说，踩着缝纫机的女性抬起头来。她脸圆圆的，不过是一位身材苗条的美人，看上去有二十二三岁。她疑惑地看着世航，没有答话。

世航说：“我想见见叶先生。”

她转头看向楼梯，稍稍抬起头，用带着江苏口音的汉语说了声“有人来了”，看起来她不懂日语。

“叶先生在家吗？”世航用汉语说，她微微一笑。

楼梯上响起嘎吱嘎吱的声音和脚步声，首先出现了一条深棕色的裤子。“啊，是世航吗？”那人走到了门楣之下，是刘继泰的面孔。

“啊……”世航不由得叫出了声。

刘继泰说：“吓了一跳吗？上次见还是在香港的‘福味’吧。不过也就是不久之前吧？”虽然世航觉得这是巧遇，但对方似乎并没有特别吃惊。

世航问：“姓叶的人是？”

“现在不在。”

“不是你吗？”

“猜得真准。哎呀，先上来吧，好久没见了。其实我一直希望来的是你，这样一来就好办了。”刘继泰笑着说，世航跟在他身后上了二楼。

“你是什么时候来的？”世航盘腿坐在榻榻米上问。

“刚来不久。”

“那个时候，你在什么地方？”

世航说的“那个时候”是指十月十五日，广州大元帅府武力镇压商团的日子。

刘继泰回答：“我在香港。”

“那真是太好了。”

刘继泰借他在澳门的表哥的关系当上了商团的书记，也正是他让赵锡堂当上了商团的体育教师。他曾在明治大学学习法律，虽然进入了商团，不过应该不会被叫去参加反孙文的武力斗争。既然他说当时在香港，那就是没有参加战争。

刘继泰说："赵锡堂那时也在香港，虽然没有跟我在一起。"

世航并不太担心赵锡堂。他去商团工作是为了收集情报，还是心属革命政权的。虽然他身为教官，有以指挥官的身份上战场的危险；不过他不会认真战斗，就算打起仗来，一定也会找机会逃走。现在，刘继泰说十月十五日赵锡堂在香港，但他没有和刘继泰在一起，这件事让世航很在意。

是因为他发现马上就要打仗，所以提前逃走了吗？

如果是这样就好了。

"他为了补给武器弹药被派到了香港。不过，武器弹药没有装在计划的船只上，在等待下一班船的时候，战争已经结束了。"

"他还好吗？"

"啊，我没有见到他。应该没事，我听人说他正在找下一份工作，我却在做着这种事……"

"这种事？"

"你知道的吧。你不就是为此而来的吗？"刘继泰晃了晃腿，地板响起嘎吱声。

7

刘继泰说："我听说金顺记是欢迎派中的负责人以后，就猜到你会来，毕竟你比较闲嘛。果然如我所料。"

"你说我很闲就过分了。"世航面露不快。除了刘继泰之外，陆鸣泉也猜到了他会来神户。

"快说正事吧。我们也雇了不少人，必须让雇主看到成果。"

"你不是夸张地贴了那么多传单了吗？那都是成果吧。"

"比起那个，最大的成果是不让中华会馆被用作孙文欢迎会的会场。你可能不知道，这种事也要花钱的。"

“哦？我听说反对的理事很多。”世航想到了舅父在火车上说的话：虽然你是革命的支持者，又仰慕孙文，但其他人不一定都和你一样。

中华会馆是阪神之间的华侨统合机关。在此之前只有福建公所、三江（江苏、江西、浙江）公所、广东公所等按出生地区分的团体。因为民族自觉高涨，大家都期待有统一的协会。明治二十五年（一八九二年），华侨们花费了当时的两万六千余日元，在中山手路六丁目建造了一座纯中式建筑。建筑总面积有一千坪，中央的协天宫是举行正式活动的大厅，其中供奉着关帝；东侧的李中堂是宴会厅，有宽敞的厨房，面向花园；协天宫的西侧是天后宫，供奉着天后，也就是妈祖——沿海地区的居民祈祷海上安全，信奉海洋女神，这位女神在广东被称为“天后”，在福建被称为“妈祖”。

世航听舅父说，众人质疑欢迎孙文究竟算不算正式活动。会使用中华会馆的活动，一般有元旦的拜谒仪式和日本的三大节仪式；清朝时也会举行庆祝皇帝和皇太后生日的仪式。不过，这次有人提出质疑，认为孙文此次访日不算正式活动。

冯玉祥的军事政变发生在仅仅一个月之前。尚不知现在的政权是否被认可，孙文声称受到此政权的电报邀请，他究竟握有什么样的资格呢？——鉴于发生了商团事件，一部分华侨带着反孙文的情绪提出了质疑。因此，本来由华侨主办的欢迎会，变成了由东京、大阪、神户的国民党各支部共同主办，会场也由中华会馆改为东方大酒店。

无法使用中华会馆可以说是反孙文运动最大的成果。按照刘继泰的说法，这并不光是依靠反孙文的情绪，也花了钱。

刘继泰说：“认为孙文镇压商团的手段蛮不讲理的没有多少人，大多数人是收了钱，以商团事件为借口表示反对。这次可是赤裸裸地花了不少钱。”

“真不愿意相信……”

“就算不愿意相信，现实就是现实。对我来说，现实是为了避免反对运动造成麻烦，需要一定的金钱。虽然我受雇于商团，但我并不反对孙文的革命。所以我选择中立，站在中立的角度，必须压制过激派。”

世航问：“大约需要多少钱？”

刘继泰伸出右手的五根手指，举到眼前。

世航松了口气，舅父对他说过，五千日元以下的事不需要与其他人商量，由他自己决定。舅父说："如果超过五千日元，剩下的可以由金顺记承担。"所以世航打算，如果在七千日元以下，他就马上同意。他谨慎地问："五千日元吗？"

"是啊！如果是五万日元的话就太多了，没什么好谈的了。不过五千日元必须要现金，而且在今天之内付清。"

"我知道了，拿到这里就可以了吗？"

"希望你能拿到这里。"

"一定能防止发生麻烦吗？"

"当然，不过我能负责阻止的只有暴力纠纷。你听好了，在孙文留在日本这段时间里，应该不断有人会向相关人员的家中寄威胁信和匿名信，这我就阻止不了了。"

"我明白。这是另一回事，毕竟他们收了钱嘛。"

"不愧是世航，一说就懂。"

"你几点合适呢？"

"下午五点吧，在那之前我要去打通关系。我想我不会回来太晚，不过如果我没有回来，就把钱交给我妻子。"

"嗯？妻子？"世航不由得看向台阶，楼下传来了缝纫机的声音。

"嗯，我们都是扬州人，是在香港认识的。"刘继泰有些不好意思。

"你动作真快。对了，交给你妻子没问题吗？"

刘继泰笑着说："没问题，这种事她比我在行。"

虽然想问的事堆积如山，但世航必须赶快离开了。五千日元现金不是那么容易凑齐的。

回去时，世航路过了中华会馆。虽然拒绝欢迎孙文的只是少数人，但欢迎派的人们为了避免孙文留在日本时发生不测，尽量做出了让步。中华会馆的一部分建筑使用了琉璃瓦。清朝禁止普通民房使用琉璃瓦，但这里是祭拜关帝和天后的地方，所以获得了许可。

"中山先生在夏威夷生活过，比起在关帝像面前，在东方大酒店里更能安下心来吧。"

中华会馆的章程中写道："通过祭拜关帝及古圣贤，致力于增进日清[1]两国臣民之友谊，同时增进商业信用及公德。"中华会馆的柱子是红色的，使用了金箔和银箔，世航觉得这与革命家孙文并不般配，而且会馆中还有孙文讨厌的李鸿章、康有为等人写的匾额和对联。

回到金顺记后，世航得知上海号已经从长崎出港，预计将于明天下午两点左右到达神户。世航等着凑齐五千日元的时候，打开了因为忙碌一直没有看过的早报。

这段报道说孙文"穿着极朴素的中山装，逐渐斑白的眉间刻着多年来的辛劳，扬眉吐气地娓娓道来"。标题是"充满信念，孙文氏讲述"。

世航反复读着这篇报道，从椅子上站起身来，内心激动不已。

"啊，准备好了。"连远志用拇指和食指捏着纸袋提了进来，好像拿着什么不干净的东西一样。

世航接过纸袋，突然想到装着那三只越窑碗盒子的包袱。他觉得自己这段时间一直在学习：高述、陆鸣泉、刘继泰——他们都是世航的老师。

[1] 辛亥革命后改为日华。

秋日的送别

1

站在镜子前果然还是会不好意思。仔细看的话，袖口的银边有一种廉价感，不过在镜子里看起来威风凛凛，倒是很像回事。

“很合适嘛。”身旁的卓天波说着玩笑话。

世航穿着东方大酒店服务生的制服。

孙文在神户停留的这段时间，华侨中的有志青年们在背后出力，从警备到杂务，什么都做。卓天波穿着立领的学生制服，他的任务是帮酒店做接待。认识世航的人不多，他取得了酒店的同意，穿上了服务生的制服。警备人员太多的话，会显得兴师动众，因此采取了这样的方法。

孙文乘坐的“上海”号于十一月二十四日下午两点半到达了神户第四防波堤，众多人前去迎接。砂田重政等几名众议院议员也出现在迎接的人群中，但内阁成员并未到场。孙文的盟友犬养毅在加藤内阁六月组阁时进入内阁，担任邮政大臣。

加藤内阁认可北方政权，因此犬养有所顾忌，没能亲自前来，而是派了古岛一雄代表自己来迎接。另一方面，民间甚至出动了童子军欢迎孙文。日本对孙文的态度一直是这样：官方冷淡而人民热情。

温世航在酒店待命，因此没看到防波堤上的欢迎景象。孙文上岸后，坐车直接来到东方大酒店。在酒店玄关处，虽然只有很短的一瞬间，身穿服务生制服的世航在很近的地方看到了孙文。孙文唇边的胡子花白，每次点头致意时都会微微晃动，这给世航留下了深刻的印象。

“平安无事。”前去迎接孙文的连远志从世航身边走过时小声说。世航深深地点头作为回应。

当天上午，为了谨慎起见，世航又去了一次中山手的“叶”家。刘继泰不在家，他的妻子和上次一样踩着缝纫机。

“你不放心吗？不过我觉得没问题。他出门不是为了工作，是出去玩儿了。所以事情已经办好了。”在世航开口询问前，刘继泰的妻子便说道。她的长相很稚嫩，不过刘继泰说他妻子是这行的专家。

由于她这番保证说得很轻松，世航也放下心来。世航道谢后，她说：“其他方面可能也会有所动作，不过充其量就是恶作剧而已。”话音未落，她就走到了缝纫机旁。

在回酒店的途中，世航觉得那五千日元似乎是被巧妙地骗走了。五千日元是一大笔钱，可以建几栋中山手的长栋房屋了。

“啊，就当交了保险了。”准备了这些钱的舅父说，也许舅父也有同样的怀疑。

孙文在神户住了六天，于十一月三十日上午十点二十分乘坐“北岭”号前往天津。

“你现在就站在历史舞台的幕后，这可是难得的经验。”世航穿着服务生的制服，舅父拍着他的肩膀说。

到达神户当天，孙文好好休息了一番。

第二天晚上，神户、大阪、东京的国民党支部共同举办了欢迎会。就在那天下午，神户商业会议所副会长西川庄三拜访了孙文，请他发表演讲。

演讲安排在二十八日下午，在县立神户高等女校的礼堂举行。演讲题目是“关于‘大亚洲问题’”，但孙文讲的是“大亚洲主义”；后来这篇演讲被收录在他的全集中时，使用的就是“大亚洲主义”的题目。

二十四日到达时，孙文在船内会见了记者。在国民党三支部共同举办的欢迎会上、演讲时、演讲当天的晚上华侨各团体和有志者共同举办的欢迎会上，孙文都反复主张：“列强对军阀的支持是革命后混乱的原因，只有排除了列强势力的干扰，中国才可以实现和平统一。而排除列强干扰的根本，在于必须废除不平等条约。”

二十五日，头山满的出现让酒店的空气变得紧张起来。那天晚上，孙文和头山满会谈，但其他人并不知道两人谈话的具体内容。

“孙文先生会见头山氏后心情不太好。”连远志在欢迎会后一直住在酒店工作，他这样对世航说。

世航问：“果然还是因为领土问题吗？”

“好像是，没有其他原因了。孙文已经事先对《每日新闻》的泽村记者说过不会讨论旅顺、大连的问题。我听说头山先生是受内田良平所托前来的。”

孙文在第二天早上回答头山满和同行的日本朝日记者藤本：“我尚未考虑收复旅顺、大连的问题。”

这是痛苦的回答。孙文为了中国统一，前来取得日本朝野的理解，因此要尽量避免无谓的摩擦。

沙俄与清政府签署《中俄旅大租地条约》是在一八九八年三月，租借期为二十五年。日本在日俄战争中取胜，因此接管了沙俄的租借权。此项权限在一九二三年到期，旅顺和大连理应归还中国。但日本在《二十一条》的要求中加入了将租界期限延长为九十九年的条款。日本政府发表了《最终通牒》，迫使袁世凯政权接受《二十一条》。

之后，中国政府坚持主张在强迫下签订的条约无效。本来应该在去年归还给中国的旅顺、大连成了扎在两国关系咽喉上的一根刺。

如今，旅顺和大连被日本侵占，问题不能得到迅速解决。孙文目前不打算触及这项问题，打算将来再处理。

可是头山满前来试图了断此事——头山满是孙文长年的朋友，又是他亡命时期的保护者。这让孙文的心情十分复杂。

直到二十五年前[1]为止，日本也在为不平等条约而苦恼，日本国内存在着日本无法控制其主权的地区。

---

[1] 明治三十二年，废除治外法权、归还居留地。

孙文希望有此经历的日本能够理解中国的痛苦。但现在看来，日本似乎想要站在施加痛苦的一方。

2

“日本民族既得到了欧美的霸道的文化，又有亚洲王道文化的本质，从今以后对於世界文化的前途，究竟是做西方霸道的鹰犬，或是做东方王道的干城，就在你们日本国民去详审慎择。”

二十八日下午，大正十四年正月刊《改造》上登载了由戴天仇翻译的孙文在神户高等女校演讲的最后结语。

神户高女的校舍是那年三月新建的，礼堂宽敞，但依然无法容纳多于两千人的观众。无法进入会场的多达上千人，甚至有人趴在窗户上聆听此次演讲。因此，主办方临时将体育馆设为第二会场，孙文首先在那里发表了简单的讲话后，才在礼堂发表了正式的演讲。

“这是一场格调很高的演讲。”在神户高女的演讲结束后、商业会议所和华侨中的有志者举办的欢迎宴会开始前，世航和舅父在酒店大堂休息，李烈钧等人出现时，世航不由自主地说出了自己的感想。

“在日本，格调太高是不行的。他们只关心哪里有什么样的利益。他们对会出现利益的地方格外敏感，但是对中国人心所在和其中蕴含的力量，还有如今哪里是中国力量的中心，可以说是一无所知。

这样一来，他们对总理想说的话能够理解多少呢？而且我感觉，今天总理顾虑得太多了，也许是考虑到作为客人的礼仪吧。”李烈钧眉头紧锁大声说着。不过他说的是汉语。

“演讲中夸赞日本充分吸收了西方的文化，也就是科学、技术和物质文明；另一方面，他还指出东方的文化，也就是仁义道德的精神文明，同样是不能忘记的。”

连远志说：“因为听众几乎都是日本人，先生也是第一次做这种面向一般人的演讲吧。”

“确实如此，不过我倒是做过几次，在士官学校也做过，没有用翻译。”

李烈钧的日语很好，不逊于当天为孙文做翻译的戴天仇。日本提出希望由李烈钧做孙文演讲的翻译，这是最好的搭档。但李烈钧地位太高，不适合做翻译。

此次政变后，北洋政府首脑段祺瑞执政为李烈钧准备了参谋总长的位置。日本报纸也报道了此事。虽然同样是党中央执政委员，不过戴天仇比李烈钧年轻十岁，正适合作为翻译。

连远志说：“你在东京做了不少工作啊！”

为了说服日本与中国合作，李烈钧从十月初开始就在东京努力奔走，但是并没有显著的成果。孙文希望日本在经历过由不平等条约带来的屈辱之后，能够助被压迫的民族一臂之力。但日本仿佛已经忘记了过去的屈辱，陶醉在现在的优越感中。

“他们已经陶醉其中了，”李烈钧咬牙切齿地说，“至少身居政府要职的人是这样。”

连远志说：“明治以后，日本的努力与其说是为了早日摆脱屈辱，不如说是为了早日站在优越的立场上。至少我个人这样认为。”

李烈钧垂头丧气地说：“我们估计错误了，包括中山先生在内。不，虽然有这种感觉，但我觉得还不至于如此。《二十一条》中的要求是日本真正的态度，但日本一定还有另外的一面，这是我乐观的看法。”

他希望中日两国的合作关系能愈发紧密，逐步废除西欧列强迫使中国接受的不平等条约。不光是与中国签订的不平等条约，他的理想是废除全亚洲的不平等条约。经过一个多月的工作，日本的反馈让他失望。

如今，比起日本通李烈钧，孙文对中日合作热情更高，今天的演讲也能体现出这一点。

“竭尽全力吧，除此以外别无他法了。”李烈钧重振精神，抚摩着八字胡走向了电梯。

报社记者聚集在大堂，不过自然只有中国记者听懂了两人刚才的对话。让世航略感失望的是，上海的表哥绍桓没有和孙文一行一起来日本。在前几天收到的信上，绍桓说他要先一步到北京去。

“我很不满！”

世航听到了口音很重的日语，本以为是中国记者，循声看去却并非如此——是朝鲜京城的《东亚日报》派来的记者，名叫尹洪烈。

“你有什么不满？”一直在和他交谈的日本记者问。

尹洪烈说：“他夸选择西欧霸道的日本夸得太多了。日本的荣光……荣光的阴影中是什么？孙文先生应该提到这些。在日本荣光的阴影中是朝鲜。这是事实！哪怕只提一句也好，我希望他能提到朝鲜。如果他希望日本成为废除不平等条约的先锋，不是应该提到要让日本解决最不平等的吞并韩国的问题吗？我很不满。”

“你是说孙文不知道朝鲜的事吗？”

尹洪烈怒气冲冲地说：“不，他不应该不知道。就是他知道却故意不提让我很不满。”

“孙文是绅士，不会想说什么就说什么，你要考虑到这一点。”有人从旁劝说。

“《日本编年史》的记者和尹先生的意见一致。他说以前孙文演讲中激烈地批评日本的部分被藏起来了。”

“以前的演讲是说在广州和上海的演讲吧。对本国人民的演讲和在日本人面前的演讲语气当然不一样了。”

“哎呀，虽然听上去平和，其实很有攻击性。他是把问题留给了日本人。”日本记者相继说道。

3

演讲结束两天后，孙文离开了神户。他在东方大酒店住了六天。在此期间，温世航一直穿着服务生的制服，留在酒店做警备工作。

十一月三十日上午九点，孙文一行人离开了酒店。在酒店大门目送一行人乘坐六辆汽车离开后，世航立刻脱下服务生的制服，打车前往防波堤。

“已经结束了，你辛苦了。”虽然舅父拍着他的肩膀这样说，但世航觉得事情还没有结束。如果没有看到孙文乘坐的船只离开码头，他就无法放下心来。

和卓天波等人一起留在酒店的人中，还有两人抱着和世航一样的想法，于是三人坐上了同一辆出租车。

近海邮船“北岭”号预计将于上午十点二十分出航。孙文一行人提前一个小时到达，与好友和关照他们的人告别。和迎接的时候一样，送行时童子军也排列站在码头上。

“孙文先生万岁！”众多送行的人反复高喊道。

世航知道会有正式的警卫人员在孙文周围防备。虽然不能靠近孙文，但这七天里他每一天都能见到孙文，感到孙文的热情也传染给了自己。

孙文穿着中山装，站在甲板上摘下帽子轻轻挥动，向前来送行的人致意。夫人宋庆龄站在他身边微笑着挥手。不知什么时候，“北岭”号离开了码头。

世航感到体内涌起一股热流。在这七天里，他被孙文的热情所感染，这股热情仿佛一下子燃烧了起来。他胸中涌起激动之情，仿佛获得了巨大的能量。孙文的身姿变得越来越小。世航的眼中不知什么时候充满了泪水。

“这就是爱国热情吗？还是泛滥的青春呢？”世航自己问自己，而“北岭”号已经转变了方向，挥着手高声送别的人们终于开始散去。

“啊呀，平安无事地结束了。”

一只手搭上了世航的肩膀，他回头一看，原来是刘继泰。刘继泰的妻子在一旁微笑。这是世航第一次看到她的笑容，或者说是她的表情。

“托你的福。”世航回答，心里涌出一丝抗拒的情绪。真的是他交给刘继泰的那五千日元起了作用，让一切顺利结束的吗？

“啊，这是我在东京时的朋友刘继泰，明治法学部毕业的。”世航想起卓天波在旁边，急忙介绍道，“这位是高商的卓天波。”

两人互相点头致意。刘继泰看着旁边的妻子介绍：“这是我妻子，白苕华。”

虽然已经见过两面，但世航这才知道她的名字。

“怎么样，咱们好久没好好聊聊了……”介绍过自己的妻子后，刘继泰说。

“我还有事，先告辞了。”卓天波举起一只手，微微鞠一躬后离开了。也许是听出了刘继泰语气中的邀请之意，卓天才先行离开。

刘继泰说：“来吃顿便饭吧？”

“去你家里吗？”世航看了看刘继泰的妻子，她微笑着点了点头。前两次见面时她都面无表情，没想到表情竟然如此丰富。是她此时在强颜欢笑，还是前两次见面时她都刻意压抑着表情呢？似乎应该是后一种可能。但是为什么要这么做呢？世航起了好奇心。

“是啊，苕华亲自做饭。虽然做不了什么好的，就当成下酒菜，边聊天儿边喝一杯如何？”

世航晚上要和卓天波他们开庆功会，白天没有安排，他对刘继泰夫妇也很感兴趣。他回头将目光投向了大海。“北岭”号应该还没有驶出防波堤，但是已经分辨不出它的身影了。

“你看上去很兴奋啊。”刘继泰说。

“比起兴奋，更多的是感动。”

“啊……”

“你呢？”

“可能是变得成熟了吧。虽然不能说不兴奋，但感情不像以前那么激烈了。经历过怒涛的洗礼，已经不会一味地兴奋了。”

“怒涛是指社会吗？”

“这些事还是坐下慢慢聊吧。”

“好。”

我有好多事想要问你——世航想对他说。

秋天就要过去了。点缀在神户的山上的红叶也失去了鲜红的光彩。就要入冬了。

刘继泰把衣领竖了起来，他穿着高级的外套。“真怀念在双烟馆里畅所欲言的日子。”刘继泰说。

“不就是不久前的事吗？”世航将对方说过的话又说了一遍。

“是啊，真的就在不久之前，但是感觉已经过了很久了。为什么会觉得过去了这么久呢？”刘继泰疑惑地说。

4

“你说得没错。在双烟馆的日子好像已经过去了很久。”来到叶家，也就是刘继泰的住处后，温世航盘腿坐在榻榻米上，看着天花板和纸拉窗说。

“我不是说了吗？是因为怒涛的洗礼。”刘继泰眯着眼睛说。他之前应该没有这个习惯，也许是为了避免直视世航吧。如果是这样的话，他为什么要邀请世航前来呢？

“怒涛啊……”

“啊，你有没有经过怒涛的洗礼呢？”

“台湾、广州、香港、上海，又去了浙江的普陀山，参拜了寺庙，然后再去香港……我算是经历不少了吧。”

“不，你只是四处奔波，经历的波浪并不汹涌。”

“你怎么知道？”

“你去了各个地方，但是为旅费担心过吗？”

被刘继泰这么一说，世航不知该如何回答。

“虽然不用担心旅费，但是并不安稳吧。”

世航回想起在普陀山的那个夜晚。与芳韵的结合让那个夜晚成为一个分界点，此前和此后之间的距离变得遥远。那个夜晚的事情难道只是一阵稍纵即逝的风吗？

“这样说也没错，不过我觉得人生的怒涛大多是由金钱而起。那份辛苦……啊，我不是想要批判你，但是真羡慕你……”刘继泰睁大了眼睛。

“你吃了不少苦吗？”

“可以这么说吧，我觉得我有这样说的资格。”

“但是，生活不光是波涛汹涌不是吗？”世航看向了楼梯。

刘继泰的妻子正在楼下准备饭菜，从这里能听到菜刀切菜和洗洗涮涮的声音。刘继泰结婚了，世航的眼神在说这可不能说是怒涛。但是他马上想到，自己也把与芳韵的相遇当成汹涌的波浪，他意识到了自己想法的矛盾。

刘继泰说：“是啊，就像每个夜晚都会迎来黎明，每一场雨都会放晴。”

“你现在如何？”

“就要迎来黎明了吧。又或者是暴风雨终于变小了。”

“今后会越来越好的吧？”

“我希望如此。”

“上次我来的时候你总是提到赞助商，就是商团吧？”

“商团已经被孙文摧毁了。”

“是其他人吗？”

“当然。不过那只是个赞助商，我并没有完全属于那里。我是独立的，和在商团工作的时候不一样。”

“独立？就是说你是一国一城的主人了？”

“我希望你说是私人商店的店主。”

“这么说赞助商就是客户了。”

“应该说是老主顾了。你好像很感兴趣，但是我不能透露老主顾的信息，做买卖也要守规矩。”

“我明白。虽然我想知道，但我不会问的。”世航喝了一口已经凉掉的茶。

商团是在十月中旬被摧毁的，刘继泰刚刚开业，他口中的老主顾一定是在商团工作时认识的。工作是反孙文运动，这就可以猜到大致的方向。

世航说：“你转变得这么快是挺好，不过我担心赵锡堂。”

“不用担心，羊城医院的黄医生会帮忙的。”刘继泰又敲了敲膝盖。

我跟他说过羊城医院的黄简吗？世航拼命回忆着。他记得自己虽然说过联络处羊城医院的名字，但是并没有说过与医院的关系。听刘继泰刚才的语气，似乎对一切都了如指掌。世航问：“虽然商团不在了，但陈廉伯还健在吧？”

“健在倒是健在。”

“他的事业也还在吗？”

“不，”刘继泰摇了摇头，“啊呀，他是个聪明人，应该留下了事业的根基，不过也被侵占得差不多了吧。虽然他自己可能并不这样认为。”

“侵占？”

听刘继泰的口气，似乎并非是由于商团被摧毁而造成的损失。

刘继泰回答：“有一个比他更聪明的女人。”

“啊，这样吗……”世航点点头，一定是太玄会的陆慈泉。不光是陈廉伯，商团的首脑中有不少人皈依于她。

“你一定认识那个女人，都被她夺走了。因为陈廉伯深信不疑，他觉得商团事件只损失了那些东西，而这都是因为信仰的保佑。”

“真厉害。”世航只能这样说了。

“对了，你认识奥利弗·希尔曼吧？”刘继泰突然改变了话题。

“嗯。”世航点点头。

“他好像又换了行当。”

“是吗？”

“如今这个时代有各种买卖，其实我妻子啊……”刚说了一半，楼下传来了他妻子的声音，说饭菜准备好了。

刘继泰起身说：“下楼吃饭吧。”

虽然不知道刘继泰接下去要说什么，但是奥利弗·希尔曼的名字突然出现又突然消失，很让人在意。

老主顾就是指希尔曼吗？世航隐隐察觉到了。

做生意的规矩就是不能透露客人的信息，刚才刘继泰只提到了希尔曼的名字，并没有说他就是客人。不过，他的名字与前后的话题格格不入，刘继泰有可能是在暗示他就是客人。

奥利弗·希尔曼曾是保险代理商利斯特的员工，也做过沙面租界的警官，经常换工作。反正都是伪装，可以随便改变职业——他真正的职业应该是英国谍报系统的重要人物。希尔曼本人并没有刻意隐瞒此事。

如果希尔曼是赞助商就说得通了，他是为了英国的国家利益而行动的。众所周知，商团和吴佩孚的后台是英国。孙文与商团和吴佩孚为敌，尖锐地批判帝国主义列强，英国当然要攻击他。

听刘继泰的口气，他并不是接受了命令，而是接受委托做事。希尔曼要委托别人散布张贴攻击孙文的传单，刘继泰接受了这份工作。

他可以从双方获利啊！

因为此事太可恨，世航下楼时反而觉得荒谬。既然是工作，刘继泰自然从希尔曼那里收了钱，然后又从世航手里收了五千日元。

5

“是比不上香港的‘福味’。”刘继泰说。

餐桌上已经摆上了蔬菜炒猪肝、豆腐、糖醋里脊，刘继泰的妻子最后端上来的盘子中摆着几个点心。

“这是扬州点心，我妻子最拿手的。”刘继泰说完后又开始用日语，也许是因为要说到他妻子的事情。“我还在香港商团的时候，我现在的妻子经常到办公室来。”

“听你的口气好像是很久之前的事了，不是刚刚过去不久吗？还冒着热气呢！”世航打趣道，他觉得这样对方更容易说下去。

“也对。最多才不过半年。总之她……白苕华是来送钱的。”

“钱？从哪里弄来的？”

“最开始我也不知道。商团当然会向会员收取会费。会员是商人，都很有钱，会费也不便宜。但是要雇用军队、购买武器，无论收多少会费也不够用。商人都是要投入资本做买卖的，没有多少多余的钱。除了会费，维持商团的工作要靠志愿者的捐款。她带来的正是捐款，但我不知道捐赠人是谁。因为她是扬州人，和我是老乡，所以我曾经用家乡话问过她。她对我很亲切，但依然没有说出捐赠人的身份。香港的商团办公室里一直有几位董事在，每次收到钱的时候都会签字。但是普通的董事似乎也不知道钱是从哪里来的。你也知道我秉持的主义，尽量愉快地生活在世上。钱是从哪里来的都无所谓。但是如果调查变得有趣了，探寻金钱的来路就变成了一种乐趣。你能明白吧？”

“我明白。”

“我就想设法探寻钱的来路，我对她说我一定会找到这笔钱的出处。她对我说请便。”

“感觉像是在做游戏啊！”

“我就是把这当成了游戏。首先必须查到她的住处。她每隔两三天会来一次办公室，但我是要正经工作的人，不能在她送完钱回去时跟踪她。有两次我正好在她要回去的时候有事需要外出，我抓住机会跟踪她，但是没有成功，被甩掉了。有一次她甚至从右边绕到我旁边冲我做鬼脸。”

“哈哈哈，她也在享受这个游戏吧？”

“可能是吧。然后，通过一次意想不到的机会，我找到了她住的地方。那完全是偶然，不，也不能说完全没有靠直觉，不过是没想到会准的直觉。”

“你好像在故弄玄虚啊！”

“其实，这就要提到我和你一起去吃过饭的那家‘福味’了。我常常去那家店，就是因为有这个。”刘继泰指着餐桌上的点心。

“这个？”

“是的，看起来平淡无奇，但是吃了就知道。‘福味’的招牌是鱼，口味以广东菜为主，但是只有点心不同。我的舌头不会出错，这是扬州的味道。我是扬州人，我的舌头记得这个味道。我问过厨师后，得知果然是这样。这点心不是店里做的，是一位扬州的女子做的，拿到店里后只需要蒸一下。但是‘福味’的厨师不告诉我这是从哪里进的货，因为这是商业秘密吧。”

“不是店里雇的扬州女子？”

“他说得很清楚，是去进的货。如果是厨房里的人做的，我立刻就能看到。听厨师说，除了‘福味’还有另一家店在进货，那名扬州人只能做出这么多了。‘福味’的厨师担心，如果让别人知道了进货的地方，就会增加竞争者，点心的价格会上涨。然后我就有了个主意。”刘继泰自己也拿起筷子，劝世航尝尝点心。

“真好吃。”这不是客气话，世航是真心这样觉得。吃了一口后觉得味道清淡，口感很好，味道会在口中停留一段时间，余味清香。

“很好吃吧。”刘继泰自豪地说。

“我不记得在‘福味’吃到过。”

“你去的那天没有进货，这点心并不是每天都有的。”

“这样啊……然后呢？”世航大致猜到了事情的发展，但是这个故事必须由刘继泰来讲述。

“进货是在早上，不能在前一天进货，味道会变得不新鲜。所以我起了个大早跟踪‘福味’的厨师，他去了登打士街的胡同，那是一栋快要倒塌的三层建筑二楼的一个房间。在面对胡同的走廊上，拿着一个包裹走出来的，正是白茗华。”

刘继泰说到“白茗华”三个字时用的是汉语，只见她拿着小茶壶从厨房走出来问：“什么事？”

“我在说这个点心是你做的。”刘继泰用汉语说，接着又换回了日语。“我立刻跑上楼，她已经回到房间去了。但是我没有客气，咚咚咚地敲着门。屋里传来不标准的广东话，说着‘谁啊，吵死了’，然后打开了门，你一定想不到当时她的表情。”

“啊，虽说是碰巧，不过是你的舌头立了功。如果你的舌头不灵，就注意不到这是家乡的味道了。”

“所以不能说是百分之百的巧合。总之，那扇嘎吱作响的门打开的时候，就是我们的……嗯，应该说是爱情故事的开端吧。”

“多谢款待。”世航说出了一句一语双关的日语，用筷子又夹了一块点心。

“不要客气，多吃点儿。其他的倒无所谓，这一盘可不要剩下，不然她会不开心的。”

“你也来坐吧，一起吃。”世航用汉语对白茗华说。

“就来。”白茗华轻松地说。

6

志同道合者成夫妻，刘继泰和白茗华也有共通之处，就是不会犹豫。刘继泰相信人生要愉快地度过，他应该从来没有怀疑过这点吧。白茗华也一样，做梦都没有想过，除了自己的生存方式之外，还有别的方式：利益。

“我三岁的时候妈妈死了，八岁的时候爸爸死了，是亲戚将我养大的。爸爸的财产都被亲戚拿走了，说是当作我的抚养费。我当时还是孩了，却让他们算出来让我看看，养我究竟要花多少钱。这是理所当然的吧？但是没有人把我的话当回事。我曾经因为大声叫伯父‘小偷’而被打了一顿。”她觉得人都是逐利的，除此之外的行动都是伪装。她说话直截了当，让人感觉很舒服。

白苕华把自己的事当成笑话来说。冲着伯父大喊“小偷”，她那时真是个天不怕地不怕的孩子。这样的孩子失去了父母，在大家族中会受到什么待遇，也是可想而知的。

白家是扬州郊外的农家，但是白苕华小学毕业后就当上了扬州市内照相馆的助手。那家照相馆是一位上海摄影师在扬州开的，摄影师娶了扬州的姑娘，照相馆繁荣了十几年，后来丈夫得病去世，妻子继承了店铺。在扬州，由女性开的照相馆很特别。

照相馆很挣钱，女主人以前并没有正式学过照相，只是在丈夫身边边看边模仿，就这样掌握了照相的方法。

“既然如此，我也可以……”刚从小学毕业的白苕华这样想着。她不要工钱，硬是当上了店里的员工。她住在店里，三餐在隔壁的食堂吃，晚上在食堂帮忙算是抵了饭钱。就是在那时，她学会了做点心。

“我白天晚上都要工作。有一对英国的牧师夫妇寄住在食堂后面，我在食堂洗完盘子后就去他们那里学英语。因为照相馆的老板娘告诉我，只要学会英语就能赚好多钱，所以我想要学学看。可能是因为我喜欢牧师的夫人吧，所以也喜欢上了英语。就这样，我努力了五年，也攒下一些积蓄。虽然说好不要工钱，但是因为我能干，照相馆和食堂都怕我跑掉，硬是给了我工钱。”白苕华淘气地笑着。

小学毕业五年后应该已经是个大姑娘了。牧师夫人给她介绍了一份工作。

“真想早点儿离开扬州。”

这是白苕华的口头禅。这名妙龄少女受不了扬州郊外的白家复杂的家庭关系，而且她从早到晚挥汗如雨地工作，周围的人却很蔑视她。牧师夫人经常听到她的口头禅，便对她说：“要不要去上海试试？”

英国的富豪、著名的中国瓷器收藏家麦克米兰带着妻子来到了中国。他计划在中国停留两年，收集瓷器、调查窑址。麦克米兰经懂瓷器的朋友介绍雇了翻译，不过与他一起来的夫人也想雇一位女性翻译兼杂务人员。牧师夫人去上海玩的时候见到了麦克米兰夫人，听到此事后，向她推荐了白苕华。

“我认识一个能干的姑娘。如果是一般的日常会话，她完全可以胜任。”

听到麦克米兰夫人的话之后，牧师夫人立刻想到了总是将想要离开扬州挂在嘴边的白苕华。

白苕华说：“我相信无论在什么地方，我都能帮上忙。”为了挣钱必须要能帮上忙，她本能地知道这一点，便总是做好帮助别人的准备。也许是因为牧师夫人一直看着这样的她，所以很有信心地将她推荐给了麦克米兰夫人。

两年里，她主要为麦克米兰夫人工作。麦克米兰这个人不好相处，他的翻译在两年里换了三个。在前一任翻译辞职，又还没找到下一任翻译的空窗期，白苕华就会临时承担翻译的工作。

“我用这姑娘就挺好的啊，比那个辞职的翻译有用多了。”麦克米兰说，但他夫人不同意。

“这可不行。苕华是来给我帮忙的。”

夫妻俩主要是在上海看看别人带来的瓷器，决定要不要买。不过有时也会去景德镇、龙泉窑和江西南部的窑址调查。这种时候，白苕华掌握的摄影技术就帮上了大忙。

在中国的工作结束后，麦克米兰夫妇曾提出想带白苕华去伦敦，但她委婉地拒绝了。

白苕华说：“我不想被人束缚。我就是因为不想被束缚才离开白家的；虽然为了学习摄影和英语留在扬州，但我也不想被扬州束缚；我也决不想被麦克米兰先生束缚。我给您帮了忙，收取应得的报酬，这样的关系是最好的。如果再进一步就会被束缚。一旦被束缚，就不能赚钱了。”她有不可动摇的原则，那就是赚钱。为了赚更多的钱，她不能被束缚。“不管怎样，我会陪您到香港。”

收藏家麦克米兰要去香港做最后的检查，打算在香港停留三个月后回国。白苕华要在这段时间里决定自己的未来。

“这个姑娘绝对值得信赖。你甚至可以放心地把一百万美元放在她面前自己去旅行。”为了推荐白茗华，麦克米兰甚至说出了这么夸张的话。不过他确实曾经将价值一百万美元以上的瓷器交给白茗华，然后和夫人一起去旅行了。

麦克米兰是著名的富豪，而且大家都知道他不好相处，所以他的保证有绝对的权威。

一个处理巨额资金的组织想要雇用她，但她确实不想被束缚，所以签下了半年的合约。

她现在都不知道那究竟是什么样的组织，只是从一家叫利斯特的保险代理商事务所取钱，再把钱送去一个地方——那里就有她的老乡刘继泰在。

“我啊，觉得找到了共同经营人生的人。以后我想两人一起赚钱。”这种话从她口中说出来一点儿也不让人讨厌。刘继泰在一旁点头，似乎在说我很同意。

7

“三丁包子”是扬州著名的点心。刘继泰说他从“福味”的点心里尝到了扬州的味道。之所以叫三丁，是因为包子里有猪肉、鸡肉和竹笋三种馅儿。做包子要把三种食材切成小块，白茗华说，做得好吃的秘诀，是在三丁里加一点儿虾子。

“这个没做好，蔬菜不太一样。”

茗华坦白地说没做好的菜是“翡翠烧卖”。因为馅儿是用绿色蔬菜做成的，外表看起来是漂亮的绿色，所以起了这样的名字。她说：“我还没有习惯日本的蔬菜。”

这顿午饭吃得比想象中愉快。世航逐渐对白茗华起了敬畏之心。她说话毫不含蓄，听起来却让人愉悦，这只有性格非常好的人才能做到。不知道她的摄影技术如何，不过在扬州的食堂学到的点心做得非常好吃。她不过二十岁左右，已经学习了各种技能。看起来她是以赚钱为目的，有意学习了各个方面的技能，一步步脚踏实地进行着，这不得不说是无与伦比的才能。

那五千日元还留在世航心中的角落里。因为这只是几天前的事情，钱的厚度和手感还很鲜明。

“赚钱需要资本，你们攒了不少了吧？”世航问对面的夫妇。

“嗯，攒了一些。”妻子回答道。

“那五千日元也在其中吧？”世航当然问不出口。他很佩服白苕华选择享乐主义者刘继泰作为人生合伙人的想法。说不定这对夫妇是绝佳搭配。

白苕华补充道：“钱还是不够，不过正在攒。”

世航问：“只靠你们两个人吗？”他这句话忽略了刘继泰，是直接问苕华的。

“你说两个人是指？”

“我是说有没有接受其他人的投资。”

“啊，这个啊……”她看向了身旁大口吃着翡翠烧卖的丈夫，“我偶尔也跟他说过，还是要看人吧。要看是什么样的人来投资再决定。”

“我怎么样？假如我想投资……”

世航盯着苕华的脸。这次回答的人是刘继泰。

“很欢迎啊。如果你来投资，就是说我们可以利用金顺记的关系了，对我们来说有很大的好处，当然很欢迎。嗯？你是当真的吗？”

“嗯，当真的。”世航回答。

温家的财产在东京和上海，作为温家的嫡子，世航了解大致的情况。母亲和舅父现在管理着这些财产，不过舅父连远志不久前曾说过：“差不多该交给世航自己管理经营了吧？我们是替人家经营，总会有所顾忌，我想放下这个重担了。”

“也许财产要一步步转移到他手里了吧。”现在，世航可以自己决定如何使用的钱也有一两万。

“苕华，你觉得如何？”刘继泰询问妻子的意见。虽说是共同经营，不过妻子似乎是主导者。

白苕华说：“不过温先生，你还不知道我们打算做什么吧？”

“是要赚钱吧？你不是说了好多遍了吗？”

苕华笑了起来，刘继泰像是受到她的影响一样也笑了起来。

“这次的工作已经结束了吧？”世航问刘继泰。

刘继泰回答：“算是结束了。你那边也结束了吧。‘北岭’号要路过门司，但不会在冲泊靠岸。可以说孙文先生已经去天津了。嗯，我的工作只剩下写报告了吧。”

工作应该是指反孙文运动。攻击孙文的传单有六种，不知道对方让刘继泰写了多少。因为是煽动性的传单，并不需要写太长，说不定就是这夫妇两人单独完成的。虽然看上去雇了很多人，不过说不定雇的人只需要在电线杆上贴传单。在南京町看到的贴传单的人是日本的失业者。他坦白说有人让他在三宫站附近贴传单，当场给了他五十钱。他的描述很含糊，说那个人四十岁左右，很胖，不知道是日本人还是中国人。

世航问：“报告要寄到香港去吗？”

“由你想象。”

“是英文的吗？”

“不，”刘继泰摇了摇头，“是日文的，其实不管用什么都无所谓，反正有人翻译。”

“哈哈哈。”世航笑着抬起头，架子上放着简易的印刷版。大部分反孙文传单都是复印的。

刘继泰注意到世航看到了印刷版，笑了起来。

“你娶了一个从早到晚都在干活的妻子，真是幸福啊！”因为他是用日语说的，所以苔华一脸茫然。

8

“不知道那些家伙怎么样了。”在神户金顺记开庆功会时，不知谁说了这么一句。那些家伙是指攻击孙文、反对欢迎孙文的人。

孙文访问神户的行程可以说成功结束了。虽然只是民间组织的欢迎，但十分盛大。演讲也聚集了很多人，甚至有人无法进入会场。除了神户商业会议所，《大阪朝日》《大阪每日》《神户》和《神户又新》四家报社也给予了支持，用很大的版面刊登了这次演讲。《大阪朝日》还另外登出了以“期待孙文氏”为题的长篇论文。孙文的形象愈发引人注目，对欢迎他的人来说，这自然是十分成功的结果。

反对阵营的妨碍只限于张贴传单和寄送恐吓信，不让孙文使用中华会馆是他们唯一的收获。从整体来看，可以说反对阵营完败。

在欢迎一方幕后工作的年轻人们在庆功会上称他们为“那些家伙”，也是理所当然的。

世航苦笑了一下。他刚刚和“那些家伙”一起吃过午饭。他继续说：“我们现在可以松一口气了。不过那些人是为了钱而干活的，孙文先生离开神户之后，他们也会和我们一样松一口气吧，因为一份工作结束了。”大家都点了点头。

卓天波说：“是啊，都是为了钱。”

之前每天都很紧张，现在终于结束了，年轻人们放松下来，酒喝得比平时都快。各商行都送来了清酒和绍兴酒，桌子上各式各样的菜肴是各个饭店的慰问品。

世航拿起一个包子咬了一口。“还是刘夫人的三丁包子更好吃啊！”

没有最好，也没有最坏，上下左右，亲身体验过事物间的差距会增加人的深度。现在聚集在这里大声说话、精神饱满地喝酒的年轻人们，有着相似的生活和情感。

但是，还有其他的团体，他们与这些人有不同的生活和情感。商团的余党可能也在边咒骂孙文边喝酒；也有像刘继泰夫妇那样，对这些事不感兴趣，只是拿钱办事的人。一个人无法同时属于所有团体，世航希望能确定自己的位置，然后体验不同位置的氛围。他很高兴能和刘继泰夫妇见面，和他们一起吃饭。

“世航哥，今晚好好喝一场吧。”卓天波端着酒杯走了过来。

“哦，好啊，这可是鹅黄美酒。”世航看着卓天波的杯子说。

“什么？你说的那个什么美酒？”

“好酒会像鹅的羽毛一样是淡黄色的。杜甫的诗里写过‘鹅儿黄似酒’。我看你杯子里的酒确实是鹅黄色啊！”

卓天波高举起杯子，说：“这可是真正的酒啊，不是什么骗人的东西。这是地地道道的日本酒。”

“我的不是鹅黄，是琥珀美酒。”世航杯中的是绍兴酒。

年轻人们半是因为酒、半是因为氛围而陶醉。大家共同完成一份工作，也会沉醉在对彼此的亲切感中，世航也是其中一员。

“宋庆龄夫人真美！”

“没想到李烈钧将军是那么温和的人。”

“戴天仇先生感觉是能说上话的大哥哥。”

“头天满确实很有气势。”

“啊呀，气势是有气势，但总觉得不太吉利。”

“散发着怪异的氛围。”

“他的眼睛闪着凶光啊。”

“见过头山满之后再见宫崎龙介，就会觉得见到了正经人。”

“比起龙介先生，我更想见白莲女士啊！”

宫崎龙介是孙文的盟友宫崎滔天的长子。三年前，他与柳原白莲女士之间的热恋引发了众人的讨论。

“财政大臣明明就住在同一家酒店里，都没来见孙文先生，真不像话。”

“比起财政大臣，加藤内阁才是问题所在。加藤内阁的态度是以《二十一条》的要求为基础的，所以滨口先生就算想见也不能见吧。”

加藤内阁的滨口雄幸为了出席每年例行的活动之一——关西银行大会，在二十七日住进了东方大酒店，但他并没有表示要见住在同一家酒店的孙文。

“朝鲜人真热情。”

“是啊，东京朝鲜教会的会长、副会长还有总务的人全都来了。他们对孙文先生的期望很高。”

“他们希望孙文先生能提到朝鲜的事吧。”

“《东亚日报》的尹先生也对此很不满，闹得很厉害。”

“这也是没办法的事。孙文先生要立足于现实，忍受了很多。他连大连和旅顺的事都不能提，当然不能提朝鲜了。”

年轻人们不断地回味着这些天的事情，这是他们一生中难得的经历。

世航也不知不觉喝多了，完全不记得是金顺记的店员把自己扛到床上。

他醒来时是第二天早上十点半，太阳穴传来钝痛。门开着，台灯的灯座上放着早报。世航坐起身打开了报纸，寻找孙文离开神户的报道。

最近一周，民国新政府重要人物孙文夫妇活跃于与朝野名人的会见、演讲会及欢迎会中，他们与李烈钧、戴天仇等一行二十余人在三十日上午十点二十分，与山田纯三郎、井上少佐等人共同乘坐近海邮船“北岭”号，从神户出港前往北京。当天，防波堤上聚集了众多中日人民，为他的出发送上祝福。

世航坐在床上，翻阅报纸时发出沙沙声。这声音仿佛在告诉昏昏沉沉的世航，这次接送孙文是真实发生过的事情。

年年岁岁

1

温世航为了迎接孙文的来访去了神户，短暂地回到东京后，在十二月中旬又被叫到了神户，在那里过完了这一年剩下的时间。地震后，金顺记在日本的工作重心也转移到了神户。东京和横滨的办事处与往常一样，而神户这边事情很多，所以连远志在神户停留的时间也变多了。

因为神户金顺记人手不足，所以世航被叫了过来。特别是十二月中旬，美国和印度的交易方会陆续来到神户，因此希望会英语的世航能过来帮忙接待。

连远志对他说："真抱歉，都是些临时的工作。过阵子你也会有自己的工作，再忍耐一下吧！"

世航的专业是美术史，因为他身上带着学者的气质，家族里的人希望他能接手整理金顺记历史的工作。当然这份工作并非他的义务，家族中实业家很多，大家都觉得有些对不起他。送走孙文后，世航对舅父透露过想要给朋友的事业投资的意思。当时他刚刚被刘继泰夫妇赚钱的热情所感动。舅父对世航说"你有自己的工作"，大概就是因为记得他这些话。

刘氏夫妇还在神户。他们凭借这份"工作"应该赚了不少钱。世航亲手交给了他们五千日元，刘氏夫妇正在讨论用这笔资金做些什么。

"我想试着做做古董生意。"世航去东京前，刘继泰这样说。

"是啊，你妻子眼力不错，说不定是个不错的想法。"世航答道。

虽然是作为麦克米兰夫人的翻译，但白茗华在世界著名的瓷器收藏家麦克米兰身边工作过两年，应该自然而然地成了鉴赏家。

“虽然茗华跟着麦克米兰工作过，但是购买瓷器时的翻译是其他人在做，所以她没有最关键的生意门路。”刘继泰说着耸了耸肩。

此时，世航脑海中浮现出宦官高述的脸。他从故宫建福宫中偷出大量美术品，然后替换成赝品。高述应该对生意门路，至少对供货商很熟悉。他与金顺记也不是完全没有关系。要不要把刘继泰介绍给高述呢？世航这样想，但并没有说出口。

高述这个人让人觉得不太舒服，世航也不知道该不该介绍。说不定事情的发展会意外很顺利，不过也有让刘继泰破产的风险。无论再怎么热衷于存钱，刘继泰不过二十多岁，只是刚刚进入商界的新人；而高述已经五十多岁，老奸巨猾。

不能着急，应该再看看情况。听陆鸣泉说，高述想向太玄会推销商品，他手上有不少东西，不过似乎找不到买家。如果是这样，刘继泰加入这个行当，两人不就成竞争关系了吗？

“门路啊……哪里有门路呢？我想想看吧。”

世航说完，刘继泰问道：“靠金顺记的关系找不到吗？”

“总之我找找看吧。”

简单的交流后，世航去了东京。

刘继泰的目的不是“事业”，而是“赚钱”本身。他的这份简单打动了世航。被舅父再次叫去神户的时候，如果世航想拒绝，也不是不可以；不过他还是同意了，他主要的目的是去见刘继泰，金顺记的工作不过是顺带的。

到了神户之后，他发现虽然已经过去了十天，但金顺记里还留着欢迎孙文的热情。年轻的店员们看到上海送来的报纸上关于孙文的报道，心情有喜有忧。

十一月末，孙文乘坐“北岭”号从神户出发，在黄海遭遇了暴风，一行人都晕船了。在这次航行中，孙文的健康状况并不好。

“北岭”号在十二月四日抵达天津，两万名群众前去迎接孙文。本来计划要在法租界举行欢迎会，但遭到了法国当局的禁止。孙文强势主张废除不平等条约，在法国看来是不受欢迎的人物。

世航离开东京前，看到的报纸上说，日本、英国、美国、法国、意大利、荷兰、比利时七国于十二月九日发出了联合照会，表示承认段祺瑞临时政府的条件是尊重已经缔结的条约，不得变更，并且希望尽快履行华盛顿会议上与中国相关的决议。看起来，这次照会是想在孙文废除不平等条约的主张渗透进新政府的政策前先发制人。列强不希望看到孙文的想法过多地反映在新政府的决策中。

列强稳步采取措施，新政府中已经出现了不和谐的声音。孙文主张召集国民会议决定国策，段祺瑞提倡召开善后会议讨论当下问题的善后策略。孙文做出让步，同意召开善后会议的方案，但是要求允许人民团体代表参加会议。孙文是在病床上下达的此项指示。

世航在东海道线列车上看到了上海《中华时事报》的报道，报道说反帝大同盟和市民协会等各个团体在上海组织了“国民会议促成会”。

“这是绍桓写的报道吧？”世航突然这样觉得，然后想到连绍桓为了迎接孙文而北上，现在不在上海。“或者是最近刚回国的李钦票写的？”

李钦票应该进入了《中华时事报》工作。世航希望能在只报道事实的报纸中感受到朋友的存在。

2

世航接受去神户的邀请，其实也不光是为了和刘继泰见面讨论“工作”。增田绫子在京都岚山附近的家散发出一种强烈的吸引力，将他拉向那里。但是，出乎他的意料，他在金顺记的工作上花了很多时间，年底前都没有时间到京都去。

刘继泰住在神户中山手，那里距离金顺记不远，很容易抽时间过去。去之前世航没有联系他们，不过夫妻两人都在。

“我没想到你这么快就来了。”刘继泰出来迎接世航，看上去并没有特别惊讶。

“如果我慢腾腾地磨蹭，不知道你又会跑到哪里去了呢。”

“怎么会，你都说了要投资，我还打算去东京催你呢。”

“总之，我拿了上次两倍的钱过来。”

“一万？”刘继泰伸出食指问。世航点了点头。

“不过你的口袋并不鼓嘛。”

“还没有换成现金，因为我不知道你在不在这里。”

“这样啊。先进来吧。”

两人说话间，苔华从二楼走了下来，问：“是好消息吗？”

“一万。”刘继泰再次伸出食指。

“关于门路……”世航边脱鞋边说。他在来神户的火车上想了很多，准备说说自己的决定。再怎么想高述也让人不放心，既然要投资，那世航和刘继泰夫妇一样都成了经营者中的一员。世航个人很讨厌高述，和讨厌的人做交易也没什么意思。以世航的修养，还没办法将个人感情和买卖干脆地分开。就算高述手里有取之不尽的货源，世航也不想直接和他做交易。他希望有人能在中间牵线搭桥。世航认为，陆鸣泉可以做这个桥梁。

陆鸣泉还留在日本。离开东京的前一天，世航去帝国酒店确认过了。他现在还不太清楚陆鸣泉在做什么事情，但是和高述不同。对世航来说，陆鸣泉是值得信任的人。只凭他阻止了商团购买的火药发货就够了。

“你带来了啊。”世航放下手中提着的包裹时，陆鸣泉笑着说。

“因为之前有个讨厌的男人在。”世航坦率地回答。

“高述吗？”陆鸣泉说出这个名字时微微皱了皱眉头。

“请您看看这个。”

世航打开了包裹。

“啊，这是……怎么会在你手里？”

只是看到盒子，雷芽山人陆鸣泉就知道了这是什么东西，而且大吃一惊。

“舅父……远云舅父从一个外国人手里买来的。”

世航说，他简单地说明了得到瓷碗的经过。

“是这样啊。景珠说过要把这个卖给外国人，拜托我在盒子上题字。不过我也跟她说过卖掉比较好。”

“为什么？”

“其实这是我们陆家传下来的东西。几代前有一位先人娶了两名小妾，将三只瓷碗分别给了妻子和两名小妾。当时一切都很顺利。后来那位先人去世，妻子和小妾也相继去世，三只瓷碗又回到同一个地方。那以后陆家便家道中落。陆家觉得不吉利，想把它们卖掉。你的祖母就买了去。你的祖母在美国受过教育，完全不相信迷信的说法。她现在当然也不信吧。但是，你的父亲和姑姑都在你母亲之前去世了，拿着这三只瓷碗的景珠也离了两次婚。虽然我不信这些传言，不过因为这本来是陆家的东西，我觉得要负责任，所以建议景珠处理掉它们。她找到了一位外国的买主。不过，还是回到与她同族的你的手里了啊。这果然是非同一般的缘分。我的想法是，卖出后又回来的东西，就拿它没办法了。这就又回到了一切的开端。”

“一切的开端是说？”

“妻子和小妾一人拿着一个是最好的状态，所以应该保持这样。”

“我是单身啊。”

“你有三个女朋友吗？”

“嗯……这个……”世航想起了芳韵、增田绫子和泷口信子，正好是三个人。

“总之，你就一笑置之吧，这样就可以了……”陆鸣泉笑着说。

“我知道了。谢谢您告诉我这么多。对了，还有一件事，和高述有一点儿关系……”

世航说过这些作为铺垫后，告诉陆鸣泉自己也许会和朋友一起做古代美术品的生意，希望那时陆鸣泉能多多指教。

“我很高兴能帮得上忙，有事尽管来找我。虽然关系很远，但我们也算是亲戚。就连这个越窑瓷碗，也是因为亲戚关系才从陆家到了温家手上。不过，还是很不可思议啊！”

因为这件事，世航认为门路已经打通了。

“那个人不会错，让他帮忙就没问题。”世航用这句话结束了陆鸣泉的话题。他并不了解陆鸣泉的才能，不过陆鸣泉会画画，所以他觉得陆鸣泉对美术品的审美应该不错；他也不知道陆鸣泉经商的才能如何，不过他阻止火药发货的手腕很巧妙。最重要的是世航的第六感，他总觉得只要交个那个人，一切都会顺利地进行下去。

“你一向很慎重，既然你都这么说了，我就无条件地相信。不过，你打算在这件事上花多少心思？”刘继泰问道。

世航回答：“基本都交给你。你觉得需要我的时候尽管找我，不过原则上全都交给你们夫妻俩。”

“那真是太好了。我可以按照我的风格来做吧？”

“可以。”

“我还以为，你会因为上次的事讨厌我。”

“不会，我觉得你很可靠。”

苕华端着茶走出来，笑着问：“下次什么时候再来吃三丁包子啊？”

3

徐炳年的信寄到神户金顺记，是在冬至活动结束几天后。虽然新年将近，但不光是金顺记，神户的华侨几乎都是庆祝农历正月。阳历正月不过是应酬而已，因此并没有新年的气氛。

“炳年考上了！”负责整理邮件的少年店员最先看到了徐炳年的信，拆开后大声叫道。

信的收件人是“金顺记各位同人”。“同人”是比“同志”稍稍亲切一些的说法，用来称呼做同样工作，或者兴趣相同的人们。负责邮件的少年店员也曾经和徐炳年是同僚，他后来感慨地说，当时拆信时他的心在怦怦跳。黄埔军校三期生的名单在十二月发表了。徐炳年没有考上第一、第二期。

“这次没问题吧？”

金顺记的同人都在关心。徐炳年的信中简单汇报了被录取的消息。

“我被录取为第三期步兵队一千二百三十三名学生中的一员。”

他是这样描述自己被录取的消息的。

“录取了好多人啊！”

“我记得一期是六百五十人，二期是四百五十人。”

“这次比前两期加起来还多啊！”

从店员们的话中可以看出，对于徐炳年被录取，他们并不完全是祝福的心情，世航能感觉到店员们的嫉妒。

徐炳年的信中还装着另一封没开封的信，收件人是温世航仁兄。负责邮件的店员将信递给世航时说：“感觉比给我们的信厚得多啊！”

徐炳年一定预想到了前同僚们复杂的心情。世航回到自己的房间，拆开了信件。

世航哥，我被黄埔军校录取了。这份喜悦我想最先告诉你，也许你是唯一一个会真心为我感到高兴的人。军校一口气录取了一千二百多名三期生，一定有人会暗地里说我是因为录取的人多、考试的标准低了才侥幸合格的。我仿佛都能听到这样的声音，也能想到说这些话的人是什么表情。

不过我不在乎，你会为我感到高兴的，这样我就满足了。与能够站在革命第一线的喜悦相比，其他所有事情都变得渺小，不值一提。

唯一遗憾的是，一期和二期的学生入学时，孙文先生人在广州，他们能亲聆雅教；而三期生入学时，先生已经北上，因此我们尚未得到这个机会。而且，一、二期生已经在十月平定商团的战斗中出动过了，我们却没有赶上，说起来也是一份遗憾。但在我们前方还有很多妨碍革命的势力，不需要因为错过了一两次战斗而耿耿于怀。

我们已经开始了军营生活。该说是有一点儿寂寞，还是遗憾呢？我注意到福建出生的学生意外得很少。也许是因为福建本身人口就少，招生宣传也没有传到那里吧。

因为这所学校在中国的最南方，所以北方的学生不多。尽管如此，山东省和山西省依然分别有二十六人和十二人入学。广东旁边的福建却只有十人，这依然让人不得不感到遗憾。

广东当地有二百六十人，不用说，这是最多的。不过湖南与广东只相差数人，有二百二十人。其实，一期生中广东有一百零三人，湖南有一百九十七人，湖南的入学人数大大超过了当地人。同一个兵营里到处都能听到湖南口音。也有人说湖南人适合当兵，更重要的是热情的人多吧。在辛亥革命中，黄兴、宋教仁等湖南出身的烈士也表现活跃。没想到被称为文人之乡的浙江，也有一百七十多人入学。江苏、江西、四川各有一百人左右。

房间很宽敞，摆满了木板床，四角放着桌子。因为房间里住着四十个人，所以十个人共用一张桌子。我的背包里有一个案板一样的板子，可以当成临时的桌子用来写字。

学校的课程分为学习科目和技术科目。课程刚刚开始，我还不清楚情况。从学校发的印刷品来看，学习科目分为战术、兵器、筑城、交通地形等，今天的课程是战术中的基本战术学，后面还会学到应用战术学，需要学习图上战术、现场战术和军棋等；交通地形的科目中也包括测量实习。另外还有军制学、马学、会计学、卫生学等，内容丰富。技术科目今天只是徒手训练，很快就会开始散开、密集的部队训练，也会学习操作机关枪、迫击炮等武器。还有野外练习、射击、马术、活动实习等科目，光是看着这些项目的名字，我的心情就激动不已。

我们第四队的队长之前一直没定。今天上午的课程结束后，终于定下来了，是保定军官学校出身的少校杨培根。我们列队接受了杨队长的检阅。队长对照着学生名单，对每个学生说了些话。像是“你是家中的独子吗？没关系吧”之类的话。杨队长来到我面前的时候，睁大了眼睛，用福建话说：“这支队伍里就你一个福建人啊。”我这才知道队长和我是老乡。

能入学太让我高兴了，一不小心就说了这么多。不管怎么说，我每天都带着崭新的心情，过得十分充实，身体状况也很出色，请放心。

世航哥，如果你最近还会来广州，请一定要跟我联系。你只要告诉香港金顺记的小廖，他就会马上联系我。

我不知道你在东京的地址，所以把信寄到了神户金顺记。如果你给我回信，请告诉我东京的地址。

4

刘继泰和徐炳年的世界完全不同。对世航来说，这两个人都是现在最亲近的人。世航觉得这件事很奇妙，他自己都不知道为什么会觉得刘继泰很亲切。

仔细想想看，他似乎并不是被刘继泰本人，而是被他妻子白苔华的魅力所吸引。虽然坚决享受人生的刘继泰也有特别之处，不过在赚钱的道路上勇往直前的白苔华的信念更加简单明了。

第二次去中山手的长屋见刘氏夫妇的时候，温世航准备了一万日元现金。

刘继泰说："和上次的五千日元不同，这次必须要开收据了。"

"这东西有没有都一样，既然不打算还，收据不就是一张纸吗？"

"就是说你相信我，全都交给我了？"

"不光是你，"世航端正了坐姿，"我相信你们夫妻，都交给你们了。另外，虽然我不知道写下来有没有效果，不过还是交换一份关于利益分配方法的备忘录比较好吧。"

"要怎么定？"

"你们的本钱究竟有多少？"

刘继泰回答："今天拿到的这一万日元。"

"只有这些吗？"世航想问应该还有之前的五千日元吧，但还是放弃了。这是刘继泰的事，世航也有自己的想法。对他来说这一万日元并不算什么，就算全都打了水漂，他也不在乎。刘继泰肯定也不会不给自己留余地。

世航说："如果赚了钱，就分成三等份如何？"

"三等份？"刘继泰疑惑地反问。

"你和你妻子还有我，三等份。"世航回答。苔华此时去附近买东西了。

刘继泰苦笑着说："看来比起我，你更信任我妻子啊！"

"不，你们是搭档。我认为你们是绝佳的搭档，所以只有你一个人是不行的，只有你妻子一个人也不行吧。"

"你这么说我很高兴。"

"真的是这样。"世航说，突然看到了身边翻开的报纸。

"啊呀……"世航伸手拿起报纸。是中文报纸，又是《中华时事报》。

"这是从上海寄来的报纸，虽然晚了五天，不过经济方面的报道很多。"

世航关心的孙文北上和与此相关的事件的报道很快就登在了日本的报纸上。他不需要通过中国的报纸来了解，不过海外华侨们都希望能再听听"中国人的声音"。但刘继泰不是这样，他似乎是想在《中国时事报》上温习一下日本报纸上没有的上海的行情。

世航翻开了一版报道，标题是“外交总长接受交换条件”。

外交总长沈瑞麟发表声明，接受十二月九日七国公使的照会中承认段祺瑞政府的条件。

“尊重前任政府与外国缔结的所有条约，不会变更。”

所有条约，指的正是孙文强烈主张废除的不平等条约。

孙文为了商谈国策而北上，他第一个提出的主张正是废除不平等条约。由此看来，外交总长沈瑞麟接受照会是严重的问题。

孙文对七国公使照会的态度是，如果他们不接受废除不平等条约的主张，政府不会勉强要求他们“承认”。

可以想象，原本这样主张的孙文一定对段内阁的此项措施感到愤慨。但是孙文卧病在床，连绍桓都无法与他见面谈话，只见到报道上说“孙文氏不满”。这版上还报道了各地“国民会议促成大会”的盛况。

北伐军进入了江西，谭延闿总司令部从吉安推进到了赣州。

日本外务省照会中国外交部，互相派出大使是一件大事。此次照会是在十二月二十五日举行的，两国的公使馆升格为大使馆。

在世航看报纸的时候，茗华回来了。

茗华说：“日本的新年快到了，物价真是涨起来了，每家店都涨了一两成，像火药似的。”

“火药？”世航听到这个让他不安的词，反问道。

茗华回答：“火药涨价了，炸药变贵了。”

“因为有很多工程吧。”世航认为炸药应该是工程上爆破用的。

“不，是用来捕鱼的。在海上‘轰隆’一声，鱼就死掉浮上来了，渔夫只需要捞就行，”茗华说完，深吸了一口气补充道，“不过我觉得不光是这样。”

刘继泰说：“我们国家的火药不也是有多少都不够用吗？”

“商团在日本订购的火药不是贮存在这里吗？”世航看着刘继泰说。

“我不负责武器弹药不太清楚，不过日本离中国近，从日本订货也是理所当然的。如果有存货，应该已经有人抓住不放，高价卖出赚了一笔吧。”刘继泰的表情没有变化。看来虽然赵锡堂知道商团通过太玄会在日本订购火药的事，但刘继泰并不知情。

“真不想做军火商啊！”世航说。

刘继泰补充道：“希望用不着做吧。”

5

日本正月——华侨们这样称呼阳历正月，就像名字中说的那样，是日本的活动，对中国人来说只是简单的应酬而已，基本上都是被日本的客户邀请吃饭。作为回礼，华侨会在农历正月举办盛大的宴会，招待日本的顾客和朋友。

温世航与金顺记的买卖关系不深，没有被日本人邀请，而是在刘继泰夫妇家中一起吃了饭。苕华总是请他去参加三丁包子宴。说是宴会，其实客人只有世航一个。

大正十四年元旦——这天的报纸上有一则引人注目的报道。

一九二四年十二月三十一日，孙文从天津进入了北京。虽说是一年的最后一天，但中国按照农历生活，所以在这一天里并没有年末的感觉。按照农历，这天才刚到腊月六日。孙文此前一直在天津静养，这天他乘坐专车进入北京。下午四点十五分，火车到达北京站。北京虽然天气寒冷，但雪并不多，这天难得下了雪。

……时隔十三年，革命之花孙文氏再次进京。在两三人的搀扶下，孙文拖着病体出现在出站口，眼中带着感动的光芒。欢迎的群众情绪狂热，孙氏挥帽回礼，群众又予以回应。受到了空前热烈的欢迎后，孙文入住北京饭店。北京迎来孙氏，终于将在一九二五年进入政治活跃期。

报道上写到了空前热情的欢迎景象，也写到了孙文因生病而憔悴的样子。其他的北京特讯中有如下报道：

孙文入住北京饭店五层五百一十二号房后，除了医生和妻子之外的人一概不见，暂时需要绝对静养。他将在北京饭店逗留一两周，病情稍有好转后，再前往北京西边的汤山温泉静养，暂时不处理政事。

就在一个月前，孙文还在神户发表了激情澎湃的演讲，他那时的身影还清晰地留在人们的脑海中。世航还能清楚地想起在东方大酒店看到的孙文的身影，想起他唇边斑白的胡子上下晃动的样子。他怎么也不能相信，孙文现在甚至无法自己走上北京饭店的楼梯。

孙文现在的情况不适合成为元旦聚会的话题，而且刘继泰看起来并不太关心此事。虽然在双烟馆的同舟会聚会上，刘继泰有时也会说出很有革命热情的话，不过那应该是受到了周围气氛的影响。

反倒是苕华对孙文的事更感兴趣。她与世航他们所生活的世界完全不同，可能是在照相馆和食堂里听客人们说起过孙文的名字，便记住了；不过，她对孙文的了解仅限于“在南方‘造反’的激进派人物”而已。她向世航问了许多事，世航不得不从头开始向她介绍孙文。刘继泰在一旁苦笑——苕华和丈夫一起来到日本神户，做了妨碍孙文活动的工作。工作是买卖，赚钱至上，为什么要妨碍他的活动并不重要。

“她的民族意识觉醒了吗？”世航想着，一个一个地回答苕华的问题，渐渐理解了她的观点——还是一成不变的观点。

苕华想要弄清楚，在赚钱这个问题上，著名人物孙文对他们来说处在什么样的位置？世航觉得拼命提出问题的苕华很可爱。

吃饭的时候，一个男人走进来祝他们新年快乐。他没有头发，不过脸色很好，也许年龄并不大。

“啊，川口先生，新年好。这是我朋友温世航。这是川口先生，川口悟。”刘继泰向世航介绍，但并没有说明川口和自己的关系。

“那我就喝一杯吧，谢谢。刚才被老主顾叫去吃饭，一不小心喝多了。今年也请多多关照。”川口悟身着正式的和服，真的是只喝了一杯，说了句“还要去别的地方”就回去了。

“你朋友？”世航问。刘继泰刚从香港过来，东京的话倒也罢了，世航不认为刘继泰在神户认识很多日本人。

“他是打印店的老板。店的名字是鲜明堂。”刘继泰似乎觉得这件事很好笑。

“啊，打印店啊……”世航点点头。刘继泰做了反对孙文的宣传单，当然会认识打印店的老板。“就是帮你做彩色印刷的人吧？”

对世航的疑问，刘继泰给了肯定的回答。世航来之前本想叫上卓天波，后来想起一件事就放弃了：找到印反孙文传单的店后，威胁老板，并拿到客人地址的，正是卓天波。虽然他可能已经忘记了字条上的地址，但是世航正是要去那个客人家里，总觉得有些不合适，便改变主意没有邀请卓天波。没带卓天波来真是太好了，不然他就会在这里见到鲜明堂的老板川口悟了。

刘继泰说：“这次是他有事拜托我，没完没了的。如果你不在的话，他一定又会在一年刚开始就旧事重提。因为你在这里，那家伙也开不了口。”

“哦？他要拜托你什么事？”

“你可别惊讶，”刘继泰向厨房看了一眼之后，低声用日语说，“造假钞。”

“嗯……假钞？”世航也用日语说。

“而且是中国的纸币。不容易暴露。因为要带到中国，不会被日本警察追究。那个秃子说这可以发大财。”

“你妻子知道吗？”世航问。苕华信奉赚钱至上，世航好奇她是怎么想的。

“啊，苕华说不做假货生意，似乎是因为想到了瓷器的赝品。她的赚钱列表上没有伪钞这个项目。”

“也是。你妻子是要靠工作赚钱的。”

“我也在工作啊。总之那个秃子很烦人。”刘继泰用筷子敲着饭碗。

“对了，有另一件事，你打算去东京吗？”

“我想尽快去香港。不过，我想见见你介绍的陆先生。”

“三月有送别会，同舟会的……”

“啊。这次是谁？”

“唐鼎权和张淑妍。”

“越来越寂寞了啊！现在除了你，就只剩郭浩安和王瑶香了吧。”

“是啊……”

吴康在地震中行踪不明；回国探亲的陶芳韵还是没有回日本；赵锡堂、刘继泰和李钦票相继回国；这次唐鼎权和张淑妍回国后，就只剩三个人了。

世航邀请他："好久不见了，去参加送别会吧？"

"是三月吧？我那时已经不在日本了，我想在农历新年前回去。而且之前不是已经送别过我了嘛。我是挺想见大家的，世航你组织一次好了，拜托了。来，喝一杯。"

"嗯，我知道了。"世航举起杯子。

6

京都的正月有一种低调的热闹。风很冷，街上的行人都蜷缩着身子。商店的店头挂着"迎春"字样的纸，但是哪里都感受不到春天的气息。

世航在京都过过几次正月。在京都的大学上学期间，虽然一定会遵循"在家过年"的传统，每年大年三十去神户金顺记，但是过了年就会回到京都。因为要拜访友人，所以在不知不觉中就享受到了京都的正月气氛。

神户的正月很热闹，特别是南京町到荣町的海边，在有很多华侨商店的地方，鞭炮的声音很喧嚣。虽然大部分华侨不过日本正月，不过每年这个时候，大家都会争相放鞭炮，热闹得很。这是因为到了农历正月，日本的城市中几乎已经没有什么活动了。华侨们虽然会在家里热闹地庆祝，但是在户外——像放鞭炮这些活动——还是会有所顾忌。大多数人都只是稍微放一下，表示正月已经到了。相对来说，到处都在庆祝新年的日本正月，反而可以尽情放鞭炮。如果附近有华侨的商馆，就会变成一种竞争。

当时，华侨商馆会将零碎的杂项收入当成"放炮钱"。比如北海道的海产品入库时包在稻草包中，出口时必须装进木箱中；鱿鱼干等货物虽然会以本来的包装发货，不过干贝和干鲍鱼等高级产品一定会装在木箱里。美国不允许进口稻草，更换包装时，经营者会卖掉产地送来的稻草包和草绳等。这样零碎的收入积累起来，就成了正月时的"放炮钱"。所以放炮时间长，就说明去年的生意繁荣昌盛。

"喂，同亨泰还在放啊！我们还剩多少？"金顺记的年轻店长负责放鞭炮，还关注着隔着一条马路的东边的同亨泰公司的情况。

“只剩三挂了。”徒弟说。

“快去买！不要在老梁那里买，去四丁目的粗点心店里买！”店长喊着。华侨都会在老梁的店里买鞭炮，如果在他那里买的话，竞争对手同亨泰就可能会知道金顺记去加买了鞭炮。

“好！”徒弟急忙跑了出去。

也许须磨和芦屋的正月会很平静吧，不过世航身边的神户，正月热闹得有些过头。到了初二或者初三，世航就要去京都了。他上学时就是这样过正月的。

正月初二，世航去了京都。正月初四，增田绫子的信徒们会聚集在她家里——今年初四刚好是个周日，所以初三那天她要忙着准备。因此，世航想在初二见她一面。两人通过电话联系上了。

“我四点左右在祇园的‘蕾’等你。”增田绫子说完，告诉了世航“蕾”的地址。世航了解京都，立刻就明白了。

世航以为那是一家日式餐厅，没想到是一家旅馆。“蕾”静静地伫立在热闹的祇园街道中。这家店并没有开在僻静的巷子中，虽然有寂静的风韵，但绝不会让人有偷偷摸摸的感觉。

大学时和好友一起喧闹过的店就在附近，世航仿佛能在这里看到自己三四年前的样子。当时自己还很幼稚，没想到现在竟然如此成熟，要去与年长的女性幽会。“幽会”这个词十分切合现在的状况。

“年年花相似，岁岁人不同吗？”世航突然念出了子规的俳句。正冈子规将唐代刘希夷的长诗——《白头吟》的一部分改成了俳句。原诗是：

年年岁岁花相似，
岁岁年年人不同。

比喻十分直接。虽然有陈腐之感，不过有时意外的尖锐，就像冰冷的刀尖插入心脏。世航立起衣领走在祇园的街道上，在最想逃离子规的诗句的时候，他却不小心念出了原本的那句诗。

三点五十五分，世航到了“蕾”，增田绫子已经在那里等他了。

虽说是在京都，而且是正月，增田绫子却依然穿着洋装——一条颜色略深的乳白色纯色连衣裙。世航一进去，她就站起身来。

“太美了。”世航说，声音中带着叹息。

“新年快乐。”绫子鞠了一躬。她看着世航缓缓低下头，视线错开的瞬间，她的眼中闪过一道光芒。世航也回了一句“新年快乐”，但心不在焉，仿佛这句话是从他的外壳上脱落下来的一样。

绫子说：“请你放松，这是中空被炉。”

世航坐下看了看，绫子是倾斜着身体把脚放在了被炉中，这个姿势非常优雅。

“请。”绫子拿起长柄酒器。酒器是银质的，应该是老式的铫子。世航举起眼前的银杯接过酒，很有仪式感。等世航喝完酒后，绫子说：“刚过了新年，我就有事拜托温先生。”

世航感到了一股压力，绫子露出微笑。

7

增田绫子周围有不少追随者。有不少人不能称为追随者，应该说是她的爱慕者。她的人品，更不用说她的美貌，十分引人注目。虽然这是一个团体，但是并没有名字。

“请你为我命名。我不想要太有宗教气息的名字，最好让人感觉到我们是共同生活在这个世界上的同志。”这就是她的第一个请求。

既然想要名字，就是说她要组织起一个团体。

“为什么要这样做呢？”

面对世航的疑问，绫子回答：“我开始觉得，必须要考虑今后的事情了，并且深刻意识到了经济独立的必要性。”

从她的口中听到“经济”这个词，世航觉得很不可思议。组织和经济之间自然紧紧相连。

“毕竟东京是日本的中心，我必须在东京建立据点。这件事也想拜托你。”

绫子的请求让世航摸不着头脑。

共同生活的同志团体——可以说是增田绫子的追随者俱乐部吧？如果是这样，世航有义务帮助这个团体。

绫子将手搭在了他肩上。

“我们去吃饭吧。”

两个人的宴会从此时开始。世航觉得自己仿佛还在做梦，两人说了很多话，世航拼命努力不让心里的话纷纷被剥落下来。这是一项愉快的工作。

“温先生拿着什么东西？”

吃饭的时候绫子问道，她的视线落在了房间角落的包裹上。

“越窑的古碗，我想把它给你。”世航说。

“越窑？秘色瓷吗？”绫子了解瓷器。

“是的。”

“谢谢你，我很开心。”

绫子解开包裹，从箱子中取出瓷碗，捧在双手中。

“我会把它当成你。”

回东京那天是正月初五，世航在火车上打开迟到了四天的《中华时事报》。他已经在日本的报纸上看到了孙文的入京宣言，不过他想看看连绍桓是怎么写的。

孙文拖着病体来到北京，受到十万名群众前所未有的盛大欢迎。他再次要求废除不平等条约，在站台上的发言也用了书面谈话的形式。

“文此次来京，曾有宣言，非争地位权力，乃为救国。”

“国民之自由平等早被售与各国，故吾人今日仍处帝国主义各国殖民地之地位；因而吾人救国之责，尤不容缓。”

孙文提到的救国，就是收回失去的自由平等。”

在火车的轰鸣声中，世航仿佛能听到写出这篇报道的连绍桓的声音。火车开到了京都。

世航回想起三天前，在“蕾”进行的愉快宴会。正在他觉得没有比那更愉快的宴会了的时候，又想起了普陀山那个热情的夜晚。

什么时候才能将越窑瓷碗送给芳韵呢？世航叠起了《中华时事报》。火车已经开进了京都站，京都的风从窗户吹了进来。

山河犹存

さんがあり

燃烧的中国魂

下

[日]陈舜臣 著
佟凡 译

天津出版传媒集团
天津人民出版社

星落

1

金顺记有近百年的历史，生意始终兴盛，是一家著名的商铺，有时会有远房亲戚前来投靠。世航是出于偶然才知道了陆鸣泉是温家的远房亲戚。在谈到父母、祖父母这些亲人时，发现提到的人名中有认识的人，问过后才知道原来是亲戚。陆鸣泉兄妹既有资产又有收入，并不是需要金顺记接济的亲戚。这样的人不常出现在金顺记中。陆鸣泉虽然在香港金顺记中拥有一家工作室，不过那是金顺记拜托他一定要使用的。

世航母亲的曾祖母是陆氏，与陆鸣泉同族。但两家关系很远，甚至称不上亲戚。世航的母亲和舅父连远志，也只是将陆鸣泉当成与香港金顺记格外亲近的客人来看待。

日本的正月里，东京双烟馆的主人不在家，由世航的舅妈和母亲负责接待客人。听说陆鸣泉在元旦那天拜访了双烟馆，在酒店里度过正月一定很无聊。

世航说起要去拜访陆鸣泉，母亲便说："是啊，你去看他的话，他一定会很开心。"现在还没有过元月七日，恐怕雷芽山人也不知道该如何应付周围正月的气氛。世航并不是为了单纯的拜年才想去拜访他，而是想问陆鸣泉一些关于和刘继泰夫妇一起做的工作上的事情，主要是关于高述的事。

"如果想经营中国古美术品，高述不就是一座宝库吗？"打过招呼后，世航问。

他本想若无其事地开口，不过陆鸣泉马上注意到了他的话，反问道："想做生意的是你自己吗？还是你的朋友？”

“我朋友想做，不过我也是合伙人。”

“这样啊……”

陆鸣泉盯着世航看了一会儿，他的视线谈不上尖锐，只是盯着世航认真看。

“视情况而定，”过了一会儿，陆鸣泉开口说，“我也可以帮忙。不，请让我帮忙。”

“这是……什么意思？”

“如果站在台面上会让你的商业伙伴感到碍事的话，我可以躲在你身后。”

“我朋友不会那么计较。”

“你是来询问高述的事情的，是因为你觉得我对高述有执念吧。”

“因为您说去年花了半年时间专心调查高述。”

“比起调查高述，应该说是调查高述偷出的财宝。虽然花了半年时间专心调查，但只查出了很少的事情。对了，我应该告诉你一开始我为什么想调查高述，是因为死了很多人。”

“死人？”

“在建福宫的火灾之前大约半年的时间里，有六名相关人员死掉了。”

“相关人员是指？”

“应该说是跟故宫有关的人吧。正在故宫工作的人、曾在故宫工作的人，还有可以自由出入故宫的人。六个人中有四人是太监，太监在紫禁城之外没有地方工作，四个人中有三人还在工作，有一人已经退休。剩下的两个人不是太监，一个是在紫禁城里工作的修缮工人；还有一个是外面的商人，曾经给紫禁城里的人们卖过杂货。”

“六个人……相继死去的吗？”

“在半年之中。如果只是三个人，就算是跟故宫有关的人相继死去，还有可能是巧合。但是六个人的话就几乎不可能是巧合了，可能性为零。”

“是啊。”

“正好其中有一个人是经常去我朋友家的人。他原来是太监，举目无亲。他被杀害后，尸体被扔在了水沟里。这名被杀的太监名叫吕安庭，他的大哥是高述。我朋友知道的只有这些了。在吕安庭之前已经有三人去世了，说是巧合还勉强能接受，但吕安庭成了第四个死者，而且他的死因是头部被砸破，这种粗暴的杀人方法还是第一次出现。之前的三个人中有两个是突然死亡，另一个不知道是不是失足，是跌进壕沟死去的。我和朋友喝酒的时候听说了此事后，想去调查一番。虽然没有见过高述，但是我知道这个名字。”

陆鸣泉说到这里停住了话头。他可能觉得已经说明了动机，但世航还是觉得他的说明不太够。他希望陆鸣泉能告诉他是从哪里得知高述的名字的。

“高述这么有名吗？”在陆鸣泉的房间遇到高述之后，世航曾经问过他。陆鸣泉说高述在古美术品界和收藏家之中很有名。也许陆鸣泉觉得曾经说过的话不需要再次重复了吧。

“比起高述，他偷出来的财宝更有名。”不知道是不是因为陆鸣泉看出了世航的疑惑，又接着说，“故宫的美术品大量流出已经不只是传言了，肯定是事实。问题在于流出的量，说是非常多，但究竟有多少呢？你刚才说到了宝库，这个词很准确，高述的团伙偷出了大批的国宝。我作为一名爱好者，听到各处的消息后，能够确信他偷出的国宝的数量超乎想象。”

陆鸣泉再次盯着世航，似乎是让他看着自己的眼睛，好像在说，只要看着我的眼睛就能明白我的意思。世航拼命想从对方的眼睛中看出对方的想法。

陆鸣泉低声笑着，从椅子上站了起来，“要喝白兰地吗？”

房间角落的架子上摆满了洋酒的瓶子，也有装着绍兴酒的大肚小酒壶。

世航说：“我喝老酒吧。”

“是吗？其实我今天也正想喝老酒。”陆鸣泉回过头一笑，伸手拿起了绍兴酒的酒壶。

2

“中山先生的身体状况似乎不妙。”陆鸣泉把绍兴酒壶放在桌子上说。这是当时中国的知识分子一定会谈论到的话题，如果不提到孙文的病，就会被认为觉悟低。

“让人很担心啊。”世航说。

“先生去北京并不是为了国民会议，而是为了疗养。虽然他的病情很让人担心，但中国的前途也让人担忧啊。”陆鸣泉将绍兴酒倒进两个杯子中，将其中一个递给世航。

“谢谢。”世航道谢后将杯中的酒一饮而尽，是他熟悉的味道。

陆鸣泉说：“美国的国务卿换人了，今天早上的新闻。”

世航今天早上也在新闻上看到了。美国国务卿休斯辞职，指名由驻英国大使凯洛格接替他的职位。

“他说想告别二十年的公仆生活，回到自己的生活中。”

“报纸上是这样报道的。我们只要一听到他的名字就会想到华盛顿海军裁军会议，他是个优秀的政治家啊。不知道私生活是什么样的？”

“报纸上说他又要开始做律师了，他过去就是律师。”

“关于为什么要回去做律师，他说得很清楚。啊，这里有早报。”报架子上有几份不同的报纸，陆鸣泉翻开《朝日新闻》。“这里写着呢，”陆鸣泉开始读报纸上的报道，“国务卿休斯辞职的主要理由是，担任国务卿需要大额的费用，他财源有限，不堪重负，所以想回去做律师。你知道吗？政治是要花钱的，没有钱不行。”

世航问：“国务卿是有工资的吧？”

“当然，而且工资绝对不少。但是政治这东西，有多少钱都不够啊！”

“明明是这么花钱的事，想做的人依然络绎不绝。”

“相反，也有想要靠政治赚钱的人，那些品行恶劣的政治家。真正的政治家是为了让国家变得更好、让世界变得更好这一理想而燃烧自己的人。当然其中也有功名心的成分，但总的来说，不把政治当作赚钱手段的政治家就是好的政治家。辞去国务卿职位的休斯也是品行优秀的政治家吧。”

“犬养先生总是说自己穷，结果还是建了别墅，报纸上也在讥讽他。”

“建别墅倒没什么。政治需要巨额的资金，中国目前的问题是国家会不会灭亡。形势很严峻。”

“是啊。”

“中山先生为了钱的事也很辛苦。为了今后的中国能存在下去，换句话说，为了不要灭亡，钱是非常必要的。”

“因此要振兴实业……”这话太老套，世航刚一说出口就感到不好意思。

“今后必须要做的事数不胜数。另一方面，有效地使用过去的积蓄也很重要。在我看来，不说以后赚的钱，现有的钱有很多都没有派上用场。”

“您是说？”

“再喝一杯吧。”陆鸣泉举起杯子。

世航大概明白陆鸣泉想说的话。前所未有的国难摆在眼前，必须为此倾尽国家的一切力量。有太多本该派上用场的力量，并没有被用来拯救国家。

世航举起杯子，说：“这是为了不被灭亡的总动员。”

“正是如此，中国有太多被尘封的东西。我有一位激进的朋友说，应该把被尘封的东西偷出来换成钱，让它们派上用场。偷别人的东西是小偷的行径，心里当然会有抵触。他跟我商量，要从抵触不那么强的东西开始。你猜是什么东西？”

“我不太清楚。”

“去偷赃物。”

“啊……”世航明白了。赃物就是他和陆鸣泉提到的建福宫的宝物，将他们偷出来的是高述一党。世航一直不理解陆鸣泉花半年时间去调查高述的热情来自何处，如果是为了从高述手中偷东西而做的准备工作，就可以理解了。

“你明白了吗？”陆鸣泉的嘴唇间只是微微露出了洁白的牙齿，不过那毫无疑问是一个微笑，“最开始，我的朋友打算抢劫故宫，但那实在太不现实了。”

陆鸣泉是想卖掉他们，换钱作为救国的资金。

“那是一笔巨大的财富。我知道那是中国人民共有的财产，但是它们一直沉眠在那里，没有派上任何用场。一般人家如果面临破产、家族即将名誉扫地，就算卖掉传家宝也要东山再起吧。如果这些财宝能让家族再次兴旺，留下财宝的先人也会高兴吧。你看，列强想要分割中国，提出《二十一条》的日本意图最露骨。在这种时候，无论有多少，只要能派上用场，就不能让故宫的国宝在仓库中沉眠。会有很多人反对国宝流出吧，但是如果国家灭亡，国宝又有什么用？虽然像是痴人说梦，但不只是故宫，无论是私人的宝物，还是别的被尘封的东西，都应该派上用场，就是刚才你说的总动员。哈哈哈，我是不是太异想天开了？”

世航说：“您的话很有说服力。”

“就算有说服力，也像是梦话。”

“不想让这些只存在于梦里啊。”

“最好的情况是让它们留在梦中。国力奇迹般地恢复，不需要金钱来救国；家族再次兴盛，不需要卖掉传家宝。”

3

陆鸣泉说：“你对我的想法也有共鸣，我想抱有同样想法的人应该不在少数。我刚才说我的朋友，其实有这种想法的不止一个人，我也是其中的一员。”不用说，世航也是陆鸣泉口中“我的朋友”的其中一员。

世航附和道：“都是同志。”

“是啊，虽说志同道合，但是大家都有自己的事情，老师、实业家、记者，还有学者，大家都有自己的职业；什么都不做，看起来无所事事的人只有我，所以由我来执行这件事。然后，说实话我不知该如何是好了。因为我喜欢调查，所以尽可能地调查了高述一党的事情。调查的时候一定不能被对方发现。但是调查到核心部分后，必须进一步接近对方。就在这时，高述突然来见我了，时机刚刚好……”

“很幸运啊。”

“因为我本来就在观察高述，所以知道他接近太玄会的事。高述一党的弱点就在于没有与外界的联系。虽然他们从故宫中偷出了大量文物，但都积压在手里，国内无法处理掉那么多。他的同伙尽可能地不接触美术商。”

“为什么？”

“高述他们偷出了数量惊人的文物，藏在某个地方，他们不想让被人知道藏文物的地点吧。如果偷窃国宝这件事被发现，就会性命不保。因此他们尽可能避开这方面的专家。他们害怕这些人灵敏的嗅觉。”

“他们尽可能把东西卖给外行吗？”

“嗯，这样虽然安全，但是卖不掉太多。他们的目标是有很多外行的大集团。”

“外行的大集团？”

“对。不过他们之前选中的目标团体里已经有美术商了，没办法顺利进行。

与之相似的集团里，他们盯上了太玄会。”

“哦？太玄会吗……”

“我通过我妹妹得知高述去了日本，便急忙赶了过来。太玄会的联系人是京都的增田小姐吧，于是增田小姐对他提起了我的名字，说我是和太玄会有渊源的人。准确地说，是我请增田小姐向他提起我的名字。虽说高述是突然来找我的，其实我也在等着他。”

“您布下了一张大网啊。”

“虽然这样说不中听，他正是撞在了这张网中，就在你来找我的那一天。我没有接受高述的请求，但是也并没有拒绝。现在最合适的做法是欲拒还迎，隔着适当的距离观察他。”

“不过这段时间必须靠近几步去观察吧。”

“应该是这样。另外，我对你的看法，和同志们对我的看法一样。”

“这是什么意思？”

“时间很多。这样说很不好意思，你看起来没什么事做，至少没有固定的工作。我的工作……就是让沉眠的国宝为我们的国家做出贡献的工作。我一个人做不过来，早就想找一个值得信任的人帮忙了。”

陆鸣泉又露出了笑容。世航知道他在邀请自己，而自己也对此很有兴趣。世航说：“就像我一开始说的那样，我今天来除了拜年，也是想要问问您，让高述参与我和朋友合作的买卖合不合适。”

“我绝不是在给你下套，我不会连你都欺骗。可以说是偶然吧，我觉得可以在你这儿找到接近高述的借口。”

“这就是缘分吧。”

“是啊，缘分，我想要珍惜这份缘分。就说我有朋友想从事美术品的买卖，所以拜托我调查高述吧，毕竟他手中握有一座文物的宝库。既然他想要拜托我，我就没必要躲躲藏藏的了。不过我觉得，我做你的企业合伙人还为时尚早。”

“请您当我们的顾问。”

“顾问吗？那你们的企业叫什么名字呢？”

“还没有定。”

“哎呀，一切都要从头开始啊。”

“高述的身份先对刘继泰……就是我的合伙人保密吧。”

“这样很明智。”

“实在是太谢谢您了。”

“来，再喝一杯。我想这样喝着酒告诉你高述的背景。”

世航说：“都交给陆先生了。应该会有一些不能告诉我的事，那些就请对我保密吧。”

“不，完全没有不能告诉你的事。不如说，对高述和他的同伙的调查还不充分，就算把我知道的事情原原本本地告诉你，你也会觉得不满足吧。”

“是吗？”世航伸手拿起了酒杯，酒杯之前已经空了，不知什么时候又倒满了琥珀色的酒。

“我是从朋友那里听说六人死亡的可疑事件的。这位朋友名叫章逢，是北京小有名气的风雅人物，喜欢茶，兴趣是收集茶具。比起收集古董，他更喜欢自己设计制作茶具。你知道，茶壶之类的茶具产地是宜兴，他经常去宜兴，让别人按照他画的图纸做出茶具，形状很讲究，茶壶上雕刻的图案也包含着各种意味。他也会买一些古董，不过一定会选形状有趣的茶具，应该是当作新茶壶设计的参考吧。从章逢的父辈开始，宦官吕安庭就经常出入他家。章逢的父辈是瓷器收藏家，吕安庭经常会带来些瓷器，不过来路不明。虽然章逢的父辈也感觉到这些古董的来路可能很惊人，但毕竟都是好东西。吕安庭胆子很小，有时会带朋友来。他也是为了炫耀自己的朋友吧，章家如果有想要的东西，只要拜托他的朋友基本都能拿到。不可思议的是，吕安庭带去章家的朋友一个接一个死去了。”

4

原本经常出入章家的宦官只有吕安庭一人，后来吕安庭又带去了几个人。除了这些人以外，章逢并不认识其他宦官，他认识的宦官除了一个人以外全都死了。如果不觉得奇怪才是不可思议吧。

陆鸣泉时隔很久再次进京，见到老朋友章逢的时候，发现他变得神经质了。

“发生什么事了？”

陆鸣泉问过后，章逢仿佛遇到了救星一般，将这件不可思议的事告诉了他。“这绝不是巧合，”章逢说，“证据就是，吕安庭在死前样子很奇怪。”事后想起来，当时吕安庭的样子确实和平常不一样。

“我对不起他，早知如此，当时让他去宜兴出差就好了。”章逢眼睛湿润地说。

“如果别人想杀他，不管是宜兴还是别处，都会跟去的，没什么不同。”陆鸣泉安慰他说。

宜兴在江苏省太湖西岸边，隔着太湖与苏州相望，距离北京非常遥远，但并不是说遥远的地方就会安全。

陆鸣泉曾在章逢家中见过一次吕安庭，但没有见过其他几个人。吕安庭看起来比实际年龄年轻——他已经五十好几了，看起来却不过四十岁左右。陆鸣泉记得，他长着一张宦官特有的扁平面孔，两侧的嘴角总是微微上扬，表情不知是哭是笑。说起来，他给人一种生命力薄弱的感觉。世航听陆鸣泉这样说过后，脑中浮现出了一幅画面。世航只认识高述一个宦官，在他还不知道高述是宦官的时候，就对他有生理性的厌恶。

陆鸣泉说：“生命力薄弱的人，看上去更让人觉得可怜啊。”

章逢觉得叫华祖中的同伴死去的时候，吕安庭并没有表现得十分悲伤。

华祖中是在床上不知不觉中死去的，死前的那个晚上和平常并没有什么区别。他临睡前喝了酒，喝得比平时多。

“他是喝多了，没有考虑自己的身体。”同伴死后，吕安庭这样批评他。在章逢眼中，吕安庭神色中带着一些自鸣得意。他可能觉得自己很注意身体，不会放纵自己，在长寿的竞争中胜利了吧。

接下来死去的是白宗光，他不是宦官，而是在故宫里负责修缮的人，手很巧。屋子漏雨或者窗框歪斜的小毛病，他很快就能修好。故宫的每一个角落他都一清二楚。他不是宦官，而是个大胡子。

白宗光和吕安庭似乎关系不太好，他是因为脑溢血而死的。在王府井东安市场附近拥挤的人潮中突然倒下，再也没有起来。

“因为他平时行为不端啊。”吕安庭是这样说的，不过和华祖中死时不同，他略微陷入了思考。

第三名宦官田永心死时，就连吕安庭也受到了不小的打击。跌入壕沟的死法很不寻常。听吕安庭说，田永心平时比一般人更加谨慎，绝对不会在壕沟边上走路，而且他当时一滴酒也没喝。田永心的死让吕安庭难以置信。

“果然，果然……”

章逢听到吕安庭不断地重复这句话。

田永心死后，吕安庭变得心神不宁。不知道是不是因为神经衰弱，他眨眼的次数增加，向两端上翘的嘴唇变成了八字形，神情看起来与平时不同。

他变得不太与章家的人说话，有时甚至会转过脸，逃避别人的视线。说起来，还有件事也有些奇怪：本来他一直寄住在章家，不知道为什么却说要在外面租一间独门独户的房子，打算过一阵就搬家。他的言行和平时很不一样。吕安庭平时住在章家下人住的房间里，偶尔会有一两天在外过夜，不过总会提前跟某个下人打声招呼。他在这种事情上很认真。但是他突然消失了，没对任何人说。章逢也很担心，这才注意到，虽然吕安庭经常带朋友来，但是没有一个人提到过自己住在哪里，现在没办法联系他们。一周后，吕安庭回来了，是悄悄回来的，有两名下人都见到了他，因此不会有错。他说是去找要租的房子，现在总算找到了。别人问他在什么地方，他回答说在鼓楼附近，安顿下来以后会联系大家。他那次回来似乎是来取行李的，很快就离开了，说是会再来跟老爷说搬家的事。

两天后，在鼓楼附近路边的水沟里发现了吕安庭的尸体。他的同伴田永心是在壕沟里被发现的，还有跌落而死的可能；但吕安庭是死在很宽但也很浅的水沟里，而且现场有从旁边的槐树根部被拉过来的痕迹。死因是头盖骨骨折，很明显，这是不折不扣的他杀。

第五名死者是名叫盛常的宦官。吕安庭被杀后第二天，他在天津附近的水池中溺死。章逢是在十几天后，从不是宦官的冯志启口中得知的。

大约一个月后，冯志启也死了。这次章逢马上就得到了消息，冯志启的家就在章逢家不远处。邻居们都在传他是在家中上吊而死的。

“他因为欠债太多，一筹莫展，所以才上吊的。”邻居们都这样说。他们不知道冯志启之前已经有五个同伴相继死去，才会认为他是自杀的。而章逢知道此前已经死了五个人，因此确信他是被人杀害的。凶手将冯志启放在椅子上，把脖子吊起来后，踢开了椅子。虽然凶手布下这种机关将冯志启的死伪装成自杀，但是对知道此前五名死者的人并不管用。

老实说，章逢无法将死去的人的名字和长相一一对上号。吕安庭算是相识，白宗光和冯志启都不是宦官，一个是大胡子，一个胡子稀疏，尚且能区分开。吕安庭的大哥高述来推销过很多次美术品，因此他能将高述的名字和长相对上号。一听说冯志启死去，章逢立刻想到：下一个就是高述了吗？但是在那之后高述又来章家拜访过几次。

“我认识的人很多都死了，令人悲伤的事情不断发生。”

虽然高述说这句话的时候愁眉苦脸，但章逢觉得他的脸上并没有深刻的恐惧。

5

在见到北京的章逢并从他口中得知此事时，陆鸣泉只听过高述的名字。他是制作赝品的高手，在美术爱好者的小圈子里算很有名气，但当时陆鸣泉还没有见过他。

建福宫的大火是在不久后发生的，一百三十多间建筑被烧毁。因为有纵火的嫌疑，北洋政府趁此机会解雇了在故宫工作的所有宦官。根据一九一一年辛亥革命时定下的优待条件，虽然故宫的职员全部留用，但是宦官就算出现了空缺也不会再补充。

如今已经过去了十二年，有人离职，有人死去。由于不会补充新人，宦官的人数已经大幅减少，剩下的人在这次事件后全部被解职。当时是一九二三年六月，一年多之后，冯玉祥就将废帝溥仪驱逐出故宫，所有职员全部失业。

不管怎么说，火灾后只解雇所有宦官，是因为宦官放火的嫌疑很重。建福宫是保管文物的地方，从以前开始就有种种传言：被称为“故宫旧藏”的书画古董悄悄出现在市场上，甚至冠冕堂皇地在外国的展览会上展出。专家都知道那些是真品，如果没有传出流言，反倒会是一件怪事。

在故宫里，文物被称为古物，负责古物的主要是宦官，他们自然会被怀疑与古物流出有关。陆鸣泉认为，流出的文物比想象中更多。

这一定是有组织的集团犯罪。

尘封在故宫中的文物，在中国面临危机时可以成为筹集资金的助力。听陆鸣泉说，有一个组织抱着这种想法，而他被选为了行动执行人。他正是为此而来到了北京。

他们的计划是先夺取被偷走的文物，高述自然成了他们的目标。首先能够想到的偷盗方法，是用赝品替换真品。这样一来，高述一定牵涉其中。

陆鸣泉和章逢是在英国留学时认识的朋友，因为两人都有些许风雅之心，回国后也一直有来往。陆鸣泉对茶具也很有兴趣，两人的共同话题很多。

“让文物成为救国的财源！”章逢也赞成这项宗旨——陆鸣泉的北京之行又增加了一名同伴。

古美术品爱好者中有不少人反对这个想法。他们的理由是，好不容易收集了大量文物珍藏在故宫，让它们散佚出去未免太过可惜。如果能这样流传下去的话，变得富裕些的子孙就可以系统地研究传统美术了。

“如果国家灭亡，一切都无济于事。”

随着时局变得紧迫，陆鸣泉的主张越发具有感染力，世航也与他产生了共鸣。

“我们开始行动吧！”世航充满热情地说。和刘继泰合作的“买卖”应该可以成为这次大计划的伪装。

陆鸣泉说：“不能着急，这是一场持久战，敌人也做好了充分的准备。”现在能够知道的敌人只有高述和他的同党。

根据陆鸣泉的推理，高述在六人连续死亡的事件中应该站在了杀人的一方。

被杀的这些人或多或少都为调包故宫文物出过力。既然是大量流出，参与的人数一定不少；由于逐渐传出流言，呼吁国会严格调查故宫文物的声音高涨。对即将被追究责任一事，盗窃团伙的核心人物一定感到了危机。

世航说：“他是要封口吗？杀掉可能会不小心说漏嘴的人……”

“有可能，”陆鸣泉点了点头，“应该也有减少人数的考虑。”

“减少人数？”

“分赃。为了偷出文物必须有各种人的帮忙，但是必须给他们分一部分利润。一开始还能以没有变现为理由拖着，但是不能拖太久。现在差不多到了要付钱的时候了。这是一件危险的差事，帮忙的人一定想尽可能多地捞一些钱吧。也许有人威胁他们，说如果拿不到钱就把事情捅出去。除了封口，也可能是为了不分钱而减少人数。”

“是啊，一举两得。那么高述就是核心人物吗？”

“我觉得并不是。根据我目前的调查，在他背后似乎还有更强大的人存在，高述也是帮人做事吧。”

世航问：“但是您刚才不是说高述站在杀人的一方吗？”

“目前是这样。因为他与核心人物走得很近，所以不会被杀。恐怕核心人物是有政治力量，也就是说握有世俗权力的人，可以指挥手下的人偷出故宫的文物。但是他并非专业人士，所以不清楚处理这些文物的渠道，现在他还需要高述。”

“这样啊，高述能起不少作用啊。还能制作调包用的赝品……”

“建福宫烧毁后已经不需要赝品了，高述现在的处境很危险。应该说是幸运吧，他除了会做赝品，还知道不少销售的渠道，因此才能活下来。不过核心人物应该一直在仔细观察至今为止的销售渠道。一旦他认为自己也可以做，高述就会被抛弃。”

“高述不知道这点吗？”

“我想他是知道的，”陆鸣泉立刻断言，“他很聪明，想找到一张底牌，比如开拓日本的渠道。核心人物暂时不会对他出手，他还必须依靠高述。对高述来说，开拓新的销售渠道是最好的保命方法。”

“就像在走钢丝啊。”

“高述也是命悬一线啊。”

“只要顺着高述这条线索就能找到核心人物吧？”

“比起核心人物，我们的目标是找到存放从故宫偷出来的文物的地点，恐怕高述自己也不知道这个地点。他可能会知道一部分，但是我想并不是全部。如果高述全都知道的话，反倒是核心人物会陷入危险。”

“啊，确实是这样。”

这就是你死我活的修罗场，世航准备踏入这个世界，一想到这里他就浑身颤抖。但是，只要想到这是为了“救国”这个光芒万丈的目标，世航就为能投身到这片光明中而喜悦。

6

孙文的病情逐渐恶化了。

天津东亚医院院长田村博士诊断孙文的病是胆囊炎。但是一月二十六日，孙文在北京协和医院接受了开腹手术，确诊为肝癌。

孙文病危的消息传到了全世界。

一月三十一日，执政段祺瑞去医院看望孙文时，医院禁止探访者与病人谈话。段祺瑞只能在门外向病房里张望，孙文躺在床上，微微抬手表示谢意。

手术后，中国国民党中央政治委员会认为党总理孙文康复无望，召开紧急会议研究遗嘱问题。

孙文提议的国民会议和段祺瑞等人筹备的善后会议始终相互对立。二月一日，政府方面强行举行了善后会议。

报纸报道开幕式一团和气。不过，作为反对派的国民党拒绝参加开幕式，一团和气也是自然的。

二月初，报纸报道孙文病情骤变。二月十八日，孙文离开协和医院，来到了位于铁狮子胡同的国民党总部，将最后一线希望寄托在中医身上。

实际上，在中国各党派中，国民党的势力是最弱的。不过这也要从不同角度来看，如果从国民支持度这一点来说，国民党可以说是最强的。国民的支持和孙文的个人魅力是国民党的财富。因此对国民党来说，孙文的死将会成为最为令人遗憾的事。

《中华时事报》的主笔连绍桓一直留在北京，将上海的本部完全托付给了李钦票。尽管是主笔亲自采访，但纸面上的报道都十分简洁。连绍桓总是会将采访的详细记录和自己的讲解寄给世航。他很清楚，世航肩负着收集整理记录、将其传给后世的责任。

世航，我依然留在北京。虽然现在的上海因为罢工事件吸引了大家的目光，但是我认为守护孙文先生更加重要。而且，上海还有李钦票在坚守——上海的事件虽然与政治密切相关，实际上有很重要的经济因素。李钦票在商大认真研究过经济，是最适合留在上海的人，可以放心交给他。

老实说，孙文先生的病已经没有希望了，出院来到铁狮子胡同后，只能等待奇迹的发生。也有中医专家认为癌症能够治愈，说要将孙文治好。但西医认为，就算中医能够治愈癌症，那也仅限于早期的癌症。西医对中医抱有强烈的反感，其中有人说，中医声称曾经治愈过癌症，但那些只是被误诊为癌症的其他病症。从科学争论上来看，二者的方法不同，意见完全相斥。

与北方军阀相比，孙文的国民党要科学得多，意识形态也更加进步；国民党如今还在与共产党合作，是打着科学社会主义旗帜的党派。尽管如此，在希望看到奇迹的时候，他们依然采取了非科学的态度。

昨天有一位奇怪的人物被召到了铁狮子胡同的宅邸中。此人穿着深棕色的长袍，腰上系着黑色的带子，很像日本的和服，不过头上缠着紫色的布。我一直在铁狮子胡同附近待命，我问国民党的干部那是什么人，他们说是祈祷师。国民党中的一名干部虔诚地相信这位“中国第一祈祷师”，说他可以用念力实现大部分人的希望。今天早上又有另一名奇怪的人物进入了宅邸，穿着道士的衣服，头顶的发髻上插着一根翡翠簪子。我问过后才知道，他是比昨天的祈祷师法力更强的道士，在华山修炼了二十年。

病床上的孙文先生是学过近代西洋医学的人，恐怕找来奇怪的祈祷师和法师并非他本人的意思。真是太荒唐了。但我并非不能理解他们将希望寄托在奇迹上的心情。

“孙文先生最厌恶的就是旧时代的迷信。他在少年时代就折断过村子庙宇里神像的手指，说这样的神仙能做什么，让老人们大吃一惊。那些人来到他身边他一定不会高兴的。”

我听说也有人这样说。但那些相信祈祷的党员列举出这些“法师”之前的事迹，说这绝对不是迷信。总之，比起什么都不做，采取些行动总是更让人安心。

我们记者不能接近病房，只有几个人可以进入病房：夫人宋庆龄、儿子孙科、汪兆铭、戴天仇、孔祥熙[1]和山田顾问。我们只能在采访孙文身边的人，或

[1] 宋霭龄的丈夫。

者说身边人身边的人。

充分了解孙文先生的意愿后，中央政治委员会起草了遗嘱，由汪兆铭誊写。大致意思是：

“革命尚未成功，同志仍需努力。”

孙文先生尚在人世，这份遗嘱已经口口相传。

外国的报纸自不必说，中国报纸也早就登载了对孙文去世后党内局势的预测。大多数人预测党内会分裂为保守派和激进派，也有人极端地认为已经出现了分裂，还有人认为，比起政见的分别，孙文的亲信和非亲信会产生对立。汪兆铭等人对连国民党干部都不能进入孙文病房一事表示十分反对。冯自由、张继、于右任等老党员质疑：“为什么鲍罗丁能进入病房，而我们被关在门外？”

让苏联共产党派来的鲍罗丁进入病房是孙文的意愿。孙文的遗书中有一封写给苏联共产党的感谢信，由鲍罗丁来做口述记录。二月二十四日，孙文在病床上缓慢地用英语口述，鲍罗丁记录下来后翻译成俄语。

关于政治家的生命，我仔细思考了一番。伟大的政治家是因为他的领导能力而伟大。如果像现在的孙文先生这样，无法准确传达出自己的想法的话，组织的分裂就不可避免。

与孙文先生最亲近的汪兆铭主张召开国民会议。就算召开善后会议，也希望国民各阶层的代表能够参加，要求尽早废除不平等条约，对放弃沙俄时期权益的苏联表示感谢。

对此，按照父亲的想法，孙文的儿子孙科维持了孙文、段祺瑞、张作霖之间的“三角同盟”，舍小异而力求统一中国。他也参加了善后会议，呼吁当今的段祺瑞政府能够予以帮助。

每一项都打着孙文先生的想法的旗帜。

我个人也忍不住猜测孙文先生死后的情况，虽然我觉得作为记者必须避免猜测。我觉得国民党的分裂不会只限于两派。

不能忽视为了指挥北伐军前往江西的李烈钧和指挥东征军的蒋介石、何应钦等军人的动向。他们手中握有军队，实力远比在北京和上海的政客大。此次东征，黄埔军校的学生们表现十分抢眼，我感觉以黄埔的人才为中心，会形成另一股强大势力。但愿他们纯洁的力量不要被某个派系收入手中。

7

刘继泰来到东京后也去见了陆鸣泉。陆鸣泉稍稍给了他一些建议，约定今后会给予帮助，但是并没有提到将文物用作救国资金的计划。

高述于二月离开日本，去了上海。

陆鸣泉说："那个男人本性上喜欢混乱的地方。"

高述应该对上海十分熟悉。世航第一次见到高述，就是在上海的金顺记。

外行人可能不太清楚，政治局势越不稳定，古代美术品的交易越活跃。

二月九日，日本人经营的上海大公司内外棉厂发生了罢工。中国的报纸报道参加同盟罢工的工人达到三万人，但日本报纸报道有一万三千人，不过，不管怎么说，这都是前所未有的大罢工。

工人要求改善待遇，让被解雇的人回到原来的岗位。内外棉厂是由日本经营的纺织厂中最大的公司，而且待遇比其他日本人经营的公司都要好——火势从看起来最坚固的地方点燃。不光是上海和日本业界，罢工的影响扩散到了更广泛的范围。

有报纸报道，工人身后有南方大学生做后盾。现在的"南方"，已经和"激进""赤化"成了同义词。

不久之后，罢工波及了日华纺、同兴纺、东洋制麻。

右派的中国报纸指责上海大夏大学接受了加拉罕提供的活动资金，成了苏联共产党的宣传机关，为此次纺织业罢工提供了经费。大夏大学校长马君武对此提出了抗议："加拉罕资金云云纯属谣言。虽然我校有学生在观看罢工时被捕，但那是因为他们被当成了罢工的员工。"

中国著名记者胡霖对上海纺织同盟罢工的看法是："普通员工平常受到日本人的虐待，对此抱有反感。工资问题并非重点，这是对日本人平时侮辱中国员工的复仇。"

不光是上海，河北唐山的日资华新纺织分厂也受到了波及：中国员工被日本工头殴打一事引发了罢工；警察按照公司的要求，逮捕了三名主谋，从而引发了全员罢工。

殴打这种体罚也许是日式的惩罚措施，但是在中国会被当成种族歧视的侮辱行为。除了工资问题，殴打也是促使大家罢工的主要原因。此前，殴打一直是家常便饭，偏偏在最近引发了纠纷，这是因为中国人的民族意识在近几年来格外高涨。日本的报纸上也可以看到警告的论调："希望我国企业家能稍稍理解如今中国人的社会民众运动和国民性。"[1]

同盟罢工如果继续扩大，就会成为骚乱。社会不安对某些商人来说也是个好机会。听说上海丰田纺织发生了日本员工被袭击的事，高述马上买了去上海的车票。

但是，在六总商会会长的调停下，二月二十六日首先解决了最大的内外棉厂罢工问题；第二天，上海纺织也重新开始工作。调停的条件如下：

一、一如既往优待职工，如果发生虐待事件，应向厂长请愿，得到公平的处理。

二、职工回到工厂，任用能安于工作且正当做事的人。

三、释放被逮捕的职工。

另外还有两项关于工资的条件。从解决的顺序也可以看出，虐待才是主要的问题。

高述趁乱来到了上海。刘继泰则回到了经历商团事件后稳定下来的香港。同舟会的唐鼎权和张淑妍结束了学业，准备回国。唐鼎权的家在江苏，福建出身的张淑妍打算先回到上海。

三月十二日，温世航、郭浩安、王瑶香三个人在双烟馆为两人举办了一场有些冷清的送别会。

"因为太冷清了，所以我也来参加吧，毕竟负责送别的人要更多一些嘛。"连远志这么说。他上午在丸之内办完事后，赶回了双烟馆，参加午饭时举行的送别会。

连远志的夫人周环和世航的母亲连含章也围坐在桌边。

世航在几天前收到了徐炳年的信。徐炳年曾经在神户金顺记工作，没有见过

[1] 引自二月十七日的《大阪每日新闻》。

同舟会的成员，不过世航经常提起他。虽然没有见过面，但是同舟会的人们都对这名十八岁的军官学校学生怀有亲切感，所以世航将他的信公布给了大家。

这封信十分简短，因为是在前线写下的。

孙文为了国民会议而北上后，反复无常的陈炯明再次背叛。他暗中与北方军阀勾结，召集东江南路的土匪，联系各地反革命势力，打算在孙文离开时进攻广州。他自称“救粤军总司令”，首先在汕头兵分三路，向西边的广州前进。

为了应战，广州组织了东征军。许崇智的粤军、杨希闵的滇军、刘振寰的桂军向惠州出击。清末时，孙文曾在惠州起兵，最终失败。这支东征军的粤军参谋长是蒋介石，他兼任黄埔军官学校校长，让学生军加入了军队。一期生已经毕业。他们被编入了教导第一团和第二团，两团由何应钦和钱大钧指挥。学生军在惠州方面的淡水取得了胜利，徐炳年正是在那时写下了这封信。

我很好，胜利让我心情愉悦，但我不能因为胜利而骄傲，要更加振作精神。代我向大家问好。

可能是考虑到军事机密，信中没有写明地点。日期是二月十六日，由此可以得知，信是在他们在平山的淡水之战中击退陈炯明手下的叶举、杨坤如后写的。徐炳年也许是在那里将信托付给了别人，寄出的地点在香港。如果同样的信寄到了神户金顺记，一定会有人说坏话：“沾沾自喜，一定是特别想让别人夸他。”

淡水之战是黄埔健儿们的初战。

东征军控制了罗浮山麓的博罗，也占领了平山。从二月末到三月初，他们拿下了海丰和陆丰，向着潮州、汕头进发。

陈炯明从汕头乘坐军舰逃到了厦门。东征军在三月七日占领了潮州和汕头。

日本的报纸也用大幅版面报道了东征军的胜利。

唐鼎权说：“太好了，对病床上的孙文先生来说，这是最好的慰问礼物。”他从刚才开始就不停地给世航他们写辞别的诗。

厨师周善心亲自端上了最后的甜点，首先放在了唐鼎权和张淑妍面前。

世航从刚才开始就很在意舅父的态度。他虽然用开朗的声音鼓励了即将回国的两人，但看上去有些疲惫。

"是哪里不舒服吗？"世航想。

吃过甜点，送别会即将结束的时候，连远志站起身，说："祝福两人前途的送别会到此结束。另外，我要告诉大家一件与送别会完全无关的悲伤的消息。我这样说，大家应该就明白了吧……我接到电报，上午九点三十分。"

围坐在桌旁的所有人都站起身来。

世航的母亲说："大家一起默哀吧。"

看不见的影子

1

关东地震发生一年半以后，东京的复兴终于走上了正轨，受灾地区的整顿也在进行中，已经很难见到还保留着烧过痕迹的地方。金顺记公司在震后暂时将工作重心转移到了神户，不过最近开始加强东京营业所的工作。从东京和横滨调到神户的主要工作人员几乎都回到了原先的岗位上。

“今后东京将会成为比地震前更重要的地方。”日本金顺记总帅连远志这样判断。地震破坏了老旧的建筑，新的建设全面展开。连远志在赤坂双烟馆观察着这股惊人的能量，预测东京将重生为一只更强大的凤凰。

温世航去参观了丸之内办事处，那里看起来十分忙碌。十几名员工每个人都忙得抽不开身，甚至连电话响了都没有人能马上腾出手来接。

世航回去后问母亲：“人手不足啊，不需要我帮忙吗？”

母亲马上回答：“你不需要做店里的工作。”

“我知道了。”世航再清楚不过了。

金顺记是母亲的曾祖父连维材创建的企业，最开始本部设在厦门，鸦片战争后转移到了上海。不过，金顺记发展壮大是在大总管温翰成为参谋，在店里辅佐工作之后。金顺记可谓是连家和温家共同合作的企业。

连维材有四个儿子，分别在各地拥有店铺。长子统文很早就到了台湾，所以上海本部由次子承文继承；老三哲文和老四理文分别在新加坡和日本开拓了海外市场。家族里的每个分支也都与温家结了亲。其中，将本部设在日本的理文的孙女含章嫁到温家后生下了世航。世航的父亲温真英年早逝，他的母亲是连维材的养女，是最早去日本留学的中国女性之一，名叫如星，如今依然健在，家住上海，人称“美国奶奶”。

连温两家有深厚的渊源，正因如此，更应该划清界限。日本金顺记的总帅是世航母亲的弟弟连远志，他膝下有两男两女，虽然目前依然是学生，但总是要继承家业的。世航的母亲还有一个比远志小的弟弟远功，也在帮哥哥经营企业。这样一来，将来免不了会形成复杂的关系；如果再加上世航，恐怕会变得更加复杂。所以，世航的母亲尽量让儿子不要接触金顺记的工作。

世航的母亲说：“从四月开始会增加五个人，听说招来了新人。”

“五个人啊，是应届生吗？马上就能派上用场吗？”

“不一定都是应届生，不过也不都是熟练业务的人，其中也有我介绍去的人。啊，就是那个泷口信子。”

“嗯？名古屋的信子吗？”

“她找我谈过了。”

“是吗……”世航知道自己去上海和香港，以及去神户出差的这段时间里，泷口信子来东京和母亲见过两三次。

世航想：似乎是看准我不在东京的时候来的啊。

世航的母亲说：“泷口小姐是个不错的姑娘，不过没有工作经验。”虽然她也许在名古屋帮父亲处理过私塾的业务，但应该不是什么困难的工作。说是做账，也不过是在普通的本子上简单列出收支而已。

世航说：“她父亲业余时间会替人写公文，说不定她有写文件的经验。”

“她好像算盘打得不错，在这方面马上就能帮上忙吧。”

“啊，是啊。”世航不了解泷口信子打算盘的能力，她没有对世航说起过。不过她父亲泷口弹山开设了算盘私塾，一定也教过女儿。

世航问：“她一个人过来吗？”

“是啊……对了，她好像在表妹吉滨厚子的宿舍里找了一个房间，就是我之前帮忙找过的女生宿舍，会在那里暂时住一段时间。”

“那个固执的大叔竟然同意她来东京了？”

“是啊，信子找我谈过……”世航的母亲吞吞吐吐地说。

“她都说什么了？”

“必须让你来当坏人了。”

“坏人？嗯，信子拜托过我，家里还在帮她相亲吗？啊，母亲应该不知道这件事。”

“我知道的。”

“嗯？知道什么？”

“为了拒绝不喜欢的相亲对象，谎称自己有了喜欢的人，由你来扮演她喜欢的人，对吧？”

“这是我和信子约好的事。”

“信子对他父亲的认识有一些偏差。”

“偏差是指什么？”

“她以为父亲得知她喜欢中国人之后会坚决反对。”

“不是这样吗？”

母亲点了点头。世航心里对此半是害怕半是期待，他自信在见到信子的父亲泷口弹山时，没有给对方留下太坏的印象。弹山有时会作汉诗，虽然这件事和种族歧视没什么必然关联，不过汉诗和书法可以说是日本人对中国人打开的一扇窗，无论窗户是大是小，至少泷口弹山心中确实拥有这一扇窗。

世航的母亲说：“你不在的时候信子的父亲来过。”

世航第一次听说此事，也许泷口弹山被宏伟的双烟馆所迷惑，减少了他对种族的偏见。

“这次和信子一起来金顺记的都是日本人。”世航的母亲突然改变了话题。

“哦？五个人都是吗？”

“没错。虽然这是我的建议，不过你舅父也同意了。要在日本工作，最重要的就是和日本人友好相处。之前日本金顺记的员工，无论是东京、横滨还是神户，几乎都是中国人，日本人屈指可数，我觉得必须改善这种情况，无论是店里还是家里。”

世航的母亲特意强调了“我”。世航很清楚母亲想要说什么，意思是世航可以找一个日本媳妇。她在泷口信子的话题后说到这句话，具体来说，就是希望她嫁给世航。

世航说："到了绍枢这一代，金顺记会有很大变化啊。"

连远志的长子绍枢从东京的小学毕业后没有考上府立中学，所以去了上海的学校。这对他来说反倒是好事，既不会忘记中文，也有接受中国式教育的机会。上海有日本人的商业夜校，他也可以在那里继续接受日式教育。

"转祸为福。"

世航他们都很高兴，但远志的夫人担心他考大学的事，在他确定能上早稻田大学后才松了口气。绍枢的经历仿佛预示着日本金顺记的前途。

2

"同灵会。"

"同风会。"

世航决定在这两个名字中选出一个，作为增田绫子拜托他起的会名。她想建立一个"共同在这个世界上生存下去的同志的组织"。最终，世航选择使用后者。

"这就是风啊。"世航觉得这个名字不错。他写下命名的原因后放进信封后，又改变主意，决定不将这封信寄给绫子，只在信中简单地写了"'同风会'这个名字如何？"不用世航说明，绫子一定明白这个名字的由来。絮絮叨叨地写上对方明白的事就多余了。

同风会的名字确实是从同舟会联想到的。

增田绫子回复说："是个好名字，我很喜欢，就决定用它了。"

世航答应帮忙寻找同风会在东京的办事处。他本来想在丸之内金顺记所在的大楼里找一个房间，不过听母亲说泷口信子要来金顺记之后，决定另寻他处。

他觉得这样不好，很不好。

母亲很明显喜欢信子，世航也喜欢她。两个人的关系是"假恋人"，信子拜托世航做她的假恋人，这至少说明她不讨厌他，把"假恋人"中的"假"字去掉并不是很困难的事。

但世航有自己的难处，他的脑海中还清晰地浮现着芳韵和增田绫子的身影，对此他也不知如何是好。

增田绫子指定的东京代表是田村永造。绫子希望世航能和田村商量，既然这是信徒的组织，世航就要保持距离。就算他为组织起了名字，也不能成为同风会的东京代表。世航还有自己的工作——他投资，和刘继泰夫妇约好了合作赚钱，同时他也被陆鸣泉激起了对这份工作的热情。

田村永造的身高有一米八左右，头完全秃了，看起来至少有五十多岁，其实才刚刚四十出头。他从三十多岁就开始秃顶了。田村身材魁梧，但是态度温和，是同风会代表的理想人选。不过，世航在他身上看不出宗教人士的气质。他是东京的茶叶批发商，去伏见进货时，机缘巧合被介绍给了岚山的增田绫子。

田村说："在我感到迷茫的时候，她指出了明确的方向，老师是对的。"似乎是增田绫子解决了他商业上的迷惑，在左右二选一的情况下为他做出了选择，让事情进行得很顺利。

田村对世航说："站在老师的能力所及之处，让人十分安心。人最怕的就是迷茫，能毫不迷茫地度过这一生，不是非常美好的事情吗？"

增田绫子似乎告诉过田村，世航不是她的追随者，而是和香港的合作团体太玄会有关的人。田村不太向世航提起此事。

田村精通会计事务，又有稳定的工作；世航为同风会感到安心。

田村永造拜托世航选择办事处的时候，提出了一个条件：要求房租是一百五十日元，超过或者不到都不行；必须是刚好一百五十日元。世航问他原因时，他说："关东的会员大约有三十人，会费是每月五日元，同风会的月收入是一百五十日元。"

"办公人员的工资和办公用品都要花钱的吧。"

"暂时靠会员和会员家人义务劳动。至于办公费，我相信会员人数会增加。没什么好担心的，会顺利的。"田村自信满满。

实际上世航调查过田村商店的信用度。从茶叶营业额来看，在东京也属于大企业，据说买卖很可靠。如果同风会出现稍许亏损的话，他似乎打算自掏腰包弥补。

世航带他去看了自己选出的候选办事处后，田村爽快地说："就这里了。"他没有仔细看房间，所以世航不放心地问："不用立刻决定，要不要再考虑一下？"

田村回答："不用，同风会以后会渐渐发展壮大，办事处很快就会变得拥挤，必须搬去别处。反正总是要搬走的，没有必要考虑吧。"虽然说着这样的话，他身上并没有磊落或豪放的气质。

"我知道了。"

世航受到感动，立刻办好了入住手续。结束后，田村便不再提起办事处的事。他突然说起了孙文的棺材的话题："好像用了水晶棺材，水晶不行啊，像展示品一样。棺材还是要用木头的，自然的就是最好的，工业制品可不行。"

早报上北京发来的消息称，苏维埃政府决定捐赠一副棺材，从莫斯科送来的水晶棺材于三月三十日到达北京。列宁说要为遗体施加永久保存的措施，放在水晶棺材里，供众人瞻仰。

世航回答："不止无聊，这种做法简直让人讨厌啊。"当天送来的连绍桓的信上写道：孙文遗属和亲信们一致认为对方一片盛情，他们会收下水晶棺材，但不会使用。

"列宁虽然说这是虽死犹生，但让死人像还活着一样，挺可怕的。死人只是灵魂而已。"田村不光是有常识的人，同时还是有信仰的人。

3

在丸之内签完大楼的入住合同后，世航和田村告别，回到了双烟馆。母亲来到玄关迎接他，带着罕见的生硬的表情说："明天你和我一起去上海。"

"是奶奶出事了吗？"

需要紧急赶往上海的事，一定和八十多岁的祖母有关。听到世航的话，母亲轻轻点了点头，眼中涌上了泪水。

"已经不行了吗？"世航又问，母亲再次点了点头。

"她已经八十三岁了，可以说尽享天年了。"

虽然她是母亲的婆婆，不过这位被称为"美国奶奶"的婆婆是连家人。对从连家嫁入温家的母亲来说，是值得依靠的人。上海的舅父前一阵寄来的信中还说祖母身体很好，在教孩子们英语。

"我说不定要活到一百岁，真吓人啊。"这是"美国奶奶"的口头禅。

“是因为生病吗？”世航问。

“电报中说她是在与别人谈话时去世的。”

“就是说直到最后都很健康啊。”

“这也算是一种安慰，没有受什么苦，直到最后都很开朗。”

“奶奶一直是开朗的人。”世航用右手按了按眼角。

“美国奶奶”连如星的出生有一层阴影，家族里的人都知道此事，她自己也并没有打算隐藏。

金顺记创始人连维材的妻子名叫陆婉，陆鸣泉、慈泉兄妹似乎和她出自同族。不过连维材还有一个名叫西玲的情人，她父亲是巴斯族，被称为“白头夷”，母亲是中国人。西玲的父亲从事金融业，从印度来到澳门——很多善于从事金融业的巴斯族商人都会带着资金来到这里——连维材在西玲父亲的资助下发了财。恩人死后，连维材将他的女儿西玲带到身边抚养长大。不知不觉中，两人发展成情人关系。西玲性格奔放，但一八四一年鸦片战争时，她在广州近郊被英国兵施暴而有了身孕。第二年生下了一个女儿，连维材为她取名如星。同年，连维材的长子连统文生下了一个儿子，那是他的第一个孙子，也就是台湾的连远初、连远云兄弟的父亲连宗格。

连维材在宗格和如星十五岁的时候送他们出国留学，当时太平天国的战争还如火如荼。在连维材的友人哈利·韦德的关照下，宗格得以前往英国留学；但是西玲反对将如星送去英国，对她来说，英国是被诅咒的国家，因此如星被送到了美国留学。

“美国奶奶”可以说是因造化弄人而诞生的孩子。尽管如此，她依然性格开朗。世航的母亲始终记得，亡夫生前曾经说过：“我母亲曾经说过，她的母亲性格开朗，所以她只能选择开朗地活下去。”世航进入大学的时候，母亲将这些话告诉了他。

在美国留学的如星回国后，与温翰的孙子温勉结了婚。温勉也在美国留过学，两人的想法相似，听说夫妻感情很好。两人有一儿一女，女儿佩珊嫁给了美国华侨杨伦之，生下了景珠；佩珊的弟弟温真就是世航的父亲。

除了丈夫和儿子死得早，如星的生活可以称得上幸福。她是家族中年纪最长的人，大家都很尊敬爱戴她。不过这不光是因为她的年纪大，也是因为她的人格。

世航的母亲问："你仔细问过奶奶家族的事了吧？"

"是的。我问过后都会瞒着奶奶仔细写下来。"世航回答。每次去上海他一定会问祖母家里的事情。老人常会重复同样的话，但是她并不会这样。祖母记忆力非常好，就算讲到了之前说过的事，她也会在一开始就说着"啊，这件事之前说过了"，然后停下来。有时她会用英语讲述，事后想起来，那都是更适合用英语来说的话题。祖母能够条件反射般做出判断。世航从很早以前开始，就对她抱着敬畏的感情。

世航的母亲说："美国的姑母也正好刚刚到上海。"世航父亲的姐姐温佩珊住在美国，她的丈夫杨伦之是化学家，在美国的研究所工作。上海的德国药品公司曾经请杨伦之来做某种中药的实验，似乎是这件事已经谈妥，夫妇共同来到了上海。

"这真是太好了。"

"美国奶奶"是在亲生女儿的陪伴下去世的。

"景珠之前好像在香港那边，是有什么事吗？"世航的母亲询问儿子。景珠专心于太玄会的事业，一直跟着陆慈泉在广州或者香港，不过因为父母从美国回来，她似乎会回到了上海迎接他们。

世航回答："按照常理，她应该已经往上海去了。"也许期望景珠按照常理行事是不可能的，但如果她去了上海迎接父母，"美国奶奶"也就能见到孙女了。

虽然去了就能知道，但母子二人还是担心着祖母临终时的状况，这都是因为她高尚的品德吧。

4

果然，景珠已经来到了上海，在外祖母临终时一直紧紧地握着她的手。但她并非是按照常理来迎接父母的，而是和太玄会的陆慈泉会长一起来建立上海支部。碰巧父母这时从美国来到上海，祖母的病情也在这时恶化。

不过，景珠的父母倒是担心"美国奶奶"的身体才来到上海的。杨伦之对德国药品公司的工作并没有太大的兴趣，但是想到如果来上海，妻子也可以照顾母亲，这才接受了这份工作。医生详细地向上海的连远滋说明了如星的病情，虽然不是什么大病，但毕竟老人已经是八十三的高龄了，最近身体不是太好。由于身体全面衰老，剩下的时间已经不多了。连远滋将这件事告诉了如星在美国的女儿夫妇俩。

“还好赶上了。”连远滋在码头迎接杨伦之夫妇的时候说，医生诊断只能再撑几天了。虽然最近一直在昏睡，但如星有时头脑会非常清晰。这种清醒状态每次能持续一个小时左右，而两次苏醒之间她始终在昏睡，从昏睡状态醒来的间隔也越来越长。

杨伦之夫妇还带来了在美国的大学做哲学系副教授的儿子杨延义，他是景珠的弟弟。景珠曾经对世航说这个弟弟是个无可救药的死脑筋。世航之前从来没有见过杨延义——虽然景珠经常在各处东奔西走，弟弟延义平常却只会往返于家和大学之间。

杨伦之夫妇和儿子一下船，就直接来到了如星在连家的病房。他们走进病房还没到十分钟，如星就从昏睡中醒来，仿佛一直在等待他们的到来。

“延义，船晃得厉害吗？”如星眯着眼睛，问道。三年前为庆祝母亲的八秩[1]生日，杨家夫妇曾经来过上海。延义当时没有同行，如星已经有十年没有见到这个孙子了，却还记得很清楚。

延义哽咽地回答：“不晃，行驶得很平稳。”

“那就好。佩珊，还有伦之，我有事要拜托你们……告诉远滋，我的葬礼不要按照基督教的方式办。”如星笑着说。三天后，如星去世了。景珠比父母晚两天到了上海，所以在祖母去世时得以陪在身边。

说来也是奇怪，如星在美国生活了那么长时间，依然讨厌基督教，也许与她母亲讨厌英国是一样的道理。上海金顺记的连远滋是基督教徒，听说儿子绍桓的理想是成为记者时，他说希望绍桓能写出有基督徒风格的报道。连远滋在上海担任卫理公会教派干事，所以如星担心自己的葬礼会以基督教的形式举行。

[1] 八十岁。

世航听祖母说起过她少女时代的英勇事迹。

如星在美国留学时是十九世纪五十年代到六十年代，那个时期既有淘金热的时期，也在建设中央太平洋铁路。据说黑人擅长农场劳动，但不擅长铁路建设，中国劳动者则适合做这项工程，因此需要大量中国劳工。恰好在这时，广东一带聚集了大量的失业者，从美国来的掮客在这里积极招募劳工。就这样，大量的失业者作为劳工涌入美国，被称为“苦力”；而有些被人掏钱买下来、像奴隶一样的人，也被称为“猪仔”，甚至有人以这种买卖人口的生意发家致富。移民大量进入美国，在白人社会引起了不安。有人担心这些人勤勉肯干，会抢走他们的工作，这加深了他们对人种的偏见。

在这种背景下，一八七〇年美国议会通过了禁止中国移民取得美国国籍的法律。而在此之前，美国社会曾发生过激烈的抵制移民运动。在如星参加的一次教会集会上，牧师发表了抵制中国移民的言论。当时，如星站上装红酒的木箱，斥责道：“你这样还能称得上是奉神的牧师吗？横穿大陆的铁路得以建成，交通变得便利，是谁的功劳？是因为有你们带来的人们在工作；这个国家肥沃的农场是谁在耕种？不正是你们从非洲带来的人们吗？你们不也是后来才来到美洲印第安人居住的这片土地上的吗？你们哪里来的权力可以驱逐在你们之后来到这里的人们？”

她的演讲让现场鸦雀无声，引发混乱的牧师最终道了歉。据说，如星这种不考虑后果的性格像她母亲。

“但是奶奶，当时在那里的人们知道奶奶是中国人吗？”

边听边记的世航问过后，祖母回答：“啊，也许不知道吧。那个牧师可能正是以为没有中国人在场，才说了那些话。”

如星的外祖父在印度也算是皮肤最白皙的巴斯族，听说他的女儿西玲是轮廓很深的美人。而如星又是西玲被英国兵强奸后生下的孩子，所以从外表看不出是中国人——就连家族里的人都叫她“美国奶奶”。教会的那些人一定以为是白人姑娘出于正义感说出了正确的话。

女儿夫妇和孙子赶到后第二天，孙女景珠和太玄会的陆慈泉一起来到了病房中。和前一天一样，过了十分钟，如星就用清晰的声音问道：“是景珠吧，稍微规矩些了吧？”

陆慈泉说出了自己父亲的名字后，如星问道："啊，是晋江东宁的表亲吧。那你认识明芬吗？"

"明芬是我祖父的妹妹。"

"我和她关系很好，她比我大五岁，也很长寿啊。"

"享年八十岁。"

"我今年八十三岁，已经够了……"如星笑着闭上了眼睛。

如星是在两天后去世的，去世时头脑清醒。去世那天早上，她看着围在病床周围的人们，说："能见到你们大家就可以了。我去年刚刚见过世航。这次就不用叫他过来了。"

5

葬礼按照逝者的遗志，以佛教的仪式举办。

在葬礼上，世航见到了很多此前从没见过的亲戚，景珠的弟弟延义是其中之一，另外还有新加坡金顺记的主人连远盛。

新加坡金顺记是连维材三儿子家的产业，开创者名叫哲文，是一名画家，号九曲山人。世航经常听人说他们家的血统中有浓厚的艺术家气质。他见过几幅九曲山人的画，认为那些作品的水平相当高。

连哲文在新加坡的家业由长子宗谋继承。由于宗谋没有嗣子，家中的产业经过弟弟宗诚之手后，又交给了他的儿子远盛。宗诚本想投身于音乐，但因为兄长过早离世，不得不继承家业。他似乎很不情愿。儿子远盛大学毕业后，宗诚就迫不及待地让了位，现在过着一心沉迷于音乐的隐居生活。

在连家，世航母亲上一代的长辈只剩如星和宗诚两人了。如今如星去世，只剩下宗诚一人。宗诚现在正在欧洲旅行，他从维也纳发来电报，说虽然赶不上葬礼，但想去上个坟，所以一定会来一趟上海。

远盛似乎也经常听到关于世航的传闻。他问了世航一些关于美术的问题，说自己在新加坡有些收藏，希望世航有时间能去看看。

"九曲山人的画在新加坡有多少？"

听到世航这样问，远盛的脸上微微泛起了红光，说道："有很多……不过也包括习作在内，还有你外曾祖父做模特的肖像画呢。”

“哦？那我一定要去见识一下。”

外曾祖父就是日本金顺记的开创者连理文。世航听说，因为哲文和理文是四兄弟中的老三和老四，所以关系特别好。幕府末期，连家最先到日本的是老三哲文，随后老四理文也来了，两人一起在长崎的唐人公馆住了一段时间。世航和远盛都听过这个家族传说。

逝者虽出身连家，但因为嫁到了温家，葬礼还是由温家操办，是温府（家）的连氏葬礼，直系孙子温世航是丧主。

世航从到达上海那天就开始忙碌：他必须站在灵柩旁向前来吊唁的客人还礼；服丧期间不得理发，也不得刮胡子。本来应该是由世航的父亲温真作为嗣子服丧，世航是下一代人，服丧的要求可以稍微宽松一些；但是父亲已经去世，世航要代替父亲，遵照逝者之子的礼仪服丧。

“你任务艰巨，要撑住啊。”绍桓对世航说。他在北京采访，几天前刚刚从北京回来。来吊唁的人很多，对每个人都要还礼，所以很辛苦，丧主必须向客人下跪。

灵柩放在连家的外厅，灵柩前的桌子上摆满了供品。一般会供奉牛、猪、鱼、鸡、鸭、羊等肉类，但那是有浓重道教色彩的葬礼；而逝者的遗志是要办成纯粹的佛教葬礼，所以不能供奉荤食，连远初便全部使用素食作为供品——他是家族的老前辈，这次从台湾赶来。

连远初说：“我国葬礼上有各种各样的讲究，都让人不知道如何是好了。如果不能彻底整理一番，就更棘手了。”

因为世航家是个大家族，既有佛教徒，也有信奉道教的人。在这种家族中，必须兼顾佛教和道教的规矩。这就像南北方或东西方的规矩不同，在北方的家族里，从南方嫁过来的媳妇成了一家之主的话，一定会带入南方的规矩。妥协和让步会出乎意料地困难，没有原则地完全照搬所有规矩则简单得多。但这样一来，所有仪式都变得复杂又杂乱，连远初认为必须进行整理。

指挥葬礼程序的远初立下了原则：“既然奶奶希望办成佛教的形式，就完全按照佛教的方式办吧，不考虑荤食供品。”

在中国，大多数情况下从入殡到出殡的过程很长。尽可能长时间地与父母的遗体告别会被认为是有孝心；如果出殡太快，有可能会被指责不孝；这也是为了等待距离较远的亲戚赶回来。不止一两年，甚至有三年不出殡的情况，这种时候，会将逝者暂时埋葬在庭院中。

世航身着斩衰，这也是亲戚中的长辈们讨论后的结果，并非没有异议。如果是父母去世，子女一定要穿粗麻布制成的丧服，不缝下摆，这种衣服叫作斩衰，必须穿够三年；孙辈则要穿齐衰，齐衰没有斩衰那么正式，以粗疏的麻布制成，缘边部分缝制整齐；一般来说，齐衰要穿一年。

从美国回来的温佩珊是如星的孩子，自然要穿斩衰，景珠则穿齐衰。不过她们已经嫁到了别人家，所以不是丧主。本应是丧主的温真已经去世，他的妻子含章要穿斩衰，但她也是嫁过来的媳妇儿，不能成为丧主——灵柩旁一定要是男人坐镇。

关于佩珊穿斩衰一事，也有反对的声音，认为已经嫁出去的女儿就算为生母服丧，也不应穿斩衰，只需要穿素服。

讨论了很多之后，老人们的结论是，由已经成年的孙子世航作为丧主，穿斩衰。

连远初对他解释说："你是代表去世的父亲。"连远初和上海的连远滋两位舅父作为助手坐在世航两边。为了在吊唁的客人到来后能立刻跪下，世航始终保持正坐，两位舅父则盘腿而坐，在两边向他介绍来吊唁的客人是谁，与温家和连家是什么关系。

出殡仪式是在世航到达上海三天后举行的。在这三天中他认识了很多人，多到他无法全部记住。

6

世航的祖父温勉似乎是一名有学者气质的人物。他也不太插手金顺记商业上的工作，这似乎成了温家的家训。金顺记的创始人连维材在经营实业的同时，对教育事业十分热情，从在厦门设立本部时起就设立了飞鲸书院。这虽然是家族子弟的家塾，不过也会向周围的人开放。飞鲸书院后来搬到了上海，温勉曾在上海飞鲸书院教书。他在美国留过学，英语很好，对传统四书五经的教育加以现代化的改革。如星婚后也曾在丈夫主办的书院中教过英语。

与丈夫相比，如星更加活跃。一八八〇年，美国限制中国移民，出现将要禁止中国人入境的迹象时，她曾在美国发起了抗议运动，依然没有失去年轻时斥责教会牧师的热情。

就在那时，如星还发起了援助中国女性去美国的活动。据一八八二年的统计，侨居美国的中国人中有大约十万名男性，却只有四千八百名女性，这自然是因为大多数移民是为了参加中央太平洋铁路建设和进入金矿打工的劳工。有些人攒了些钱，回国娶妻后再次去了美国；如果手头富裕，就可以带上家人一起去。但是根据统计，这样的人只占极少数。

男女比例不平衡造成了结婚困难。从数字上来看，男女人数是十万对五千。但是五千名女性中，大部分是那些幸运的男性从中国带去的妻子，也许还包括他们的母亲和姐妹。因此，如果只看适婚男女的比例，几乎是九万比零。

为了解决这一问题，必须让尽可能多的女性去美国。外出挣钱的中国劳工都想攒钱回国娶妻。但是从旧金山往返于广州或者香港，最便宜的甲板座位对他们来说也是沉重的负担；而且在中国娶妻必须要有聘金。住在美国的中国人中很流行赌博，为了尽快筹集结婚的资金，很多人抱着侥幸心理参与赌博，因此破产的年轻人数不胜数。如星在美国看到不少这样的悲剧，于是，她首先在金顺记的旧金山办事处开设了帮助中国劳工筹集回国费用的机构；同时在广州征集好学的女性，寻求让她们去美国留学的方法，不是去大学留学这样不现实的方法，而是与护士培训所之类能学到简单技术的学校取得联系。这样，她们在那边学到技术后，既可以回国，也可以与住在那边的中国人结婚。

世航的祖父在世航出生第二年离世，祖母当时五十八岁，似乎是为了排解失去丈夫的悲伤而热衷于这项工作。她经常去美国，也由此得到了“美国奶奶”的称号。

祖母对世航说了很多，世航从她口中了解了不少连家和温家的历史。但是直到现在祖母去世了，世航才发现她几乎没有提过跟自己有关的功绩。虽然她亲口说过驳倒排外牧师的事，不过对于自己为女性移民而做的努力，她只是简单提到过。这次来上海参加葬礼，世航才听很多人说起奶奶的事，知道了很多她自己没有提到过的功绩。

然而比起这些功绩，祖母没有说到自己的功绩一事让世航更加感动。

葬礼本身没有给世航留下太多记忆，他只是惊讶于中国的葬礼竟然如此热闹。

葬礼队伍的最前方打起了红幡；紧接着是灯笼，在白天看来硕大无比；然后是放着香炉的台子；烟雾笼罩的香炉台后是鼓乐队，灵柩则在乐队之后。

葬礼当然并没有刻意感人，让已经沉浸在悲伤中的人们更加感伤是很残酷的事。

从连家出发的葬礼队伍来到了大约三百米外的金顺记仓库，送殡的人们从那里乘车前往墓地，在墓地也只是从两百米之外的地方开始排队进入。

这种形式很明显是为了遗族着想。如果按照过去的规矩，丧主一定会病倒。

快到傍晚时回到连家，世航松了一口气。如果是过去，世航至少要在好几天里穿着斩衰，传统习俗更是规定要穿三年。

“你可以换上普通的衣服了，这不过是走个形式。”

上海的舅父远滋是为父亲的堂姐服丧，按照长辈们的决定，正式情况下要穿三个月缌麻。虽然不像斩衰和齐衰那么粗糙，这种丧服也是用比一般的布料粗糙的麻布制成的粗劣服装。

父亲的堂姐妹在中国叫作堂姑。堂姑去世时，未婚和已婚形式不同。未婚的情况下，因为依然是自家的人，远滋他们要穿五个月小功[1]；而如星已经嫁入了温家，所以他们只需要穿较轻一级的缌麻丧服。

“只是形式。”

在连远滋眼中，这样的规定是可笑的形式主义。就算如星嫁入了温家，连家和温家的关系并不普通，可以说是一家人，而且如星在丈夫死后一直作为长辈住在娘家连家。

连远滋又补充道：“从心情上来说我是斩衰啊。”

上海金顺记的创始人，也就是远滋的祖父连承文年轻时吸鸦片，是连家的问题儿童。据说，他重新做人是在与大掌柜温翰的孙女温彩兰结婚以后。祖母彩兰虽是女子，但似乎武艺高超。现在还活着的长辈中，有人亲眼见过她出色的武

[1] 比缌麻更粗糙的丧服。

艺。因此，上海连家中有浓厚的温家色彩。远滋的夫人也是温家的亲戚。如星在最后这十几年中一直理所当然地住在上海连家，远滋始终敬爱着这位堂姑。虽然他认为堂姑是自己最亲的人，但是礼教规定他只要服最轻的丧——缌麻。

台湾连家的远初说："丧服只要穿在心中就好。毕竟现在这个年代，不能穿着破破烂烂没有衣摆的斩衰工作三年，就连缌麻都要穿三个月，这种规定缩短到三个小时就够了。"

上海连家的大厅里挂满了挽联，这是写着悼念死者句子的对联。家族中的长辈连远初向世航一个个介绍赠送挽联的人，以及他们与金顺记或者温、连两家的关系。

连远初指着一副黑框挽联说："这是川端上将送的。"

上面写的是：

风凄暝色愁杨柳，

月吊宵声哭杜鹃。

川端定介谨挽

川端定介是预备役陆军上将。世航听说，甲午战争后日本军队侵占因《马关条约》而割让给日本的台湾时，两名日本军官被远初的父亲连宗格耿直的性格感动，与他结下了深交。其中一人是川端少佐，另一位是岩濑中尉。川端少佐晋升到了上将，三十年后被编入预备役。

远初解释道："这副挽联不是我拜托他写的，我只是告诉他你奶奶去世了。川端上将在还是中将的时候来过上海，曾经和奶奶激烈地争论过，后来两人成了每年每个时令都会互相问候的朋友。"

7

金顺记为远道而来的人们安排了房间，亲戚们被安排住在了连家或金顺记。景珠当然住在了连家，陆慈泉也与她一起住进了连家。虽说太玄会会长是连家的远亲，不过被当成目送如星离世的近亲对待。

“我见到了家兄，你有见到他吗？”结束下葬回到连家的晚上，陆慈泉问世航。

“雷芽山人啊……我没有见到。”

连远初说当天前来送葬的超过了三千人。世航是丧主，不能轻易离开规定的地方，不可能见到所有前来送葬的人。如果他见到了陆鸣泉，当然不会忘记；就算他没看到，也并不能说对方一定没有来。既然陆慈泉见到了他，就说明他来过了，没有打招呼应该是因为人太多，现场太混乱。

葬礼的流程让世航没有时间深切追忆祖母，但他母亲一直哭个不停。记忆中，世航没见过母亲流泪。父亲去世时世航已经十一岁，记忆深刻，当时他没有见到母亲哭泣，也许母亲是在儿子看不到的地方默默流泪吧。这次婆婆去世，世航的母亲毫无顾忌地在儿子面前哭了出来。

祖母和母亲的婆媳关系，交织着外人无法得知的曲折感情，二十七岁的世航多少能够想象到一些。

“下葬结束后，大家都赶紧回去工作。”三年前，祖母反复叮嘱大家自己死后的事。“这就是我的遗言。”她也这样补充过。如星有脾气暴躁的地方，不过因为性格坦率，很受人欢迎。反复重复一件事不像她的性格，她会反复提到同一件事，那一定是因为非常在意。她知道自己死后一定会有很多人放下工作赶来送葬，这是没有办法的事，但是她觉得如果耽误了别人太久就会过意不去了。

“就算是世航，也只用服丧三天，因为线香的味道让人很不舒服啊。”祖母曾经对世航这样说。世航的母亲和舅父偶尔去看她时，她也说过同样的话，对就在身边的上海舅父也反复絮叨，简直不像她的性格。“和我约好了啊，知道吧。”

尽管如此，三天还是结束不了。千里迢迢来到上海的人们说如果马上启程返回的话太匆忙，身体也吃不消，因此停留了一周。

如星女士下葬后的第二天举行了第一次法会。世航他们准备在下一次法会结束后归神。第二次法会在中国称为女儿旬，费用由逝者的女儿负担。与由嗣子主持的初旬相比，一般会稍微简洁一些。在上海的一部分地区，出于女儿尽孝不逊于兄弟的想法，有隆重举办女儿旬的风俗。如星的女儿旬的主角，是从美国远道而来的佩珊和佩珊的女儿景珠。

神户连家的连远志在女儿旬的第二天乘船离开了上海，世航乘坐两天后的船回到了日本，世航的母亲会留一段时间，远志的夫人也一样，因为直到四十九天之前的仪式上都需要女人帮忙。

出发的前一天晚上，母亲对世航说："奶奶好像很期待参加你的婚礼，不过她从来没有对我们说过，可能是觉得不想强迫你吧。不过这件事大概是奶奶的遗憾啊。"

世航去年在上海时，祖母并没有提到过这件事。不过上海的舅母说过："奶奶说想见见孙子的孩子。"

景珠的弟弟哲学家杨延义有一儿一女，所以如星有两个曾外孙，但是美国距离中国太远，曾外孙年纪又小，所以她并没有见过。

听说临终时如星的枕头下放着两个曾外孙的照片。听说这件事的时候，景珠放声大哭。

曾孙暂且不提，如果世航能早点儿定下未婚妻，就能让祖母看到孙媳妇了。

"这是没办法的事啊。"世航只得苦笑。

祖母的遗体埋在棺材里的鲜花中，脸上稍稍化了妆。世航赶到时，距离祖母去世已经过了五天，也许是因为化了淡妆，祖母的脸看起来依然像活着一样，平静安详。

"她这一辈子活得随心所欲。"

"不在意任何人的看法，走在大路的正中间，应该没有留下什么遗憾吧。"

"真的是安然逝去啊。"

围在棺材周围的女性们交谈着。如果说有什么遗憾，那就是没能活着看到孙子娶妻，看到嫡系的曾孙出生吧。

世航记忆中的祖母始终是开朗的形象，仿佛一直站在灿烂的阳光下，身边完全没有阴影，直到去世之前都保持着开朗。看到母亲的泪水后，世航才终于意识到，祖母的人生中一定也有着阴影吧。也许正是因为那阴影藏得太深，从外表上才看不出来。

世航把行李收拾好装进箱子，然后上了锁。母亲仿佛被锁的声音勾起了回忆一般，说道："信子是个好姑娘啊。"

世航说："我回东京后会去办公室看看。"泷口信子到东京金顺记工作的第一天，世航他们匆忙离开了东京。

世航的母亲说："樱花还没有全部飘落吧。"东京的樱花应该还没有全部飘落，不过她要在上海留到七七法会结束，今年看不到日本的樱花了。

"落了一半了吧……"

"早晚都会飘落的……"母亲说着笑了起来，双眼泛红。世航觉得，母亲心里或许也有自己看不到的深渊。如果当真如此，世航并不想看到。

"妈妈，你要保重身体，不要勉强自己。"

"你还是第一次对我说这种话吧？"母亲红红的眼中盈满了透明的泪水。

世航乘坐定期驶出的大阪商船到达了神户，当天晚上乘夜车回到了东京。神户金顺记的人们挽留他："住一晚上再走吧。"

世航拒绝了他们的挽留："我这两天一直在船上躺着，完全不累，总之我还会再来的。"

第二天。世航回到赤坂双烟馆后，给同风会的新事务所打了电话。电话是田村永造接的。他告诉世航，会长来了东京，现在出门去了，下午三点会回事务所。

世航冲了个澡，穿戴整齐后去了东京金顺记。

"欢迎回来，辛苦了。我以后在这里工作，还请多多指教。"泷口信子用开朗的声音迎接世航。

"啊，我听母亲说过了。"世航说着环顾了办公室一周，两天前回来的舅父远志不在。办公室有很多新面孔，气氛和以前不太一样。

世航问她："还习惯吗？"

信子回答："嗯，算是习惯了。"

在世航眼里，信子的形象光辉耀眼。他眨着眼睛看着她，一想到今后增田绫子就在离这里不远的大楼里，世航突然想要叹气。

"你父亲身体好吗？"世航不自然地说着客套话。

信子半开玩笑地回答："嗯，好得不行呢。"

世航心中一痛，他感到，这份痛楚必将伴随他一生。

上林湖畔

1

一九二八年六月十七日。

温世航给身在东京的妻子信子写信，却不知该如何下笔。太阳落山了，房间里光线昏暗。

“要点灯吗？”老婆婆问他。这里还没有通电，就连桌子一角的油灯也是奢侈品。

世航回答：“只剩一点儿就写完了。”

“因为你一直擦了又写啊。”老婆婆在门口抱怨着，一时站着没动。

“我在想事情。”

听世航这么说，老婆婆只好死心离开了。沉闷的脚步声逐渐远去。

世航手中拿着笔，将信纸铺在桌子上，但他几乎一直在思考。他觉得想要写的事情像山一样多，但是一旦拿起笔却发现并没有什么必须要告诉妻子的。他得了重感冒，直到前天才退烧。不能写自己生病的事让妻子担心，而且现在基本已经痊愈了。

“托你的福，我现在很好。”

只写这一行就足够了。

距离祖母去世已经过去了三年多。这三年，世航的生活经历了剧烈的动荡。现在回想起来，如果要写成文章只会变成枯燥的流水账。

祖母的葬礼后不到半年，新加坡金顺记破产了。

金顺记在新加坡、日本以及中国的台湾和上海的四根支柱彼此独立，香港金顺记由四家合作经营。从很早以前开始四家店铺就彼此独立了。现在各家店铺的主人与世航的母亲同辈，在他们祖父那一代已经打下了基础，随着年代的推移关系越来越远。就连相对比较自由、经常四处游走的世航，都是在祖母的葬礼上才第一次见到了新加坡金顺记现在的主人连远盛。

世航回到东京一个月后，收到了从新加坡寄来的大木箱。寄件人是连远盛，收件人是温世航，写的是个人的名字。箱子中是新加坡金顺记的创始人，同时是画家连哲文的画作。箱子里装着三十六卷精心装裱的卷轴，还有五本画帖。

家族中的人都知道连哲文号九曲山人，经常画画。世航在上海听连远盛说起九曲山人画过弟弟连理文的肖像后说过“一定要见识一下”。理文是世航的外曾祖父，他自然想要看一看。他当时这样说是想以后有机会去新加坡时想要看一看。

连远盛却突然将画送了过来，其中确实有连理文的肖像画，但那只是三十六卷中的一卷，另外还有山水、花鸟、历史画之类的作品，从数量上来看也许是九曲山人的全部作品。

也许他听说我是美术专业的，觉得由我保管更好吧。

世航想着，给对方寄了信。在信里告诉对方自己收到了作品，并且询问是否可以由自己保管这些画作。因为世航收到东西后等了一段时间也不见连远盛寄来信件，因此才写信询问。回信上只写了一句简单的话：“新加坡的气候不适合保存画作，希望交给你来保管。”

三天后，传来了新加坡金顺记破产的消息。

后来世航听说之前完全没有破产的预兆，也许是因为金顺记的招牌太耀眼，信用很好，所以完全没有人怀疑吧。只是金顺记的其他三家店铺之前一直有不满：“新加坡的经营不太理想啊。”

上一代主人宗诚太热衷于音乐，早早引退了，现在的主人对经营也不上心。

积累的债务金额巨大，不过因为金融方面信用好，债主并没有太催促，只要提出申请对方就会无条件地同意延长期限，因此当然看不到破产的征兆。仰光交易方的破产成了新加坡金顺记破产的导火索。仰光的华侨大企业茂春从新加坡金顺记采购了大量纤维，如今支票却无法兑换。虽然新加坡这边慌忙采取了措施，但金融方面依然出现了危机。

因为外表蒙上了信用的外膜，因此外人看不到内部的情况。仰光茂春商行破产一事让人起了调查新加坡金顺记内部情况的念头。这一看才发现已经无计可施了。

虽说每家商店都是独立的，但是金顺记的五家店相互之间都是用支票结算销售和采购的，向东南亚出口了大量纤维、杂货的日本金顺记遭受的损失最大。过去就算新加坡的其他店铺从日本金顺记采购，日本金顺记也不接受他们的支票，一定要由新加坡金顺记开出支票。各家店铺会使用新加坡的市内支票在当地金顺记按期结算。加上这部分金额，因为新加坡金顺记破产造成的拒付支票达到了数百万，给日本金顺记造成了沉重打击。

家族联合的店在这时暴露出弱点。因为采用相互扶持的方式，所以一家店破产后就会波及兄弟店铺。在最需要救济的时候，能依靠的兄弟店铺同样陷入了困境。

日本金顺记在紧要关头好不容易站稳了脚跟，付出的代价是不得不放弃包括赤坂双烟馆以及在横滨、神户、长崎的所有不动产。

双烟馆是日本金顺记的标志，放弃双烟馆对总帅连远志来说实在太痛苦；旁边的人看着也感到痛苦。

世航他们真正搬出双烟馆是在一九二六年一月末，首相加藤高明当时突然去世，内相若槻礼次郎被指名接任内阁首领。

“不要摆出一副要去参加葬礼的表情。死的是日本总理大臣，我们家没有人去世，奶奶的葬礼去年四月已经结束了。”连远志对消沉的金顺记员工说。声音很大，与平时不同，但是每个人都能感觉到他声音中的悲哀。

新加坡金顺记的破产让日本金顺记失去了很多，不仅资金不再富余，商社的活力也减半了。同时，离开双烟馆也意味着不得不降低生活水平。

世航和母亲一起搬到了神户，舅父远志决定将东京作为事业的中心。金顺记在震后的东京租了一间写字楼里的房间作为办公室。舅父一家搬到了远比双烟馆小的房子里，如果勉强挤一挤，世航母子也可以一起住进去，但他们并没有这样做。

虽说是娘家，但世航的母亲已经嫁入了温家，虽然人少但毕竟是两家同住。如果是在双烟馆那样宽敞的房子里，还可以一天都不见面。但是这次远志一家搬到了一座小巧的房子里，恐怕会暴露出两家住在一起的难处。

神户金顺记的办公室不是租来的，而是连家的产业，因为有多余的房间，世航母子便暂时住在了那里。

“不能再像以前那样了，金顺记也很困难。”世航的母亲说。

“我明白，我会做自己的工作。”世航回答。

“是那个吗？啊，那也不错。”母亲知道世航在与刘继泰夫妇一起做买卖。

“日本有一无所有的说法，我现在就做好了这样的觉悟。”

“不是觉悟，失去了金顺记作为后盾，我们真的是一无所有。不过在你重新出发时我想加一个条件。”

“条件？”

“结婚。”

世航沉默了一会儿，最终还是深深地点了点头。

母亲只说了让他结婚，至于对象是谁，母子间不言自明。世航与泷口信子的关系有了很大的进展，母亲也同意信子嫁过来。

那年秋天，世航与信子结了婚。两人要暂时住在神户金顺记。世航的工作需要经常去中国出差，想必新婚妻子心里很不好受吧。

“至少要多给她写写信，我就不用了。”世航的母亲说。

“我答应你。”世航回答。

按照与母亲的约定，他在出差的地方也会频繁写信。因为写得太多了，有时铺上了信纸却不知道该写些什么。现在正是如此。他一周前刚刚写过信，后来又发生了很多事，但他觉得这些都不能告诉妻子。

2

“你打算怎么办？这么暗还要工作吗？”老婆婆走后不一会儿，慧空走进来对他说。

从普陀山普济寺分开后，两人已经四年没见了。

“好久不见。”

两天前，慧空大大咧咧地走进了世航的房间，说话的语气仿佛是拜访一周前刚刚见过的朋友。说是走进房间，其实世航的房间没有门，只要走进大门就能看见他的身影。

“啊，这不是……”世航没想到慧空会来，吃了一惊。慧空微微上下抖动着浓眉笑了起来。

知道世航在这里的人很少，就连他在神户的妻子应该都不知道，信是通过上海金顺记寄出的。

虽然惊讶，不过世航还是能够理解。四年前他去普陀山的时候明明没有通知任何人，但慧空还是前来迎接他。虽然世航当时觉得奇怪，不过舅父让他去普陀山的时候，上海金顺记中有几名店员也听到了。慧空大概是从上海金顺记的店员那里听说的。既然上海金顺记有人给他通报消息，世航又会通过那里寄信，他自然就能知道世航正在浙江省余姚县[1]的偏远山村。

“有成果吗？”慧空问。他似乎什么都知道，既然这样就没有什么好对他隐瞒的。

“我没有投入太大热情。”世航老实地回答。

“这样啊。”

英国收藏家麦克米兰因为收藏中国的书画古董，特别是瓷器而出名。他曾调查过越州窑。麦克米兰夫妇上次到访中国时，刘继泰的妻子苕华做过他们的翻译，很受他们喜爱。这次的调查麦克米兰也带来了夫人。他通过上次关照过自己的美术商联系到苕华，希望她还能担任翻译兼助手，但苕华已经怀孕。世航听刘继泰说起这件事后提出由自己来担任这份工作。

金顺记萧条以后，世航也不再做整理家族资料这种悠闲的工作了。因为和刘继泰夫妇一起做买卖，世航也积极迈进了实业界。刘继泰在上海的商品交易所做期货交易，他对行情变化很敏感。世航将少量日本的纤维和杂货出口到上海，主要由苕华负责销售。不过世航并没有忘记他与陆鸣泉的约定。

“用国宝救国。”

他也为此做了调查研究。所以担任麦克米兰夫妇的助手应该对此有些帮助。

这次越州窑的窑址考察，一定会有美术商跟上来给麦克米兰夫妇推销艺术

[1] 现余姚市。

品，世航就可以观察到这些文化财产的流通动向。

古窑考察最近刚刚开始。世航对慧空说没有投入太大热情是因为他不想将发现古窑的名誉让给英国人，他希望有一天中国人能亲自发现古窑，发掘古窑，解开越州青瓷之谜。对饱受列强压迫的中国人来说，这是自然而然产生的民族主义想法。

世航的目标是从被带到麦克米兰面前的艺术品中查出从故宫流出的大量文物的下落。世航和陆鸣泉一直细心跟踪着高述。但是这两个月来却找不到他的去向了，也许他发现自己被跟踪了。

“应该没关系。”虽然陆鸣泉这样说，但是小心为上。关于这次担任麦克米兰的助手一事，世航也拜托介绍人苕华隐藏了他的身份。

“他毕业于日本商业学校，在夜校的英文学院学习了英语，之前在东南亚一家出口日本瓷器的华侨商社工作，因为商社破产目前没有工作。”世航让苕华这样对麦克米兰介绍自己。因为他觉得作为助手稍微有一些瓷器知识会更方便，所以为了让麦克米兰任用自己而粉饰了经历。因为苕华很受对方喜爱，有她极力推荐，世航顺利地拿到了这份工作。

就这样，世航来到了余姚县的一座偏僻山村。他在内心祈祷雇主的工作不能顺利进行，同时担任着助手的工作，会让他感到更加疲惫。

哈佛的中国学教授告诉麦克米兰，中国的地方志中有一段内容透露出古窑的存在。因此他来到了中国。他将那段文章的复印件交给世航，让世航先将画红线的部分翻译成英文。麦克米兰应该已经从哈佛的教授那里拿到了这段文字的英文版本，也许他是想测试一下世航的英语水平。那本书是《余姚县志》。

秘色瓷，初出上林湖，唐宋时置官监窑，寻废。今各邑亦有民窑，然多于大瓮、沙缶、瓦尊类，未出县境，亦粗拙，非佳器。

从这段文字中可以得知上林湖就是烧制秘色瓷的地方。宋代时曾作为官窑繁荣兴盛，后来被废止。这本书写于清代，当时各村落还有民窑在烧制，但大多都是在烧制陶壶、瓦片等当地使用的东西，没有拿得出手的珍品。

根据这段叙述可知秘色瓷古窑在上林湖畔。但是就算在那里发掘出古窑，也有可能是宋代废除官窑后没有价值的民窑遗址。

麦克米兰似乎很满意世航的英文译本。世航从书上看到过古窑发掘的知识，解说时应该能抓住要领。

最重要的是向村里人打听情况，上林湖形状细长，延岸一带都被称为上林，所以必须缩小发掘古窑的范围。

“你有没有听说过从古代开始烧制古窑的地方？”

“耕地或者伐树的时候有没有见到过散乱着瓷片的地方？”

世航在各处询问，因为麦克米兰夫妇不懂汉语，这份工作只能全部交给世航。因为世航并不希望发现古窑，所以自然不太上心。

比起这件事，世航一直在盼着推销文物的人出现。出现的第一个外人不是美术商，而是慧空。

“这份工作要做到什么时候？”慧空两天前问，似乎已经弄清了世航工作的内容。

“麦克米兰计划做两个月，不过如果没有希望就会提早结束，有希望的话就会延期吧。”世航回答。

“你不想溜走吗？”慧空稍稍压低了声音。

“现在还没有打算……”虽然世航觉得可以告诉慧空他与陆鸣泉之间一起进行的秘密工作，不过最终还是认为暂时隐瞒起来比较好。

“我可能会需要你的帮助。你可以继续现在的工作，不过我希望你随时都可以脱身。”慧空说。

“我能做的事吗？”世航反问。

过去，世航还可以在资金方面伸出援手，但是现在情况不同了。世航大致可以想到慧空希望他帮忙的工作是什么。

“是的，有人拜托我，希望你能够帮忙。”

“是谁？”

“不是绍柏。”慧空笑着说。说起世航和慧空都认识的人，首先会想到连绍柏。他是台湾金顺记的年轻人，喜欢美术，喜欢芳韵，因为失恋后而出家。慧空也会画画，两人是通过画认识的。如果不是绍柏，就只有陶芳韵了。

“她还好吗？”世航问。

“好，非常好。”慧空直直地盯着世航的眼睛。

3

国民革命军的北伐终于取得了成功，张作霖在国民革命军入城前离开了北京，北京得以免遭战火的侵袭。这件事发生在本月三日。他乘坐的专列于第二天上午五点三十分在奉天皇姑屯被人炸毁。

六月六日，温世航见到了到达上海的麦克米兰夫妇。发生这件大事时他在船上，并不了解详细情况，到了上海后迫不及待地读起了报纸。虽然没有查出是谁炸毁了张作霖的专列，但所有人都能想到这多半是日本关东军搞的鬼。

张作霖一直被认为是亲日派，日本人也打算用张作霖做傀儡将东三省变为殖民地。后来日本的企图变得露骨。张作霖也成了军阀战争中的一方霸主，控制了北京。日本似乎认为如果在此时消灭张作霖，东三省将陷入无人控制的混乱局面，自己就能趁乱拿下“满洲”。

虽然奉天当局只是公布张作霖受伤，但当世航到达上海时，所有人都知道他已经去世。后来得知他是在火车爆炸后第二天去世的。张作霖是安国军总司令，陆海军大元帅，一世枭雄在五十四岁的年龄便过早地死去了。

张作霖是旧时代和军阀的代名词。他是国民革命军的打击目标。他的死象征着北伐的成功。六月八日，在奉军撤退后，国民革命军第三集团军商震的部队率先进入了北京。北京市内已经挂起了青天白日旗，此前北方军阀政府一直在使用五色旗。

孙文去世第二年（一九二六年）七月，国民革命军再次北伐。此次北伐依然是国共合作，但北伐前夕召开的国民党第一次中央会议通过了《党务整理案》，将共产党员赶下了部长级的位置。然后，一九二七年四月，蒋介石在上海发起反共政变，解除了上海总工会的武装，至此国共合作宣告结束。去年八月，共产党在南昌发动武装起义，在井冈山建立了革命基地。

共产党自然没有参加在南京成立的国民政府，今年二月继续北伐，也是由国民党军队决定的。身在河南的冯玉祥军加入了北伐，至此大势已定。张作霖从北京撤退也是因为他判断万事休矣。

《中华时事报》的连绍桓留在北京采访，先回到上海的同舟会成员李钦票留在报社整理稿件。各种消息混杂在一起，李钦票忙得焦头烂额。他说："我们的报社不能像过去那样大手大脚地造成亏损了，要用心经营。尽管忙得焦头烂额，我也在为了拉广告而四处奔走。"上海金顺记也受到了新加坡的余波影响形势严峻，将一栋仓库卖给沙逊商会后才总算缓过气来。

世航说："人生真是大起大落啊！"

"双烟馆太可惜了，那是我们青春的标志啊。你不努把力把它买回来吗？"

"等有能力再说吧。"

"能力慢慢会有的。啊，对了，我最近见到唐鼎权了，他似乎在南京政府工作，我听他说赵锡堂也在南京。"

"哦？赵锡堂吗……"

赵锡堂本想成为黄埔军校的教师，但是没有成功，为了收集情报在商团工作，后来就失去了联系。听刘继泰说商团事件发生时他并不在现场，因此至少可以知道他平安无事。

"他好像当上了一心想做的军官学校老师，不过这次是在南京。"

"啊，那真是太好了。"

国民政府决定将首都设在南京，也在南京建立了培养新军队干部的军官学校，将广州黄埔军校迁至南京。赵锡堂是高师体育专业的学生，这份工作对他来说正合适。

"不过，不知道徐炳年现在怎么样了……"世航想起了曾在神户金顺记工作的少年，他失败了几次后终于考上了黄埔军校，刚开始还经常寄信来，不久就没了消息。因为学生军也加入了北伐，恐怕没有工夫给国外寄信了吧。

世航住在上海的二流旅社里。因为他隐瞒身份当上了麦克米兰的助手，自然不能住进金顺记。麦克米兰夫妇住在赛马场旁边的大酒店里。世航所住的旅社就在附近，一天的大多数时间里都在大酒店里与麦克米兰夫妇商议。在上海准备了五天，六月十一日，考察越州窑遗址的一行人离开上海前往余姚县。

他们在上林湖边租了两栋民房。虽然在上海已经安排好了，但是沟通不太顺利，到了之后又重新进行了交涉。

麦克米兰夫妇的行李很多，毕竟要去没有电的地方，两人好好准备了一番。

在租来的民房中，比较舒适的一栋作为了麦克米兰夫妇的宿舍，从上海带来的厨师夫妇住在靠里的房间。世航住在另一栋民房中，同时兼做临时办公室。

到达后世航有些发热、身体发倦，总算搬完家准备开始工作时，慧空出现了。

“我希望你帮忙。”慧空说。

“让我考虑一下。”世航回答。

“你看起来有些疲倦。”

“嗯，有些发烧。”

“我后天再来。”

慧空并没有说自己住在什么地方。像他说的那样，两天后，慧空再次出现了，对世航说着“这么暗还要工作吗”。

4

他是来听世航的回答的。

世航回忆起四年前在普陀山与芳韵之间发生的事，也许可以再来一次。这个隐隐的期待让世航动摇了。给妻子的信迟迟写不下去也是因为他内心的动摇。

世航说：“我也有自己的工作。你希望我帮什么？需要牺牲多少？有多少价值？这些我完全不知道，所以没办法回答你。”

“我就猜到你会这样说。”慧空笑着说。

“这是常识吧。”

“我也很为难。如果我告诉你工作的详细内容，就必须要得到你的帮助。但是为了让你帮忙，我又不得不告诉你详细内容。真的很为难。”

“不需要详细说明，能告诉我大致的情况吗？”

“大致的情况吗？”慧空环顾四周，他要说的话一定不能被别人听到。

“我们出去吧，天色有些暗了。”世航从椅子上站起身，“傍晚的上林湖景色不错。”

两人走出房间。上林湖的湖面泛着白光，世航穿着工作服，慧空穿着黑僧袍。

“我们两人与这片风景很般配啊……”世航边走边想，“这里的风景淡泊，虽然湖边有青山环绕，但山势平缓，并无苍劲之感，整体环境荒凉寂寥，很适合穿着工作服和僧袍的两人漫不经心地散步。”

“千金现在在吴兴。”慧空停下脚步，抚摩着梅花的树干。用千金来称呼大小姐是很老派的说法。慧空曾受到芳韵父亲的帮助，也许是为了表示感谢才这样称呼芳韵吧。

“在吴兴……”

吴兴是太湖南岸的一座城市，属于浙江省，对面是苏州和无锡。世航想问在吴兴的什么地方，但并没有问出口，他觉得慧空是不会说的。

慧空说：“应该说潜伏在吴兴。”

“是吗……”

“从国共分裂以后。”

世航问：“她是党员吗？”

“这我就不知道了，不过我知道她在为共产党工作，如今他们的立场十分危险。为了保证他们的安全，需要得到尽量多的情报。我希望你帮忙做的就是为他们收集情报。”

“收集情报？我能做到吗？”

“你是金顺记的人，上海的连远滋是你的舅父，如今金顺记已经渡过了三年前的难关，他又和南京政府的官员关系亲密。我还听说他是上海商界与南京政府之间的沟通渠道。再加上连远滋的儿子绍桓是《中国时事报》的主笔，接触到的情报量很大。你身边聚集着很多情报。”

“是啊。”世航表示同意。确实如此，他所处的环境让他就算不刻意去收集情报，情报也会自然而然地来到在他身边，但问题在于从道义上来讲这些情报能不能泄露出去。别人正是因为相信他一定不会泄露出去才安心对他说的，究竟该不该背叛他人的信任呢？

慧空猜到了世航的想法：“你一定会觉得这样是背叛了亲人，才在犹豫吧。”

“所以问题就在于这些情报的价值了。”世航跳过一片泥泞说。这一片是红土，世航他们来之前下过一场大雨，依然到处可见大雨留下的痕迹。

“你支持革命对吧？”

“当然。”

“最近进入北京的军队也自称国民革命军，相对于顽固的北洋军阀——张作霖与吴佩孚，这支队伍有很强的革命性。”

“你是想说有比他们更具革命性的势力，应该为他们效力……对吗？”

“你果然明白。”

“我从上海的报纸上看到了，共产党在湖南起义。”

“中国现在是战场。去年四月，上海发生了大屠杀。虽说杜月笙和黄金荣这两位黑道的头目担当了杀人的刀，但幕后的手是谁再清楚不过了。今年，罗亦农也在上海被捕并杀害。他是临时中共政治局常务委员，担任组织部长。五月，向警予在武汉被枪杀。她是蔡和森的妻子。既然国共已经分裂，共产党员一旦在国民党统治的土地上被发现就会被杀。如果能够得到国民党的消息，也许就不会被杀害。千金现在的处境也很危险。”

“我觉得北伐成功是值得肯定的。”

“因为是国民革命吧，我们也觉得比奉系军阀要好。但是中国的革命必须从更深的地方开始。啊，这是我个人的意见，有不少人和我的想法一致。”

“更深的地方？”

“没错。清朝以来，一旦惹主子生气就会性命不保。辛亥革命后更换了主子，主子从四面八方到来。我们也想要打败主子，但是他们的数量太多了。要想解决这个问题，让中国不再做别人的奴隶，就必须从更深的层次扭转局势。”

“北伐不就是这样吗？”

“我当然也承认北伐军打倒奉天值得赞赏，但是一部分小主人们，就在北伐军中，这让人很为难。”

“你说的一部分是指推动北伐的势力吗？”

“没错。明确地说就是地主势力。你知道，清末以后治安变差，他们都养起了私兵。拥有土地、财产和金钱，就必须保护手中拥有的东西，雇用保镖，这就是私兵。现在的世道人不值钱，只用花很少的价格就能雇来很多人。大地主就是军阀，中小地主拥有武力后就会将下人当成奴隶。我曾经周游温州，其实千金也调查过那附近。那边的人们被地主随意使唤，只要反抗就会被施以私刑，没有地方申诉，这不就是奴隶吗？托清朝这个大主子倒下的福，武装地主像雨后春笋一般层出不穷，变成了奴隶的人们生活越来越艰苦。世航，你在上海和广州附近可能不知道，虽然那里也有悲惨生活的人，但是小地方更是夸张得多。我看到后觉得果然必须要将他们一个不留地推翻。芳韵小姐也是这样认为的。但是麻烦的是，现在的革命势力中有着我们要彻底推翻的人，所以罗亦农和向警予女士才会被杀。如果能早一点儿察觉到对方的动作也许就不会被杀了。我们的情报不够，无论是什么消息都可以，只要是关于对方行动的消息我们都想知道。”

慧空边走边说，他的语气中充满了热情，世航就快要被他煽动了。慧空不时会抚摩树木。

突然，他吹起了口哨，是苏格兰民谣 *Coming through the rye* 的调子，在日本叫作《故乡的天空》，就读于上野音乐学校的弘一法师李叔同填上了中文的歌词，在当时的中国也流传甚广。

松林间有两点与周围的景色格格不入的深红色身影在移动，那是麦克米兰夫妇在散步。

5

慧空笑着说：“世航你也很忙啊。”

慧空将秘密告诉了世航，所以世航觉得他也不能瞒着慧空，就是夺回被盗的国宝，用它们帮助国家的事。

五年前故宫发生火灾前这些国宝就被偷了出来。小东西暂且不提，大的物件应该暂时还没有出手，偷国宝的人应该也在等待事态平静下来。五年的时间刚刚好，他们一定开始考虑出手。

慧空说：“不过这两件事可以同时进行啊。”

两人的交谈在这里结束了，在遇到麦克米兰夫妇之前，世航一直在说关于国宝的事。

厨师的妻子跟在麦克米兰夫妇身后。她在上海的英国家庭里做过很长时间保姆，所以能说一些英语。夫妇俩散步的时候为了以防万一将她带在了身边。

“老师，”厨师的妻子一直这样称呼世航，“刚才有客人来，我翻译不了，他说的太难了……就拜托老师了。”

世航问麦克米兰来的是什么样的客人。

麦克米兰说：“那人是来推销东西的。他似乎想让我们出价，但是因为不会说英语没法交流。他也没有说拿来的是什么东西。虽然他提着包裹，但我想还是有个见证人在场比较好，所以来找温先生帮忙翻译。”

他是来找温世航的。

慧空没逃也没躲，就这样跟着世航来到了麦克米兰住的地方。

客人看上去是个五十多岁的寒酸老头儿，不知是不怯场还是胆子大，完全没有表现出惴惴不安的样子。他的鼻子较小，显得格外知性。

麦克米兰略微思考了一会儿说：“让我们看看吧。”

通常，没有经人介绍直接上门推销的人都会吃到闭门羹，麦克米兰的犹豫也许是因为对方格外知性的气质。

这个男人自称姓张，这是个再普通不过的姓氏，他打开了包裹。包在一大片布中的是一只竹篮，男人从中取出一枚骨片放在了桌子上。

“啊，甲骨片……”世航不由得轻声叫了出来。

这是殷朝占卜用的兽骨，多为牛的肩胛骨，因为有时也会用龟甲，因此被称为甲骨。占卜的内容和结果叫作卜辞，会用古代文字刻在骨头上。这种文字叫作甲骨文，一直备受学界瞩目。二十世纪初出土了少量甲骨，河南省安阳县发现了殷墟，最近国家开始进行殷墟的发掘工作。世航刚刚在报纸上看到了中央研究院的董作宾等人被派去现场的报道。

甲骨片的价值很微妙。它的年代确实古老，殷朝是公元前一〇五〇年左右灭亡的，所以甲骨片至少有三千年以上的历史。不过一旦开始发掘，就可能会大量出土。但是，既然发掘工作由国家组织，出土文物一定会被严格保管不会流出。很难评价它有多稀有。

世航有些失望，他跟踪的是从故宫偷出来的财宝。虽然不知道甲骨片有多大的价值，但可以肯定这不会是故宫的东西。甲骨片最早是在一八九九年被发现的，这样的东西不会上供给宫廷。

麦克米兰看着桌上的甲骨片，完全没有反应。然后他回头对世航说：“你跟他说我对这些东西完全没有兴趣，顺便把原因也告诉他吧。”

为什么没有兴趣？麦克米兰简单地说：“我感兴趣的是手工制作的精美工艺品，比如曾经在这附近烧制出的越州青瓷。桌子上放着的不就是牛的骨头而已吗？我听说上面刻着的文字是占卜的内容，与美完全无关。也许这对于研究古代文字的专家很宝贵，但是对我来说甚至不如狗粮。这种古老的骨头，连狗都不会去咬吧……哈哈，我说得有些过分了，你适当地翻译一下吧。”

“我还是直译吧，这样比较好理解。”

世航对麦克米兰说完后逐字逐句地对姓张的人翻译了一遍。

“啊，他真是个诚实的人，你告诉他，我喜欢诚实的人。”姓张的人说完后将甲骨片收入竹篮中，既没有失望也没有生气。

“我很抱歉。”麦克米兰似乎确实感到过意不去。

姓张的人眨了眨一只眼睛笑了笑：“我也有精美的工艺品。你告诉他等回到上海之后我拿给他看。我很快就能知道麦克米兰先生住在什么地方，到时候我会像今天一样登门拜访。”

姓张的人没等世航翻译就离开了房间。

麦克米兰耸了耸肩，摊开双手。

从麦克米兰夫妇的宿舍到世航的住处走路只需要两分钟，天色已暗。慧空突然问他：“你怎么看刚才那个人？”

“我觉得他不是逞强，而是恰恰相反。”世航坦率地说出了自己的想法。逞强是说虚张声势，想要展现出超过自身实力的样子。这种人在外人看来很可悲，一眼就能看穿。世航说恰恰相反，就是说他的实力比表现出来的更高。

“不愧是世航，我觉得他会说英语，从麦克米兰说英语时他的反应就可以看出来。”

“啊……”

世航倒没有发现，他只是觉得那个男人在尽量隐藏自己知性的一面。

“另外，有一件事我很在意。”缓缓走着的慧空停下了脚步。世航觉得他要说的事情很重要，也停下了脚步。

“你说很在意？”

“我觉得好像在哪里见过那个男人。我从刚才开始就拼命回忆，究竟是在哪里见过呢？”慧空深深叹了一口气，轻轻侧了侧头，又走了起来。

6

姓张的人带来甲骨片的两天后，一个从慈溪县[1]的男人带来了一只六十厘米高的壶。

“我并不是想要卖掉，只是想让你看看，这只壶有一千多年的历史。”

虽然他表现出炫耀的样子，但一眼就能看出有别的企图。

麦克米兰摇了摇头，说：“这种腌菜罐子一样的东西我不感兴趣，赶快拿走，真是碍眼。”

他将这个人赶了回去。大概是因为发生过太多类似的事情，他的心情越来越差。他心情不好最重要的原因是始终没有找到古窑的遗迹。

据说不久后日本考察团要来，这让麦克米兰的心情变得更差。因为最近反日情绪高涨，余姚县为保护日本考察团派出了警卫人员。因为张作霖的死，以及北伐军北上时，日本突然出兵济南干预，让中国人愤慨不已。

日本出兵济南的事上个月刚刚发生。日本人希望看到张作霖继续占领北京，因此无论如何也要阻止北伐。日本以保护在华日本人的名义动员了一万五千人的军队攻击占领了济南的北伐军。北伐军损失惨重，不得不从济南撤退，选择迂回的道路北上。

前去交涉此事的国民政府特使蔡公时被杀一事更是火上浇油。就连日本驻华公使芳泽谦吉都承认日军此次的军事行动超出了保护在华日本人的限度。中国的普通群众将未来的希望寄托在了北伐的成功上，日本的妨碍行为自然让中国人咬牙切齿，各地都掀起了反日运动和抵制日货的运动。

听到这个消息时，麦克米兰咬牙切齿地说：“竟然要配备警卫人员。日本人选择这个时间来考察，简直让人怀疑他们有没有常识。配什么警卫人员，把他们赶回去不就好了。”

[1] 现慈溪市。

七月，日本考察团来到了上林湖。说是考察团，其实只有团长太田孝二郎和他的助手岛定弘两个人是日本人，其余都是壮丁和杂役。助手岛定弘虽然也是翻译，但他的汉语并不是特别好。一行人礼节性地拜访麦克米兰时，团长用磕磕绊绊的英语说："既然你们的营地在上林湖东部，我们就去西部吧。同时在一个地方重复调查不方便，我们分工合作吧，我们会尽量向你们提供信息。"因为他看上去为人温厚，最重要的是态度真挚，所以麦克米兰的心情稍稍好转了一些。

麦克米兰与太田握了握手，说："希望我们之间不要有竞争关系，而是能保持友好合作的关系。"

"我们怎么会想要竞争。对我们这些陶瓷研究者来说，麦克米兰先生是高高在上的人物。麦克米兰收藏图鉴让我受益良多。"

太田十分谦虚，世航对他很有好感。得知世航住在日本会说日语，太田也对他产生了兴趣，说话间，他对世航也有了好感，应该说两人波长一致。

礼节性拜访的时候太田孝二郎没有穿工作服，而是穿着正式的西装，不过西装的肘部打着一块小补丁，袖子上也有几处开了线，他应该并不是像麦克米兰这样自掏腰包前来考察的。

世航问他："考察要花不少钱吧，你们有后援团体吗？"太田的气质让他轻松地问出了这个问题。但是听到太田的回答后，世航受到了巨大的冲击。

"嗯，是一个有宗教背景的团体。不太有名，负责人是女性，叫同风会，他们痛快地提供了这次考察的资金。其实最惊讶的人是我，真的没想到它们会提供支援。"

"啊，这样啊……"世航说着吞了一口唾沫。他万万没想到会在这种地方听到同风会的名字。

前年结婚以后，世航就再也没有见过增田绫子，不过他经常收到同风会的宣传册。田村永造似乎很有作为企业家的才能，同风会眼看着越来越壮大。世航帮忙租的办公室只用了一年就变得拥挤，同风会搬到了更大的地方，最近一期宣传册《同风会信息》上说目前总部正在建造中。会员已经达到了两万人之多，增长迅速。

几日后，岛定弘来邀请世航共进晚餐。他说："我们打算做寿喜烧，只有两个人的话太寂寞了，所以想来邀请温先生一起吃。"

两个营地分别在细长的上林湖东西两角，距离相当远。

“他们更有希望找到古窑啊。”世航来到日本考察团的营地附近时想。

这边的房子都是泥墙，很多都混杂着竹子和稻草，还有不少用小瓷片堆积而成的墙壁。麦克米兰的考察团那边也有这样的房子，不过西边的瓷片质量看起来更好。

就连民房的墙壁都用到了瓷片，这意味着附近有物原[1]。但这并非五代和宋朝时精美的越州青瓷碎片，而是完全不同的破烂儿。不过虽然两边的营地周围大都是些不值钱的破烂，但仔细看的话，日本考察团附近还是有些让人眼前一亮的青瓷碎片。

“欢迎。”太田孝二郎来到门外迎接世航，他看上去有四十五六岁，一张圆脸上满是善意。

房子前面站着一名散漫地背着老式步枪的男人，大概是余姚县派来的警卫。

“如今世道动荡不安，这也是没有办法的事啊。”太田的语气仿佛是在为自己做了错事而道歉，他将世航领到了屋子中。

7

寿喜烧做得很正宗，牛肉和日本酒也是刚刚从杭州寄来的。太田说自己虽然酒量不是特别好，但是很喜欢喝。岛定弘虽然年轻，但是喝不了酒。吃饭前，太田给世航倒上了酒，说其实是邀请他来陪自己喝酒的

“冷酒就可以吧？”

“嗯，这样就好，天气很热。”

“这是滩，是白鹤酒造出的。”

锡制的中国风酒器形状像酒壶，能装三合左右。

“您之前说的宗教团体，就是考察队的赞助商，您也是那里的会员吗？”世航喝光了杯子中的酒，装作漫不经心地问出了他很在意的事。

“不，不是。我想考察越州窑。因为自己身无分文，所以一直在找赞助。关

---

[1] 窑附近丢弃次品的地方。

于越州窑的位置，我大学时的恩师告诉我在一本恐怕没有人看过的当地书籍中提到了一句，我就到处奔走，对别人说考察已经有了眉目，只差考察费了。”

“您是说余姚县志吗？”

“啊，你知道吗？”

“麦克米兰似乎也听牛津的老师提到了这本书。”

太田噘起嘴，说：“啊，英国也有读了这本书注意到这件事的老师啊。”

“您是什么时候听您的老师说起此事的？”

“三年前。”太田回答。

“那就是您的老师先发现的。麦克米兰说是今年年初知道的，便迫不及待地赶来了。”

“我也想尽早开始考察，但是没有最重要的资金。我四处去拉赞助，但毕竟我没什么名气，没有人相信我。你可能会笑话我，我连三井、三菱和住友这样的企业都去过。那些大企业恐怕每天都会遇到像我这样来要钱的人吧，他们都礼貌地拒绝了我，说是能给三十日元就不错了，也有人跟我说找大企业是不行的。正好我有一个表亲是做茶叶生意的，他熟悉的一个商业伙伴与这个宗教团体有关系，好像在其中地位挺高，说是能帮我介绍一下。”太田说着夹了一筷子牛肉。说到茶叶生意，一定就是田村永造了。

世航等太田吃完牛肉后催他继续说下去。

“虽说我表亲的朋友不会有问题，但我总觉得他不是很热心，或者说是对考察古窑没有兴趣吧。啊，一般人一定是这样吧。我竭尽全力让他将我引见给会长，会长是一名女性。哎呀，我吓了一跳，会长真是个美人，让我不由得看呆了。真的，我这辈子第一次见到这样的绝世美女。”

太田拿起了酒杯，世航听到他的话后脸上发热，绫子的身影浮现在他脑海中。

世航压抑住内心的悸动：“那么好看吗？”

“哎呀，真的很好看……更让我惊讶的是她知道越州青瓷，说为了考察古窑愿意尽力帮忙。我表亲的朋友像是会里的总管，他也吓了一跳。啊呀，是我运气好，那位会长也被越州青瓷的美吸引了吧。”

“哦？是这样啊……”世航为了不让太田听出他声音中的颤抖，在说完之后咳嗽了一声。

“年年岁岁花相似，岁岁年年人不同。”

即使是现在，京都的日式旅馆“蕾”银屏风上的字依然能清楚地浮现在世航眼前，那是绫子亲笔写上的。与绫子见面后，世航将越州的古瓷杯送给了她。

“越州？这是秘色瓷吗？”

绫子三年半之前的轻声细语依然回响在世航耳边。此时仿佛能听到远处爆竹的噼啪声，绫子的声音余韵悠长，甚至没有被爆竹声掩盖住。

太田孝二郎说要考察越州古窑的时候，增田绫子一定是想到了那只秘色瓷碗和将它送给自己的世航，于是立刻决定赞助考察，甚至让田村永造都感到惊讶。

后来想想，当时他的头似乎微微动了一下。很难说从耳边擦过的声音和枪声是哪一个先响起的，下一个瞬间，油灯“啪”的一声碎了。火焰还没有熄灭，寿喜烧锅子下面的木炭也依然熊熊燃烧着，所以房间并没有陷入黑暗。

“土匪！”

屋外能听到女人的悲鸣。

因为现在是夏天，到处都开着门，很容易逃出屋子。围坐在寿喜烧锅子旁的三个人分别从不同的出口冲了出去。

世航先趴在水井边，周围是一片嘈杂的脚步声，这栋房子一定是被包围了，所有人都涌进了房子，骂声四起。

“只有这么点儿吗？”

“还有！”

是盗贼团。听说在离海近的地方经常有海盗出没。

“应该还有，继续搜！”

他们的目标似乎是考察团的行李，不像是在找人。虽然不知道他们的人数，不过似乎并不是太多，已经不再有枪声。他们好像在从房子里向外搬东西。

“快！去船那里！”

一群人的脚步声走远了，距离子弹射入房中还不到十分钟。

“老爷们没事吧？”

有女人的声音传来，是考察团雇来打杂的人，刚才发出悲鸣的好像也是她。

“遇上麻烦了。”太田用日语说，从泥围后抬起头来。瓷片散落了一地，岛从他身边抬起了头。月光暗淡，只能模模糊糊地看清两人的脸。世航向他们走了过去。

太田说："保住性命是最重要的，接下来该怎么办呢？"

世航边走边说："我担心麦克米兰夫妇，去东边看看吧。"

与麦克米兰夫妇相隔不到一百米的民房中透出灯光，看起来平安无事，世航很在意刚才远方传来的爆竹声。

麦克米兰夫妇平安无事。

土匪似乎是兵分两路几乎同时袭击了东西两边的考察团宿舍。厨师发现土匪后急忙告诉了麦克米兰夫妇。众人摆出了迎击的姿势，迅速修筑好路障。麦克米兰开枪威慑住了对方。

如果时间长了县城里的警察就会赶来，所以土匪也很着急。包围了十几分钟后就放弃离开了。

世航问："他们没有开枪吗？"

麦克米兰回答："对方似乎没有枪，并没有开枪射击。"

"日本考察团那边遭到了枪击。啊，难道是……"世航想起县里派来的警卫。他本以为警卫因为害怕逃走了，说不定他也是土匪的同伙。只有他一个人带了枪，而且只开了一枪，那也许是给同伙的信号，世航不由得摸了摸被子弹擦过的右耳。

麦克米兰失望地说："这样的话他们说不定还会回来。"

世航安慰太田道："真是遗憾啊。"

太田用右手拍了拍肚子，说："损失不大，同风会资助的钱我一直随身带着。"

上海巡游

1

要想见僧侣就要去寺庙，这是再自然不过的事了。

温世航为了见慧空去了上海的玉佛寺。玉佛寺与同在上海的龙华寺相比历史要短得多。创建于光绪初年，也就是日本的明治初年。这座寺庙与普陀山渊源不浅，也许正是因为这个原因，普陀山的慧空才选择了这座寺庙。

光绪初年，普陀山一位名叫慧根的和尚只身离开岛屿云游各处。从五台山到峨眉山，从四川到西藏，又从西藏去了缅甸。他在这次云游中得到了五尊玉佛，走海路回到五台山，途经上海的时候将其中两尊玉佛留在了那里。清末，李鸿章的弟子盛宣怀正在上海。他官居高位并且家财万贯，出钱帮助江湾地区建造了祠堂供奉玉佛。但祠堂在辛亥革命中倒塌，玉佛只能暂时借住在其他寺庙里。一九一八年，信徒中的志愿者在槟榔路[1]买下二十一亩地，建造了正式的寺庙。

这座新玉佛寺在今年刚刚竣工，光芒耀眼。大雄宝殿铺满瓦片的屋顶沐浴着盛夏的阳光，昂首挺胸地面向天空。

寺庙中，善男信女们摩肩接踵。因为很多人手里拿着香，一不小心，身上和衣服上就有可能被落下的火星烫到。因为寺庙刚刚建好，也有不少来凑热闹参观的人。

世航比约好的时间晚了五分钟到达僧房，对等在那里的慧空说：“人真是太

[1] 现安远路。

多了。”

世航离开旅社的时候时间还很充足。他被卷入了寺庙附近的人潮中，光是穿过山门就花了不少时间，进入寺庙后只能一边躲避着线香的火星一边顺着人流缓缓移动。很难拨开人流向前走。

“我以为你会到的更晚。”慧空笑着说。

“香火很旺啊，这样看来布施也不少吧。不过每天都这么多人也挺不容易的啊。”

“不，今天是特别的日子。”

“哦？今天是什么日子？”

“阴历六月十九日，观世音菩萨的生日。”

“啊，原来是这样……”

世航听到观世音菩萨的名字，心中一痛。陶芳韵的昵称就是“观世音”，她老家普陀山是观音的道场。

观世音菩萨有生日这件事本来就有些奇怪，而且并不清楚为什么是阴历六月十九日。

世航想起四年前去普陀山的时候曾经被挽留过，劝自己再多留几天就是观音菩萨的生日了，到时候会很热闹。因为他不喜欢喧闹的地方，所以早早地离开了小岛。当时是七月中旬，今天是戊辰年八月十四日星期二，刚好是阴历的六月十九日。

慧空说：“热闹一点儿比较好吧。”他希望嘈杂的人群能成为掩护他们的烟雾弹。

“没错。”世航四下环顾僧房。这是众多僧房中的一间，并不十分宽敞，不过除了慧空还有好几名僧侣进进出出。慧空就要在这里告诉他想要拜托他的事情，世航担心这样是否稳妥。

“我跟他们都很熟，而且今天没有哪个和尚能闲下来。你看，大家进来一下就出去了。”慧空用手帕擦着脖子上的汗说。窗户开着，但只有混合着线香气味的暖风吹进来。一旦坐着不动就会立刻冒起一层薄汗。

慧空之前说如果有事关陶芳韵他们安危的紧急情报，希望世航能联系一个人。今天他就要向世航介绍这个人。因为慧空不会一直留在上海，所以不能由他来做紧急联络人。慧空说：“不会经常有紧急情报。如果可以的话我希望不会用到这种联系方法。”

世航同样希望如此。要做慧空拜托他的工作最好能留在金顺记，但是世航也有别的工作，他希望能尽可能留在麦克米兰身边。

“除了我以外，应该还有很多人在探听对方的行动，请尽量多安排人手。人数越多，得到情报的机会越多。”世航委婉地表示自己并没有信心能帮上大忙。

“触角越多，秘密泄露的危险也越大，这就是我们的难处。你以后也会很忙吧。”慧空说话时并没有刻意压低声音。

“啊，确实会忙……”

“东陵的财宝有头绪了吗？”

“没有。”世航摇了摇头。

上个月，东陵发生了大规模的盗墓案。盗墓一般都是悄无声息地做。不过这次盗墓是在光天化日下进行的。因为下手的是军队。

清朝的皇陵分为东西两处，历代的皇帝都会葬在其中一处。北伐前后，孙殿英的直鲁军驻扎在东陵附近。

孙殿英将军是奉军张宗昌的部下，去年曾与冯玉祥作战。张作霖离开北京，被炸死后，孙殿英的军队被编入冯玉祥的军队，成为过去敌人的部下。这样的军队自然素质不高。

孙殿英的手下有一个名叫谭温江的师长，他鼓动部下盗挖了乾隆帝的裕陵和西太后的定东陵。

谭温江虽然有师长这样高高在上的头衔，但他和上司孙殿英一样。让他们驻扎在埋着财宝的地方，这就是俗话说的羊入虎口吧，而且西太后下葬至今还不到二十年。人们对当时引起话题的陪葬品尚且记忆犹新。

当时宦官李莲英列了一张陪葬品的清单，其中有翡翠西瓜这样的世间珍品，物如其名，那是一块和真正的西瓜一样形状大小的高级翡翠。

比起地下的宝贝，应该先处理地上的宝贝。这是陆鸣泉和世航等人的想法。

不过，这些军阀在这种情况下不可能不去碰地下的宝贝。

慧空说：“谭温江在北京被捕了，明天的报纸上应该会登。”他得到的消息有时似乎比报纸更快。

2

“我带朋友参观寺庙。”慧空用这个借口带世航来到了寺庙中做幕后工作的地方。

世航先被带到和僧房在同一栋建筑的一间屋子里，里面有十几个人坐在桌前写字，写的是“祓除灾病”的护身符。

慧空说：“平时这里只有两个人，今天比较特殊，就找人来帮忙了。”听他这样说，世航注意到其中只有几名是僧人，其余都是俗家人。虽然拜托了其他僧人来帮忙，但是今天各个寺庙都很忙碌，只能请俗家人来帮忙写字了。

听到慧空的声音后，有一个人站了起来说：“你也到这里来了吗？”

“啊，是羽节先生。我才要问您呢，您到这里来了啊。”慧空走上前行了拱手礼。

“真是巧遇，我以为你一定是在普陀山。”

这位叫作羽节先生的人年龄在四十岁左右，身材瘦削，眼神平和，嘴唇上垂下细细的八字胡。

“这是我的朋友温世航。几年前我们在普陀山认识，我和他也是巧遇。”慧空向羽节先生介绍了世航，“这位是方永国先生，号羽节，是书法名家。哎呀，竟然请他来写护身符，玉佛寺还真是奢侈。对了世航，你要开店的话不如让羽节先生帮忙写招牌吧。啊，先生现在住在什么地方啊？”

世航盯着方永国的脸，对方也向他投来了温和的目光。慧空说要向他介绍的紧急联络人应该就是这个人了。

“就在这附近。”羽节先生说着，拿起笔在桌子前坐下，在画着红色卦象的纸上写下了自己的住址，然后慢慢站起身递给了慧空。慧空恭恭敬敬地双手接过，仔细叠好放进怀中。

“真是抱歉，耽误您工作了。”

“哪里，见到你很高兴。我夫人也想听你说法，请一定要来家里坐坐，温先生也是。”

羽节先生向世航轻轻点头致意。

离开房间后，慧空取出刚才放在怀中的纸交给了世航。世航默默接过。

慧空说：“羽节夫人也很清楚此事。”

谨慎起见，世航问了一句：“如果羽节先生不在家，可以把情报告诉夫人吧？”

“是的，”慧空点点头，“夫人也有可能不在家，所以我会再给你介绍两个人。”

接下来，慧空带世航来到了寺庙的厨房。

也许是因为玉佛寺僧侣众多，厨房很宽敞。不光要准备寺僧的斋饭，在重大活动和法事的时候也要准备食物，所以需要足够的空间。遇到农历四月八日的浴佛会，农历十二月八日的“释迦牟尼得道日”，还有今天这样的观世音诞辰之类的重大活动，似乎还要从外面临时找厨师帮忙。与中秋和冬至不同，这种纯佛教的活动里，除了寺庙之外的地方都不会太忙碌，所以城里的厨师可以来帮忙。

“啊，我以为你已经回岛上了，原来还在上海啊，被什么好东西吸引了啊？法师。”一位穿着背心的彪形大汉看着慧空说。

慧空跟他打着招呼：“师父，你身体健康就好。”

不光是厨师，在其他职业中能教徒弟的人一般都被称为师父。

“健康什么啊，我都上了年纪了，这次我也带了一个人来。”师父转身叫了声“赐福”。

“来了。”

叫赐福的人是个三十岁上下的矮个子男人，他答应着，用围裙擦了擦手走了过来。

师父说：“这是我以前的弟子王赐福，这个月底就要在外国人监狱旁边开店了，帮他给你的和尚朋友和俗家朋友多宣传宣传。”

等师父说完，王赐福不太自然地鞠了一躬。

“外国人监狱旁边，是厦门路吗？”

“就在煤气罐旁边，真是的，竟然把店开在那么危险的地方。”

“这位是温世航，我在普陀山认识的。”慧空介绍了世航。

师父名叫杨汉振，是一位壮汉，从肩膀到双臂都是结实的肌肉，是练拳的人里经常能看到的身材。

师父杨汉振说："赐福已经把店面租好了，马上就要开店了，结果连店的名字都没想好，真是个慢性子。"

"请法师起个名字吧，然后再帮忙写个招牌，拜托您了。"王赐福深深鞠了一躬。

"饭店里都是油腥，竟让不能沾荤腥的和尚起名字，真是不懂事。这种事要拜托这位年轻的先生啊。"杨振汉冲着世航说。

"啊，是啊。温先生，拜托您了。"王赐福又对着世航深深鞠了一躬。

慧空说："温先生，最近能不能去一趟？地点等一会儿再好好问问他们。"

玉佛寺的厨房做的自然是素食，没有油腻的味道。也许是因为用了很多豆腐，一股豆腐店的味道混合着热气扑面而来。

"今天只是见个面吧。"走出厨房后，世航对慧空说。

"不好意思，确实如此。羽节先生会看相，让他见过你之后你就合格了。"慧空回答，"这件事是机密，而且关系到很多人的性命，所以要万分慎重。今天三个人都说你合格了。"

"合格？"

"就是对温世航做触角一事没有异议。他们在我们说话的时候向我暗示过了。三个人都用小拇指这样做……"

慧空只竖起左手小拇指，把其余手指全都蜷起来。见面的时间不长，世航完全没有注意到这个动作。

"我们做了测试，希望你不要生气。我们是冒着生命危险的，这是内部的规定。"

"我没有介意。"虽然世航嘴上这样说，但是被人测试还是让他有些在意。

3

第二天，慧空带世航去了在玉佛寺见过的三个人的住处。

羽节先生家距离玉佛寺很近，挂着八卦的招牌。羽生夫人十分好客，是个和善的人。

"她是一位女斗士。"来这里之前慧空对世航说。她参加了去年八月一日的南昌暴动，但世航完全看不出她身上有女斗士的影子，就像普通居民区好管闲事的大婶。

羽节先生正在看报纸，报纸上用大字写着谭温江被捕的消息。

他用手指弹着报纸说：“他根本没想逃。他是怎么想的呢？和我们不是一类人啊。”

谭温江指示部下在乾隆和西太后的墓穴台阶上凿出了大洞，一直通到墓室中。和过去的盗墓贼不同，他可以使用现代的利器。

与明代的陵墓相比，清代的陵墓略显粗糙，也许是因为他们过于相信自己的王朝会永远存在下去吧。他们做梦也没想到会有不逞之徒敢盗掘万人之上的皇室墓穴。

盗墓的事已经过去了一个月，他完全没有想要藏起来。他以为将盗墓得来的陪葬品卖给外国人，用得来的钱贿赂正确的人就能息事宁人。

但是定东陵被盗一事实在是太出名，如今清朝覆灭还不到二十年。清朝存在了二百多年，很多人受其恩惠，定东陵被盗自然成了严重的问题。

盗墓的人很容易找到，犯人太小看这件事，完全没有逃跑的意思。谭温江在八月三日作为主犯在北京被捕，这天是观音诞辰的前一天。慧空在谭温江被捕后第二天就知道了这件事，报纸上则是在八月五日登出了这则新闻。

羽节夫人问：“温先生也不知道财宝的去向吗？”

大概慧空对他们说过关于世航的事。连羽节夫人都知道世航对美术方面很熟悉。

“温先生是正经人，不会知道这种来历不明的东西的去向。”见世航露出为难的表情，慧空伸出了援手。

“不管有没有事，都要常来坐坐啊，”羽节先生摸着稀疏的胡子说，“你来的时候表情稍稍严肃些比较好，因为来找我看相的人大都带着烦恼。”

世航回答：“好，我会皱着眉头来的。”

下面两人去了师父杨汉振那里。他没有自己的店。当有人要办大宴会邀请他的时候，他就会带着徒弟去做饭，也就是说他是自由的厨师长。年轻时，他曾经在外国船上做过厨师，所以也擅长西餐。听慧空说到杨振汉的背景，世航想起了双烟馆的厨师周善心，他也曾经在外国船上工作过。金顺记不得不卖掉双烟馆后，周善心去了新加坡，说是要在那里开餐馆。因为他本来就是在新加坡长大的，准确来说应该是回到了新加坡。

“他在海员工会也很活跃，三年前曾在香港罢工大展身手。”慧空简单地介绍了师父的经历。

杨汉振住在九江路红砖仓库三楼，楼梯很陡，扶手已经坏了。爬上嘎吱作响的木板楼梯时必须保持好身体的平衡。

“如果我不在这里，你就去对面的仓库管理员室找我，我经常会过去。一会儿带你去看看。啊，就说你是我乡下学校老师的儿子吧。”杨汉振的语气比起在玉佛寺厨房见面的时候郑重得多。

对面的仓库和杨振汉所住的仓库几乎一模一样，只是楼梯更结实。

最后，两人来到了王赐福在外国人监狱旁边的家。路上，慧空告诉世航，王赐福才是三人中级别最高的。

“虽然对外宣称他是杨汉振的徒弟，其实王赐福才是领导。不过在外面杨汉振必须要摆出师父的架子。”

正如慧空所言，人的外表和内心区别很大。王赐福在玉佛寺的厨房里一副寒酸相，但在就要开张的店铺二楼见到他时，他看起来十分威严。

虽说是二层，其实不过是在平房上加盖了一间棚屋。楼下的饭店也不过是一家小饭馆。王赐福的表兄夫妇就住在附近，两人有一些做饭的手艺，每天会来看店。

“虽然我昨天去玉佛寺的时候装出一副能干的样子，其实什么都不会，只能帮师父提水洗盘子，平时只会给自己煮个饭。我堂兄在股市上赚了些钱，就租了一间小房子，说要做些生意。他们什么都不知道，我则需要一个掩人耳目的藏身处。羽节先生学过一些《易经》方面的知识，我就完全不懂了。”王赐福爽快地让两人参观了里屋，这表示他对世航有绝对的信任。

“我没有信心，不知道能帮上多大的忙。”因为对方很坦诚，所以世航也说出了真实的想法。

“你有时间就可以来找我聊天儿，我们想知道各种事情。敌人……就是反对我们的人，不用全部，只要我们能知道他们的七八成情报就能帮上大忙了。你有很多机会能听到这些情报吧，有很多人会去上海金顺记。而且你也认识评价很好的律师程女士的秘书。”

“嗯？程女士的秘书？”

程玉秀在法国留学，取得了法学博士。她不光有能力，还很精明强硬，是著名的律师。听说她这三年做律师已经挣到了一百多万美元。有些案子甚至用到了近乎恐吓的手段，有的实业家甚至被她逼到自杀。上海金顺记受到新加坡店铺破产的余波影响暂时陷入困境时，有人建议委托程玉秀，这样就能顺利渡过难关，但连远滋果断拒绝了。

“那样不是会被吸干骨髓吗？”连远滋这样感叹。后来查明推荐程玉秀的人是受她所托，她想要榨干金顺记。

因为她是个名人，所以世航也听说过她的名字，但是并不认识她的秘书。

王赐福说：“你可能还不知道，最近刚刚当上程玉秀秘书的人就是在日本留过学的张淑妍。”

4

同舟会的成员中有三名女性，陶芳韵、王瑶香和张淑妍。其中，在女子医专上学的王瑶香还在日本医院进修。陶芳韵回国加入了政治运动，她所属的组织现在变成非法，世航并不知道她在什么地方，不过慧空似乎知道，说不定王赐福也知道。世航对此很不满。

陶芳韵曾经在女子美术学校上学，但张淑妍并没有学籍。她说过在研究日本文学，但是喜欢音乐。与豪爽型的王瑶香正相反，张淑妍话很少，因此显得有些阴郁。地震时，她为了逃离纠缠她的男人冲到了街上，然后她之前所在的砖瓦建筑就倒塌了。那个男人应该被压在了下面，她一直没有说出那个男人的名字。

世航暗自猜测那个男人就是芳韵的未婚夫吴康。后来在普陀山从芳韵口中听说了她和吴康的关系，他觉得这种可能性越来越大。

那个张淑妍竟然成了程玉秀的秘书，如果和她搞好关系应该能打听到不少事情——这是王赐福给世航的建议。

“是啊。”

可能是因为世航的回答听起来不太上心，王赐福身体前倾，说：“她是你以前的朋友吧，你去见她没什么奇怪的。”

“我也挺想她的……好，我去见见她。”

“麻烦你了。”王赐福说。

离开这里回旅社的路上，世航向慧空说明了自己不太愿意见张淑妍的原因。

听说了张淑妍在上海的消息，世航确实挺想念她的，去见她的话对方应该也会很开心，但是程玉秀对金顺记不怀好意。虽然被程玉秀讨厌对世航来说无关痛痒，但这有可能会让张淑妍为难。

“原来是这样，俗世真是复杂。”慧空说着笑了起来。

世航又想了想之后说：“不过，我试试看吧。张淑妍应该也想见我。”

程玉秀是案件的搜刮者，之前放跑了金顺记的案子。但是金顺记的买卖范围很广，不知道什么时候会被卷入诉讼问题中。世航突然想到：狡猾的程女士如果知道自己与金顺记有关，也许为了今后的事业会故意向他示好。

上次向金顺记推荐程女士的人与金顺记的关系并不深厚，也许程女士后悔用了那个人。这次连远滋的外甥出现在眼前，她一定会想要把握住。

“因为你很善良啊。”慧空说，“不过你这么忙，真是抱歉。”

世航的确忙得不可开交。

因为出现了盗贼，上林湖的越州古窑考察不得不中止。虽然麦克米兰夫妇希望能继续考察，但浙江省政府强烈要求中止。太田孝二郎爽快地同意了，不过他一定比麦克米兰夫妇更感到遗憾。他并不像麦克米兰夫妇那样有充裕的资金，考察中止的话，前期准备花掉的钱就全都白费了。如果想要重新再来考察，就必须从筹集资金开始。

“不知道同风会还会不会赞助，前途一片黑暗啊。哪怕稍微有一点儿成果，我也好再去拜托他们……”太田的娃娃脸上浮现着微笑，但言语中透露着遗憾。

麦克米兰夫妇会暂时留在上海寻找机会。也许是因为他们欣赏世航关于古代美术的知识，雇用合同保留了下来，在上海也有些整理之前收藏的工作。

温世航已经和三年前不同了，就连麦克米兰支付的工资也成了他的依靠，不能像之前那样不认真工作。而且在麦克米兰身边工作也有希望得到故宫财宝的线索。

几天前，事情有了眉目。陆鸣泉来旅社见他时说：“高述好像来上海了。”

高述这段时间并不活跃。按照陆鸣泉的说法，恐怕是因为他并不缺钱。去上海的时候高述曾经想向太玄会推销商品，当时他的样子似乎有些慌张。但是后来突然没了动静，还会时不时地失去联系。每次失去联系的时候陆鸣泉都会怀疑他是不是被杀了。

事实并非如此，他只是并不着急。陆鸣泉也在关注国外美术品的动向，但并没有引人注目的交易，故宫的财宝没有动静。这说明掌握着它们的人并不缺钱。

可以猜测他们虽然一时焦急，但之后又找到了金主。

“负责执行盗窃的团体虽然一开始就有后台，但并不是太有钱。那段时期高述一直在四处奔走，后来终于找到了更有势力的人或者组织，所以不需要急着处理手中的财宝。不过……这只是我的猜测。”陆鸣泉没有细说，不过应该是收集了很多确凿的证据后经过分析推理得出的结论。

高述出现在上海，被陆鸣泉的情报网发现说明他们一伙人开始行动了。距离建福宫着火刚好过去了五年。这五年中，市场上始终没有出现故宫流出的珍贵美术品，他们似乎一直在等待事态平静下来。

“世航，今后会开始忙了啊。”陆鸣泉拍着他的肩膀说。

“如我所愿。”世航回答。不过加上慧空拜托他的事，很可能会忙不过来。

5

慧空为世航写好了剧本。

麦克米兰没有放弃上林湖的考察，向南京国民政府提出了继续考察的申请。不光会自己承担警卫费用，还会考虑给政府捐款。这是公开的消息，慧空也知道。

程玉秀在国民政府中也担任要职，有很大的影响力，如果得罪了她很可能会落入法网。只要不是相当重要的事，政府也不能轻易拒绝她的要求。这也是众所周知的事。

慧空说：“世航，你劝说麦克米兰去找程玉秀商量，麦克米兰应该也知道她吧。到时候你跟着一起去不就能自然地见到张淑妍了吗？”

的确，这样做就能不着痕迹，装作很偶然地见到张淑妍。世航在程玉秀的办公室见到了张淑妍。麦克米兰为了与程玉秀达成共识让世航等了二十分钟。

张淑妍见到世航很开心。她说："今年春天我从厦门去了上海。虽然很想去金顺记拜访，但因为各种原因没能去成。"

她当然知道各地的金顺记都受到了巨大的打击，她说王瑶香给她的信里也提到温世航经常来往于日本和上海之间。

"我想我们总是能见到的。"说这句话的时候，她含着愁容的脸上一瞬间散发出光彩。也许世航结婚也是她没能去金顺记的原因之一。

慧空可能不知道，淑妍话很少，不会把在程玉秀那里听到的话滔滔不绝地说给别人，哪怕是她的旧识也一样。慧空找错人了啊。

世航与淑妍说话时这样想着。这件事还是和慧空说清楚比较好。

淑妍说："大家都到上海来了，我三天前见到了唐鼎权。"

"哦？鼎权来上海了？"

"嗯，他好像也一直没能去成金顺记。"

"他现在在做什么？"

"和我一样。"

"秘书吗？"

"没错，说不定会和我成为竞争对手呢。因为他是雷岳的秘书。"

"哦？雷岳的秘书？"

雷岳被称为上海怪人，有丰富的人脉和强大的影响力。正如张淑妍所说，他是程玉秀的竞争对手。不过程玉秀在政府中担任要职，一心想获得权力，而雷岳始终保持在野的状态。正因为如此，他能保持实力更让人感到不可思议。

雷岳曾在日本和美国留学，在日本学习了法律，在美国学习了医学。回国后活跃在经济界，五十岁时引退，如今在做顾问的工作。虽说在野，但与财政部长宋子文和副部长钱永铭关系亲密。他擅长站在不同阵营之间促进双方的合作。

他看上去无欲无求，至少没有太大的野心，从事着广义上的斡旋工作。与程玉秀卖弄西欧式的法律知识相比，雷岳更喜欢从义理人情入手。

南京政府想要委托别人办事的时候，都会在程玉秀和雷岳之间犹豫。

雷岳与黑道也有联系，似乎与杜月笙等人私交不错。

"他们很般配。"世航想。唐鼎权毕业于帝大理学院，但比起讲道理，他更喜欢考虑人情方面的事情。很适合做雷岳的秘书。

南京国民政府的重要人物们不敢激怒程玉秀，所以会适当地抬举她，不过并不会真心信任她。与她相比，雷岳有侠义之心，政府可以放心地向他吐露秘密。如果想探听重要人物的消息，与程女士相比，应该将重点放在雷岳那边。

程玉秀曾在法国留学，不过也会说英语，所以可以直接与麦克米兰交流，几乎不需要世航出场。她定下了成功后的报酬等各种细碎的条件，选择签订合同的方式。虽然麦克米兰一直身处西欧这样讲究合理精神的社会，但他不喜欢这样的氛围。虽说初次见面要讲究礼节，但双方都有些许不满。

世航对麦克米兰说："今天没能签订合同，要不要改变路线去找找雷岳？"

"是啊……"麦克米兰似乎陷入了沉思。

"我的朋友是雷岳的秘书，说不定会很顺利。"

听世航这样说，麦克米兰轻轻点了点头。

第二天下午，世航说自己要先去侦查一番，便一个人拜访了雷岳的办公室。

张淑妍已经联系过唐鼎权，所以他一直在等世航。不知道是不是因为太激动，唐鼎权说话比平时更快："真是好久不见。你还好吗？听说你结婚了？有孩子了吗？"

唐鼎权紧紧握住世航的手，看上去一时半会儿都不会放开。

雷岳将大楼三层和四层的一部分当作办公室。唐鼎权和几名员工在三楼的办公室，雷岳一人在四楼。

程玉秀信奉权威主义，虽然会让别人等待，不过会尽量见更多的人。奇怪的是与她相比，被评价为野人的雷岳把自己关在四楼很少见人。不过他在自己的员工面前能言善道，虽然大多是自夸，不过也经常会说些关于南京政要们的小道消息。

"你的工作是什么？"

唐鼎权听了世航的问题，从胸前的口袋里毕恭毕敬地拔出一支钢笔放在桌子上。

"是陈琳吧？"

世航说完，唐鼎权得意地点了点头。

陈琳是《三国志》中出场的文人。他是建安七子之一，擅长写檄文。他担任袁绍的幕僚时曾写过猛烈攻击曹操的檄文，后来投降于曹操后也为曹操写过檄文。虽然此人没什么节操，不过文笔天下无双。唐鼎权以陈琳为榜样，认为文章能够推动他人的行动，进而推动世界。他为此而感动。

唐鼎权是浪漫主义者，身上有些轻浮的地方。他选择理科只能说是个错误。众人在双烟馆说到这件事的时候陶芳韵曾经笑着评价他：“幸亏鼎权当时选了理科，才能保持现在的样子。如果从事了文学方面的工作，就不知道要飘到哪里去了。”

“我多来这里转转吧，这样收获会更多。”世航想。就算把从唐鼎权这里听到的消息告诉王赐福，世航也不会有罪恶感。就像陈琳能从袁绍阵营跳槽到曹操阵营那样，唐鼎权是靠一支笔闯天下的人，不需要太顾及他。

6

定下方针后，世航稍稍放下心来。告别了唐鼎权，他渐渐觉得，这是个不得了的人物，但他不知道为什么。他很久没去金顺记了，于是顺路去了一趟，碰巧连绍桓也在。

连绍桓为了采访，在东北待了半年，刚回到上海。

“我现在，眼睛一刻都不能移开东北。”连绍桓说，情绪仍有些激动，他吸了一口气接着说，“有很多事都无法写成报道。”

张作霖被炸死后，日本想要趁乱在东北建立霸权，但事情太富戏剧性，吸引了全世界的关注，日本不敢贸然出手，就连日本国内也有声音认为应该追究军部的责任。

北方军阀失败，中国人民热切期待全国统一。如今，南方已经取得了胜利，只要收回东北，这一夙愿就能实现了。人们自然希望趁着北伐的余勇完成这一壮举。张作霖是守旧派，但他的儿子张学良还年轻，思想相对进步，一定能够理解国民革命的理想。老百姓心中充满了希望，但深知日本贪恋东北的人们很清楚，要实现人民的夙愿可谓任重道远。

六月六日，即张作霖的专车在皇姑屯爆炸的两天后，身在关内的张学良和奉军首脑杨宇霆急忙动身返回东北，但他们的专车被日军拦在了滦州。不过，六月十八日，张学良出现在沈阳（奉天），他是悄悄从秦皇岛出关的。在沈阳举行的军政要员会议上，张学良被推举为奉天督办，他接受了这个位置。

奉天当局在六月二十一日正式宣布了张作霖的死讯。

东三省各界联合会推举张作相为东三省保安总司令兼吉林保安司令，但是他坚决拒绝总司令一职。他希望能够专心辅佐张学良。

“副王。”这是张作相的外号。他是张作霖的副王，也想继续做张学良的副王。虽然是马贼出身，但张作相为人温厚诚实。由于他的坚持，东三省各界联合会重新推举张学良担任东三省保安总司令。

三十一岁的张学良接受了这一职位。他立刻停止了军事行动，召开国民会议，提出应该谋求全国统一。

“东三省要回归中国。”

国民万分欣喜。当然，事情不会一帆风顺。将东三省变成特别地区是日本的国策。日本一定会反对并出手干涉。

世航问：“张学良究竟是效忠于哪一方？”

绍桓见过张学良，他说：“他和他老爸很不一样。他老爸是从马贼一路爬上来的，而少帅生来就是军阀的后裔。”

张学良毕业于东北陆军讲武堂。在他小的时候，父亲就为他请了家庭教师，因此，他受到了教友派教徒约瑟夫·普朗特的熏陶。

世航猜测，日本人炸死张作霖，可能是心中怀疑张作霖为什么没有请日本的家庭教师？是不是表面亲日，内心更看重欧美？或许他们认为，比起这个老奸巨猾的人，阅历尚浅的儿子更容易控制？

绍桓听了世航的猜测摇了摇头，说：“我想他们更多的是想趁乱发起军事行动。”

“但日本军队不是没有行动吗？”

“可能是执行爆破的团队和关东军首脑之间没有达成共识，日本也有反对意见吧。奉天一方并没有上他们的当受到挑拨。在皇姑屯埋炸弹的应该是急于立功的军人吧。他们一定妄想着只要点了火军队就会来，他们的阴谋是等东三省落入日本手中，再洋洋自得地报上名号，接受奖励。”

“东北民意如何？”

“当然厌倦了战争，他们都举双手赞成张学良停止军事行动的提案。年轻的少帅是个男子汉，不只是个养尊处优的少爷。”

“我听到一些传言……”

绍桓笑着说：“啊，你说的是……虽然有些夸张，但他确实精力充沛。”

有传言说，张学良是个放荡不羁的花花公子。

“他也是个英雄。”

“他并不是一直在玩儿。二十岁就当上了旅长，二十四岁升任师长，在四年前的战斗中担任了第三军军长。军务繁忙。”

“对了，当时你在冯玉祥军中，亲眼看到了战场上的通信，了解当时的情况。这次你见到张学良，有没有提郭松龄？”

“提了。他说郭松龄可惜了，他应该是真的这么想吧，毕竟曾经是他的老师。”

“四年前的战争”是指第二次直奉战争。吴佩孚等直系军阀就此没落。

郭松龄从奉天陆军速成学堂毕业后，在北京陆军大学深造，后来回到东北当上了东北陆军讲武堂的教师，张学良是他的学生。

在张作霖统领的奉系军阀中，杨宇霆等一批在日本陆军士官学校留过学的人们作威作福。因为张作霖的后台是日本，所以留学日本的人们权势很大。郭松龄这样没有在日本留过学的人与他们形成了对立。

当时民族主义思潮已经渗透进军阀领袖中，人们不希望奉系军阀成为日本的傀儡。

郭松龄在年轻的张学良手下担任副手。但是在一九二五年十一月二十二日，他宣布：“张作霖下野”“拥立张学良”“处分杨宇霆”。

郭松龄率领军队来到关外。他呼吁铲除日本的傀儡张作霖和亲日派杨宇霆，拥立张学良为盟主建立民族主义政权。可就连张学良也无法响应他。

如果郭松龄率军突然袭击奉天打倒张作霖，日本就会失去珍贵的傀儡，所以他们出面干预了此事。不光是发出了警告，还命令朝鲜师团进入了东北。

因为日军的干预，郭松龄部的前进受到了阻碍。张作霖趁此机会摆好架势出动了军队，将郭松龄部包围在巨流河并将其彻底击败。郭松龄和夫人一同被捕遭到枪杀。

也有传言说张学良和郭松龄是一伙的。因为郭松龄宣称拥立张学良，所以有这样的传言也不无道理。

世航想知道张学良是否真的同意郭松龄的主张。郭松龄认为奉天政权应该摆脱日本的控制。

如果张学良同意他的主张，就可以说距离中国人民盼望的全国统一又近了一步。也许日本会向对待郭松龄那样妨碍中国的统一，不过只要总帅张学良表示出不屈服的态度，就可以克服困难。

7

绍桓问：“少帅曾经对我说过要想完成自己的理想，首先要保全自己……你知道这是什么意思吗？”

“是啊，如果自身没落了，就一无所有了。”

“正是如此。少帅这样说，是因为现在他的地位还不稳定吧。”

“杨宇霆……”世航说出了奉军中重要干部的名字。

杨宇霆是日本陆士出身，在奉系全盛时期担任江苏督办，虽然被孙传芳赶了出去，但他依然是张作霖的左膀右臂。他是奉系中最亲日的人物，负责张作霖和日本之间的联系。

绍桓说：“松井少将似乎要将杨宇霆推选为日本的新傀儡。”

松井少将是指张作霖的军事顾问松井七夫。

“因为他是亲日派，容易控制吧。”

“不知道他会不会一直是亲日派，”绍桓说，“日本有一种看法。张作霖利用日本作为后盾，而并不是真心亲日，只是在可以利用日本的时候装作亲日派，所以对他抱有怀疑的组织杀死了他。”

世航点点头，说：“对张作霖来说，日本的利用价值很大。”

“不错。”

张作霖之所以进入北京参加逐鹿天下的战斗，也是因为一旦发生不测还可以逃回东北。追击张作霖的军队只要越过山海关，就一定会被日本的军队拦住。在日本人看来，张作霖老奸巨猾，但他的儿子还年轻，应该更容易控制。

关东军参谋的高层支持张作相，而中层以下的领导中，有人认为北洋政府陆军总长张景惠应该好用。

连绍桓不愧是能干的记者，连日本人的想法都能打听到。

并不是只有张学良能够继承奉天政权。在当时，日本是东北最强大的势力，如果日本下定决心，那么张学良的位置也可以换人。

绍桓解释说："日本原本是希望由杨宇霆来统治东北的，但他树敌太多，当初郭松龄就是打着处罚杨宇霆的标语起兵的，现在拥立他不合适。"

"张作霖被炸死后，杨宇霆立刻发表声明说不希望担任新职位吧。"

"这……新职位虽说是指张作霖的继承人，不过他也知道自己不受欢迎。说什么不担任，恐怕是指不离开现在的位置吧，奉天政权的总参谋兼奉天兵工厂督办，这可都是好位置。只要掌握着兵器，在政治上就有很强的发言权。杨宇霆似乎一直在冲财政厅长张振鹭喊叫，说拨给兵工厂的钱一定要优先于其他所有预算。他势力很大，少帅要如何应对，真叫人期待。"

"哥哥，你是怎么想的？"

"张学良无法马上摆脱日本，毕竟从他的父亲开始，就和日本就有着各种关系。他必须慎重。和以前不同，现在关内势力是蒋介石、冯玉祥、阎锡山等人。"

绍桓滔滔不绝地分析着东北的形势，那里如今正是全国瞩目的地方。

世航问："易帜问题要如何处理？"

因为北伐取得了成功，北京的五色旗换成了青天白日旗。如果东北也挂上了青天白日旗，就是在强调东北是中国的一部分。日本妄图吞并东北，自然不会允许易帜。

绍桓肯定地说："我想少帅会强行易帜，和日本发生冲突是不可避免的。他已经在热河做了尝试，一定会坚决易帜的。"

如今的北京，已经被信奉三民主义的势力所占据。

七月十九日，日本奉天总领事林久治郎警告张学良："不许与国民政府取得联系。如有必要，日本将全力支援。"

同一天，关东军司令官村冈长太郎也发出了一样的警告。

同样是在这一天，热河的汤玉麟发表了声明：改易旗帜，服从三民主义。

热河是现在的河北省承德。这个位置有些微妙，虽说在关外，却并不能说是东北。汤玉麟这么做，自然是受了张学良的指示。张学良却向日本解释说：“如果不改易旗帜，就会受到国民革命军的攻击。”

但是在绍桓看来，这是张学良的一次尝试，想要试探日本的反应。

南京有传言说，张学良向日本借款，意欲脱离中央。想来这是日本故意放出的谣言。张学良得知后，派吕荣寰去南京否认借款一事，表达了服从中央的意愿。

“日本反对易帜。”

“这不是干涉内政吗！”

南京政府向日本大使馆发出了抗议通电。

绍桓说：“东北很重要，不过，我也很关心登上井冈山的毛泽东和进军湖南的朱德等人。最近，我要去采访他们。”

“采访红军不容易吧？”

绍桓微微一笑，眨了眨一只眼睛，说：“我有门路，没问题的。”

三个焦点

1

每个人都在忙碌。

刘继泰不停地往返于在日本和中国之间。刘继泰夫妇是世航的商业伙伴，但世航并不知道刘继泰具体在做些什么。世航觉得为了让他自由地发挥能力，最好不要过多干涉。刘夫人茗华因为生孩子暂时在休息。比起刘继泰，世航更相信他的妻子。

刘继泰九月从日本回上海的时候曾与神户打印店鲜明堂的老板川口悟同行，他在四年前帮刘继泰印了反对孙文的传单。

世航问："带着那种人不会有事吧？"

刘继泰回答："是鲜明堂老板自己要跟来，他跟我们的生意完全没关系。"

杨景珠从欧洲回来了。她自己说是悠闲地去阿姆斯特丹看奥运会了，但一回到上海就突然忙碌了起来。她说："会长马上要从香港过来，所以我必须好好准备一番。"会长是指太玄会的陆慈泉女士。世航问她哥哥陆鸣泉时听他说："我最近很忙，不知道妹妹的情况。"

陆鸣泉在忙着追踪高述的行动，高述背后似乎有强大的势力。

上海金顺记的连远滋也很忙——他在为准备上海将于十一月一日召开的"国货展览会"而东奔西走。这次展览会是由国民政府工商部主办的，今年是第一届，以后计划在各地轮流举行。

连远滋干劲儿十足地说："第一届很重要啊，必须要成功。"虽然是由政府举办，但南京的新政府如今人手不足，上海当地经济界的人士分担了实际工作。

国货——就是国产商品。

抵制日货，或者香港发生的抵制英货、拒绝购买等运动要想达到效果，中国就必须生产出能代替进口货的产品。既然目前还没办法生产出同样水平的产品，就要展现出一定的水平，让大家抱有期待，相信只要再加把劲儿就可以了。这就是国货展览会的目的所在。

民族资本在不断兴起，轻工业已经取得了不错的成果。他们要与国外的产品竞争，但是还没有打出品牌。展览会是推销产品的好机会。因为民族主义高涨，普通人也会想要尽量使用国产商品，但是人们并不知道中国都可以制造出什么样的产品。

连远滋解释说："这既是一次宣传活动，也是一次启蒙运动。"

他听尊敬的马寅初博士说："抵制外国商品是消极的策略。提高国产商品的水平和产量才是积极的策略，只有做到这些，抵制外国商品才会有效果。"

马寅初在哥伦比亚大学取得学位后回国当上了北京大学的教授，被称为中国首屈一指的经济学家。他是浙江人，每次来上海，连远滋都会向他请教。

"经济救国。"

为此必须打出"振兴国货"的口号。

国民政府主席蒋介石与宋美龄出席了国货展览会的开幕式。现任工商部长孔祥熙的夫人宋霭龄是孙文遗孀宋庆龄和蒋介石夫人宋美龄的长姐。

连远滋收到了宋氏三姐妹的兄弟宋子文的亲笔信，希望连远滋对国货展览会提供帮助。宋子文目前是国民政府的财政部长。他掌管着北伐的军费，成果卓绝，展现出强大的实力。另外，工商部长孔祥熙也派出使者希望连远滋伸出援手。就算没有这两人的要求，连远滋也会积极尽力地为展览会做出贡献。

"我爸真是给我出难题。我已经很忙了，他还让我帮忙准备展览会的事。我当然可以帮忙在报纸上宣传，但是我可参加不了展览，我这边也需要人手啊。"跟世航想的一样，绍桓果然提到了《中华时事报》，"你不是很忙吧？"

听到绍桓的话，世航使劲儿摆了摆手，说："我很忙的。"世航觉得自己也许看上去是很悠闲。打听消息也是他的工作之一，但是外人并不这样认为，他们也许觉得他只是在悠闲地聊天儿。他曾和唐鼎权在茶馆里嗑着瓜子聊了很久。说是聊天儿，其实几乎是唐鼎权一个人在说。

唐鼎权原本就很能说，现在更是话多得让世航捏一把汗。这对世航来说是很方便，不过他觉得鼎权做雷岳的秘书实在是让人不放心。

雷岳的工作是为光鲜亮丽的人物处理不能见光的事情。既然雇主从事的工作不能公开，唐鼎权理所应当保持沉默。

世航问过他："你这样没问题吗？"

"什么？"

"工作，你说这么多可以吗？虽然跟我没关系，但我挺担心你的。"

"你在说什么啊，因为是你我才说的，你又不是外人。啊，你的事我也跟老爷子说过，他教育我说要重视朋友。"

唐鼎权口中的老爷子自然就是雷岳。与其说拜托世航通过唐鼎权了解雷岳周围的事情的是慧空，不如说是雷芽山人陆鸣泉。

"从高述出没的地点来看，似乎与雷岳有关。"陆鸣泉曾经说。

杨景珠相当于太玄会的先遣队员，开始与程玉秀进行交涉。程玉秀曾经在外国留学，也许与生在国外的杨景珠意气相投，听张淑妍说两人相处得很顺利。

有一天，连绍桓来到世航居住的旅社。此前世航都是去上海的金顺记或者附近《中华时事报》的报社见他，这是绍桓第一次来到世航住的旅社。

绍桓说："我实在是人手不足，没办法了，有一件事希望你一定要帮忙。"

"要我做什么？"

绍桓说："你能替我去一趟日本吗？"

2

绍桓说："你妻子就在神户，你总要不时回去看看吧。"

"虽然是这样，但我在上海还有工作。"

"麦克米兰不是在南京吗？应该会花一段时间吧，他不在的时候你应该没有那方面的工作。我听说浙江当局暂时不会同意进行越州古窑遗迹的考察。"

绍桓不愧是记者，各个方面都消息灵通。因为美国探险家安德鲁斯将他在"蒙古"收集的大量化石等古生物学资料带到国外，引发了争论。安德鲁斯来自美国威斯康星州，是美国自然史博物馆组织的亚洲探险队队长，当然想要将收集到的资料带回美国。但是中国北伐成功后已经今非昔比，不会再允许斯坦因和勒科克这样的探险家将收集到的物品带出国。

“中国的文物属于中国，希望能留在中国由中国来研究。”中国政府定下了原则。

北京成立了“文物维持会”，对安德鲁斯带出收藏品一事提出投诉。因此探险队收集到的资料如今都留在张家口。

安德鲁斯请留在上海的麦克米兰与南京当局谈判。南京是中国目前的首都，北京改名北平。谈判必须在南京进行。安德鲁斯已经放弃将全部收集品带回美国的想法，他愿意将文物捐赠给中国，但还是希望能为博物馆能带出一部分。因为越州窑的考察暂时中止，麦克米兰为此事去了南京。一开始他要求世航与他同行，但世航拒绝了。

“我是中国人，站在代表安德鲁斯利益的立场上与中国政府谈判太不合适。”世航说道。

麦克米兰也表示理解。英、美两国公使馆提供了翻译，因此最后就不需要世航跟去了。所以绍桓认为世航现在很闲。

世航说：“我还有其他工作。”

“生意方面，刘继泰不是做得很好嘛，我听说他这次还从日本带回来一个人。”绍桓连刘继泰带回了鲜明堂老板的事都知道。

“那人有别的工作，帮不上我们的忙。你说要去日本办什么事？”

“表面上是去采访日本天皇的即位仪式……日本叫御大典。”

“啊，在京都吧。”

上海金顺记有日本的报纸，世航也会从报纸上了解一些日本的现状。

一九二八年二月，日本进行了第一次“普选”，三月举行了共产党员的大选举。京都大学的河上肇教授辞职，内务省设置了特高课，政治形势大大右倾。

前年年末大正天皇驾崩后，皇太子登基，但正式的即位仪式将于今年十一月十日在京都举行。

绍桓说：“你在日本生活了那么长时间，没有人比你更适合采访御大典了。你一定要来做我们报社的特派员。”

“你说表面上吧？那除了采访御大典，还有背地里的工作吗？”

“是东三省的事，我想让你探听日本真正的想法。”

“让我来？我能做到吗？”

“我想可以……川端大将应该会愿意见你，他不是在奶奶的葬礼上送了挽联吗？”

川端定介大将还是少佐的时候曾是甲午战争后台湾驻军的干部。当时，他和台湾金顺记目前的主人连远初的父亲连宗格成了好友。这件事金顺记的人都知道。除了川端，当时日本军官中还有一位名叫岩濑的年轻中尉与连宗格关系甚好。现在岩濑已经升上了中将。

世航说：“川端先生现在是大将，不过是预备役，岩濑先生似乎也是，他们都不是现役军人了。”

“就因为不是现役军人才方便吧。正因为是预备役，才能自由得见老朋友的亲人。虽然已经退役，但他毕竟是陆军大将，应该很了解日本军部的动向。也许他会因为是预备役所以放松警惕，坦率地告诉你现在的情况。现在日本对东三省的基本方针并不明确。”

“是吗？我倒觉得很明显啊，就是将‘满洲’变成特殊地域。所以才会坚决反对张学良易帜不是吗？”

将“满洲”变成特殊地区必然是不想让南京国民政府的统治覆盖到那里。日本多次向张学良表明反对在“满洲”升起青天白日旗。国民政府对此强烈抗议，认为这是干涉内政，但东三省如今确实受到了日本关东军的强烈影响。

“这只是大概。”绍桓说，“对于实际的措施，日本内部似乎也有分歧。比如说，不是有一个组织炸死了张作霖吗？已经查清了下手的人，是关东军的参谋河本大作。他一定是想要以镇压张作霖死后的混乱为借口出动军队侵占东三省。但关东军并没有发布动员令。日本军部也有批评指出为什么要杀掉方便操纵的张作霖，这究竟会将日本的路线引向何方？‘满洲’必然会逐渐变为由日本来彻底统治。但究竟是要踏踏实实地花上十年二十年来改变，还是有五年的期限，或者打算明年就动手……日本恐怕有各种各样的意见，我希望查清他们最可能的做法。当然不只是川端大将，我希望你能探查有政治影响力的人们的意见，计算出可能性。告诉我根据你的分析应该是什么结果。”

世航说："这可是个艰巨的任务，对我来说这个任务太重了。"

"我不会完全采用你的计算和你的分析，你可以大胆地放手去做。"

"是吗……"

连绍桓想要知道的事与温世航最想要知道的事情是一样的。世航有些动摇，但他依然在意慧空拜托他做的事。那边的工作一定不是只有世航一个人在做，稍微离开一段时间应该也可以吧。这样一想，世航开始不自觉地犹豫起来。

"你会帮我吗？"绍桓再三确认。世航点了点头。

3

"中国如今有三个焦点。"记者连绍桓指出。

第一个焦点是东三省，也就是"满洲"。在这里，日本的扩张政策，与中国的民族主义、利益回收运动发生了冲突。北伐成功后，中国南北统一，这里是最后留下的"分裂地区"。东三省回到中国后大统一就将完成。这是中国人民的夙愿，但如今日本这座高墙正立于这一愿望之前。

第二个焦点是南北统一后的中国新首都南京。到去年九月为止，国民党一直处于分裂中，武汉和南京都自称国民政府。

从革命基地广州发起的北伐军北上来到长江的时候，围绕新政府的所在地分裂出相互对立的两派（宁汉分裂）。当时国共还在合作中，但去年二月，共产党和国民党左派在武汉成立了新政府。对此，蒋介石于四月十二日在上海发动了反共军事政变，四月十八日成立了南京国民政府。南京国民政府的第一号命令是逮捕陈独秀、谭平山、毛泽东、董必武、周恩来、罗亦农、张国焘、李立三、瞿秋白、林彪、郭沫若、茅盾（沈雁冰）、吴玉章等一百九十七名共产党干部。

另一方面，虽然武汉政府内部的国共合作还在继续，但国民党左派和共产党之间存在着政策的对立。共产党内部首先出现分裂，陈独秀、谭平山主张重视与国民党继续合作，缓和土地政策（不没收小地主和国民革命军将士的土地）；而毛泽东、彭湃与他们的意见相对立，主张彻底实行土地改革。实际上湖南正在进行的农民运动已经没收了小地主的土地。因此国民党左派产生动摇，反共情绪逐渐增强。六月，武汉政府解雇了鲍罗丁等苏联顾问，七月与共产党断绝了关系。

仅仅相差两三个月，南京和武汉相继与共产党决裂，按理来说，两个政府对立的主要原因已经消除，但武汉政府内部反对蒋介石担任主席的意见很强硬，因此两个政府的合并被推迟。北伐途中，国民革命军曾败给孙传芳的军队，蒋介石承担责任暂时下野。因此两个政府之间的阻碍被消除，于去年九月合并，将首都定为南京。

虽然合并后成为首都不过一年时间，但国民党政界的重要人物几乎都已经聚集在南京，因此记者们的目光自然都紧盯着南京。近来连绍桓经常前往南京。上海和南京之间的快速列车需要六个半小时，每天有两列快速列车，另外还有两列普快，只要想去就能立刻出发。

第三个焦点是与国民党决裂、干部们都被通缉的共产党的动向。去年八月一日发生了南昌起义，之后陆续发生了秋收起义，成立了海陆丰苏维埃、广州公社等。但共产党放弃了过去占领重要城市的方针，转为在山岳地区建立根据地。井冈山位于贯穿湖南和江西的罗霄山脉中，毛泽东和朱德等人就驻扎在那里。

绍桓说："那里也不能忽视，但目前不可能去探访。如果可以，我想亲自去一趟。"

世航说："到时候也带上我。"

"会像《水浒传》一样吗？"

"梁山和井冈山相差甚远吧。"

绍桓挺起胸膛，说："不去看看就不会知道，普通人也不知道。我们记者就是要将事情查清楚。让更多的人知道，这是我们的义务。"

世航突然想到了芳韵。慧空并没有告诉世航她在什么地方，这让世航不满。尽管如此慧空却要求世航为了她和她同伴们的安全而提供帮助。芳韵就像是人质一样。

按照慧空的说法，芳韵就在浙江某处，应该没有登上井冈山。也许慧空认为如果世航相信芳韵处在国民党统治的地方，就会积极地帮忙收集情报，所以才这样说。

"那么你会替我去京都吧。"绍桓将话题从井冈山拉回了京都。

"嗯……"

京都这个地名让世航想起了岚山。住在那里的增田绫子的身影轻飘飘地浮现在脑海中。

“毕竟能见到你妻子嘛。”绍桓开玩笑地说，世航只得苦笑。

世航说：“不用马上去吧。”日本的御大典定在了十一月十日。

“十一月再去就可以。”

国货展览会将从十一月一日开始在上海召开。

“我准备一下。”世航终于下定了决心。

“你真是帮了大忙了。如果你不答应，我就不知道该怎么办了。我在北京遇到了一位优秀的年轻人，让他帮忙收集东三省的情报。我也将他介绍给了张学良，应该不会出差错。李钦票除了做会计，还必须要做展览会的宣传，而我必须要去南京……嗯，虽然招进来几个年轻人，但是都不能马上派上用场。你能答应真是太好了……说到实务上的事，关于特派员的待遇……”

世航说：“不用了，我没想过要拿《中华时事报》的工资。”

现在上海金顺记已经不能再凭爱好做事了，《中华时事报》也必须计算盈亏。世航听说也许是因为绍桓的热情传递给了读者，《中华时事报》的名声很好，发行数也开始急剧增加。

之前将与《中华时事报》合作看成与金顺记合作的广告商见到发行数增加，也认可了《中华时事报》自身的商业价值。

“爱国报纸”这样的评价逐渐增加。

北伐成功带来的兴奋之情点燃了觉悟较高的上海市民的爱国热情，各种刊物的爱国色彩变得浓重。不过，《中华时事报》取得了格外突出的好评，这是因为主笔连绍桓的笔力。他写出的文章不只是报道事实，也会加入一些自己对前途的预测。

“你不要太小看我了。其实比起受金顺记支持的时候，现在我的钱包反而更鼓哦。”

“这真是太好了。”

“如果想要赚更多的钱，方法多得是，我只是刻意不去做而已。因为报纸的生命在于其观点。”绍桓眉宇间闪过一丝紧张的神色。

“是吗……”世航能够推测出连绍桓现在的立场。

如今中国国内有众多势力在行动，上海就是中国的缩影。各种势力都有各自的背景。有的能够轻易看透，有的难以猜透，都挤在这方小小的土地上。其中应该也有想要将报纸当成武器的势力。比起创立新的报纸，利用评价好的报纸自然更方便。

世航问：“有人在引诱你吗？”

绍桓微微一笑，说：“是啊。他们身后的势力与我们报社的观点不同，甚至完全相反。仔细想想，这种转变对他们来说能带来巨大的利益吧。你不用担心，我会拼命守住自己创立的这份小小的报纸的。”他的额角微微颤抖。

“击溃反对的声音，而且在一定的时间内利用这些声音之前得到的信任。”世航觉得这就是对方想要得到的吧。“绍桓如今正站在修罗场中，自己之前一直将他当成富家少爷，现在他突然变得成熟了，与跟随冯玉祥军队的时候相比又成长了一些。”

世航说：“哥，我也有事想拜托你。”

“你可不要给我戴高帽。”绍桓笑着说，他的笑容底下藏着严肃的表情，这是之前从来没有过的。

4

炸死了张作霖的河本大作虽然是关东军的参谋，但他为事情发生后所做的计划非常草率。也许是觉得只要出了事，日本军部一定会做出行动。可以说他身为组织中的人却对组织的想法几乎一无所知。正是因为这么愚蠢的人想要推动时局，才造成了日本后来的悲剧。关东军司令官村冈长太郎对张作霖被炸死一事也没有做出反应。

事情发生后，日本很后悔杀掉了重要的人物。

张作霖的继承人张学良是有着新思想的年轻中国人，他很清楚统一包括东三省在内的中国是全体中国人的夙愿，因此自然会倾向于国民政府。

张学良回到东北后，日本立刻警告他不要与国民政府往来。

奉天的日本总领事林久治郎将田中首相的训令告诉了张学良。他强调日本反对使用青天白日旗。

在东京，中国的驻日公使汪荣宝向日本外务省提出抗议，认为奉天总领事阻止“易帜”是干涉内政的行为。日本外务省对此的回答是奉天总领事只是提出了

“忠告”，并非干涉内政。

七月二十五日，张学良告诉日本总领事林久治郎自己暂时不会向国民政府妥协。但是就在第二天，他向国民政府宣誓会绝对服从。不仅如此，他还向南京派出特使，明确否认坊间流传的他向日本借款的谣言。

在张作霖的葬礼上，被日本政府派来的林权助见到张学良，警告他不得与国民政府合作，并且提出了强硬的要求——如果他在东三省挂起青天白日旗，日本将不惜干涉内政。张学良不得不答应他会予以考虑。接到警告的第二天（八月十日），张学良派刘哲向林权助传达了以下信息：“东北易帜将推迟三个月。”

日本对东三省表现出的高压姿态终于受到了国际上的瞩目。“不惜干涉内政”的说法绝不平和。九月九日，林权助通知张学良：“如果东北保持现状，日本方面将不会反对阁下与南京妥协。”

但是保持现状就包括了不使用青天白日旗。

简单说明了东三省的情况后，连绍桓总结道：“这只是换了个说法，还不是一样吗？虽然不反对听起来平和了一些，但这是有前提的。日本采取了高级战术。我们应该记住，以后我们的对手就不是河本大作那种愚蠢的人了。”

中日两国围绕着东三省展开了虚虚实实的战略，张学良受到了日本和东三省保安委员会的两面夹击。

绍桓将日本和中国的打算罗列出来，认真地向世航解释了双方的意图：“虽然还没有公开，但南京已经做出了重大决定。今后关于东三省的外交问题不再由张学良出面，而是由国民政府出面。一国的外交由一国政府出面是再自然不过的事了。但是日本不承认中国东北是中华民国的一部分。他们认为这里既然是特殊地区，就该由当地的首脑张学良来进行外交谈判。张学良现在在日本面前有了借口，可以说自己虽然想要出面交涉，但是南京政府下达了命令，因此他无法出面。可以说南京的决定是为了掩护张学良。现在的形势就是这样。”

世航说：“我清楚了。不愧是绍桓，记者就是要有这样的本事，能把事情解释得很清楚。”

“你说什么呢，这是因为听的人水平高。写成报道的时候必须降低水准，说明的部分自然会变多，甚至让人觉得啰唆。比如我对你说起日本，你的了解比我更详细，所以我不用特意说明，但是面对普通读者我必须从更基础的东西开始讲解。我们总是在考虑要怎样才能让读者理解。”

“这份工作真不容易啊。”

“很不容易。这次你替我去日本，但报道要由我来修改。啊，关于即位仪式的报道由你来写就好，关于东北关系的内容就都交给我好了。”

“这样最好，由你来整理，写出大家都能理解的报道。真的是很不容易。”

“作为交换，以后我一定会让你去采访你喜欢的内容，虽然算不上补偿……”

“是什么样的采访？”

“发掘安阳的事定下来了，应该会在明年开始正式发掘……”

“报纸上稍稍提到过一些。”

“不是我自夸，我们报社的报道是最全面的。”

“有能让读者心情愉快的报道真是件好事，我看到那份报道之后也很兴奋啊，真希望我们的社会能让人安稳地采访发掘的事。”

“为此我们还有很多事要做。而且，你不是也要来帮忙吗？”

5

麦克米兰为收藏家安德鲁斯去南京交涉，事情告一段落后回到了上海。世航要去参观日本御大典，顺便见见家人，所以提出想要在十一月是解除雇用合同。

麦克米兰问：“你还会从日本回上海吗？”

“是的，我打算回来。”

麦克米兰说：“我希望你一直做我的顾问，我以前从没有遇见过像你一样能帮上忙的人。其实，明天就有一样东西希望你一起去看看。”

“什么东西？”

“是旧青铜器。虽然比起瓷器，我对青铜器兴趣不大，但有人跟我说那是个好东西。”

“在什么地方？”

“苏州。”

苏州离上海很近，只有八十公里。在上海有产业的人经常会在苏州置业。苏州有很多著名的园林，比如拙政园、留园、狮子林，被称为园林城市。世航很久没有去过苏州了，因为距离太近，想着什么时候都能去，结果反而不常去了。

这次是为了工作。除了做麦克米兰的助手，还有和陆鸣泉合作的工作，观察接近麦克米兰的美术商。但为了做生意接近麦克米兰的人并不会联系世航。麦克米兰是为了考察越州古窑才雇用世航的，他在中国除了刘继泰的妻子苕华之外还有很多旧友，做生意有做生意的朋友。虽然世航在大酒店见过生意上来往的人，但就他所知，麦克米兰没有做过大笔生意。别人带来的东西麦克米兰一定会询问世航的意见，至今还没有见过故宫流出的好东西。

世航说："我与您一起去。"

虽然不知道是从什么渠道得到的消息，不过既然麦克米兰会特意去苏州，应该是很可靠的渠道，说不定与高述有关。

当晚，世航去见了雷芽山人陆鸣泉。陆鸣泉住在旧上海城内老天主堂街的一栋民房的二楼。一楼是一家小小的文具店，世航并不知道陆鸣泉是与文具店的老板认识，还是只是租下了民房的二楼而已，他并不会刻意去问这些闲事。

陆鸣泉怀疑地说："青铜器吗？建福宫里应该没有青铜器。青铜器虽然不是不能仿造，但和瓷器比起来更麻烦，高述一伙人应该没有碰过。也许是殷墟的东西，因为殷墟的进展很快。"

"殷墟吗？"

白天他刚刚和绍桓提到了殷墟的事。

"好像是中央研究院负责挖掘。"

"报纸上写到过。"

陆鸣泉轻轻摇了摇头，说："终于开始了啊。"

北伐成功后国民政府立刻设立了完全独立于行政机构的学术研究机构。研究院起名为中央研究院，由蔡元培担任第一任院长。中央研究院中设立了八所研究所，分别是物理、化学、天文、气象、地质、工程、社会科学、历史语言研究所（后来又加入了心理、动植物、数学、医学研究所，再后来动物和植物被分开）。河南省安阳的殷墟发掘由中央研究院的历史语言研究所负责。

殷朝又叫作商朝，最开始起源于商地，后来多次迁都，王朝的最后两百多年定都于殷，商朝在那里走向了灭亡。朝代原名为商，但大家更熟悉殷这个名字，司马迁在写《史记》的时候也用了殷。

周灭殷是在公元前一〇五〇年左右，但过去也有人提出“架空说”，认为殷朝是尚古的中国史学家虚构出来的。日本的白鸟库吉博士等人也同意殷朝架空说。

但是殷都的遗迹被发现了，这就是殷墟。最开始被发现的是殷墟的出土文物。这就是甲骨片。主要是牛的肩胛骨，偶尔会有龟甲，因此被称为甲骨。后来发现，殷朝的大小事务都要探问神意。在甲骨片上方钻出小孔，放在火上烧，占卜师根据裂纹来占卜吉凶。占卜的事情和结果会刻在甲骨片上，叫作“卜辞”。

不知从什么时候开始，这种甲骨片在药店被当作药材出售，叫作龙骨。据说龙骨研磨的粉末能治疗疟疾。

甲骨文的发现有这样一个传说：一八九九年——义和团事件的前一年，国子监祭酒王懿荣碰巧患上了疟疾。他是著名的金石学[1]专家。王家的用人以一斤六文钱的价格买了便宜的龙骨，磨成粉后让主人喝下。刘铁云是王的友人，他看到用人在研磨，觉得奇怪。因为他研究金石学，所以看出刻在甲骨片上的是古代文字。就这样，王懿荣和刘铁云开始共同研究，发现这是殷朝的占卜文。

王懿荣在第二年的义和团事件中自杀，刘铁云在八国联军占领的北京将官家的米施舍给市民，因此被流放到新疆死在了那里。之后，两人收集到的甲骨片到了罗振玉手中。一开始，药材商说这是商业秘密，不愿意说出“龙骨”的来源。但是罗振玉最终查到了河南省安阳县的小屯村。那是一九〇九年，罗振玉在第二年发表了论文《殷商贞卜文字考》。但是后一年，辛亥革命爆发，罗振玉流亡到日本。

在之后的军阀混战中，殷墟被发现，但一直被搁置。

陆鸣泉说：“殷墟绝不是罗振玉发现的，因为他在找到殷墟之前已经收集了一万片以上的甲骨片。那究竟是谁从哪里得到的呢？”

“啊，是药材商吧，不过他们在一段时间里将产地当成了秘密。”

听了世航的话，陆鸣泉使劲儿摇了摇头：“甲骨片被埋在很深的地下，为了一斤六文钱的东西，他们会挖到那么深吗？”

---

[1] 研究青铜器的铭文和古代石碑上的文字。

“你是说？”

“这只是副产物。有一群人为了别的目的挖掘，甲骨片是被顺带挖出来的。就算是三千年的殷朝，占卜结束后，甲骨片也会变成累赘，没办法处理，只能挖个坑埋起来。那些人的目的应该是宝贝，为了挖出宝贝，顺带发现了遗弃甲骨片的地方。于是有聪明人把甲骨片作为龙骨卖给了药材商。李时珍的《本草纲目》中记载龙骨产自晋地，也就是现在的山西省川谷。总之，都是骨头的化石。既然药材的记载中有相似的东西，他们就把甲骨片当成龙骨而卖给了顾客。这应该是盗墓团赚的零花钱。”

“他们的目标……如果是商朝的东西，就是青铜器了吧？”

“应该是，青铜器和玉器。我让北京的朋友帮忙查过，至少在五十年前还没有刻着文字的龙骨。我想发现殷墟并不是太久远的事。应该是十九世纪八九十年代……其实当时的市场上出现了相当数量的殷朝青铜器。刻有文字的龙骨出现在药材店也差不多是在同一时期。”

“罗振玉是专家，他拼命寻找都没有发现……”

“是啊，发现殷墟的应该是不知名的大学者吧，可惜此人和盗墓团体有关联。”

“麦克米兰明天要去见的人就是盗墓团伙吗？”

“难说。说不定已经转过几次手了。毕竟从罗振玉公布殷墟的所在地到现在已经过去了十几年了。这段时间军阀一直在那里来来往往。”

“这些军阀有着现代的盗墓工具啊。”

陆鸣泉苦涩地笑道：“就像盗挖东陵的孙殿英的军队一样。”

“对了，报纸上说东陵挖出来的东西在天津被发现了。”

“有三十五箱啊，”陆鸣泉耸耸肩膀，“应该还不是全部，我认为还有。”

6

在前往苏州的火车中，世航在报纸上看到了准备去河南省安阳县小屯村的殷墟做预备考察的董作宾和李济的对话。

“这十几年来，卜辞一直受到关注，我希望在即将开始的发掘中得到更多的甲骨片，让殷朝的历史大白于天下。我们一定不会让收集到的甲骨片逸失。”

听消息灵通的连绍桓说，一开始只会进行试验性的发掘，但世航依然激动不已，因为在乱世中可以进行这样的学术考察而感动。但他即将见到的却是盗墓团体的“成果”。

他很久没来过苏州了。报恩寺的塔就像这座城市的气质一样，温和地伸向天空。虽然高度有七十多米，但也许是因为这座塔与钱塘江畔的六合寺塔一样，外层是木制建筑，所以会给人温和的感觉。

对方在苏州站迎接他们，那人的整体轮廓鲜明。他的态度干脆爽快，也许是军人。据说这十年间的盗墓团体很有可能与军队有关系。

此人自称姓李，世航暗暗为他起了“大下巴李”的绰号。因为姓李、王、张的人不计其数，所以世航不得不为他起个绰号。

大下巴李带着世航和麦克米兰来到他家，在拙政园附近。这是一间普普通通的民房，但是走进房中穿过中庭，出现在眼前的仿佛是一间停止运行的工厂，压榨机和研磨机摆放在空荡荡的房间中。继续向前走，是一栋砖瓦建的角楼。

“请。”

姓李的人扬了扬他的大下巴，走向了砖瓦建筑的门口。

“你真的来了啊。”

穿过门口，世航听到了一个熟悉的声音。

“啊……”世航不由得发出了感叹，在他身后进来的麦克米兰也顿了一下，发出一声“哦……”。站在屋里的人正是世航暗地里叫作“小鼻子张”的人。他五十多岁，曾去上林湖畔拜访过考察越州古窑的麦克米兰，想要把甲骨片卖给他。

“我不是和你约好了嘛，我也有精美的工艺品，有机会要给你们看看。来，请。”

小鼻子张说完，等着世航为他翻译。

在上林湖见面的时候，慧空刚好也在，他后来说过从麦克米兰说英语时那个男人的反应来看，那个男人会说英语。

世航翻译之后，麦克米兰深深地点了点头。他还记得小鼻子张当时说过的话。

麦克米兰也许相当信任这个与他谈过话的男人。因为他明明对青铜器没什么兴趣，却特意从上海来到这里。

青铜器确实是工艺品。在上林湖畔时，麦克米兰极端地说，甲骨片只是牛的骨头而已，也许对古代文字研究者来说很珍贵，但在他看来甚至不如狗粮。他说完连狗都不会想咬这种话之后，自己也觉得说得太过分了。

“手工制作的精美工艺品。”麦克米兰说这才是他感兴趣的东西。

姓张的人去了隔壁的房间，虽然房间之间有门，但一直敞开着。房间并不宽敞，大概有十叠左右，正中央放着一个长方形的桌子。而且两边的墙上放着架子，架子上镶嵌着磨砂玻璃门。

“您请看。”小鼻子张拉开了左边架子的门。

架子很深，里面摆放着十几个青铜器。

三个鼎。一个鬲。两个豆。其余全都是卣、瓿、方彝、兕觥、斝、爵、觚这类酒器。

世航能看出这都是殷朝的青铜器。他记得曾在书中读到过斝只有殷朝才会制造。

在殷朝的青铜器中，这些也都是经过精心挑选的精品。小鼻子张拉开架子的门，露出的半个身子上散发着自豪的气息。

麦克米兰叹了口气，看了看眼前的青铜器，说：“很美。这些确实很美，我能看出这是人们亲手精心做出的东西，与之前的牛骨头不可同日而语。但遗憾的是这不是我收藏的内容。我喜欢在博物馆欣赏他们，但并不想放在手边每天拿出来欣赏。温先生，请翻译吧。就说虽然青铜器很美，但没有瓷器的温润。可以远观，但不会让人想要抚摩。谢谢你给我展示，但我并不想收藏。”

麦克米兰明确表示不打算购买。

“瓷器吗，请来这边。”小鼻子张走向对面的架子，像刚才一样一把打开了玻璃门，动作比刚才更夸张。

里面摆满了越州青瓷。都是秘色瓷。

都是精品。

“啊呀啊呀……”麦克米兰仿佛喝醉了酒一样踉踉跄跄地来到架子前，贪婪地盯着眼前的瓷器。

花瓶、茶壶、茶碗、酒器，应有尽有。虽然比青铜器小，但数量更多，大约有三十件。

“啊，真是好东西。我很少见到这么精美的越州茶碗。”麦克米兰靠近秘色瓷茶碗说。

小鼻子张说：“很遗憾，这些都已经卖出去了。”

麦克米兰的眼中散发着明亮的光彩，甚至可以说在燃烧，世航都觉得将这句话翻译过去很过意不去。这些瓷器确实价值很高，世航在看到这三十件秘色瓷的时候立刻明白这只茶碗在其中出类拔萃。

“只有这一件就好，能不能让给我？”麦克米兰的口吻近乎哀求。

慧空早就发现了，而世航此时才确定小鼻子张会说英语。他对麦克米兰说的英语反应明显，不等世航翻译就说：“这个架子上的东西已经全都不是我的了。”

7

麦克米兰想要与买下架子中所有越州青瓷的人交涉。

“不透露买主的信息，这是做生意的规矩。”小鼻子张没有透露买主的姓名。因为书画古董的买卖关系到个人的名誉，所以一般都不会透露姓名。

麦克米兰说：“我愿意出能买下架子上全部瓷器的钱，只买这一件。”但世航考虑到麦克米兰的名誉并没有翻译。

小鼻子张说：“我只能告诉你这些越州青瓷要去日本。”

“日本？你是说日本人买下了这些瓷器吗？”

“没错，”小鼻子张等世航翻译后说，“那个日本人也买下了甲骨片。”

在翻译小鼻子张的话之前，世航已经猜到了买主是谁。麦克米兰听了世航的话之后反射性地说：“太田先生？”

小鼻子张说：“任君想象。”

本来的计划是在苏州住一晚上，但麦克米兰说要乘坐下一班普快列车回上海。从麦克米兰的脚步中可以明显地感觉到他内心的沮丧。

麦克米兰问：“那个甲骨片是测试吧？我当时说连狗都不愿意咬，你翻译了吧？”

“我当时也说了，是逐字翻译的。”

“太糟了。对了，我想联系太田先生。有没有什么办法？”

“我一直以为太田先生回国了，没想到他竟然做了这么一大笔买卖。”

“对你来说，在上海寻找太田先生应该不难吧。你应该有办法，能不能帮我联系他。”

“啊，我找找看吧。”世航迫于财务上的压力只得答应帮忙找人。世航觉得如果太田孝二在上海，要找到他并不是太难。但他买下了那么多越州青瓷，用的一定不是自己的钱。就连考察上林湖古窑，他都是依靠同风会的赞助才凑齐了钱。从小鼻子张手中买下越州青瓷一定也是替别人跑腿儿。

在苏州到上海的火车上，麦克米兰筋疲力尽，而世航脑中不停地想着增田绫子。并不是平静地怀念着她的身影，而是怀念她的肉体。世航一想到苏州张家（不知道那里是不是张家）的架子上摆放的精美秘色茶碗，就会联想到绫子，这让他疲惫不堪。世航和麦克米兰在火车上并排坐着，两个人都有所顾忌，希望自己的疲惫不要影响到对方。

第二天，世航去老天主堂街的拜访了陆鸣泉。他将苏州发生的事告诉了陆鸣泉。“来迎接的男人像是军人。甲骨片和殷朝的青铜器都能对得上，但是越州青瓷？”

陆鸣泉沉思片刻后，仿佛重新振作起精神般叹了口气，说：“我想此人不是高述的同伙，但既然出现了越州青瓷，就不能说二者完全无关。”

世航的直觉认为陆鸣泉手中有很多条线，听说高述去过雷岳那里后他也并没有匆忙采取行动，而是眼观八方，似乎在积聚力量。

“我究竟应该怎么做呢？我有机会接近雷岳…”世航希望陆鸣泉做出指示。

“雷岳那边等你从日本回来再说吧。其实我在雷岳那里也有线索。”陆鸣泉对未来的安排似乎有什么难言之隐。

“现在有三个焦点，”世航模仿着连绍桓的口吻，“故宫组、殷墟组和东陵组。盗墓，偷盗……可以叫作文物犯罪团伙吧。”

“没错。三个焦点都有组织，现在已经知道东陵组是军阀。孙殿英的部下谭温江被捕，在天津查抄了三十五箱文物，但那并不是全部，其中似乎并没有翡翠西瓜。这一件文物就可以买下好几座上海沙逊大厦了。我最近感觉到你说的文物犯罪团伙的背后联系在一起的。”

“联系在一起？”

“你刚才说是三个焦点，但这三个只是冰山一角吧。从水面上看漂浮着三座冰山，但水下都连在一起。你去的苏州张家不就在一个房间里放着殷墟的文物和可能出自故宫的青瓷吗？”

“你是说买家是同一个人吗？”

“你仔细想一想，这可是一大笔钱。无论是故宫、殷墟还是东陵，有这样的财力的人应该不多。”陆鸣泉又陷入了沉思。几经周折，他似乎有了自己的想法。也许正是因为如此，他变得格外慎重。他并没有告诉世航他所经历的曲折。

“我去日本之前还会来的。”世航说完后与陆鸣泉告别。

陆鸣泉将他送到楼梯旁，对他说：“太玄会的会长终于动身从香港来到上海了。”

世航边下楼梯边说：“终于……我表姐杨景珠现在正积极与程玉秀接触。”

“妖怪们的老巢差不多已经锁定了啊。哈哈哈……”

世航听着雷芽山人的笑声走出了民房。

虽然有些远，但世航选择走回旅社。他从老天主堂街出发，从湖心亭的右边沿铁路前进。旧上海城拆除了城墙，铺设了铁轨。世航走进法租界，从北海路穿过赛马场，沿着西藏路向北。回到旅社后，虽然腿上传来了疲倦的感觉，但全身都被舒适的兴奋感包裹着。

世航的房间在旅社的二楼。走上楼梯转过身就是世航的房门。世航像往常一样走上楼梯，吸了一口气之后回过头，增田绫子正站在那里。

“啊，绫子。”世航几乎发不出声音。

增田绫子说：“我从刚才起就一直在等你。”她穿着白色上衣和紫色短裙，这两种色彩晃到了世航的双眼。绫子头上端正地戴着白色的无边便帽。

巫山梦

1

“你是最合适的人选。”

虽然连绍桓这样说，但温世航明白并非如此。他对御大典一无所知。

“也许熟悉中国古典和故事来历的人更合适。”世航在写给绍桓的信中抱怨着。

临近御大典时，报刊和杂志上登出了解说御大典的报道。通过这些报道，世航终于明白了践祚和即位的区别。

在中国古代，践祚和即位意思相同。祚是指“主人的台阶”，主人走的台阶在东边。只有在新天子即位祭祀时才会走上宗庙东边的台阶，也就是践祚而上。原本践祚和即位都是指同一件事。但是日本在平安时代将践祚和即位的仪式分开了。日本经常出现让位，这种情况称为“受禅”；与此相区别，先帝驾崩后即位称为“践祚”。

经过些许变迁，变成了在先帝驾崩后立刻践祚，服丧后一年的秋冬之间会举行即位仪式。

《皇室典范》中记载：天皇驾崩后皇嗣即刻践祚，继承祖宗的神器。因为天子之位一天都不能空置，所以要即刻践祚，仪式在很久后再举行。

大正天皇于大正十五年[1]十二月二十五日驾崩，当天举行了践祚，改元昭

[1] 一九二六年。

和，七天后迎来了新年，很快就到了昭和二年[1]。天子要为先帝服丧一年。昭和二年十二月服丧期满，此后的秋冬之间，也就是昭和三年十一月举行即位仪式。

从昭和三年的年号来看，即位仪式似乎举行得很晚，但仔细一算，也完全是按照规矩进行的。

世航通过学美术时认识的人找到了住在京都的民间学者，打听到御大典的详细情况，以此为基础写了一篇报道寄给《中华时事报》。绍桓选了“缘分已尽吗？”作为这篇报道的标题。

明治之前，日本历代天皇即位要穿冕服，立幡焚香，充满中式气息。但明治天皇即位时将冕服改为衣冠和束带，使用币帛，去掉了香炉，尽量减少中式色彩。

既然明治时日本倡导文明开化，自然要消除过去的中式风俗，将目光转向欧美。

另外，从维新的原动力，倒幕理论尊王攘夷的观点出发，必须尽可能重视日本的传统。

欧化的标语中淡化了攘夷的色彩，认为应该排除的是此前日本传统中的蛮夷成分。排佛弃释就是其中一项。另外，就像废除即位仪式上的冕服，中式传统也成了排除的对象。

世航在报道中写道：“日本人过去从中国学到了很多，如今他们将此事当成耻辱，希望尽量抹消这个事实。当然，这并非所有日本人的想法，却是日本人的普遍情绪。因为明治维新这一奇迹般的革新带来的成果，让大部分日本人相信自己是优秀的民族。不愿意相信像自己这样优秀的民族曾经被别人手把手教过。更何况过去的老师如今已经变得落魄。日本人尽管不会否定史实，依然会尽可能贬低受到的影响。”

日本的报刊中都形容御大典充满了怀古的气息，但实际上这不过是半个世纪前刚刚定下的规矩。

世航作为临时特派员的工作不光是在京都紫宸殿采访御大典，还要探查日本朝野对“满洲”问题的想法，特别是军部的想法。不过这些内容不用写成报道，也不需要写书面报告，只需要在回到上海后告诉绍桓。绍桓只是希望这些情报在

---

[1] 一九二七年。

他做记者的工作中能够起到作用，并不想照搬在报纸上。

也许绍桓并不是以记者的身份，而是以一个中国人的身份利用这些情报。如果世航站在他的立场应该也会做同样的事。

世航的妻子信子在神户等着他。虽说世航一直来往于神户和上海之间，但这次离家的时间很长。

母亲含章问他："你的工作究竟是哪边比较多？是神户还是上海？"

世航坦率地回答："现在中国的工作比较多。"考虑到实际情况，他没有说上海，而是说了中国。他既有和陆鸣泉一起的工作，也有慧空托付给他的工作。因为绍桓的关系可能还要去殷墟，说不定还要登上井冈山。

母亲说："既然如此，不如带信子一起回去吧，夫妻分隔两地总归不好。"

对妻子来说，丈夫不在家，与婆婆共同生活应该是一个沉重的负担。世航的母亲也会顾虑此事。

世航回答："是啊，我以后也想带上她，但现在还没有自己的房子。"

"你不是有很多朋友吗？只要你愿意，很快就能租到房子吧。我也会劝劝信子，毕竟还有那件事，信子也很上心。"

那件事是指信子还没有生孩子。上海有一位姓叶的女医生，金顺记的人经常受她关照。结婚五年、十年还没生孩子的人让她看过，喝了她调的药之后就能生出孩子，因此她名气很大。叶医生不是西医，而是中医世家，对在她那里看诊的人很有耐心。她经常说："要想怀上孩子需要半年左右的时间，请每隔十天来一次。这不是挺好的嘛，都等了十年了，现在只用再等半年。"

如果要让她来上海治疗，就必须长期住在上海。以信子的情况来看不如干脆搬到上海。

世航回答："我会考虑的。"

关于孩子的事，世航和妻子谈过很多次。信子最担心的是她的父亲。泷口弹山有一段时间身体不好。因为父亲就住在名古屋，她随时都可以从神户赶过去。她不放心母亲一个人。不过最近弹山的身体明显好转，已经恢复到无须担心的程度。

"我想去上海。"她曾经主动提出。

世航的母亲说："你说会考虑，要考虑到什么时候？不要拖拖拉拉的。"

世航回答："等我从东京回来。"

其实他已经决定好了。但是考虑到母亲，他不能干脆地带妻子离开，他想让母亲知道自己心中还有一丝犹豫。

2

御大典结束后，世航去了东京。

他首先去见了川端大将。

台湾金顺记的上一代主人连宗格在川端和岩濑还是少佐和中尉时与两人成了好友。虽然宗格已经去世，不过他的儿子远初与父亲的好友依然有联系。世航的祖母去世时，川端也送上挽联表示哀悼。

世航带着吴昌硕的书法作品去拜访了川端家。住在东京的双烟馆时，世航不时会去川端家里拜访。通常都是与舅父连远志同行，带的礼物一定是书画。在世航的记忆中都是吴昌硕的作品。

"看来你认为我很喜欢吴昌硕啊。"世航记得川端大将曾经苦笑着说。

对此，远志回答："不，是因为我喜欢吴昌硕，所以不自觉地收集了很多。"

吴昌硕是当时中国最优秀的书法家，也是画家。昌硕是他的字，他的本名是俊卿，雅号缶庐或是苦铁。他的书画价值很高。去年，吴昌硕去世了，享年八十四岁，他的书画价值进一步提高。

世航认为舅父拜访川端家并不只是打个招呼，也许是有事相求。远志和外甥世航一起带上的吴昌硕的书法恐怕是谢礼。

说完正事后，两人天南海北地聊了起来。虽然称不上谈笑风生，但川端大将也是相当健谈。

"他服役的时候话很少。退役后因为卸下了责任，所以比较容易开口吧。而且退役后他也很寂寞，自然而然就变得健谈了。"世航曾经听连远志这样说过。舅父那时似乎是去请他为自己介绍势力大的人。

川端大将曾说："我可以为金顺记做任何担保，毕竟我和金顺记的交情不是一两天了。"

这并不是收受贿赂这样粗俗的事，不过川端大将的担保或者介绍应该曾经为金顺记带来过巨大的利益。

这次拜访，世航已经事先打过招呼，他说自己现在是采访御大典的临时特派员，因为京都的工作已经结束，与川端大将很久没见了，所以想前来拜访。吴昌硕在去年离世，自己手中有他晚年的几幅书法作品，想将其中一幅送上，同时想要听一听川端大将对年轻人的训诫。

震后，川端家搬到了目黑。世航听舅父说过这并非因为他家里受灾，而是因为原本的宅邸太大，于是川端大将卖掉了老宅，在目黑购置了一间小巧雅致的住宅。现役的时候，来川端家的客人很多，留宿的客人也不少。退役后来客减少，太宽敞的家就不适合居住了。

虽然世航过去经常去川端家里拜访，但震后并没有见过他。地震发生前，两人也有一年没见过面了，上一次见面已经是五六年前的事了。世航在心里计算着，看着地图来到了川端家。

“你来了，已经六年不见了啊。”川端大将记得很清楚。

“打扰了。”

世航说完，川端大将笑着说：“现在和以前不一样了，没有客人来，我很寂寞啊。过去你们来也只是坐上十分钟、十五分钟就走了。当时是因为我也很忙，不过现在时间很充裕。”

“您还和以前一样，身体很健康。”

“啊呀，不一样了不一样了。头发差不多都掉光了。”

大将摸着自己的头，古铜色的头皮闪着健康的光芒。他的头上几乎没有皱纹，也没有皱皱巴巴的感觉。他打开世航带来的书法作品，与世航讨论起来。

这是唐朝孟郊的诗。吴昌硕喜欢孟郊，据说他的诗就是在模仿孟郊。

见尽数万里，不闻三声猿。
但飞萧萧雨，中有亭亭魂。
千载楚襄恨，遗文宋玉言。
至今青冥里，云结深闺门。

川端大将端详了一会儿，低声诵读："见尽数万里，不闻三声猿。但飞萧萧雨，中有亭亭魂。千载楚襄恨，遗文宋玉言。至今青冥里，云结深闺门。"然后不住地轻轻点头。

川端定介在台湾与连宗格交往时主要是通过笔谈，他有汉学的修养。据说两人也用英语讨论过汉文古籍。

世航说："我查到这首诗的题目叫作《巫山高》。"

其实这是上海金顺记一位熟悉古籍经典的老员工反复翻阅《全唐诗》后查到的。吴昌硕只写了"庚申季秋录孟东野诗"。庚申是一九二〇年（大正九年），因为是季秋，应该写于农历九月。东野是孟郊的字，虽然写了这是孟东野的诗，但诗的题目必须靠自己来查。

川端说："《巫山高》是乐府，主要以男女间的感情为主题，但大多作品中有着隐含的意思。这首诗似乎也是如此。"

乐府是古代民谣，有古辞，相当于日本有典故的和歌，后世人配合曲调重新填词作诗。

《巫山高》是汉代的民谣，古辞是临水远眺，希望回到东方的望乡民谣，但六朝时的诗人们经常填上男女感情的词，于是被当作情歌。

楚国诗人宋玉在《高唐赋》中写到，在战国时代的高唐，楚襄王（公元前三二八年至公元前二九九年）在梦中遇到神女一夜缠绵。神女离去后留下了"旦为朝云，暮为行雨"的句子。

过去，在中国提到"巫山梦"，就是指男女间的情事。"巫山云""巫山雨"也是同样的意思，有时会用"云雨"表示做爱。

川端定介摸了摸自己的光头，说道："这首诗也并非没有艳情的感觉。"

对于吴昌硕写的这首孟郊的诗，世航也思考了很多。在梦中与神女交合，醒来后神女化作云雨，诗人宋玉在《高唐赋》中写出了楚王的遗憾。

最后一句中的云就是巫山的云吧。闺门是女性的住处，在闺门深处凝结出云彩。这让世航想到了绫子在岚山的家。

但是"亭亭魂"是指什么呢？"亭亭"是指的是笔直伸展的状态，用来形容高塔或树木挺立的样子。常常也会引申本来的含义，用来形容高洁傲岸的性格。

曹丕的时代也有用亭亭形容浮云的句子。

川端定介嘟囔着："吴昌硕在这首诗里看到了屈原的影子啊……"

3

写出巫山梦的宋玉是公元前三世纪的诗人，据说《楚辞》中的《九辩》是他的作品。

《九辩》中写的是才气过人、志向高远却怀才不遇的士大夫的不幸。古代中国的士大夫一定会背诵《九辩》的开头："悲哉，秋之为气也！萧瑟兮草木摇落而变衰。"

《九辩》的"辩"就是变，举事物变化的例子向主君诉说。

据说宋玉是屈原的弟子。屈原是楚国的爱国人士，他见到秦国势力侵入楚国，心生忧虑。因为楚国的贵族中亲近秦国的倾向很明显，所以屈原作《九歌》劝诫怀王。但楚怀王听信张仪的说辞，忽视了屈原的忠义之言。不止如此，屈原还被亲近秦国的势力诽谤，最终被楚王流放。绝望的屈原在各地徘徊，最终投汨罗江自杀。弟子宋玉为师父的不幸悲伤，作《九辩》倾诉师父的志向。

孟郊的诗中提到了宋玉的名字，背后自然隐藏着师父屈原的身影。问题是为什么吴昌硕要选择写这首诗。

大家都知道吴昌硕喜欢孟郊。不过孟郊的诗数量众多。日本流传甚广的《唐诗选》中只收录了一首孟郊的诗，但在《全唐诗》中足有五卷。孟郊是贫穷的文人，他是底层的官员，但是因为他嗜酒，消极怠工，所以只能拿到一半的工钱。贫穷是孟郊诗中重要的主题。吴昌硕年轻时经历过贫穷，所以应该会被孟郊写到的贫困所吸引。

但为何七十五岁以后步入晚年的吴昌硕要写孟郊的《巫山高》实在是一个谜。

川端说："苦铁先生已经死了，也不能问他。"

川端定介见过吴昌硕几面，靠自己拿手的笔谈与他交流。不知道为什么，他在吴昌硕众多的号中喜欢"苦铁"，总是这样称呼他。

日本人喜欢吴昌硕的书画风格，所以在日本有很多他的粉丝。立志从事书画和篆刻的日本人都会去上海拜访吴昌硕，这增加了他的声望。鲁山人年轻时也见过吴昌硕，喜欢挖苦的人揶揄地称此为拜谒。

过去日本曾想邀请吴昌硕，当时川端大将还是少佐，虽然站在他的立场上不能明确表态，不过他在暗地里尽可能地支持过此事。但吴昌硕谢绝了日本的邀请，此事便打了水漂。据说有人问他谢绝的理由时，他压低声音说："日本不能吸食鸦片吧？我在没有鸦片的世界里可活不下去。"

辛亥革命后，中华民国的法律中也禁止吸食鸦片。但中国到处都是吸食鸦片上瘾的人，吴昌硕也是其中之一。

世航说："吴昌硕画画的时候总要表现出一些寓意。写书法的时候也是有所选择的吧。"

吴昌硕喜欢画有寓意的画。他经常画藤蔓，细枝纠缠在一起，把花和叶子画得很小。有时会特意以"不斩藤"为题跋。世航站在美术研究者的立场上认为这是在表现辛亥革命之后的军阀混战。画上的花比真实的花朵小，寓意现实的中国没有像花一样的美好事物。

川端定介说："屈原是爱国者。"

"亭亭魂也许有各种解释，但我认为这应该是指屈原的爱国之心。我不知道孟郊的想法，但正如您所说，吴昌硕选择这首诗是因为屈原。"

"我问你……"川端定介说完，停顿了一下，"中国出现亡国的危机时，人人都会想到屈原。这是真的吗？"

"是的，因为中国人喜欢历史，喜欢将现在的事情与历史上的某个时代重合。"

"为什么现在会想到屈原？"

"因为中国正在受到列强的压迫。"

"特别是日本，对吗？"川端的眼中闪着光芒。

也许是世航的心理作用，他觉得川端鼻子下方的白胡子在微微颤动。

世航回答："没错，正是如此。"

"是'满洲'吗……真是难办。中国的年轻人们是怎么想的呢？"

世航毫不犹豫地回答："我们觉得日本在不断掠夺。"回答时如果犹豫反而会显得奇怪。

“你们怎么看待张作霖被炸死的事？”

“中国人都相信背后有日本军方的参与，应该没有人会怀疑。”

“是吗……确实是这样啊……但日本不同。就连首相田中义一也是最近才知道这是日本军人干的。你可能不相信，但这就是事实。啊呀，提到了这么沉重的话题，真是抱歉。”

“不，我正想打听此事。”

“那我就接着说了。我把我知道的都告诉你，相不相信就是你的事了。”

“谢谢。”

“听到张作霖被炸死，不光是中国人，就连日本人都会认为这是关东军干的吧。老实说我也是这么想的。但是张作霖的军阀里也有各种问题吧，也有可能是南军的勾当。也有消息说共产党的势力最近延伸到了北方。啊，日本确实是嫌疑最大的。不过首相在八月才听说凶手是日本军人，他是听参加了张作霖葬礼的林权助回国后说的。陆军省、外务省和关东厅三方组成的调查特别委员会在九月二十二日提交了报告，根据这份报告才确定了凶手真的是日本军人。我听田中义一身边的人说，首相确信日本军人参与了此事是在十月初听到宪兵司令官的报告之后，那时距离事情发生已经过去三四个月了。”

4

首相身边的人说的消息应该属于机密。川端定介在陆军服役的时候曾经与田中义一在同一个部门工作，田中早一年入职。面对他，首相身边的人也会说出机密吧。恐怕是为了请教经验丰富的退役将军的意见才说出了内部的消息吧。

世航觉得虽然川端说是身边的人，说不定就是首相本人。他想：为什么要把这件事告诉我呢？

川端并非轻率的人。

世航是来打探消息的，就算绍桓不拜托他来，他自己也想知道。他虽然带来了吴昌硕的作品，但已经六十多岁的老将军一定看透了他的来意。

川端在说话前一定已经看透了一切，而且他清楚世航绝不会把听到的事情藏在心里。因此世航明白川端的话必然有所保留。

川端说："世上的所有事情都有对象。像我和你这样聊天儿，彼此都是对方的对象。自言自语啊，就是把自己当成对象。田中当上首相的时候啊，我呢，也让他身边的人给他带了话。说不要忘了做事都是有对象的。特别是田中这个人批评币原外交态度软弱，当上首相后才开始积极外交。积极是很好，但不能硬来。事情都有对象，尤其是外交……他最近越来越不对劲儿，我有些担心。"

前内阁外相币原喜重郎认为中国的国民革命顺从了时代的潮流，是值得肯定的。他坚持拥护日本的合理权益，但不干涉中国内政。这就是所谓的协调外交。不过他没有忘记国家的利益，要扩展日本的经济利益。为此，改善外交是第一位的。但另一方面，有反对的声音认为改善外交只是理想，还是要以武力为后盾，这才是扩大国家利益的近路。田中义一正是反对币原外交的急先锋。

最让中国人感到屈辱的是，如今国家财政的根本——关税——掌握在外国手中。全国积极发起了"关税自主运动"。孙文之所以能得到国民压倒性的支持，正是因为他最坚定地主张关税自主权。币原对时代的潮流格外敏感，他认为必须承认中国的关税自主权，同时计划在一段时期内实施较低的国定汇率，保护日本的经济利益。

国民革命军以怒涛之势不断北伐时，在长江沿岸拥有大量权益的英国提出希望与日本共同出兵。币原外相拒绝了这一提议。他的外交哲学以协调与改善为根基，通过出兵维持自身权益的做法不符合他的外交哲学。

最反对币原外交的是军部和枢密院，站在反对最前列的正是田中义一。因此当主张积极外交的田中成为首相兼任外相后，日本的外交方针发生了一百八十度的转变。

"他们对北伐军向北推进没有采取任何措施！"这是田中对币原外交的批判。因此他选择了进攻山东，但是此次进攻在中国全境掀起了反日运动。

川端说："田中并不笨，他也知道日本就算出兵也无法阻止国民革命军向北推进。"

"那么出兵的目的是什么？"

"其中也有公约的原因吧。田中批评币原对北伐的推进坐视不理，因此要用行动表明他与币原不同。虽然不能阻止北伐，但是可以拖延北伐的脚步。从结果来看，北伐军进入北京确实稍晚了一些。张作霖被北伐军逼到了绝境，田中希望与他谈判，在‘满洲’问题上取得对日本有利的结果。那次出兵也是为了争取时间。你看，田中既然有这样的想法，他会杀掉张作霖吗？他将张作霖当成了谈判对象，希望确立在‘满洲’的特殊权益，为此再三计划。结果现在全都要推倒重来。”

“炸死张作霖是一部分人擅自行动吗？”

“没错。我希望你能明白，在日本的高层中，在如何对待中国的问题上也有各种不同的想法。从币原喜重郎到平沼骐一郎，不同人的想法差距很大，必须要关注最终决定的动向。”川端一口气将杯中的茶喝完了。

世航在川端说话间，逐渐抓住了他想说的重点。

川端对中国全境高涨的反日运动感到十分紧张。他想对世航说的是——中国人似乎盲目地认为日本是一个整体，所有人都想要侵略中国，实际上高层中也不乏赞成协调外交的权威人士。通过日本有识之士的努力，可以让日本冷静下来，放弃武力输出的观点，希望中国的抗日情绪也能冷却下来。为此，他将日本方面的实际情况告诉了世航。

川端定介与金顺记关系匪浅，多少能理解温世航的背景。但也许他高看了世航的影响力。

“必须给这种情绪泼一盆冷水。因此，将过去的事淡忘，把一切都说明白也很重要。第三次向山东出兵的导火索是当地传来的被夸大的情报。有电报说三百名日本人被杀，实际上被杀的只是十三个私售鸦片的日本恶棍。那些人在济南也是臭名昭著的坏蛋。那件事似乎是黑社会之间的纠纷，但济南一个叫酒井的武官故意虚报了人数。这样一来此事就涉及了日军的威信，以此为借口很容易派兵进攻。像这样故意煽风点火的人真是让人头疼。不过，同样是军人，身在济南的天津派遣军小泉中佐发电报揭露酒井武官的报告是错误的。日本最终增派了一个师团，如果没有小泉的电报，恐怕会派出三个师团吧……我们也在拼命灭火，希望中国也能冷静对待两国之间的关系。”川端说到这里，清了清嗓子。

世航意识到川端的话不过是刚刚开始。

5

世航打听到了很多最近日本的高层的机密，可以说百分百地完成了绍桓交给他的工作，但世航心中并没有满足感。

虽然川端大将年事已高，但世航能感受到他依然充满热情。这是世航第一次从超过六十五岁的老人身上感受到这样的气势。川端大将仿佛下定决心哪怕自己受伤也要给予对方更大的伤害。

世航带着复杂的心情离开了川端家。他既非意气消沉也称不上精神抖擞。他的心情起伏不定，刚刚感到激动，又瞬间消沉下去，然后又立刻变得高昂。但他相信自己能够控制心情的起伏。

“这就是青春的特权啊，你应该感到自豪。”世航仿佛听到耳旁传来的绍桓的声音。

这件事必须原原本本地告诉绍桓。从进入川端家开始，世航的脑中就不断浮现出他与绍桓之间的对话。所以此时才会想起绍桓的话。

事情简单总结起来是这样。

世航为收集情报来见了川端大将。川端大将慷慨地提供了情报，但要求世航以情报来交换。当然，川端给这项要求包上了一层美丽的外衣，他说：“激愤会带引发狂热，误解会带来憎恶。遗憾的是，在日本和中国之间存在着狂热和憎恶。我们不是应该共同为消除狂热和憎恶而努力吗？你还年轻，而我已经老了。如果有必要，让充满活力的年轻人来代替我也好。首先要做的是让激动之情平静下来，然后通过交换正确的情报来消除误解。怎么样？”

川端大将说这些话的时候带着微笑。不知道是不是世航的错觉，说话时川端大将的头仿佛也变得更加光亮。

世航有自己的想法：川端说不要狂热。但其他国家在自己国家的国土上拥有特殊的权益，怎么可能不让人激愤。为了打倒无视国民利益、不断混战的军阀，国民革命军继承了孙文的遗志而北上。川端说着希望国民冷静，但世航希望在此之前日本能停止侵略的行为。“如果受到这样的侮辱还不感到激愤，这样的国民是没有前途的。激愤会引发狂热，正因如此才有了抗日运动。这说明中国还没有绝望。”世航想起了四年前去广州的时候，他借住的羊城医院的医生黄简说过的话。

几年前，日本外务省的参事官重光来到广州会见孙文，说到“中国的反日运动不利于促进世界和平，双方都应该采取更有建设性的措施”时，孙文高声斥责：“只要日本不停止侵略中国，多说无益！”因为他的声音太大，夫人宋庆龄甚至担心地前来探看。重光这话就像是在狠狠打了别人的头之后，对他说发这么大火没有意义，不要生气。世航听到川端的话之后也有同样的感觉。

世航也同意要尽量消除误解。但是他想说的是激愤而狂热自有其原因，要想压下激愤的情绪，就应该停止造成激愤的侵略行为。孙文对重光说了什么呢？世航突然想起了当时的情景。他只听黄简说过孙文反驳重光的大致内容。黄简说孙文滔滔不绝地侃侃而谈了半个小时，一定引用了各种例子。世航不知道其中的内容，他希望能对川端大将说出同样的话。

但世航甚至没有提高声音，只是含糊地说了句“是啊”。因为面对重光的人是孙文才能说出那样一番话，在川端大将面前，世航完全没有胜算。但比起此事，世航也在心中考虑着能从自己与川端的关系中得到多大的利益。

川端大将说：“如果你愿意，我就让我在上海的代理人与你联系。”

世航想：这是绍桓交给他的工作，照理说他应该与绍桓商量。

“我要先回上海，之后还会再来，到那时我会给您答复，请等一等。”世航推迟了答复的时间。但他认为应该不会拒绝川端的建议。

川端已经给世航提供了很多情报。比如，他详细地说明了元老西园寺公望和枢密院的平沼骐一郎对立的背景和人脉。两人对中国采取的政策处于两极，这两个阵营微妙的动向对中国处理对日关系是十分重要的资料。川端说得很慷慨，这些情报的代价不是吴昌硕的书法能换来的。川端的语气中透露着寻求报酬的意思。

“好，好。我等着你的回答，电话联系也可以。”川端笑着说，恐怕他完全没想过自己的建议会被拒绝吧。

告辞之前，世航又看了一眼摊开在桌上的吴昌硕的书法。他在字里行间感受到了爱国人士屈原的倾诉。

屈原与楚国盛行的亲秦势力对抗，因此被流放。在现在中国人的心中，现代中国正是即将被秦国侵略势力压倒的楚国，而秦国就是日本。

“当今的爱国者会与亲日势力而战吗？自己是不是亲日势力中的一员呢？自己将中国的国家利益放在第一位，虽然了解日本，但并不打算无条件地亲日。但是自己与日本缘分深厚，也许人人都会把认为自己亲日——更极端地说，自己也许会被误解是将祖国卖给日本的人。”世航本来就担心会发生这样的事，因此刚川端大将要求他向自己提供中国的动向时，他的膝盖就开始颤抖。

世航也有希望得到的东西，川端可以提供他要的东西。作为交换，自己这方也必须有所付出。自己并非在做坏事，不，这是为了中国的利益。为了中国的利益，不该害怕无聊的误解，应该积极采取行动。走着走着，世航身体中积蓄了力量。

6

从东京回神户的路上，世航顺路去了两个地方。

首先，他去名古屋见了信子的双亲，告诉他们自己和信子近期会搬到上海。他们已经听信子说过了。

“虽然是上海，不过那里离日本并不远，也有不少日本人住在那里，请一定要来玩儿。”世航邀请二老。

“好啊，我正好想去江南转转。‘南朝四百八十寺’。”泷口弹山喃喃念出了杜牧诗中的一句。尽管弹山很熟悉汉诗中提到过的地方，但他从来没有亲眼见过。

“我的身体已经没事了。信子太担心，简直把我当成了重病号，而且也让你担心了。无论是上海、苏州还是南京，我最近都会去的，我很期待啊。”与之前见面时相比，弹山的脸色好了很多。

在名古屋住了一晚后，第二天，世航在京都下了火车。

为了采访御大典，世航从神户去了几趟京都，也在旅馆住过几天。那段时间绫子不在岚山，她还留在上海。世航在东京停留的一周里，绫子回到了京都。他在东京听同风会的干部田村永造说了此事后与绫子取得了联系。

奇怪的是，从京都站到岚山的车上，世航想到了在川端家发生的事，也许是因为那件事始终萦绕在脑海中。但他在名古屋拜访信子的双亲时并没有回想起这些。

“屈原真的是我们所认为的真正的爱国者吗？他难道不只是一位楚国宫廷中权力斗争的失败者吗？虽然楚国被秦国所灭，但当时人们的生活有什么变化吗？秦王比楚王更加暴虐吗？屈原并没有提到人民的处境。楚国人一定同样贫穷，屈原没能为贫穷的人民做任何事。”世航从吴昌硕的书法产生了漫无边际的联想。

关于屈原是不是真正的爱国者，世航曾经读过一篇基于左翼理论的随笔。世航当时认为将两千年前的社会与现代重叠是不可能的，因为社会的各种条件都不相同，因此他并没有太放在心上。但是在开往岚山的车上，他的脑海中浮现出了关于屈原的说法。

芳韵在属于她的世界里会不会说出这样的话呢？现在，世航有时依然会后悔，后悔当时没有坚持对她说：“一定有更适合你的地方，我会为你准备这样的地方。”

每次感到后悔时，世航都会陷入自我厌恶中。他将这个想法从脑海中拂去，告诉自己现在后悔已经没用了。

“我这一生都将成为她的俘虏，而她随时可以从我面前消失。”普陀山的那个夜晚，世航与芳韵分开之前曾有过这样的预感，之后便再也没有见过她。虽然他不知道芳韵现在身在何处，但就像他预感到的那样，她始终束缚着世航。

她在双烟馆说过的话不时会以不同的形式在世航的脑海中响起。

“你们之中没有人体会过会饿肚子的贫穷生活吧。我们并不知道真正的贫穷是什么样子，当然也包括我在内。”

世航记得当时有人在高谈社会主义之类抽象的术语，这些话是芳韵对此提出的批评。也许是因为他回想起了几年前芳韵的话，如今在火车上，世航脑中浮现出仿佛是幻听一样的话语，在说屈原的生活也与穷人无缘。

在双烟馆的沙龙中提起吴昌硕的书画时，曾经有人提到过画家的贫穷，应该也是芳韵。

吴昌硕出生在浙江安吉，父亲和祖父都是中过乡试的举人，因此吴家一定是当地的名门。吴昌硕说他出生时家道已经中落。他生于道光二十四年（一八四四年），在十几岁时经历了战乱，安吉县也曾被太平天国占领。但咸丰十年（一八六〇年），熊天喜指挥的清军为夺回安吉发起了进攻。吴昌硕当时为了躲避战乱，与父亲一起经历了五年的流浪生活。其中三年间，他没有吃过一顿饱饭。战事平息后，他和父亲回到了家乡，留在那里的母亲和年幼的弟弟妹妹，还有他的未婚妻都因为生病和饥饿而死。

大概是战争发生时形势紧迫，只希望有人能生存下来，才使得家人被迫分离。在那个时代，太平天国军军纪严格，官军才是烧杀抢掠的暴力集团。当时人们说的迎贼避官就是指如果贼（太平军）来了就要欢迎，官军来了就要逃开。

虽然生在士大夫阶级，吴昌硕却经历过濒临饿死的贫穷生活。吴昌硕曾说："捐除喜怒去芥蒂。"这是他著名的创作态度。去除喜怒哀乐，阻碍艺术表现的东西才会消失。因此情绪起伏少的人不能当艺术家，去除情绪的行为能带来强烈的爆发力。如果没有需要去除的情绪，就没有这种爆发力。战乱夺去了他的母亲、弟弟、妹妹和未婚妻，他对战争的愤恨一定深入骨髓。

世航推测着吴昌硕的心情，认为他应该只能靠吸食鸦片来平复自己吧。

世航让出租车停在了距离绫子住处很远的地方。他要将不能带进绫子的房间的想法在这五分钟的路程中打消掉。看到绫子家的围墙时，世航心跳加快。他做了几次深呼吸，然后走了进去。

7

绫子突然出现在上海的旅社中时，世航着实大吃一惊。想到她是太田孝二郎考察越州窑的赞助人，而且与她合作的太玄会会长到了上海，再加上为两人的合作牵线搭桥的杨景珠也来到了上海，绫子来上海就不那么让人吃惊了。

"进屋吗？"世航问。

"好。"她回答。

"不过房间里不太整洁。"世航插上钥匙之后说。

门一开，绫子就在世航之前走进了房间。

"这不是很整洁嘛。"她走进房间后说。

窗帘是米色的，房间不太昏暗。虽然摆设并不豪华，但确实很干净。因为喜欢这一点，世航才一直住在这里。

“你是来收购秘色瓷的吗？”

“是啊。”

两人紧紧拥抱在一起，在彼此耳边窃窃私语。

绫子在岚山的家里总是有几个追随者，但那天除了绫子以外空无一人。世航按响门铃后，是绫子亲自来开的门。

绫子带他走进了一间世航从来没有去过的房间。房间里有蓬松的红色蒲团，仿佛要燃烧起来一样。一扇银屏风立在房中。

“啊，这是……”世航看到了屏风上写的文字，字迹与在旅店“蕾”中，绫子写的“岁岁年年”一样。

绫子说：“这是我今天早上刚刚写的。”

世航点了点头：“是李贺的诗吧。”他看着诗，心中产生了异样的感觉。他刚刚将孟郊的《巫山高》送到了川端定介家里，如今在回程的路上，在岚山绫子的房间中邂逅了李贺的《巫山高》。

“你曾经说过喜欢李贺吧。我在上海的朵云轩买到了李贺的诗集，从里面选出了这首。我的理解不一定对，但就是喜欢。”

世航说：“这首诗很适合这房间。”与“蕾”中的“年年岁岁”相比，这幅《巫山高》的笔触更加流丽。整体结构平衡，但每一个字都奔放自如。笔锋圆润处透露出性感。

碧丛丛，高插天，大江翻澜神曳烟。

楚魂寻梦风飔然，晓风飞雨生苔钱。

瑶姬一去一千年，丁香筇竹啼老猿。

古祠近月蟾桂寒，椒花坠红湿云间。

“读给我听。”绫子说。

“好。”

世航想了想，必须翻译成符合绫子的语言。他说道："碧绿簇聚的巫山群峰高插云天，长江翻波浪，神女长裙拖带着云烟。楚王思念梦中的神女，凉风飕飕，天亮后只见风吹细雨，苔藓处处生。神女瑶姬一去千年，杳无踪影，丁香丛中筇竹林里不时传出老猿的啼声。古祠临近月宫，蟾蜍桂树，高险阴冷，山间的椒子儿坠落，把云朵染红。"

"楚魂就是你吧，而我是瑶姬，就像你刚才说的神女。"绫子说。

北京

1

国民政府定都南京，这一年北京改名为北平。

陆鸣泉说："他们对南方人的敌意很强，必须要小心。"

温世航与陆鸣泉面对面坐在北平东华门外古色古香的房屋中，这是一间很有北方风格的屋子。

采访过御大典后，世航下定决心将妻子带到了上海。他在公共租界中日本人多的地方租了一间房子。

刚过年，陆鸣泉就来看他了。"安顿下来了吗？"

"啊，算是安顿下来了。"

"你刚搬家就来找你实在不好意思，能和我一起去趟北平吗？"

世航的妻子信子在上海金顺记中负责日本事务的部门帮忙。因为两人没有孩子，闲在家里会很无聊。其实住在神户金顺记的时候她也有在那里工作。因为信子很擅长打算盘，所以帮了很大的忙。

世航对信子说过自己不知道什么时候就会有事要出门。

"没事的，有隔壁的夫人在。"信子回答。隔壁的日本人家在上海住了十五年，信子住过来之后很快与他们交上了朋友。

去北平之前，世航来到王赐福的小饭馆，告诉他自己要离开上海一段时间。去日本采访之前，他通知了羽节先生方永国。

既然是陆鸣泉的邀请，他当然不能拒绝。陆鸣泉很肯定地说高述就在北平，应该是找到了什么线索。

世航如今正在北平的住处，与陆鸣泉分别坐在桌子两边，桌子上放着他特地从上海带来的绍兴酒。

世航说：“为什么要定都南京？”他对此感到不解。最初以南京为首都的是三国时期的吴国，接下来是从北方逃亡到此的东晋，取而代之的刘宋以及南齐、梁、陈。虽然南京被称为六朝古都，但每个朝代都很短命。陈灭亡后，各朝首都都在北方，如长安、开封和北京。定都长安的唐朝和定都开封的宋朝都是中国寿命较长的朝代。明朝初年定都南京，但仅仅过了两代就迁都北京，在那里，政权维持了很长时间。顺治帝进入北京后，清朝维持了二百六十多年。

陆鸣泉笑着问：“你迷信吗？”

“不，不是迷信，是思想准备的问题。我觉得准备把南京作为全国中心不合适。”

“蒋介石最初考虑的是把南昌作为首都，那里比南京更靠南……”

“现在中国最大的问题是东北。东北距离国家的中心太远，也许最终会被日本夺走。我希望政府能设在距离东北更近的北平。”

“可孙文先生是广东人，蒋介石是浙江人啊，革命是由南方人发起的。”

“所以选择了南边的南京吗？”

“你说是思想准备，我觉得是思考方式的问题。”

“思考方式？”

陆鸣泉说：“对于那些认为国家的大方针和国家未来的发展要看海边城市的人来说，南京比北平的前景更好。北平的港口在天津，到了冬天就会结冰。将国家的未来寄托在海上的人一定会坚持选择扬子江三角洲。他们不会在意以南京为首都的政权都短命的魔咒的。”

世航点点头：“啊，是这样，确实如此。”

“与此相反，重视与俄罗斯之间的漫长国境线的人认为必须将国家的重点放在北方……必须加强北方的防守。带着这种想法的人一定不会同意将南京作为首都吧。世航，你是怎么想的？”从玻璃酒杯中喝了一口绍兴酒，陆鸣泉盯着世航的眼睛。

“嗯，很难啊，双方都有道理……”世航无法从两者中选择其一。

“很简单，设置两个首都就可以了。唐朝也有长安和洛阳两座都城，当时叫作西京和东都。武则天一直在洛阳处理天下的政事。中华民国有北平和南京两个首都也不坏。”

世航问：“陆先生把这个想法告诉过政府要员吗？”

陆鸣泉端着装着绍兴酒的杯子摇了摇头，说：“没有。因为我没有实力，我的话自然不被重视。我既没有钱也没有权势，所以我想要赚钱增加实力啊。哈哈哈……”他意味深长地笑了笑，轻轻抿了一口杯中的酒。他似乎想说在这几年中，自己追踪国家的财宝正是为了此事。

世航说：“但是如果大家都觉得这是个好主意的话就会接受了吧，可以利用报纸的力量。虽然北平和南京相距甚远，但如今已经有了飞机……”

从去年开始，飞行员张惠长驾驶“广州”号飞机成功进行了长距离飞行的事在中国引发了讨论。“广州”号从广州飞往汉口，然后又飞到北京、奉天，经过上海回到了广州。“广州”号在上海受到了市民前所未有的热烈欢迎。去年十月，日航在大阪和上海之间完成了试航，德国汉莎航空的飞机也成功在上海着陆。由中国飞行员完成的长途飞行增强了中国人的自尊心。“广州”号到达上海几天后，水上飞机“珠江”号从宁波出发，和“广州”号一起从上海飞向广州。

航空的时代就要来了。人人都深切地感受到这点。在这样的时代中，有两个首都也不会有什么不便。

陆鸣泉大声笑道：“总之需要实力，以及产生实力的金钱，我们集中精力赚钱吧。”

“好。”世航回答。

陆鸣泉再三叮嘱：“千万不要忘了北平人对南方的敌意。”

北平的首都之位被南京夺走，市内出现了大量失业者。原本在政府机构工作的人很多，现在都失去了工作。据说救济机构河北赈灾会将三千六百多名失业官员送去了南方。能在南方的政府机构重新工作的人还好，但因为各种原因无法离开北平的人一定更多，这些人中只有很少一部分能够找到其他的工作。

新政府想要一举采取新的政策，打算将北平的八所大学合并为北平大学。对此，北京大学的学生强烈反对。

北京大学以从清末的京师大学堂延续至今的传统为傲。他们的自尊心让他们不能接受学校去掉“京”字，被其他的大学合并。

国民政府任命的北平大学校长李煜瀛想要动用武力接收北京大学，却在去年十二月以失败告终。教育部警告了北京大学的学生，但这反而只起到了激怒学生的效果。

北京大学的问题在一九二九年以奇怪的方式得到解决。北京大学虽然被合并到北平大学中，但以“北平大学北大学院”的名称保持住了自己的传统。北大是北京大学的简称，那么北平大学的简称是什么呢？

陆鸣泉说：“北大变成了北大学院，真是荒唐。”

“他们想宣称自己和其他学生不同吧。”

“唉，确实是这样……闲话就聊到这里，现在来制订作战策略吧。”陆鸣泉将杯中的酒一饮而尽，坐直了身子，世航受他的影响也正了正身子。

2

虽然主要的政府机构都搬到了南京，但北平依然有无论如何也无法转移的机构，那就是故宫博物院。辛亥革命后制订了优待政策，废帝溥仪在过去清朝历代皇帝居住的紫禁城又住了大约十三年之久。一九二四年，溥仪被冯玉祥赶出了紫禁城。此后，紫禁城交由“办理清室善后委员会”管理，在第二年的双十节（十月十日）正式成立了故宫博物院。

溥仪因优待条件而住在紫禁城期间，下人们也被允许留下，大量宦官仍在宫中工作。据说他们中有一些心怀不轨的人偷出了大量文物。一九二三年的紫禁城大火必然是他们为了毁灭证据而放的。

故宫博物院成立至今已有四年。在此期间，文物被严格管控，但有传言说国民革命军北伐的成功可能会带来巨大的变化。

传言说国民党是革命家的集合，所以不会关心古代文物，要将文物卖掉。但最终传言并没有成真，故宫博物院依然存在。但出售文物的传言并非空穴来风，确实有人提出了出售文物的建议。

国民政府委员经亨颐提出应该废除故宫博物院，拍卖文物。其中一个理由是如今已经到了共和国的时代，故宫的名称并不妥当，因为故宫像故乡一样有着怀念过去的含义。他主张应该用废宫代替故宫的说法。第二个理由是故宫中的文物是皇帝用的，研究这些文物难道不是在为复活帝制做准备吗？除此之外他还提出了几项理由，但都很无聊，没有人放在心上。

“没有比权力中心存在激进派更棘手的事了。”陆鸣泉提到废除故宫博物院的问题时说。反体制中激进派的主张不会被接纳，但体制内激进派的主张却有可能通过。经亨颐提出博物院应该舍弃古代文物，但反对他的人提出以大英博物馆为首，全世界有代表性的博物馆中都收藏展示着古代文物。经亨颐无法反驳这样强大的证据。他提出共和国不能有故宫，而法兰西共和国帝制时代的卢浮宫如今作为美术馆被市民所喜爱。在这样的实例前，他的主张失去了说服力。

尽管他的建议很荒唐，但国民政府依然在会议上讨论了此事，在中央政治会议中做出了最终决定。经亨颐最有利的论据是国民政府的原则——没收并拍卖逆产（叛逆者的财产）。幸好文物管理委员会张继是国民党创立时的元老，在日本早稻田大学留学期间曾与下田歌子等人共同结社，是文化界的名人。张继提出故宫的文物并非逆产，而是明清两朝人民艺术活动的结晶，是属于全国人民的财产。如果拍卖，就只有一部分人才能欣赏，应该放在博物馆中供更多的国民参观。张继的论点有理有据，压制住了经亨颐激进的理论。

预备会议上曾经决定要进行拍卖，听到这个消息，古美术商和收藏家们都兴奋起来，他们都聚集到了北平。虽然最终没有进行拍卖，但美术界相关人士聚集的北平自然出现了文物的买卖。虽然故宫的文物不会被出售，但想要推销手中文物的人都聚集在了这里。

也许从故宫偷走文物的人想要利用这次机会处理掉手中的货物。这就是陆鸣泉来到北平的原因。

陆鸣泉说：“从那时到现在已经五年了。”那时指的是紫禁城的火灾。虽然有大量文物被盗，但国内外甚至没有出现关于这些文物的传言。也许他们是在等事情平息下来，但是要等到什么时候呢？

他们并非小蟊贼，不缺钱，不用将手中的文物一点点分开出售来挣钱度日。如果他们零星出售的话，一定会被陆鸣泉铺设的“天线”捕捉到。

“我最担心的就是他们身后有大金主在指挥。因为他会将偷到的东西全部据为己有，这样就不会流出。对我们来说就彻底失去了这些文物。”

陆鸣泉提出这种可能性后马上摇了摇头，说：“不会的，因为高述曾经接近过我一次。”

因为陆鸣泉是太玄会会长的哥哥，高述曾因为想要向太玄会推销文物而找到了陆鸣泉。世航当时恰巧也在。

也许当时他还需要钱，后来又找到了金主。如果是这样，这位金主就与偷出文物的事无关。偷窃集团和这位金主的关系应该并不是非常密切。

来到北平的第三天，陆鸣泉带着世航拜访了章逢家。

章逢是典型的风雅人士。他是古茶壶收藏家，同时也是新茶壶设计师。他的父亲也是著名的文物收藏家。

世航已经听陆鸣泉说过包括经常与章家来往的宦官吕安庭在内，有六个人身亡的事。这次章逢又讲了一遍，听他的语气，这六个人的死对他来说完全无关痛痒。

章逢说：“说是身亡，但几乎能确定是被杀。”

陆鸣泉曾说章逢提到吕安庭的死时眼睛湿润。章逢是有艺术气息的贵族，应该不喜欢沉浸在悲伤中。

“有传言说赫定带来了钱，聚集在北平的人中也有人想把文物卖给他。不过我想赫定是不会买的。他骨子里是个探险家，不懂文物。不过还是有人像煞有介事地宣扬欧洲的王室和财阀给他了大量金钱。”章逢将北平的消息告诉了两位客人。

3

斯文·赫定在今年一月十日从新疆经过西伯利亚铁路来到了北平。

一九二七年一月，斯文·赫定得到北洋政府的旅行许可，去了甘肃和新疆地区。在他精神饱满地准备出发时，发生了反对他的运动。

章逢说斯文·赫定骨子里喜欢探险。他为了探险而钻研地理学。一般人是在学习地理学后，为了研究而探险，而赫定的情况正相反。

“虽然他画素描的水平一流，但他并不懂得绘画的美。他并非因为喜欢而学习绘画，他是因为探险时必须画素描才去学习的。”章逢指出，这就是赫定对文物不感兴趣的原因。

赫定一心想要探险，所以在寻找赞助商，最后说服了德国汉莎航空公司。他说为了将来在中国开辟航路要调查地形和气象，航空公司便为他的探险提供了经费。得到了汉莎公司会提供赞助的保证后，赫定从柏林出发经过西伯利亚来北平申请旅行许可。

当时，张作霖是北洋政府的首脑。但是赫定到达北平之前，北伐军已经到了长江流域。国民政府决定迁都武汉时，赫定还在西伯利亚的火车上。

即使在军阀政权统治下的北京，知识分子间的民族主义情绪也十分高昂。大学教授、大学生和文化界人士发起了反对赫定探险的活动。

人们对此前外国探险家带走中国文物的事情记忆犹新。在中国文化界，斯坦因与伯希和拿走敦煌文物一事带来的冲击依然没有消散。

赫定已经年过六十，他与反对派的人谈判了两个月，最终同意与中国科学会共同组织探险队，由中国科学会管理。探险队的名称定为“西北中国科学考察团”，队长有两名，中方队长是徐炳昶，外方队长由赫定担任。

五月二十日，考察团终于从包头出发了。新疆的督办兼省长杨增新是一名优秀的政治家，基本以独裁者的姿态处理所有事务。杨增新友好地接待了考察团，但他见到张作霖的介绍信之后冷冷地说：“这个人只会为了自己的利益而行动。”杨增新明确表示优待考察团是他自己的决定，与自称大元帅的张作霖的介绍信无关。

虽说杨增新很友好，但他坚决拒绝了考察团在新疆上空飞行和在哈密地区设置气象观测点的要求。

赫定带来了四位飞行员，但因为禁止飞行，只得将他们送回德国。另外还要向赞助商汉莎航空公司汇报。因此赫定暂时离开新疆回到了欧洲。

赫定带着四位飞行员到达柏林是在去年六月二日。张作霖乘坐的火车于六月四日在奉天皇姑屯被炸毁。几天后传来了张作霖死亡的消息，而赫定的旅行许可是张作霖给的，不过赫定对此并没有太过担心，因为除了飞行和哈密的气象观测，新疆的实力派杨增新同意了考查队的全部要求。杨增新一定会履行约定好的事。如果杨增新想拒绝考察团，恐怕他连张作霖的许可证和介绍信都会无视。新疆的事情全部由他决定。

但是第二个月，赫定在斯德哥尔摩的报纸上看到了杨增新被暗杀的报道。因为这是中国边疆的政变，所以并没有像张作霖被暗杀时那样被大幅报道，但赫定受到了巨大的冲击。

赫定回到新疆，正如他所料，考察团的行动受到了巨大的制约。接任的省长金树仁无能，他吸食鸦片，人格又有缺陷。发起军事政变的组织者在事件发生后立刻被逮捕处死。政务厅长金树仁升为省长，他一心担忧着自己的统治区出现麻烦影响将来高升。只要他以战乱区为借口将全部地区定为禁止旅行的区域，考察团就无法旅行，也就不会出现麻烦了。

虽然赫定与中国队长徐炳昶和其他队员一起拼命解释学术考查的意义，但对方并不能理解。赫定得出结论，就算他在乌鲁木齐说再多也是徒劳无功，对牛弹琴只会浪费时间，直接说服中央政府的首脑会更快。

无论是张作霖还是蒋介石，杨增新可以无视所有中央的指令。因为他对自己的判断充满自信，所以不接受与他判断相悖的命令。但是金树仁并没有这样的实力。赫定想到这点，决定去南京陈情。

赫定此次来北平是为了去南京。他已经是国际知名人物了，所以到达北平后，他的祖国瑞典公使馆制定了欢迎宴会和演讲会的日程，他将在北平留到二月底。

赫定进入新疆后暂时回了一趟欧洲，是为了送四名飞行员回国，并且向汉莎航空公司汇报，但坊间传闻他是为了筹集资金。

“他背着一个大袋子走出火车站，里面装满了钱。”

“别胡说。外国给钱都是通过银行汇款的，现在哪有人还会用袋子装钱。”

“但之前不是还说出发的时候汽车因为车上的银圆太重而出了故障吗？”

“那是去新疆的时候，那里没办法汇款嘛。”

甚至有这样仿佛在说相声一样的说法。

去年，赫定从北平出发前往新疆时确实带上了好几个装满银圆的袋子。从住处去火车站的时候，汽车的弹簧被压断，没有赶上发车的时间。十一点五十出发的火车为了考察队等到十二点四十，他们这才终于赶上了火车。因为此事给其他乘客添了不少麻烦，所以消息很快就传开了。

张作霖政权已经是风中之烛，他的政权所发行的纸币迟早会变成废纸。因为不能带着这种没用的纸币，所以一定要准备通用的银圆。

“啊呀，这次一定也是因为某种原因而带来了金条和银圆。”有人煞有介事地说道。

因此传出了这样的消息。

赫定在新疆发现了惊人的财宝，他与杨增新谈判买下这些财宝，因为谈判成功，所以他回到柏林和斯德哥尔摩取钱。杨增新的条件是要金条和银圆。但是因为杨增新被杀，所以赫定要带着金银回到新疆与他的后继者谈判。因为金树仁拒绝，赫定没有办法，只得带着一袋金银来到北平打算买其他东西。

章逢说：“这怎么可能，反过来的话倒是能够理解。”

赫定与金树仁谈好了买卖，但杨增新以“不能把国宝卖到国外”的理由拒绝，这种情况倒是有可能发生。

“但是最近这里确实聚集了不少和书画古董以及古美术品相关的人，甚至让人有些不舒服。”章逢说。

赫定住在六国饭店。瑞典公使馆的员工安排了会面，来访的客人什么样的人都有。根据章逢得到的消息，甚至还有几个西洋的美术商。赫定自己热衷于探险，对美术没有兴趣，但他可以买下古文物。

章逢说：“也许是因为赫定知道文物的消息，知道出土了多少，都是些什么样的文物，美术商们想要了解情报才来见他。因为古美术品的行情与出土情况有关。”

陆鸣泉说：“因为欲望啊！”

章逢笑着说：“这是他们的生计啊，人人都要吃饭嘛。”

陆鸣泉调侃他：“毕竟在现代，像你这样不用为生计发愁的人才可以无欲无求啊。”

“为生计发愁？我担心的是故宫的修缮不能顺利进行。你知道吗？我现在的确不愁吃喝，和别人比起来我算是有些钱，可以靠利息生活。但是我决定捐钱修缮千疮百孔的故宫。我已经在为到时候该如何生活而苦恼了。”章逢端正的脸上露出了些许愁容。

“用不着你来捐钱修缮故宫，不是有更有钱的人吗？而且维护故宫本来就是国家的工作。”

“是啊，蒋主席夫妇会负责修缮，夫人宋美龄看到故宫荒废的样子很心痛，并且已经捐出了六万元。那些人送来了写着六万元的条子。我问过故宫的朋友，他们拿着条子姑且换到了四万元。张学良也送来了一万元的条子，但是现在一分钱都没拿到，也许总有一天会拿到的吧。”

“听起来不太靠得住啊。”

世航和陆鸣泉一起走出章逢家来到了王府井。这里和往常一样人山人海。

“啊，那是……”世航看到麦克米兰夫妇在前面，不由得叫出了声。

麦克米兰夫妇欣赏世航，提出希望由他担任收藏顾问，会给他固定的工资，但是世航拒绝了他们的提议。

“如果上林湖的越州窑考察能够成行，我一定陪你们去。”

他给麦克米兰夫妇留的地址是唐鼎权的住处。他就职的雷岳办公室离金顺记很近。只要人在上海，世航每隔一天就会去看看他。因为唐鼎权爱说话，所以被世航当成了最大的情报来源。去北平的前一天世航也去了唐鼎权那里，当时还没有任何消息。

麦克米兰夫人先看到了世航，她高高举起一只手打了招呼，然后对丈夫说了些什么。

世航腰上被轻轻戳了一下，他转头一看，陆鸣泉站到了离自己很远的地方。他似乎不想让麦克米兰看到自己和世航在一起，所以戳了世航一下来示意他。

世航当然已经对陆鸣泉多次提到过麦克米兰，汇报近况的时候不可能不提到麦克米兰。

“他可是著名的收藏家。”陆鸣泉只说过这一句，并没有提到过两人认识，所以世航自然认为两人并无交集。但陆鸣泉见到麦克米兰后匆匆离开，也许两人是认识的。

麦克米兰夫人问：“你怎么会在这里？”

因为她的声音很尖，说的又是英语，有好几个人停下脚步张望。

世航反问道：“有朋友邀请我来。你们二位呢？”

“我们后来去了香港。”麦克米兰说，“来北平也是有朋友相邀，而且我们想见见斯文·赫定，告诉他现在的情况，再看看戴维斯的收藏。哈哈哈，各种事情加在一起，来北平就像是命运的安排。”

麦克米兰将香港作为收藏活动的大本营。戴维斯是犹太裔德国人，是世界著名的瓷器收藏家，现在正在北平。

章逢刚才提到了捐款，戴维斯也参与了此事，他向故宫捐赠了一大笔钱，但是提出了条件。他要求中国给他特权，让他可以为了自己的研究随时拿到故宫收藏的瓷器。

世航在街上与麦克米兰夫妇聊了一会儿，夫妇俩和赫定一样住在六国饭店。世航与两人约好会在近期去拜访后告别。他四下张望，没有看到陆鸣泉的身影。他回到东华门外的住处，发现陆鸣泉已经先他一步回来了。世航问："你认识麦克米兰吗？"

陆鸣泉回答："见过几面，但算不上认识，他应该认不出我。"

"那你为什么要躲开？"

"虽然现在不认识，但以后可能会认识。其实麦克米兰和我妹妹走得很近，不过我不知道我妹妹对他是不是亲近。我觉得以后认识他的时候最好不要让他知道你和我的关系，所以才躲开了。麦克米兰和赫定有关系吗？"

"他是来告诉赫定形势的。"

"啊，是这样啊。他为安德鲁斯的事和南京政府谈判过，是想把当时的经验传授给赫定吧。哪些重要人物能理解学术调查的重要性，去南京之后要去拜访谁，他的指导对赫定来说应该很可靠。但是，只是这样而已吗？"

陆鸣泉表示怀疑。

世航问："麦克米兰和太玄会关系很深吗？"

"我不太干涉妹妹的事。比起问我，你问问美国的表姐会更有用。"

"啊，你是说景珠吗？"

说到美国的表姐，应该就是景珠了。

"负责太玄会国外事务的就是景珠小姐。"

"我听说她到上海了，不过还没有见过她。"

"她已经来北平了。"

"哦？来北平了？"

"日本同风会也有人来了。"

"啊？"去年岚山的红叶从世航脑海中一闪而过。

陆鸣泉说："来的好像是茶叶店的老板。"

"啊，是田村永造，他是同风会的干部。"

"刚才章逢不是说了吗？这里聚集了各路人马，简直让人感到不舒服。"陆鸣泉说着轻轻摇了摇头。

4

"沈阳去了不少人，就像全中国记者的大集合。"从沈阳来到北平的连绍桓说。陆鸣泉刚说过北平集合了各路人马，所以世航有些在意。

陆鸣泉说的各路人马都是冲着文物来的，可以说都是特定的人物。美术商、收藏家和与此相关的人们，以及对美术品有些兴趣，并且有购买力的宗教团体——太玄会、同风会等。

与此相比，正如连绍桓所说，集中在以沈阳为中心的东北地区的人都是记者。这里是指广义上的记者，不光是报纸杂志的记者，经济界、政界中的各大派系都向东北送去了有实力的观察者。

去年十二月中旬，绍桓就已经进入了沈阳。清朝政府进入北京前曾经将沈阳作为首都，这里有很多宫殿，如今也被称为"故宫"。因清朝设奉天府，所以这里又叫奉天，在张作霖统治时也多被称为奉天，到了张学良统治时期，因为国民党中有反封建思想的人不喜欢这样的称呼，便越来越多地使用沈阳这一旧名。

张作霖死后，"易帜"的矛盾在张学良的统治下浮出了表面。

帜就是旗帜，南北内战时期的中国使用两种旗帜。南方的国民党政权使用"青天白日满地红"旗，北方的军阀政权使用五色旗。张作霖是北方军阀首领，所以他的地盘自然使用了五色旗。

国民革命军进入北京后，北京自然换上了"青天白日满地红"旗。但进入北京已经是国民革命军的极限了。他们没有能力越过山海关，进军张作霖的大本营。就算国民革命军有余力，日本也不会允许这样的事情发生。日本迅速声明反对国民革命军越过山海关。

日本声称在"满洲"拥有特殊权益。日本不承认"满洲"和中国其他部分相同。

旗帜是标志。如果“满洲”的上空飘扬着青天白日满地红旗，就说明此处与中国其他地方相同。对于声称“满洲”与别处不同的日本来说，易帜是他们不希望看到的事，他们抓住每一个机会宣称反对的意见。

对中国来说，东三省是神圣的领土，自然无法接受将这里成为特殊地域，始终在批判日本反对易帜的行为是干涉内政。

张作霖为了获得日本的援助，摆出了承认日本特殊权益的姿态。但张学良是青年领袖，是民族主义者，他并不打算沿袭父亲的态度。但事实上他继承了父亲的地盘，而日本的势力已经深深渗透进了这片土地。尽管张学良宣布易帜，但他依然被夹在日本和国民政府之间左右为难。去年十月初，蒋介石向张学良发出密电，传达了希望他在双十节（十月十日）易帜的想法。

一九一一年十月十日，武昌起义，此后清朝被消灭，于是这一天被定为“双十节”，并且年年庆祝。如果能在十七年后的同一天完成祖国统一，让青天白日满地红旗飘荡在全国上空，将会是无比值得庆祝的事。但日本强烈反对易帜。虽然日本也渐渐传出了理解中国民族感情的声音，但是理所当然地将“满洲”当成战利品的势力更强。而且距离张学良父亲去世还没到四个月，东北的形势远远称不上稳定，于是张学良向国民政府申请延期易帜。但毕竟不能一直拖下去，易帜已经进入了倒计时阶段。

十二月中旬以后，东北易帜的日程基本已经确认。记者们为了见证这一历史瞬间纷纷涌入东北，连绍桓自然也是其中之一。

一九二八年十二月二十九日，张学良正式宣布实施易帜，发表通电宣布服从国民政府。国民政府接到电报后正式任命张学良为东北边防司令长官，张作相和万福林二人担任副司令官。

绍桓说：“二十七日，张作相从吉林前往沈阳，当时的会议决定在二十九日易帜。反对延长吉敦线的张作相举双手赞成，但是与日本勾结的杨宇霆一派提出反对，最终按照既定方针决定易帜。我在当天晚上就得到了消息，不过应该不只是我得到了消息。”

日本计划铺设“满蒙”铁路，但就连张作霖也反对扩大满铁附属地和租界，强迫中国接受此事的“满蒙”悬案至今尚未解决。

绍桓托世航去日本打探消息，分析形势，所以世航去见了川端大将。

川端大将明确地说："日本以大英帝国为模板，希望构建大日本帝国。说白了，占领'满蒙'是日本当前的目标。"

世航很在意当前这个说法，便反问道："当前的？"

川端说："你应该已经注意到了。我只跟你说，占领'满蒙'之后，日本的下一个目标就是北中国。没完没了的真是让人为难。"

因为世航生活在日本人中，所以能够感受到日本人普遍的心情。

"不是作为势力范围，而是要占领吗？"谨慎起见，世航追问了一句。

川端大将点点头回答："以占领为理想。"

"您说理想？"

"因为不能实现，所以叫作理想。我认为既然明知无法实现，就不应该动手去做。"

川端大将个人的意见是从"满蒙"撤军，将满铁完全作为中日合资的企业来经营。但这只是少数人的意见。

满铁——南满洲铁道株式会社是日俄战争后，日本接收俄罗斯东清铁路南部支线后建立的公司。俄罗斯曾想，像英国的东印度公司那样，将这条铁路当成殖民地经营的公司。日本接收后有着同样的目的。但是日俄战争后，日本国内的资金无法支持拓宽轨道等工程，公司建立初期，百分之九十的资金都依靠外债。正因为如此，日本政府担心经营被欧美的金融资本控制，制定了健全的法律让满铁成为实质由日本政府官营的公司。清朝的条件是公司必须由中日合资，但是，日本打破原有法律制定出的高墙对当时的清朝来说无法跨越，清朝一筹莫展。日本政府故意阻碍清朝获得股份。首次募股引发了不同寻常的热潮。虽说是政府经营，但是当时的日本有类似于信仰的思想，而且分红有保障，引发热潮是理所当然的。总共只有九万九千股，但最后一共接到了超过一亿股的申请。成功率不到千分之一，完全没有中国人参与的份儿。

后藤新平等人宣称占领"满蒙"的条件不能只有铁路，必须要有五十万日本移民。但是"满洲"政治形势不稳，移民非常危险。申请移民的人数真正开始增加是后来日本引发"满洲事变"，侵占"满洲"之后了。

"有人放出大话说已经制订了将'满洲'据为己有的日程——通过铁路经营、日本移民等手段达到一定程度的日本化，然后进行军事占领，但并不顺利。军事占领和移民的顺序反了啊。简直就是不让军队拿盾牌，直接冲进枪林弹雨中啊。”

虽然川端大将没有指名道姓，但世航明白放出大话的人正是后藤新平。

先不说顺序，摆在日本面前最重要的问题是延长铁路。这是日本的出发点，也就是说日本将解决“满蒙”问题作为制造占领的出发点。

为了解决“满洲”问题，日本给张作霖施加了压力，但张作霖也不好对付，事情没有按照计划进行。如果张作霖向日本让步就会失去民心，失去东北的地盘；如果强烈反抗日本，就有招致军事介入的危险。张作霖一直像在走钢丝一样平衡各方关系。

日本如果态度过于强硬也会招致民众的反感，因此希望能够谨慎行事。强硬派奉天总领事吉田茂曾逼迫奉天省主席解决悬案，但他傲慢的做法激怒了民众，反日运动突然高涨。因此芳泽公使、本庄繁武官等人向东京发电报表示反对吉田茂的谈判。在此阶段，满铁和关东军都反对吉田的做法。一九二七年十二月，日本政府最终下令让吉田茂回国。

绍桓说：“炸死张作霖的犯人似乎是关东军参谋河本大作，如果吉田在沈阳多留半年，恐怕就要出大事了，也许会引发战争。”

吉田茂担任奉天总领事时，与河本大作参谋的意见最为一致，不惜以武力来解决悬案。他任职时曾向上级报告过派出关东军和朝鲜军的重要性，并且经常就此事与河本交换意见。

“吉田茂想把一个世纪之前的英国当成模板，真让人头疼。他完全不相信民众的力量，是最不适合留在中国的外交官。”世航想起了川端大将的话，他说起此事时脸色凝重。

5

易帜对日本有什么影响？就算改换了旗帜，日本依然会将“满洲”当作特殊地域。但既然张学良向国民政府宣誓效忠，外交权就交到了南京手里，日本的谈判对象就与过去不同了。比起张作霖的奉系军阀政权，南京政权的民族主义倾向更严重。张学良决心易帜正是因为他与南京的民族主义倾向产生了共鸣。

国民政府的最大方针是废除不平等条约。日本在“满洲”的权益全部建立在不平等条约的基础上，与主张废除不平等条约的政府谈“满蒙”悬案将会比过去更加困难。

日本政府表明：帝国政府深感意外。

去年八月十日，张学良派刘哲向奉天总领事林久治郎传达易帜将延期三个月的消息。因此，奉天和日本之间的紧张形势稍有缓解。从那天算起，十一月十日应是易帜的最终期限。

绍桓说：“以林久治郎为首，沈阳的日本当局都不会感到意外，因为易帜比约定好的日期又延长了近两个月。我在十二月中旬到沈阳时，感觉他们都明白易帜已经是既成事实。日本应该已经想好了易帜后的好几步对策。说一句深感意外只是表明态度而已。”

世航问：“对策？哥哥已经查清他们的对策了吗？”

陆鸣泉也在。对于这件事，他并不像世航那么感兴趣，不过眼中不时闪烁着光芒。听到世航的问题时，雷芽山人眼中也闪着光芒。

“这次采访比起沈阳的日本当局，日本记者反而是更好的情报来源。而且我这次遇到了一位难得的人物。”

“难得的人物？”

“堀川进吾，堀川先生。”

“啊，这真是难得，他身体还好吗？”

绍桓说：“可以说精神矍铄。”

堀川进吾是一位退休的老记者。关东地震后，他是绍桓调查王希天事件的主要情报源。世航经绍桓介绍后与他相识，受教匪浅。堀川进吾的娃娃脸上总是带着笑容，温厚而有光泽。当时他已经年过六十，如今应该已经有六十七八岁了。追根究底，世航还是从堀川进吾口中听说了泷口信子的存在，可以说他是世航和信子真正的媒人。

为了采访御大典去东京的时候，世航拜访了川端大将后差一点儿就去了堀川家。虽然已经退休，但大地震的时候堀川也掌握着丰富的情报，世航心想如今应该也是如此。但是考虑到堀川年事已高，世航心中多少有所顾忌。而且他当时忙着搬家去上海，便改变了主意，打算之后有机会再去拜访。

根据绍桓的说法，堀川进吾对儿子完治说死前一定要再去一次“满洲”。日俄战争时，堀川进吾作为随军记者曾经去过奉天和旅顺，这次有了再次来到“满洲”的机会。堀川进吾的侄女（弟弟的女儿）与满铁的员工结婚后住在大连，听说伯父的愿望后便邀请他来大连玩儿。

只去大连和旅顺还不够，堀川进吾又来到了奉天。从日本出发后，小女儿辽子一直陪在他身边。辽子是在堀川进吾四十五岁后出生的。日俄战争前，堀川的前妻去世，离开军队后，堀川与现在的夫人结婚。所以完治和辽子是同父异母的兄妹。

绍桓穿梭在日本记者中收集信息时听说堀川进吾来到了奉天，赶忙去见他。

绍桓说：“我调查王希天的事情时，辽子还是大学生，现在已经出落成漂亮的大姑娘了。我一边惊讶，一边觉得自己老了啊。”

绍桓还是单身，他自己说是因为太热衷于工作，没有时间考虑结婚的事。难道说……

之前的绍桓绝对不会提到与工作无关的女性。

“虽然年事已高，但堀川先生的感觉依然很敏锐，应该说正因为他年龄大，所以才积累了很多经验吧。现在他依然拥有充足的情报来源。”绍桓说着，将堀川进吾对时局的分析告诉了两人。

日本对易帜采取的对策是动摇奉天政权。

张学良与世航一样出生于一八九八年，满打满算刚刚三十岁，资历尚浅。亡父的幕僚们一个个都不是好对付的人物。他们也会想要报复调整奉天政权的当权者——坚决易帜的张学良。另外，杨宇霆和常荫槐这样的当权者将日本铺设铁路看作了扩大自身势力的机会。他们一定不会反对日本解决“满蒙”悬案。特别是杨宇霆，他毕业于日本陆军士官学校，所以在日本看来是容易拉拢的对象。据说张作霖的顾问松井七夫少将等人想要拥立杨宇霆，在东北树立亲日政权。

一九二九年元旦，国民政府主席蒋介石发表《告国民书》，表示希望在三年内以和平的方式废除不平等条约。

从腊月二十九日开始，“青天白日满地红”旗在沈阳上空飘扬。二十九日只有官厅和学校挂出了旗帜，到了元旦，全城都挂满了青天白日旗。中国过的是农历新年，所以元旦只是普通的休息日。但这一年的沈阳元旦如果只看旗帜，完全是过年的气氛。

绍桓说："其实从二十九日开始，在青天白日旗中已经掺杂着红旗了。没想到共产党的势力在这里也很强啊。"

虽然日本看到这幅景象很不是滋味，但他们应该已经有了下一步计划，做好了万全的准备在静观局势。

6

连绍桓在沈阳时认为暂时应该不会有引人注目的事情发生，便打算回上海。他本来打算于八日出发前往北平，结果耽搁了四天之久。绍桓解释了原因："我真的很久没见堀川先生了。"

世航眼前浮现出堀川的女儿辽子的身影。世航去堀川家拜访过很多次，对当时为自己端上茶水的大学生堀川小姐还有着模糊的印象。虽说眼前浮现出了辽子的身影，但轮廓并不清晰。

多亏留在沈阳的时间延长了，绍桓遇到了意想不到的大事。张学良处决了亡父的重臣杨宇霆和常荫槐。

事情发生在一月十一日，阴历十二月一日，周六。常荫槐是黑龙江省省长，前一天，他接到紧急电报要他赶往沈阳。因为重要会议总是通过紧急电报召集人员，所以常荫槐完全没有起疑心，如常来到了沈阳。

杨宇霆是总参议兼奉天兵工厂督办，人们都称他为督办。因为他垄断了东北的武器弹药，可以说是权力最大的人。张学良执政的地方是大元帅府，简称帅府。被传唤到帅府的杨宇霆和常荫槐当场被武装士兵逮捕枪杀。

事出突然。张学良此前一直被称为"少帅"。与狡诈强硬、马贼出身的父亲张作霖相比，张学良在其他人眼里自然不太可靠。但这次事件后，对张学良的评价骤变。张学良性格果敢。东北的政治家、军人和官员们胆战心惊。而年轻人纷纷开始崇拜少帅。

杨宇霆和常荫槐始终采取向日本让步的态度。咬牙切齿地痛恨日本压迫的广大年轻人也憎恨着杨常二人。

常荫槐的职位全都是接替杨宇霆的位置。东北交通委员会委员长，中东路督办，黑龙江省省长——这些职位全都是杨宇霆曾经的职位。没人会怀疑两人之间关系紧密。

“日本对此也不禁哑然。因为事出突然，无论有什么对策，无论想到了未来的几步棋，他们恐怕做梦都没有想到张学良会来这么一手。日本方面应该像被毒气麻痹了一样，短时间之内不知该如何是好了。堀川先生也说了，日本正在重新制订应对张学良的对策。”

事情发生后已经过了很久，但连绍桓在北平说到此事时依然抑制不住兴奋的心情。

世航说：“关于这件事，北平有不少传言。”他想一一确定传言的真伪。不过绍桓知道的是不是确切的事实依然值得怀疑。

三年前，郭松龄与杨宇霆对立，兵谏失败后被杀。郭松龄是张学良的监护人，有人认为张学良因为自己信任的郭松龄被杀，所以将怨气发泄在了杨宇霆身上。

奉军中有两大派系，一派以毕业于日本陆士的杨宇霆为中心，另一派以曾就职于东北陆军讲武堂的郭松龄为中心。张学良就毕业于东北陆军讲武堂。

有说法认为他属于后者。

但还有另一种说法——张学良的夫人于凤至对他说：“虽然你觉得自己是东北的主人，但真正的主人其实是杨宇霆吧。”张学良听后感到激愤，因此做出了此事。

一月三日是杨宇霆父亲的寿辰。张学良夫妇去杨宇霆的督办公馆祝寿时主人不在。张学良夫妇走进客厅后，在客厅等待的人们都没有理睬，喝茶的喝茶、打牌的打牌。张学良也加入一群人中打起了扑克。不久，杨宇霆快步走了进来。客厅中的人们都丢下了手中的扑克和茶杯立正站好。因为两人走进客厅时并没有人起身，所以张学良夫人才生气地说出了“东北真正的主人”这样的话。

“此事虽然有趣，但是有些可疑啊。”连绍桓怀疑地说，“总之，张学良想要按照自己的想法来做事。只要他肃清可能会成为掣肘的亡父的旧臣来示威，反对者就不会轻易出头了。看来他干劲十足啊。”

世航问：“杨宇霆反对易帜吗？”

“现在的形势下无法提出反对，不过他似乎声称为时尚早。张学良是在与日本谈判的过程中产生了怀疑吧。”

“处死杨宇霆后，公布的罪状中有反对易帜和滥用公款的罪名。”

“不管怎么说，东北发起抗日运动后，就响起了打倒杨宇霆的声音。

世航说：“中国和日本的关系越来越难处理了啊。”

“是啊，堀川先生也在担心。他说张学良想要得到四亿人民的喝彩，而强硬派的吉田茂现在在外务省。平沼那样异想天开的日本主义者一旦和吉田那种大英帝国模仿主义合体就糟糕了。”

“啊呀，会变成什么样子呢？川端大将希望西园寺公再大胆一些。”

“你也会担心吧。”

连绍桓的话不可思议地重重压在了世航心上。

没等世航回答，绍桓接着说：“我也很担心啊。”

因为你妻子是日本人……世航从绍桓的话中听出了这层意思。而且，也许绍桓也想要娶日本女子为妻吧。

世航问：“我也想见见堀川先生，他不打算来北平吗？”

“毕竟他年纪大了，好像打算从大连做班轮回神户。”绍桓嘴上说着，心里似乎想到了其他事。

杏花村

1

陆鸣泉的朋友章逢带温世航来到了鼓楼一带，说要带他喝美味的绍兴酒。陆鸣泉也与两人同行。紫禁城以北的鼓楼是元朝的建筑，附近曾住着很多宦官。其中一块地方开着很多家小酒馆，章逢带他们来到其中一家，门口挂着“杏花村”的招牌。

章逢是这里的常客，马上有人恭敬地将他们带到了包间中。

章逢说：“这里虽然只是普通的南酒店，不过有特级的老酒，平时不会摆在店里的货架上。”这种酒似乎只会提供给他这样特殊的老主顾。

鼓楼附近的酒馆分南酒店、京酒店和药酒店三种。南酒店就是卖南方酒，也就是绍兴酒的店，下酒菜也都是南方风味。

世航他们的桌子上摆着浙江金华火腿。

京酒店卖的是北方酒精度很高的烧酒，下酒菜都是盐栗、核桃和蜜枣这些北方口味的吃食。药酒店卖的是泡了药材的酒，不提供下酒菜。

世航说：“章先生也会来这种地方啊？”

章逢是陆鸣泉在英国留学时认识的朋友，是典型的绅士。他身上完全没有装腔作势的感觉，而是有着与生俱来的优雅气质。也许他来这种平民聚集的地方是为了中和自己身上的气质吧。

陆鸣泉看着章逢，边点头边说：“棉衣这东西就是方便啊。”

章逢问：“有什么方便的？”

人的气质会从全身体现出来，不过一旦穿上了厚重的棉衣，这种气质就会被掩盖。章逢本身并不适合出现在小酒馆这种地方，多亏穿着棉衣，至少能融入店里的气氛。世航很能理解陆鸣泉话中的意思。

章逢一定也明白。陆鸣泉没有回答他的问题，不过他并没有表现出不满的样子。只是摇了摇头，似乎在说“真是受不了你”。

包间在二楼，墙上挂着一幅卷轴，上面是杜牧的诗，写的正是店名的出处。

借问酒家何处有？

牧童遥指杏花村。

进入二月以后，北平愈发寒气逼人。房间里烧着火炕，窗玻璃上被饭菜和火锅的热气蒙上了一层白雾。章逢用手指在窗户上的白雾中擦出了一个小小的圆形。但立刻被水滴覆盖住了。

高述的住处已经被发现了。这间杏花村二层房间的窗户朝南，对面是一条胡同的入口，高述就住在该胡同的一所房子中。胡同的尽头是一所大宅子后院的石头围墙，没办法穿出胡同。两边排列着八间四合院式的房子，高述就住在右边最靠里的一间。说是住处，准确地说应该是据点，有各色人等进进出出。陆鸣泉没有问章逢是怎么找到这里的，世航也不打算问。章逢身上笼罩着一股杂事勿扰的清净气息。

章逢说：“那里有各色人等出入，都是有意思的人……”

陆鸣泉说：“白天坐在这里可以一览无余，你一直派人在监视吧？总不会是你亲自监视。”

“这一排店铺的二楼都能看到胡同的入口，里面也有一些我常去的店。”章逢笑了笑，并没有正面回答陆鸣泉的问题。

“有我认识的人吗？”陆鸣泉疑惑地问。

“你的朋友我并不是全都认识，不过据我所知没有你认识的人，倒是有世航的朋友。”

“我的朋友？”

“应该是你的朋友。他在做雷岳的秘书……”

“啊，唐鼎权……”

“对对，好像是去日本留过学的年轻人，确实是姓唐。”

“雷岳啊……他可是被人叫作‘怪物’的人。”陆鸣泉抬手摸了摸脸颊。

章逢说：“那位唐先生好像在找世航，他听说你到北平来了。”

“是吗？”

“虽然我知道唐先生的住处，但是你最好不要主动去见他。”

“好，我知道了。”

“他来找你的话就另当别论了。”

世航点了点头。很奇怪，他并不想问章逢理由。也许是因为章逢身上散发着值得信任的气息。

世航离开上海的前一天见过唐鼎权，他告诉唐鼎权自己要去北平，但并没有告诉他到哪里可以找到自己。世航在见到陆鸣泉之前自己也不知道要住在哪里。如果雷岳派唐鼎权来北平出差，唐鼎权当然会来找世航。唐鼎权出发前应该去上海金顺记打听过世航的住处，但金顺记也不知道。章逢知道唐鼎权在找世航，这说明唐鼎权现在的工作伙伴里有人在向章逢传递情报。

世航一直认为章逢是随性生活的人，现在这个印象一下子崩塌了。世航不经意间回头一看，刚才在窗户上擦出的圆形已经完全失去了踪影。

章逢问：“对了，唐先生和创造社有联系吗？”

“不，应该没有。我想如果有的话他会告诉我。”

“是吗，不过我觉得他身上的气质和创造社的氛围很像。”章逢微微耸了耸肩。

创造社是在日本留学的大高年轻人办的文学社。大高，是从日本旧制高中进入各个帝大的学生对自己的称呼。虽然都是日本留学生，不过他们属于精英阶级。同舟会中只有唐鼎权和世航两人可以称得上大高。创造社的核心成员是郭沫若、郁达夫和成仿吾等人，成立于地震发生的两年前，这些核心成员在留学生中算是同舟会成员的老前辈。

“气质吗……”

章逢一说，世航立刻深以为然地点了点头。

中国最早的文学社是一九二〇年在北京成立的“文学研究会”。创始人是茅盾、周作人、叶绍钧、郑振铎等人，除了认真讨论文学，并没有统一的文学主张。不过，因为茅盾等核心人物的作品大多重视现实，不知从什么时候开始被称为“人生派”。

仿佛是要与文学研究会对立一般，以浪漫主义为基调的作家们建立了创造社，被称为“艺术派”。他们年轻气盛，受十月革命的影响，思想“左倾”，北伐开始后不少人弃笔从军。他们希望建立左翼政权，因为武汉政府倒台而受挫。之后以上海为舞台倡导革命文学论。

他们仗着年轻从艺术派绕了个大圈转变为革命派，这和唐鼎权有些轻浮的英雄式浪漫主义一脉相承。唐鼎权没有参加创造社只是因为他和郭沫若等人的年龄差了几岁。离开上海时，唐鼎权已经得到了雷岳秘书这个吸引人的职位，也不能和他们来往。

“那些人没什么社会经验。”

在上海的时候，世航曾听到唐鼎权批判创造社，心中感到惊讶。

章逢说：“创造社如今风雨飘摇啊！”

昨天的报纸刚刚登出了国民政府命令上海创造社解散的新闻。因为与红军的战斗日渐激烈，可以想见国民政府对左翼的镇压会日渐增强。

“明明都是相差无几的人，却选择了不同的道路啊。”一直沉默不语的陆鸣泉嘟囔了一句。

2

章逢笑着说：“十个人十个样，啊，如果有一百个人也会各不相同啊。如果有内心完全相同的两个人，那一定是妖怪。”

虽然同样是创造社的成员，但郁达夫和郭沫若合不来，转而与鲁迅来往。听说郭沫若加入北伐军后流亡日本，也有传言说成仿吾去了欧洲。

就算是一家人，面对风雨时反应也各不相同。

“唐鼎权啊……”世航想到了那个浪漫主义者。他也许差一点儿就加入了创造社。他是写文章的高手，可以写出引发热议的作品。如果他受创造社的氛围影响参加了实际活动，也许此时已经受到镇压开始了逃亡生活吧。

但是，现在的唐鼎权是被称为“怪物”的雷岳的秘书，工作得很愉快。雷岳是幕后人物，为站在台面上的人处理他们无法做到的工作，这也给世航提供了宝贵的情报。

“不要告诉绍桓啊。”每次说到内幕消息时，唐鼎权都会这样嘱咐世航。如果这些见不得光的事被《中华时事报》曝光就麻烦了。

“我不会告诉他的，你放心。”世航说。虽然不会告诉绍桓，但他会把这些内幕告诉了王赐福和方永国。只要世航让他们不要公开，他们一定也会遵守约定。

世航心神恍惚地看着墙上挂着的卷轴。他想着唐鼎权的事，似乎是酒劲上来了，精神开始变得恍惚。但是，当他看到杜牧这首诗末尾的署名时，不由自主地屏住了呼吸。

丁卯春 申江 羽节

因为字体不易认清，他一开始并没有注意，看清后才发现是方永国的号。羽节一看就是雅号，或许也有其他人也叫这个名字。不过方永国是书法家。先不论有没有名气，有几家上海的商店都托他写过招牌。署名中的申江是上海的别名，所以这个羽节很可能就是方永国。

“这幅字还过得去，笔迹粗糙的地方反而很有趣。”章逢说。他见世航看着那幅卷轴，便有心简短地评价了几句。

“嗯，我记得在上海的店铺招牌上看到过这个人的字。”

“啊，是吗？原来如此，因为他是上海的书法家吧，上面写了申江。哈哈哈，因为这里是南酒店嘛。”章逢微笑地说，似乎并不认识这位名叫羽节的书法家。除了知道章逢是常客以外，世航对他与这家店的关系一无所知。

因为北平在很长一段时间里都是中国的首都，聚集了来自全国各地的人，所以这里有为各地人提供家乡味道的饭店。南酒店主要是出生在上海周边的人们的聚集地，经营者一定也是上海人，店里挂着上海书法家羽节——方永国先生的字自然不足为奇。

章逢说：“已经能看到一些迹象了，还要再辛苦一下。目前虽然还没有抓住他的把柄，但是已经有线索了。”

陆鸣泉附和道："你是说雷岳啊……感觉该出现的人物终于出现了。"

"说到抓住把柄的方法，"章逢看着世航说，"可以拜托世航从唐鼎权那里入手吧。因为你们是知心好友，也许他会放心地向你透露些消息。为了让对方放心，你不能主动联系他，必须等唐鼎权来找你，可以吗？"

世航回答："好，我等着。"

"为了不白等，要做些准备。"章逢说着用手指弹了弹桌子。

如果唐鼎权找来找去也没找到世航，工作结束后回了上海就麻烦了。

世航说："我责任重大啊。"

寻找从故宫偷出的财宝行踪的任务落在了世航肩上。但世航明白，章逢和陆鸣泉并没有将他们知道的所有消息都告诉自己，他们应该比世航知道的更多。

"高述在北平现身了。"

陆鸣泉用这个消息将世航约到了北平。就世航所知，陆鸣泉一直在上海，所以找到高述的应该是在北平的某个人，可能正是章逢。两人在英国留学时结下的友谊也许比世航原先认为的更加深厚。

世航暗暗下定了决心：我暂时先当一枚棋子任人摆布吧。他当然并不甘心始终做一枚棋子，他如今对此事的积极态度甚至让自己都觉得惊讶。他交替地看着陆鸣泉和章逢的脸。两人都超过了五十五岁，就要步入老年。陆鸣泉的脸上有些阴沉，而章逢并非如此。不过章逢也不是面无表情。

经常出入章逢家中，被当成亲人对待的宦官吕安庭被不知名的凶手杀害了。陆鸣泉说章逢提到此事时曾经流下了泪水。但世航前几天对章逢提到宦官的神秘死亡事件时，章逢并没有流露出过多的感情。也许是因为已经过去了很久，又或者这是贵族们表面的冷淡、伪装的冷淡。

陆鸣泉转换了话题："楼下的客人有几个好像是宦官。"

从清朝开始，因为这一带就在紫禁城旁边，所以有很多宦官的私宅，因此杏花村的客人中有宦官也不足为奇。去势后的男性不会长胡子，身材臃肿。年长的北京人见过很多宦官，一眼就能看出来。

章逢说："有很多宦官嗜酒，因为他们被剥夺了一项巨大的乐趣啊。"

他表情平和，面带笑意。世航突然觉得这个人也许曾经近距离感受过宦官的悲哀，因为他的话中饱含着明显的同情。

3

“没想到他是真心想要为吕安庭报仇。他对此事充满了热情，除了收集茶壶，我从来没见过他这么热心。”和章逢告别后，陆鸣泉对世航说。世航刚刚认识章逢，不知道他平时是什么样子，不过他也很在意这位绅士。

也许是章逢动了手脚，在杏花村吃过晚饭的两天后，唐鼎权就来到了世航在东华门外的住处。

唐鼎权说：“啊呀，我找了你好久，甚至还去了天津。”

“天津？”

“是啊，我去了金顺记。”

“啊，这样啊。”

金顺记在各地都有分店和办事处，因为几年前的打击而关掉了很多家店铺。据说当时曾讨论过在大连和天津只留下一家分店，最后选择了天津。总部认为虽然大连也是重要的据点，不过那里有稳定的客户，就算关闭分店，对业绩也没有太大的影响。

世航这次来北平是被陆鸣泉叫来的，和金顺记的工作完全没有关系。所以他到了北平以后也没有联系天津金顺记。如果他联系了金顺记，就会有人邀请他到天津吃饭，或者有天津的人来北平请他吃饭吧。

天津金顺记的人应该不知道世航来了北平，更不会知道他住在哪里。但唐鼎权却说是天津金顺记的人告诉了他世航的住处。也许是章逢在其中做了些手脚。

“温世航现在住在东华门外的一家旅馆。他是因为别的事来的，所以没有去天津金顺记，如果要找他可以来下面这个地址。”

恐怕是陆鸣泉将写着世航住址的字条给了天津金顺记吧。陆鸣泉曾经住在香港金顺记，应该很了解店里的规矩。

“你是来做什么的？”世航漫不经心地问。陆鸣泉和章逢告诉世航见唐鼎权的时候要尽量采取被动的态度，让对方主动透露消息。世航要避免打探消息时显得不自然，不过不问他为什么北上反而会显得不自然。

唐鼎权说："当然是来出差的。我都没机会向你夫人问你的住处。来北平之后我有好几次想给上海发电报，不过觉得这样太小题大做了，然后我就想到了天津金顺记。刚开始的时候天津那边也说不知道你在哪儿。过了几天，他们好像终于查到了你的住址。我让他们费心了啊。"

"我是来调查资料的，另外还有特别想看的古美术品。"世航将离开上海前一天对唐鼎权说的话又说了一遍。

唐鼎权说："嗯，古美术品是你的专业嘛。其实我来北平也和古美术品有关，所以无论如何都想找到你。"

"哦？虽说是我的专业，但我也不是特别了解，不知道能不能帮上你。"世航边说边觉得这件事有戏。

"其实我也很苦恼。"

"哦？你也会苦恼？"世航不由得笑了出来。世航了解唐鼎权的性格，苦恼这种情绪与他格格不入。

"我觉得这件事最好能和你谈谈。因为你熟悉古美术品，所以我才拼命找你。"唐鼎权似乎觉得嗓子有些干，轻咳了两声。

"是吗？然后呢？"世航刚想开口问，想到了章逄的话，决定尽量采取被动的态度。虽然他觉得事到如今已经不用顾忌了，不过还是谨慎起见敷衍了一句。

"这次出差当然是老师的命令，不过委托老师办事的一定是个外国人。"

"你说委托，是什么委托？"

"就是我说的古美术品啊，"唐鼎权有些焦躁不安，"有外国人要买珍贵的中国文物，而且要带到外国去。"

"你的老师还在做中间商吗？"世航问。唐鼎权口中的老师自然就是被很多人称为怪物的雷岳。

"应该是。这批古美术品相当多，差不多够建一两座美术馆了。"

"哦？那这批文物现在存放在哪里？"

"文物的所在地是秘密，知道这个秘密的人联系了老师，说想要卖掉一部分。"

"只卖一部分吗？"

"全部都卖掉太多了，全世界也找不到能拿出那么多钱的人。啊，这话是老师说的。就算只卖一部分，国内的有钱人也买不起吧。”

“是吗？我们国家虽然穷，但也有几个腰缠万贯的有钱人吧。”

“是有大地主，但是没人有卖掉土地来买文物的魄力。而且有钱人里没几个对古美术品感兴趣的。啊，金顺记算一个吧。”唐鼎权最后又加了一句奉承话。

“现在的金顺记已经没有这个气势了，好东西可能会买上五六件，不过你说的人想出手一大批吧？”

“是啊，他们希望尽量打包出售。所以买家应该是外国人。”

“就是说你的老师在外国人里也很吃得开，有人来找了他吧？”

“嗯，是啊。”

“来找他的是什么样的人？”在这种气氛下，世航觉得表现出这种程度的积极性反而比较自然。

“老师的秘书不止我一个人。就像我经常跟你说的，给政治家和军人写的制式文件由我负责。老师跟我说虽然都是制式文件，但是不知道内情的话就写不好。这方面的消息就算是机密，老师也会向我透露。但是古美术品的事不由我负责。在哪里由谁联系，以及怎么联系，我完全不知道。因为老师不光在办公室工作，在家里也会工作。”

“他真是热心工作啊。”

“我觉得他并不是在享受工作。”

“明明不是你负责的事，为什么派你来北平呢？”

“是啊。我知道老师还有一个会说英语的秘书，是一名女性。对了，你不是也见过吗？我想应该是她负责沟通的，但实际开始推进工作的时候她就做不了了。”

“是她啊。”

雷岳的办公室在离金顺记不远的大楼里。大楼的三层和四层是雷岳的办公室，唐鼎权在三楼的房间。四楼也有几名员工，其中只有一名女性。

“她会说英语。”有一次那位女性来三楼取文件，等她回到四楼后唐鼎权对世航说。她三十岁左右，身材苗条，看起来弱不禁风。

“太瘦了啊。”世航记得自己曾这样评价过她。她的体力应该没法支撑她来北平处理古美术品的交易吧。

4

唐鼎权说："老师让我来北平见一个人。剩下的事都要在见到他之后再说。"

世航被陆鸣泉叫来了北平，陆鸣泉有一个朋友叫章逢，按理来说世航与他们是一伙的。他们想利用世航从唐鼎权这里获取情报。但是从世航个人的立场来说，唐鼎权是他的老朋友，看在同舟会的友谊上，他应该站在唐鼎权这方为他出一份力。

"这个人是谁？"

世航问过后，唐鼎权一时没有回答。世航下定了决心。

"难道说……"世航深吸了一口气，"是名叫高述的宦官吗？"

"嗯？"唐鼎权睁大了眼睛，好像在看什么稀罕东西一样盯着世航。

"鼎权，我们曾经是好朋友。不，现在也是。"

唐鼎权依然睁大眼睛。

"我不想瞒你。其实，我要做的事似乎与你的工作有关。"

"是吗……我听说了工作内容后也条件反射般地想到了你，觉得这对你来说是最合适的工作。"唐鼎权仿佛终于从惊讶中平静了下来。

"你也听说过吧，宦官们花了好几年时间有组织地从故宫偷文物。"

"嗯。"唐鼎权点了点头，"老师也向我透露了这次工作与此事有关，其实我特别苦恼。"

"从故宫流出的文物已经覆水难收了吧。"

"哈哈，你跟老师说的一模一样。"

"我觉得文物流出故宫这事再惋惜也无济于事。你似乎很计较文物流到国外的事啊。"

"你说得一点儿都没错。这些不是中国的国宝吗？"

"我也这么想，这些都是国家的珍宝。但格外出众的珍宝难道不该是世界的珍宝吗？让全世界更多的人能够欣赏绝不是坏事。我以前从感情上不能认同文物流出国外，现在改变了想法。应该让外国人也得到接触我国文物之美的机会。”

“宣扬国威吗？”唐鼎权皱起了眉头。

“这样解释也可以。我并不完全反对国宝外流。外国人可以买中国人的文物。中国如果再富强一些也可以买希腊的维纳斯像，买伦勃朗和米勒的画。我这次来北平，是气愤就算把文物卖到外国，得到的钱也不能交给真正应该得到的人。”

“这是怎么回事，你能给我详细说说吗？”

“不能把这些钱交给从故宫偷出文物的团伙。文物是我们祖先的遗产，应该归还给全体人民，这是我后来想明白的。总之要先阻止偷国宝的人拿到钱。我正是为此而来的。”

“这样啊，所以你知道高述。”唐鼎权很快接受了这件事。

世航说：“其实高述早前就来过金顺记，也去过日本，甚至去过双烟馆。我不喜欢这个人，他总是笑眯眯的，却让人感觉不能大意。”

“我只见过他一次，我没有你那么敏感，对他的印象倒不坏。他看着挺和气的，不像是城府太深的样子。而且我一开始就知道他是宦官。”

唐鼎权从雷岳那里得到的命令是去北平联系原来的宦官高述。雷岳说等唐鼎权住进安排好的旅馆后，对方就会主动来找他。唐鼎权从上海坐船到天津，又从天津坐火车到了北平，住进安排好的旅馆后刚过了一个小时，门外就响起了敲门声。唐鼎权不由感叹他的动作真快。唐鼎权不知道是谁委托雷岳办这件事的，只是猜测是由四楼的女秘书接待的。

“我们想摸清那些家伙藏匿文物的地方，所以需要你的帮助。干脆都告诉你吧，我这边至少有两个同伴，两个人你都不认识。”

“老师也想知道文物藏在什么地方。我提出定好时间后由我去查看，但高述干脆地拒绝了。他们也不想让别人知道地点吧。”唐鼎权认为既然要买文物，买家自然必须要看到实物，对方当然也清楚这点。但是高述说会展示实物，但是要由他们拿过来。

“因为数量很多，还是去存放的地方看吧，这样比较方便。”

“不，即使再多我也会搬过来，不管要分几次。就算要鉴定也没办法一次做完吧。”

两人之前有过这样的对话。如果纠缠不休可能会让对方怀疑，所以唐鼎权说了“要问问客户”之后便没有继续坚持。

他主要通过密码电报与雷岳联系。雷岳让他做出让步，客户会派专家来鉴定后定价。

“可以，请随意定价。请先定出两三个价格，如果与我们的预期价格相差太大，就立刻停止交涉。除此之外不会有更多来往。”高述给出了这样的答复。

唐鼎权与高述只见过三次。唐鼎权将高述的答复转达给了上海，还没有接到进一步指示。

唐鼎权说：“老实说，如果这笔生意做不成我反而会高兴，也可以说是轻松吧。帮助国宝外流这种事，还是让我良心不安。”

“我明白你的心情。但那些国宝现在可是在坏人手里啊。就算你不插手，也会有别人做这件事的。”

“就是这点。”唐鼎权探身向前，舔了舔嘴唇说，“老师发来的密码电报里提到了似乎有其他人开始与高述一伙接触了，让我不要放松警惕。其实我解开密码后发现老师明确说了竞争对手的名字。”

世航说：“哦？竟然敢和怪物雷岳竞争，胆子不小啊。”

“对手是女怪物。”

“啊？！”

世航不由得眨了眨眼睛。在上海打着律师的招牌并且有实力和雷岳竞争的只有程玉秀了。程玉秀曾经在欧洲留学学习法律，是位精明能干的女律师。同舟会的张淑妍是她的秘书。世航去见张淑妍的时候也见过程玉秀。

唐鼎权说：“说不定淑妍也来北平了。”

“买主该不会同时联系了两方吧。”

唐鼎权感叹道：“如果是同一个买主，还真是大胆啊。”

5

唐鼎权和世航在拉连绍桓入伙一事上产生了分歧。世航想拉绍桓入伙，他相信绍桓，因为就凭绍桓是优秀的记者这一点，就可以相信他绝不会泄露秘密。但唐鼎权对记者是否会保守秘密一事抱有疑问，他认为一名优秀的记者应该会将报道放在第一位。

“那就暂时不告诉连绍桓了，但是也许会有不得不借助他力量的时候，到时候就另当别论了。而且他现在也没有固定的住处。”世航妥协了。绍桓得知张学良射杀了杨宇霆和常荫槐后，也许是因为担心东北的形势，又去了奉天。杨常二人枪杀事件后，奉天省改名为辽宁省。奉天或顺天的说法太像王朝时期的称呼了。人们认为在民国的第十八年才改名已经太晚。

不知道连绍桓嗅到了什么线索，他再次离开了东北。但是回北平之后没休息几天就又说要去上海。所以拉他参与故宫文物这件事自然作废了。

世航想拉绍桓入伙是因为他觉得绍桓和唐鼎权的波长很合。尽管近来世航自己都很吃惊自己会这么积极，但他没有信心始终保持积极性。

连绍桓和唐鼎权的积极性是天生的。他们对自己下定决心去做的工作完全不会产生怀疑。与两人相比，世航经常会感到犹疑在自己脚下投下的阴影。在绍桓和鼎权坚定前行所掀起的沙尘面前，世航不时会闭上眼睛。

连绍桓出现在东华门外时，世航没来得及告诉他唐鼎权在北平的事，因为绍桓径直大谈起了天下的形势。

“与东北相比南方的形势更关键。东北的形势完全看日本的态度。与那边相比，南方更重要。”

连绍桓口中的南方自然是指国军和红军交战的江西南部。按照连绍桓的说法，那里展开的战争将决定中国的命运。

“当然，东北和南方是一体的。但现在南边……比起东北更不稳定，或者说更有趣吧。也可以说让人无法移开目光。”

绍桓着了迷似的说个不停。

“哥，你要去江西吗？”

“能去的话我就想去。我要回上海联系一下那边的人。”

“你有门路吗？”世航问。连绍桓也许有自己的门路，如果没有的话，世航认为可以和王赐福、方永国、杨汉振等人商量，为绍桓介绍那边的人。

连绍桓含糊地说：“中共中央在上海，不过是在租界里。”

世航问：“哥哥应该有认识的人吧。”

“有倒是有。不过我还在犹豫。”

“是吗……”世航完全不知道与自己联系的那些人属于哪一方，他只知道这些人与芳韵是同一阵营。就连这件事也不能保证慧空不是在欺骗自己。

“哥，还是谨慎一点儿比较好啊，毕竟那里是战场。”世航还是担心绍桓的安危。他如今在各地飞来飞去，已经成了老练的记者。但他骨子里还是富家少爷，世航担心他不知在什么地方会展现出脆弱的一面。世航与绍桓出身相似，但他很清楚自己的弱点，而绍桓看上去对自己的弱点并没有察觉。

“正因为如此我才必须要去。在井冈山，国民党军队占据优势。我得到的情报是国民党军第十二师的张兴仁和第十八师的王捷俊在井冈山的黄洋界击退了红军第五军的彭德怀和黄公略。彭德怀已经撤退到宁冈。但是红军在江西瑞金取得了胜利。红军第四军击败了刘士毅率领的国民党军队，俘虏了团长萧致平、钟恒和他们手下的八百多名国民党官兵。红军占领了瑞金县城[1]。”

绍桓语气中流露出激动的心情。现在跟他提起故宫文物的事恐怕他也听不进去。

6

“我想和你单独谈谈。”

世航听到绍桓这么说时，已经大致猜到了他要说的是什么事。因为绍桓两天后就要去上海，世航便邀绍桓到杏花村商谈。

路过鼓楼旁边时，绍桓抬头仰望。这座高三十米的宏伟建筑被建成了国耻纪念馆。从甲午战争到日本的《二十一条》，中国在外国人身上受到屈辱的证据都放在这里展示。展品配有照片和插图说明，呼吁中国青年奋进。

绍桓轻叹：“到处都围着铁丝网啊。”

因为作为国耻纪念馆开放，鼓楼成了有名的跳楼圣地。有年轻人看到这里展示的国耻证据后情绪激动而跳楼自杀。为了防止有人自杀，这里到处都围着铁丝网。

世航说：“既然想死，拼命去做点儿什么不好吗？我觉得一旦抱着必死的决

[1] 现瑞金市。

心，一定能做得很好。”

绍桓面色僵硬地说：“是啊，只有一个陈天华就够了。”

日本政府出台了“取缔清朝留学生规则”，为抵制此事，中国留学生发起了罢工、示威和回国运动。一九〇五年十二月七日的《朝日新闻》上对此发表了“中国人放纵卑劣……”的评论。一个名叫陈天华的留学生对此感到愤慨，留下“比起生而空谈救国，不如以死警世”的话后在大森海岸蹈海。虽说是留学生，其实陈天华是去年与黄兴等人加入了长沙起义、失败后逃亡日本的革命家。为了让同志们不要忘记国耻，他选择了死亡这种激进的方法。

“的确，那种激烈的警告只要有陈天华一个人来做就够了。”

杏花村的老板还记得世航，将两人带到了上次的房间。这里只有一张桌子，不用担心有其他客人进来。

世航看了看墙壁，心下一惊。墙上的挂轴上依然写着作为店名由来的杜牧诗句，但却是另一位书法家写的。上次，挂轴上的署名是羽节，这次变成了易水道人。羽节的字笔画较粗，而易水道人的字与瘦金体相近，瘦直挺拔。

“哈哈哈，杏花村这首诗我有十几张呢。有我请别人写的，也有别人主动提出要为我写的，我会经常换着挂。”店主发现世航看出房中的挂轴换过后向他解释道。

等菜上齐后，服务员离开了房间，只剩下世航与绍桓两个人，绍桓将双臂搭在桌子上，盯着世航，说：“世航，我想听听你与日本女人结婚后的感想。”

“感想啊，你突然说起这个让我很为难。”虽然世航口中说着突然，其实他已经想到了绍桓要说这件事。

绍桓问：“你后悔过吗？”

“没有。”世航缓缓摇了摇头，“你为什么这么问？你想要和日本人结婚吗？”

“我有这个打算，哈哈哈，但对方怎么想我就不知道了。”

世航说：“我的想法是，只要你有一丝犹豫怕会后悔，就放弃吧。”虽然这话有些严厉，不过他从一开始就想好要这么说了。

绍桓说：“我明白了，我不会再问了。”

“我之前来过这里。那有一条胡同，我进去过。”

世航问：“那条胡同吗……什么时候的事？”

“五年前。的确就是这里，走到头就是奉系的据点，我去那里采访过。”

“啊，那个时候吗？”

那时直奉战争正打得如火如荼，绍桓当时在冯玉祥的军队中。冯玉祥是直系的将军，不过第二次直奉战争时与奉系结盟，在东征途中折回，幽禁了大总统曹锟。

“有人给我详细讲解了冯玉祥和张作霖的谈判，我就是在那时来过这里。这里是奉系的据点，当时只剩下一个情报人员了。对记者来说，最遗憾的就是事后才知道详细的情况。那样的话，他们就会捶胸顿足地想，如果当时能早一点儿知道就好了。尽管如此，我还是希望多听一听别人的解释作为参考。我来这里与其说是采访，不如说是来学习的。”

“啊，原来如此，五年前啊，那是地震后的第二年吧。”

在世航和绍桓之间，一九二三年的关东大地震成了年代的节点。

“原来如此。”世航在心中反复说着。

“高述和奉天，不，和辽宁有联系啊。”世航觉得仿佛找到了线索。

绍桓说：“那个情报人员姓陈，我和他关系很好，他连机密都会告诉我，不过都是在事情发生之后了。”

“哦？这里过去是据点啊。这条胡同不通吧？”

“是啊，是死胡同。”

“作为据点条件很差吧，因为无路可逃。”

世航听章逢说这里是高述的据点后就一直有疑问。就算这只是一个联络处，但是高述一伙人偷的东西金额超出常人想象，必须要更谨慎一些。这次又听绍桓说这里是直奉战争时期奉系的据点，是奉系在敌人中安插的秘密地点。为什么要选择难以逃脱的地方呢？

“哈哈哈，”绍桓笑了笑，用手掌轻轻拍了拍脸颊，“正是因为大家都觉得这种条件不利的地方不会有据点，才特意建在这里的。我也问过陈先生了，那栋房子有地下通道，与后面的宅院相连。如果出了意外也不用冒险走正门逃出胡同，走地下通道一下子就可以隐去行踪。当时旁边住着一位银行家，他在世人眼里和奉系完全无关。”

“哦……”世航噘起嘴。他觉得自己抓住了线索，弄清了很多事情。

地下通道是很简单的机关，但是建地下通道是个大工程，因此这条胡同深处的房子可以说是理想的据点。奉系一定是想着这个地方很方便，以后还能用所以留了下来。这么一想，也许这里依然由奉系的势力控制着。

高述背后很可能有奉系的势力。

世航觉得自己渡过了一个难关。此前一直在暗中摸索，现在至少得到了确凿的线索。

吃完饭，服务员送来了茶。让服务员收拾了餐桌后，世航正要离开，绍桓叫住了他："我还有一句话想说。"

"什么？"

"你刚才说的话很犀利啊。"

"犀利？"

"是啊。你说如果担心会后悔就放弃吧。你说的后悔是指爱情吗？担心爱情会变得淡薄。"

"这个啊……"世航思考了一会儿，斟酌着语言，"也包括爱情和各种情况吧。"

"就是这个，"绍桓打断了世航的话，"情况。我试着设想了一个极端的情况。说是设想，更准确地说是预测吧，我认为一定会发生的情况。"

"是什么？"

"中国与日本开战时，如果夫妻双方有一方是中国人，有一方是日本人的话，两人都会左右为难吧。是否有渡过难关的自信，说到底还是要看爱情啊。"

"是啊。"世航自己都感到了声音中的低沉。

"唉，我们都回去好好想想吧。"绍桓起身笑眯眯地说。

7

送连绍桓离开北平的那天傍晚，唐鼎权来找世航，告诉他上海传来了消息。

"女怪物果然派人来了。"

"不是淑妍吧？"

"不是她。"

“知道来的是谁吗？”

“不知道名字，只知道是会鉴定文物的人。淑妍会鉴定文物吗？”

“不知道，不过已经过了五年，就算是她，如果要学习的话这些时间也足够了。”

“不，已经知道来的是个男的，所以不是淑妍。”

“是你老师告诉你来的是男的吗？”

“没有，老师说来的是个僧人，僧人不就是男的吗？女的应该叫尼姑。”

“哦？僧人吗？”

“和尚和文物倒也不会不相称。完全不知道是什么样的僧人，也不知道名字。如果老师知道的话是会告诉我的。”

“那你的工作是什么？”

“赶在和尚之前去见高述，告诉他就算那个和尚去找他，也希望他不要立刻答应合作。我们会出比和尚略高一些的价格来购买文物。算不上公平竞争吧，但这是老师的指示，我也没办法。”

“真是任性的做法。”

“高述也是这样说的。”

“啊，你已经见过高述了吗？”

“当然了，我必须要在和尚找到他之前提出建议，若是晚了一步，后悔也来不及了。”

“说不定高述把你们双方都玩弄在股掌之中呢。”

“确实有可能。所以我也在想要不要出其不意，和那个和尚谈一谈，看看双方手中都有什么牌。”

“虽然不知道对方是什么样的人，不过最好可以联系一下。”

“我只知道程玉秀从上海派来了僧人处理文物一事，甚至不知道他的名字，当然也不知道他住在哪里。”

“这就麻烦了。”

“不过我知道明天两点他会去找高述。这是高述亲口说的，不会有问题。”

“等他从高述家里出来的时候拦住他如何？”

“太突然了，还不知道他是什么样的人，还是再等一等，查清他住在哪里吧。可以跟踪他，他总是要经常去找高述的。”

“这样倒也可以……”

“但是在外面等会很冷啊。”唐鼎权缩着脖子笑了。那名僧人要在两点的时候拜访高述，事先无法知道他会在里面留多久。在冬天的北平，在室外等他出来是一件很辛苦的事。

世航说：“我知道一个好地方，有一家叫杏花村的南酒店，从二楼可以看到胡同的出口。”

“嗯？南酒店？”唐鼎权看上去很惊讶。

世航没有提到陆鸣泉和章逢的名字，但并没有隐瞒自己有同伙，唐鼎权也没有问他们的名字。两人相互信任，在很多事情上都默契地不会多问。世航在说话间提到了他知道高述据点的事，唐鼎权并没有问世航是从哪里知道的。

“其实我在杏花村吃过饭。没有比那里更适合监视那条胡同的地方了。”

“是吗？看来你的工作进展迅速啊。”唐鼎权说，并没有刨根问底。

“那就在杏花村的二楼监视怎么样？”

“这可帮了大忙了。”

第二天下午一点，两人来到杏花村，对老板说午饭吃得晚了。老板已经认识世航了，在他开口前就主动问：“二楼吗？”

世航点了点头。

两人打算在两点多吃完午饭后，开始监视胡同的入口。因为不知道要等多久，两人事先对老板说：“我们吃完饭后要谈事情，时间可能会比较久。”

老板亲切地说：“请便。”

杏花村前面的道路很宽阔，但胡同不光狭窄，胡同口还有一个公共浴室，黄包车很难进出。去胡同办事的人必须下车进出。

快到下午两点的时候，胡同前停了一辆黄包车，一个男人走了下来。虽然他背对着窗户，但可以看到棉袍下摆露出了褐色的僧服。他戴着一顶带耳套的黑帽子，长相和年龄都看不出来，只知道一定是僧人。黄包车很快走了，没有留在原地等他，僧人消失在胡同中。

唐鼎权小声说：“一定就是那个和尚。”

“接下来就要比耐力了，要壶茶来喝吧。”世航叫来服务员点了一壶茶。

两人同时盯着窗外的话没办法打持久战，所以两人决定轮岗。首先由唐鼎权来监视，这段时间里世航看着墙上的挂轴，和上次一样是易水道人的字。虽然两人轮流监视二十分钟，但他感觉时间过了很久。

“好无聊啊，监视的人反而更轻松吧。”到二十分钟交换的时候，世航对唐鼎权说。又过了十几分钟，刚才那个人出现了。由于胡同的地面湿滑，他低头看着地面缓缓走着。

世航说：“出来了。”

“是吗？”唐鼎权走到了窗边。

这时，一直低着头的男人抬起了头。

“呃……”世航看到他的脸，努力压抑住自己惊讶的声音。那是普陀山的慧空。浓密的眉毛，白皙的皮肤，正是普陀山的慧空没错。

“怎么了？”唐鼎权问。

“肚子疼起来了。”世航立刻回答。

“好，我一个人跟踪他吧……在东华门会合。”

“交给你了。”世航说，“我结了账就回去。”

世航听着唐鼎权的脚步声消失在楼梯下，一直俯视着窗户下方。慧空左右张望，似乎在寻找黄包车，但最后放弃决定走路。慧空此时正对着自己，世航不由得转了个身。从路上应该看不清二楼窗户中的人影，尽管如此，世航依然感觉慧空的视线划过了自己的脸颊。

大樟溪畔

1

福建山区的十月暑气依然没有散去。

温世航和麦克米兰并排坐在河边的石头上，双脚浸在水中，感觉疲惫似乎减轻了一些。他双手交叉在胸前，似乎珍重地抱着某种不能被淡忘的东西。

这条河名叫大樟溪，发源于戴云山，在大海附近注入闽江。

麦克米兰用脚拍打着水面，并不在意水滴打在了世航脸上。因为在永泰县取得了意想不到的收获，所以他心情大好，没有了平时绅士般的举止，像个孩子一样嬉戏着。他说："建白也不错啊。"

建白瓷是福建德化县的窑中烧制而成的白瓷。虽然叫白瓷，却有着象牙色的光泽，因此又叫象牙白，不过并不像越州、景德镇或者龙泉那样著名。

"这里知名度低，很不公平啊，明明是杰作。"

听了世航的话，麦克米兰依然用脚拍打着水，说："真没想到啊。"

下游也有两个男人将双脚浸在水中休息。瘦小的是王赐福，皮肤黝黑膀大腰圆的是他在福州雇用的壮丁。

麦克米兰在越州古窑的考察被打断了，便计划考察此前始终不太引人注目的德化古窑，但与他谈判的南京重要人物却始终没有下发许可。理由是红军的游击队在那里很活跃。

中国共产党的战斗部队以江西省井冈山为根据地，在西边的湖南和东边的福建打游击。蒋介石的军队正在和广西军阀李宗仁和白崇禧交战——这就是蒋桂战争。而红军的游击队就在两军的战场上行动。蒋桂战争开始于一九二九年三月，以蒋介石的胜利告终，李、白两位将军在四月撤退到了桂林。但是到了八月，蒋介石又与阎锡山、冯玉祥联军开战了。红军将领朱德在八月底占领了建白瓷的原产地德化。红军游击队还控制着德化附近的永春县，但到了九月下旬，红军退到西边，广东东部陷入了混乱。

“现在可以了吧，德化已经平静下来了。”

麦克米兰再次催促南京的重要人物，后者的回答是：“考察，特别是外国人进行的考察现在极为困难。但当地有人想要出售商品，如果你要去买，他们一定欢迎。但外国人还是有些难，要是能带上一个中国商人一起去就好了。”

听了他的建议，麦克米兰急忙找到世航。“就说是你要去买瓷器，让我和你一起去。我想只要到了那里就可以考察古窑了。我来做订货商，你来做商人。这次我也把夫人留在上海一个人去。”

世航接受了他的邀请。

连绍桓本想去红军根据地附近。但发生了中东路事件，于是他再次把注意力放在了东北，动身北上了。

世航联系了慧空，慧空对他说可以趁这个机会带王赐福一起去。

虽然根据地在江西井冈山，但中国共产党的中央毕竟在上海。井冈山建立了前敌委员会。

党中央经常派出密使传达党中央的指令。但是最近国民政府的特务活动频繁，密使经常会被逮捕。为了躲过敌人的搜捕，伪装成去德化购买瓷器的商人的随从是再好不过的了。特别是麦克米兰这样与南京关系亲密的外国人，对密使来说可谓最好的保护伞。

王赐福成了密使。世航并不知道他身上带着什么样的指示，也不想知道，只听说他没有携带密信，而是要口头传达消息。王赐福作为密使，身份应该很高。

“我想带一位性格相投的助手。”世航对麦克米兰说。麦克米兰没有异议。

江西根据地也有传到上海党中央的消息，大多是要求。红军的原则是从武器弹药到军粮都从敌人身上夺取。但还是会有短缺的物资，比如药物。

“请送来奎宁。”这是前线提出的要求。

红军中似乎疟疾盛行。根据王赐福得到的消息，毛泽东也患上了疟疾。

除了奎宁，防止化脓的药物也不够。江西送来了药物清单，王赐福买齐这些药品后，通过金顺记送到了福州。从上海由英国船送到福州，上岸后雇了一辆卡车和一名搬运货物的壮丁。为了不在途中被国军征用，他们拿到了外交部的证明。但是听麦克米兰说，外交部的官员递过证明时说不知道这东西有没有用。

与麦克米兰关系亲密的南京重要人物也悄悄提醒他："虽说是国军，但陈国辉是土匪出身。我听说朱德占领的时候治安反而更好。"

从河流的名称就能看出，这里有很多樟树。大樟溪许多地方水流湍急，一行人好不容易找到了一处水流平缓的地方冰一冰双脚，只有卡车司机留在了车上。他躺在载货板上说："有这时间不如小睡一觉。"

大樟溪两岸的县城只有永泰和德化两地。在国军到来之前，永泰的红军撤退了，所以没有发生战斗，但人们依旧惶恐不安。人人都把手中仅有的财产换成了金条或者银圆、宝石之类容易携带的东西以便随时能够逃走。像瓷器这种体积大的东西，就算是很低的价格他们也会出手。麦克米兰在永泰买到了精美的象牙白花瓶和八十厘米高的观音像。虽然一行人还要去观音像的原产地德化，但是这种杰作恐怕在原产地都找不到。

2

"那里会有建白瓷吗？"温世航一边用一只脚轻轻搅动水面一边思考着。那里，指的是杏花村前胡同深处的房间。

今年年初，世航他们发现了宦官们从故宫偷出的文物所在地。多年来一点一点偷出的文物被宦官们的上司严密保管着，能始终留着不出手是因为有经济上的靠山。

这个靠山就是奉系军阀，负责此事的是张作霖政权的二号人物杨宇霆。宦官集团自然认为杨宇霆身后有张作霖的影子，但似乎并非如此。

由于张作霖被日军炸死，杨宇霆被张学良枪杀，事情的真相被永远埋没在黑暗中了。

陆鸣泉与章逢联手查到了杨宇霆身上，但杨宇霆已经被杀。陆鸣泉认为由于杨宇霆的死，故宫文物一事即将迎来终局，因此将世航邀到了北平。

杨宇霆身兼数职，其中决不能放手的是奉天兵工厂督办。人们平常并不会称他为将军或总参议，而是称他为督办。这个职位可以转移巨额的机密费用。

宦官集团最初匆忙为偷来的文物寻找买主，从某个时期开始突然消失了音信。正是在那时，杨宇霆成了他们经济上的靠山。

他们本以为其背后有张作霖的指示，但杨宇霆死后，张学良对此事只字不提，张作霖的结拜兄弟张作相也没有联系他们。据说张作霖将所有重要机密都告诉了儿子张学良，所以张作霖被炸死后，张学良继承他的位置并没有遇到太大的困难。

看起来购买故宫文物一事是杨宇霆擅自做主，而且他并未将此事透露给家人和幕僚，因为他死后再也没有人提到此事。

文物的来历不正当，这是宦官们的弱点。杨宇霆恐怕是想趁机低价购入，日后再高价卖出，也可以将这当成他筹措军事资金的秘密方法。他一定怀着野心，总有一天要取代张作霖将东北收入囊中，因此他需要秘密的费用。如果购买文物是为了筹措这笔资金，他当然不会告诉张作霖父子。但事关重大，可以推断出他有精通文物的心腹在负责此事。

张学良以意图谋反的理由将杨宇霆枪杀——杨宇霆确实是他切实掌握军政大权的障碍。

还有一种说法是，某个日本人将赖山阳的《日本外史》送给了张学良，用红色铅笔画出了德川家康消灭丰臣秀赖的内容。这是在暗示他对继承天下的后继者来说，政权中的二号人物是最该警惕的，要尽早除掉，因此张学良下定了决心。也有传言说当张学良为杨宇霆的势力过强而苦恼时，张作相曾训斥他："你不是英雄的儿子吗！"

但也有说法认为杨宇霆已经计划好要夺取东北的军政大权了。

世航在北平时听慧空说过此事。慧空对世航解释说："张作霖死后，买卖文物的动作变得活跃。雷岳接到了委托，也许程玉秀也在这个时期接到了同样的委托。杨宇霆为了达成大志终于要着手筹备资金了。"

"不是在杨宇霆死后才开始活跃的吗？"

世航问过后慧空摇了摇头断言道："不，杨宇霆还活着的时候就开始有动作了。"

世航此时完全不知道故宫的文物现在怎么样了，陆鸣泉面露喜色地对他说：“绅士约定进行得很顺利。”

故宫文物是赃物，从法律上来看，杨宇霆是不知情的第三者。这批文物已经到了杨宇霆手中，但是在这次交易中，买卖双方都有不能公开的内情。

宦官集团得到杨宇霆的赞助后，同伴相残的事情不再发生。以高述为首，剩下的人恐怕都是共犯。东西出手后，只要按照人数分配就可以，因此也没有引出太大的麻烦。

从所有权上来看，宦官集团已经出手，不再有所有权。但杨宇霆开始筹集军事资金后，宦官们希望这次可以作为掮客赚上一笔。但因为数量众多，杨宇霆希望能大宗出售，便打起了外国人的主意。于是雷岳和程玉秀这两位幕后人物就登上了舞台。

被派到北平来的是唐鼎权和慧空。因为头目杨宇霆已死，相关人员聚集在一起，决定暂时中止行动。

如今，在北平最大的难题是找到杨宇霆精通文物知识的心腹。查到杏花村前胡同尽头的宅子和东北方面有关后，最终联系上了一个姓武的人。胡同尽头的宅子叫武公馆。

武公馆的主人与众不同，他将帮助杨宇霆夺取天下看作生存的意义，因为杨宇霆的死决定遁世。

“武彻这个人和我们仿佛不在同一个世界啊。”唐鼎权说。

杨宇霆已死，除了武彻，没有人知道他曾经买过这批文物；也只有武彻，才知道这批文物藏在广阔的武公馆的哪个地方。那么这批文物要如何处理？武彻说过此事可以公开，于是产生了一条协议——由与此事有缘的团体共同管理。只有在国家即将灭亡时才能够出售。

最终决定由武彻和章逢实际管理这批文物。

世航没有见证这条绅士协议的订立，由陆鸣泉作为代理参加。

“真是一场空啊。”唐鼎权叹了口气。他和慧空都回到了上海，分别对雷岳和程玉秀报告说杨宇霆的收藏在他死后失踪了。

世航用脚轻轻在大樟溪中挑起水花，想起了北京那晚的事。

“武彻是个有趣的男人啊，我想见他一面。”他在与慧空独处时说。见证协议的人越少越好。虽然世航对没有能够见证此事并没有多遗憾，但老实说他确实想见见武彻。

“你见过的。”慧空笑着说。

“嗯？我见过吗？”

“没错。”

“在哪里？”

“上林湖畔。”

“那个时候吗？”

“是啊。那时他说自己姓张，就是那个带来甲骨片的男人。我之前也见过他，但当时没有想起来。其实他是琉璃厂珍本书店的老板，几年前经常去琉璃厂。”

3

滔天的巨浪涌起，卷起浪花后又归于平静。这就是北平发生的事给人留下的印象。与此相比，世航脚下的波纹是多么微不足道啊。

从北平回到上海后，信子在家等着他。接下来，他从刘继泰和他妻子苕华口中听到了生意上的事。他们共同经营的事业相当不错。

刘继泰也涉足了商品的期货交易和股票买卖，没想到挣了不少钱。

“如果在股市上赔了钱可就遭了……”

世航说出了自己的担心后，苕华回答：“我明白，我认为已经是时机收手了，你不用担心。”

婴儿哭了，刘继泰笨拙地将孩子抱起来。

世航和刘继泰夫妇一边讨论着生意上的事，一边听着婴儿的哭声，愈发感到北平发生的事都是幻影。

刘氏夫妇住在一栋老旧的砖瓦房的二楼，楼下是川口悟的打印店——鲜明堂。川口见到世航时摸着光秃秃的头笑了笑。

“川口先生，近来可好？”

世航打过招呼后，川口回答：“上海是个好地方啊，我没想到住起来这么舒服。”

回到家后，信子对他说想在二楼西边的墙上做一个架子。“真的是另一个世界啊。”世航心想。

在福建的山里，又一个世界在他眼前展开。虽说国军已经夺回了这片土地，但只是在县城有几个据点，红军在农村的影响力依旧很强，据说还有伪装成农民的游击士兵。

“从福建西部到江西的井冈山，应该有展现出中国明天的景象的地方。”这是连绍桓作为记者的直觉。他想要实地调查这片土地，但因为东北地区风起云涌，他不得不再次前往沈阳。世航觉得自己是代替绍桓走在这片所谓的“红色地区”上的。

连绍桓前往沈阳是因为中东铁路而引发的交战。

中东铁路是“中国东方铁路”的简称。这条铁路原本是由沙俄建造的，但日俄战争后，长春到旅顺间的铁路权益转移到了日本手里，成立了南满洲铁道株式会社，也就是满铁。长春以北的中东路经历了种种波折，最后在一九四二年时，苏联和张作霖缔结的协约规定由中苏共同经营。

一九二九年七月，张学良以搜查哈尔滨苏联总领事馆为契机，决定收回中东铁路。

就连对时事不太关心的麦克米兰在上海看到这条新闻后都用手指弹着报纸，说：“张学良还年轻，太年轻了，被蒋介石玩弄于股掌之中。”

今年七月七日到十日，蒋介石、阎锡山和张学良三人在北平举行会谈。七月十日，东三省交通委员会开始收回中东铁路。在张学良离开期间，他的部下自然不能擅自做出如此重要的行动，这都是张学良在北平发出的指示。这四天里，张学良一直在与蒋介石会谈。所有人都认定他受到了蒋介石的唆使。

对中国当政者来说，收回国家的权力是最重要的课题。如果能够顺利收回中东铁路，就能够以此为突破口推进收回国家权力的运动。除了东北地区，在国民政府实际统治的地区中，被外国掌握的权益要多得多。

如果苏联决定用武力保护他们在中东铁路上的权益，受到损害的就是张学良的军队。一旦军队实力减弱，张学良就不得不依靠蒋介石。这对蒋介石来说都是好处。

“他想压制抗日运动的势头，这是蒋介石的胜利。”连绍桓去东北之前这样评价。

蒋介石为了统一全国，想要抑制抗日运动，共产党则高举抗日的标语来获得民心。但蒋介石也不能放弃抗日，反对废除不平等条约运动的那天就将是他的政权崩溃的那天。所以国民政府将全国反日会改名为全国废约促进会，将目标从日本扩大到其他各国。尽管如此，日本《二十一条》的要求带来的压迫依然过于沉重。无论如何扩大目标，国民反对日本的声音都无法被消除。一旦处理不好，国民的支持可能会倾向共产党一方。

绍桓指出：“蒋介石的手段就是把反日情绪转移到反苏上。”

正如他所说。如果苏联动员兵力发动军事行动的话，中国人民一定会感到愤慨。反苏情绪加强会削弱反日情绪。再加上反苏情绪会转向反共。这对于想要加大力度讨伐江西和福建红军的蒋介石来说可谓正中下怀。

“但是，这样能改变大局吗？我觉得一小股逆流是无力招架时代的洪流的。”出发前往东北的前一天晚上，绍桓沉重地说。

绍桓前往的地方又会是另一个世界。

4

大樟溪在面前平静地流淌着，但能看到下游湍急的地方，世航听到了从那里传来水流的嘈杂声。

这声音就像是时代的洪流发出的轰鸣，只是时代的洪流会发出更大的声响，让周围震动不已。

“来，赶快向前走吧。”麦克米兰说着站起身戴上了帽子。

世航擦干双脚穿上鞋，伸了个大大的懒腰。大樟溪南边是石牛山，北边是戴云山脉的主峰，层峦叠嶂，看不到山外的景象。地图上写着戴云山的海拔有一千八百五十六米。

回卡车的路上，面前有一座岩壁。也许是由此产生了联想，麦克米兰嘟囔着：“佛头应该已经渡过印度洋了吧。”

“啊，那个啊……”世航苦笑着说。

九月中旬，世航听麦克米兰说有人向他推销佛头，于是他买下了六个。在中国文物中，麦克米兰喜欢的是精巧的工艺品，风吹雨打的石佛应该不符合他的喜好。见世航露出了惊讶的表情，麦克米兰说：“这是要放在庭院台阶两边的。”

麦克米兰的宅邸在伦敦郊外。世航没有去过，甚至没有见过照片。不过，麦克米兰能够如此悠然自得地收藏工艺品，进行漫长的旅行，一定很有钱，他的宅邸应该也很壮观。延伸到宽阔草坪上的楼梯大概是美丽而光滑的大理石做的，也许是印度阿格拉的大理石，两边应该已经放上了青铜雕像，麦克米兰是要在那里放上佛头。

世航不知道佛头的出处，他也没有问。麦克米兰在这方面消息灵通，所以应该是充分了解后才买的。

五月初，山西省云冈石窟有九十六个石佛的头被盗，此事在报纸上被大肆报道过。

位于桑干河支流武州川旁的云冈石窟群建于五世纪中期以后。在云冈石窟群建成的百年前，遥远的西方敦煌就已经开始建造石窟群了。当时，中国北方由北魏统治，北魏让敦煌的工人们搬到都城大同附近开始建造云冈石窟。云冈石窟是僧人昙曜上奏请求建造的，不过昙曜是北凉人，后来移居云冈，也许与敦煌有些渊源。与敦煌不同，云冈的石头更适合雕刻，因此可以直接在石头上雕刻，不用先做成塑像。这里雕刻了大量石佛，盗窃文物的团伙将石雕撬下来偷走。因为整个佛像体积太大，所以只凿下了头部。云冈石窟一下子被偷走了九十六个佛头。

麦克米兰买到的一定就是其中的六个。

“佛祖的故乡就是印度啊。”麦克米兰说。

世航完全没想到麦克米兰会有这样感伤的情绪，他也许觉得这能带来一些救赎吧。

世航问：“佛祖与您的宅邸相配吗？”

“真正美丽的东西适合放在任何地方，它们会散发出强大的力量去配合周围的环境。”麦克米兰边说边点了点头。

王赐福和在福州雇的壮丁匆匆忙忙地走了过来。司机听到两人的脚步声，站了起来。

“现在出发的话能赶在天黑前到德化。”

司机说着从车上跳了下来。

前往德化的路上尘土飞扬，但路况算不上太差。映入眼帘的民房都是在竹子上抹上泥巴加固，一幅贫寒的景象。只从外表看根本看不出来究竟有没有人住在里面。

麦克米兰问：“我听说这附近的农民会在国军来的时候避难，共产党来的时候回家，这是真的吗？”

一行人都并肩坐在货厢里。王赐福的表情微变。众人本以为只有世航能听懂英语，其实王赐福也懂。

看来麦克米兰因为是第一次来这里，在出发前谨慎地调查了一番。

世航伸长脖子看着外面，说：“现在是国军在控制这里……”

麦克米兰捋了捋被风吹乱的头发，说：“我从刚才就在看，一个人都没有。虽然有房子，但是好像并没有人。”

世航再次看了看四周的景象，确实没有看见人影。车子开过了三间紧挨在一起的破房子，那里也没有人烟。

世航脱口而出：“没有晾晒的衣物啊。”

如果屋里有人居住，就一定会有洗好的衣服或者干鱼之类的东西挂在屋外，但这附近完全没有。

“会不会等我们到了德化，发现那里一个人也没有，也没有人在卖瓷器？如果是那样，好不容易来一趟，就考察一下窑址吧。这种可能性很大。”听麦克米兰的语气，仿佛是在期待此事发生。

过了南埕就到了雷锋村，离德化还有七八公里。雷锋村离公路很远，只能在很远的地方看到零星的民房。因为距离太远，没办法确定究竟有没有人居住。

麦克米兰将手搭在额头上，说：“那里有人在动。”

世航在很近的地方看到一个扛着铁锹的男人弓着背在走动。

大樟溪一会儿出现在路边，一会儿消失了踪影，一路上时隐时现。离县城越近，卡车开得越起劲儿，好像在奋力冲向德化。

转弯时，卡车突然刹住了。

“嘿！”路上有人喊着。

最开始，世航被驾驶室挡住了视线什么都没有看到。从旁边探出头后，发现路上站着两个男人，地面上放着一个长长的行李一样的东西。

其中一人快速说着什么，但他说着当地方言，世航听不懂。在福州雇来的壮丁在这时派上了用场。

“他们在送病人去德化县城的路上，问能不能载他们一程。”

地上那个行李一样的东西是竹子编的担架，一个女人躺在担架上，身上裹着边缘磨破的褐色毛毯。只能从发型上看出这是个女人，但是看不出年龄。

“既然是病人就没办法了，让他们上来吧。”麦克米兰说。他在中国旅行的这段时间里遇到过很多次这样的事。在世航跟着一起去上林湖考察古窑的路上也发生过同样的事。

5

“可能是胆结石。”麦克米兰听他们说了女人的症状后判断。他打开放着常用药的小包，取出了止痛药。麦克米兰把水倒在水壶的盖子上，用手势示意让病人服下两颗药。女人听到照顾她的男人这样说，稍稍抬起了头。绑住发髻的皮筋断了，头发垂到脸旁遮住了女人的脸。

世航发现这个女人是陶芳韵。她被两个男人架上了卡车的货厢，一副浑身无力的样子。她的脸上涂着煤灰脏兮兮的，但无论怎么伪装都逃不过世航的眼睛。他曾经期待过这一路可能会遇见芳韵。这次的目的之一就是送药品，他知道芳韵就在药品即将送到的地方。

“你很期待这次旅行啊。有什么好事吗？”

出发前，听信子这么说，世航打了个寒战。看来他的表情和动作中不知不觉中流露出了期待。世航自己也不能断定这份心情到底是不是愉快。两人如果再次相见，一定会掺杂着悲伤的情绪吧。五年没有见过面，这件事本身不就是悲伤的象征吗？

如果能再次见到芳韵，会是什么样的景象呢？世航设想过各种各样的情况。他从来没有去过福建，所以只能在脑海中勾勒出重逢的场景。

实际的重逢景象出乎他的意料。虽然芳韵装作忍受着痛苦的样子表情扭曲，但世航没有看漏她偷偷瞟向自己的那一眼。

世航相信她微微眯着的眼中百感交集，于是他也用百感交集的眼神回望着她。

靠近德化后，国军士兵的身影逐渐开始映入眼帘。有的士兵扛着扁担有气无力地走着，扁担两头挂着锅和壶。还有背着伞的士兵趿拉着脚向前走着。

他们的头领陈国辉是土匪出身。这些士兵说不定直到不久前都还是袭击民房、做尽残暴之事的匪徒。

进入县城之前，卡车两次被拦下。每次士兵见到红发碧眼的麦克米兰和外交部的公文后都会立刻放行。国民政府现在最怕的事情就是与外国发生冲突；想将排外运动集中在反苏联的运动上，而且将此事都交给了东北的张学良。

国民政府的指令在基层会被执行到什么程度值得怀疑，但即便是土匪出身的军队士兵也知道一旦与外国人发生冲突，南京的重要人物就会生气。所以只要麦克米兰把盖着红章的文书摆在他们面前，他们连看都不看就挥手催促他们快走。也许他们不是不看，而是看不懂。

县城门口果然不能轻易通过。一名军官模样的人爬上货厢。

“有武器吗？”

虽然他说的是当地方言，但世航也总算也能听懂了。与他对话的是会说当地方言的壮丁。

“没有，我们是来买瓷器的。在永泰买的都在这里。”

军官看到象牙白的花瓶后微微一笑。

在福州雇的壮丁是王赐福安排的，应该与他是同一阵营的。王赐福对他很有礼貌，说不定这个人的地位比他更高。

“谢谢，谢谢。好的，好的。”军官和麦克米兰握了握手，笑眯眯地跳下了货厢。

卡车开进了德化县城。德化原本并没有城墙，但是因为明朝嘉靖年间（一五二二年到一五六六年），倭寇的入侵波及这里，便匆匆忙忙地修筑了城墙。德化有八成的人都靠着窑业相关的工作维持生计。虽说是一座县城，但只有背对大樟溪的一条大路穿过城中，其余只有瓷器和瓷土的仓库散布在各处。瓷窑遍布在城外的山脚下，城里的劳动力经常外出，平时城里一片萧条。红军撤退的时候，有的居民跟他们一起离开了，城里显得更加荒凉。

这里没有像样的医生，芳韵被抬到的地方有一位勉强学过西医的医生，年龄在五十岁左右。但是他并不只是医生，他同时还为上海和香港的富豪采购高级瓷器。

“让这样的医生治病不会有问题吗？”麦克米兰担心地说。

但世航知道芳韵没有真的生病，他猜测这个医生也是芳韵他们的人。

他想找机会和芳韵说说话，但第一天没有机会。芳韵来到医生面前的时候小题大做地喧闹了一番，趁乱完成了药品的交接。

世航一行人的住处就在这个医生家旁边。据说这家人全都跟共产党军队一起离开了德化，没留下任何值钱的东西。吃过晚饭后，十来个士兵进来开始打扫房间。

麦克米兰说：“啊呀，国军的服务这么好啊。如果在取得民心上也能这么下功夫就不会输给游击队了。不过他们也总算是注意到了，现在还不算太晚。”

但是根据壮丁在城里听到的说法，出动军队打扫并不是为了人民。

“明天南京会有高级军官来视察，所以才要大扫除。”

“什么嘛。”麦克米兰也很失望。

当天夜里，世航辗转难眠。只要一想到芳韵就在与自己一墙之隔的房间中，他就控制不住激动的心情。

芳韵的病确实是装的。因为她无法轻易进入德化，所以必须要装病。通过王赐福和福州壮丁巧妙地配合让她被送到德化。但世航并不知道她为什么必须要潜入德化。她一定是带着某项使命来的，而且是非常危险的使命。

德化现在被陈国辉的军队占领着。虽说他曾经是土匪，但至少现在是宣誓服从国民政府的。虽然现在是军政时期，但国民政府的公文还是能发挥很大的作用。就算没有公文，来购买高档瓷器的外国人也是贵客，所以军队向他们提供了最好的空屋。明天从南京来的要员虽然不会住下，不过会在这里暂时休息，因此才会有士兵前来打扫。

这座建筑是结实的砖瓦房，匆忙搬来的床看着实在很寒酸。墙壁略微发黑，只有曾经放着家具的地方是显眼的白色。

世航从床上直起身，用拳头轻轻敲了敲白色的部分，声音仿佛与心跳产生了共鸣。世航心想：我真是心绪不定啊。

6

去看望途中遇到的急病患者是合情合理的事，而且医生又是瓷器的专家。第二天一早，麦克米兰和世航就来到隔壁拜访。

医生姓方，是个五十多岁的身材瘦削的男人，他在德化出生，在上海上过学，现在依然经常去上海。他同时做着医生和商人的工作，不在家的时候由他妻子代替他帮人看病。他的妻子和丈夫完全相反，是个身材高大结实的女性。昨天一整晚都是方夫人在照顾病人。方家夫妇都能说一些简单的英语。

“基本已经不会疼了，但她现在很疲惫，需要暂时休息一段时间。”方夫人对麦克米兰说。

芳韵侧身躺着，和昨天一样，头发盖住了面孔。她始终低声呻吟着，有时还会大口喘气。世航感觉肩胛骨附近很疼痛，仿佛被勒住了一样。虽然这呻吟都是演出来的，但他很心疼不得不表演出这种痛苦的芳韵。

他回忆起在普陀山的那个晚上。

她应该生活在那座萦绕着香火气息的和平的小岛上才对。只要一想到促使她做出这种选择的原因，世航就心生怜悯。芳韵口中发出了“啊”或者“哇”的声音。WA-SU-RE……世航发现她说的是日语中的“忘”字。她一直用呻吟传递着某些话——走—之—前……说—你—忘—了—东—西。

现场只有世航能听懂日语，这一定是说给他的暗号。

方家夫妇应该是芳韵的同伴，但她对世航说的事情连方家夫妇都要瞒着。她似乎在说让世航一会儿以忘了东西为借口再回到这个房间来，到时候就可以两人独处。芳韵不时会痛苦地扭曲表情，半睁着双眼。世航趁着她看向自己的时候点了点头。芳韵明白世航接收到了她发出的信号，之后便一直将脸埋在枕头里。

方医生说一会儿会带他们去存放古瓷的地方，一行人走出了临时的病房，方夫人一直将他们送出大门。出门后，世航摸了摸口袋，说：“我把墨镜忘在里面了，我去取一下。”说完便返回了房间。刚才，他离开房间前悄悄地将墨镜放在了床边的椅子上。

门开着，世航匆匆走到床边。他弯下身正要伸手去拿椅子上的墨镜，芳韵低声说：“远离南京的人……危险……”

世航点了点头，看向芳韵。芳韵的眼睛眨也不眨地盯着世航。

这幅仿佛出现在世航梦中的重逢景象只持续了一瞬间就结束了。

“找到墨镜了吗？”方夫人走了进来。

“找到了，在椅子上。”世航抓着墨镜，故意高举起来。

世航走出了房间，没有再回头，他觉得芳韵一定不希望他回头。“她真好看。”世航想要冲着自己的灵魂深处大喊。

走了十分钟左右，他们来到了方医生所说的古瓷仓库。虽然方医生带着一大串钥匙，不过仓库几乎没什么防备。因为东西很特殊，买的人也很特殊，偷这些体积庞大的瓷器只会给自己找麻烦。

“好极了！”麦克米兰感叹道。

仓库里随意排列着德化象牙白的精品瓷器，比起排列，不如说是横放。一米来高的观音像比起直立，横着放会更安全。地面上铺着稻草，上面横放着的有观音像也有花瓶。其中还有几个布袋和尚的雕像，但大多数还是花瓶和观音像。方医生说这里有一百多件瓷器，麦克米兰连声说“太壮观了”。连连赞叹会让卖家提高价格，但麦克米兰并不在意这种事情。

这些瓷器确实都是好东西，但世航没工夫欣赏这些精品象牙白瓷器。芳韵和她的话将世航整个笼罩了起来，他无法走出其中。

南京的人应该是指今天会来德化视察的国民政府要员。来的是名叫郭炎的师长级人物。据说是擅长收编地方的杂牌军的名人。极端地说就是专门将杂牌军的指挥权从过去的统领手里夺走的人。对统治德化一带的陈国栋来说，郭炎自然难以相处。甚至有人说陈国栋正是因为此事才特意离开了德化。

芳韵让世航远离南京的人，这是说他们策划了袭击吗？所以她才会说危险。在芳韵所在的组织眼中，郭炎是个可怕的人物。将杂牌军收编为中央军，就是将乌合之众培养成精锐部队，这样的敌人是最恐怖的。消灭这样的敌人是理所当然的。

“远离……”

世航觉得这既是提醒又是哀求。

陈国栋大概是因为不满意，所以去别处策划战斗反对被收编进中央军。但只要麦克米兰等人还留在德化，就必须去见郭炎。其实在吃早饭的时候，已经有人来通知他们南京的郭司令下午会到，希望外宾能前去拜访。

“好说。”麦克米兰答应了。在他看来，拜会一个地方的权威人士是基本的礼仪。他甚至会主动接近他们，希望能得到特殊照顾。

南京的重要人物嘱咐过麦克米兰购买古瓷器简单，但考察古代窑址恐怕有困难。就在这时，能让当地统治者夹着尾巴逃走的大人物来到了这里。如果能得到他的特别许可，也许考察古代窑址的事也可以圆满进行。

双方开始谈价钱。方医生会说英语，所以不需要麻烦世航。世航一直在思考芳韵和她说的话，完全没听进去两人生意上的交谈。

等他回过神来的时候，事情已经基本敲定。方医生提出要请他们吃午餐。

7

方医生将德化首屈一指的厨师叫到了古瓷器的仓库。这里虽说是仓库，不过也有整洁的房间，甚至还有宽敞的厨房。

不愧是当地著名的厨师，饭菜很美味。这几天吃到的都是些糟糕的食物，所以这些饭菜更是口齿留香。

“不比上海的食物差，好吃。”麦克米兰喜欢中国菜，他的话完全不是恭维。不光是饭菜好吃，碗和盘子都是象牙白的精品瓷器，这顿饭吃得确实很愉快。尽管如此，世航在吃饭的时候依然反复回味着芳韵和她说的话。

坐在餐桌旁的只有麦克米兰、方医生和世航三个人。王赐福和壮丁、司机各自在别处用餐。不过他们一定都忙着工作。

“王赐福知道袭击的事吗？”世航多次想到了这个问题。

广义上来说，世航也是芳韵的伙伴。但芳韵为了通知世航会有袭击，甚至用到了在呻吟中加入日语这样特殊的方式。她的“伙伴”们一定认为为了保密，就算牵连世航也是没办法的事。

就将这些所谓的“伙伴”称为德化组吧。方医生等人是德化组的人，而世航不是。那么王赐福呢？他的使命仅仅是运送药品吗？

政治活动是不讲情面的。在这个不讲情面的世界中，芳韵用呻吟喊出了熊熊燃烧的真情。正因为如此，她的感情才会闪闪发光；世航想到这里，几次感到眼角发热。

吃完午饭后，商谈还在继续，交易达成后开始包装商品。

“这就是全部了，”方医生说，“借着最近的骚乱，我把城里不错的古瓷都收集起来放在这里了。你昨天才刚到德化，我这个当地人都没收集到的东西，你是不可能找到的。”

麦克米兰点了点头。在这些珍品面前他不得不相信方医生的话。在德化的收获是永泰的十倍之多。麦克米兰完全不掩饰愉快的心情。接下来他打算将寻找珍品的时间花在古代窑址的考察上。

麦克米兰问：“南京的将军到了吗？”他兴致勃勃，想要立刻与将军商谈考察古代窑址一事。

方医生开心地说：“应该快到了，那边发来联系说可能会晚一些，不过午饭要在县城里吃。这儿的军队本来都是些土匪，素质很差。县城里明明有厨师能做出你们刚才吃到的美味佳肴，但他们不知道为什么雇了一个只会做难吃的乡下饭菜的厨子，要在你们住的地方，也就是我家旁边举办午餐会。饭菜那么难吃，南京的司令估计会大吃一惊吧。”

“来，出去转转吧。”麦克米兰激动地说。

三人走出古瓷仓库，正要回住处，只见士兵们整齐地挡住了道路。方医生用当地方言问过士兵之后说，他们好像是在迎接郭司令。

本来可以直接开车回到住处，但当地讲究迎接仪式，郭炎只得在很远的地方就下了车，在幕僚的簇拥下徒步走到休息的地方。平时没什么规矩的士兵们毕恭毕敬而又生硬地举枪敬礼，迎接南京的长官。

因为是自己的住处，所以麦克米兰毫不客气地绕到了队伍后面，先一步回到门口等着。凭借红发碧眼的长相，没有人拦着他，世航跟在麦克米兰身后，方医生跟在世航身后。

世航此时想的自然是袭击的事，不过他认为只要他和方医生在一起，就不用害怕会遭到袭击，因为方医生一定是德化组的人。无论是什么样的袭击应该都不会把亲近的同伴卷进去。

街上传来了鞭炮声。

这是传统的欢迎仪式。如果在平时，这不过是听惯了的声音，但在如今这样的非常时期会让人心里一惊。

奏乐声响起，仿佛在回应鞭炮声。士兵们开始喊口令，他们喊的口令和日军的口令很像。

终于，郭炎从容不迫地边招手致意边向这里走来。他的服装与土匪出身的陈国辉不同。军服很合身，皮带紧紧地系在腰上。郭炎中等身材，脸型细长，下巴突出。

“啊……”世航发出了叫声。他在郭炎的幕僚中认出了一张熟悉的面孔。

“炳年！”世航在对方看向自己的时候叫出了他的名字，是曾经在神户金顺记工作的少年店员。他在两次落榜后考入了黄埔军校。世航曾经收到过他从军时寄来的信，但这四五年里断了音信。因为他是黄埔军校的学生，应该参与了北伐。黄埔军校的学生是正规军的中坚力量，他成为郭炎的幕僚绝不稀奇。

“啊，世航哥。”徐炳年开心地走了过来，脸上依然带着稚气。

“你看起来不错啊。”世航一时语塞。

“是的，没想到能在这里遇见你。”徐炳年戴着上尉的领章，回头看了看说，“之后再聊。”

“炳年，等一下……”世航想到了袭击的事，想要叫住他。如果郭炎被炸弹击中，他的幕僚们也会被炸飞吧。必须把徐炳年从郭炎身边支开。世航思考着该用什么方法。

“徐上尉，有熟人吗？”郭炎走近，扬了扬突出的下巴问。

“是的，”徐炳年立正站好，口齿清晰地回答，“是我在日本工作时店里的前辈。”

“哦？是你在神户的朋友啊。”郭炎说完看着世航。他既然说到了神户，说明以前就知道徐炳年的经历。徐炳年刚才只提到了日本。

“你们很久没见了吗？”郭炎问。

“是的，五年……不，有六年没见了。”回答他的是徐炳年。

“哦？那真是很让人怀念啊。休息的时候徐上尉可以自由行动，你们应该有很多话要说。”郭炎笑着说。

“是！”徐炳年立正，行了一个举手礼。

8

两人很久没见，就像郭司令说的那样，有一堆话想说。

郭司令和幕僚们休息的地方就是世航等人的住处。附近的房子只有这一间有铁栅栏和一处小院子。世航等人住在二楼，从一楼玄关进来后就是一间相当宽敞的大厅。昨天，士兵们仔细打扫了大厅，搬来了桌子和沙发。这自然是为了今天郭司令能在此休息。

世航在铁栅栏前面叫住了徐炳年，在方医生的带领下来到隔着两栋房子的房间中。这里本来是米商的店铺，一家人在共产党的军队进驻前搬到了厦门。这里已经没有人住了，而且还有长椅，两人在过去堆放米袋子的店里说了会儿话。

徐炳年急切地说着，他想要说的事情太多了。在黄埔军校上学的时候，他就已经参加了东江的战斗。

世航说："我收到你从前线寄来的信了，那是我收到的最后一封信，之后你就没再写过了。"

"当时哪里是写信的时候啊。"徐炳年有些不好意思地说。

不光是因为他忙着打仗，年少时的英雄主义让他希望自己能引人注目，写信也是吸引别人目光的手段之一。在东江的战斗后，他不再抱有英雄主义的想法，因为还有北伐战争在等着他。

在米铺里，徐炳年主要在如实报告，完全没有粉饰自己功劳的意思。

"你变优秀了。"世航重新审视着穿军装的徐炳年。陈国辉军中的将士们清一色地穿着皱皱巴巴的军服，而且用的都是廉价的布料。与他们相比，在中央军嫡系部队任职的徐炳年的制服熨得整整齐齐，十分潇洒。虽然和当地军队同样是卡其色，但看上去颜色更深。

"哪里……"徐炳年还是和年少时在神户金顺记一样容易害羞。

世航在与徐炳年交谈时一直在想着芳韵的警告。目标是郭炎。但是徐炳年作为幕僚经常会在郭炎身边，那是最危险的地方。但世航不能告诉他可能会有袭击，那样一来就背叛了芳韵。

“你要多加小心。”世航只能说到这里了。

“从我决定当一名军人开始就做好了准备。”徐炳年脸上浮现出微笑，整个人看上去威风凛凛。

“内战要是能早日结束就好了。”

“是啊。我们军人是最希望如此的了。”徐炳年一口气讲述着他的故事，仿佛担心时间不够。

终于，他看了看手表后起身说：“我要回司令身边了。虽然他允许我自由活动，但毕竟不能太过分。”

“你是军队中的骨干倒还好，高级军官很容易被敌人盯上，你最好不要太靠近司令。”世航还是说了出来。他说之前说服自己，这只是普遍的情况，并没有说有人在计划袭击。

“我知道，世航哥。”徐炳年起身向他敬了一个举手礼。

世航伸出手，两人的手紧紧握在了一起。

徐炳年挺直腰杆、昂首挺胸地走向供他们休息的房屋。在铁栅栏做成的门口回头冲世航挥了挥手。世航也拼命挥了挥手。

徐炳年在门口站了一会儿，一直笑着挥手，最后低头钻进了大门。他一步步靠近玄关，就在离玄关只剩几步远的地方，头顶传来一声震耳欲聋的轰鸣，砖瓦、石头、玻璃的碎片纷纷飞溅出来。徐炳年倒在了地上。

世航不顾一切地冲过去抱起徐炳年。

“我没事……谢谢你……”徐炳年用日语说，军裤左边被血染红了。

“真的没事吗？”世航紧紧抱着他说。

“腿受伤了，啊……疼……比起我的情况，司令他……”

“医生！”世航大喊，医生就在隔壁。

他拖着受伤的徐炳年来到院子的角落里让他躺下。周围有士兵来来往往，如果徐炳年被他们踩到就麻烦了。

世航匆忙来到隔壁。

床是空的，不要说芳韵，就连方家夫妇都没了踪影。仔细一想，当然没有人会留下。世航撕开空床上的床单，打算用来做紧急治疗。

“郭司令死了！”屋外传来悲鸣。

世航冲回隔壁，徐炳年撑着上半身坐了起来。

“先包上，止血。”他的声音中带着哭腔。

“你刚刚才说过让我小心，嘶……世航哥，被你说中了啊，你简直像算命先生一样……”徐炳年表情扭曲，勉强挤出一个笑容。

浮云

1

在厦门南普陀寺，温世航偶遇慧空。不过他并没有感到意外。

慧空是舟山列岛普陀山的僧人，从厦门南普陀寺的名字就可以看出，这里打着舟山分寺院的招牌。总寺院的僧人出现在分寺院并不稀奇。

“实在抱歉，没有提前联系你，也很对不起那个年轻人。”慧空小声说，双手合掌，指尖顶在额头上。

徐炳年保住了性命，虽然没有到需要截肢的地步，但走路十分困难，没办法继续当兵了。

德化的爆炸出人意料。嫌疑最大的是陈国辉将军。虽说他是土匪出身，但毕竟控制着好几个团的兵力。郭炎此次来福建是为了将杂牌军收编进中央军，也就是要夺取陈国辉的统帅权。另外，陈国辉此时不在德化更像是刻意制造不在场证明。

南京发来的电报中说已经紧急派出调查组，并且下令将伤者送往厦门。南京从一开始就不信任陈国辉，决定由中央负责调查此次事件。

“怎样都好……”当地人对此事兴趣索然。

郭炎当场死亡，三名幕僚重伤，其中只有徐炳年被送去了厦门。

“请将徐上尉送往厦门。”

麦克米兰的卡车接受了这项请求，从某种意义上来说是如愿以偿了。袭击就发生在麦克米兰和世航所住的楼下，中央的调查员来了之后，他们一定会被拦下接受调查。

麦克米兰对无法考察德化附近的宋代古窑址一事有些许遗憾，不过根据他在中国的经验，他知道如果被拦在这里，就会有更大的麻烦。

“幸好我从方医生那里买到了德化的精品象牙白瓷，看样子也没有别的好东西了。”麦克米兰耸了耸肩，说道。

德化的中医为徐炳年的伤口止了痛，说是能撑到厦门，但声音中没什么底气。

从德化到厦门有一百五十公里。路上走了半天，徐炳年努力坚持了下来。他自己应该也想到这双腿没办法再恢复到受伤前的状态了，但依然努力控制自己，尽量不露出悲伤的样子。这让世航深受感动。

黄埔军校的顾问医师黄简在厦门。他把广州羊城医院托付给了亲戚中的医生，自己为研究调查热带医学在各地旅行。

鼓浪屿像卫星一样贴在厦门岛旁边，那里有租界，坐落着各国的领事馆和富豪的别墅。台湾金顺记连远初的别墅也在这里。徐炳年在那里接受了黄简的治疗。这里的条件已经是最好的了，但疗养了不到一个月，徐炳年刚刚能拖沓着腿缓缓移动时，他提出要住在南普陀寺里。也许是因为接受金顺记太多的好意让他过意不去吧。

南普陀寺位于福建省厦门市东南五老峰下，前身是建于唐末五代时期的泗州院。元朝时成为废寺，明初被僧人觉光复兴。在明末战乱中，寺庙再次被破坏，在清朝康熙年间（一六六二年到一七二二年）由靖海将军施琅重建，据说南普陀山的名字就是在那时起的。这里是厦门首屈一指的名刹。寺院里有为远道而来参拜的善男信女们准备的住宿设施，原则上免费。在寺庙中吃饭只需支付成本费。毕竟信徒们原本就会量力而行地捐款。

徐炳年虽说与金顺记有渊源，不过住在鼓浪屿宏伟的大宅子里还是会不踏实。主人连远初人在台湾，别墅里只有管家和他的七八名亲人，但徐炳年依然觉得有包袱。

“什么都不用顾虑。我已经联系过台湾那边了，管家和他的家人都很热情，你就在这里这里安心养身体。”

无论世航劝多少遍，徐炳年总是摇头。

“我在南普陀寺心里更自在。请让我去吧，我必须好好想想今后的路。”

既然徐炳年都这样说了，世航也不好再留他。养身体最重要的还是心情舒畅，既然他本人在这里觉得拘束，就不得不尊重他的选择。

从德化到厦门的路上，王赐福离开了。

“他说要去附近的亲戚那里。”世航对麦克米兰说。如果世航什么都不说，麦克米兰可能会发现这名助手不见了。在福州雇来的壮丁在德化时就回去了，世航并不打算向王赐福打听他的真实身份。

毫无疑问，芳韵也与袭击郭炎的事有关，因为正是她告诉世航有危险。

徐炳年搬到南普陀寺的住处时已经不需要别人照顾了，但世航依旧每天都会去看望他。然后正如他所想的那样，他在那里遇到了慧空。

他确实没有提前联系世航。

但也许是因为联系不上，不，应该是不能联系吧。慧空应该不知道，芳韵已经拼命“联系”了世航。

“芳韵现在在哪里呢？”世航在心中呼唤着她。剃光了头发的慧空在他面前半闭着双眼，双手合十。世航盯着他的指尖。

“你什么时候来的？”世航问眼前的慧空。

慧空回答：“五天前到的厦门，来之前在泉州停留了一阵。”

世航觉得芳韵也许就在泉州。

2

借问浮云云不语，

为谁东去为谁西？

人生踪迹云相似，

无补生民苦自迷。

徐炳年借住的房间匾额上写着俞大猷的诗。笔画很粗，端端正正甚至显得死板。

俞大猷是明朝名将，福建晋江人，曾经平定倭寇有功。

徐炳年在床上直起上半身，见世航正在看匾额上的诗，便对他说：“我在黄埔学过这首诗，我知道的诗不多，碰巧知道这首，真是让人怀念啊。”他提到的黄埔是孙文在广州黄埔建立的军校。

“哦？黄埔还会教文学吗？”

“不，我们学兵法的时候讲到了俞大猷，教官就顺便给我们教了几首他的诗。他说如果没有倭寇之乱，俞大猷也许会成为文人。我们这些军官学校的学生如果处在和平年代，一定也会有不少人选择其他的道路吧，这其中也包括我……”徐炳年说到最后压低了声音。

“是啊。”世航点点头。他对俞大猷了解得很少，都是在上海时从《中华时事报》上连载的文章中看到的。据社长兼主笔连绍桓说，那篇连载是社里的会计李钦票委托程玉秀的秘书张淑妍写的。张淑妍喜欢文学，她在东京留过学，但并没有进入学校，而是自己学习了日本文学。除了生在日本的世航，她是同舟会中最了解日本文学的人，也写得一手好文章。因为李钦票和张淑妍是同舟会的伙伴，就拜托她来写文章以节省稿费。

“因为我们是报纸，希望你能尽量选择反映时局的主题。”

李钦票提出要求后张淑妍立刻回答：“那我来写俞大猷吧。”

日本提出《二十一条》后，“抗日”成了中国知识分子间最重要的话题，没有比抗日更顺应时局的主题了。十六世纪时平定了日本倭寇的戚继光和俞大猷受到了关注。张淑妍是同舟会中唯一一个出生于福建的人。她从十六世纪的抗日英雄中选择了福建出身的俞大猷，而没有写山东出身的戚继光。

俞大猷年轻时沉迷易经，仔细研究过一番，曾经是一位哲学青年。他家境贫寒，没办法悠然自得地研究易经。为了尽早谋得一官半职，他在当时尚文轻武的风潮中选择了竞争较小的“武举”，考中了进士。世航知道的只有这么多，不过张淑妍在《中华时事报》上写到俞大猷投身行伍并不是因为容易当官。他见到倭寇侵略他的家乡，给居民带来痛苦，为了消灭倭寇特意选择了武职。这种写法很有时代特色，但绝不是牵强附会。

实际上俞大猷功劳卓著。尤其是在训练水师上注入了心血，他率领俞家军立下了赫赫战功。

“先计后战，不贪近功。”（在战斗前计划，不贪图眼前的功劳）这是《明史》对他的评价。他是以大局为重的一员名将，在讨伐倭寇时立下了大功。他做到了广东总兵，死后被追封为左都督。张淑妍花了两个月时间，一周两次在《中华时事报》上连载的《俞大猷传》在准确的史料基础上加入了她自己的理解。世航想起李钦票曾评价她的写法是“爱国的理解”。

俞大猷在浮云这首诗上寄托的感受说明她的理解是正确的。黄埔军校的教官给学生讲解时恐怕也加入了同样的理解。

徐炳年说：“我听寺里的和尚说这首诗是俞大猷在这里写的，黄埔的老师没教过我们这些。”

黄埔教官也许是按照《明史》中的俞大猷传讲得课。

“家贫屡空。”这是著名的一段，教官一定引用过。

徐炳年家境贫寒，因为没法上学，只好漂洋过海去日本当学徒。现在，他的双亲在福建晋江县[1]。晋江就在德化旁边，但徐炳年躺在卡车货厢里的时候还坚持为了不让家人担心，不让别人联系他家里人。

他甚至没能上中学，后来进入了黄埔军校。徐炳年一定是将自己的境遇与俞大猷结合在了一起。

俞大猷选择了当兵，在这条路上功成名就。但徐炳年才刚刚上路就身负重伤，无法在自己选择的道路上继续走下去。

真是可悲。

3

“世航哥，你当时没有阻止我。”六年前，徐炳年在神户金顺记说的话清晰地浮现在世航脑海里。

十七岁的徐炳年说想要进黄埔军校，店里的伙伴们纷纷劝阻，但世航并没有干预。因为他没有阻拦，所以也难怪徐炳年认为他是赞成自己的。炳年曾确认过世航对此事的看法。如果当时世航出言阻止，说不定炳年会听他的。

炳年受了重伤，军人的生涯受挫，世航觉得自己对此负有责任。

负责治疗的黄简在英国留过学，他请来了鼓浪屿的英国外科医生帮忙。炳年

---

[1] 现晋江市。

受到了当时最好的治疗。

“还能走吗？”治疗中，炳年担心的只有这个。

“能走，但是可能不能跑了。”黄简一开始就说。

“英国刚刚开始研究人工关节，大概要花十年才能应用于临床。”英国的外科医生也断定现在不可能完全恢复。

“不能跑了吗？”徐炳年咬紧牙关，遗憾地呻吟了一声。这就是意味着他不能继续当军人了。

世航尽可能地陪在炳年身边，和他天南海北地聊。就算他已经二十三岁，是个军人，一定也很想见到家人。如果离得远就罢了，不过晋江县就在厦门市旁同安县[1]的东边，来这里只需要一天的路程，但徐炳年固执地拒绝联系家人。卧病期间，他必须要考虑的事简直堆积如山，其中最重要的就是自己的未来。

“就算走起来有些不方便，能做的事情还有很多啊。”

世航没有直接对炳年这样说，而是跟他聊各种各样的话题，暗暗传达这个意思。

搬到南普陀寺后，炳年看起来平静了很多，于是世航对他说：“差不多该考虑以后的事了。”

炳年回答：“我这些天来满脑子都在想这件事。”

“只要是我能做的我都会帮你，你不要客气，尽管说。”

“还不需要……”

“比如，回到金顺记来工作怎么样？”

“不，唯独这个我不想做……”

“我明白。”世航很理解炳年的心情。炳年从神户金顺记辞职时，完全没有与身在东京的社长连远志商量，只是拜托世航代他向远志先生问好。虽然他说了会给连远志写信，不过也许最终也没有写。以炳年的性格，事到如今不可能再厚着脸皮回到金顺记。

过了一会儿，炳年说：“虽然不是我的事情，不过有件事我想拜托世航哥。”

[1] 现同安区。

“不是你的事情？”

“嗯，是关于朋友的……前一阵来看我的同学……”炳年没有告诉家里人自己受了伤，不过还是通知了军队。有几个附近同年级的学友听说他受伤后来看过他。

“是什么事？”世航在床边的椅子上坐直了身子。

“绍桓先生经常去东北出差吧。”炳年盯着世航的眼睛说。世航跟他说了很多，也提到了《中华时事报》的连绍桓经常去东北。地震后，绍桓曾作为记者去日本采访，当时在神户登陆后住在了金顺记。炳年当时自然见过他，而且记者这个职业在炳年眼里很少见，所以应该给他留下了深刻的印象。世航之前讲到绍桓的事情时，炳年的反应很强烈，大概就是因为此事吧。

“前一阵来看我的同学中有一个男的叫李炎植，他被分配在厦门进行海上训练。不过，他没有参加内战，因为他不是中国人。”炳年依然紧紧盯着世航。

“不是中国人？”

“嗯，他是朝鲜人。”

“啊，是吗……”

“他进入黄埔军校是为了抗日，想要回东北组织抗日游击队战斗。如果可以的话，他想回朝鲜做地下活动。他很着急。如今日本对东三省的侵略正在逐渐扩张，朝鲜成了日本侵略的基地，他说自己不能一直在厦门做海上训练。黄埔军校里大多是南方人，他认识的人里没有能和东北联系上的人，这让他很苦恼，觉得无处下手。虽然随时能回东北，但是他完全不知道该如何与抗日游击队取得联系，只能在黑暗中摸索。他需要一个人为他指路。绍桓先生对东北非常了解吧，能不能介绍他们两个人认识？”炳年露出了心事重重的表情，仿佛朝鲜同学李炎植的执着转移到了他的身上。

世航回答：“绍桓哥也是侠肝义胆的人，我托他看看吧，不过要联系上他可能要花些时间。”

炳年说：“那就麻烦你了。”

“朋友的事要关心，不过你也要重视自己啊。”

听到世航的话，炳年笑着说：“我的事以后也要麻烦你，不过现在只能谨遵医嘱好好休养。李炎植看上去是真的等不了了。”

4

世航当天就给《中华时事报》发了电报，询问连绍桓的联系方式，李钦票立刻回了电报。没想到绍桓现在不在东北，而是从大连去了日本，采访在京都召开的太平洋学会。

太平洋学会，就是“Pacific Conference”，在日本叫作“太平洋会议”，中国的报纸大多翻译成“太平洋国交讨论会”。这并非国交会议，而是太平洋各国关系研讨会。每两年举行一次，今年是第三届，在京都举行。李钦票在电报里说会场定在了京都酒店，不过他也不知道连绍桓是住在京都酒店还是住在神户的金顺记。

第三次太平洋国交讨论会的主题是“满洲”问题。今年轮到日本主持会议，邀请了中国、美国、加拿大、英国等国家，苏联和法国派人列席旁听。世航在上海看到会议的报道时曾突然想到也许绍桓哥会去采访。看来他的预感应验了。

中国代表团名单九月就已经发表在上海的报纸上了。团长是YMCA的泰斗余日章，团员有金陵女子大学校长吴贻芳女士、燕京大学的徐淑希、北京大学的鲍明钤、南开大学校长张伯苓、教授何廉、大公报社长吴鼎昌。世航看了从上海寄来的报纸后知道了日本代表团的成员。团长是新渡户稻造，团员有松冈洋右、鹤见佑辅、腊山正道、前天多门、高柳贤三、高石真五郎、岩水裕吉，有一些他很熟悉的人物。所以世航的脑海中才会浮现出也许绍桓会去采访的念头。

这个国际会议的第一届和第二届是在火奴鲁鲁召开的。第三届在京都召开，两年后的第四届会议预定将在中国召开。绍桓也许是想着为两年后做准备，所以必须要去京都采访第三届会议吧。

李钦票发来的电报上说连绍桓采访过十月末到十一月初在京都召开的会议后会在日本停留一段时间。仔细研究“满洲”问题就会发现，此事的根源就在日本，因此绍桓之前曾拜托世航去了一趟日本。世航当时见到了川端大将，将得到的信息详细报告给了绍桓。

从那之后，情况出现了各种变化和进展。这次绍桓决定自己去日本。

“京都吗……”世航叹了口气。一听到京都这个地名，他就会条件反射般地想起绫子，她白皙的皮肤仿佛覆盖在他紧闭的双眼之上。

“对了，绍桓哥也……”

世航想起绍桓曾在奉天见到了日本记者界的大前辈堀川进吾，爱上了当时与堀川进吾在一起的小女儿辽子。如今，中日两国关系并不明朗，绍桓担心中日两国的跨国婚姻并不会让彼此得到幸福。“他有没有得出结论呢？”世航猜测也许绍桓正是为此才决定要去日本。至少在京都的会议结束后依然要在日本停留一段时间是为了此事。

从鼓浪屿上的连家别墅的窗子向外看，可以看到厦门市内。从这里到厦门，坐渡轮甚至用不了十分钟。厦门市区背后的山上飘浮着白云，世航想要像俞大猷一样问浮云今后该如何是好？

一百年前，厦门岛上也有连家的别墅。温家以前有一位名叫温翰的人，是金顺记创始者连维材的参谋，做过不少事，金顺记初创时曾以厦门作为大本营。世航去老人们经常提到的飞鲸书院遗址看了看，当时的建筑已经不存在了，据说当时在山坡上利用斜坡重重叠叠建起了好几座房子。如今遗址上芳草萋萋。虽然已经进入十月，不过这里属于亚热带，长得都是夏天的草。世航深深吸了一口草丛中散发出的暑气。

除了黄简以外，连家的别墅里还住着其他几名客人，世航并不认识他们。也许是与连家，特别是台湾连家有亲戚关系的人。在这一百年间，连家开枝散叶，家里的亲戚遍布各处。

下人交给世航一封信，是麦克米兰写的。

麦克米兰来到厦门后又去了香港。他联系了上海的夫人，计划在香港碰头后回伦敦。无论是越州古窑还是德化宋窑，窑址考察都不顺利。因为政治形势不稳，现场调查会遇到各种各样的干扰。但是正因为时局不稳，想要卖掉手中收藏品的人也在增加，对收藏家来说是个好机会。麦克米兰在中国时买了不少东西，都送到了香港。虽然从研究者的角度来说还有遗憾，不过作为收藏家基本得到了满足，所以麦克米兰决定暂时从香港回国。

“如果你到英国来一定要来找我，我会热烈欢迎你的。”在厦门上船前麦克米兰握着世航的手说。

下人拿来的信是从香港寄来的，信上有香港的邮戳。世航想夫人大概已经到了香港，这封信是通知自己他们已经踏上了回国的旅程吧。不过，他打开一看发现并非如此。

因为准备回国，我联系了住在伦敦的好友，他为出席在京都召开的国际会议所以去了日本。于是我改变计划决定去日本，在日本见见好友，看了日本的瓷器后再确定今后的计划。

信的内容很简单。京都的国际会议自然就是太平洋国交讨论会。世航对麦克米兰隐藏了自己的身份，对方也没有刨根问底。一起到了厦门之后，麦克米兰见世航不客气地住进了鼓浪屿的大别墅，也许注意到了世航有着深厚的背景。但英国绅士不会干涉别人的隐私。他写信告诉世航自己要去日本应该是怕世航会在这段时间去英国拜访自己。他并不知道世航与日本的关系，所以心中并无邀请之意，不过这封信在世航看来与邀请无异。

“去日本吧，去做个了断。”世航看过麦克米兰的信后下定了决心。采访过御大典回到上海后，有一件事一直萦绕在世航脑海中的一角，这就是与川端大将的约定。

川端大将想要缓解日本对中国的高压态势，与此相对，中国也必须平复强烈的反日情绪。他提出与世航合作完成此事。对此，世航没有立刻回答，只说要先回国一趟，之后还会再去日本，到时候再给出答复。

从川端大将那里可以得到最高级的情报。作为回报，世航的任务是在反日热潮上泼冷水。他与绍桓商量了此事。

绍桓说：“我想要川端掌握的情报。但是妨碍反日是卖国行为。能不能利用川端，只从他那里探听情报，而在反对日本的工作上只做表面功夫呢？”

“川端说他要在上海安排代理人，也就是监视我们的人。”

“这样啊，能不能糊弄过去呢？”

绍桓的意思是，如果有信心糊弄过去就可以接受川端的提议。

世航觉得完全没有信心，但他觉得不得不接受川端的提议，主要是因为金顺记与川端大将之间的关系。

“有急事去北平出差。”

“在上海的工作很忙。”

“必须去福建出差。”

……

世航不断给川端大将写信报告近况。不用说，这都是为了拖延再次去日本的约定。

不能一直拖下去了，世航也想了结这件始终萦绕在脑海中的事，看来现在正是机会。

5

信子的父亲泷口弹山身体已经好转，不过谨慎起见没有继续工作，但是信子并不完全相信母亲信中的内容。弹山之前做着各种工作。他是书法、算盘、汉文的私塾教师，本职工作是为别人代写公文。世航去福建之前，信子看过母亲的信后对他说：“如果父亲身体真的好了，至少会改一改弟子写的书法。我小时候，有一次父亲生病，虽然其他工作都停下了，不过依然还在写书法。”

世航提出要不要回去看看。信子回答：“我们走了还不到一年呢。”

“不过换一种说法，我们都走了快一年了。”世航笑着说，当时还差两个月，两人搬到上海就满一年了。

世航从厦门回到上海后马上带着妻子坐上了去神户的船。

信子惊讶地问：“怎么突然决定回日本？”

世航回答：“我也要去看看我母亲，而且绍桓哥也去日本了，另外我还有工作要做。”

不过信子依然觉得这次去日本是丈夫体谅自己担心父亲的心情才安排的。

世航的母亲见到儿子和儿媳后只是说：“我就知道你们会回来，因为绍桓也来了。”不过脸上满是开心。绍桓也住在神户金顺记。

“你太慢了啊，世航。”

太平洋国交讨论会在京都的日程已经结束了。

绍桓微微一笑。

世航回答："我是为别的事来的，东京的事……"

"啊，这样啊，大将的事。"

绍桓收起了笑容。世航只和绍桓提到过川端大将的事。

"啊，晚一点儿也好，"绍桓马上接着说，"我给你说说大概的情况。"

在京都的会议开头有一场特别报告，主讲人是日本的松冈洋右和中国的徐淑希。

松冈洋右声称"满蒙"权益是日本用鲜血和金钱换来的，这片土地如今已经成了日本的生命线。最近，日本越来越多地将"满洲"和"蒙古"称为"满蒙"，仿佛在称呼上也要进一步扩大扩张主义的规模。

对此，燕京大学的徐淑希教授指出，这片名叫"满洲"的土地从来都不属于日本。他论证了"满洲"在历史上一直是中国的一部分后，又从国际法的角度论述了记载日本所谓权益的条约和协定都是近乎无效的。

绍桓说出了自己的感想："感觉松冈洋右在演讲，而徐淑希是在讲课。"

世航问："反响如何？"

绍桓回答："演讲中也有用到英语，我觉得徐教授的演讲主要是面向欧美各国的人。事后我也对徐教授提出了不满，对他说好不容易来日本一趟，应该毫不留情地指责日本人才对。比起美国人和欧洲人，日本人对中国的历史更熟悉，日本的知识分子在中学的汉文课上应该都学过中国的古代典籍，对内容比较熟悉。应该利用对方的论点来驳斥他们。"

虽然不必像松岗那样高谈阔论，但绍桓觉得徐教授用了讲课的语调，控诉的力度不够，而且面对日本人的压迫感，气势上也有些欠缺。

世航反问道："利用对方的论点是什么意思？"

"就是利用日本人的知识。日本人知道秦始皇在公元前两百多年就建造了万里长城。《史记》中也提到长城从辽东修到了临洮，起点辽东不就是'满洲'吗？日本人熟悉的三国里也有家喻户晓的故事，说在三世纪初，被魏打败的公孙渊曾是辽东之主。徐教授应该充分利用日本人也了解的中国知识。"

世航说："徐教授很了解美国，不过他对日本的了解似乎不够啊。"

徐淑希是广东省汕头人，在美国哥伦比亚大学留学，回国后在香港学习国际法，后来转学到燕京大学，虽然他的专业是国际法和外交史，不过并不太了解

“满洲”问题的直接对手日本的情况。

绍桓摸着自己的胳膊说：“总觉得有些遗憾。”

“那就是说没什么成果了？”

“不，也不是这样。让各国的一流人物为‘满洲’一事齐聚一堂这件事本身就有意义。而且对我来说有不可估量的收获。”

“采访很成功吗？”

“不，比起采访，我通过这次机会结识了各界人物。”

“毕竟来的都是大名鼎鼎的人啊。”

“代表团成员也都很厉害，其中也有知名人物，我和其中一些没有名气的人交谈后发现他们都很出色。比如英国代表团中有一位名叫阿诺尔德·汤因比的历史学家，他的历史观很犀利。他今年才三十多岁，不过我从他那里学到了不少东西。还有很多和我年纪差不多的日本年轻人，他们不是代表团成员，而是作为主办国的幕后人员做了很多筹备安排的工作，这一点让我印象深刻。我很高兴能认识他们。松本重治、白洲次郎、浦松佐美太郎……都是无法忘怀的人啊。”

绍桓说到的这些人世航一个都不认识。

6

“一年没见了啊。”

川端大将清楚地记得世航上次前来拜访的时间，也就是说这一年来他一直在等待世航的答复。

所谓答复并不是简单的同意与否。一年前世航前来拜访时，川端大将提到了很隐秘的政界内幕。既然他已经坦白了这么多，世航就只能做出同意的答复了。

应该说川端大将在等待的并不是答复，而是觉悟。

世航说：“我花了很久才下定决心。”

世航曾经写信以去北平和福建出差为理由拖延见面的时间，不过真正面对川端大将时，世航坦率地说出了自己的想法。

“这也难怪。”川端大将也仿佛看透了世航的想法。

世航说：“我虽然是中国人，但我是在日本长大的。”

"那这样你不是正好可以作为两国之间的桥梁吗？"

"最近，汉奸这个词频繁出现。"

"哦？"

"报纸和杂志上越来越多地出现'汉奸'这个词。"

被人叫作汉奸是很痛苦的。勾结外国做出不利于本国的行为是最大的罪恶。不利于本国的行为这一前提太主观，通常不予考虑。勾结的含义被扩大，甚至也包含单纯与外国人亲近。像世航这样在日本长大的人为了不被怀疑是汉奸，必须谨慎地行动。如果同意了川端大将的建议，只会增加被当成汉奸的危险。

川端大将说："最近，'卖国贼'这个词在日本也变多了。"

卖国贼也是令人厌恶的称呼，不过不会有人仅仅因为川端大将与中国的年轻人走得近就称他为卖国贼。相反，温世航只是因为出入日本陆军大将的家，就有可能被当成汉奸。

世航说："阁下不会成为卖国贼，但是我却很危险。"

"为了大家，有一些工作是只有自己能做的，我想能做这些工作的人是最幸福的。"

"是的。"

"你就拥有这样的幸福。而你却要强调其中的危险，裹足不前吗？"

"不，我认为面对危险应该做出相应的准备。"

"你是说？"

"前年去世的芥川龙之介有一本小说名叫《竹林中》，主题是真相始终是无法被人知晓的。两人在密室中的说法如果没有第三者在旁印证，就不能相信。"

"我明白了，你想要一个见证人吧。"

"是的，而且是中国人。"

"我也有我的立场，必须是相当值得信任的人。"

"是我在上海连家的表哥。"

"哦？就是那位绍桓吗？"

"没错。"

"要把他从上海叫来吗？"

“他现在就在日本，采访过京都召开的太平洋国交讨论会后来到了东京。”

“是吗……”

川端大将认识绍桓。地震后，绍桓来日本采访时曾见过川端并听取了他的意见。

川端陷入了沉思，这让世航感到不安。

“绍桓不能做见证人吗？”

“没有这回事，”川端轻轻点着头说，“其实我想找帮手的时候就把与金顺记有关的你和绍桓作为了候选人。在你们两个人之中，我选择了你。”

“为什么？”

“绍桓是报社的记者，手中掌握着很多情报，而且他的文章有影响力，十分适合做我的帮手。”

“那为什么选择了我？”

“绍桓确实在日本留过学，很了解日本。但是和你不同，他并非在日本长大的。所以我选择了你，你对日本的感情更深，这里可以说是你的第二故乡，不，从居住的时间来说是第一故乡吧。绍桓收集情报的能力和影响力也很难割舍，但是我也可以通过你利用绍桓的能力。说了这么多，最重要的是我觉得你更容易沟通。”

世航苦笑着说：“我明白了。”

总之他和绍桓两人是一体的，只是选谁作为代表的问题而已。

“去年我见到你的时候并不是很急，我也不在乎你的回复太迟，但从最近开始隐隐觉得必须要抓紧时间了，甚至想给上海发电报。可能是因为我年纪大了，性子急了吧。不过与一年前相比，形势确实更加紧迫了。我们的工作必须尽快着手，就在这时你刚好来了，而且绍桓也来了，这也是一种缘分吧。”川端大将特别强调了“我们的工作”这几个字。

“绍桓采访了京都的国际会议，”川端接着说，“其实在京都，一位名叫汤因比的英国年轻历史学家做了演讲，我听说演讲的主要内容后更加着急了。他警告绝对主权国家的思想容易引发大战。虽然我并不太了解绝对主权国家是什么样的思想，但我认为就是随意把他人称为卖国贼或汉奸的思想吧。如今日本越来越多地出现卖国贼的说法，这让我很着急。世航，我们必须尽快行动起来了。你去叫绍桓来吧，见证人也好证人也好，我同意由他来当。”

也许是世航的错觉，川端大将上了年纪而布满皱纹的脸微微泛起红晕。

“对了，说到你的表亲，”川端突然改变了话题，“最近，宪兵队逮捕了台湾连家的绍柏。说是最近，也已经是一个多月前的事了。”

“嗯？绍柏被抓了？”

五年前，世航在浙江天童山见到了绍柏。他被芳韵拒绝后剃度出家。但在世航看来，他远远没有达到看破红尘的境界。

绍柏在连家的人中是喜欢惹是生非的人物，他确实有绘画的才华，但十分讨厌被束缚，喜欢到处流浪。他在流浪的过程中总是惹出各种麻烦，出家的这五年里，至少世航没有听到过绍柏惹出祸端的事。偶尔想起他，世航还会觉得他出家之后果然变得老实了。

“没错，就是那个喜欢画画的绍柏，他对着横须贺要塞画了一幅素描。他怎么会知道那里是要塞地区呢？而且他还穿着僧服。日本宪兵想着他不过是个喜欢画画的和尚，不知道那里是要塞就随手画了一幅素描，本来想稍微提醒了他一下这事就算过去了。但问起他的住处和姓名后，他一说自己是台湾人，立刻就被抓起来了。啊呀，这真是过分，素描上连要塞的要字都没写，他就被关进了监狱。还好他想到了我，就把我的名字告诉了宪兵。我当然同意做了他的担保人，有陆军大将做担保，宪兵只好把他放了。”

世航向他道歉：“真是给您添麻烦了。”

“啊呀，毕竟是连宗格的孙子嘛。”

川端大将笑了。川端和金顺记的关系从他作为少佐进驻台湾时就开始了。在连家中，川端与台湾连家关系最亲近。因为绍柏是台湾连家家主连远初的儿子，川端无条件地为他做了担保。

世航问：“那绍柏怎么样了？”

“当时暂且把他送回了台湾，前几天他寄来的信上说是去了厦门，现在大概正在厦门画画吧。”

川端结束了关于绍柏的话题，拿出笔记本和世航约定了要他与绍桓一起来访的日期。川端背后挂着世航去年送来的吴昌硕的挂轴。

“……云结深闺门。”

7

三天后，连绍桓和世航一起拜访了川端家，然后提了一个要求。

虽说要压下中国的抗日情绪，但正是因为日本的侵略才引起了抗日运动。为了避免战争爆发，让抗日情绪降温也很重要。因此，必须首先减轻日本对中国的侵略。

“我明白，一直都明白，我当然不会一味地要求你们做事，让我们共同努力吧。”川端说着，举了一个例子。

去年六月，日本的河本大作等人炸死了张作霖，打算趁乱发动关东军推进军事行动，也就是侵略，但并未成功，因为阻止侵略行动的势力更强。如果河本等人，也就是侵略派的势力更强的话，当时战争一定会爆发。

“当时，关东军的首脑也反对采取军事行动，很多人以时机尚早为由提出了反对意见。最近去世的田中也是反对的。”

川端说到的田中是九月二十九日因病去世的前首相田中义一。

绍桓问：“我们一直认为田中大将是侵略派。他是因为被天皇斥责才卸任的吗？”

川端说：“不，田中本想严厉地处罚河本，却因为军队反对没能执行。他对天皇保证要严惩，最终却没能实现约定，所以无法继续任职，毕竟他无法再面见天皇了。无法被天皇信任的总理大臣就不能继续做总理大臣了，田中是悲愤而死的。”

田中的辞职和死亡在坊间有各种各样的传言，川端说的一定是真相。虽然他如今已经退役，但毕竟曾经是爬到了军队最高层的人物。对绍桓来说能听到川端的话就省去了很多麻烦，不用收集各种真真假假的情报判断它们是否真实。这就是与川端合作的好处。

在回程的路上，绍桓对世航说：“我可不想一味地被利用。”他觉得应该充分利用对方。绍桓重视的是双方的实力关系，而世航则更看重人际关系。

“你见到辽子小姐了吗？”世航转到了最人性化的话题上。

绍桓双手抱着脑袋，毫不迟疑地回答：“见到了。”

世航猜测二人关系进展顺利，没有继续问下去，只是笑着说了句：“这样啊。”

绍桓突然改变了话题：“你上次说的有关徐炳年的事，什么时候都可以……等他完全康复了就让他联系我吧。我去采访地震的时候在神户见过他，还有印象。”

“谢谢你，我马上就联系他。”

关于徐炳年的事有两件，绍桓答应两件事都会帮忙想办法。

第一件是关于徐炳年自己的。他现在身有残疾，他说除了回金顺记工作，其他的工作都愿意尝试。炳年上过神户的夜间会计学校。虽然腿脚不方便，不过可以做些会计和业务等书面工作。根据绍桓的说法，他主办的《中华时事报》如今发行数激增，已经不需要金顺记经济上的支援了，他在考虑增加人员。

还有一件事是关于徐炳年的朝鲜同学李炎植的，他想潜入东北，参加朝鲜抗日运动。李炎植没有像样的门路，而绍桓去东北出过几次差，又是记者，人脉应该很广。

听到李炎植的事后，绍桓说：“让他先来一趟上海再说吧。我要先和李炎植谈过后再决定要不要帮他。”

听他的意思，只要李炎植让他抱有好感，他就会全力相助。

就在和绍桓一起拜访了川端大将家的第二天，世航与郭浩安见了一面。郭浩安是同舟会中唯一一个仍留在东京的人。

还有一个成员也没有回国，她就是王瑶香，不过她现在在长崎。从女子医专毕业，结束了在医院的研修后，王瑶香结婚搬去了长崎。据说一名有权势的长崎华侨的儿子看上了她。对方在东京的大学上学。郭浩安也不知道两人是怎么认识结婚的。

前些年金顺记有些萧条时，把双烟馆卖掉了，之后同舟会的成员就不再聚会了，可能也有些顾虑吧。毕竟成员们一个接一个地回国，所谓的聚会也有名无实了。

郭浩安虽然还留在东京，不过他是出家人，经常会去各地的寺庙修行。

世航问：“瑶香不是喜欢过李钦票吗？”

在他离开东京前一直有这样的感觉。

“我一个出家人，不懂男女之间的事情。”郭浩安说，语气中带着事不关己高高挂起的意思。

“就像是那段时期的刘继泰啊……”世航想。

当其他同伴热衷于讨论政治问题时，刘继泰总会带着无聊的表情冷冷地说：“做这种事有什么意思呢？”

但刘继泰如今成了实业家，对事业无比热衷。世航可以放心地把工作托付给刘氏夫妇。

“色即是空，空即是色。”郭浩安用汉语念着般若心经中的一段，缓缓合掌。

世航问：“一切都是虚空吗？”

“没错，难道不是吗？”

听到世航问出这种不容置疑的问题，郭浩安似乎有些惊讶。他问世航：“吴康现在在什么地方？一九二三年九月一日以来，就没有人见过他。喂，你能告诉我吴康在什么地方吗？”

“虽说诸行无常……”世航还没说完，就被郭浩安打断了。

他保持着双手合掌的姿势说道：“你想说这都是照本宣科的无常观吧。安闲的、肤浅的……也许确实如此，不过安闲也挺好不是吗？肤浅也没什么。”

“哦？你终于变得像个僧人了啊。”世航不由得说了句招人厌的话。

“你这是在夸我吗？”

“是啊。你过去明明那么热衷于政治……当时，刘继泰倒是更像个僧人。”

“是我大器晚成吧。”

“你还真敢说。”

两人说话间终于带上了玩笑的语气，又回到了同舟会的气氛。

8

世航最终还是没有去京都岚山。绫子的面容不断浮现在他的脑海中，一直是就要笑起来的样子。既不是愉快的笑，也不是悲伤的笑，是没有感情的笑，仿佛在等着世航随意想象。

信子的父亲卧床不起，她很受打击。虽然父亲的身体看起来几乎恢复了健康，但精神却一天天衰弱了下去。

信子在神户金顺记落脚后，住了几天就回到了名古屋的娘家。当时世航也和她一起回去了。不过只住了一天，世航就去了东京。从东京返回神户时也只在名古屋住了一天。

因为有信子陪在身边，父亲泷口弹山的状态就变好了。世航对信子说："既然如此，你就在名古屋住一段时间吧。不用着急，反正我回上海前还要去趟厦门，所以这次你就和苕华一起回上海吧。"

刘继泰和苕华的孩子已经一岁了，她雇了一位机灵的保姆，再次回归女实业家的身份。世航不懂生意上的事，她好像在东京和神户附近还有事，要再住一个月。

信子说："那我就接受你的好意了。"她搬到上海后一直处在紧张的状态中，这次在娘家可以放松放松，毕竟最终还是要回到上海生活。

虽说妻子在名古屋，不过夫妻二人毕竟是一起来的日本，世航还是对去岚山这件事心存抗拒。

麦克米兰应该也在日本，只要世航想要找他，马上就能知道他的住处。但世航没有刻意去找麦克米兰。他在麦克米兰身边时一直戴着一副面具，来到日本后他也始终没有去见麦克米兰。

世航从香港回到了厦门，来到连家在鼓浪屿的别墅。

"世航哥，吓到你了吧？"

一个光头突然冒了出来，原来是绍柏。他没有穿僧服，而是穿着白衬衫和白裤子。

"吓我一跳。"世航故意睁大眼睛露出惊讶的表情。不过他听了川端大将的话之后就想过可能会在鼓浪屿见到绍柏。

"炳年身体恢复得不错啊。"绍柏抢先说。

"哦？你去看过炳年了啊。"

"我可是僧人，来了厦门一定要去南普陀寺嘛。"

世航笑了："是啊，你已经是和尚了。"

鼓浪屿是周长不到五公里的小岛。整个岛都是花岗岩地貌，中间向上突起，仿佛被天空吸引了一样。据说郑成功的船队曾经在一处被称为日光岩的地方遥望海面。如今这座岛成了外国的公共租界，各国领事馆和官邸星星点点地分布在整个岛上。在这座岛上拥有别墅可以说是海外成功华侨身份的象征。

连家隔壁是爪哇华侨的别墅，时不时会传来孩子的声音，他们说的似乎是印度尼西亚语。

到达鼓浪屿的第二天，世航去了南普陀山，他要给炳年带去好消息。炳年无聊地坐在病床上看日文报纸。鼓浪屿日本人俱乐部的图书室会定期处理掉过期两个月的报刊，炳年请连家别墅的管家将这些报刊都带给他。

炳年问世航："那位叫黑田官兵卫的武将腿脚不便是吗？"

世航说："是啊。中国古代的兵法家孙膑也是在受过膑刑，被剔掉了膝盖骨后，才开始活跃于战场之上的。"摆放在窗外栏杆上的花盆中，天竺葵开出了红色的花朵。心形的叶子在阳光下强有力地呼吸着。

炳年见世航看着窗外，便说："阳光明媚啊。"

"是啊。你也比之前开朗了，这样我就放心了。"世航将视线从窗外收回来说。

不光是窗外，房间中也很明亮，也许是因为墙刚刚刷过，还很干净。世航此前并没有注意到房间中有这么明亮。

枕边摊开放着《厦门日报》。第一版上登载的内容是中国政府拒绝签署日本任命小幡酉吉为驻华公使的驻在国同意书。

驻在国同意书是在派遣外交使节前获得对方同意的申请书。中国拒绝签署。

当时的日本首相是滨口雄幸，外务大臣是币原喜重郎，外务副大臣是吉田茂，亚洲局长是有田八郎。此前的驻华公使佐分利贞男提出了同意中国关税自主原则的提案，因此是中方最信任的人。但是十一月二十九日，世航还在日本的时候，佐分利贞男在回国出席外务省干部会议时，在箱根富士山酒店开枪自尽。

中方认为佐分利贞男与中国的关系过于亲近，对此不满的势力派人暗杀了他。

佐分利完全没有自杀的动机。他与中国的谈判也十分顺利，上级也没有反对他的意见。不光是中国，就连币原外务大臣在警察认定是自杀后也始终对此事心存怀疑。

佐分利自杀后，小幡酉吉被任命为他的继任者。他是日置公使向中国提出《二十一条》时的公使馆参赞，因此中国拒绝签署驻在国同意书。小幡本人在将日本提出的《二十一条》要求带到中国时就担心这会使两国的关系恶化，回国后不断提出反对。但他曾是日置公使的辅佐官。因为这段经历，中国拒绝接受他。

“事情会变成什么样呢？”炳年见世航看着《厦门日报》，便开口问道。

“虽然对不起小幡先生，但是中国拒绝前已经做好了两国的关系一定会进一步恶化的觉悟。中国并非拒绝小幡先生，而是在拒绝《二十一条》。我猜与佐分利先生在关税问题上有过合作的上海总领事重光先生应该会成为代理公使，中国也对重光先生抱有好感。”世航的这个猜测实际上是听川端大将说的。

“啊，挂轴换了啊。”

因为大小和字体都没变，之前世航一直没有注意。挂轴上的诗和之前不同，不过依然是俞大猷的诗。

扶桑东去更无山，
天外浮云独往还。
剑履半生湖海遍，
老僧赢得百年间。

这是此地依然被称为普照寺时明朝名将俞大猷来到这座寺庙后所作的一首七言绝句。“剑履”的意思是佩着剑、穿着鞋。

炳年回答：“是的，是另一首诗。”

世航看着挂轴说：“虽然是另一首诗，但诗中依然有浮云。”

“果然还是要有浮云啊。”炳年在床上撑起身子频频点头。

再会之日

1

刘继泰将酒杯举到眼前，轻轻耸了耸肩膀，说道：“如果这个世界上没有国家，该多么悠闲啊。”小小的酒杯边缘有金色的线，杯中的液体是琥珀色的，是张淑妍带来的极品绍兴酒。

“日本有类似的诗歌，写的是如果世上没有花，春天将变得多么宁静。”研究日本文学的张淑妍笑着说。

刘继泰从刚才开始就一杯接一杯地喝酒，已经喝到第四杯了。

唐鼎权和刘继泰比着喝酒，他说：“但是如果春天没有花，该多么寂寞啊。春天离不开花，但国家总是纠缠着我们的世界。”

郭浩安说：“国家……我们偶然出生在了一个国家，只是偶然。”

王瑶香说：“大家好不容易聚在一起，还有更有趣的话题可以说吧，怎么说起这么有哲学性的话题了，还是该说宗教性的话题？”

这里是刘继泰位于上海法租界的家。同舟会的成员真的很久没像现在这样聚在一起了。

除了在地震那年暑假回国后，再也没见过除了世航之外的朋友的陶芳韵，以及忙碌的政府干部赵锡堂，所有人都齐聚一堂。在地震中失踪的吴康就另当别论了。

一九三一年。

六月以后，各地都在发洪水。

“京沪粤汉平大雨”。报纸上写出了这样的标题。京是指南京，沪是上海，粤是广州，汉是武汉，平是北平（北京），也就是说全国都在持续下着大雨。

七月底，长江一带始终在下大雨，水位异常增高。七月二十七日，汉口的扬子江堤防决堤，汉口被洪水淹没；武昌的筷子湖也出现决堤，决口不断扩大，据说仅汉口一地就死了数千人。

水灾波及江北，运河堤防一座接一座溃决，邵伯镇被淹没，数十万人罹难。各国政府都发来电报慰问，日本天皇从私人金库中取出十万日元赠予中国政府作为慰问金。

身在南昌的蒋介石为视察水灾情况，于八月二十八日赶赴汉口。九月一日，国民政府发布“救灾紧急令”。

日本的宗教团体也纷纷寄来慰问金，郭浩安作为日本佛教界慰问团的一员来到了上海。

在日华侨的各个团体也送来了慰问金，王瑶香嫁给了长崎有权有势的华侨，因为她曾经做过女医生，所以偶尔会作为医药代表来上海。

温世航、刘继泰、李钦票、张淑妍、唐鼎权原本就在上海，他们迎来了两位伙伴，为了叙旧便在今天晚上举办了宴会。

虽然还有其他原因，不过将宴会定在刘继泰家主要是因为这里最宽敞。这几年，刘继泰的事业取得了令人瞩目的进展。其中既有白茗华的功劳，也是因为赶上了时运。大家提到上海的犹太财团沙逊的财富时，刘继泰说：“如果完全不考虑国家，就能赚到更多的钱。”

沙逊的国籍是英国，他没有国家的观念，一心追求利益。因为他的正业是将印度鸦片卖到中国，所以他不光缺乏国家观念，也缺乏伦理观念。如果人没有多余的“观念”，什么事都会去做。

刘继泰提到了抵制日货的事。如果打破抵制就能赚到不少钱。实际上确实有人使用巧妙的手段从中获利。用刘继泰的话说，幸好他受过教育，所以不会抛弃国家做出这样的勾当。

李钦票说：“你现在这样不是正好吗？很成功。如果做得更多就过犹不及了。”

他虽然是在商大上的学，却没什么商业头脑。他之前得心应手地做着报社记者和会计的工作。自从徐炳年负责了会计的工作，他就和连绍桓一起专心写报道了。

帝大毕业的唐鼎权说：“不要有太多欲望，我还是个秘书呢。”

世航插了一句：“虽然都是秘书，不过雷岳的秘书可不一样。”

雷岳在政界和军界都有很强的影响力，被称为“上海怪物”。刘继泰此前也通过唐鼎权拜托雷岳帮过几次忙，从中获得了巨大的利润。刘继泰不会把每一笔生意都向世航汇报，不过世航自然而然都会知道。

厚着脸皮托老朋友办困难的事，这确实很有刘继泰的风格。世航能从他的性格中能够感受到一种虚无主义。他托人办事并非完全出于贪心，而是在明白这是最好的办法后果断去做而已。拜托唐鼎权帮忙后，刘继泰应该也给出了适当的谢礼。世航敏锐地从两个朋友最近的样子中看了出来。

同舟会中，刘继泰可以说是最成功的人。像这样的集会也是借用了他的家。

比起商业上的才能，成功的诀窍在于他从容不迫的性格顺应了时代的潮流。连远滋经营的上海金顺记年代久远，就算打着老字号的招牌也并非始终一帆风顺。受到新加坡金顺记破产的影响后，依旧没有顺利恢复元气。

上海金顺记和刘继泰的规模不同。不过，如果以同样的比例进行同样的经营、投资、投机的话，不要说恢复元气，上海金顺记都一定能积攒下足以比肩怡和洋行和沙逊的财富了。至少世航心里是这样计算的。

世航重新审视了刘继泰的才能。结论只有一句话，他赶上了时代的潮流。绝不是连远滋的经营才能比不上他。

“刘继泰做得不错吧？”连远滋曾经问过世航。舅父身为豪商，能注意到刘继泰这样的小商人，说明刘继泰已经显露头角，在实业界颇受瞩目了。

“继泰把分红给你了吧？”绍桓曾经问过世航。

“嗯，我拿到了一些。”世航回答。因为怕绍桓受到打击，他并没有说出金额。

2

从关东地震那年算起，已经过去八年了。

除了僧人郭浩安，其他男性都已经结婚。只有女性张淑妍还是单身。会员们都有了各自的生活，与学生时代相比，不能让他人介入的部分更多了。不过毕竟很久不见，虽然费了番功夫，但大家的心门还是一点点敞开了。

他们纷纷介绍了自己所在的世界。从一开始，他们就没有想过会被别人完全理解。只是大概说了说现在的生活状态。

自己不好说出口的话就由了解自己的同伴代为介绍。比如，李钦票就替张淑妍说了她正在埋头创作一部大作的事。

王瑶香问：“大作？是小说吗？”

两人都是女性，王瑶香在日本的时候就知道文学少女淑妍在写小说和评论的习作。

张淑妍谦虚地说：“算是吧……不过还远远不到能发表的阶段。”

李钦票说：“她已经同意在我们报社发表了。”

“我看过《俞大猷传》。”住在上海的伙伴纷纷表示读过。

李钦票鼓励她，说：“她说那只是练笔，不久将会写出一部大作。淑妍，我们都很期待啊。”

“我也想写小说啊。”唐鼎权叹着气说。比起文学青年，文章家的称呼更适合他。

世航说：“那去写就好了啊。”

唐鼎权皱着眉头，说：“我哪里有那个功夫啊。”

李钦票笑着说：“说起来，在雷岳那里工作，每天都像是活在比小说更精彩的世界里吧。”

王瑶香身子前倾，说：“现在是积累素材的阶段嘛。波澜壮阔的现代史说不定正可以用小说的形式写出来。鼎权的文笔也很厉害。”她像是突然想起了什么事，冲着张淑妍加了一句：“淑妍也是啊，程玉秀身边也是小说里的世界吧？”

说到怪物的气质，雷岳和程玉秀可以说势均力敌。因为程玉秀是女性，所以她身上怪物的气质也许会更加浓重。

总而言之，两人的共同点在于都不喜欢抛头露面，会用自己的方法解决各种各样的问题。坊间经常会说雷岳和程玉秀是靠麻烦赚钱的。解决麻烦会对社会有益。这两个男女律师可以说是积累了善行，而财富只是额外的收益。两人十分熟悉幕后的世界。将这两人的世界综合起来就能拼凑出近代秘史。

从这两个人的秘书手里得到最多情报的人说不定正是温世航，他自己也隐隐感觉到了。

王瑶香说："再过一些日子，我们可能会成为竞争对手。"她嫁给了长崎的贸易商。主要的贸易伙伴是中国，还有东南亚各国，不过长崎港的贸易逐渐被神户和横滨拉开距离，已经明显衰落。王瑶香的婆家想要转移店铺，现在决定要搬到神户。金顺记就在神户，所以王瑶香说可能会和世航成为竞争对手。

同舟会的成员中，郭浩安所在的世界最令人陌生，就连世航也无法触及佛教的世界。

这次众人以水灾为契机得以聚在一起，但郭浩安和王瑶香都有必须要完成的任务，王瑶香要去受灾最严重的汉口，而郭浩安要去江北的受灾地。

除了陶芳韵，唯一缺席的赵锡堂已经从军官学校的教官变成了行政机关的员工。王瑶香打算从汉口离开时在南京下车见见赵锡堂。

他们听到了孩子的声音。

刘继泰的儿子今年三岁，正是精力充沛的年龄，时不时会欢呼着冲进众人聚集的大厅。每次苕华都会赶来，训斥一通后把孩子抱出去。

张淑妍说："没关系，就让他在这里玩儿吧。"

苕华回答："那可不行，这孩子会打扰到你们说话的。"苕华现在正挺着大肚子。

现在，世航的妻子信子的肚子比苕华更大。同舟会的聚会定在刘继泰家除了因为这里宽敞，另一个原因就是信子即将生产，不方便在世航家聚会。

"世航，你很担心吧？"

"听大家说话也是心不在焉的吧？"

"你还是早点儿回去比较好。"有人半开玩笑地对世航说。

郭浩安决定在刘继泰家住下，不过王瑶香必须要回到华侨代表团的宿舍。

"我明天一早就有工作。"

王瑶香刚站起身，苕华带来了一封电报。

"是南京的赵先生发来的。"

刘继泰接过电报。在中国，普通电报使用以四位数代表汉字的电码，与日文的电报不同，电报上只会显示一行数字，不对照电码表就完全看不明白。

在东京赤坂的双烟馆时，同舟会的成员曾经讨论过一次电报的话题。当时讨论的问题是日本的电报打开后马上就能明白发生了什么事，可以立刻采取措施。但中国需要对照电码表找出相应的汉字，十个字就要花去五分钟的时间，之后才能采取措施，很浪费时间，必须要做出些改变才行。

可以考虑将要说的话转化为拼音。

但是汉语有四声，就算打出po，也无法区分“坡”“婆”“叵”“破”。也有人说根据上下文可以判断是“坡”还是“破”，但终究没办法像日本的日文电报那样顺畅地看懂。当时众人讨论了很多，但并没有想出好主意。世航想起当时母亲送来茶水时说：“从我小时候开始，金顺记各个店铺之间的往来电报用的就是英语了。”

大家都点头称是。

赵锡堂从南京发来的电报是写成罗马字的日文，所以打开之后马上就能看懂。

我明天要去南通出差 从十七日到十九日会在上海 想见见大家 定个时间

电报里说因为要去上海北边的南通市出差，所以王瑶香路过南京时赵锡堂并不在南京市。他在南通办完事之后计划在上海停留三天，到时候想与大家见一面。

郭浩安从江北回来后会在上海停留几天，然后在二十日坐火车去杭州天台山朝圣。王瑶香会乘坐二十一日出海的船回日本。问过住在上海的成员的日程后，众人将见面的时间定在了九月十九日中午，刘继泰给南京的赵锡堂发去了电报。

王瑶香很兴奋，说：“到了那天大家就都聚齐了啊，这让我想起了在双烟馆的日子。”

张淑妍掰着手指，说：“刘继泰和赵锡堂的送别会是在一九二四年二月办的，算起来已经超过七年半了。”

世航感叹道：“都这么久了啊……”

张淑妍问：“世航，十九日你可以来吗？”

世航回答："信子的预产期是九月十八日。"

王瑶香从女医生的角度说："男人就算陪在旁边也没用，只会碍事。"说完笑了起来。

"就算不是这样，我也会参加聚会的。我母亲明天会从神户坐船过来，总之都交给我母亲了。"

"啊呀，伯母要来吗？太好了！"张淑妍拍了拍双手，难得会在她身上看到这样兴奋的样子。

3

第二天，世航见到了山上大乘。

山上大乘是川端大将的代理人，今年三十四岁，与世航同龄。他出生在静冈乡下的寺庙中，但不想当僧侣。后来他进入了药学专科学校，曾经在医院工作过一段时间。川端大将在地震前住院时认识了他，两人已经认识很久了。山上大乘对政治、外交很感兴趣，川端大将很看重他。山上大乘受川端的思想影响，为川端做过各种调查。

在上海，山上的身份是受陆军医院委托的中药研究员。他自己也对中药有兴趣，家里充满了中药的气味。

世航在中药气味的包裹中与山上谈了中日间的问题。这样的谈话已经持续了将近一年的时间。表面上，世航是山上的私人中文教师，实际上两人有时确实会把李时珍的《本草纲目》作为课本来学习。

最近几个月以来，世航见到山上后都在说自己的不满，他对山上说出的不满全都会被传达给川端大将。

就像川端大将拜托的那样，世航希望中日之间保持和平。但是他做这件事有着绝对的前提条件，这就是日本没有侵略中国的意图，或者至少要改变至今为止的侵略态势。

"'满蒙'是日本的特殊权益地带。"

"'满蒙'是日本的生命线。"

这样的声音越来越大，越来越强，甚至出现了像松冈洋右那样认为"满蒙"

是日本“圣地”的人。

山上大乘向世航传达了川端大将的说法：“我努力过，但还是变成现在这样了。”

世航现学现卖地说：“既然如此，我也一样。我也努力过了，但还是这个结果。”

外相币原想要拼命避免危机。

世航说：“今年八月，上海的反日运动正在降温。这并非日本重光公使要求取缔反日运动的结果。而是中国民众在无声地表达心意，不希望币原先生和重光先生这样对中国怀有好意的日本政要为难。请将此事切实地传达给川端先生。”

正是外相币原承认了中国的关税自主权，这是中国人民的夙愿。此前，在田中义一首相兼任外相的时候，曾经说过承认中国的关税自主权是荒谬绝伦的事。

“川端先生也很努力啊。”山上大乘说，“最近这段日子，他和外务省的关系变得更亲近了。告诉你一个机密情报，陆军副部长给关东军参谋长发去了电报，说不能将中村事件当作解决‘满蒙’问题的契机，不能以调查为由使用武力。这背后当然有川端先生的功劳。”

“我明白了。总之，不管发生了什么事都不要绝望。”

拜访过山上大乘后，世航感受到一股难以名状的疲惫。中药的气味像重担一样压在了世航的胸口。

4

“日本参谋本部已经基本受到了控制。”

川端将机密情报告诉了世航，因此他也将还没有公布的情报通过山上传达给了川端。

“中国认为已经无法避免日军在东北动武。从五月到六月，此事在东北军的干部中已经成了常识。八月十五日，国民政府从大连的情报员手中得到了相当可靠的报告，说关东军会在近期引发军事行动。”

眼前来来往往的情报有时会让世航深感无力。

见到山上后，他终究还是去见了因为水灾来上海慰问的增田绫子。

同风会的发展势头远远不是刘继泰的事业所能及的。

“我从来没有想过要把同风会做大。”

绫子一如既往地这样说着，但同风会作为新兴团体正在以惊人的速度扩张。这也许要仰仗于负责管理的田村永造的手腕，但是田村带着失望的表情说过，要是自己的公司能发展得这么顺利就好了。看来田村商店的发展似乎停滞不前。

“我想最终还是要看时势吧。”

世航和表姐杨景珠一起拜访绫子时，曾经注意到她在岚山的家中有不少军人。就算是军人也不会没有个人的烦恼。在世航眼中，感到痛苦的军人在同风会中占据了很大的比例。

虽然没有刻意询问，不过世航觉得绫子消失的丈夫也许是军方的人物。同风会现在由茶叶商人田村负责管理，与军方亲近的趋势似乎越来越明显。

世航始终与同风会保持着一段距离。

虽然他始终无法忘记绫子魅惑人心的样子，不过结婚后世航还是渐渐远离了她。如今已经可以做到只是在内心深处偷偷享受对她的留恋之情。但是近些日子里，世航渐渐开始觉得无法对同风会置之不理了。

传闻说有地位相当高的军人出入同风会。军人在前线出生入死，他们想在同风会中寻找安心立命之地的心情并非不能理解。但是由于他们经常来访，同风会的性质发生了危险的变化。

世航见过没什么权威的二流记者把同风会称为右翼团体。正因为如此，世航决定回到之前已经远离的同风会。

“中国在等待灵魂的拯救。”

世航读到报纸上刊登的增田绫子的话之后，认为无论如何必须要见她一面。

增田绫子依然住在之前的酒店，之前的房间。

绫子说：“这间屋子很让人怀念吧？”

怎么可能不怀念，但世航今天是为别的事而来。他曾经在这里与绫子翻云覆雨。一进入房间，世航就想起了当时的情景，不得不在脑海中与回忆斗争。

世航说：“我从报纸上得知你来上海了。”

“我本来想联系你的。虽然我知道你的住址，但是毕竟有你夫人在，不太方便。”

“这样啊……”

绫子靠近世航，世航顺势环住了她的双肩。

绫子把脸埋在世航的胸前，说：“你还年轻，作为女人，我已经上了年纪。”

世航不明白绫子的意思。她是想说因为自己年纪大了，就不要再来往了吗？还是在责问世航是不是因为自己年老色衰而不联系了？

无法理解对方的想法是因为两人的心已经疏远了吗？

世航在她耳边温言软语：“你的名字和同风会的名字都登在报纸上了。”

绫子说：“我不希望事情变成这样。”

“同风会成了居留民青年会议的发起人。”这个话题不该在抱着绫子的时候提起，但世航正是为此而来的。

“啊呀，是吗？我没听过这个复杂的会议，我只是来慰问水灾的。”

绫子的声音微微颤抖。

住在中国的日本人中，要求对中国采取强硬措施的言论格外强烈，这关系到他们的切身利益。特别是“满洲”的日本居民格外激进。

三年前，“满洲”成立的青年联盟宣称要在“满蒙”建设新国家，精力旺盛地四处游说，造成了很大影响。

世航认为，像大雄峰会那样的右翼团体一定会认可“满洲青年联盟”的行动，连佛教青年会都被拉拢了。绫子的同风会也有被拉拢的趋势。

“你把所有事都交给田村先生了吗？”世航用尽可能温柔的声音问。他怕自己说到这件事时会不自觉地话中带刺。

“田村先生？不是，我把一切都交给了时势。人不能违逆时势对吗？”绫子的话带着鼻音。

“时势……”世航又想起了昨天聚会上感受到的时代潮流，心情更加沉重。时势真的无法违逆吗？

“绫子，”世航轻吻着她的耳垂，“上海不适合你，你还是属于京都岚山。早点儿回去吧。”

5

因为母亲赶来帮忙，世航不需要担心信子的生产，只是紧迫的时局越来越让他担心。

川端大将通过山上大乘将日本的形势告诉了世航，这让世航的心情更加沉重。

三月，币原外相在贵族院的答辩上评论“满蒙”形势不佳的原因，认为“满洲”的日本人一味欺压当地中国人，并且过于依赖政府。这让“满洲青年联盟”感到愤慨。

他们成立了“全满日本人自主同盟”，宣称不再依赖政府，为了独立自主地死守“满蒙”，拥护主权，要团结全满同胞。于是进一步加强了游说运动。

七月，他们向日本内地派去了游说队伍，主张反对币原软弱外交，强调武力解决“满蒙”问题的必要性。

日本财政界要人摆出了迎合的姿态，军部自然极力支持游说队伍。

在关西财经界，放弃“满蒙”的论调很强，来自“满洲”的游说队伍对他们施加了强大的压力。

“满洲青年联盟”七、八月间的游说成功让日本内地的舆论转向了强硬方。

“我们要反省，本该更有力地推进舆论工作。”

川端通过山上传达了反省的意思，就连他都放弃了，他认为“满洲”发生军事冲突已经无可避免。

川端也尽了自己的一份力，但他劝说的对象都是高层人物。他本身也不擅长在公开场合面对更广泛的对象引导舆论。更何况普通人偏爱振奋人心的言论。要让他们接受要反扩张理论，比宣传扩张论要困难好几倍。

“板垣和石原早有准备，‘满洲青年联盟’当然也得到了他们的支持。早在几年前，他们就开始着手研究占领地的行政和新政权的方案了，想要在短时间里阻止他们的势头是不可能的。很遗憾，我们的下个目标只能是让强硬的手段停留在满洲内部了。”

世航眼眶湿润，他问道："川端先生已经放弃了吗？"

川端大将退缩了。这也是因为不能违逆时代的潮流吗？

山上说："我们已经努力到最后一刻了，阁下说的对，现在应该想想今后该怎么办了。"

世航无法给出答案。

既然对日本来说，对"满蒙"动武就是时代的潮流，那么对中国来说，拼命抵抗才是时代的潮流。

世航认为是时候与川端诀别了。

"让我仔细想想。"世航深吸了一口气，鼻子里充满了中药的气味。他预感到一场持久战即将开始。

回到家后，世航重新将川端提供的日本非公开性文件读了一遍。这些文件有陆军大学的讲义记录，参谋的旅行报告和个人意见书等。虽然谈不上国家机密，不过都是影响力大的人面向少数精英的论述。其中包含了关东军参谋石原莞尔中佐的《关东军满蒙占领计划》和《战争史大观》，板垣征四郎大佐的《从军事角度看满蒙问题》，以及板垣和石原委托给关东军佐久间大尉的《占领地行政研究》等。

这些理论认为日本要想摆脱世界范围的经济不景气，就必须控制"满蒙"地区。理论的前提正是松冈洋右提出的，这里是用日本人的血换来的圣地。他们完全不考虑当地居民，只是一味憎恨坚决反日的张学良政权。

总之，每一篇文章都表现出要为了占领"满蒙"地区不择手段的本意。板垣的讲义中提到："如今的中国，政治、军事和民众的经济生活完全割裂，统治阶级不过是通过与民众谈判收取税金并维持治安而已。谁拥有政权，谁拥有军权都无关紧要。"

另外，石原的论文中也能看到他对中国的民族意识无比幼稚的看法。

"我国对中国本部的统治会受到中国人衷心的欢迎，我国武力的真正价值将名垂青史。"

对这种敷衍的军事法西斯论调不能一笑置之。在这些人眼中，中国当真就是他们所想的样子。而且，中国确实也存在亲日派的人。

世航叹了一口气。

关东军已经完成了未来的蓝图。关东军的意见书中有一项提到：不能等待机会偶然降临，要亲自创造机会。

关东军进攻“满洲”并不会开始于偶发性事件，他们会阴谋制造事端。而且进攻迫在眉睫。

雨点打在窗沿上发出响亮的声音。长江的水位已经远远超过了危险水位，芜湖、南京都进入了戒严状态。上海黄浦江混浊的江水也不断冲上码头。

世航整理好文件，装进蓝色的纸袋中。被压在文件下的报纸标题是“蒋介石发电报指示张学良避免与日本冲突”。旁边一行铅字映入世航眼中：

“我国当选国联非常任理事国！”

仿佛世界一切安好。

6

世航来到《中华时事报》报社，办公室中只有徐炳年一个人。

世航问他：“其他人都去哪儿了？”

徐炳年耸了耸肩，说：“大家都忙得不可开交，就连我都想拖着这条腿出去采访啊。”

“因为东三省形势急迫吧。”

“不光是东北，赣南的战局也发生了变化。第十九路军找到了红军主力。”

第十九路军蔡廷锴在兴国县发现红军踪迹的新闻已经传开。赣南军队对红军紧追不放，但红军就像在和他们玩儿捉迷藏，很难追上。

蔡廷锴是广东人，毕业于保定军官学校，他并非蒋介石的嫡系。在今年二月开始的第二次围剿中，有人指责蒋介石有意保存嫡系军队的实力，因此在七月开始的第三次围剿中，蒋介石派出了嫡系的陈诚。蔡廷锴发现的红军主力是林彪和彭德怀指挥的红军第四、第五军，罗炳辉的第十二军。红军使用了游击战的方法，因此国民党的军队是否真的取得了他们口中的胜利尚且值得怀疑。

同一时期，黄公略的红军第三军在老营盘击败了蒋鼎文率领的国军第九师。

在第三次围剿中，蒋介石亲自坐镇南昌总司令部，动员了三十万军队，甚至下达了“十日之内平定‘匪区’”的命令。

八月十六日，蒋介石发出训令，要求在最短的时间内肃清“残匪”。

但是赣南的红军并不只是他口中的“残匪”而已。蒋介石电告张学良，说现在不是发起对日作战的时机。他在八月五日发电命令张学良慎重反日。

世航和徐炳年闲聊了一阵后，李钦票回来了。

“我见到了日本的记者。”李钦票说着摇了摇头，皱起眉头。

世航问：“情况不妙吗？”

“日本国内的强硬言论已经达到了顶点。八月三十一日，在奈良召开的日本退伍军人总会上，会长铃木庄六大将发表了激烈的主战观点。政党也几乎都站在强硬派一边。看这个势头，恐怕已经无力回天了。”李钦票边说边不时轻轻摇一摇头。

“报纸上也是清一色的主战论调。”

世航每天都会看看前一天的日本报纸，最近强硬派的论调又上了一个台阶。《朝日新闻》写到国民不能无条件地赞同军部反动的强硬论调，但又表示应该团结起来推动国策。世航认为《朝日新闻》的态度发生了一百八十度的转变。

“还有一线希望，”李钦票让自己放松下来说，“我接到情报说日本天皇因为军纪问题警告了陆军大臣。”

“是指不允许他们胡作非为吧。”

“陆军大臣南次郎可能不知道关东军的阴谋，而且他心思不够细腻，也许不能理解天皇委婉地提醒。我想天皇的话可能没什么用。”

“奉天特务机构的长官土肥原大佐和张学良的顾问柴山少佐被召回东京。这又是为什么呢？”

“是要向他们解释阴谋的内容吧，我想不会是劝他们放弃执行阴谋。”

“你说的没错。”世航抬头看着天花板。

已经进入九月，因为连日阴雨，天气变得闷热。天花板上的吊扇无精打采地转动着。

李钦票双腿跷上桌子，打了个大大的哈欠，桌上的一沓资料随着他的动作掉在了地上。见世航弯腰想要拾起资料，李钦票咬牙切齿地说：“那种东西不用捡了，不过是日内瓦国联大会上无聊的演讲翻译，真的很无聊。”

国联大会刚刚在日内瓦召开。

九月十一日，日本代表芳泽谦吉在会上就反战公约发表了演讲，表示日本要保留自卫权。他认为就算签署了反战公约，也可以进行自卫战争。自卫战不光包括在国内的战争，也包括在别国领土宣扬自卫权。

中国代表施肇基发表演讲批评日本企图在“满蒙”发起军事行动。

难得见到李钦票不拘小节的动作，也许这正体现出了他此时的无力。

世航问：“你们的主笔什么时候回来？”

李钦票回答：“就算今天回来也很晚了，说不定他要在南京住下。”

“哦？他去南京了？”

“听说日本公使呈递了国书。他去采访了。”

“啊，重光先生已经从代理公使升职为公使了啊。”

“可惜就算见到他也无济于事，重光先生也束手无策了吧。”

“是啊。”世航站起身来。

7

即将成为父亲的男人也许都会陷入一种无力，世航能感觉到自己双脚发软。

世航走到家附近时看到了一名穿着僧衣的男子。

“你果然心神不宁。”

听到声音，世航才发现来人正是慧空。他开口问道：“啊，你是来看我的吗？”

“没错。”

“实在抱歉我刚才没在家，一起进来吧。”

“不用了，事情已经办完了。”

“办完了？”

“我是来找你母亲的，有事想拜托她。伯母已经爽快地答应了。”

“什么事？”

“你去问伯母吧。毕竟你已经是要当上父亲的人了，哈哈哈，大家都是一样的。”

慧空说完，双手合十从世航身边走过。世航回头目送他消失在街角。

回到家打开门，屋里传来了热闹的说话声。平时家里只有夫妇二人平静地生活，如今有母亲从神户赶来帮忙。不过世航听到的并不是母亲的声音，这声音很熟悉。

是表姐杨景珠。他走进房中一看，除了杨景珠，台湾金顺记连远初的弟弟连远云也在。他是世航的舅父，地震后离开东京去美国学习戏剧。

世航问："您什么时候来的？"

远云回答："我和景珠坐同一班船从美国回来的，在香港停留一周后回来了，真是好久不见。"

房间的角落里坐着一位安静的女人，是陆鸣泉的妹妹陆慈泉。见世航看向自己，她轻轻点了点头。一位世航从没见过的七八岁少女端端正正地坐在她身旁，也许是陆慈泉的孙女。

"我可不是回来玩儿的，而是工作，我是为工作而来。"连远云穿着短袖，高举起手说。

世航的母亲温柔地看着弟弟，无可奈何地说："你总是吵吵嚷嚷的，真是改不掉的坏毛病。"

"世航啊，你应该知道'满洲'已经开战了，这会是一场漫长的战斗，中国人一定不会放弃。我要用胶片仔细记录下整个过程，让后世的人知道这场侵略战争是如何进行的。世航，你能理解我的想法吧？"

远云越说越激动，似乎刚才女人们都不理解他的想法。

远云去美国后，世航听到不少关于他的传言。他说是去学电影的，在好莱坞学习当导演的技巧，当过著名导演的助手，也拍过几个纪录短片。

听说祖国的土地上爆发了战争，远云迫不及待地赶了回来。世航十分理解他的心情。

"他的工作赚不到钱，所以一直过着一贫如洗的生活，这次回国也是来找我借钱的。反正远初总会帮远云还钱，借给他绝对没问题，所以他要多少我就给多少了。而且当时在香港的会长也邀我一起回国，都是巧合。"景珠一口气说完后看了看陆慈泉。

陆慈泉点了点头，慢条斯理地说："今后会发生各种各样的事，对太玄会来说今后的走向很重要，所以我给景珠写了信请她帮忙。"

世航想起了绫子和同风会。

太玄会和同风会曾经有过合作。

如今同风会已经成了居留民青年会议的发起人之一，叫嚣着要惩罚中国人，而绫子却说这是时代的潮流。

太玄会不会感受不到时代的潮流，他们采取了各种措施，但世航从中感受到了一以贯之的精神。

远云的回国也是投身到了时代的洪流中。

世航看了看在陆慈泉身边正襟危坐的少女，还没有人向他介绍这名少女是谁。

少女长相可爱，体型匀称，有着与年龄不符的强劲。她的眼睛炯炯有神，双唇紧闭，让人感觉充满了智慧。

世航紧紧盯着她。母亲对他说："这孩子是刚才慧空先生带来的，叫梅卿。"

"慧空带来的？"

"嗯。他说这孩子很聪明，在乡下小地方太委屈她了，希望能在上海上学。我想现在就带她去日本，比起长大以后去留学，趁现在就出国不是更好吗？"

"这孩子是哪儿的人？"

世航不知道母亲为什么会接受这孩子，甚至要带她去日本。

母亲说："她一直住在舟山列岛的普陀山。"

"普陀山……"

世航仿佛突然闻到了与芳韵一番云雨的那个夜晚，海边木屋中海潮的味道。

母亲眯起双眼："没错，就是普陀山。慧空先生说是一个朋友的女儿，姓陶。"

8

九月十九日白天，包括赵锡堂在内，同舟会所有人都来到了刘继泰家，只有陶芳韵不在。应该说这次聚集了关东地震后去了双烟馆的所有人。

前一天晚上十点三十分，关东军为了发动战争，派守备队炸毁了沈阳城外文官屯柳条湖附近的南满铁路。

关东军迅速袭击了北大营。

北大营的守军是东北军第七旅，旅长王以哲和东北军参谋长荣臻命令团长王铁汉等人“不准抵抗”。

十九日上午，消息传到了世航等人耳中。

“终于开始了……”同舟会的成员都在想。这是迟早会发生的事，没有人感到意外，但众人心中都升起了悲壮之感。

聚会上话题始终围绕着柳条湖事件。

唐鼎权从雷岳那里听说张学良在医院向参谋长荣臻致电，明令禁止抵抗日军。

不过根据报社的消息，不准抵抗的命令早已制定。

东北军预想到日本会动武，因此已经做好了应对之策。

李钦票握拳敲打着膝盖，说：“真是令人气愤。”

郭浩安怀疑地说：“不抵抗真的是好办法吗？不是只会让关东军得意忘形而已吗？”

赵锡堂说：“不抵抗主义不是你们和尚会用的方法吗？我想听听你们的哲学。”

王瑶香不断晃着身子想要压抑自己的情绪：“是圣雄甘地的非暴力主义吧，不杀生。他主张非暴力的斗争才能得到真正的胜利。我对甘地有些了解，但是我觉得非暴力主义不适合现在东北的情况，不抵抗怎么想都不合适吧。”

刘继泰的胳膊搭在桌子上，用食指指着天花板，说：“总而言之，蒋介石将红军当成了主要敌人。他可能认为首先要打倒主要敌人，其他人都无所谓吧。”

“他会失去人民的信任的。现在可是外国人在进攻啊！普通人应该都和我一样，希望他先放下与国内的政敌的战斗吧。”张淑妍的声音比平时高亢了一些。

“我在行政院听到了秘密情报，”赵锡堂说，“江西的战斗又失败了。韩德勤的第五十二师被红军第一、第三军击溃。旅长和三名团长战死，损失惨重。行政院对此很头痛。为什么会输呢？”

赵锡堂供职于中央政府，他口中的胜负自然是站在国军的立场上。从兵器、装备上来看，国军要精良得多，投入的兵力也更多。

王瑶香说：“是人的问题吧？”

“你是说我们的人素质差吗？”赵锡堂苦笑着反问。

“我去过汉口后觉得，这次水灾说不定可以避免。虽然我是个外行，但总是有这样的感觉。战争也是一样，如果不好好打，装备再精良，兵力再多也没用。”

郭浩安说：“我在江北也听到有人说这次不是水灾，而是人祸。”

“总之，我们都生在了一个混乱的时代啊。”

听到赵锡堂的话，大家都点了点头，在心里默默表示赞同。

刘继泰挠着头说：“我们好不容易聚在一起，却净说些不开心的事，就没什么好消息了吗？啊，上次我也这么抱怨过吧。”

李钦票突然开口说：“好怀念双烟馆啊。”

郭浩安用看破红尘般的口吻说：“已经七年了，当时大家都年轻，充满活力，没吃过生活的苦。那样的青春当然值得怀念。”

“从地震算起已经整整八年了，”张淑妍说，“已经可以说了吧？我当初被吴康救了一命。”

“果然是他……”有几个人同时发出了感叹。

“发生了很多事，今后还会发生更多的事。”郭浩安双手合十。虽然他剃了光头，但很少身着僧衣，平时也不会表现出僧人的样子。此时他双手合十的动作却让伙伴们深有所感。

“对了……”王瑶香对世航说，“怎么没把伯母带来？我们都把她当成同舟会的会长呢。”

“没错，没错。”张淑妍附和说。

“本来想带她一起来的，”世航作势用手背擦了擦没有出汗的额头，“其实昨天晚上，我妻子生了。母亲现在忙得不可开交。”

刘继泰突然大喊道：“世航，恭喜啊！”

“终于有了一个好消息。”

淑妍用掌心拍着世航的背。和郭浩安刚才的动作一样，这实在不像平时的淑妍。

赵锡堂说：“快跟我们好好说说。”

“就是。”

“同意。”

大家的声音此起彼伏。

世航不自觉地挠了挠头，说：“是个男孩儿。”

周围响起了掌声。

王瑶香说：“要是生了女孩儿我们也会鼓掌的。”

“是晚上十点三十分生的。”听了世航的话，大家一下子安静了。孩子就出生在关东军发动柳条湖事件的时候。

“他将来会成为救国的英雄！”唐鼎权坚定地说，周围欢声四起。

张淑妍的声音中带上了哭腔，她说：“太好了，难得大家聚在一起，听到了这么好的消息。”

王瑶香语气沉重地说：“在上海的人随时都能再聚，但是下次聚齐就不知道是什么时候了。”

“这种事就不要去想了，”刘继泰起身举起金边酒杯说，“让我们为下次干杯！”

大家齐声高呼干杯。

战火波及上海

1

“胡同”一词来源于蒙语，据说北京有四千五百四十条胡同。

温世航对鼓楼附近的南酒店杏花村的二楼已经熟门熟路了。从这里可以看到一条胡同的入口，那里曾经是宦官高述的住处。胡同尽头的宅邸是武公馆，是武彻的产业。

现在，武彻就坐在世航面前。他年龄在五十岁左右，八字胡，喝酒吃饭时的举止都带着颓废的气息，口中总是说着“完了，完了”。

比起他喝酒的样子，这句话中的颓唐意味更浓，仿佛失去了全部热情，甚至连喝酒都没有了乐趣。

温世航说：“我认为这并不是结束，一切才刚刚开始。”

武彻像是没有力气回答，只是摇了摇头。

这是一九三一年的晚秋。

今年九月，日本在柳条湖炸毁了铁轨，栽赃给中国的军队后发起了进攻。中国将此事称为“九一八事变”，日本则称其为“满洲事变”。

武彻是东北人，他的梦想是由东北人治理东北，与中原的势力及南方（蒋介石等人）三分天下。他将希望寄托在了张作霖手下的奉军参谋长杨宇霆身上。但张作霖死后，他的儿子张学良处死了杨宇霆。

从那时开始，武彻就总是将“完了，完了”的口头禅挂在嘴边。原本他还将一线希望寄托在年轻的张学良身上。柳条湖事件后，东北被日本占领，他对一切都失去了兴趣。

武彻冷笑："刚刚开始？"

"没错，刚刚开始。"世航坚定地说。

"日军的侵略的确是刚刚开始。不光是大炮，还有空袭……"

日军逐渐扩大作战范围，根据报纸上的报道，各地都遭到了空袭。武彻越来越消沉，最近几乎不再说话。

这就麻烦了。

世航想从武彻口中获取情报。

杨宇霆曾胸怀大志。他毕业于日本陆军士官学校，是奉系军阀中的亲日派巨头，拥有丰富的资金来源。

负责使用这笔巨额资金的正是武彻。他是杨宇霆的后援，用这一身份获取了巨额财产。武彻原本就是资产家，不过在和杨宇霆勾结后更是身价倍增。

世航认识武彻时间不久，在他眼中，武彻是难得的无欲之人。他打从心底忧国忧民，他热爱着东北大地，对杨宇霆毫无私心地倾囊相助。

有时世航会猜测这些也许都是他的表演，然后马上又对自己的怀疑感到羞耻。武彻的确是纯粹的人，如果这一切都是表演，那他一定是天才演员。

世航说："总有一天，我们可以抵挡住空袭。"

武彻说："总有一天？哈哈，我和它们一起等着。"

它们是指宦官们从故宫偷出的财宝。众人约定当危急之时要让它们为国家出一份力，但只有武彻一人知道这些财宝在什么地方。

辛亥革命推翻了清朝的统治，由于出台了清室优待政策，溥仪等人依然住在紫禁城中。宦官依然留在故宫的那十三年中，故宫丢失了一大批财宝。辛亥革命前就有传闻说有文物遗失，不过文物大量遗失就发生在这十几年中。

皇帝退位后，紫禁城中的侍从被留用，只有宦官在减少后不允许继续补充，等着他们自然消亡。宦官们的前途一片黑暗。摆在他们眼前的是故宫的财宝，只要稍稍动些脑筋就能换来财富。

因此，故宫中盗窃成风。一开始，虽然东西都是好东西，但是出手困难。渐渐地，出现了能以正当价格出售赃物的门路。宦官高述清楚这些文物的价值，他找到了热衷于文物的大富豪武彻。

武彻花了十几年时间回收故宫的文物，而且全部留在了自己手上。宦官们认为将文物卖给他是安全的，不会有人通过这些文物抓住他们的马脚，文物只会成为武彻的收藏。武彻一直期待着故宫的文物派上用场的一天。

那就是杨宇霆成为东北霸主的日子。只要他能成为三分之一天下的主人，这些财宝就能派上用场。武彻希望救国英雄能出在东北，杨宇霆死后，他曾在一段时间里将希望寄托在了张学良身上，尽管处死杨宇霆的正是张学良本人。但他的希望逐渐破灭。

武彻喝醉后曾高举双手，仿佛要抓住天空般大喊："喂！我该如何是好，拜托你告诉我吧，邻葛！"

世航见到他这副样子，曾经有过一丝怀疑，觉得其中有演技的成分。

邻葛是杨宇霆的字。

武彻为什么会毫不介意地接受世航的邀请出来喝酒呢？世航的直觉告诉他武彻对一切都没有兴趣的外表上蒙着一层薄薄的伪装。他始终无法释怀，觉得武彻醉醺醺的外表下是一颗清醒的心。

但无论如何，武彻一定是一个纯粹的人。

世航想：如果这都是演技，一定是用尽了全力。

他正在以记者的身份接触奉系军阀的幕后人物武彻。

一九二三年六月二十七日夜里，紫禁城西北的建福宫德日新殿起火，火势蔓延到延春阁、中正殿、香云亭，那里存放着大量文物。传播最广的说法是宦官们偷出文物后用赝品取代，得知近期会有人检查，便一把火烧掉了所有证据。

溥仪大怒，在火灾发生后十八天放逐了紫禁城的宦官。中国进入共和国已经有十二年的历史，但当时依然存在一千多名宦官。因为紫禁城中尚有三名嫔妃需要有人伺候，最终留下了一百七十五名宦官。这三名嫔妃分别是同治帝的妃子瑜妃和缙妃，以及光绪帝的妃子瑾妃。按照清朝的礼法，这三人都是溥仪的庶母。宫中自然有宫女，但依然需要至少一百多名宦官。

瑾妃在溥仪即将离开故宫时去世。她与妹妹珍妃一同被选入宫。八国联军攻入北京时，慈禧太后命人将珍妃推进了贞顺门内的一口井中溺死。姐妹俩最终都死在了紫禁城中。

2

与武彻一起喝酒绝对称不上愉快。当天什么也没有发生，两人喝完酒后便各自离开了。武彻似乎在观察温世航。

武彻会观察每一个来到武公馆的人。因为他偷偷收藏着从故宫偷出的文物，所以他认为，包括世航在内，来到武公馆的人都是以得到文物为目标的。但世航对武公馆的财力不感兴趣，作为记者，他更关心的是武彻的背景。

在北平停留几天后，世航去了上海，他想在上海写出关于日本占领东北的论文。世航本以为能从武彻口中听到些消息，但由于如今武彻完全不关心世事，至少是装作不关心，因此世航完全没有收获。

世航在上海见到慧空时问他："以一位从爱国者突然变成虚无主义者的百万富翁作为论文的开头如何？"

慧空马上回答："太程式化了吧。"

慧空也曾经见过武彻。

"果然不行吗？"

"你好不容易来了上海，好好写写上海的事吧，我可以给你提供很多资料。如今写东北的人太多了。"

世航说："这不是人多人少的问题。"

"如今东北受到万众瞩目。正因为关注的人太多，日方也感到很困扰吧，所以想要转移众人的目光。我一个出家人都能明白。"

世航摇了摇头，说："出家人怎么能说出这么世俗的话。"

慧空说："因为不说世俗之言，所以我们才会被看不起。我们不被民众尊敬，而是被当成乞丐。基督教的传教者本来效仿僧侣想要与民众拉近距离，后来惊讶地看到要饭的和尚，便改口称自己为儒者了。"

十六世纪，基督教传教士来到日本后曾效仿僧侣布教。但是来到中国的传教士得知佛教僧侣非但不受尊敬，反而受到蔑视后不再说自己是西僧，而改口称自己为西儒。

世航侧着头说："你说要写上海的事，会有写东北的战争那样的冲击力吗？"

"从日本的角度来看不就能明白了？他们正因为世界的目光都集中在东北而感到困扰，巴不得中国的其他地方也出些乱子，所以他们正打算在中国其他地方点火，我觉得最有可能的就是上海。"

"为了引开全世界人民投向东北的目光吗？"

"《孙子兵法》和克劳塞维兹的《战争论》中不都有类似的做法吗？"

"你是说日本会引发冲突吗？"

"这话听上去很危险，但应该没错。你就边看小说边等着吧，我也会诵经等待的。"

慧空双手合十低下了头。

这并非是慧空一个人的想法。日本在东北的独断专行自然受到了各国的非难，可以轻易想到他们会在其他地方动手脚，不难猜到日本会选择上海。

战后，当时的上海公使馆陆军副武官田中隆吉少佐坦白关东军高级参谋板垣征四郎曾对他说想在上海起事，将各国的目光从东北引开，然后趁乱让"满洲"独立，同时明言已经筹集了两万日元的军费。他揭露曾从钟纺的上海店借到了十万日元，策划了日本和尚事件。另外，他指出重藤宪兵大尉和川岛芳子等人也牵涉其中。

虽然田中隆吉后来揭露了此事的详细情况，但当时普通人并不知情，不过人们都嗅到了阴谋的味道。也有人在事件发生前就猜到了大致的情况，慧空就是其中之一。

尽管日本政府屡次表明不会扩大"九一八事变"的影响范围，但战火依旧逐渐扩张。关东军飞行队袭击了辽西的重要城市锦州，战火逐渐逼近位于河北省的北平，中国中部立刻陷入紧张的气氛中。

被放逐出紫禁城的废帝溥仪原本住在天津，却被奉天特务机关长土肥原贤二大佐带到了东北。

"事到如今还想采取帝制吗？"

"还想在腐朽的底座上苟延残喘吗？说起来日本也是帝制啊。"

“他们想把日本当成第二个朝鲜吗？”

“朝鲜国王好像成了日本皇族的一员。现在是‘满洲帝制’，接下来就要合并了吧……真是露骨！”

“接下来溥仪就是日本傀儡学校中的新生了。”

就这样，溥仪的动向暂时吸引了温世航等人的目光。一九三一年即将结束，上海的阳历新年与往年没有区别。

一九三二年，昭和七年，一月十八日，田中隆吉将两万日元交给了川岛芳子，让她引发了“日僧事件”。此事没有出乎任何人的意料，人们都知道迟早会出事，只是不知道会在什么时候，在哪里，以什么样的形式发生而已。

3

街上出现了一群举着团扇敲着太鼓的人，口中念着南无妙法莲华经。这是日本常有的景象，但是出现在上海共同租界多少有些不同寻常。

一九三二年一月十八日，五名布教僧人和信徒的袈裟上清晰地写着“日本山妙法寺”的字样。

平时，他们并不会经过杨树浦，也许是过于专注偏离了原定的道路。在沿途的行人眼中，他们是一群怪人。

五名走错了路的宗教家进入引翔港，绕到了马玉山路的三友实业工厂背后。工厂的操场上聚集着几十名员工，刚开始，他们以为这一群穿着白衣的人是朝鲜人，看清袈裟上的文字后纷纷大喊：“是东洋人！”

自从日本以武力占领东北以来，中国人就对日本充满了怨恨。众所周知，三友实业的毛巾工厂一向反日情绪强烈。

越来越多的人开始大喊：“东洋人，还我东北！还我沈阳！还我长春！”

“看看你们在锦州城做的好事！”也有人大声响应，激动的声音此起彼伏。锦州就是日本通过空袭占领的城市。

五名宗教人士被众人包围，脸色煞白。

有人大喊：“这是挑衅，不要上当！”但他的声音淹没在声浪中。

五个人被逼到了死路上无处可逃。工人大都穿着蓝色的衣服，也有人披着黑色的外套。被包围的五个人都穿着一身白衣，没有办法混在人群中逃走。

有人开始扔石头，接着人数逐渐增加，传来了“打！”的声音。

不久后，两名受伤的日本人从人群中逃出，急忙向工部局（上海租界的行政组织）杨树浦警察署报警。

救援队赶到时工人们已经解散，只留下三名受伤的日本人。后来，日方称寺僧水上秀雄在六天后去世。

温世航从慧空口中听说了这起悲剧。而且这次悲剧还引发了更大的悲剧。

事情发生后的第二天夜里，日本青年同志会的三十多名会员带刀纵火袭击了三友实业，逃走时（当时已是二十日凌晨）遇到了工部局的中国巡捕，双方发生冲突。同志会的人用日本刀砍死了两名中国巡捕，其他巡捕开枪射杀了一名同志会的成员。

“这是怎么回事？”

温世航睁大了双眼，仿佛事件在他眼前重现。

慧空说：“就像我说的一样，我陈述的都是事实，没有加入想象和推理。”

世航疑惑地说：“如果加入推理不就更容易理解了吗？”

“比如说？”

“这并非偶然事件，而是日本为了转移外国投向东北的目光故意策划的。”

“不可能。这可是死了一个人啊！而且他们是走错路了，自己都不知道会走到杨树浦。”

“但是同志会的袭击明显是故意策划的。外国的目光确实暂时从东北转向了上海。”

“我想，《民国日报》事件也不会就此结束。”

“那件事还牵扯国际礼仪，我认识几个《民国日报》的记者。”

《民国日报》是上海的报刊，以反日报道众多著称。今年一月八日，《民国日报》报道了发生在东京樱田门的大逆事件。此事激怒了日方，升级为外交纠纷。

朝鲜人李奉昌在樱田门向天皇投掷了手榴弹，不过手榴弹在宫内大臣乘坐的第二辆马车的左后轮旁爆炸，没有造成人员伤亡。李奉昌当场被捕，犬养首相宣布辞职，昭和天皇并未接受。

全世界都对此事进行了报道，上海《民国日报》的报道中写到“不幸仅炸副车”，其中“不幸”一词自然引发了巨大的不满，而且标题使用了特初号字体印刷。

日本驻上海总领事村井苍松要求上海市长吴铁城撤销报道，谢罪并处罚负责人。

《民国日报》事件、日僧事件和日本青年同志会闯入三友工厂几乎同时发生。

吴铁城市长做出了以下答复：

一、警告《民国日报》；

二、市长向总领事送上道歉公文；

三、由社长严重处分直接责任记者，将结果通过市长通知总领事；

四、取消报道，在报纸上登载道歉报道。

事情看起来暂时告一段落了。

但《民国日报》报社报道日本青年同志会的闯入事件时，以“日浪人藉陆战队掩护，焚烧三友工厂”为题如实报道。

同志会闯入三友实业后，日本陆战队确实立刻接到通报赶往现场。日方坚称这绝非“掩护”。一月二十二日，日本陆战队向《民国日报》报社提出三点要求：

一、揭载半张大之谢罪文；

二、主笔来队提出公文陈谢；

三、以上行为需要得到陆战队认可。

第二天，《民国日报》报社给出了回答。

“尽管此报道并非我社单独登载，我社依然表示歉意。但贵方的要求不符合新闻界惯例，恕不能照办。”

而且将这封回信带给陆战队的人自称《民国日报》报社的司机。第二天，陆战队前任参谋和警备队长来到山东路的《民国日报》报社抗议，但报社大门紧闭，报社内空无一人。日本人径直前往位于江西路共同租界中的工部局，宣布：《民国日报》报社毫无反省之意，日本陆战队将做出重大决议。

工部局参事会是共同租界的最高行政机构，原先九名人员全部是外国人，考虑到中国人的民族意识，在一九二八年加入了三名中国人。后来因中国人人数太少而增加到五名，与原本九名外国员工共同组成了十四名参事会员。时任参事会议长为马克诺顿，事务总长是法森单。日本陆战队提出的抗议由两人负责处理。

参事会紧急做出决议：

一、不遵循日本要求的形式，根据工部局的提议处置《民国日报》报社；

二、以扰乱治安为由查封《民国日报》报社；

三、查封天后宫的抗日总部。

4

五名中国参事没有参加此次决议，而是在之后才得到通知。

五人向事务总长法森单抗议："在没有中国参事参加的会议上做出封锁《民国日报》报社的决议不当。"

据说法森单劝说中国参事时说道："日本一旦拿出实力，上海的所有势力，包括英美各国势力在内都无法阻止。为了防止事态进一步恶化，这是唯一的方法，请你们理解。"

一月二十六日，工部局派出多名巡捕查封了《民国日报》报社。

上海民心不稳。

住在法租界的刘继泰叹息着："要开战了。"

温世航问："你站在商人的角度怎么看？"

刘继泰说："大多数商人都抱着乐观的态度，觉得虽然人人都喊着要打仗，依然希望到了关键时刻，能在千钧一发之际避免战争。"

"没有人愿意打仗，所以才会这样想，但这次恐怕真的会开战，不过不知道会是多大规模的战争。”

“你从一开始就很悲观啊。不过日本必须将大部分人员放在‘满洲’。而且他们不能不在乎国际上的批判眼光，现在这种情况下，会在国际大都市上海起事吗？”

“所以我才说不知道会是多大规模的战争。日本一定想要利用中国混乱的政局，要是没出事才稀奇呢。”温世航抿了一口茶。

中国混乱的政局指的是上个月十五日蒋介石下野。蒋介石卸下了国民政府主席、行政院院长、陆海空三军总司令的职位。接任国民政府主席之位的是国民党元老林森，孙文的儿子孙科被选为行政院院长。但是没有人相信这套班底能够持久。

“日本已经没有时间了，混乱的政局已经结束。我听说孙科等人已经去了杭州。”刘继泰有他自己的情报网。蒋介石如今就在杭州。

“混乱的余波还会继续，日军就是冲着这点来的，战争不会持续很久。”

“应该会是一场小规模角逐。”

两人讨论后得出了结论，认为中日双方将会在上海发生一场小规模角逐，不过在两人心中，这场角逐的规模差距很大。

温世航去找刘继泰是为了些生意上的小事，也是为了收集关于战争的消息，如今这是上海人最关心的事。

日本想要转移世界投向东北的目光，虽然此事小有成果，但所有人都看透了日本的诡计。

温世航轻轻叹了一口气，说：“形势不会像棋子一样任人摆布。”

“没错，赶来这里的军队能不能遵循蒋介石的想法也值得怀疑。”就连乐观派的刘继泰都皱起了眉头。

驻扎在京沪（南京和上海）的军队是十九路军，大多是广东人，在北伐军第十师的基础上重新编制而成，由广东省主席陈铭枢指挥；蔡廷锴是其部下，以骁勇著称。十九路军在江西与彭德怀率领的红军交战后刚刚转移到京沪地区，士气正旺。

来到京沪地区后，十九路军受到知识分子和学生的影响，反日情绪日益高涨。另外，最近蒋介石与汪兆铭等派系产生了内部纠纷，以粤系为主的十九路军恐怕不会一如既往地亲蒋。相反，反蒋的言论在将士中逐渐蔓延。

十九路军不属于蒋介石嫡系。但蒋介石嫡系的第八十七师、第八十八师与第十九路军步调一致。第八十七师由国民政府首都警卫军警卫第一师改编而成，警卫第二师改编为第八十八师，这两支部队受到十九路军统帅陈铭枢的影响巨大。

日本军舰不断在上海集合。第一遣外舰队司令官盐泽幸一少将不断要求上海市政府接受他们对杨树浦事件的要求，言辞激烈。

“中国对日本之要求无满意答复，日军为维护帝国权益，将采取我方认为合适的行动。”

陈铭枢召集十九路军将领商量对策。

但是国民政府在一月二十三日召开了紧急会议讨论对日问题，命令上海市长吴铁城禁止民众的反日行动。

同时军政部长何应钦命令十九路军在五天之内与日军脱离接触，由宪兵第六团接防。

5

一九三二年一月二十八日，上海爆发事变。

上海日本总领事村井苍松在一月二十七日夜里下发外交最后通牒，要求在一月二十八日下午六点前对日本的要求做出明确答复。

迫于日方压力，上海市长吴铁城于二十八日下午一点四十五分提出书面回答，表示中方完全同意日本总领事提出的要求，日方表示满意。但二十八日下午十二时二十五分，吴铁城从日本手中接到了意想不到的公文，他对此提出抗议。

这封意想不到的公文出自日本帝国第一遣外舰队司令官盐泽幸一少将之手，内容如下：

日本海军鉴于闸北情形，颇感忧虑，该处日侨众多，已决定派兵至该地，维持法律秩序，因此希望中国当局，从速将驻在闸北的军队撤退，并解除一切敌意的防卫。

至今为止，“满洲”一直是日本陆军的天下，日本海军在等待出场的机会。这份海军声明后来被称为盐泽声明，也可以说是宣战书。

租界中有各国军队驻扎。日本军队负责共同租界东部全境、北部越界筑路和北四川路。事变发生前，日本军队负责的范围从北四川路扩大到了淞沪铁路（吴淞—上海）堤防以西六百四十米，那里被称为闸北，日侨众多。

刘继泰家位于法租界中。他留住了前来做客的温世航，神情严峻。

刘继泰劝说：“你留在这里更容易掌握形势。”

世航同意了。

“避难的人会不断涌入，日本的目标似乎是黄浦江岸。”听说避难民众的数量后，刘继泰也陷入悲观。

世航说：“海军也不想输给陆军吧。”

驻扎在上海的只有日本海军，海军陆战队的基本兵力为九百零八人，被称为河童，讽刺他们像河童一样登陆后并不强大。形势恶化以后，吴镇守府和佐世保镇守府增加了九百二十五名士兵，总兵力达到一千八百三十三人。

这其中自然包含了与陆军对抗的想法。

“民众最能嗅到危险气息。如果避难者真的达到了传说中的人数，恐怕战争已经爆发了。”

刘继泰抛弃了原先商人的乐观想法，抱着双臂开始思考自己作为商人该如何应对当下的情况。

世航说：“日本打算在十天，不，是三四天之内结束枪炮和肉搏战，但是可悲的是，对上海来说，事情不会如他们所愿。”

事实正如世航所说。

日本人满脑子想的都是“满洲事变”，那里的军事行动很顺利。但是日本军队在那里有长期积累下的影响力，甚至连军队中都有亲日分子存在。

而上海不同。

在这里，与日本军队作战的十九路军反日情绪极为激烈。军队的士兵大多是广东人，还有一部分福建兵，他们是军队强大的反日基础。

副总指挥蔡廷锴将军三十六岁，作为抗日领袖在上海拥有极高的人气。蒋介石想要将“讨共”放在抗日之前，他绞尽脑汁想让蔡廷锴撤退。民众得知此事后，蔡廷锴的人气愈发高涨。

几乎就在“一・二八事变”爆发的同时，暂时下野的蒋介石正式重掌政权。行政院院长由汪兆铭担任，孙科单凭孙文之子的身份无法维持政权。

虽说蒋介石将反共置于抗日之前，但新政权此时也没有办法放弃抗日。

“蒋介石似乎也不得不将嫡系部队投入了战场。”

尽管刘继泰身在法租界，依然能收到准确的情报。

“情报竟然能穿过租界边境上的铁丝网传到这里。”

世航也从记者朋友那里得到了高质量的新闻。

英国、美国，甚至日本和意大利都在共同租界中为难民准备了食物，搭设临时棚屋收容难民。毕竟他们最怕看到的就是难民变成暴徒。

与此相比，法租界对难民没有表现出任何同情，而是在租界边境拉开铁丝网，不允许一个难民进入。

刘继泰撇着嘴说：“法国可是号称自由、平等、博爱的国家，这下原形毕露了。”

不过世航严厉地说：“没办法保护本国国土的国家没有资格批评别人。”

“你说得对。”

刘继泰不再多言。

其实，各国都在担心中国会收回租界。中国参与第一次世界大战后收回了德国在天津和汉口的租界，又在一九二七年收回了汉口和九江的英国租界，随后又收回了比利时的天津租界和英国的镇江租界。回收租界是时代的潮流，但各国还不想归还上海这片实力雄厚的租界。

尤其是英国，始终担心随着“一・二八事变”的进程，上海会传出回收租界的声音。各国都希望日本能够取得压倒性的胜利，让租界回归安宁。

英国总领事白利安和美国总领事克宁翰告诉外国记者：“如果日军无法彻底击败中国军队，那么中国军队就有可能用武力夺回租界。为保住租界，让日军彻底压制住中国军队是最好的方法。”

中国政府外交部发表了“自卫宣言”，十九路军发表了保卫国土的宣言，这两份宣言可以看成中国的宣战书。

国民政府下令动员三个师支援十九路军。

6

日本的如意算盘落空了。

短期结束战斗的美梦没能成真。

日本太自以为是，以为蒋介石会始终将反共放在第一位，只要蒋介石全力抗日，就必须相应减少反共的兵力，因此日本以为蒋介石不会做出全面抗日的决定。

而且陆战队终究是海军，海军士兵不适合野外作战。而十九路军是中国军队中的精锐，有“铁军”之称。

日本原以为能够在无人的城市中肆意侵袭，如今不得不早早改变计划。

左近司政三海军次官曾夸下海口说陆战队已经今非昔比，有两千兵力，配有野战炮和装甲车。

但是拥有装甲车的并非只有日本。部署在北停车场附近的中国装甲车重创了日军。

日军内部也开始加强警惕，本以为很快就会停战，结果却仿佛陷入了泥沼之中。

日军原本以为一击之下敌人就会逃跑，结果别说逃跑，甚至都不知道敌人顽强的抵抗会持续到什么时候。

“如果敌人此时得知共产党军队加入战局的消息，一定会慌了手脚吧。”

日本参谋中甚至出现了想要依靠红军的风潮。

据说十九路军正在寻找擅长日语的记者。

刘继泰说：“这份工作不是正适合你吗？十九路军在上海尚未建立人脉，说不定你能得到一手的新闻。”

世航也有些心动，但是作为报社相关人员，他对与十九路军建立特殊关系一事稍有犹豫。最后，他抛开犹豫说：“我知道了，我会以战地记者的身份参加，先不说会不会与军队建立特殊关系，至少此事有尝试的价值。”

“你不要有太大包袱，如果中途发现了其他有趣的事，不要在意尽管去做就好。哈哈哈……”

“你不愧是享乐主义者。”世航和刘继泰一起笑了起来。

从法租界越过苏州河前往对岸的战场有很多种方法，世航作为记者对此熟门熟路。不需要刘继泰提醒，他轻装进入了十九路军的阵地。

陈旧的砖瓦房上挂着“记者招待所”的牌子，字迹潦草。世航刚一进去就碰见了认识的人，是广东新闻社派来的中年记者。他曾经负责采访孙文，所以有很多人认识他，因此正适合采访十九路军，毕竟这里广东人很多。

世航上前打招呼：“吴英平先生，有什么收获吗？”

吴英平笑着说：“都是你们在Press Union看到的消息，更有价值的消息不能公布，因为有绅士协定在。”

Press Union是上海市局委员会设立的日本对外宣传机构。委员会是为了以日本的角度理解局势，成员为日本官公署及日本商社，有印刷物出版及广播节目。人们听说消息来源是Press Union之后都会戴上有色眼镜。

世航问道：“十九路军中也有类似于Press Union的组织吗？”

吴永平说：“有是有，不过几乎都用于内战。对于抗日，恐怕他们没有想过要真正与日本军队在战场上对决。”

“能和军官们说上话吗？”

“当然没问题，十九路军中有不少年轻知识分子。”

“不过蔡廷锴真是很受欢迎。他只是因为坚决抗日就深受国民欢迎，不仅如此，还成了年轻人眼中的英雄。”

“而且他出身贫农家庭，和红军受欢迎的原因相似。”

从吴英平口中听到更详细的十九路军和蔡廷锴的情报后，世航来到了南翔。他还不知道司令在哪里，要去南翔探探情况。

离开的时候，吴英平作为前辈提出忠告：“不要忽略洛阳的动向，各地的行动之间都有关联。”

“洛阳吗……”

在一月二十九日的中国中央政治会议上，为了向国内外展示彻底抗战的决心，中央政府决定暂时转移到洛阳。

但是各界人士都在议论比起抗日，政府依然将讨共放在第一位。十九路军之所以受到人们的欢迎，正是因为他们不顾高层的想法而贯彻抗战。

世航来到南翔后得知军长今天早上去了江湾方面，在南翔的干部们认为军长短时间之内不会回来。

从江湾到大场镇的战斗最为激烈。最开始，日方只有海军陆战队加入了中日武力冲突，后来日本海军上报内阁，要求派遣陆军，第九师团（金泽）加入了战局。二月十三日，第一批陆军到达上海。

由于战局并未因此好转，二月二十三日，内阁会议决定增派两个师。

世航来到十九路军时，日军已经决定派兵增援，不过第十一师（善通寺）和第十四师（宇都宫）刚刚离开宇品。至此，已经超过局部战争的范围演变成了真正的战争。

世航走在江湾镇和庙行镇之间的战场上，感到战争的规模比他在法租界看到的要大得多。他的工作是将日文报纸翻译成中文交给十九路军司令部，资料并没有上交中央政府，这让他有些在意。他将此事告诉同伴后，对方回答说：“这是当然的，系统不同嘛。蒋介石不想和日本人打，而十九路军坚持抗日，双方怎么可能合作。”

血战

1

日本驻上海海军特别陆战队曾经口出狂言：“满洲交给陆军，上海交给海军。”

“一·二八事变”刚发生时，日本依然妄想靠海军解决问题，因此只有佐世保和吴镇两处镇守府派兵增援。一月二十九日，闸北的战斗陷入苦战，损失一百零九人后日本海军终于要求陆军出动。二月二日，日本下令派出陆军，事态超出了局部战争的范围。

久留米第十二师团紧急派出第二十四混成旅团，金泽第九师团也接到了动员令。日本海军试图在陆军到达前取得一些战绩，但由于十九路军的奋勇抵抗，陆战队举步维艰。二月七日，第二十四混成旅团在吴淞登陆。二月十三日到十五日，第九师团登陆。师团长是植田谦吉，他总是会精心打理他的胡子。

二月十八日下午九点，植田师团长向中国第十九路军军长蔡廷锴下达最后通牒，要求中国军队中止战斗行为，于二月二十日上午七时前撤出前线，在同日下午五时前撤退到租界边界二十公里外，并拆除此范围之内的炮台和其他军事设施。中国军队开始撤退后日军将停止攻击，并通过飞机侦察。在中国军队撤出前线后，日军将派出调查员和护卫兵进行确认。中国必须保证日本人的生命财产安全，否则日本将采取适当手段，出动便衣队来禁止对日本人的伤害。

最后通牒结尾处提到，关于禁止反日运动一事，日本将采取除外交手段之外的其他谈判方式，如中国不能遵守以上要求，日本将不得不采取“自由行动”，一切后果由中国军队承担。

“温先生，虽然没有错译，不过日文原文和中文译文的语气强弱还是有微妙的差别吧？”十九路军参谋问温世航。世航比较了原文和译文后回答：“没有，两者都只是提出了要求。字里行间流露着无须多言的态度，翻译的人也下了一番功夫。”

范其务笑着说：“对方十分清楚会被拒绝，这只是手续而已，准确地说是仪式吧。哈哈哈，谢谢你。”

“需要回信吗？”

“那是外交部的工作。虽然是以军人植田谦吉的名义发来的，我们只需要回复‘已经向政府汇报，外交部会对贵国公使做出回答’就可以了。一切都交给外交部处理，不需劳烦温先生。”

参谋说着离开了房间。

在中国，最后通牒也被叫作“哀的美敦书”，是原文ultimatum的音译。在近代史中，中国数次接到最后通牒，能够充分体会到“哀”字中包含的悲叹。

当时的第十九路军军长蔡廷锴在日记中写道：“午后四时，接市府转来敌酋植田谦吉哀的美敦书，措辞甚为荒谬，已将敌通牒转报蒋总指挥，我置之不理，只嘱驻沪办事处以外交方式对其答复。当时各国对敌方通牒甚为重视，本日终日无剧战。”

日方当然明白最后通牒会被拒绝。

“真准时。”

世航在爆炸声响起时看了看手表。日军的飞机在早上七时准时起飞。

二月十八日，日本发来哀的美敦书，十九日早上七时，日本海军出动轰炸机。

世航身边的记者也敲着手表说：“日本火车会严格按照时刻表发车可是闻名世界的。”

许久未见的吴英平匆匆赶来，跺着脚说：“必须紧急转移军队。我已经向蔡军长提出建议，不知道他会不会相信我。此事关系到众多人命。”

“发生什么事了？”

“有什么紧急情况？”

聚集在一起的记者们纷纷问吴英平。

吴英平咬牙切齿地说："胡立夫调动了军队。那家伙太不像话了，竟然为了钱出卖国家，小人！"

有人问："有证据吗？"

"现在哪里有时间搜集证据，希望军长能明白……"吴英平紧握的拳头在不时地颤抖。

这时，爬到房顶上观战的记者大声喊道："我军好像在悄悄转移！"

"真的？"吴英平大声喊道，飞身爬上屋顶。

日本对"一·二八事变"的记录中有时会出现"根据日方派出的中国密探报告"的字样。

在中国人眼中，这些人就是汉奸，是为了金钱出卖国家的卑贱小人。一旦汉奸身居高位就无法隐藏自己，胡立夫就是统领着众多手下的汉奸。

现在，日军想知道该轰炸哪里，只要乔装成在附近村镇做农活的农民，就能轻松查到中国士兵的藏身之处和兵力。

吴英平一直在关注胡立夫，发现他的异常举动后立刻报告了司令部。

他心急如焚，不知道司令部有没有认真对待这份报告。

不过听到屋顶上的记者的话，他得知友军正在紧急转移。

几分钟后，传来了一阵震耳欲聋的轰炸声，日本海军轰炸机在投弹。日军在山炮和野炮的掩护下展开了总攻。

2

包括海军陆战队在内，日军总兵力为一万七千人，全部由植田中将指挥。

战场位于江湾镇到庙行镇之间，约二十英里，覆盖了江湾镇跑马场和复旦大学校园。跑马场的钟塔是附近的地标性建筑，此时也被硝烟所笼罩。

世航等记者聚集的地方距离轰炸目标有一段距离，但依然能闻到硝烟的味道。隆隆的炮声伴随着地面的振动传来，令人毛骨悚然，一旦炮声发生变化，就让人担心自己也会成为轰炸的目标，不自觉地跑到掩体后藏好。

记者们仿佛害怕陷入沉默，不断交谈着。

“之前打得最激烈的是在蕴藻滨和吴淞桥附近吧。”

“我记得那天下起了雨夹雪。”

“吴淞的要塞司令郑振铨恬不知耻地逃跑了。”

“明明他的副官都英勇战死了。”

“露天炮台被日本海军的飞机炸毁不能用了，不过要塞内部没有损伤。”

“弱将手下无强兵，没有人愿意为防守要塞负责。”

“七十八师的副师长进入要塞接管了战局，出尽了风头。”

“七十八师不属于十九路军，而是中央军，看来蒋介石也不得不派出珍藏的军队了。”

“如果他舍不得派出中央军，民众可不答应。”

“十九路军虽然是地方军，但绝不比中央军差，比被捧在手心里的中央军可靠得多。十九路军万岁！”

“如果像以前一样有人送来白兰地，就可以为十九路军干杯了。哈哈哈。”

记者们被这句话逗得哄堂大笑。

上海市民会给十九路军的将士们送来慰问品。著名百货商店永安公司送过大量白兰地和六十年陈酿。

军长蔡廷锴不好酒，喝得最多的人是从吴淞要塞生还的七十八师副师长谭启秀。中央军和地方军在临时司令部中把酒言欢。

眼见天空阴云密布，十九路军的将士们面露喜色——日本的飞机在这种天气中无法自由活动。

“军长一定更喜欢第二天收到的礼物。”

在收到酒之后第二天，阎锡山送来几台十五厘米口径的重型迫击炮和六百发炮弹。就在这时，日本战车出现在中国八字桥附近，中国军队试射重型迫击炮。在散兵线三十米前，一辆日本战车被重型迫击炮击中，车轮无法移动，一名日本上等兵被俘。

日本援军到达后，中国军队换防。

中央军第五军的别称是“警卫军”，张治中任军长。他比蔡廷锴大五岁，同样毕业于保定军官学校，两人一直在暗中较劲儿。

张治中是安徽人，不过与广东很有渊源，曾经担任过黄埔军校的学生总队代理总队长。

“送来重型迫击炮的阎锡山不久前还响应了石友三的反蒋运动，与张治中等人交战，什么时候和好的？军阀之间分分合合真是混乱……”

记者们说到这里，突然感到脚下随着轰鸣声传来一阵猛烈的震动。回过神来，所有人都趴在了地上。有人喊道：“是空袭吗？”

记者聚集的场所附近没有军事设施也没有遮挡物，如果有士兵也无处藏身。

“是空袭新兵的误炸……”

爆炸的声音来得快去得也快。只有一架飞机，旁边并没有僚机。

“在那里，离这儿有五十米。”

记者们确定这是误炸。五十米外能看到炸弹爆炸后留下的痕迹。

“说不定他是瞄准我们攻击的，还是要小心些。”

日军过去看不起中国军队——他们始终忘不了在“满洲”的战斗，以为中国士兵都应该和“满洲”的士兵一样。在东北，有不少土匪当了兵。人们都知道当地的军阀张作霖是马贼出身。

他们在上海遇到的中国士兵光看士气就与“满洲”军队有云泥之别，甚至有的日本兵见到中国士兵没有逃跑都会感到惊讶。

军事专家能很快看透了敌方士兵的素质。

最后通牒的时间一到，双方刚刚交上手，参谋今村均大佐马上发电请求陆军增援。今村负责日本派遣军和中央之间的联络。世航等人当然不知道日本内部的秘密电报交流，请求增援的电报于二月二十日晚上十点发出。战斗于早上七点开始，在十五个小时的战斗中，今村便看出以现在的兵力无法取胜。

“第九师团按照原定计划攻击，但中方第一阵奋勇抵抗，可以想见位居二线的敌军总部的抵抗将会十分顽强，须增派陆军支援。”

政府接到电报后于二十三日下午召开内阁会议，同意紧急增派两个师团，前提条件是将战线控制在上海附近。

当天，参谋总部立刻成立上海派遣军总司令部，由白川义则大将亲自担任总司令，向第十一师团（善通寺）和第十四师团（宇都宫）下达了动员令。

第十九路军军长蔡廷锴接到上海市政府电话，得知植田失败，白川大将率领两个师团前来增援后，急忙打电话报告蒋介石。

3

日军第一次总攻没能冲破中国军队的坚实防线。战斗第一天（二月二十日）夜里，今村大佐紧急发电要求陆军增援。

今村大佐告诉幕僚事态严重，此时尚有不少幕僚相信可以马上决出胜负。

从战场传来的报告让今村大佐愈发感受到危机。“敌军”的遗体中不光有十九路军的士兵，还有不少中央军的士兵。他明白蒋介石已经下定决心认真与日本一战。

在此前的局势分析中，日军认为蒋介石为了与共产党的军队作战，会保存嫡系军队的实力。如果将嫡系军队投入上海战场，江西红军的威胁就会增加，而且民众并不会知道蒋介石的嫡系军队是否全部投入了战场。因此日军猜测蒋介石只会在战斗即将结束时让一部分中央军出现在战场上。但他们没想到战斗刚刚开始，中央军已经进入战场。

甚至有幕僚怀疑：“中国大张旗鼓地打着‘卫’字旗，那是嫡系警卫军的标志，也许是对方设下的圈套，让我们以为出动了中央军。”

今村大佐咬紧嘴唇，他说：“故意设下圈套，故意让士兵战死吗？荒谬！看见尸体的人说从体型上来看死掉的不是广东人，也就是说不是十九路军的士兵。我们必须做好最坏的打算。”他手中拿着从中国士兵尸体上搜出的纸片。

一名幕僚问道：“那是什么东西？”

“中国士兵的口袋中搜出的纸片。”

“是传单吗？”

他说的是宣传抗日的传单。

“不是传单，是遗书，写着这名战士的决心。”

今村大佐展开手中的纸片，一共有两张，三分之一已经被鲜血染红。其中一张上用雄浑的颜体写着“以血肉做长城”，两张纸重叠在一起，第二张纸被第一张上的鲜血染成褐色，用同样的字体写着“睡狮一醒歼灭岛夷”。

鼻子下蓄着胡须的少佐说：“岛夷是指日本吧？”

今村大佐回答："没错，意思是未开化的岛屿，大部分传单上都称日本为倭寇，岛夷的称呼倒是更温和些。"

小胡子少佐说："不过对方的战法可不温和，没少让我军头疼。"

日军面对中国军队的抵抗一筹莫展，拼命收集上海的主力中国军队十九路军的情报。

虽然十九路军不是中央军，不是蒋介石的嫡系军队，大部分士兵是广东人，但士气不逊于中央军。广东军队统率陈铭枢兼任广东省主席，他此前没有参加过各地的反蒋运动，因此与蒋介石关系良好。

陈铭枢麾下有蔡廷锴、蒋光鼐、区寿年三名保定军官学校毕业的将领。一九三一与共产党的军队在江西省兴国县战斗时，蔡廷锴曾与红军中的彭德怀有过一番激战。之后，陈铭枢被任命为南京上海地区的卫戍总司令，十九路军驻守上海至今。陈铭枢同时兼任国民政府交通部长，因此命蒋光鼐为十九路军总指挥、蔡廷锴为十九路军副总指挥兼军长。

有谨慎者认为十九路军在江西与红军作战时战果斐然，实力不容小视，不过只要有以金泽师团为主的增援，对方不足为惧。但这种想法太天真。

今村大佐发电要求增援时总结了目前的局面，承认此前错误估计了十九路军士气。他仔细研究着桌子上的地图，斟酌作战方针。既然此前错误估计了敌军的士气，就必须提高己方的士气。

参谋会议上有人提出必须制造英雄。不只要提高士兵的士气，还要增强日本民众的士气。参谋们已经做好了总体战的准备。

经过跑马场所在的江湾镇西侧有一条小河，中国军队的最前线沿小河直到北站，前线司令部位于庙行镇。

前线是过去的阵地，利用了复杂的地形和水路，由散兵壕和铁丝网建成，十分牢固。

"必须解决铁丝网，只要没有了铁丝网，就能找到突破的办法。"

"可以用大型炸弹炸飞……"

"炸弹要怎么埋？"

"这就要靠参谋来想了。"

"大家一起想办法吧。"

参谋们想出了各种各样的主意，选出其中几条进行了实际操作。

其中一个方法是用塞满强力火药的炸药筒炸毁一大片铁丝网。但炸药筒不光体积庞大无法用火炮射出，它还很长，需要三名士兵并排抬起。

点燃引线后需要有人把炸药筒扔向铁丝网，然后飞快地逃走。日本选出强壮的士兵，确保在一人被炸死后剩余的两人依然能够完成任务。选出几组敢死队后，破坏铁丝网的任务终于取得成功。

按照参谋的计算，只要有一半敢死队完成任务就能达到目的，但实际上有八成以上的队伍取得了成功。

本来只需要在目的地扔出炸弹筒就可以，但是因为引线太短，有一支队伍中的三个人全都被炸飞。

日军将这样的悲剧包装成了英雄故事，这就是风靡一时的“炸弹三勇士”。宣传“英雄故事”的计划比预想中还要成功，民众十分愤慨。但计划如果稍有差错，就会在引发民众的厌战情绪。

虽然铁丝网被破坏了一部分，但中国人的抗战热情愈发高涨。慰问鼓励上海官兵的运动蔓延开来，孙文遗孀宋庆龄在前线慰问的身影感动着每一个人。

在上海的战场上，中日双方都出现了各自的英雄故事，中国有十九路军军长蔡廷锴，而日本即所谓的“炸弹三勇士”。

4

除了前线部队，中国还有南北延伸的第二道防线，位于庙行镇西边的大场镇以东。除此之外，更靠西的位置还有同样南北延伸的第三条防线。

聚集在十九路军司令部附近的报社记者日益增加，除了中国记者，还有日本之外的外国记者。战争愈演愈烈，死伤者被收容在江湾镇和大场镇附近一带，温世航去那里进行采访。

死者不断被移走，但现场依然飘浮着尸体的恶臭。重伤员撕心裂肺地大喊，奇怪的是，伤员的呻吟声中不时夹杂着松了一口气般的叹息，仿佛在明白自己能离开战场后放了心。

一名濒死的士兵张嘴想要说些什么，蹲在他身边的记者摇着头大喊：“喂，有没有人能听懂粤语？快来听听他说的什么！”

温世航能听懂一些粤语，刚要过去，就看见两名记者打扮的人和一名穿着军官制服的人赶了过去。世航脚边传来一声呼喊：“阿娘！”声音出自一个少年模样的士兵，他撑起上半身，双脚染满鲜血。

世航情不自禁地弯下身子问道：“你怎么了？”但少年兵只是不住地哭泣，过了一会儿终于发出声音：“我感觉不到脚了……”然后又哭起来，呜咽着不知道说了些什么。

“教会的车来了，先搬重伤员。”

“不，没时间区分伤情了，从那边角落开始搬吧。”

“这里有十五个人，死者已经被搬走了，教会的车会优先搬运死者。”

“快联系医务班！”

一阵风吹过，风中弥漫着血腥味，然后迅速冻结在冰冷的空气中。从二月二十五日开始，战争残酷至极。

问题铺天盖地地涌向从前线回来的记者。其实前线与后方的记者招待所距离并不遥远，招待所中的人们在枪炮声和爆炸声中就能感受到战斗的激烈程度。

“日军真的在蕴藻滨烧死了我军将士吗？”

蕴藻滨是中国军队收容伤兵的地方。记者们听说日军竟然集中火力攻击失去战斗力，挂着红十字旗的收容所，都无比愤慨，想要确定消息的真伪。

从前线回来的记者说：“是真的，没有人生还。根据藏在那里的居民说，日军占领的蕴藻滨尸横遍野，尸体都被烧焦了，凄惨的景象令人无法直视。”

一名汉语很好的英国记者夹杂着英语问：“他们真的用了flame-thrower（火焰喷射器）吗？”

“flame-thrower是什么？”

“喷射火焰的兵器。在一战中为烧死战壕和洞穴中的敌军开发的武器，日本一定有。”

“真是残酷的兵器。”

“战争本身就是残酷的。”

“靠人力挥舞的青龙刀和靠机械驱动的火焰喷射器究竟何者更加残忍呢？”

世航加入记者们的交谈。就在这时，他听到吴英平从身后叫他，说十九路军司令部点名要见他。

世航疑惑地问：“现在找我还有什么事吗？”

吴英平说：“蔡军长特意要见你。”

“真不敢相信，蔡军长竟然知道我的名字。”

“不，蔡军长想找日语好的人，所以我向他推荐了你。”

“我明白了，但是军长想要我做什么呢？”

“到司令部就知道了。在今天的战斗中，敌人已经打到面前。虽然最终日本撤退，但我军俘虏了不少日本官兵，也许是需要你用日语审讯俘虏。”

“总之去司令部就知道了吧。”世航说完向司令部走去。

暮色将近，一路上都能看到十九路军的士兵在警戒，不过战斗已经基本结束。

“真是一场激烈的战斗。”

“日军本想拉开与我军之间的距离，结果不得不后退。”

“明天会怎么样呢？”

“依然会是白刃战吧，要踩在刀尖上战斗吗？”

“就算打了一千年的仗，还是参不透战斗的本质啊。”

十九路军的年轻军官们回顾着今天的战斗。中国的士兵希望尽量逼近日军，恨不得踩在刀尖上战斗。如果被敌人拉开距离就容易遭受敌机的轰炸和炮击。只要逼近日军，对方就会担心伤及己方而无法轰炸或发射炮弹。

温世航在一名军官和十三名士兵的护卫下来到杨家楼，这里是十九路军的司令部。

总部有很多房间，带领世航的军官指着其中一扇门说：“军长正在写文件，你先坐下等一等，我想不会太久。”

他指着的门上有大量弹痕。

世航说：“攻击很猛烈啊，都打到房子里了。”

军官咧嘴笑道：“直到今天上午，这里还是日军的领地。军长特意选择了弹痕最多的房间。”他黝黑的面孔上露出洁白的牙齿。

5

“温世航先生，请进。”一位上了年纪的军官带着广东口音说。满是弹痕的房门敞开，温世航走了进去。

房间的另一扇门虚掩着。有两名军官站在蔡廷锴身边，三人年龄相仿，不过世航在照片中见过蔡军长，知道那位长脸的军人就是蔡廷锴。

蔡军长说：“我军也有毕业于日本士官学校的人，不过他们日语不好，真不知道他们去日本是干什么的。我是蔡廷锴，十九路军军长。”

蔡廷锴说完，简单地敬了一个军礼。虽然是在房间中，不过每个人都戴着帽子。

“我是温世航，您找我有什么事？”

“我听记者朋友说你表哥曾在冯玉祥军中任职。哈哈哈，我和冯玉祥打过仗，不过子弹珍贵，没舍得用太多。来，请坐。”

“是，您要我给谁做翻译？”

“日军俘虏，此人很重要，是一名少佐。我已经找军中蹩脚的翻译问过一些，但是他完全不透露军队的事。所以我想拜托你，你是平民，既然没办法问出军事机密，就和他随便谈谈吧。我们不会在旁监视，这样对方也许能放松一些。你随意问你觉得有用的内容，我们并没有抱太大期待，你轻松地谈就可以。”蔡廷锴边说边点头，他的言谈举止比世航想象中更柔和。

世航说：“知道了，我会尽最大的努力。”

军长室中的一名士官说：“他在走廊尽头的房间，门口站着两名警卫兵。负责的士官有事出去了，我带你过去吧。”世航跟着他走出房间。

走廊尽头房间的警卫兵事先已经得到通知，见到两人后马上打开了门。世航没想到房间中十分明亮，也许比军长室还要明亮。

与其说这里是收容俘虏的房间，不如说是病房。带世航进来的士官只告诉他这个日本兵是在流血过多昏迷时被俘的。

朴素而坚固的床上躺着一个人。从世航进来开始一直背对着他，头上缠着绷带，应该也受了伤。

世航绕道他的正面，绷带遮住了他大半张脸，从缝隙中可以看出他脸色黝黑健康，只是闭着双眼。

世航事先听说了他的名字，床头也挂着“陆军少佐空谷升”的木牌。

“就交给温先生了。”负责带路的士官先行告退。

床边放着两把木椅子，世航坐上其中一把。椅子嘎吱作响，仿佛是床上的人发出的悲鸣，但陆军少佐空谷升依然闭着双眼一动不动。世航的任务是与空谷少佐交谈，只有等对方睁开眼睛才能找到机会。

只能耐心等待了。

世航试着想象对方现在的想法，不久前他离开日本时还曾听到日本国民的欢呼声。

空谷少佐的表情发生了变化。眼睛依然没有睁开，只是伸出舌头轻轻舔了舔干燥的嘴唇。

世航试探着开口：“少佐先生，想喝水吗？”

这时，空谷将眼睛睁开了一条缝，惊讶地探头问道：“你是日本人？”

世航摇头，随后见对方露出安心的表情，因为在被俘后见到本国人是一件痛苦的事。

房间角落的小桌上放着暖壶和铝制的杯子。世航将暖壶中的水倒进杯中。

“水是温的。”世航走到空谷身边，病人缠着绷带的手从毛毯下伸出想要接过杯子。“能起身吗？坐起来喝水会比较方便。”

除了失血过多之外，空谷并未受重伤，十九路军甚至担心他会逃走。空谷艰难地支起上半身，双手接过杯子，用嘶哑的声音说：“抱歉，谢谢你。”

世航笑着说：“你再休养几天就能痊愈了，十九路军的干部还担心你会逃走呢，请打起精神来。”同时密切关注对方的反应。

但空谷依然没有睁开眼睛，似乎借此表示自己不打算敞开心扉。过了一会儿，他用更加微弱的声音说：“我的人生就此结束了。”

世航说：“你英勇战斗过，大队长难得会出现在战争第一线，该受到指责的是扔下负伤的大队长离开的友军，你并没错。”

空谷还是闭着双眼，似乎打算始终保持沉默。

世航提高声音：“你是日军的榜样，不光是日军，也是军人的典范。”

空谷依然不打算睁开眼睛。又过了很久，世航刚想说话，闭着双眼的空谷张开嘴。世航以为他要说话，便凑了上去，空谷舔了舔嘴唇哼唱起一首歌谣。一开始，世航没有听出来，不久后终于听出他唱的是日本陆军军歌。

6

这是日本送别出征士兵时必唱的歌曲。空谷为什么突然唱起这首歌呢？

唱完一段后，他再次陷入沉默，一言不发。他唱歌时声音很低，但并没有跑调。

世航认为空谷不打算再跟自己说话了，不过他对自己的确态度友善。

尽管当时激战正酣，不过空谷一定万分痛恨战友抛弃负伤后昏迷的自己，世航替他说出了内心的想法。但对空谷来说世航是敌人，被敌人理解也无济于事。

因此空谷只能选择保持沉默，尽管有太多想说的话，他依然保持着军人的自尊闭口不言。

空谷一定认为这附近都在十九路军的控制之下，与自己命运相同的战友恐怕不在少数，之后都会成为俘虏。他决心一死，但自杀需要体力。世航认为空谷在等待体力恢复，十九路军也明白此事，不过世航依然认为应该再提醒他们一次。

世航放弃与空谷交谈，回到了军长室。世航在俘虏的房间中待了两个小时，在此期间总部打来了电话。

总部自然是指蒋介石的所在地。世航回到军长室时蔡军长刚刚挂断电话，喝了一口水。他见到世航后说：“啊，温先生，空谷少佐怎么样了？”

世航说：“很遗憾，他不愿开口。一旦让他恢复体力恐怕就会选择自杀。希望您留心。”

“辛苦了。刚才蒋介石打来电话，命令将空谷少佐押送到南京。难得你来提醒我，但他已经不在我的管辖范围之内了。”

“既然如此就没办法了。”

“不久后，总部出的上尉就会带着部下前来接收空谷少佐。总部的消息真灵通。空谷少佐刚刚被俘，总部立马查清了他的身份。”

“哦？虽说日本是紧急动员，不过总指挥一定仔细调查过一番吧。”

“空谷少佐是金泽第九师团第七联队大队长，过去曾是陆军士官学校教官。”

蔡军长解开军服扣子摇了摇头，挺直肩膀。

世航说：“真是优秀的谍报能力。”

“还找到了他做教官时教过的留学生，属于我军警卫军（蒋介石嫡系军队），姓关。就是他要来将自己的老师押往南京。”

蔡廷锴拉过一把木椅子坐下。世航面前有一张宽大的皮革扶手椅，军长没有坐，而是指着椅子说：“温先生，你坐。自己坐下让客人站着不符合我国的礼法。”

“谢谢您，我就不客气了。”

“关上尉到这里之后，空谷就不归我管了。很抱歉让温先生白跑一趟。”

一位军官前来通报，总部的人来接收俘虏了。

走廊传来干脆利落的报告声：“关治钦上尉到了，带着十名警卫兵。”

蔡军长说：“请进。”

关上尉肤色白皙，不像上战场的人，磕脚跟立正的声音让人听起来心情舒畅。

蔡军长下达指示：“李中尉，带总部的关上尉去空谷少佐那里，出发前让医生给少佐做个检查。”

“是。出发前需要在这里体检，到南京的路上会有总部的军医随行，请在文件上盖章。”

关上尉从口袋中取出文件。

蔡军长说：“备齐文件需要时间，关上尉先见见空谷少佐吧。”

李中尉说：“请跟我来，空谷少佐一直不愿意开口说话。”

停战

1

蒋介石命令将在上海战场上俘虏的日本陆军少佐空谷升押送南京。温世航的任务就此结束。空谷少佐由他在日本陆军士官学校的学生关治钦上尉护送前往南京，行程严格保密。

“如果能成功采访到空谷，绝对是独家新闻。”

世航听着记者们的话，但并不认为采访能够成功。不过上海的战斗已经进入终局，他想去南京看看情况。

他对吴英平说：“我想去南京看看，并不是因为空谷的事，毕竟南京如今是我们的首都。”

吴英平笑着说：“是啊。虽然仗是在上海打的，不过也许要到南京才能看清大局，尽快去首都看看吧。啊呀，我差点儿忘了，首都已经搬到洛阳了，哈哈哈。”

国民政府为表现坚决抗战的态度，于一月三十日公布暂时将首都迁往洛阳。

显而易见，这只是为了展现决心，没有人相信庞大的首都机构全都迁到了洛阳。

世航从衣服内袋里取出铅笔敲着手心，说：“迁都后的南京也是个不错的主题。可以分析分析，首都机构全部留在了南京，这说明了什么问题。”

“你有向导吗？”

“有一个人选，不知道他有没有时间。”

世航想到了自己在日本留学时的朋友赵锡堂，他如今在国民政府就职。

赵锡堂告诉世航自己换了部门，还住在原来的地方，不过并没有提换到了什么部门。他有日本留学的经验，也许有特殊任务。

世航暗暗猜测：他的工作说不定与空谷少佐有关。

如果可以，世航希望能与护送空谷少佐的队伍同行，不过这次护送属于军事机密，恐怕就是为了避开记者，因此他只好放弃。

不过，他回到上海记者招待所后被关治钦上尉叫去。关上尉说：“空谷教官一直不愿意说话，这让我们很难办。温先生，如果有你在，也许他能敞开心扉，请与我们同行。”

这正是世航梦寐以求的机会。不知道关上尉有没有和高层人物商量过此事，虽然他没有特意要世航保密，但世航想到此事也许不符合军队的纪律，因此不打算将自己受到的特殊待遇告诉任何人。

为了回报关上尉的好意，他用尽一切努力想要打开空谷少佐的心扉。也许空谷少佐体会到了世航的心情，在到达南京前终于开口说话了。空谷少佐坚定地说：“关治钦担心我会自杀或者逃走，我不会逃走，也不打算在这里自杀。我必须归队复命。为防止出现更多损失，我必须在死前告诉日军，以大队为单位的战法需要改变。你们放心，我不会死在这里。我会忍辱负重，我不能在归队复命之前死去。”

世航说：“他是优秀的军人，我很感动。”

关上尉听到后也反复强调：“这才是真正的军人。”

到南京后，世航感到筋疲力尽，之后才渐渐体会到完成使命的充实感。

接收人员在车站等待。空谷少佐昂首挺胸、铿锵有力地走到他们面前。接收队甚至准备了轮椅，但并没有派上用场。

世航只见过空谷躺在床上的样子，如今见他靠自己的双脚行走，不觉心中一紧。目送空谷坐上总部派来的车后，世航出发前往行政院。

赵锡堂应该就在行政院中，只要报上他以前的职位就能联系上。因为现在没什么急事，世航打算以“迁都后的南京”为题写一篇报道。

“你要把对我的采访放在报道开头吗？行政院完全没有受到迁都的影响，不管你问谁，答案都会是这事与我无关。你看，这里哪有要搬家的忙乱迹象？不过是四月要在洛阳举行国难会议而已。”

赵锡堂的职位靠近政府中枢，但他在世航面前知无不言，言无不尽。

世航在接待区瞧了瞧办公室，说：“这里的人比平时少啊。我上次来苏州的时候来看过，印象中比现在更有活力。”

赵锡堂挺起了胸膛，说：“哈哈哈，世航也成了称职的记者啊，可不能小看你了。最近首都洛阳要召开第四届二中全会，好多人去准备了。会议从三月六日开始。”

“你不去吗？”

“我才刚入党，不过也很忙。”

“因为空谷少佐的事吗？”

听了世航的话，锡堂环顾四周后回答：“此事很难办。总指挥说要让对方知道中国也有武士道精神。”

“我同意。这事由你负责吗？”

锡堂摇了摇头：“不，由日本陆士毕业的军人负责。”

2

世航在南京停留期间一直从赵锡堂那里获取消息。

赵锡堂说：“我现在忙着处理福建的事，可顾不上空谷。”

“福建？我之前去德化买过瓷器，那里曾被红军占领过吧。虽然已经夺回来了，不过我在那里的时候依旧受到了袭击。”

“我知道，郭师长被炸死了。大家都在说如果死的是陈国辉就好了。”

去年九月，赵锡堂见过世航，当时两人并没有多聊。世航不知道他在行政院做什么工作，不过既然他会笑着说知道这件事，应该在从事关于情报的工作。在德化的袭击中，负责整顿地方杂牌军，将他们收编为中央军的郭师长身亡。被收编的地方杂牌军陈国栋因不满而出走，因此不在袭击现场。

“你知道我当时在那里吗？”

“当然，我们的情报收集能力可不一般。”

世航说：“明白了，我对你们刮目相看。你们对空谷少佐也调查得很清楚。”

不过行政院并非无所不知。

“对了，”世航说，“抓到发动袭击的犯人了吗？”

赵锡堂摇了摇头，懊悔地敲着膝盖，说：“让他们逃了。是久居当地的一对医生夫妇，与所谓的女患者配合演了一场戏，以后必须要小心了。”

看来赵锡堂知道的只有这么多了。

“有年轻军官被卷入而受伤。”

“啊，应该有好几个人吧。”

“有一名年轻军官曾经在我家神户的店里工作。后来去了黄埔军校。”

“这我可不知道。真是的，别看世界这么大，其实小得很。”

赵锡堂看了看手表。

世航见此起身说：“你也很忙吧，今天我就先走了，回上海之前有机会再来找你。”

“好，下次见。啊对了，蔡军长提出申请，希望在战斗告一段落后休假养病，说是很早以前喉咙就开始疼了。他计划在苏州住院休养，你要不要申请采访他？”赵锡堂起身后向世航提出建议。要见空谷少佐很难，见蔡廷锴会容易些。

“谢谢你，我考虑考虑。”世航说完就离开了。

在南京的时间不长，不过世航依然感到惊讶，中国正在交战，而首都南京与不远处的战场却呈现出完全不同的景象。他感到愤慨：外国大军正在自己的国土上肆意攻击，这些人就没有感觉吗？而且这里还是国家的首都。

南京直到最后都舍不得派出中央军，这体现出战场和首都在氛围上的差距。

日军出动的人数在意料之外，不得不任命担任过陆军大臣的白川义则大将为总司令。三月一日，白川大将来到上海，进入公大纱厂。当时世航正在南京。

白川到达似乎成为一个信号，两军开始谈判停战事宜。

赵锡堂在之后一段时间里十分忙碌，世航再次见到他是三月十三日周日。

两人在赵锡堂选择的餐馆见面。赵锡堂说：“虽然是周日，不过我接到严令，要上报所在地以便随时响应召唤。行政院的人经常来这里吃午饭。”吃完饭后，他取出一张纸。

世航问：“这是什么？”

赵锡堂将纸片递给世航：“有很多人为这张纸流血牺牲。这是日军的声明，有白川大将的名字。虽然不是秘密，不过这张纸不是复印件而是誊写版原件，应该还有很多张。”

声明

帝国陆军被派到上海附近后，与帝国海军共同努力采取和平手段保护帝国民众，由于当地十九路军不接受我军提出之要求，不幸引发战争。如今中国军队已退到当初陆军所要求距离以外，帝国臣民之安全及上海租界之和平得以恢复，因此本人决定停止对中国军队之敌对行动，暂时驻军此地中止战斗。

三月三日

日本军司令官 白川义则

世航说：“暂时中止战斗吗？就是说随时都可以再次发起战斗，不能太过乐观啊。”

“不，双方都不想再次战斗吧，南京也要顾及福建的事。不过蔡廷锴真是干得漂亮，根据我军谍报系统得到的内部资料，不包括海军，三十六天里敌军死伤数超过了两千两百人。这比日军在东北从去年九月到现在的损失还多。日本也很头疼吧，现在可不是再次发动战争的时候。”

“国民党也要优先考虑与共产党的战斗吧？”

“世航，现在的时代对记者来说绝对可以大展身手。我在政府工作，不能随心所欲地行动，不过你可以再去一次福建啊。你讨厌福建吗？”

“只要有必要，多少次我都愿意去。”

“为了讨伐共军，十九路军好像要被调去福建。”

“但是舆论认为十九路军有‘赤化’迹象啊。”

听了世航的话，赵锡堂摇了摇头，说：“两军只是有些相似的地方。另外，只要停战成立，空谷少佐就会被送回日军，应该就是这几天的事。”

“我已经不想管空谷的事了。一想到他的心思，我的心就一紧。”

锡堂一直在看表，于是两人谈了谈停战的消息后就分开了。

三月十六日，空谷少佐从南京被送回上海日军司令部。三天后，两国签订了《停战基本协定》。三月二十四日，召开了停战会议。

3

中日双方在长江上的英国军舰“肯特”号谈判，“上海事变”就此终结。英国东洋舰队司令长官约翰·克里向中日负责人提出停战方案，制订了暂行方案。三月二日，中国军队撤退到指定范围之外，日军下令停止追击，停战成为现实。

当时身在上海的重光葵公使在《外交回忆录》中写道，其实日本参谋总部曾向白川大将发电说“希望贵军进军太湖”。但是白川大将出发时曾接到天皇的命令，要求他“尽快结束战争”。下令军队停止追击并非易事，不过白川还是毅然决然地下达了命令。

此次停战赶在了日内瓦召开的国联特别会议结束之前。上海发来的电报指出由于战争结束，“纷争”自然消失。在三月三日的国联特别总会上，日本代表松平恒雄在演讲最后提到：

> 中日两国的纷争全部是由过去的不幸堆积而成的。我们由衷希望眼前的困难在未来能够得到友好的解决，永久扫除东亚上空的阴云。

世航在停战的气氛中离开南京。在南京出差十几天后再次回到上海，战争的景象几乎完全消失。

他来到刘继泰位于法租界的家中，周围几乎没有变化。

刘继泰边喝茶边说：“这三十多天的战斗究竟算什么？众多人死去，失去家园，徘徊在火焰和瓦砾中，这都是为了什么？我真不明白，烧掉上海究竟谁能获得好处？”

温世航说：“这不是显而易见吗？在一定程度上，世界不再关注‘满洲’，没人会怀疑这是日本军阀捣的鬼。”

刘继泰问：“虽然日本没有公布，不过我听说死伤者打到两千两百人，另外海军的伤亡人数有一千人左右。如果只是为了掩盖他们在‘满洲’的勾当，这牺牲未免太大。没有其他真正的原因了吗？”

“日本没想到损失这么大。他们觉得只要大吼一声，中国军队就会夹着尾巴逃跑。结果作战时上海的军队没有逃走，日军一定很疑惑。”

“我们被小看了啊。”

“会被人小看，我们自己也必须反省，敌人也会为轻敌反省。虽然此次战争本身是不幸的，但我想多亏十九路军英勇善战，今后十年日本都不会出手。我们必须在此期间积蓄力量。”

“世航啊，”刘继泰摇着头说，“你的想法太天真了。你在日本住的时间久了，反而不了解他们了吗？无论损失有多大，日本军阀都不会退缩的。最重要的是，日军通过这次战斗赢得了国民支持，经济毫无疑问会变得繁荣。我是商人，会关注经济形势。应该有不少人希望再打一次仗。”

“这样啊……”世航陷入沉思。

他想到了川端大将，世航不想把川端归入军阀的范围内。他作为日本军人，拼命阻止日军在中国鲁莽行事。如今被派到上海的总司令白川大将是川端为数不多的同志。

川端告诉世航，白川曾说过“如果软弱就无法走在阳光下，所以有时必须表现出强硬的一面”。

白川大将比川端小很多届，并没有去过川端家。川端的立场过于鲜明，如果两人走得太近，白川可能会被当成川端派。为了走在阳光下，在关键时刻发挥影响力，最好不要表明个人立场。

军部认为白川容易操纵。嘴巴毒辣的年轻军官很没礼貌地给这位前陆军大臣起了“低能”的绰号——因为白川不走激进路线，只会听命行事，所以被当成了愚蠢的人。

重光葵公使说来日本赴任的白川给他看过参谋本部要求继续突进的电报后，愤怒地将电报揉成了一团。这可不是低能的人会做的事。

沉默良久后，刘继泰说：“事实如此。”

“不过这次算是告一段落了。我刚才说十年也许太天真，减去一半，五年总没问题。”世航拿起桌上的茶杯喝了一口，是浙江龙井，味道类似于日本绿茶，清香可口，“好茶。是明前吧？”

“不愧是世航，富家少爷果然懂行。”

世航又喝了一口明前茶，说：“哪里。只是现在到处都买不到明前茶，所以我才问问你，想用来看望病人。”

明前茶是清明前采下的茶叶，过去清明的茶叶是供品，都要郑重其事地送去京城。

刘继泰问：“你要去看谁？”

世航回答：“十九路军军长。”

刘继泰笑着说：“哦？蔡廷锴平时会喝这么高级的茶吗？我以为工人阶级不会喝高级茶。”

“此前有不少人说十九路军‘赤化’，特别是日本报纸。”

“结果国民党却派十九路军去讨伐红军。思路很有趣，不过是着险棋，结局会变成什么样子呢？”

两人同时拿起杯子四目相对。

4

蔡廷锴住在苏州天主教会医院，院长是美国人。

禁食两天后，治疗情况良好。虽然没有禁止探望，不过有时间限制。

蔡军长说有事拜托世航，同意与他见面。

由于军长喉咙有恙，虽然能够见面，但不能采访。蔡廷锴会给来看望他的客人送上一份特殊的礼物，他在医院看到家里寄来的信。因为时间充足，在回信中加上了一首诗。他把复印件送给来看望他的客人，谦虚地说这不过是打油诗。

打油诗原指俚俗诗，中国人将诗词作为文学的核心，对诗词态度严谨，必须讲究平仄韵脚，所以一开始文人们就认为不讲究平仄韵脚的诗词不入流。

客人收到诗之后都要讲究礼节，称赞这首诗“哪里是打油诗，明明是首出色的诗”。

蔡军长送给世航的诗是这样写的：

苏州，病重接家书有感

戎马倥偬至此间，
身心劳瘁负艰难。
家书两载叮咛寄，
不扫倭奴誓不还。

蔡廷锴

“谢谢您，这哪里是打油诗，都可以登在教科书上了。等天下太平了，我希望编辑一本乱世诗集，先跟您约好了，这首诗一定要交给我。”

世航说完，蔡廷锴愉快地笑了笑，频频点头。

“护士禁止我说话，等我痊愈了再好好感谢你。”

蔡廷锴说完，见护士进来提醒他见面时间已经到了，从毯子里抽出手挥了挥。

“我先走了，贤初先生。”

世航此前一直称他为军长，这是第一次称呼他的字。

蔡廷锴微微一笑：“你了解的真多。”

“几年后，就会出现诗人蔡先生，期待您的新作。”

世航在门边又鞠了一躬。

到了三月，虽然偶尔能听到枪声，但战火确确实实已经平息。日本陆军似乎依然不满意，但不得不考虑在上海出现的大量人员伤亡。而且在激进派眼中，总司令白川大将太不懂事。

最激进的要数一部分侨居中国的日本人。当时有流言说为了让世界不再关注“满洲”，关东军出了一笔机密费用。战后证实真有此事。

世航集中浏览了他去南京期间积攒下的报纸杂志。

二月二十四日的报刊报道了空谷少佐的事。

空谷少佐在三月十六日被送往上海。

世航想要再见空谷一面，但他已经被送回日本，而且日本报纸中提到他壮烈战死。今后，空谷会怎么样呢？世航思及此事时内心一片阴郁。

空谷一定会像他自己说的那样，提出大队战法需要改进的意见后果断自杀。

这是摆在他眼前的唯一一条路。

根据“海牙陆战规则”[1]，俘虏应受到保护，但日本一般不会这样教导士兵。虽然当时“战阵训”尚未广泛流传，但不应活着被俘受辱是军队中的常识。

如今上海已经听不到枪声了，世航看着天空发出叹息：“战争绝非好事，但敌人就在眼前。”接着，他低声吟咏起著名诗人李白的《早发白帝城》。这首诗的背景有各种说法，最常见的说法是李白获罪被流放夜郎[2]，走到白帝城后被赦免，在回程时心情愉快，故写出此诗。

朝辞白帝彩云间，
千里江陵一日还。
两岸猿声啼不住，
轻舟已过万重山。

诗中充分体现出李白不用去南蛮之地夜郎的欢快之情，世航经常会在想消愁解闷的时候吟咏这首诗。哪里都好，他想在一天之内去到距离腥风血雨的战地上海千里之外的地方，或者回到妻儿身边。

世航自言自语地说：“啊，蔡军长的诗用的是同样的韵脚。他也有想要在一日之内回去的地方吗？”

对应“彩云间”和“一日还”，蔡廷锴的诗中也有“至此间”和“誓不还”，这是巧合吗？

5

上海的战斗结束了。

不时还会响起不知是枪声还是爆竹声的声响，但市民们已经不再慌张了。

[1] 指一九〇七年签订的《海牙第四公约：陆战法规和惯例公约》。

[2] 现贵州省西部边远地区。

日本遭到中国意料之外的反击，损失是“满洲事变”的好几倍，不希望再继续战斗。国民政府公布迁都洛阳，表面上摆出坚决抗战的姿态，但内心依然将与共产党的战斗放在首位。市民们能感受到核心势力都希望避免战斗。

世航在苏州看望蔡军长之后，拜访了许久未见的日本留学生时期的朋友。

最近他经常见到刘继泰和南京的赵锡堂，便趁此机会去见了其他人，和他们聊了很多。唐鼎权现在在给有上海怪物之称的律师雷岳做秘书，所以掌握着很多世航不知道的情报。

世航问想要成为小说家的张淑妍：“有什么能写的吗？”淑妍在东京留学期间并没有在特定的学校上学。她现在与唐鼎权一样，是律师的秘书。她跟随的女律师程玉秀也有怪物之称。

张淑妍说：“我想辞职。”

世航说：“你讨厌女怪物吗？”

“我有别的工作想做。商务印书馆在战争中被烧毁了，必须重建，不然中国文化将失去未来。”

商务印书馆是中国最大的出版社，是这次战火中失去的最贵重的文化设施。商务印书馆建于清末，创始人是印刷工夏瑞芳，一开始是中日合资企业，引入了日本金港堂的设备和技术，民国时被国内收购。商务印书馆不光是一家出版社，还有一家馆藏超过五十万册的东方图书馆，其中不乏珍本，世界闻名。这些都在日军的进攻下化为灰烬。

世航说：“就算重建印书馆，烧毁的书也回不来了。也许有些贵重书籍被带出去了，不过印书馆的人也不清楚具体情况。”

“再收集一次的话，一些散佚的书籍也能补充进来吧？希望能发现第二、第三个敦煌吧。”

“如果国内真能恢复和平，我想去西北旅行，寻找第二个敦煌……不知道什么时候才能实现。”

“你说不知道什么时候，但斯文·赫定不是已经去过了吗？考察团叫西北中国科学考察团，但不知道有多大成分算是中国的。”

“因为赫定是瑞典人，有些人认为瑞典在帝国主义国家中太小，不足为惧，但他背后有德国汉莎公司出资，不能掉以轻心。不过他关注的是楼兰那样的遗迹和木乃伊，不在乎敦煌那样的古籍。而我想去寻找古籍。”

“古籍不就是书的木乃伊吗？都是木乃伊。”

“哈哈哈，人类说不定也是什么东西的木乃伊。”

“不过书中保存着人类的声音。就像《论语》中有孔子的声音，《史记》是司马迁的声音。有的在呼唤，有的在发问。”

“也有述说个人经历的声音，比如小说。”

“没错。”

“我们报社记者也是在向后世传达时代的声音。你在写小说，也是想传达些什么吧？我很期待你的小说。”

“我还不想写自己的故事，太花时间了。我现在在写历史故事，作为练笔。”

“要是你太沉迷于练笔就麻烦了。”

淑妍盯着窗外：“我还在写游记。如果可以，我想和西北中国科学考察团一起走。”

“赫定他们真磨蹭，如今正为了筹集资金在美国巡回演讲，还要做木工活。和他同行可不是普通人能做到的。”

世航上次去北平的时候，赫定已经拿到旅行许可，不过街上依然贴着反对西洋探险队的传单。问题解决后，传单在风吹雨打中剥落、变色，但依旧能看清上面的字：“反对斯文·赫定侦查我国神圣领土新疆！”

因为国内反对外国探险队，这支队伍最终定名为“西北中国科学考察团”，由在索邦大学学过六年哲学的北京大学教授徐炳昶担任团长。赫定只是考察团中外国团队的团长。考察团由七名外国成员、十名中国学者组成。

由于赫定得了肿瘤，再加上考察团需要募集资金，不得不离开考察地。美国人班迪克斯愿意提供资金援助。这位赞助商从中国订购建材，想要在芝加哥建一座承德金堂的模型。世航刚才说赫定要做木工活，就是因为赫定担任了模型建造的工程管理。

淑妍说：“我知道不能和他们一起去，不过想一想总可以吧。”

上海的战争告一段落了，但所有人都预感到这不过是短暂的和平，人人都开始思考今后该如何是好。

6

温世航经常去家族经营的小报社——《中华时事报》报社。日本的报纸会在出版三天后送到那里。接待室的报架上放着《朝日新闻》《每日新闻》等关西的报纸。

“上海事变”结束后，日本报纸整版报道了“满洲国”建国的新闻。前一段时间还在宣扬“三勇士”带来了黎明，现在又开始花言巧语鼓吹“五族共和”。

过去，辛亥革命时的五族是指汉、满、蒙、藏、回，满洲几乎没有藏族和回族，于是日（日本族）和朝（朝鲜族）取而代之。

“都是匆匆拼凑出来的，他们没时间深思熟虑了。”世航躺在沙发上打开报纸说道，徐炳年站在他身边。徐炳年年少时曾是神户金顺记的员工，后来进入黄埔军校，毕业后进入军队，遭到袭击导致一只脚落下残疾，现在是见习报社记者。

徐炳年说：“我在上海见到了黄埔军校的同学李炎植。他不能参加北伐所以一直灰心丧气，如今正在找工作。我看他挺可怜的想帮一把。他今天会过来。李炎植会日语，可以在《中华时事报》做翻译。可以留下他吗？”

“可以啊，”世航回答，“既然是黄埔的人，肯定没问题，而且炳年可以为他担保对吧？”

徐炳年开心地说：“嗯，当然可以，人格方面我可以打包票。”

黄埔军校的早期毕业生几乎全部参加过北伐，孙文正是为此建立了这所学校。在学校创立时，遵循孙文的思想，受压迫民族的年轻人也得以入学，因此朝鲜人李炎植也进入了黄埔军校。但北伐是中国革命的一部分，关于他们毕业后是否可以参加北伐众说纷纭，于是李炎植以海事训练的名义暂时被送往了厦门。

徐炳年看了看手表：“我们约在十点，他应该就快到了。”徐炳年脚受伤被送往厦门时偶然见到了来探病的李炎植，当时李炎植对没能参加北伐感到遗憾。他说：“如果能去东北，我打算和支持朝鲜独立的秘密组织取得联系，可惜没有门路。”徐炳年问他厦门有没有这样的组织，李炎植摇摇头说：“这里没有。他们在东北和朝鲜的边境，至少也要到上海去。”

因此当李炎植在上海找到徐炳年时，徐炳年一心以为他已经与地下组织取得了联系，听说他想找工作，不由有些意外。但不管怎么说，人必须保证基本的生活。徐炳年打算在今天带李炎植四处转转，看有没有他想做的工作，实在不行可以让他给自己做助手。

十点整，李炎植出现了。他用日语说：“抱歉给你添麻烦了，我的事不是很急，你们不要太在意我。”

徐炳年上次就注意到李炎植对找工作并不太上心，比起找工作，他更担心给朋友添麻烦。徐炳年笑着说：“你不要客气。”

世航此前一直坐在沙发上；李炎植进来后，他起身坐在了稍远些记者休息处的椅子上。

“抱歉，抱歉。”李炎植依然说着日语，似乎是认为这里的人们听不懂日语。

世航看着李炎植，心中讶异，不知道他究竟是来干什么的？虽说是来找工作，但他身上感受不到什么热情。

徐炳年对稍远处的世航介绍李炎植：“温先生，这位是李炎植，朝鲜人。他在找工作，麻烦你帮帮他。他日语很好，和日本人几乎没有区别。”

“炎植，这位是温世航先生，我在日本的时候一直受他照顾，我当时在神户温家经营的店里工作。上海也有几家温家的店铺，由连先生负责经营，这家报社也是。”

徐炳年介绍时，世航向走到他身边的炎植伸出手；炎植表现出犹豫的样子，扭扭捏捏地与他握了手。

世航说：“你有什么要求，比如不擅长与人见面的工作之类的。尽管说，不要客气。”

“不，我怎么能挑剔……只是，可以的话我不想在日本人经营的地方工作，对方也不想要我这样的员工吧。”李炎植断断续续地说完，舔了舔嘴唇。

“哈哈哈！”世航放声大笑。他身边的几名记者都不会日语。

徐炳年说：“你还是没变，那么爱国。”

世航看着细雨中的上海，说：“反正今天是天皇生日天长节，日本人经营的地方都放假。因为上海来了大部队，陆军大将、中将和海军乐队也在，上海的日本人想要举行阅兵式。他们原本想打着胜利的名号吧。我们没让他们得逞，老天也下起了雨。”

徐炳年拍了拍李炎植的肩膀，说：“喂，炎植，我有好多话想对你说，来房间边喝茶边聊怎么样？这雨下不大，不过也不会停，不如今天就不出去了？”

李炎植跟在徐炳年身后说：“反正我现在没工作，除了找工作也没别的事可做。”

“那我也加入吧，听人说话是报社记者的工作，我觉得今天能在李炎植这里听到些好故事。”

李炎植听到世航的话之后吃了一惊。

细雨时下时停，天空始终阴云密布，让人没有出门的心情。

“我们的情况也不明朗，如今可以说是袭击的热潮。正月，李炎植的同胞在樱田门向天皇的马车扔过炸弹。二月，血盟团员射杀了前财政大臣井上准之助。三月，同样是血盟的人杀死了三井的团琢磨。袭击一件接着一件……”

世航光是说明最近的袭击就花了一个多小时，讲得口干舌燥。

这时，一名年轻记者冲进房间，几个人说的话都不是秘密，所以没有关门。

记者简洁地报告说：“有炸弹，虹口公园在举办日皇生日会，台上有好几个重要人物倒下。听说犯人已经被控制住了。”世航不由自主地看向李炎植，只见他紧闭着双眼。

7

上海虹口公园举行了庆祝天长节的游行。除了参加“上海事变”的一万名陆军，一千五百名海军陆战队也在其中。观众与游行人数几乎相同。因为这是日本的节日，观众几乎都是日本人，他们将虹口公园称为“新公园”。

游行结束后，重光公使和侨居上海的日本人代表上台发表了演讲。上海派遣军总司令白川大将在游行开始前已经发表致辞。然后众人三呼万岁，以合唱《君之代》结束活动。

超过两万人合唱日本国歌，其中有一半是年轻士兵，势头几乎要吹散天空中的小雨。合唱结束时，有人向台上投出炸弹。

台上挂着一人多高的红白幕布，重要人物都并排站着，从各个方向都能看到台上的人。事后想来，这真是再好不过的机会了，所有目标人物都站在台上。

总司令	陆军大将	白川义则
公使		重光葵
第九师团长	陆军中将	植田谦吉
第三舰队司令长官	海军中将	野村吉三郎
第三舰队参谋长	海军少将	屿田繁太郎
总领事		村井苍松
民团会长		河端贞次
民团		友野书记长

游行结束后有民团主办的宴会，因此民团会长和书记长也在旁等待。

本次事件中没有人当场死亡，但民团会长河端贞次入院后于当天去世。

白川大将全身被弹片划伤，拼着武人的尊严独自走下台，但在五月二十六日逝世于陆军兵站医院。

重光公使失去了右腿。野村中将失去右眼，植田中将左腿负伤，两人都在伤愈后回到了工作岗位。村井总领事、友野书记长都受了伤，痊愈后出院。台上只有屿田少将一人奇迹般地毫发无伤。

《中华时事报》得到第一手消息时还不知道细节。因为一月刚刚发生了樱田门事件，世航突然想到投炸弹的可能是朝鲜独立党的人。

所以他在听到消息时望向李炎植，李炎植闭上了眼睛；也许是他看懂了世航无声的疑问，用闭上双眼的动作来回答。

“你与此事有关吗？”

“没错。”

“接下来轮到你了吗？”

“没错。”

两人在沉默间进行了以上一番交流。

世航终于明白为什么李炎植明明是来找工作的，身上却看不到什么热情。李炎植并没有表现出惴惴不安，但自从来了以后样子就有些奇怪，现在想来他是在等待事情发生。

“凶器是手榴弹！”

“犯人是朝鲜人，不止一个！”

记者读着从现场紧急送来的字条。当听到犯人是朝鲜人时，李炎植睁大眼睛露出笑容，这是他不会在日本人面前展现出的表情。

“停战协定都快成立了，不会因为这次袭击泡汤吧？”

这是记者们最关心的事。听了年轻记者们的问题，世航回答说：“现在双方都希望停战，协定基本已经敲定。如果这次袭击是中国便衣队干的倒另当别论，既然是朝鲜独立党干的，更应该尽快在停战协定上签字。”

便衣队是身穿便装混在市民中行动的军人。此次事件发生在租界中，而且犯人是朝鲜人，日本无法就此向中方发难。中日双方恐怕都松了一口气。

徐炳年担心地说：“重光公使能签字吗？”

徐炳年也由于遭到过炸弹袭击而受伤，不得不离开军队，因此格外关心袭击的受害者。听说白川大将、重光公使和民团会长河端三人重伤。

世航说：“全权代表是植田中将，重光先生是副代表，这种安排很奇怪，植田中将也因为不习惯而感到困扰。停战谈判由英美法意四国公使出面斡旋，应该由外交手腕老练的人负责才对。”

徐炳年疑惑地说：“中国也派出了外交部副部长郭泰祺，日本为什么一定要派出陆军中将呢？”

“炳年啊，这是因为日本有一个麻烦的问题，统率权独立。虽然此事由军人代表很奇怪，好在植田中将把所有事情都交给重光先生了，这是聪明的做法。”

“统率权？什么事都要按照军方的想法来吗？”

“只要不满意，军方就可以用侵犯统率权为由反对。仔细想想还真是方便的制度。”

徐炳年说：“啊，原来是这样。最近会很忙，李炎植的事先放一放吧。”

世航说：“不，正因为事情多，才需要人帮忙，不如今天开始就让他帮忙吧。我想日本各界很快就会对公园爆炸事件发表评论了。”

李炎植犹豫地说：“谢谢你。如果可以，今晚能不能让我住在报社里？”

世航笑着说：“可以。虽然我们报社小，不过既有值班的房间，也有用来午睡的房间。”

8

温世航自然不是出于慈善心接受李炎植的。

《中华时事报》对虹口公园事件背景的报道成了最引人注目的一篇。

很久没见的同行吴英平说：“喂，世航，我还在想你最近去哪儿了，原来是去采访朝鲜独立党的据点了，真是了不起的报道。”吴英平也是记者，不会不知趣地打听消息来源，不过他夸赞这篇报道的心意是真的。

世航笑着说：“能被老前辈赞赏，荣幸之至。”

尽管发生了袭击，停战协定依然顺利达成。双方都有更重要的事要做，日本要专心治理“满洲”，蒋介石要开始认真对待与红军的战斗。

政府在苏州为淞沪抗战中牺牲的官兵举办了追悼会。根据政府公布的消息，四万民众参加了淞沪阵亡将士追悼大会。

参加追悼会的蔡廷锴在日记中写道：我无法抑制住眼泪，全场群众都极为悲痛。

温世航也拼命忍着眼泪。他原本是来采访的，却发现自己什么都写不出来，因为一开始就有预感，所以他带来了徐炳年。徐炳年曾在袭击中受伤，也许能写出与众不同的报道。

不过徐炳年说：“我也写不出来。”

世航拍了拍他的肩膀，说：“要不就不夹杂感情，只陈述事实？”两人并排走着，世航能体会到徐炳年依然在为袭击留下的后遗症所苦恼。

“我试着写一写吧。”徐炳年说完停下了脚步，似乎发现世航注意到了他走路不便，“写完这份报道后我想另找工作。”

“为什么？有什么不满意的地方吗？”

“不是，你对我太好了，我一直太依赖你。而且我不适合留在报社，想自己找找工作。”

徐炳年语气中充满自信。这些日子他和李炎植谈了很多，两人在黄埔是同学，关系亲密。不过世航总觉得两人的关系中还有比同学更深的羁绊。徐炳年说不定已经通过李炎植找好了下一份工作。

世航说："我不认为你不适合在报社工作，这只是你自己的想法吧？"

"我虽然能走，但是不能跑。这次工作中我不止一次想过要是能跑就好了。我绝不是讨厌当记者，我喜欢这份工作。但是我没办法奔跑，这份工作果然还是不适合我。"

徐炳年说话时面带微笑，努力让语气显得明朗。

"所以你要找不需要奔跑的工作？"

"是的。需要用到腿，但至少不用跑。"

"你已经找到了吗？"

"嗯，需要学习，不过我有自信能胜任。"

"要学习什么？"

"制作瓷器。"

"啊，是吗？"世航说，声音大得出乎自己意料。

制作瓷器主要用手，旋转陶轮时需要用脚踩，不过这个动作徐炳年也可以轻松完成。

徐炳年说："我的脚就是在德化受的伤，也许这也是种缘分吧。"

福建德化是瓷器之乡。据说从明代开始烧制瓷器，不过也有更古老的窑址。德化的瓷器呈象牙白色，出产很多为海外华人制作的白瓷观音像。

世航说："也许是观音菩萨保佑你活下来的。"

"世航哥，"徐炳年郑重其事地说，"你还记得当时的袭击中，你冲向我时我说的话吗？当时我的脚边全都是血……"

"啊……当时那种情况我惊慌失措……只记得见你还能说话，心里很高兴。你当时说的是日语吧。"

"为什么会突然说日语呢？应该是只想让世航哥听到吧，因为当时周围还有很多人。"

"是啊。"

"因为那里曾经是红军占领的地区，别人提醒过要我们多加小心……其实我们收到过相当具体的情报。”

“哦？”

“但我们还是被摆了一道。”

“这糟糕的乱世。”

“是很糟糕啊。你刚提醒过我要小心，所以见到你冲上来之后，我说你的话像算命先生一样准。我当时明明受了伤，说话还带着刺。”

“说话带刺？”

“事情已经过去，我就直说了，我当时怀疑过你，因为你似乎是在故意挽留我。所以说乱世真是糟糕啊。”

终有一日

1

一九三二年是令人眼花缭乱的一年。

虹口公园爆炸案后第二个月（五月），日本发生了“五一五政变”，犬养毅首相被无知而卑劣的军人们杀害。

虹口公园爆炸案的主谋尹奉吉既没逃也没躲，而是当场被捕，送到日本接受审判后被处以死刑。

尹奉吉与李炎植之间一定有联系。

李炎植来找工作却毫无热情，恐怕是为了在事件发生时制造明确的不在场证明。

徐炳年想要找一份腿脚不便的人也能胜任的工作，于是辞去记者一职投身陶艺。日本与十九路军在上海交战时，他无法自由行动，这让他深感遗憾。只要他继续做记者，将来同样的事一定会不断发生，同事们的帮助反而会成为他的负担。

世航说：“我理解你，但是不要着急，你还年轻。”

徐炳年说：“我并不是突发奇想。被送到厦门以后我一直在拼命为将来考虑，毕竟这是我自己的未来。”

徐炳年看起来并不着急，他确实从受伤开始就一直在考虑自己的未来。

“只要是我能帮上忙，我会尽量帮。”

世航说话间，武公馆的武彻浮现在他脑海中。徐炳年在神户金顺记工作时曾经用心学过英语，也许武彻可以给他介绍喜欢瓷器的外国人。

“我在黄埔时认识景德镇的朋友，给我说了不少瓷器知识。他说会把我介绍给他的祖辈，是手艺很好的师父。”

徐炳年似乎是想强调自己早就想要投身陶艺。

“我以为黄埔军校都是广东人和福建人，原来也有江西人啊。”

黄埔军校从全国招生，不过还是南方人居多。景德镇位于江西省。

徐炳年说：“虽然名义上从全国招生，不过学校在广东黄埔，所以南方人占绝大多数。不过最近风头正劲的林彪是湖北人。我那位朋友是广东人，不过祖辈在景德镇，现在也认识不少陶工。据说他的祖辈曾经是带领陶工罢工的头领。”

“我经常听说陶工们很团结。”

“那位陶工只有一条腿，不是正适合做我的师父吗？”

“一条腿？”

徐炳年神情欢快地说：“他是一位著名的陶工，手下有不少帮工，但是还没有弟子。听说我的腿在德化受伤后，那位师父说德化是瓷器之都，我在那里受伤也是一种缘分，他愿意收我做唯一的徒弟。南普陀寺的大虚大师给那位师父说法，告诉他技艺精良的人有义务将手艺传下去，师父这才起了收徒弟的心思。我还挺激动的。”

第二年一月，他离开上海前往景德镇。

在他离开前，世航难得陪了陪家人。他给儿子取名“省台”，按照温家祖传的族谱有十二字辈，“航”之后是“治”，不过“温”和“治”都是三点水旁，名字中水太多不好，所以也可以用“台”。

在选择这十二个字之前就该知道三点水旁会与姓重复，为什么要选择“治”呢？如今，连选择这十二个字的人是谁都不得而知了。

这种事追根溯源也不会有结果，所以世航还是为尊重传统选择了“台”字。孩子长着像信子一样的大眼睛和像世航一样坚毅的嘴唇，只有神明才知道将来等待他的是什么样的命运。

在上海的战斗中，很多人被夺去生命，世航时常会陷入宿命论中，感到人甚至无法掌握自己的命运。

2

在上海发动战争最重要的目的是引开世界对“满洲”的关注。战后，策动这次战争的田中隆吉证实了此事。在一定程度上，日本的策略取得了成功，但由于中国的抵抗之强出乎日本的意料，他们付出了巨大牺牲。

奉系军阀张作霖是马贼出身。日本在“满洲”的对手都是聚集在他身边的当地杂牌军。他们以为上海的军队会与在“满洲”遇到的一样，结果因为轻敌而陷入了苦战。

蒋介石的嫡系军队不好对付，日本方面对此心知肚明，但他们原本认为蒋介石会为了与红军的战斗保存精锐部队，而在上海与他们为敌的会是与“满洲”一样的当地杂牌军。

中国观察家一致认为蒋介石会趁此机会清理地方杂牌军。上海的战斗中也确实没有动员中央嫡系军队，迎战的是广东的地方军十九路军。

十九路军经验丰富，从这一点来说比中央军更难对付。日本的预测出现了重大失误。而且十九路军的总指挥是满腔热血的年轻将领蔡廷锴。

日军在上海吃了苦头，在下一次战斗前一定会做好充分准备，谨慎对待。他们要在下一次战斗中攻占热河。

一天，刘继泰来到世航家看见他在整理行装（说是行装，只是一个小手提箱罢了），便说：“你不会是要去热河吧。太危险了，还是不要去的好。你知道那里会发生什么吗？值得你拼命吗？”

世航笑着说：“我是要去北平，谁要去那种充满火药味的地方。”

一九三二年，中央常务委员会在十二月一日正式决定将首都从洛阳迁回南京。

“那就好，你已经当父亲了，不要总想着冒险。暂时休息一下吧。”

“我去北平正是为了休息。不过热河出什么事了？你一直在说那里很危险。”

“你不会不知道吧，据说那里会卖那个东西。”

“你是说鸦片吧。”

刘继泰撇了撇嘴，说：“热河的汤玉麟不会允许别人动他的鸦片生意，要是谁一不小心动了他的利益，都不知道是怎么死的。匪徒们的事就让他们自己处理好了。”

热河的主人汤玉麟是马贼出身，在抗日和亲日之间摇摆不定，他表态不过是为了不让张学良夺走他买卖鸦片的权利。

日本将“满洲”划入自己势力圈的计划也包括了热河。这里是满、汉、蒙三族杂居的地区，省会在承德市。清王朝在此建造了离宫。面积十六万平方公里，人口二百二十万。

世航说：“我只是受武彻先生之邀，去北平见证故宫的终结。说是终结未免太小题大做，只是去看看故宫中文物的归宿。”

无论是伦敦还是巴黎，一国的首都都会有一座宏伟的博物馆，可以说那里是首都甚至国家的门面。

中国也希望在首都建一座这样的博物馆。但南京城在太平天国之乱中荒废。博物馆随时都可以建，更重要的是博物馆中的藏品。紫禁城内正好有一大批文物，这就是“故宫的至宝”。这些文物不逊色于任何国家首都博物馆中的收藏。将故宫的至宝搬到南京的行动称为“故宫文物南迁”。

这次南迁在北平市民心中掀起轩然大波，人们认为故宫是属于北平的，里面的文物是属于北平市民的。

刘继泰说：“日本倒是为平息北平市民的不满提供了不错的借口。”

故宫遭到日军的轰炸，因此不得不将文物南迁。日本完全不尊重中国的文物，一九三二年二月一日，日本人纵火烧毁商务印书馆，五十余万册贵重书籍化为灰烬。被烧毁的书中甚至有孤本，有些孤本并没有影印本，这些书再也看不到了。文物全都是独一无二的，一旦被毁就无法复原。

日本已经打到了热河。文物又没长腿，人可以逃走，而文物不行。所有人都认为南迁论的观点有其道理。

中国的知识分子都在心中齐声高喊：不能让国家的宝藏落到日本人手里！那么答案就只有一个——“去南京！”

武彻也许希望世航能来看一看当今形势下的北平。

3

从一九三三年正月开始，北平动荡不安。

阻止文物南迁的运动在全市范围内火热进行。

这项运动有明确的指挥部，核心人物是湖南省民政厅长周肇祥。他曾任湖南省代理省长，在短时间内担任过古物陈列所所长。今年一月二十三日，周肇祥在中南海成立北平市民众保护古物协会，亲自担任主席。

这段时间里成立了不少有名无实的协会，而北平市民众保护古物协会并非只会开会，耍嘴皮子功夫，他们采取了实际行动。比如说服汽车司机和拉排子车的车夫拒绝将故宫中的文物运出，因此原定于一月三十一日的第一次故宫文物南迁没能成行。

协助南迁的汽车收到匿名信，声称会发生不测；还有谣言说在运送文物的火车沿线埋有炸弹，没有人愿意做这项工作。

负责南迁的人员束手无策，只得要求行政院给予帮助。行政院院长宋子文给北平市长周大文发电希望市政府全面协助文物南迁，并且下达指令：周肇祥煽动群众，扰乱治安，即刻将其逮捕。

周市长遵照指令将周肇祥拘留。因为周肇祥只是对故宫文物的处理方式有异议，并非凶恶的犯人，因此在第一次文物南迁顺利结束后被释放。

周肇祥于二月四日被拘留，南迁文物在五日傍晚离开紫禁城。当时的火车站位于前门，天安门距离火车站并不远，货车车队通过的道路周围禁止所有人、车通行，沿途有军队、警察严密戒备。第一次南迁文物有两千八百箱，装满了十八节货车车厢，另外三节客车车厢上乘坐着百余名特派宪兵、故宫警卫和相关运送人员。存放文物的车厢有手持荷枪实弹的士兵二十四小时轮流站岗。

满载文物的列车优先于所有车辆。其他车辆都要在文物列车通过前停车等待。

第二次南迁于三月十五日进行，三月二十八日、四月十九日分别进行了第三和第四次南迁，最后一批南迁文物在五月十五日离开故宫。此次南迁文物总计一万九千五百五十七箱，其中只有文献部分留在南京，其余文物都被运到上海，分别保管在法租界和公共租界的两处仓库中。

有人认为让外国租界保管国宝不成体统，是国家的耻辱，但是只有外国租界中的仓库具备保管文物的设备。有人反驳说："租界是中国的领土，总有一天会收回，谁说那是外国的地方了。"爱国人士听到此话后也只好沉默。

同年五月三十一日，日本和中国在塘沽签订停战协定。故宫文物的南迁也告一段落，虽然于学忠、宋哲元、商震等将领反对停战，但整体局势依然趋向和平。

不过，温世航没有见到邀他来北平的武公馆主人武彻。

据说他因为故宫文物的事被宪兵拘留了。

行政院命令故宫博物院院长易培基收回张学良带走的古画等文物，据说武彻被拘留正是与此事有关。

世航在失去主人的武公馆面前揉了揉眼睛自言自语："如果真是这样，几件以前没弄清楚的事不就真相大白了吗？"

4

武彻邀请世航来北平，自己却因为故宫文物的事被宪兵队拘留。世航只能暂时住在《中华时事报》报社的临时办公室中。这是景山公园附近的一间民房。有很多故宫的工作人员住在附近。他每次来北平都会住在这里，同时将这里作为联络处。

这里经常能遇到意想不到的人物，世航这次就遇到了在行政院工作的赵锡堂。仔细一想，由于中国军队与日军在热河发生冲突，赵锡堂是行政院的日本通，他来热河附近的北平出差并不奇怪。

赵锡堂松了松领带，说："到今天刚好十年，这十年真是转瞬即逝啊。"

世航说："对了，今年是一九三三年，我差点儿忘了。"十年前的九月一日，日本发生了关东大地震。

赵锡堂摇了摇头，说："可不能这么轻易就忘了，特别是我们这些亲身经历过的人……"

"你是来处理善后的吗？"

“嗯，没错，剩下的都不是大问题，这次出差很轻松。”

“既然签过字，就算是结束了吧。”

“只是目前。”

“两年之内应该不会再打仗了吧？”

“我觉得停战状态会持续很久，这也是我的希望。虽然不能保证十年，但五年内不会发生战争。国民政府会倾尽全力与江西共产党战斗，自然希望河北能保持和平。日本为了‘满洲’也会希望保持和平吧。”

“大家都希望和平，但事情会顺利吗？日本早晚会提出为保护‘满洲’要占领河北吧，停战协定能阻止他们吗？”

“所以我没有说会一直和平下去，希望最少在五年里不要打仗。”

世航闭上眼睛：“五年……一转眼就过去了。”

“在这五年里要抓紧时间完成想做的事。世航，你想做什么？”

“我想去西北看一看。”

赵锡堂笑着说：“想找到第二个敦煌吗？”

世航摸了摸手臂，说：“毕竟商务印书馆的东方图书馆就在我眼前被烧毁，所以我必须要找到第二个敦煌啊。”

当时，从西安到甘肃、新疆这片地区多被称为大西北。

赵锡堂身子前倾，说：“行政院铁道部有在西北考察开拓行车路线的计划，确定要从西北中国科学考察团借调斯文·赫定半年，委托他来考察。考察会邀请瑞典学者，不过按照我国的方针要加入同样数量的中国人。如何，你要不要去？”

“我是很想去，但我不是学者啊。”

赵锡堂抓着世航的膝头，说：“这有什么关系，肯定需要翻译的。我听说铁道部正在发愁，没有正经学者想去，但考察团今年秋天就要从呼和浩特出发。”

世航问：“那里不太平，所以大家都不想去吧。如今战况如何？”

“这次是盛世才赢了。世航，你不用担心打仗的事，盛世才的军费比想象中更充足。”

“坊间传言说盛世才背后有苏联撑腰，这是真的吗？”

“一半是真的。虽说有苏联的援助，不过并不多。他们就算请求南京支援也不会获得满意的答复，自然会想到苏联。不过他们的资金来源出人意料。”

“锡堂，你的消息真灵通，有我触及不到的情报来源吧？不愧是行政院的人。”

“哈哈哈，这消息可不是从行政院得来的，甚至还要瞒着行政院才行。是你稍微努努力就能得到的消息，真是可惜。”

世航摊开双手，说：“不要摆架子了，至少给我点儿提示如何？行政院都得不到的消息，我怎么能得到？”

赵锡堂说：“张淑妍和程玉秀来过北平，就在你到北平之前回上海了。”

“这就是提示吗？”

“没错。程玉秀是颇有手腕的女律师，她的秘书张淑妍是我们的伙伴。她们来为释放某人而奔走。此人是奉系军阀的钱袋子，给张作霖提供资金，同时靠着张作霖的势力赚钱，算是互相扶持。他在张作霖统治北京的很长一段时间里将故宫的宝物一点点侵吞了，此事因为故宫文物南迁而暴露。此人被逮捕，委托程玉秀斡旋将他释放。我也是听淑妍说的，张家这些隐藏的财产用在了输送逃亡军队和其他各种经费上。程玉秀提到这部分资金本该由政府来出，成功让此人被释放。你能想到吧，那人被释放之后马上开溜了。哈哈哈。”

赵锡堂开心地笑了。

这个人一定是武公馆的武彻，赵锡堂并不知道武彻和世航的关系。

“对了，我忘了说，”赵锡堂说，“这个人姓武，已经不在北平了，淑妍悄悄告诉我他竟然去了新疆。”

“嗯？新疆？”

“大约一万名东北军通过西伯利亚铁路从苏联边境进入新疆。这个姓武的人带着大笔经费跟着他们去了新疆。你跟着铁道部去的话，就不会被卷入战乱。其实这是汪兆铭想出的计划。”

世航咽了口唾沫，说：“我考虑考虑，这计划很有吸引力。”

“去呼和浩特之前会经过西安，西安也有不少东北军，都是高素质的军人。和日军战斗过的东北军去了哪里，抗日的火种就撒在了哪里。这也是很有意思的报道题材吧？”

赵锡堂说得起劲，不过世航几乎都没有听进去。

5

对于《塘沽停战协定》会持续到什么时候，每个人的想法不同，普遍认为至少会持续三年。

“三年，这三年中会发生什么呢？”

赵锡堂离开北平时邀世航一起走，不过世航说还要留一段时间，便拒绝了他。无论等多久，已经去了新疆的武彻都不会再出现。事到如今，已经无从得知他叫世航来北平所为何事。

因日军在热河点燃的战火波及北平，故宫的文物需要南迁。武彻叫来世航一定与此事有关。武彻看似对世事毫无兴趣，说不定他才是最惦记此事的人。

世航曾自顾自地猜测武彻会告诉他文物的所在地，让他在此国家危难之时有效利用这些文物，最好用在东北。但是收集这些文物并不是武彻一个人的工作，也许武彻只是一项大事业中的一环。

虽然已经没什么重要的事，但世航依然暂时留在了北平。他在失去故宫文物的北平，城市与之前没有任何区别，但世航却觉得如今的北平被抽出了灵魂，只剩下躯壳。

真是荒唐的想法，城市的生命在于住在城市中的人才对。

世航来到院子中，从这里能看到景山，他久久地看着这座城市。薄薄的铁门上挂着森严的门闩。世航每次看到都想打开那扇门，只要取下门闩，门就会自动打开。

“呀，世航，你是在迎接我吗？我明明没通知你，真是谢谢了。”

说话的是母亲的弟弟连远云，世航的舅父，他头上的白发很显眼。

“啊，舅父，你拍了不少动乱的照片吧？”

听了世航的话，连远云摇了摇头回答道：“没什么满意的照片。没办法啊，谁让我不能踏踏实实地拍照呢。我可是艺术派的人。”

远云自称摄影师，他毫不客气地从大门走了进来。似乎打算将《中华时事报》报社作为据点在北平拍照。

“这次要拍北平了吗？”

“我已经厌倦北平了，就连我的相机都在缠着我要去更特殊的地方。”

走进接待室，远云放下徕卡相机。

“这次要去哪里？”

“伦敦，我暂时会留在英国。”

“你要去拍什么？”

“老实说，我在‘满洲’太累了，想拍些安静的东西。我果然是上了年纪啊，想去伦敦拍些美术品，那里有不少中国美术品收藏家。帕西瓦尔·大卫的瓷器，霍普森的青铜器……其实我不光是去拍照，我曾经办过欧美美术馆的中国文物展，这次我想去那边商讨把中国的展品带过去的事。如果能够实现将会是划时代的壮举。”

远云说着说着就兴奋起来，不断摇晃着肩膀，这是他的习惯。

世航说：“舅父，你很兴奋嘛。”

“怎么可能不兴奋。对了，我也带上你吧，你对文物有独到的见解。”

“去伦敦吗？我是挺想去，但是我刚有了孩子，必须担负起一家之主的责任。”

“要去也是明年的事了，你好好考虑考虑。你在英国也有文物方面的朋友吧？”

“嗯，有是有，不过我打算在国内旅行。”

世航想到了兴趣相投的英国人，同时脑中响起新疆的呼唤。为考察行车路线，计划首先前往内蒙古的斯文·赫定的身影从他脑海中飘过。

“我甚至在想，故宫文物南迁是个好机会，不如干脆疏散到英国去。”远云说着，自顾自地点了点头。

“是啊，不过还要说服北平市民这是为了躲避战火。”

“迁到南京就能躲避战火了吗？现在可是飞机的时代，至少要撤退到大西北，把一部分拿到英国也可以吧。但是无论日本的攻击势头再盛，总有一天会被赶出中国。总有一天……”

“舅父去英国考察，那我就在大西北探险。”

“哈哈哈，”远云放声大笑，“寻找逃亡路线的规模还真是大。”

世航也笑了起来。

北平的秋日碧空如洗。

天空中的云吸收了众人的热情，世航在其中感受到东京伙伴们的热情。远处的云朵五彩缤纷，仿佛要推开吸收了众人的热情的云朵挤上前来，藏在云朵之后的是武彻努力隐藏的气息。

忽然，小婴儿省台笑了起来，世航能听到信子逗弄孩子的声音。

后记

我在昭和五年进入神户的小学。和我一级的孩子出生于大正十二年四月到大正十三年三月。只要我们淘气捣蛋，总会有老师训斥：“安静！你们这些受惊小僧。”

因为我们出生在关东大地震（大正十二年九月）前后，所以有了这样的绰号。地震时刚刚出生的婴儿一定被吓了一跳，还没出生的孩子在母亲肚子里一定也被吓了一跳。所以我们有了“受惊小僧”这样的绰号。而且当时松竹映画的电影里，一个名叫突贯小僧的角色正当红。

关中大地震发生时，中日关系由于日本提出的《二十一条》而降至冰点。这场地震后，出于对日本的同情，不光中日之间关系有所缓和，国际上对日本的反感情绪也有所缓解。这本是日本重新制定外交政策的好机会，却被他们放弃了。

我用自己的文字试着讲述了中日之间这段紧张、缓和交替出现的历史。意想不到的是在写作过程中，我在医院住了五个月，之后又遇到神户大地震，这让我深深感到自己不愧于“受惊小僧”的绰号。

陈舜臣

名家解读

《山河犹存：燃烧的中国魂》（以下简称《山河犹存》）是一部时间跨度长达十年的大作，描写了一九二三年九月关东大地震到一九三三年上海事变后一年的变迁。对日本人来说，这段时间是避开“十五年战争”，准确地说，是避开昭和二十年八月的最后机会。

作者生于一九二四年（大正十三年），当时尚处于幼年。这部《山河犹存》在陈舜臣的文学作品中占据着重要位置，连接了历史小说和现代小说。

中国将鸦片战争到第二次世界大战结束的时代称为百年耻辱。陈先生的作品涉及各个方面，其中挖掘百年耻辱的一系列作品《鸦片战争》《太平天国兴亡录》《甲午战争》和这部可以说是陈舜臣文学主干的《山河犹存》。

陈先生说过最想写近现代的故事：“《史记》的作者司马迁为了写自己生活的时代，回溯历史从五帝时代写起。不论本人是否有意识，每个人最关心的都是自己生活的时代……我真正想写的是近现代，考虑到余下的岁月，我想用历史叙述和小说两种方法去描述。”（讲谈社文库版《中国的历史》七卷，《文库版完结后记》）

陈先生认为东亚近代史始于鸦片战争，一九六七年发表了大作《鸦片战争》。他创作出虚构的主人公，用主人公与真实历史人物交织的手法描述当时的社会，从华侨或南方人的视角审视中国近代史，这两种写作手法在《鸦片战争》中已经趋于成熟。

小说《鸦片战争》的开头是一八三二年金顺记主人连维材和管家温翰眺望港

口的一段对话。

维材突然说：“总觉得有些寂寞啊。”

“没办法啊，”温翰安慰他，“因为我们生在这样的时代。”

一百年后，《山河犹存》中的温世航（连维材和温翰两家的子孙）的同伴说出了同样的话。

“总之，我们都生在了一个混乱的时代啊。”

陈先生生于百年耻辱的末期，在多愁善感的青少年时期经历了“十五年战争”。但是战争带来了巨大的灾难，活下来的人们也被战后的动荡摆弄着。

本书主人公温世航是架空人物，虽然生活在比作者更早的时代，不过金顺记和双烟馆展现了作者老家的氛围。正如“世航”这个名字的含义，“他”在东亚世界巡航，与真实或虚构的人物邂逅，成为这个混沌时期的目击者。

关东大地震发生时，中国人为日本灾民募捐。另外，中国民众要求恢复国家主权、废除不平等条约的运动高涨。孙文来到神户演讲时，虽然日本政府反应冷淡，但普通民众纷纷支持孙文，前往会场的人多到无法全部进入演讲会场。

如果那时日本选择了正确的道路，也许就能够避免“十五年战争”的悲惨景象。但最终日本人走上了暗无天日的漫长道路。

后来，无论是日本人还是中国人都痛恨这一混沌的时期。作者为了描述这一时期，塑造出了充满魅力的人物，让读者跟随他们经历当时的事件。这种方法十分成功。

例如，现在的日本很少有人知道东京大地震时发生的王希天被害事件，也不知道王希天的儿子在战后受日本研究者和记者邀请来到日本。作者让虚构人物温世航追踪王希天的行动轨迹。真实和虚构人物交织而成的追踪故事像推理小说一样展开，牢牢抓住读者的眼球，让普通读者并不熟悉的历史事件复活，栩栩如生。这正是小说独有的技巧。

除此之外，广州商团事件、孙文在神户的历史性演讲、私售紫禁城文物、“上海事变”的战场，读者都同样跟随主人公身临其境。

温世航一个人没办法去的地方，如黄埔军校，则交给他身边的人负责解说。作者创作出的金顺记和同舟会的成员，有的是僧侣，有的是中国共产党人，有的则在国民党政府中身居要职，彼此间保持着友谊，又在动荡的时代中被染上不同的色彩。

作品中不光有杀气腾腾的政治事件，还有越州秘色瓷、普陀山等传统文化的气息，主人公与泷口信子、增田绫子、陶芳韵三位美丽女子的交往也巧妙地融入作品中。这也给小说增添了真实感。

小说还有一个优点，就是将作者的主观感受借助登场人物的心情展现出来。在历史叙述中为了让读者信服，必须掌握好毁誉褒贬的平衡，客观记述事实。作者只有在小说里才拥有直接吐露其主观想法的特权，这正是小说才有的妙趣。

也许这也是陈先生想用历史叙述和小说两种方法去描述近现代的原因。

陈先生的小说题目都很巧妙。“山河在”[1]来自杜甫的名句“国破山河在”。矜持自尊、贯彻人道主义生活态度的人不会随乱世动荡而改变，会如高山大河般永存。

看到“山河在”的时候，我想到了竹林七贤中王戎的诗句“今日视此虽近，邈若山河”。王戎用这句诗感慨“想到过去的朋友，明明还没有过去太久，却已如往事般邈远，仿佛隔着山河”。

从世界史的维度看，大正到昭和初年可以定义为近代。但是我出生于一九六三年，“十五年战争”也与我“隔着山河”。虽然遥远，但这一不能被遗忘的时期会如同山河一般俨然存在于历史之中。

在二十一世纪，日本人依旧在探索与亚洲友邻中国的关系。最根本的问题就在于两国之间横亘着近代留下的负面遗产。

这次《山河犹存》入选讲谈社文库后，与《鸦片战争》《太平天国兴亡录》

[1] 日文原书名直译为“山河在”。

《中国的历史》一起构成陈先生探求近现代之旅主线的文库本全集。本作将邈若山河的“十五年战争”前夕的历史栩栩如生地展现在读者面前，我衷心希望借此机会让更多的读者看到。

加藤彻

明治大学法学部教授